GRöLS Verlage

„BÜCHER SIND WIE FALLSCHIRME. SIE NÜTZEN UNS NICHTS, WENN WIR SIE NICHT ÖFFNEN."

Gröls Verlag

Redaktionelle Hinweise und Impressum

Das vorliegende Werk wurde zugunsten der Authentizität sehr zurückhaltend bearbeitet. So wurden etwa ursprüngliche Rechtschreibfehler *nicht* systematisch behoben, denn kleine Unvollkommenheiten machen das Buch – wie im Übrigen den Menschen – erst authentisch. Mitunter wurden jedoch zum Beispiel Absätze behutsam neu getrennt, um den Lesefluss zu erleichtern.

Um die Texte zu rekonstruieren, werden antiquarische Bücher von Lesegeräten gescannt und dann durch eine Software lesbar gemacht. Der so entstandene Text wird von Menschen gegengelesen und korrigiert – hierbei treten auch Fehler auf. Wenn Sie ebenfalls antiquarische Texte einreichen möchten, finden Sie weitere Informationen auf www.groels.de

Viel Freude bei der Lektüre wünscht Ihnen das Team des Gröls-Verlags.

Adressen

Verleger: Sophia Gröls, Im Borngrund 26, 61440 Oberursel

Externer Dienstleister für Distribution & Herstellung: BoD, In de Tarpen 42, 22848 Norderstedt

Unsere „Edition | Werke der Weltliteratur“ hat den Anspruch, eine der größten und vollständigsten Sammlungen klassischer Literatur in deutscher Sprache zu sein. Nach und nach versammeln wir hier nicht nur die „üblichen Verdächtigen“ von Goethe bis Schiller, sondern auch Kleinode der vergangenen Jahrhunderte, die – zu Unrecht – drohen, in Vergessenheit zu geraten. Wir kultivieren und kuratieren damit einen der wertvollsten Bereiche der abendländischen Kultur. Kleine Auswahl:

Francis Bacon • Neues Organon • **Balzac** • Glanz und Elend der Kurtisanen • **Joachim H. Campe** • Robinson der Jüngere • **Dante Alighieri** • Die Göttliche Komödie • **Daniel Defoe** • Robinson Crusoe • **Charles Dickens** • Oliver Twist • **Denis Diderot** • Jacques der Fatalist • **Fjodor Dostojewski** • Schuld und Sühne • **Arthur Conan Doyle** • Der Hund von Baskerville • **Marie von Ebner-Eschenbach** • Das Gemeindekind • **Elisabeth von Österreich** • Das Poetische Tagebuch • **Friedrich Engels** • Die Lage der arbeitenden Klasse • **Ludwig Feuerbach** • Das Wesen des Christentums • **Johann G. Fichte** • Reden an die deutsche Nation • **Fitzgerald** • Zärtlich ist die Nacht • **Flaubert** • Madame Bovary • **Gorch Fock** • Seefahrt ist not! • **Theodor Fontane** • Effi Briest • **Robert Musil** • Über die Dummheit • **Edgar Wallace** • Der Frosch mit der Maske • **Jakob Wassermann** • Der Fall Maurizius • **Oscar Wilde** • Das Bildnis des Dorian Grey • **Émile Zola** • Germinal • **Stefan Zweig** • Schachnovelle • **Hugo von Hofmannsthal** • Der Tor und der Tod • **Anton Tschechow** • Ein Heiratsantrag • **Arthur Schnitzler** • Reigen • **Friedrich Schiller** • Kabale und Liebe • **Nicolo Machiavelli** • Der Fürst • **Gotthold E. Lessing** • Nathan der Weise • **Augustinus** • Die Bekenntnisse des heiligen Augustinus • **Marcus Aurelius** • Selbstbetrachtungen • **Charles Baudelaire** • Die Blumen des Bösen • **Harriett Stowe** • Onkel Toms Hütte • **Walter Benjamin** • Deutsche Menschen • **Hugo Bettauer** • Die Stadt ohne Juden • **Lewis Caroll** • *und viele mehr….*

Ivan Sergejevich Turgenev

Aufzeichnungen eines Jägers

Inhalt

Chorj und Kalinytsch

Wer einmal Gelegenheit hatte, aus dem Bolchowschen Kreise in den Shisdrinschen zu kommen, dem ist wohl sicher der scharfe Unterschied zwischen dem Menschenschlag im Orjolschen Gouvernement und dem Kalugaschen aufgefallen. Der Orjolsche Bauer ist klein von Wuchs, untersetzt, mürrisch, blickt unfreundlich, lebt in elenden Hütten aus Espenholz, tut den Frondienst, treibt keinen Handel, nährt sich schlecht und trägt Bastschuhe; der Kalugasche Zinsbauer wohnt in geräumigen Häusern aus Fichtenbalken, ist groß gewachsen, blickt verwegen und lustig, hat eine reine und weiße Gesichtsfarbe, handelt mit Öl und Teer und trägt an Feiertagen Stiefel. Das Orjolsche Dorf (wir meinen den östlichen Teil des Orjolschen Gouvernements) liegt gewöhnlich mitten im Ackerland, in der Nähe einer Vertiefung, die man mit den dürftigsten Mitteln in einen schmutzigen Teich verwandelt hat. Außer einigen, stets dienstbereiten Bachweiden und zwei oder drei mageren Birken sieht man auf eine Werst weit keinen einzigen Baum; Hütte klebt an Hütte, die Dächer sind mit faulem Stroh gedeckt ... Ein Dorf im Kalugaschen Gouvernement ist hingegen meistens von Wald umgeben; die Hütten stehen freier und gerader da und sind mit Schindeln gedeckt; die Tore schließen fest, die Zäune hinter dem Hofe sind nicht zerstört, fallen nicht nach außen um und laden nicht jedes vorbeigehende Schwein ein ... Auch der Jäger hat es im Kalugaschen Gouvernement besser. Im Orjolschen Gouvernement werden die letzten Wälder und Plätze in vielleicht fünf Jahren verschwinden, von Sümpfen gibt es aber keine Spur. Im Kalugaschen Gouvernement dagegen ziehen sich die Gehege Hunderte und die Sümpfe Dutzende von Werst hin, und das edle Federwild, das Birkhuhn, ist hier noch nicht ausgerottet; es gibt auch noch gutmütige Doppelschnepfen, und das geschäftige Rebhuhn erfreut und erschreckt durch sein plötzliches Aufschwirren den Jäger und den Hund.

Als ich zur Jagd in den Shisdrinschen Kreis kam, lernte ich im Feld einen kleinen Kalugaschen Gutsbesitzer namens Polutykin kennen, einen leidenschaftlichen Jäger und folglich vortrefflichen Menschen. Er hatte allerdings einige Schwächen: Er freite zum Beispiel um alle reichen Bräute des Gouvernements; wenn ihm die Hand und das Haus versagt wurden, vertraute er sein Leid zerknirschten Herzens allen seinen Freunden und Bekannten, fuhr aber fort, den Eltern der Bräute saure Pfirsiche und andere unreife Produkte seines Gartens zum Geschenk zu schicken; er liebte es, immer wieder den gleichen Witz zu erzählen, der, wie hoch ihn Herr Polutykin auch schätzte, keinen Menschen zum Lachen brachte; er lobte die Werke Akim Nachimows und die Erzählung *Pinna;* er stotterte; er nannte seinen Hund Astronom; sagte statt „aber“ – „allein“ und hatte in seinem Hause die französische Küche eingeführt, deren Geheimnis nach Auffassung seines Koches darin bestand, daß man den natürlichen Geschmack einer jeden Speise auf das radikalste veränderte: Fleisch schmeckte bei diesem Künstler nach Fisch, Fische nach Pilzen, Makkaroni nach Schießpulver; dafür kam bei ihm keine einzige Mohrrübe in die Suppe, ohne vorher die Gestalt eines Rhombus oder eines Trapezes angenommen zu haben. Aber abgesehen von diesen wenigen und unerheblichen Mängeln war Herr Polutykin, wie schon gesagt, ein vortrefflicher Mensch.

Gleich am ersten Tage meiner Bekanntschaft mit Herrn Polutykin lud er mich zum Übernachten ein.

„Bis zu mir sind es an die fünf Werst“, fügte er hinzu. „Zu Fuß ist es zu weit; wollen wir zuerst bei Chorj einkehren.“ (Der Leser möge mir erlauben, sein Stottern nicht wiederzugeben.)

„Wer ist Chorj?“

„Einer meiner Bauern . . . Er wohnt ganz nahe von hier . . .“

Wir begaben uns zu ihm. Mitten im Walde erhob sich auf einer ausgerodeten und gepflügten Lichtung, das einsame Gehöft Chorjs. Es bestand aus einigen aus Fichtenbalken gezimmerten, durch Zäune verbundenen Gebäuden; vor dem Hauptgebäude zog sich ein von dünnen Säulchen gestütztes Schutzdach hin. Wir traten ein. Uns empfing ein junger, etwa zwanzigjähriger, hübscher Bursche.

„Ah, Fedja! Ist Chorj daheim?“ fragte ihn Herr Polutykin.

„Nein. Chorj ist in die Stadt gefahren“, antwortete der Bursche lächelnd und seine schneeweißen Zähne zeigend. „Befehlen ein Wägelchen anzuspannen?“

„Ja, Bruder, ein Wägelchen. Und bring uns Kwaß.“

Wir traten in die Stube. Kein einziges Susdalsches Bild klebte an den sauberen Balken der Wände; in der Ecke vor dem massiven Heiligenbild mit silbernem Beschlag brannte ein Lämpchen; der Tisch aus Lindenholz war frisch gescheuert und gewaschen; zwischen den Balken und an den Fensterrahmen trieben sich keine flinken Schaben herum und hingen keine nachdenklichen Kakerlaken. Der junge Bursche erschien bald mit einem großen, weißen, mit gutem Kwaß gefüllten Kruge, mit einer riesengroßen Scheibe Weizenbrot und einem Dutzend Salzgurken in einer hölzernen Schüssel. Er stellte alle diese Produkte auf den Tisch, lehnte sich an die Tür und begann uns lächelnd zu betrachten. Wir waren mit dem Imbiß noch nicht fertig, als vor der Tür schon das Wägelchen polterte. Wir gingen hinaus. Ein etwa fünfzehnjähriger, lockiger und rotbäckiger Junge saß als Kutscher da und hatte Mühe, den satten, scheckigen Hengst zu halten. Um den Wagen herum standen an die sechs junge Riesen, die miteinander und mit Fedja große Ähnlichkeit hatten. „Lauter Kinder Chorjs!" bemerkte Polutykiri.

„Lauter Iltisjungen!" fiel ihm Fedja ins Wort, der uns vors Haus gefolgt war. „Aber es sind noch nicht alle: Potap ist im Wald, und Sidor ist mit dem alten Chorj in die Stadt gefahren . . . Paß auf, Waßja", fuhr er fort, sich an den Kutscher wendend. „Fahr schnell, du fährst doch den Herrn. Aber wo der Weg schlecht ist, sollst du langsamer fahren, sonst machst du den Wagen kaputt und bringst auch die Eingeweide des Herrn in Unruhe!"

Die übrigen Iltisjungen lächelten über diesen Witz Fedjas.

„Man setze den Astronomen herein!" rief Herr Polutykin feierlich aus.

Fedja hob nicht ohne Vergnügen den gezwungen lächelnden Hund in die Höhe und setzte ihn auf den Boden des Wagens nieder. Waßja ließ die Zügel locker. Wir rollten davon.

„Das da ist mein Kontor", sagte mir plötzlich Herr Polutykin, auf ein kleines, niedriges Häuschen weisend, „wollen Sie hineinschauen?"

„Gerne."

„Es ist jetzt aufgehoben", bemerkte er, aus dem Wagen steigend, „aber es lohnt sich doch hineinzublicken."

Das Kontor bestand aus zwei leeren Zimmern. Der Wächter, ein einäugiger Alter, kam vom Hinterhof herbeigelaufen.

„Grüß Gott, Minjajitsch", versetzte Herr Polutykin. „Wo ist denn das Wasser?"

Der einäugige Alte verschwand und kam sofort mit einer Flasche Wasser und zwei Gläsern wieder.

„Versuchen Sie doch", sagte mir Polutykin, „ich habe hier ein ausgezeichnetes Quellwasser."

Wir tranken je ein Glas, während der Alte sich vor uns tief verbeugte.

„Nun, jetzt können wir, glaube ich, fahren", versetzte mein neuer Freund. „In diesem Kontor habe ich dem Kaufmann Allilyjew vier Deßjatinen Wald um einen guten Preis verkauft."

Wir setzten uns in den Wagen und fuhren schon nach einer halben Stunde in den Hof des Herrenhauses ein.

„Sagen Sie mir bitte", fragte ich Polutykin beim Abendessen, „warum wohnt Ihr Chorj getrennt von den anderen Bauern?"

„Sehen Sie, er ist ein gescheiter Kerl. Vor fünfundzwanzig Jahren ist ihm sein Haus abgebrannt; da kam er zu meinem seligen Vater und sagte: „Erlauben Sie mir, Nikolai Kusmitsch, mich in Ihrem Wald auf dem Sumpfgrund anzusiedeln. Ich werde Ihnen einen guten Zins zahlen!" – „Warum willst du dich denn auf dem Sumpfgrund ansiedeln?" – „Ich möchte es halt; aber bitte, Väterchen Nikolai Kusmitsch, verwenden Sie mich zu keiner anderen Arbeit mehr, legen Sie mir nur einen Zins auf, so hoch Sie wollen." – „Fünfzig Rubel im Jahr!" – „Gut." – „Aber daß du pünktlich zahlst, paß auf!" – „Natürlich pünktlich . . ." – So siedelte er sich auf dem Sumpfboden an. Seitdem nennt man ihn Chorj."

„Und da wurde er reich?" fragte ich.

„Ja, er wurde reich. Jetzt zahlt er mir ganze hundert Rubel Zins, und ich werde ihn vielleicht noch steigern. Ich habe ihm schon mehr als einmal gesagt: „Chorj, kaufe dich los . . .!" Aber der Gauner behauptet, er hätte kein Geld . . . Ja, wer's glaubt . . .!"

Am nächsten Tag begaben wir uns gleich nach dem Morgentee wieder auf die Jagd. Als wir durchs Dorf fuhren, ließ Herr Polutykin seinen Kutscher vor einem niederen Hause halten und rief laut: „Kalinytsch, Kalinytsch!"

„Sofort, Väterchen, sofort", erklang es vom Hof her; „ich binde mir nur den Bastschuh fest."

Wir fuhren im Schritt weiter; hinter dem Dorf holte uns ein etwa vierzigjähriger, großgewachsener, hagerer Mann mit einem kleinen, in den Nacken geworfenen Kopf ein. Es war Kalinytsch. Sein gutmütiges, bräunliches, hier und da pockennarbiges Gesicht gefiel mir auf den ersten Blick. Kalinytsch ging (wie ich später erfuhr) jeden Tag mit seinem Herrn auf die Jagd, trug ihm die Tasche, manchmal auch das Gewehr, paßte auf, wo sich das Wild niedersetzte, brachte Wasser, sammelte Erdbeeren, baute Jagdhütten und lief den Jagdwagen holen; ohne ihn tat Herr Polutykin keinen Schritt. Kalinytsch war ein Mann vom heitersten und sanftesten Charakter, summte stets mit halber Stimme vor sich hin, blickte sorglos nach allen Seiten, sprach etwas durch die Nase, kniff beim Lächeln seine hellblauen Augen zusammen und packte oft mit der Hand seinen dünnen, keilförmigen Bart. Er ging nicht schnell, aber mit großen Schritten, und stützte sich dabei auf einen langen, dünnen Stecken. Im Laufe des ganzen Tages sprach er mich kein einziges Mal an, bediente mich ohne Unterwürfigkeit, gab aber auf seinen Herrn acht wie auf ein kleines Kind. Als die unerträgliche Mittagsglut uns zwang, Schutz zu suchen, führte er uns in seinen Bienengarten tief im Waldesdickicht. Kalinytsch sperrte uns die kleine Hütte auf, in der überall Bündel trockener, wohlriechender Gräser hingen, bettete uns in das frische Heu, zog sich eine Art Sack mit einem Netz vorne über den Kopf, nahm ein Messer, einen Topf und eine glimmende Kohle und begab sich in seinen Bienengarten, um uns eine Honigwabe zu schneiden. Wir tranken zu dem durchsichtigen, warmen Honig Quellwasser und schliefen beim eintönigen Summen der Bienen und dem geschwätzigen Rauschen der Blätter ein.

Ein leichter Windstoß weckte mich . . . Ich schlug die Augen auf und erblickte Kalinytsch; er saß auf der Schwelle der halbgeöffneten Tür und schnitzte sich mit dem Messer einen Holzlöffel. Ich bewunderte lange sein Gesicht, das so mild und heiter war wie der Abendhimmel. Auch Herr Polutykin erwachte. Wir standen nicht sogleich auf. Es war so angenehm, nach dem langen Marsch und dem tiefen Schlaf unbeweglich im Heu zu liegen: Der Körper ist so wonnig ermattet, das Gesicht atmet eine leichte Hitze, und eine süße Trägheit schließt die Augen. Endlich standen wir auf und trieben uns wieder bis zum Abendessen umher. Beim Abendessen brachte ich wieder die Rede auf Chorj und Kalinytsch.

„Kalinytsch ist ein guter Bauer“, sagte mir Herr Polutykin, „ein eifriger und dienstfertiger Mann; aber er kann seine Wirtschaft nicht in Ordnung halten, ich reiße ihn immer heraus. Jeden Tag geht er mit mir auf die Jagd . . . Wie soll er da seine Wirtschaft versehen können, urteilen Sie doch selbst.“

Ich stimmte ihm zu, und wir legten uns schlafen.

Am anderen Tag mußte Herr Polutykin wegen eines Prozesses mit seinem Nachbar Pitschukow in die Stadt. Der Nachbar Pitschukow hatte ihm ein Stück Land weggepflügt und auf dieser Stelle auch noch eines von Polutykins Bauernweibern mit Ruten züchtigen lassen. So begab ich mich allein auf die Jagd und kehrte gegen Abend bei Chorj ein. An der Schwelle des Hauses empfing mich ein kahlköpfiger, kleingewachsener, breitschultriger und stämmiger Alter – es war Chorj selbst. Ich sah diesen Chorj mit Neugierde an. Seine Gesichtszüge erinnerten an Sokrates: die gleiche hohe Stirne voller Beulen, die gleichen kleinen Äuglein und die gleiche Stumpfnase. Wir traten zusammen in die Stube. Der gleiche Fedja brachte mir Milch und Schwarzbrot. Chorj setzte sich auf die Bank, strich sich seinen krausen Bart und begann ein Gespräch mit mir. Er schien sich seiner Würde bewußt zu sein, sprach und bewegte sich langsam und lächelte manchmal unter seinem langen Schnurrbart hervor.

Wir sprachen über die Aussaat, über die Ernte, über das ganze Bauernleben. Er tat so, als ob er mir zustimmte, aber ich fühlte mich nachher irgendwie geniert, und ich merkte, daß ich nicht das Richtige sprach . . . Es kam so sonderbar heraus. Chorj drückte sich zuweilen, wohl aus Vorsicht, schwer verständlich aus . . . Hier ist eine Probe unseres Gesprächs:

„Hör mal, Chorj“, sagte ich ihm, „warum kaufst du dich nicht von deinem Herrn frei?“

„Warum soll ich mich freikaufen? Jetzt kenne ich meinen Herrn und weiß, was ich ihm zu zahlen habe . . . Wir haben einen guten Herrn.“

„Aber die Freiheit ist doch besser“, bemerkte ich.

Chorj sah mich von der Seite an.

„Gewiß“, versetzte er.

„Warum kaufst du dich dann nicht frei?“

Chorj schüttelte den Kopf.

„Womit soll ich mich freikaufen, Väterchen?“

„Tu doch nicht so, Alter . . .“

„Kommt Chorj unter die freien Leute“, fuhr er halblaut, wie vor sich hin, fort, „so ist jeder, der keinen Bart trägt, ein Herr über Chorj.“

„Nimm dir doch auch den Bart ab.“

„Was ist der Bart? Der Bart ist Gras, man kann ihn abmähen.“

„Also was denn?“

„Chorj wird wohl gleich unter die Kaufleute kommen; die Kaufleute haben ja ein gutes Leben, auch tragen sie Bärte.“

„Sag, du treibst doch auch Handel?“ fragte ich ihn.

„Wir handeln wohl ein wenig mit Öl und auch mit Teer . . . Nun, Väterchen, soll ich dir das Wägelchen anspannen?“

Du verstehst deine Zunge im Zaume zu halten und bist wohl gar nicht so dumm, dachte ich mir.

„Nein“, sagte ich laut, „ich brauche kein Wägelchen; ich will morgen hier in der Nähe jagen und bleibe, wenn du erlaubst, in deinem Heuschuppen über Nacht.“

„Bitte sehr. Wirst du es aber im Schuppen bequem haben? Ich will den Weibern sagen, daß sie dir ein Laken und ein Kissen hinlegen. – He, Weiber!“ rief er aufstehend. „Weiber, hierher . . .! Und du, Fedja, geh mit ihnen mit: Die Weiber sind doch ein dummes Volk.“

Eine Viertelstunde später geleitete mich Fedja mit einer Laterne zum Schuppen. Ich warf mich auf das duftende Heu; der Hund rollte sich zu meinen Füßen zusammen; Fedja wünschte mir gute Nacht, die Tür knarrte und fiel ins Schloß. Ich konnte recht lange nicht einschlafen. Eine Kuh trat vor die Tür und schnarchte zweimal laut; mein Hund knurrte sie mit Würde an; ein Schwein ging, nachdenklich grunzend, vorbei; irgendwo in der Nähe fing ein Pferd an, Heu zu kauen und zu schnauben . . . endlich schlummerte ich ein.

Fedja weckte mich beim Sonnenaufgang. Dieser lustige, aufgeweckte Bursche gefiel mir sehr gut; soviel ich merken konnte, war er auch ein Liebling des alten Chorj. Sie neckten sich beide in der freundschaftlichsten Weise. Der Alte kam mir entgegen. Kam es daher, weil ich die Nacht unter seinem Dach verbracht hatte, oder aus einem anderen Grund, jedenfalls behandelte er mich diesmal viel freundlicher als am Abend vorher.

„Der Samowar ist für dich bereit", sagte er mir mit einem Lächeln. „Komm Tee trinken."

Wir setzten uns an den Tisch. Ein kräftiges Frauenzimmer, eine seiner Schwiegertöchter, brachte einen Topf Milch. Seine Söhne kamen einer nach dem andern in die Stube.

„Was hast du für riesengroße Kerle!" bemerkte ich dem Alten.

„Ja", versetzte er, indem er ein winziges Stück Zucker abbiß. „Über mich und meine Alte haben sie sich wohl nicht zu beklagen."

„Und leben alle bei dir?"

„Alle. Sie wollen es selbst so."

„Sind alle verheiratet?"

„Nur *ein* Schlingel will nicht heiraten", antwortete er, auf Fedja zeigend, der wie früher an der Tür lehnte. „Waßja ist jung, der kann noch warten."

„Warum soll ich heiraten?" entgegnete Fedja. „Ich hab's auch so gut. Was brauche ich ein Weib? Vielleicht um mich mit ihr herumzuzanken?"

„Ach, du . . .! Ich kenne dich schon! Silberne Ringe trägst du . . . Hast nur die Hausmädchen im Sinn . . . „Hören Sie auf, Sie Unverschämter!"„ fuhr der Alte fort, ein Stubenmädchen nachäffend. „Ich kenne dich schon, du Müßiggänger!"

„Was taugt denn ein Weib?"

„Das Weib ist eine Arbeiterin", versetzte Chorj mit Würde. „Das Weib ist des Mannes Dienerin."

„Was brauche ich aber eine Dienerin?"

„Das ist es eben, du liebst mit fremden Händen die Glut zusammenzuscharren. Wir kennen euch."

„Nun, so verheirate mich. Wie? Was? Was schweigst du jetzt?"

„Hör auf, Spaßvogel. Du siehst doch, wir langweilen den Herrn. Ich werde dich schon verheiraten . . . Nimm's nicht übel, Väterchen, du siehst doch, er ist noch ein dummes Kind, hat noch nicht Zeit gehabt, zu Verstand zu kommen."

Fedja schüttelte den Kopf . . .

„Ist Chorj daheim?" erklang hinter der Tür eine mir bekannte Stimme, und in die Stube trat Kalinytsch mit einem Büschel Walderdbeeren in der Hand, die er für seinen Freund gepflückt hatte. Der Alte begrüßte ihn herzlich. Ich sah Kalinytsch erstaunt an: Offen gestanden, ich hätte von einem Bauern eine solche zarte Aufmerksamkeit nicht erwartet.

An diesem Tag ging ich vier Stunden später als gewöhnlich auf die Jagd und verbrachte die folgenden drei Tage bei Chorj. Meine neuen Bekannten interessierten mich. Ich weiß nicht, wodurch ich ihr Vertrauen gewonnen hatte, aber sie sprachen mit mir ganz ungezwungen. Es machte mir Vergnügen, ihnen zuzuhören und sie zu beobachten. Die beiden Freunde sahen einander gar nicht ähnlich. Chorj war ein positiver Mensch, ein praktischer, administrativer Kopf und ein Rationalist; Kalinytsch dagegen gehörte zu den Idealisten, Romantikern, begeisterten und träumerischen Naturen. Chorj hatte Verständnis für die Wirklichkeit, das heißt, er hatte sich ein Haus gebaut und etwas Geld gespart und kam mit dem Herrn und den anderen Obrigkeiten gut aus; Kalinytsch trug Bastschuhe und schlug sich mit knapper Not durch. Chorj hatte eine große Familie, die einträchtig lebte und ihm gehorsam war; Kalinytsch hatte einmal eine Frau gehabt, die er fürchtete, Kinder hatte er aber keine. Chorj durchschaute den Herrn Polutykin; Kalinytsch vergötterte seinen Herrn. Chorj liebte Kalinytsch und protegierte ihn; Kalinytsch liebte und verehrte Chorj. Chorj sprach wenig, lächelte spöttisch und wußte, was er wollte; Kalinytsch sprach immer mit großem Feuer, obwohl er auch nicht verstand, gleich manchem durchtriebenem Fabrikarbeiter, „wie eine Nachtigall zu singen ..." Aber Kalinytsch hatte Vorzüge, die sogar Chorj anerkannte; er verstand zum Beispiel das Blut, den Schreck und die Tollwut zu besprechen und die Würmer abzutreiben; die Bienen gediehen bei ihm gut, er hatte, was man so nennt, eine leichte Hand. Chorj bat ihn in meiner Gegenwart, er möchte sein neugekauftes Pferd zuerst in den Stall führen, und Kalinytsch erfüllte die Bitte des alten Skeptikers mit gewissenhafter Würde. Kalinytsch stand der Natur näher, Chorj dagegen den Menschen und der Gesellschaft; Kalinytsch liebte nicht zu räsonieren und glaubte alles blind; Chorj erhob sich sogar zu einer ironischen Lebensauffassung. Er hatte viel gesehen, wußte viel, und ich lernte von ihm eine Menge Dinge. So erfuhr ich zum Beispiel, daß jeden Sommer vor der Ernte in den Dörfern ein kleines Wägelchen von besonderem Aussehen erscheint. In diesem Wägelchen sitzt ein Mann im Kaftan und verkauft Sensen. Bei Barzahlung kostet die Sense von einundeinviertel bis einundeinhalb Rubel in Assignaten, auf Kredit aber drei Papier- und einen Silberrubel. Alle Bauern nehmen die Sensen natürlich auf Kredit. Nach zwei oder drei Wochen kommt er wieder und verlangt sein Geld. Der Bauer hat seinen Hafer eben gemäht und ist also bei Geld; er geht mit dem Händler in die Schenke und rechnet dort mit ihm ab. Einige Gutsbesitzer kamen auf den Gedanken, die Sensen selbst für bares Geld zu kaufen und an die Bauern zum Selbstkostenpreis auf Kredit abzugeben; die Bauern waren aber damit unzufrieden und grämten sich sogar: Man nahm ihnen das Vergnügen, die Sense mit den Fingern zu beklopfen, zu hören, wie sie klingt, sie in den Händen hin und her zu wenden und an die zwanzigmal den schlauen Händler zu fragen: „Was meinst du, Bursch, ist die Sense auch nicht zu . . . du weißt wohl, was ich meine?“ Dasselbe wiederholt sich auch beim Ankauf von Sicheln, bloß mit dem Unterschied, daß sich hier auch die Weiber hineinmischen und den Händler oft sogar in die Notwendigkeit versetzen, sie zu ihrem eigenen Nutzen zu prügeln. Am meisten haben aber die Weiber bei folgender Gelegenheit zu leiden. Die Lieferanten des Materials für die Papierfabriken beauftragen mit dem Ankauf der Hadern eigene Personen, die man in manchen Landkreisen „Adler“ nennt. So ein „Adler“ bekommt vom Geschäftsmann etwa zweihundert Rubel in Assignaten und zieht damit auf Beute aus. Aber im Gegensatz zu dem edlen Vogel, von dem er seinen Namen hat, überfällt er seine Opfer nicht offen und kühn; im Gegenteil: der „Adler“ wendet List und Schlauheit an. Er läßt sein Wägelchen irgendwo im Gesträuch hinter dem Dorf stehen und begibt sich zu Fuß hintenherum ins Dorf wie ein zufälliger Wanderer oder ein müßiger Spaziergänger. Die Weiber wittern sein Nahen und schleichen ihm entgegen. Das Geschäft wird in der größten Eile abgeschlossen. So ein Bauernweib gibt dem „Adler“ für einige Kupfermünzen nicht nur alle ihre unnützen Lumpen her, sondern oft sogar das Hemd des Mannes und den eigenen Rock. In der letzten Zeit haben es die Weiber vorteilhaft gefunden, sich selbst den Hanf zu stehlen und auf diese Weise zu“ verkaufen, besonders den Sommerhanf – das ist eine wichtige Erweiterung und Vervollkommnung der „Adler“-Industrie! Dafür sind nun auch die Bauern ihrerseits schon gewitzigt und greifen beim leisesten Verdacht oder beim bloßen Gerücht, daß ein „Adler“ in der Nähe sei, zu Korrektions- und Vorbeugungsmaßregeln. Und in der Tat, das ist doch kränkend! Der Hanfverkauf ist ihre Sache, und sie verkaufen ihn wirklich, doch nicht denen in der Stadt – in die Stadt müßten sie sich doch selbst schleppen –, sondern durchfahrenden Aufkäufern, welche in Ermangelung einer Waage das Pud zu vierzig Handvoll rechnen – aber man weiß doch, was für eine Handfläche der Russe hat und was bei ihm „eine Handvoll“ bedeutet, besonders wenn er sich Mühe gibt!

Ich, der ich unerfahren war und nur wenig auf dem Lande gelebt hatte, bekam viele solche Erzählungen zu hören. Chorj erzählte aber nicht nur, sondern fragte auch mich über vieles aus. Als er erfuhr, daß ich im Ausland gewesen war, entbrannte seine Neugierde ... Kalinytsch blieb hinter ihm nicht zurück; aber ihn rührten mehr Beschreibungen der Natur, der Berge und Wasserfälle, der ungewöhnlichen Gebäude und der großen Städte; Chorj interessierte sich mehr für administrative und politische Fragen. Er nahm alles der Reihe nach durch: „Haben die es dort wie wir oder anders ...? Sag doch, Väterchen, wie ist es nun ...?“

„Ach, Herr,, dein Wille geschehe!“ rief Kalinytsch während meiner Erzählungen.

Chorj schwieg, zog seine buschigen Augenbrauen zusammen und ließ nur ab und zu die Bemerkung fallen: „Das würde bei uns nicht gehen, das aber ist gut, das ist Ordnung.“

Alle seine Fragen kann ich nicht wiedergeben, und es hat auch keinen Zweck; aber aus unseren Gesprächen gewann ich eine Überzeugung, die meine Leser wohl nicht erwarten – die Überzeugung, daß Peter der Große im Grunde genommen ein echter Russe gewesen ist, Russe gerade in seinem Reformwerk. Der Russe ist so sehr von seiner eigenen Kraft und Stärke überzeugt, daß er bei Gelegenheit nicht abgeneigt ist, sich selbst Gewalt anzutun: Er interessiert sich wenig für seine Vergangenheit und blickt kühn in die Zukunft. Was gut ist, das gefällt ihm, was vernünftig ist, das will er haben, woher es aber kommt, ist ihm vollkommen gleich. Sein gesunder Menschenverstand macht sich gern über die trockene Vernunft des Deutschen lustig; aber die Deutschen sind, nach den Worten Chorjs, ein interessantes Völkchen, bei dem er sogar manches lernen möchte. Infolge seiner besonderen Stellung und seiner faktischen Unabhängigkeit sprach Chorj mit mir über vieles, was man aus einem anderen – wie sich die Bauern noch ausdrücken – mit keinem Hebel herausbringen oder mit keinem Mühlstein herausmahlen könnte. Er hatte für seine Stellung volles Verständnis. In meinen Gesprächen mit Chorj hörte ich zum erstenmal die einfache, kluge Rede des russischen Bauern. Seine Kenntnisse waren in ihrer Art sehr umfassend, aber lesen konnte er nicht; Kalinytsch konnte wohl lesen. „Dieser Gauner hat es gelernt“, bemerkte Chorj. „Ihm sind auch niemals Bienen eingegangen.“

„Hast du deinen Kindern das Lesen beibringen lassen?“

Chorj schwieg eine Weile. „Fedja kann es.“

„Und die anderen?“

„Die anderen nicht.“

„Warum?“

Der Alte antwortete nicht und brachte das Gespräch auf etwas anderes. Wie klug er übrigens war, hatte er doch viele Vorurteile und manchen Aberglauben. Die Weiber verachtete er zum Beispiel aus tiefster Seele und machte sich, wenn er gut aufgelegt war, über sie lustig. Seine Frau, eine zänkische Alte, lag den ganzen Tag auf dem Ofen und tat nichts als brummen und keifen; die Söhne schenkten ihr keine Beachtung, aber ihre Schwiegertöchter hielt sie in der Furcht des Herrn. Nicht umsonst singt im russischen Volkslied die Schwiegermutter: „Was bist du mir für ein Sohn, was für ein Herr im Haus! Du schlägst nicht dein Weib, deine junge Frau . . .“ Einmal versuchte ich für die Schwiegertöchter einzutreten und in Chorj Mitleid zu erwecken; aber er entgegnete mir ruhig: „Was brauchen Sie sich mit diesem . . . Unsinn abzugeben, sollen sich die Weiber nur herumschlagen . . . Wenn man sie auseinanderzubringen versucht, so wird es noch schlimmer, es lohnt auch nicht, sich die Hände zu beschmutzen.“ Die böse Alte kroch manchmal vom Ofen herunter, rief den Hofhund aus dem Flur herein und bearbeitete seinen mageren Rücken mit der Ofengabel; oder sie stellte sich unter den Dachvorsprung und „kläffte“, wie sich Chorj ausdrückte, alle Vorbeigehenden an. Ihren Mann fürchtete sie jedoch und zog sich, wenn er es befahl, wieder auf den Ofen zurück. Besonders interessant war es, dem Streit zwischen Chorj und Kalinytsch zuzuhören, wenn die Rede auf Herrn Polutykin kam. – „Den sollst du mir nicht anrühren, Chorj“, sagte Kalinytsch.

„Warum läßt er dir aber keine Stiefel machen?“ entgegnete jener.

„Ach, Stiefel . . .! Was brauche ich Stiefel? Ich bin ein Bauer . . .“

„Auch ich bin ein Bauer, aber sieh . . .“

Bei diesem Worte hob Chorj seinen Fuß und zeigte Kalinytsch einen Stiefel, der wohl aus Mammutshaut zugeschnitten war.

„Ach, du bist doch was ganz anderes!“ antwortete Kalinytsch.

„Nun, er hätte dir wenigstens Geld für Bastschuhe geben können, du gehst doch mit ihm auf die Jagd und brauchst wohl jeden Tag ein neues Paar.“

„Er gibt mir Geld für Bastschuhe.“

„Gewiß, im vorigen Jahre hat er dir ein Zehnkopekenstück geschenkt.“

Kalinytsch wandte sich geärgert weg, und Chorj wälzte sich vor Lachen, wobei seine kleinen Äuglein ganz verschwanden.

Kalinytsch sang recht angenehm und spielte die Balalaika. Chorj hörte ihm lange zu, neigte dann den Kopf auf die Seite und fiel mit klagender Stimme in seinen Gesang ein. Besonders gern hatte er das Lied „Du mein Schicksal, Schicksal!“ Fedja ließ sich keine Gelegenheit entgehen, den Alten zu necken. „Was bist du so trübsinnig, Alter?“

Aber Chorj stützte die Wange in die Hand, schloß die Augen und fuhr fort, sein Schicksal zu beklagen . . . Dafür gab es zu anderen Zeiten keinen fleißigeren Menschen als ihn: Ewig machte er sich zu schaffen – entweder besserte er den Wagen aus oder stützte den Zaun oder sah das Pferdegeschirr nach. Auf besondere Reinlichkeit hielt er übrigens nicht und sagte mir einmal auf meine diesbezügliche Bemerkung, daß es in der Stube doch nach einer Menschenwohnung riechen müsse.

„Schau nur", entgegnete ich ihm, „wie sauber es Kalinytsch in seinem Bienengarten hat."

„Sonst würden die Bienen nicht leben, Väterchen", sagte er mit einem Seufzer.

„Sag doch", fragte er mich ein anderes Mal, „hast du auch dein eigenes Erbgut?"

„Ja."

„Ist es weit von hier?"

„An die hundert Werst."

„Nun, wohnst du auch auf deinem Erbgute, Väterchen?"

„Ja."

„Aber du ziehst wohl meistens mit dem Gewehr herum?"

„Die Wahrheit zu sagen, ja."

„Du tust recht daran, Väterchen; schieß nur zur Gesundheit recht viele Birkhähne und wechsele recht oft den Dorfschulzen."

Am Abend des vierten Tages schickte Herr Polutykin nach mir. Es tat mir leid, mich von dem Alten zu trennen. Ich setzte mich mit Kalinytsch in den Wagen. „Nun, leb wohl, Chorj, bleibe gesund", sagte ich. „Leb auch du wohl, Fedja."

„Leb wohl, Väterchen, leb wohl, vergiß uns nicht."

Wir fuhren ab; das Abendrot begann eben zu glühen. – „Wir werden morgen schönes Wetter haben", sagte ich, auf den heiteren Himmel blickend.

„Nein, es wird regnen", entgegnete Kalinytsch. „Die Enten plätschern, und auch das Gras duftet so stark."

Wir fuhren ins Gebüsch. Kalinytsch begann mit halber Stimme zu singen, indem er auf dem Bock auf und nieder hüpfte und in einem fort auf das Abendrot schaute . . .

Am anderen Tag verließ ich das gastfreundliche Dach des Herrn Polutykin.

Jermolai und die Müllerin

Am Abend ging ich mit dem Jäger Jermolai auf den Schnepfenstrich . . . Meine Leser wissen vielleicht nicht, was der Schnepfenstrich ist. Hören Sie also.

Eine Viertelstunde vor Sonnenuntergang im Frühjahr gehen Sie mit dem Gewehr, doch ohne Hund in den Wald. Sie suchen sich am Waldsaum einen Platz aus, sehen sich um, untersuchen das Zündhütchen und wechseln Blicke mit Ihrem Begleiter. Die Viertelstunde ist vorüber. Die Sonne ist untergegangen, aber im Wald ist es noch hell; die Luft ist rein und durchsichtig; die Vögel zwitschern geschwätzig; das junge Gras glänzt lustig und smaragden . . . Sie warten. Im Wald wird es allmählich dunkler; das rote Licht der scheidenden Sonne gleitet langsam über die Wurzeln und Stämme der Bäume, steigt immer höher hinauf und geht von den unteren, fast noch nackten Zweigen zu den unbeweglichen, einschlafenden Wipfeln über . . . Nun sind auch die Wipfel selbst erloschen; der Himmel, der eben rötlich war, wird immer blauer. Der Wald duftet stärker, ein warmer feuchter Hauch kommt gezogen; der Wind erstirbt um Sie herum. Die Vögel schlafen ein, nicht alle zugleich, sondern je nach der Gattung: Da sind die Finken verstummt, einige Augenblicke später die Grasmücken, dann die Ammern. Im Wald wird es immer dunkler und dunkler. Die Bäume fließen zu großen schwarzen Massen zusammen; am blauen Himmel treten scheu die ersten Sternchen hervor. Alle Vögel schlafen. Die Rotschwänzchen und die kleinen Spechte allein zwitschern noch leise und verschlafen . . . Nun sind auch sie verstummt. Noch einmal erklingt über Ihnen die helle Stimme des Weidenzeisigs; irgendwo schreit kläglich eine Goldamsel; die Nachtigall läßt ihren ersten Triller erklingen. Ihr Herz ist vor Erwartung ganz matt, und plötzlich – doch nur ein Jäger wird mich verstehen – plötzlich ertönt in der tiefen Stille ein leises, eigentümliches Krächzen und Zischen, das gleichmäßige Schlagen schneller Flügel, und die Waldschnepfe fliegt, den langen Schnabel schön geneigt, hinter der dunklen Birke langsam Ihrem Schuß entgegen.

Das heißt „auf dem Schnepfenstrich stehen".

Also begab ich mich mit Jermolai auf den Schnepfenstrich; aber entschuldigen Sie, ich muß Sie erst mit Jermolai bekannt machen.

Stellen Sie sich einen Mann von etwa fünfundvierzig Jahren vor, großgewachsen, hager, mit einer langen und dünnen Nase, einer schmalen Stirn, kleinen grauen Augen, zerzausten Haaren und dicken, spöttischen Lippen. Dieser Mann trug Winter und Sommer einen gelblichen Nankingrock von deutschem Schnitt, doch mit einem Gürtel; dazu eine blaue Pluderhose und eine Lammfellmütze, die ihm in einer guten Stunde ein ruinierter Gutsbesitzer geschenkt hatte. Am Gürtel waren zwei Säcke angebunden; der eine vorn, kunstvoll in zwei Hälften geknüpft, für Pulver und für Schrot, der andere hinten für Wild; die Baumwolle für die Pfropfen holte sich Jermolai aus seiner eigenen, anscheinend unerschöpflichen Mütze. Er könnte wohl für das Geld, das er aus dem Verkauf des Wildes löste, sich eine Patronentasche und eine Jagdtasche kaufen, aber diese Anschaffung war ihm überhaupt nie in den Sinn gekommen, und er fuhr fort, sein Gewehr wie bisher zu laden, wobei er die Zuschauer durch die Kunst in Erstaunen setzte, mit der er der Gefahr, das Pulver zu verschütten oder es mit Schrot zu vermischen, aus dem Wege ging. Sein Gewehr hatte nur einen Lauf und ein Feuersteinschloß und dazu noch die üble Eigenschaft, stark zurückzuprallen, aus welchem Grunde Jermolais rechte Wange immer voller war als die linke. Wie er mit diesem Gewehr treffen konnte, begriff auch der Klügste nicht, aber er traf doch. Er hatte auch noch eine Hühnerhündin namens Valetka, ein sehr merkwürdiges Geschöpf. Jermolai fütterte sie niemals. „Fällt mir gar nicht ein, einen Hund zu füttern", sagte er. „Außerdem ist der Hund ein kluges Tier und kann selbst Nahrung finden." Und so war es auch in der Tat: Valetka setzte zwar einen selbst gleichgültigen Vorübergehenden durch ihre ungewöhnliche Magerkeit in Erstaunen, blieb aber doch am Leben und lebte lange; trotz ihrer unseligen Lage war sie sogar kein einziges Mal entlaufen und hatte auch nie den Wunsch geäußert, ihren Herrn zu verlassen. Einmal in ihren jungen Jahren war sie wohl, von Liebe hingerissen, für zwei Tage verschwunden, aber diese Dummheiten hatte sie schon längst aufgegeben. Die hervorragendste Eigenschaft Valetkas war ihre absolute Gleichgültigkeit gegen alles in der Welt . . . Wäre die Rede nicht von einem Hund, so hätte ich wohl den Ausdruck „Blasiertheit" gewählt. Gewöhnlich saß sie, den kurzen Schwanz untergeschlagen, da, blickte finster drein, zuckte manchmal zusammen und lächelte niemals. (Die Hunde haben bekanntlich die Fähigkeit zu lächeln, sie machen es sogar sehr nett.) Sie war außerordentlich häßlich, und kein müßiger Vertreter des Hofgesindes ließ sich die Gelegenheit entgehen, giftige Bemerkungen über ihr Äußeres zu machen; Valetka ertrug aber allen Spott und sogar Schläge mit ungewöhnlicher Kaltblütigkeit. Ein besonderes Vergnügen gewährte sie den Köchen, die sofort ihre Arbeit liegenließen und ihr schreiend und schimpfend nachsetzten, wenn sie aus einer Schwäche, die nicht nur Hunden allein eigen ist, ihre hungrige Schnauze durch die halbgeöffnete Türe der verführerisch warmen und wohlriechenden Küche steckte. Auf der Jagd zeichnete sie sich durch Unermüdlichkeit aus und hatte eine recht gute Witterung; wenn sie aber einmal einen angeschossenen Hasen erwischte, so fraß sie ihn mit Genuß bis zum letzten Knöchelchen auf, irgendwo im kühlen Schatten, unter einem grünen Busch, in einer respektvollen Entfernung von Jermolai, der in allen bekannten und unbekannten Dialekten schimpfte.

Jermolai gehörte einem meiner Nachbarn, einem Gutsbesitzer von altem Schrot und Korn. Die Gutsbesitzer von altem Schrot und Korn mögen keine Schnepfen und halten sich an das Hausgeflügel. Höchstens in außergewöhnlichen Fällen wie bei Geburtstagen, Namenstagen und Adelswahlen schreiten die Köche solcher Gutsbesitzer zur Zubereitung der langschnäbeligen Vögel; sie geraten dabei in die dem russischen Menschen so eigene Rage und erfinden so komplizierte Zutaten, daß die Gäste zum größten Teil die aufgetischten Gerichte mit Neugierde und Aufmerksamkeit betrachten, sich aber nicht entschließen, von ihnen zu versuchen. Jermolai hatte den Auftrag, für die herrschaftliche Küche einmal monatlich zwei Paar Birkhühner und Rebhühner zu liefern, durfte aber im übrigen leben, wie er wollte und wovon er wollte. Man hatte ihn aufgegeben als einen zu keiner Arbeit fähigen Menschen, als einen Schwächling, wie man bei uns in Orjol sagt. Pulver und Schrot wurden ihm nicht geliefert, wobei man dieselbe Regel befolgte, nach der er seinen Hund nicht fütterte. Jermolai war ein Mensch von besonderem Schlag: sorglos wie ein Vogel, ziemlich geschwätzig, zerstreut und dem Aussehen nach unbeholfen. Er trank gerne über den Durst, hielt es niemals lange auf einem Platz aus, schlurrte und watschelte beim Gehen und legte dabei doch an die fünfzig Werst in vierundzwanzig Stunden zurück. Er hatte schon die verschiedenartigsten Abenteuer erlebt: in Sümpfen, auf Bäumen, auf Dächern, unter Brücken genächtigt, mehr als einmal in Kellern, Schuppen und auf Dachböden eingesperrt gesessen, oft sein Gewehr, seinen Hund und die notwendigsten Kleidungsstücke eingebüßt, reichliche und kräftige Prügel bekommen, war aber nach einiger Zeit doch immer gekleidet und mit Gewehr und Hund nach Hause zurückgekehrt. Man konnte ihn keinen lustigen Menschen nennen, obwohl er fast immer guter Laune war; er machte überhaupt den Eindruck eines Sonderlings. Jermolai schwatzte manchmal gerne mit einem guten Bruder, besonders bei einem Glas Schnaps, aber nicht zu lange; mitten im Gespräch stand er auf und ging. „Wo willst du denn hin, Teufel? Es ist ja Nacht."

„Nach Tschaplino."

„Was sollst du dich nach Tschaplino schleppen, es sind ja zehn Werst."

„Ich will beim Bauern Sofron übernachten."

„Übernachte doch hier."

„Nein, es geht nicht."

Und so geht Jermolai mit seiner Valetka in die finstere Nacht durch Gebüsch und Sumpf; der Bauer Sofron wird ihn aber vielleicht gar nicht hereinlassen und haut ihm vielleicht auch noch den Buckel voll: „Laß anständige Leute in Ruhe!" Dafür konnte sich niemand mit Jermolai in der Kunst messen, im Frühjahr bei Hochwasser Fische zu fangen, die Krebse mit den Händen herauszuholen, das Wild mit der Nase zu wittern, Wachteln heranzulocken, Habichte abzurichten, Nachtigallen mit der „Teufelspfeife" und dem „Kuckucksüberschlag" zu fangen ... Eines verstand er aber nicht: Hunde zu dressieren; dazu hatte er keine Geduld. Er hatte auch eine Frau. Einmal in der Woche besuchte er sie. Sie wohnte in einer elenden, halbzerfallenen Hütte, schlug sich mit knapper Not durch, wußte niemals, ob sie morgen satt zu essen haben werde, und hatte überhaupt ein bitteres Los. Jermolai, dieser sorglose und gutmütige Mensch, behandelte sie roh und grob und nahm bei sich zu Hause eine finstere und drohende Miene an; seine arme Frau wußte gar nicht, wie sie es ihm recht machen sollte, zitterte vor seinem Blick, kaufte ihm für die letzte Kopeke Schnaps und bedeckte ihn unterwürfig mit ihrem Schafpelz, wenn er sich majestätisch auf dem Ofen ausstreckte und zu schnarchen anfing. Ich selbst hatte mehr als einmal Gelegenheit, an ihm unwillkürliche Äußerungen einer seltsamen, düsteren Wut wahrzunehmen: So gefiel mir sein Gesichtsausdruck nicht, wenn er einem angeschossenen Vogel mit den Zähnen den Garaus machte. Jermolai blieb aber nie länger als einen Tag zu Hause; außerhalb des Hauses verwandelte er sich aber wieder in den Jermolka, wie man ihn hundert Werst im Umkreis und wie er sich auch selbst manchmal nannte. Der letzte Mann im Hausgesinde fühlte seine Überlegenheit über diesen Landstreicher und behandelte ihn vielleicht gerade aus diesem Grunde freundschaftlich; die Bauern pflegten ihn anfangs mit Hochgenuß wie einen Hasen im Feld zu hetzten und zu fangen, ließen ihn aber dann in Gottes Namen laufen, rührten ihn, wenn sie den Sonderling einmal erkannt hatten, nicht mehr an, gaben ihm sogar Brot und unterhielten sich mit ihm ... Diesen Menschen nahm ich mir zum Jagdgehilfen und begab mich mit ihm auf den Schnepfenstrich in einen großen Birkenwald am Ufer der Ista.

Viele russische Flüsse haben wie die Wolga ein hohes und ein flaches Ufer; so auch die Ista. Dieser kleine Fluß windet sich launisch wie eine Schlange dahin, fließt keine halbe Werst gerade und ist an manchen Stellen, von einem steilen Hügel herab, zehn Werst weit mit seinen Dämmen, Deichen, Mühlen und

Gemüsegärten, von Bachweiden und dichten Gärten umgeben, zu sehen. In der Ista gibt es eine Unmenge Fische, besonders Äschen (die Bauern holen sie an heißen Tagen mit den Händen unter den Sträuchern hervor). Kleine Sandschnepfen schwirren pfeifend längs der steinigen, von kalten und hellen Quellen durchfurchten Ufer; Wildenten schwimmen in die Mitte der Teiche und sehen sich vorsichtig um; Reiher stehen in den Buchten im Schatten der überhängenden Ufer . . . Wir standen etwa eine Stunde auf dem Strich, schossen zwei Paar Waldschnepfen und entschlossen uns, da wir unser Glück vor Sonnenaufgang noch einmal versuchen wollten (man kann auf den Schnepfenstrich auch am frühen Morgen gehen), in der nächsten Mühle zu übernachten. Wir traten aus dem Wald und gingen den Hügel hinab. Der Fluß rollte dunkelblaue Wellen; die von nächtlicher Feuchtigkeit gesättigte Luft wurde immer dichter. Wir klopften ans Tor. Im Hofe bellten die Hunde. „Wer ist da?“ ertönte eine heisere und verschlafene Stimme.

„Jägersleute, laß uns übernachten.“

Wir bekamen keine Antwort.

„Wir werden bezahlen.“

„Ich werde es dem Herrn sagen . . . Kusch, ihr Verfluchten . . .! Daß euch die Pest!“ – Wir hörten, wie der Knecht in die Stube trat; bald kehrte er zum Tor zurück. „Nein“, sagte er, „der Herr erlaubt nicht, euch einzulassen.“

„Warum erlaubt er es nicht?“

„Er fürchtet, ihr seid ja Jägersleute; wie leicht könntet ihr die Mühle in Brand stecken; ihr habt ja solches Zeug bei euch.“

„Was für Unsinn!“

„Bei uns ist schon vor zwei Jahren die Mühle abgebrannt: Viehhändler haben bei uns übernachtet und sie wohl in Brand gesteckt.“

„Was sollen wir tun, Bruder, wir können doch nicht draußen übernachten!“

„Tut, was ihr wollt . . .“ Und er ging, mit den Absätzen klopfend.

Jermolai wünschte ihm allerlei Unannehmlichkeiten. „Wollen wir ins Dorf gehen“, sagte er endlich mit einem Seufzer. Aber bis zum Dorf waren es noch an die zwei Werst . . .

„Wollen wir doch hier übernachten“, sagte ich. „Die Nacht ist warm; der Müller wird uns für Geld wohl Stroh herausschicken.“

Jermolai willigte ohne Widerrede ein. Wir fingen wieder zu klopfen an.

„Was wollt ihr denn?“ erklang wieder die Stimme des Knechtes. „Ich hab' euch doch schon einmal gesagt, daß es nicht geht.“

Wir erklärten ihm, was wir wollten. Er ging sich mit seinem Herrn beraten und kehrte mit diesem zurück. Die Pforte knarrte. Es erschien der Müller, ein großgewachsener Mann mit fettem Gesicht, einem Stiernacken und einem runden und dicken Bauch. Er ging auf meinen Vorschlag ein. Etwa hundert Schritt von der Mühle befand sich ein kleiner, von allen Seiten offener Schuppen. Man brachte uns Heu und Stroh heraus; der Knecht stellte im Gras am Fluß den Samowar für uns auf, kauerte sich hin und begann eifrig in den Schornstein zu blasen . . . Die knisternde Kohlenglut beleuchtete hell sein jugendliches Gesicht. Der Müller lief hin, seine Frau zu wecken, und schlug mir schließlich selbst vor, in der Stube zu übernachten; aber ich zog vor, im Freien zu bleiben. Die Müllerin brachte uns Milch, Eier, Kartoffeln und Brot. Bald kochte der Samowar, und wir machten uns ans Teetrinken. Vom Fluß stieg Nebel auf, die Luft war windstill; ringsum schrien die Schnarrwachteln; von den Mühlrädern kam ein leises Geräusch: Es waren die Tropfen, die von den Schaufeln fielen, und das Wasser, das durch die Schleuse sickerte. Wir legten ein kleines Feuer an. Während Jermolai in der Asche Kartoffeln briet, hatte ich Zeit, ein wenig einzuschlummern . . . Ein leises, verhaltenes Flüstern weckte mich. Ich hob den Kopf: Vor dem Feuer saß auf einem umgestürzten, Kübel die Müllerin und unterhielt sich mit meinem Jäger. Ich hatte in ihr schon früher an ihren Kleidern, an der Aussprache und den Körperbewegungen eine frühere Angehörige des Hausgesindes erkannt; sie war jedenfalls kein Bauernweib und keine Kleinbürgerin; aber erst jetzt konnte ich ihre Züge genau unterscheiden. Dem Aussehen nach mochte sie etwa dreißig Jahre alt sein; das schmächtige blasse Gesicht zeigte noch die Spuren einer außergewöhnlichen Schönheit; besonders gut gefielen mir ihre großen, traurigen Augen. Sie stützte beide Ellenbogen auf die Knie und das Gesicht in die Hände. Jermolai saß mit dem Rücken zu mir und legte Späne ins Feuer.

„In Sheltuchina ist wieder eine Viehseuche“, sagte die Müllerin. „Dem Popen Iwan sind beide Kühe eingegangen . . . Gott sei uns gnädig!“

„Und wie steht's mit euren Schweinen?“ fragte Jermolai nach einer Pause.

„Die leben.“

„Wenn Ihr mir doch ein Ferkelchen schenken wolltet.“

Die Müllerin antwortete nichts, dann seufzte sie auf.

„Mit wem seid Ihr hier?“ fragte sie.

„Mit dem Herrn von Kostomarowo.“

Jermolai warf einige Tannenzweige ins Feuer; die Zweige knisterten sofort laut, und ein dichter weißer Rauch stieg ihm gerade ins Gesicht.

„Warum hat uns dein Mann nicht in die Stube gelassen?"
„Er fürchtet sich."
„Der Dickwanst . . . Liebste Arina Timofejewna, bring mir doch ein Gläschen Schnaps!"
Die Müllerin erhob sich und verschwand im Dunkeln. Jermolai sang mit halber Stimme:

„Als ich zu der Liebsten lief,
trat ich meine Stiefel schief . . ."

Arina kam mit einer kleinen Flasche und einem Glas zurück. Jermolai erhob sich, bekreuzigte sich und trank den Schnaps in einem Zuge. „Das habe ich gern", fügte er hinzu.
Die Müllerin setzte sich wieder auf den Kübel.
„Du kränkelst wohl immer, Arina Timofejewna?"
„Ja, ich kränkele."
„Was fehlt dir denn?"
„Jede Nacht quält mich der Husten."
„Der Herr ist, glaub' ich, eingeschlafen", sagte Jermolai nach kurzem Schweigen. „Geh aber nicht zum Doktor, Arina, sonst wird es noch schlimmer."
„Ich geh' auch nicht."
„Komm lieber zu mir."
Arina senkte den Kopf.
„Meine Frau jag' ich dann aus dem Hause", fuhr Jermolai fort. „Wirklich!"
„Wecken Sie doch lieber den Herrn, Jermolai Petrowitsch; Sie sehen doch, die Kartoffeln sind fertig."
„Soll er nur schnarchen", bemerkte mein treuer Diener gleichgültig. „Er hat sich müde gelaufen, darum schläft er jetzt."
Ich rührte mich auf meinem Heu. Jermolai erhob sich, trat zu mir und sagte: „Die Kartoffeln sind fertig, wollen Sie essen."
Ich kam aus dem Schuppen heraus; die Müllerin erhob sich von ihrem Kübel und wollte weggehen. Ich zog sie ins Gespräch.
„Habt ihr die Mühle schon lange in Pacht?"
„Zu Pfingsten waren es zwei Jahre."
„Wo stammt dein Mann her?"
Arina überhörte meine Frage.
„Woher ist dein Mann?" wiederholte Jermolai mit lauter Stimme.

„Aus Bjelew. Er ist ein Bjelewer Kleinbürger."
„Bist du auch aus Bjelew?"
„Nein, ich bin eine Herrschaftliche ... bin eine Herrschaftliche gewesen."
„Wessen?"
„Des Herrn Swjerkow. Jetzt bin ich frei."
„Welcher Swjerkow ist das?"
„Alexander Silytsch."
„Warst du nicht Zofe bei seiner Frau?"
„Ich war es. Woher wissen Sie das?"
Ich sah Arina mit doppelter Neugierde und Teilnahme an.
„Ich kenne deinen Herrn", fuhr ich fort.
„Sie kennen ihn?" fragte sie mit leiser Stimme und senkte die Augen.

Ich muß dem Leser erklären, warum ich Arina mit solcher Teilnahme ansah. Während meines Aufenthaltes in Petersburg hatte ich zufällig den Herrn Swjerkow kennengelernt. Er bekleidete einen ziemlich hohen Posten und galt als kenntnisreicher und erfahrener Mensch. Er hatte eine korpulente, empfindsame, zum Weinen aufgelegte und böse Frau, ein schwerfälliges Dutzendgeschöpf; er hatte auch ein Söhnchen, ein echtes, verzogenes und dummes Herrschaftskind. Das Äußere des Herrn Swjerkow nahm nicht zu seinen Gunsten ein: Aus seinem breiten, beinahe viereckigen Gesicht blickten listig zwei kleine Mauseaugen und ragte eine große und spitze Nase mit weitgeöffneten Nasenlöchern; die kurzgeschorenen grauen Haare stiegen wie Borsten über der gerunzelten Stirn empor, und die dünnen Lippen bewegten sich fortwährend und lächelten zuckersüß. Herr Swjerkow stand gewöhnlich mit gespreizten Beinen da, die dicken Hände in den Hosentaschen. Einmal mußte ich mit ihm im Wagen vor die Stadt fahren. Wir kamen ins Gespräch. Als erfahrener und tüchtiger Mensch fing Herr Swjerkow an, mir „den rechten Weg" zu weisen.

„Gestatten Sie mir die Bemerkung", sagte er schließlich mit seiner piepsenden Stimme. „Ihr jungen Leute urteilt und redet über alle Dinge aufs Geratewohl; ihr kennt euer Rußland nicht – das ist die Sache! Ihr lest ja nur deutsche Bücher. Sie sagen mir jetzt zum Beispiel dies und jenes von den Leibeigenen ... Gut, ich will nicht streiten, das ist alles schön, aber Sie kennen sie nicht, Sie wissen gar nicht, was das für ein Volk ist." Herr Swjerkow schneuzte sich geräuschvoll die Nase und nahm eine Prise. „Gestatten Sie mir zum Beispiel, Ihnen eine kleine Anekdote zu erzählen; sie kann Sie interessieren." Herr Swjerkow räusperte sich. „Sie wissen ja, was ich für eine Frau habe. Eine gutmütigere Frau kann man wohl schwer finden, das werden Sie mir zugeben. Ihre Zofen haben ein paradiesisches

Leben ... Aber meine Frau hat es sich zum Grundsatz gemacht, keine verheirateten Zofen zu halten. Solche taugen auch wirklich nicht. Sie kriegen Kinder, bald dies, bald jenes; wie soll dann die Zofe so, wie es sich gehört, ihre Herrin bedienen und auf ihre Gewohnheiten achten? Sie hat dann ganz andere Sachen im Kopf. Man muß die Sache rein menschlich nehmen. So kamen wir einmal durch eines unserer Dörfer, es sind, wenn ich mich recht besinne, an die fünfzehn Jahre her. Da sehen wir, der Schulze hat eine Tochter, ein reizendes Mädel; sie hat sogar, wissen Sie, etwas Einschmeichelndes in den Manieren. Meine Frau sagt zu mir: „Koko", wissen Sie, sie pflegte mich so zu nennen, „wollen wir dieses Mädel nach Petersburg mitnehmen, sie gefällt mir, Koko ..." Ich sage: „Mit Vergnügen, nehmen wir sie nur mit." Der Schulze fällt uns natürlich zu Füßen; dieses Glück, verstehen Sie, hatte er gar nicht erwartet. ... Das dumme Mädel weinte natürlich. Es ist ja anfangs wirklich traurig: das Vaterhaus ... und überhaupt ... Es ist wirklich nicht zu verwundern. Aber sie gewöhnte sich bald an uns; zuerst steckten wir sie in die Mädchenkammer und ließen sie natürlich abrichten. Und was glauben Sie ...? Das Mädel zeigt ungewöhnliche Fortschritte; meine Frau ist ganz verliebt in sie; schließlich macht sie sie mit Umgehung der anderen zu ihrer Kammerzofe ... Beachten Sie es bloß ...! Man muß ihr Gerechtigkeit widerfahren lassen: Eine solche Zofe hat meine Frau noch nie gehabt, dienstfertig, bescheiden, gehorsam – mit einem Wort alles, was man sich nur wünscht. Dafür verzog sie meine Frau offen gestanden in einer übertriebenen Weise: Sie kleidete sie vorzüglich, ließ sie von der herrschaftlichen Tafel essen, gab ihr Tee zu trinken – mit einem Wort alles, was Sie sich nur vorstellen können. Eines schönen Morgens kommt plötzlich Arina – sie hieß Arina –, denken Sie sich nur, ohne Anmeldung zu mir ins Kabinett und fällt mir zu Füßen ... Offen gestanden kann ich das nicht leiden. Der Mensch soll nie seine Würde vergessen, nicht wahr? – „Was willst du?". – „Väterchen Alexander Silytsch, ich bitte um eine Gnade." – „Um was für eine Gnade?" – „Erlauben Sie mir, zu heiraten." – Offen gestanden war ich darüber erstaunt. „Du weißt doch, dumme Gans, daß meine Frau keine andere Zofe hat?" – „Ich will der Gnädigen weiter dienen." – „Unsinn! Unsinn! Die Gnädige hält sich keine verheirateten Zofen." – „Die Malanja kann an meine Stelle treten." – „Räsoniere bitte nicht!" – „Wie Sie wollen ..." – Offen gestanden war ich ganz starr vor Erstaunen. Ich muß Ihnen sagen, daß ich ein Mensch bin, den nichts so sehr kränkt wie Undankbarkeit ... Ihnen brauche ich es nicht zu sagen, Sie wissen doch, was ich für eine Frau habe: Sie ist ein Engel in Menschengestalt, die Güte selbst. ... Selbst ein Verbrecher müßte mit ihr Mitleid haben. Ich warf

Arina hinaus. Ich dachte mir, sie würde zur Besinnung kommen; ich wollte, wissen Sie, an das Böse, an den schwarzen Undank im Menschen nicht glauben. Und was denken Sie? Nach einem halben Jahr kommt sie wieder zu mir mit der gleichen Bitte. Diesmal warf ich sie ganz wütend hinaus und drohte ihr, es meiner Frau zu sagen. Ich war empört . . . Stellen Sie sich nur mein Erstaunen vor: Einige Zeit später kommt zu mir meine Frau in Tränen und so aufgeregt, daß ich sogar erschrak. – „Was ist denn geschehen?“ – „Arina . . .“ Sie verstehen, ich schäme mich, es auszusprechen. – „Es kann nicht sein . . .! Wer war es denn?“ – „Der Lakai Petruschka.“ Ich geriet ganz außer mir. Ich bin mal so ein Mensch . . . ich liebe keine halben Maßregeln . . .! Petruschka . . . hat keine Schuld. Bestrafen kann man ihn wohl, aber er ist meiner Ansicht nach nicht der Schuldige. Arina . . . was soll man da noch viel reden? Ich befahl natürlich sofort, ihr die Haare abzuschneiden, sie in Zwillich zu kleiden und ins Dorf zu schicken. Meine Frau verlor eine vorzügliche Zofe, aber es war nichts zu machen: Man darf doch keine Unordnung im Hause dulden. Ein krankes Glied schneidet man lieber gleich ab . . . Nun urteilen Sie selbst, Sie kennen ja meine Frau, sie ist doch wirklich . . . ein Engel . . .! Sie hatte sich an Arina gewöhnt, und Arina wußte das und hatte sich doch nicht gescheut . . . Wie? Sagen Sie mir doch . . . Wie? Aber was soll man da viel reden! Jedenfalls war nichts zu machen. Was mich persönlich betrifft, so fühlte ich mich noch lange Zeit durch die Undankbarkeit dieses Mädchens gekränkt. Was Sie auch sagen mögen – Herz, Gefühl werden Sie in diesen Menschen nicht finden! Man mag den Wolf füttern, soviel man will, er schielt immer nach dem Wald . . . Das ist aber eine Lektion für die Zukunft! Ich wollte Ihnen nur beweisen . . .“

Herr Swjerkow beendete seine Rede nicht, wandte den Kopf weg, hüllte sich fester in seinen Mantel und unterdrückte männlich seine Aufregung.

Der Leser begreift jetzt wahrscheinlich, warum ich Arina mit Teilnahme betrachtete.

„Bist du schon lange mit dem Müller verheiratet?“ fragte ich sie schließlich.

„Seit zwei Jahren.“

„Nun, hat es dir dein Herr erlaubt?“

„Man hat mich freigekauft.“

„Wer denn?“

„Sawelij Alexejewitsch.“

„Wer ist das?“

„Mein Mann.“

Jermolai lächelte vor sich hin.

„Hat denn mein Herr Ihnen von mir erzählt?“ fragte Arina nach kurzem Schweigen.

Ich wußte nicht, wie ich ihre Frage beantworten sollte.

„Arina!“ rief der Müller aus der Ferne.

Sie erhob sich und ging.

„Hat sie einen guten Mann?“ fragte ich Jermolai.

„Das nicht.“

„Haben sie Kinder?“

„Sie haben eins gehabt, es ist aber tot.“

„Hat sie dem Müller so gut gefallen? Wieviel Lösegeld hat er für sie bezahlt?“

„Ich weiß es nicht. Sie kann lesen und schreiben; in ihrem Geschäft ist das . . . gut. Sie gefiel ihm wohl.“

„Kennst du sie schon lange?“

„Lange. Einst pflegte ich zu ihrer Herrschaft zu kommen. Ihr Gut ist nicht weit von hier.“

„Kennst du auch den Lakai Petruschka?“

„Den Pjotr Wassiljewitsch? Gewiß, ich kannte ihn wohl.“

„Wo ist er jetzt?“

„Ist unter die Soldaten gekommen.“

Wir schwiegen eine Weile.

„Sie scheint nicht ganz gesund zu sein?“ fragte ich schließlich Jermolai.

„Ganz und gar nicht . . .! Morgen gibt es aber einen guten Schnepfenstrich. Sie sollten jetzt etwas ausschlafen.“

Ein Schwarm Wildenten flog sausend über uns vorbei, und wir hörten, wie sie sich auf dem Fluß nicht weit von uns niederließen. Es war schon ganz dunkel geworden, es begann auch kalt zu werden; im Gehölz schlug laut die Nachtigall. Wir vergruben uns ins Heu und schliefen ein.

Das Himbeerwasser

Anfang August herrscht bei uns oft eine unerträgliche Hitze. Um diese Zeit ist auch der entschlossenste und geduldigste Mensch in den Stunden zwischen zwölf und drei nicht imstande zu jagen, und selbst der ergebenste Hund beginnt „dem Jäger die Sporen zu putzen“, d. h., er folgt ihm im Schritt, die Augen schmerzvoll zusammengekniffen und die Zunge übertrieben hervorgestreckt; auf die Vorwürfe seines Herrn wedelt er nur unterwürfig mit dem Schwanz und zeigt eine verlegene Miene, ist aber nicht vorwärtszubringen. Gerade an einem solchen Tag befand ich mich einmal auf der Jagd. Lange widerstand ich der Versuchung, mich irgendwo, wenn auch nur für einen Augenblick, in den Schatten zu legen; lange trieb sich mein unermüdlicher Hund in den Büschen herum, obwohl er von seiner fieberhaften Tätigkeit auch selbst nichts Vernünftiges erwartete. Die drückende Hitze zwang mich schließlich, an die Erhaltung unserer letzten Kräfte und Fähigkeiten zu denken. So gut es ging, schleppte ich mich zum Flüßchen Ista, den meine geneigten Leser schon kennen, stieg den steilen Abhang hinunter und ging über den gelben, feuchten Sand in der Richtung auf eine Quelle, die in der ganzen Gegend unter dem Namen Himbeerwasser bekannt ist. Die Quelle sprudelt aus einer Uferspalte hervor, die sich allmählich in eine kleine, aber tiefe Schlucht verwandelt hat, und ergießt sich zwanzig Schritte weiter mit lustigem, geschwätzigem Geräusch in den Fluß. Die Abhänge der Schlucht sind mit Eichengebüsch bewachsen; in der Nähe der Quelle grünt ein kurzer, samtweicher Rasen; die Sonnenstrahlen berühren fast nie ihr silbernes, kaltes Naß. So erreichte ich die Quelle; im Gras lag eine Schöpfkelle aus Birkenrinde, die irgendein vorübergehender Bauer zum allgemeinen Nutzen zurückgelassen hatte. Ich stillte meinen Durst, legte mich in den Schatten und sah mich um. An der Bucht, die der Ausfluß der Quelle in den Fluß bildete und deren Wasseroberfläche daher ständig gekräuselt war, saßen mit dem Rücken zu mir zwei Greise. Der eine, kräftig und groß gewachsen, in einem dunkelgrünen, sauberen Kaftan und einer warmen Mütze, angelte; der andere, klein, mager, in einem geflickten, halbseidenen Röckchen und ohne Mütze, hielt einen Topf mit Würmern auf den Knien und fuhr sich ab und zu mit der Hand über seinen grauen Kopf, als wollte er ihn vor der Sonne schützen. Ich sah ihn genauer an und erkannte in ihm den Stjopuschka aus Schumichino. Ich bitte den Leser um Erlaubnis, ihm diesen Menschen vorstellen zu dürfen.

Einige Werst von meinem Gut liegt das große Dorf Schumichino mit der steinernen, den Heiligen Kosmas und Damian geweihten Kirche. Dieser Kirche gegenüber prangte einst das große Herrenhaus, umgeben von allerlei Anbauten, Dienstgebäuden, Werkstätten, Pferdeställen, Wagenschuppen, Badestuben, Hilfsküchen, Flügeln für die Gäste und Verwalter, Treibhäusern, Schaukeln für das Volk und anderen mehr oder weniger nützlichen Baulichkeiten. In diesem Herrenhaus hatten einst reiche Gutsbesitzer gewohnt, und alles ging in der besten Ordnung, bis eines Morgens dieser ganze Segen bis auf den Grund niederbrannte. Die Herrschaft siedelte auf eine andere Besitzung über, und dieses Gut verödete. Die ausgedehnte Brandstätte verwandelte sich in ein

Gemüsefeld, auf dem hier und da Ziegelhaufen, die Überreste der alten Fundamente ragten. Aus den unverbrannten Balken wurde in aller Eile ein Hüttchen zusammengezimmert und mit Planken gedeckt, die man zehn Jahre früher zur Errichtung eines Pavillons im gotischen Stil angeschafft hatte, und in diesem Hüttchen wurde der Gärtner Mitrofan mit seiner Frau Aksinja und mit sieben Kindern angesiedelt. Mitrofan hatte den Auftrag, für den Tisch der Herrschaften, die sich in einer Entfernung von hundertfünfzig Werst aufhielten, Grünzeug und Gemüse beizustellen; Aksinja wurde mit der Aufsicht über eine Tiroler Kuh betraut, die man in Moskau für teures Geld gekauft hatte, die aber leider vollkommen zeugungsunfähig war und daher seit dem Tag ihrer Anschaffung keinen Tropfen Milch gegeben hatte; außerdem wurde ihr ein rauchgrauer Enterich mit dem Schopfe anvertraut, das einzige „herrschaftliche" Geflügel; die Kinder bekamen infolge ihres jugendlichen Alters keinerlei Ämter, was sie übrigens nicht hinderte, furchtbar faul zu werden. Bei diesem Gärtner hatte ich an die zweimal übernachtet und pflegte bei ihm im Vorbeigehen Gurken zu kaufen, die, Gott weiß warum, selbst im Hochsommer sich durch ihre Größe, durch ihren schlechten wässerigen Geschmack und ihre dicke gelbe Rinde auszeichneten. Bei ihm hatte ich auch zum erstenmal Stjopuschka gesehen. Außer Mitrofan mit seiner Familie und dem alten, tauben Küster Gerassim, den eine einäugige Soldatenfrau in einem winzigen Kämmerchen beherbergte, war in Schumichino kein Mensch vom Hofgesinde zurückgeblieben, denn Stjopuschka, mit dem ich den Leser bekannt zu machen beabsichtige, konnte weder als Mensch im allgemeinen noch als einer vom Hausgesinde im besonderen gelten.

Jeder Mensch hat doch sonst irgendeine Stellung in der Gesellschaft oder irgendwelche Beziehungen zu anderen Menschen; jeder Mensch im Hofgesinde bekommt, wenn auch kein Gehalt, so doch wenigstens ein sogenanntes Deputat; Stjopuschka erhielt aber keinerlei Unterstützung, war mit niemandem verwandt, und niemand wußte etwas von seiner Existenz. Dieser Mensch hatte nicht mal eine Vergangenheit; man sprach von ihm nicht; selbst in den Revisionslisten wurde er kaum geführt. Es gingen dunkle Gerüchte, er sei einmal bei jemandem Kammerdiener gewesen; aber wer er war, woher er stammte, wessen Sohn er war, auf welche Weise er unter die Untertanen von Schumichino geraten war, wie er zu seinem halbseidenen Röckchen, das er seit undenklichen Zeiten trug, kam, wo und wovon er lebte – davon hatte absolut niemand eine Ahnung, und offen gestanden kümmerte sich auch niemand um diese Fragen. Großvater Trofimytsch, der den Stammbaum des ganzen Hofgesindes in aufsteigender

Linie bis ins vierte Geschlecht hinauf kannte, hatte nur einmal gesagt, daß Stepan, soweit er sich erinnere, mit der Türkin verwandt sei, die der selige Herr, der Brigadier Alexej Romanytsch, aus dem Feldzug mit seiner Bagage heimgebracht hatte. Selbst an Feiertagen, an denen alle Leute beschenkt und nach altrussischer Sitte mit Brot und Salz, mit Buchweizenkuchen und Schnaps bewirtet wurden, selbst an diesen Tagen kam Stjopuschka nicht zu den aufgestellten Tischen und Fässern, bückte sich nicht vor dem Gutsherrn, küßte ihm nicht die Hand und trank nicht auf das Wohl und vor den Augen des Herrn das Glas, das der Gutsverwalter mit seiner fettigen Hand gefüllt hatte; höchstens gab ihm irgendeine gute Seele im Vorbeigehen den Rest eines Kuchens. Am Ostersonntag tauschte man mit ihm zwar den Osterkuß, aber er schlug seinen fettigen Ärmel nicht zurück und holte nicht aus seiner rückwärtigen Tasche ein rotes Ei hervor, um es, schwer atmend und mit den Augen zwinkernd, den jungen Herrschaften oder sogar der Gnädigen selbst anzubieten. Im Sommer wohnte er in einer kleinen Vorratskammer hinter dem Hühnerstall, im Winter aber in der Vorbadestube; bei strengem Frost nächtigte er auf dem Heuboden. Man hatte sich an seinen Anblick gewöhnt, manchmal gab man ihm auch einen Fußtritt, aber niemand sprach ihn an, und auch er selbst hatte wohl noch nie den Mund aufgemacht. Nach dem Brand hatte dieser vergessene Mensch beim Gärtner Mitrofan Unterschlupf gefunden. Der Gärtner rührte ihn nicht an, sagte ihm nicht: „Wohne bei mir“, jagte ihn aber auch nicht hinaus. Stjopuschka wohnte auch nicht beim Gärtner; er hielt sich nur im Gemüsefeld auf. Er ging und bewegte sich ohne jedes Geräusch; nieste und hustete in die vorgehaltene Hand und nicht ohne Scheu; immer machte er sich wie eine Ameise zu schaffen; und alles nur des Essens wegen. Und in der Tat, hätte sich Stjopuschka nicht von früh bis spät um seinen Lebensunterhalt gekümmert, so wäre er wohl Hungers gestorben. Es ist schlimm, des Morgens nicht zu wissen, wie man am Abend satt werden soll. Stjopuschka sitzt bald am Zaun und nagt an einem Rettich oder saugt an einer Mohrrübe oder zerbröckelt einen schmutzigen Kohlstrunk; ein anderes Mal schleppt er krächzend einen Eimer voll Wasser; bald macht er Feuer unter einem Töpfchen an, in das er irgendwelche schwarze Bröckchen, die er aus seinem Busen holt, hineinwirft; bald klappert er in seiner Kammer mit einem Holz, schlägt einen Nagel ein, um ein Wandbrett für sein Brot anzubringen. Das alles macht er schweigend, gleichsam aus einem Winkel heraus. Wenn man nur hinblickt, ist er schon verschwunden. Plötzlich verschwindet er auch für zwei Tage; seine Abwesenheit wird natürlich von niemandem bemerkt. . . . Ehe man sich's versieht, ist er schon wieder da und legt verstohlen Späne unter einen

Dreifuß. Er hat ein kleines Gesicht, gelbe Äuglein, Haare, die bis zu den Augenbrauen herabreichen, ein spitzes Näschen, ungewöhnlich große, wie bei einer Fledermaus durchsichtige Ohren; der Bart sieht so aus, als ob er ihn vor zwei Wochen rasiert hätte und ist niemals länger oder kürzer. Diesen selben Stjopuschka traf ich in Gesellschaft des anderen Greises am Ufer der Ista.

Ich ging auf sie zu, begrüßte sie und setzte mich zu ihnen. Auch im Genossen Stjopuschkas erkannte ich einen Bekannten: Es war der Freigelassene der Grafen Pjotr Iljitsch, Michailo Saweljew, mit dem Zunamen Tuman (Nebel). Er wohnte bei einem schwindsüchtigen Kleinbürger aus Bolchow, dem Besitzer einer Herberge, in der ich recht oft abstieg. Junge Beamte und andere unbeschäftigte Menschen, die durch die Orjolsche Landstraße fahren (die in ihre gestreiften Federbetten vergrabenen Kaufleute haben andere Dinge im Sinn) – können auch jetzt noch in einer geringen Entfernung vom großen Kirchdorf Troïtzkoje ein riesengroßes, zweistöckiges, verfallenes, hölzernes Haus mit eingestürztem Dach und vernagelten Fenstern sehen, das in die Landstraße hineinragt. Zur Mittagsstunde, an einem hellen, sonnigen Tag kann man sich nichts Traurigeres als diese Ruine denken. Hier lebte einst der Graf Pjotr Iljitsch, der durch seine Gastfreundschaft berühmte, reiche Grandseigneur einer alten Zeit. Zuweilen versammelte sich bei ihm das ganze Gouvernement, um bei der betäubenden Musik der Hauskapelle, unter dem Knattern von Schwärmern und römischen Kerzen zu tanzen und sich zu amüsieren; manches alte Mütterchen seufzt wohl jetzt noch, wenn es an diesem verfallenen Herrensitz vorbeifährt, bei der Erinnerung an die vergangenen Zeiten und an die entschwundene Jugend. Lange gab der Graf seine Festmahle, lange ging er mit einem freundlichen Lächeln durch die Schar unterwürfiger Gäste; aber sein Vermögen reichte ihm leider nicht für das ganze Leben. Nachdem er das Letzte verloren hatte, ging er nach Petersburg, um sich eine Stelle zu suchen, und starb in einem Gasthaus, ohne irgendeine Entscheidung erwartet zu haben. Tuman, der sein Haushofmeister gewesen war, hatte noch bei Lebzeiten des Grafen den Freibrief bekommen. Er war ein Mann von etwa siebzig Jahren mit einem regelmäßigen und angenehmen Gesicht. Er lächelte fast fortwährend, wie nur die Menschen aus dem Zeitalter Katharinas zu lächeln verstehen: gutmütig und majestätisch; beim Sprechen spitzte er langsam die Lippen und zog sie wieder ein, blinzelte freundlich mit den Augen und sprach ein wenig durch die Nase. Auch wenn er sich schneuzte oder eine Prise nahm, so tat er es langsam, wie ein wichtiges Werk.

„Nun, Michailo Saweljitsch“, fing ich an, „hast du viel Fische gefangen?“

„Belieben Sie nur ins Körbchen zu schauen: Zwei Barsche habe ich erwischt und an die fünf Stück Äschen . . . Zeig es, Stjopa."

Stjopuschka hielt mir das Körbchen hin.

„Wie geht es dir, Stepan?" fragte ich ihn.

„Es . . . es . . . es . . . es geht, Väterchen, man schlägt sich durch", antwortete Stepan stotternd, als müßte er mit seiner Zunge zentnerschwere Lasten umdrehen.

„Geht es auch Mitrofan gut?"

„Es geht ihm gut, gew . . . gewiß, Väterchen."

Der Ärmste wandte sich weg.

„Die Fische wollen nicht recht anbeißen", begann Tuman, „es ist viel zu heiß; alle Fische haben sich unters Gebüsch verkrochen und schlafen . . . Stjopa, tu mir mal einen Wurm an den Haken."

Stjopuschka holte einen Wurm aus dem Topf, legte ihn sich auf die flache Hand, schlug einigemal darauf, zog ihn über den Haken, spuckte darauf und reichte ihn Tuman.

„Ich danke dir, Stjopa . . . Und Sie, Väterchen", fuhr er fort, sich an mich wendend, „Sie belieben zu jagen?"

„Wie du siehst."

„So, so . . . Was haben Sie für einen Hund? Ist's ein englischer oder ein kurländischer?"

Der Alte liebte es, sich zuweilen von seiner vorteilhaften Seite zu zeigen: „Auch ich habe etwas von der Welt gesehen!"

„Ich weiß nicht, was es für eine Rasse ist, aber er ist gut."

„So, so . . . Belieben Sie auch mit Hetzhunden zu jagen?"

„Ja, ich habe an die zwei Meuten."

Tuman lächelte und schüttelte den Kopf.

„Das stimmt. Der eine liebt die Hunde, der andere will sie nicht geschenkt. Ich denke es mir mit meinem einfachen Verstand so: Hunde soll man sich sozusagen mehr des Ansehens wegen halten . . . Dann soll aber alles so, wie es sich gehört, sein: Die Pferde, die Piqueure, alles muß in bester Ordnung sein. Der verstorbene Graf – Gott hab' ihn selig! – war, die Wahrheit zu sagen, niemals Jäger gewesen; aber er hielt sich doch Hunde und fuhr zweimal im Jahr auf die Jagd. Im Hof versammeln sich die Piqueure in roten Röcken mit Tressen und blasen ins Horn; Seine Durchlaucht geruhen zu erscheinen, man führt Seiner Durchlaucht das Pferd vor; Seine Durchlaucht steigen in den Sattel, und der Oberjägermeister steckt die Füße Seiner Durchlaucht in die Bügel, nimmt sich die Mütze vom Kopf und reicht ihm die Zügel in der Mütze. Seine Durchlaucht knallen mit der Hetzpeitsche, die Piqueure schreien, und alle reiten aus dem Hof. Der Leibjäger reitet hinter dem Herrn; er hat an einer seidenen Leine die beiden Lieblingshunde des Herrn und paßt, wissen Sie, auf... Der Leibjäger sitzt hoch im Kosakensattel, hat so rote Backen und rollt die Augen ... Natürlich sind auch Gäste dabei. Es ist ein Zeitvertreib, und auch die Würde ist gewahrt ... Ach, da hat er sich losgerissen, der Asiate!" rief er plötzlich, die Angel herausziehend.

„Nun, man sagt, der Graf hätte ein lustiges Leben geführt?" fragte ich.

Der Alte spuckte auf den Wurm und warf die Angel aus.

„Er war ein großmächtiger Herr, das weiß man ja. Ihn besuchten, man darf wohl sagen, die vornehmsten Leute aus Petersburg. Gar oft saßen sie mit blauen Ordensschärpen bei Tisch und speisten. Er war aber auch ein Meister im Bewirten. Manchmal läßt er mich kommen und sagt: „Tuman, ich brauche für morgen lebenden Sterlett; laß welchen anschaffen, hörst du?" – „Zu Befehl, Durchlaucht!" – Gestickte Röcke, Perücken, Rohrstöcke, Parfüms, Eau de Cologne erster Sorte, Tabatieren, riesengroße Bilder, die hatte er sich direkt aus Paris verschrieben. Wenn er so ein Bankett gibt – Herr meines Lebens! – Feuerwerk, Spazierfahrten! Man schoß sogar aus Kanonen. An Musikern allein waren vierzig Mann vorhanden. Einen deutschen Kapellmeister hielt er sich; aber der Deutsche bildete sich zu viel ein: wollte mit dem Herrn am gleichen Tisch essen; also befahlen Seine Durchlaucht, ihn mit Gott hinauszujagen: „Meine Musiker", sagte er, „kennen auch so ihre Sache." Man weiß ja: die Gewalt eines solchen Herrn. Wenn sie zu tanzen anfingen, so tanzten sie bis zum Morgengrauen, und meistens Ecossaise-Matradure ... „He, he! Da hab' ich dich, Bruder!" Der Alte zog aus dem Wasser einen kleinen Barsch. „Nimm ihn, Stjopa. – Er war ein Herr, ein wirklicher Herr", fuhr er fort, die Angel von neuem auswerfend, „und hatte auch ein gutes Herz. Manchmal verprügelte er einen, aber eh man sich's versah, hatte man's schon vergessen. Nur eins ist zu tadeln: Er hielt sich Mätressen. Ach, diese Mätressen, Gott verzeih' mir! Die haben ihn auch zugrunde gerichtet. Meistens wählte er sie sich aus dem niederen Stande. Man müßte meinen, die sollten zufrieden sein. Aber nein, sie verlangten just das Teuerste, was es in Europien gibt! Andererseits: Warum soll er sein Leben nicht genießen? Ist doch ein Herr ... aber er hätte sich doch nicht ruinieren sollen. Besonders eine, Akulina hieß sie; jetzt ist sie tot, Gott hab' sie selig! War ein einfaches Mädel, die Tochter eines Zehntmannes von Sitowo – war die böse! Den Grafen ohrfeigte sie sogar. Sie hatte ihn ganz behext. Einen Neffen von mir steckte sie unter die Soldaten, weil er Schokolade auf ihr neues Kleid ausschüttete ... und nicht nur ihn allein steckte sie unter die Soldaten. Ja ... Und doch war es eine gute Zeit!" fügte der Alte mit einem tiefen Seufzer hinzu. Dann senkte er die Augen und verstummte.

„Euer Herr war aber streng, wie ich sehe?" fragte ich nach kurzem Schweigen.

„Das war damals Sitte, Väterchen", entgegnete der Alte und schüttelte den Kopf.

„Heute gibt's das nicht mehr", bemerkte ich, ohne ihn aus den Augen zu lassen.

Er sah mich von der Seite an.

„Natürlich ist es jetzt besser", murmelte er, indem er die Angel weit auswarf.

Wir saßen im Schatten, aber auch im Schatten war es schwül. Die schwere, glühende Luft war unbeweglich; das heiße Gesicht sehnte sich nach einem Windhauch, aber es kam keiner. Die Sonne stach förmlich vom blauen, dunkel gewordenen Himmel; gerade vor uns, auf dem arideren Ufer leuchtete gelb ein hier und da mit Wermut durchwachsenes Haferfeld, und kein Halm rührte sich. Etwas weiter unten stand ein Bauernpferd bis an die Knie im Wasser und schlug träge mit seinem nassen Schweif; ein großer Fisch schwamm unter einem überhängenden Strauch hervor, ließ Luftblasen aufsteigen und sank langsam in die Tiefe, auf der Wasseroberfläche ein leises Gekräusel zurücklassend. Die Grillen zirpten im bräunlichen Gras, die Wachteln schrien wie widerwillig; Habichte zogen ihre Kreise über den Feldern und blieben ab und zu an einer Stelle schweben, schnell die Flügel schlagend und den Schwanz zu einem Fächer gesträubt. Wir saßen unbeweglich da, wie erdrückt von der Glut. Plötzlich ertönte in der Schlucht hinter uns ein Geräusch: Jemand stieg zur Quelle hinunter. Ich sah mich um und erblickte einen Bauern von etwa fünfzig Jahren. Er war mit Staub bedeckt, mit einem Hemd und Bastschuhen bekleidet und hatte ein geflochtenes Körbchen und einen Bauernkittel am Rücken. Er ging auf die Quelle zu, stillte gierig seinen Durst und erhob sich.

„He, Wlas!" rief Tuman, als er ihn erkannt hatte. „Grüß Gott, Bruder, woher des Weges?"

„Grüß Gott, Michailo Saweljitsch", erwiderte der Bauer, zu uns herantretend. „Von weit her."

„Wo hast du denn gesteckt?" fragte ihn Tuman.

„Ich war nach Moskau gegangen, zum Herrn."

„Wozu?"

„Wollte ihn um was bitten."

„Um was wolltest du ihn bitten?"

„Daß er mir den Erbzins ermäßigt oder mich auf Frondienst setzt oder mich anderswo ansiedelt. Mein Sohn ist mir gestorben, so werde ich allein nicht fertig.“

„Dein Sohn ist dir gestorben?“

„Er ist gestorben. – Der Selige“, fuhr der Bauer nach kurzem Schweigen fort, „hat in Moskau als Droschkenkutscher gelebt und hat für mich, die Wahrheit zu sagen, den Erbzins bezahlt.“

„Seid ihr denn jetzt auf Erbzins gesetzt?“

„Ja, auf Erbzins.“

„Was hat der Herr gesagt?“

„Was er gesagt hat? Weggejagt hat er mich! „Wie wagst du es“, sagt er, „so einfach zu mir zu kommen? Dazu gibt es den Verwalter! Du bist“, sagt er, „verpflichtet, es dem Verwalter zu melden. Und wo soll ich dich ansiedeln? Bezahl“, sagt er, „erst den rückständigen Zins.“ Ganz böse ist er geworden.“

„Nun, so gingst du zurück?“

„So ging ich zurück. Ich wollte mich erkundigen, ob der Selige nicht etwas hinterlassen hatte, konnte aber nichts erfahren. Ich sage zu seinem Herrn: „Ich bin Philipps Vater“, und er sagt drauf: „Woher soll ich das wissen? Dein Sohn hat auch nichts hinterlassen, er schuldet mir sogar noch Geld.“ So ging ich zurück.“

Der Bauer erzählte uns das alles mit einem Lächeln, als wäre die Rede von etwas ganz anderm; aber in seine kleinen, zusammengekniffenen Augen traten Tränen, und seine Lippen zuckten.

„Nun, und jetzt gehst du nach Hause?“

„Wohin denn sonst? Versteht sich, nach Hause. Mein Weib pfeift jetzt wohl vor Hunger in die Faust.“

„Du hättest doch . . . ich meine . . .“, begann plötzlich Stjopuschka. Aber er wurde verlegen, verstummte und begann in seinem Topf zu wühlen.

„Wirst du nun zum Verwalter gehen?“ fragte Tuman, Stjopoischka nicht ohne Erstaunen ansehend.

„Was soll ich zu ihm gehen? Ich bin ja mit dem Zins im Rückstand. Mein Sohn war vor dem Tode ein ganzes Jahr krank und hat darum für mich den Zins nicht bezahlt. Aber das macht mir nicht viel Sorge: Von mir ist doch nichts zu holen. Magst es noch so schlau anfangen, Bruder, aber holen kannst du von mir nichts!“ Der Bauer lachte. „Was du auch anstellst, Kintiljan Semjonytsch, von mir ist nichts zu . . .“

Wlas fing wieder zu lachen an.

„Nun, das ist aber gar nicht gut, Bruder Wlas“, sagte Tuman gedehnt.

„Warum soll es nicht gut sein? Nein . . ." Wlas versagte die Stimme. „So heiß ist's", fuhr er fort, sich das Gesicht mit dem Ärmel abwischend.

„Wer ist euer Herr?" fragte ich.

„Graf Valerian Petrowitsch."

„Der Sohn des Pjotr Iljitsch?"

„Der Sohn des Pjotr Iljitsch", antwortete Tuman. „Der selige Pjotr Iljitsch hat ihm das Dorf, in dem Wlas wohnt, schon bei Lebzeiten geschenkt."

„Ist er gesund?"

„Ja, Gott sei Dank", antwortete Wlas. „Ist ganz rot geworden, hat viel Fett im Gesicht."

„Ja, Väterchen", fuhr Tuman, sich zu mir wendend, fort, „wenn er ihn noch in der Nähe von Moskau halten wollte; aber er läßt ihn hier sitzen und verlangt von ihm den Zins."

„Wieviel zahlt ihr denn pro Hof?"

„Fünfundneunzig Rubel", murmelte Wlas.

„Da sehen Sie es: Die Leute haben fast kein Land, alles, was da ist, ist der herrschaftliche Wald."

„Und auch der ist, sagt man, verkauft", bemerkte der Bauer.

„Da sehen Sie es . . . Stjopa, gib mir mal einen Wurm her. Du, Stjopa! Bist du eingeschlafen?"

Stjopuschka fuhr zusammen. Der Bauer setzte sich zu uns. Wir verstummten wieder. Am ändern Ufer stimmte plötzlich jemand ein Lied an, aber ein so trauriges . . . Mein armer Wlas machte ein bekümmertes Gesicht . . .

Nach einer halben Stunde gingen wir auseinander.

Der Kreisarzt

Einmal im Herbst hatte ich mich auf der Rückfahrt von der Jagd erkältet und war krank geworden. Glücklicherweise ergriff mich das Fieber erst in der Kreisstadt, im Gasthaus, und ich schickte nach dem Arzt. In einer halben Stunde erschien der Kreisarzt, ein kleingewachsener hagerer Mann mit schwarzen Haaren. Er verschrieb mir das übliche schweißtreibende Mittel, verordnete ein Senfpflaster, steckte sehr geschickt den Fünfrubelschein in den Umschlag seines Ärmels, wobei er jedoch trocken hüstelte und zur Seite blickte, und wollte sich schon endgültig nach Hause begeben, fing aber plötzlich zu reden an und blieb. Das Fieber quälte mich; ich sah eine schlaflose Nacht voraus und war froh, mit einem

Menschen sprechen zu können. Man brachte uns Tee. Mein Arzt kam ins Gespräch. Er war gar nicht dumm und drückte sich geschickt und recht amüsant aus. Es ist so merkwürdig auf der Welt: Mit manchem Menschen lebt man lange zusammen und in den freundschaftlichsten Beziehungen, und doch spricht man mit ihm niemals ganz offen, vom Grunde der Seele; einen andern hat man kaum kennengelernt, und schon sagt man ihm oder er uns wie in der Beichte alles, was auf dem Herzen ist.

Ich weiß nicht, womit ich das Vertrauen meines neuen Freundes gewonnen hatte, aber er erzählte mir, so mir nichts, dir nichts, einen recht interessanten Fall; ich aber bringe ihn zur Kenntnis des geneigten Lesers, wobei ich mir die Mühe gebe, die Worte des Arztes wiederzugeben.

„Sie kennen wohl nicht", begann er mit schwacher, zitternder Stimme (das ist die Wirkung des unvermischten Berjosowschen Tabaks) – „Sie kennen wohl nicht den hiesigen Richter Pawel Lukitsch Mylow? Sie kennen ihn nicht . . . Nun, es ist ja gleich." Er räusperte sich und rieb sich die Augen. „Die Sache passierte, wenn ich mich recht besinne, in den großen Fasten, beim richtigen Tauwetter. So sitze ich also bei ihm, dem Richter, und spiele Préférence. Unser Richter ist ein guter Mensch und spielt gerne Préférence. Plötzlich –"; mein Arzt gebrauchte sehr oft das Wort plötzlich, „– meldet man mir: „Ein Mann will Sie sprechen." – Ich frage: „Was will er denn?" – „Einen Zettel hat er gebracht, sagt man mir, „wahrscheinlich von einem Kranken." – „Gib den Zettel her", sage ich. Es stimmt, es ist von einem Kranken. Nun gut, Sie verstehen doch: Das ist ja unser Brot. Die Sache ist aber die: Mir schreibt eine Gutsbesitzerin, eine Witwe, ihre Tochter liege im Sterben, ich solle um Gottes Willen hinfahren, auch Pferde seien nach mir geschickt. Das wäre alles noch gar nichts . . . Sie wohnt aber zwanzig Werst von der Stadt, es ist Nacht, und die Wege – nicht zu sagen! Auch ist's eine bettelarme Witwe, höchstens zwei Rubel habe ich zu erwarten, und auch das ist noch zweifelhaft; werde mich wohl mit Leinwand oder Graupen bezahlen lassen. Aber Sie verstehen doch: Die Pflicht geht über alles. Da liegt ja ein Mensch im Sterben. Also übergebe ich plötzlich meine Karten dem Gerichtsrat Kalliopin und gehe nach Hause. Ich sehe, vor dem Haus steht ein Bauernwägelchen, furchtbar dicke Bauernpferde, die Haare sind wie Filz, und der Kutscher sitzt vor Ehrfurcht ohne Mütze da. Ich denke mir: Nun, Bruder, deine Herrschaft speist wohl nicht von goldenen Tellern . . . Sie belieben zu lachen, aber ich muß Ihnen sagen, daß unsereins, armer Mensch, alles in Erwägung ziehen muß . . . Wenn der Kutscher wie ein Fürst dasitzt, die Mütze gar nicht abnimmt, dazu in den Bart lächelt und auch noch mit der Peitsche spielt – dann kann man sicher zwei

Depositenscheine verlangen! Aber hier sehe ich, es riecht nicht danach. Doch ich denke mir: Es ist nichts zu machen, die Pflicht geht über alles. Ich nehme die notwendigsten Arzneien und fahre davon. Glauben Sie mir, wir kamen kaum an. Der Weg ist höllisch: Bäche, Schnee, Schmutz, ausgespülte Stellen, und an einer Stelle hat das Wasser gar den Damm durchbrochen – ein wahres Unglück! Ich komme aber doch an. Ein kleines Häuschen, mit Stroh gedeckt. In den Fenstern ist Licht: Also erwartet man mich. Mich empfängt ein ehrwürdiges, altes Mütterchen, mit einer Haube. „Retten Sie sie", sagt sie, „sie stirbt." Ich sage: „Beunruhigen Sie sich nicht. Wo ist die Kranke?" – „Bitte, hier." – Ich sehe ein sauberes Zimmerchen, in der Ecke brennt ein Lämpchen, im Bett liegt ein Fräulein, vielleicht zwanzig Jahre alt, bewußtlos. Sie glüht förmlich, und sie atmet schwer: hohes Fieber. Da sind auch zwei andere junge Mädchen dabei, ihre Schwestern – ganz erschrocken, in Tränen aufgelöst. „Gestern", sagen sie, „war sie noch gesund und aß mit Appetit; heute früh klagte sie über Kopfweh, und plötzlich gegen Abend ist sie in diesem Zustand." Ich sage wieder: „Beunruhigen Sie sich bitte nicht . . .". Es ist, wissen Sie, die Pflicht des Arztes – und mache mich an die Arbeit. Ich lasse sie zur Ader, verordne ein Senfpflaster und verschreibe eine Mixtur., Indessen sehe ich sie an, und wissen Sie: Bei Gott, so ein Gesicht habe ich noch nie gesehen – mit einem Wort, eine Schönheit! Das Mitleid schneidet mir das Herz entzwei. Die Gesichtszüge sind so angenehm, die Augen . . . Da wird sie, Gott sei Dank, ruhiger; es tritt Schweiß ein, sie kommt zu sich, sieht sich um, lächelt und fährt sich mit der Hand übers Gesicht . . . Die Schwestern beugen sich über sie und fragen: „Was ist mit dir?" – „Nichts", sagt sie und wendet sich weg . . . Ich sehe: Sie ist eingeschlafen. Nun sage ich, daß man die Kranke in Ruhe lassen solle. So gingen wir alle auf den Zehenspitzen hinaus, nur ein Dienstmädchen blieb für alle Fälle bei ihr. Im Gastzimmer steht aber schon der Samowar auf dem Tisch, auch Jamaikarum ist dabei: In unserem Berufe geht es eben nicht anders. Man gibt mir Tee und bittet mich, über Nacht dazubleiben . . . Ich willige ein. Wohin soll ich jetzt noch fahren? Das alte Mütterchen stöhnt immer. „Was haben Sie?" sage ich ihr. „Sie wird am Leben bleiben, machen Sie sich keine Sorgen und ruhen Sie sich lieber selbst aus, es ist schon nach zwei." – „Aber Sie werden mich doch wecken lassen, wenn was passiert?" – „Gewiß, gewiß." – Die Alte begab sich zur Ruhe, und auch die jungen Mädchen gingen auf ihr Zimmer; mir richtete man im Gastzimmer ein Bett her. So legte ich mich hin, konnte aber nicht einschlafen – merkwürdig! Ich war doch wirklich müde genug. Aber meine Kranke ging mir nicht aus dem Sinn. Endlich hielt ich es nicht länger aus, stand plötzlich auf; ich denke mir: Ich will mal hingehen und nachschauen, was die Patientin macht. Ihr Schlafzimmer ist aber neben dem Gastzimmer. Ich stehe also auf und öffne leise die Tür; das Herz klopft mir dabei. Ich sehe, das Dienstmädchen schläft, hat den Mund offen und schnarcht sogar, die Bestie! Die Kranke aber liegt mit dem Gesicht zu mir und hat die Hände nach beiden Seiten geworfen, die Ärmste. Ich komme näher ... Da öffnet sie plötzlich die Augen und sieht mich an! „Wer ist das? Wer ist das?" – Ich wurde verlegen. – „Fürchten Sie sich nicht", sage ich ihr, „gnädiges Fräulein, ich bin der Arzt und will nachsehen, wie Sie sich fühlen." – „Sind Sie der Arzt?" – „Gewiß ... Ihre Frau Mama hat mich aus der Stadt holen lassen; wir haben Sie zur Ader gelassen, gnädiges Fräulein; wollen Sie jetzt schlafen, und in zwei Tagen werden wir Sie, so Gott will, wieder auf die Füße bringen." – „Ach, ja, ja, Doktor, lassen Sie mich, nicht sterben ... bitte, bitte." – „Was haben Sie, Gott sei mit Ihnen!" – Sie hat wohl wieder Fieber, denke ich mir; ich fühle ihr den Puls, sie hat wirklich Fieber. Sie sah mich an und ergreift plötzlich meine Hand. „Ich will Ihnen sagen, warum ich nicht sterben will, ich will es Ihnen sagen, ich will es Ihnen sagen ... wir sind jetzt allein; aber bitte, Sie dürfen es niemand ... hören Sie ..." Ich beugte mich über sie; sie nähert ihre Lippen meinem Ohr, ihre Haare berühren dabei meine Wange ... ich muß gestehen, mir schwindelte der Kopf – und sie fängt zu flüstern an ... Gar nichts verstehe ich ... Ach, sie phantasiert ja ... Sie flüstert und flüstert so schnell, und es klingt gar nicht wie Russisch. Als sie fertig war, fuhr sie zusammen, ließ den Kopf in die Kissen sinken und drohte mir mit dem Finger. „Also passen Sie auf, Doktor, keinem Menschen ..." Ich beruhigte sie einigermaßen, gab ihr zu trinken, weckte das Dienstmädchen und ging hinaus."

Der Kreisarzt nahm mit wütender Gebärde eine Prise und blieb einen Augenblick lang starr.

„Indessen", fuhr er fort, „ging es der Kranken am anderen Tag, gegen meine Erwartung, nicht besser. Ich überlegte und überlegte und entschloß mich plötzlich, zu bleiben, obwohl mich andere Patienten erwarteten ... Sie wissen doch, man darf seine Patienten nicht negligieren, die Praxis leidet darunter. Erstens befand sich aber die Kranke wirklich in einem verzweifelten Zustand; und zweitens fühlte ich mich, offen gestanden, zu ihr stark hingezogen. Außerdem gefiel mir auch die ganze Familie. Die Leute waren zwar arm, aber doch von einer seltenen Bildung ... Der Vater war ein gelehrter Mann und sogar Schriftsteller gewesen; er war natürlich arm gestorben, hatte aber seinen Kindern eine ausgezeichnete Erziehung gegeben, hatte auch viele Bücher hinterlassen. Kam es daher, weil ich mich mit besonderem Eifer um die Kranke bemühte, oder aus einem anderen Grunde, jedenfalls darf ich sagen, daß sie mich im Hause liebgewonnen hatten wie einen Verwandten. Die Wege waren indessen noch schlechter geworden, jede Kommunikation hatte sozusagen aufgehört; selbst die Arzneien konnte man nur mit großer Mühe aus der Stadt beschaffen ... Der Kranken ging es nicht besser ... Ein Tag verging nach dem anderen ... Und da ... da ..."

Der Kreisarzt schwieg eine Weile.

„Ich weiß wirklich nicht wie ich es Ihnen sagen soll ..." Er nahm wieder eine Prise, räusperte sich und trank einen Schluck Tee. „Ich will es Ihnen ohne Umschweife sagen, daß sich meine Patientin ... in mich, wie man es so nennt ... daß sie sich in mich verliebt hat ... oder nein, eigentlich nicht verliebt ... übrigens aber ... wirklich ..."

Der Kreisarzt senkte den Kopf und errötete.

„Nein", fuhr er lebhaft fort, „von Verliebtheit war natürlich nicht die Rede! Jeder Mensch muß doch seinen Wert kennen. Sie war ein gebildetes, kluges und belesenes Mädchen, ich habe sogar mein Latein fast ganz vergessen. Und was das Äußere betrifft" – der Kreisarzt sah mich mit einem Lächeln an, „so kann ich damit wohl nicht prahlen. Aber als Dummkopf hat mich der liebe Gott auch nicht in die Welt gesetzt: Was weiß ist, werde ich nicht schwarz nennen; ich verstehe einiges von den Dingen. Ich hatte zum Beispiel sehr gut begriffen, daß Alexandra Andrejewna – keine Liebe zu mir empfand, sondern nur eine sozusagen freundschaftliche Zuneigung, eine Art Achtung. Es ist zwar möglich, daß sie sich selbst darin täuschte, aber sie befand sich in einer solchen Lage, Sie können es sich selbst denken ... Übrigens", fügte der Kreisarzt hinzu, der alle diese abgebrochenen Sätze in einem Atem und in sichtlicher Verwirrung gesprochen hatte, „ich bin, glaube ich, zu weit abgeschweift ... So werden Sie nichts verstehen ... gestatten Sie, daß ich Ihnen alles der Reihe nach erzähle."

Er trank sein Glas Tee aus und fuhr mit ruhigerer Stimme fort.

„So war es also. Meiner Kranken ging es immer schlimmer und schlimmer. Sie sind kein Mediziner, verehrter Herr, und können nicht begreifen, was in der Seele unsereines vorgeht, besonders in der ersten Zeit, wenn wir zu merken anfangen, daß die Krankheit uns über den Kopf wächst. Wo bleibt dann unser Selbstvertrauen! Man verliert plötzlich jeden Mut. Man glaubt, alles vergessen zu haben, was man einmal gewußt hat, man glaubt, daß der Kranke kein Vertrauen mehr hat und daß auch die anderen schon unsere Ratlosigkeit merken, daß sie uns widerwillig die neuen Symptome mitteilen und uns scheel ansehen, daß sie miteinander tuscheln – mit einem Wort, es ist schlimm! Es gibt doch wohl eine Arznei, sagt man sich, gegen diese Krankheit, und es gilt nur, sie zu finden. Ist es vielleicht diese? Man macht den Versuch, nein, es ist nicht die richtige. Man läßt der Arznei keine Zeit, ordentlich zu wirken . . . bald greift man nach dieser, bald nach jener. Man nimmt das Rezeptbuch zur Hand und denkt sich, das richtige Mittel steht doch drin! Bei Gott, manchmal schlägt man das Buch aufs Geratewohl auf und denkt sich, vielleicht hilft das Schicksal . . . Der Mensch liegt indessen im Sterben; ein anderer Arzt könnte ihn sicher retten. Du sagst, es sei ein Konsilium nötig, du wollest die Verantwortung nicht allein tragen. So dumm schaust du aber in solchen Fällen aus! Doch mit der Zeit gewöhnst du dich daran, und es macht dir nichts. Der Kranke ist gestorben, es ist nicht deine Schuld, du bist nach allen Regeln vorgegangen. Noch qualvoller ist aber dieses: Du siehst das blinde Vertrauen, das man dir entgegenbringt, und fühlst dabei, daß du nicht helfen kannst. So ein Vertrauen setzte eben die ganze Familie Alexandra Andrejewnas auf mich: Sie hatten ganz vergessen, daß ihre Tochter in Lebensgefahr schwebte. Ich suche sie auch meinerseits zu überzeugen, daß es nichts Ernstes sei, aber das Herz krampfte sich mir vor Gram zusammen. Um das Unglück voll zu machen, waren die Wege so schlecht geworden, daß der Kutscher mit den Arzneien oft ganze Tage ausblieb. Ich verlasse das Krankenzimmer nicht, kann mich von ihr nicht losreißen, erzähle ihr, wissen Sie, allerlei lustige Anekdoten, spiele Karten mit ihr. Durchwache ganze Nächte. Die Alte dankt mir mit Tränen in den Augen, ich aber denke mir: Ich verdiene diesen Dank nicht. Ich gestehe es Ihnen offen, jetzt brauche ich es nicht mehr zu verheimlichen – ich verliebte mich in meine Kranke. Auch Alexandra Andrejewna hing an mir; außer mir ließ sie niemand zu sich ins Zimmer. Sie spricht mit mir, fragt mich aus, wo ich studiert habe, wie ich lebe, wer meine Verwandten seien, mit wem ich verkehre. Ich weiß, daß sie nicht sprechen darf, aber ich bringe es nicht übers Herz, es ihr zu verbieten. Manchmal fasse ich mich beim Kopf und rufe: „Was tust du, Verbrecher . . .?“ Oder sie nimmt mich bei der Hand, hält meine Hand fest, sieht mich an, sieht mich lange, lange an, seufzt und sagt: „Wie gut sind Sie!“ Sie hat so heiße Hände, große, schmachtende Augen. „Ja“, sagt sie, „Sie sind ein guter Mensch, ganz anders als unsere Nachbarn . . . nein, Sie sind ganz anders . . . Warum habe ich Sie nicht schon früher kennengelernt – „Alexandra Andrejewna, beruhigen Sie sich“, sage ich ihr, „glauben Sie mir, ich fühle es, ich weiß nicht, womit ich es verdient habe . . . aber beruhigen Sie sich . . . alles wird gut werden, Sie werden gesund werden.“ – Indessen muß ich Ihnen sagen“, fügte der Kreisarzt hinzu, indem er sich etwas vorbeugte und die Augenbrauen hob, „die Leute verkehrten mit den

Nachbarn fast gar nicht, weil die kleineren Leute zu ihnen nicht paßten, aber mit den Reichen zu verkehren ihnen der Stolz nicht erlaubte. Ich sage Ihnen ja: Es war eine außerordentlich gebildete Familie; ich fühlte mich sogar geschmeichelt. Nur aus meinen Händen nahm sie die Arznei ... die Ärmste setzte sich mit meiner Hilfe im Bett auf, schluckte die Arznei herunter und sah mich so an, daß mir das Herz stillstand. Indessen ging es ihr immer schlimmer und schlimmer; sie wird sterben, denke ich mir, sie wird ganz gewiß sterben. Glauben Sie es mir, ich könnte selbst ins Grab steigen. Ihre Mutter und die Schwestern beobachten mich und sehen mir in die Augen ... und das Vertrauen schwindet. „Nun? Wie geht es?" – „Es geht nicht schlecht!" Aber von „nicht schlecht" ist nicht die Rede, der Verstand steht mir still. So sitze ich eines Nachts wieder allein neben der Kranken. Das Dienstmädel sitzt auch da und schnarcht, was sie schnarchen kann ... Dem unglücklichen Mädel konnte man keine Vorwürfe machen: Sie war zu abgehetzt. Alexandra Andrejewna hatte sich den ganzen Abend sehr schlecht gefühlt: Das Fieber quälte sie. Bis zur Mitternacht hatte sie sich hin und her gewälzt; endlich schien sie eingeschlafen zu sein; jedenfalls lag sie unbeweglich da. In der Ecke vor dem Heiligenbild brennt das Lämpchen. Ich sitze da, das Gesicht gesenkt, schlummere ebenfalls ein wenig. Plötzlich ist es mir, als stieße mich jemand in die Seite; ich wende mich um ... Du lieber Gott! Alexandra Andrejewna starrt mich an ... die Lippen stehen offen, die Wangen glühen förmlich. „Was ist Ihnen?" – „Doktor, ich werde doch sterben?" – „Gott bewahre!" – „Nein, Doktor, sagen Sie mir bitte nicht, daß ich leben werde ... sagen Sie es nicht ... wenn Sie nur wüßten ... hören Sie, um Gottes willen, verheimlichen Sie vor mir meinen Zustand nicht!" Und dabei atmet sie so schnell. „Wenn ich sicher wissen werde, daß ich sterben muß ... dann werde ich Ihnen alles, alles sagen!" – „Alexandra Andrejewna, ich bitte Sie!" – „Hören Sie, ich habe ja gar nicht geschlafen, ich sehe Sie schon lange an ... um Gottes willen ... ich vertraue Ihnen, Sie sind ein guter Mensch, ein prächtiger Mensch, ich beschwöre Sie bei allem, was Ihnen heilig ist, sagen Sie mir die Wahrheit! Wenn Sie wüßten, wie wichtig es für mich ist ... Doktor, um Gottes willen, sagen Sie mir, mein Zustand ist doch gefährlich?" – „Was soll ich Ihnen sagen, Alexandra Andrejewna, ich bitte Sie!" – „Um Gottes willen, ich flehe Sie an!" – „Ich kann es Ihnen nicht verhehlen, Alexandra Andrejewna, daß Ihr Zustand wirklich gefährlich ist, aber Gott ist gnädig ..." – „Ich werde sterben, ich werde sterben ..." Und es schien, als freute sie sich darüber, ihr Gesicht wurde so heiter; ich erschrak. – „Aber fürchten Sie sich nicht, fürchten Sie sich nicht, der Tod schreckt mich nicht." Sie erhob sich plötzlich und stützte sich auf einen

Ellenbogen. „Jetzt ... jetzt kann ich Ihnen sagen, daß ich Ihnen von ganzem Herzen dankbar bin, daß Sie ein guter, prachtvoller Mensch sind, daß ich Sie liebe ..." Ich sehe sie wie wahnsinnig an; es ist mir ganz unheimlich zumute ... „Hören Sie es, ich liebe Sie ..." – „Alexandra Andrejewna, womit habe ich es verdient!" – „Nein, nein, Sie verstehen mich nicht ... du versteht mich nicht ..." Und plötzlich streckte sie die Hände aus, umfaßte meinen Kopf und küßte mich ... Glauben Sie mir, ich hätte beinahe aufgeschrien ...! Ich fiel in die Knie und barg den Kopf ins Kissen. Sie schweigt; ihre Finger zittern in meinen Haaren; ich höre, sie weint. Ich beginne, sie zu trösten, ihr zuzureden ... ich weiß wirklich nicht mehr, was ich ihr alles sagte. – „Sie werden das Mädel wecken, Alexandra Andrejewna ... ich danke Ihnen ... glauben Sie mir ... beruhigen Sie sich." – „Ist schon gut, ist schon gut", sagte sie immer wieder. „Gott sei mit ihnen allen; gut, sie werden erwachen, gut, sie werden herkommen, es ist mir ganz gleich: Ich werde doch sterben ... Aber was fürchtest du? Heb doch den Kopf ... Oder Sie lieben mich vielleicht nicht, vielleicht habe ich mich getäuscht ... in diesem Falle verzeihen Sie mir." – „Alexandra Andrejewna, was sagen Sie ...? Ich liebe Sie, Alexandra Andrejewna." Sie blickte mir gerade in die Augen und öffnete die Arme. – „Umarme mich denn ..." Ich will es Ihnen offen sagen: Ich verstehe nicht, wie ich in jener Nacht nicht den Verstand verloren habe. Ich fühle, meine Patientin richtet sich selbst zugrunde; ich sehe, sie ist nicht bei Besinnung; ich verstehe auch, daß wenn sie nicht glaubte, sie müsse gleich sterben, sie an mich gar nicht gedacht hätte. Wie Sie wollen, es ist doch unheimlich, mit fünfundzwanzig Jahren zu sterben, ohne jemand geliebt zu haben. Das war es, was sie quälte, darum klammerte sie sich in ihrer Verzweiflung an mich – verstehen Sie es jetzt? Aber, sie läßt mich nicht aus ihren Armen los. „Erbarmen Sie sich meiner, Alexandra Andrejewna, erbarmen Sie sich auch Ihrer selbst!" sage ich ihr. – „Warum", sagt sie, „soll ich mich erbarmen? Ich muß ja doch sterben ..." Das wiederholte sie in einem fort. – „Wenn ich wüßte, daß ich am Leben bleibe und daß ich ein anständiges junges Mädchen sein werde, dann würde ich mich schämen, ich würde mich wirklich schämen ... aber so?" – „Wer hat Ihnen denn gesagt, daß Sie sterben werden?" – „Ach, hör auf, du wirst mich nicht betrügen, du verstehst gar nicht zu lügen, sieh mich nur an." – „Sie werden am Leben bleiben, Alexandra Andrejewna, ich werde Sie gesund machen; wir werden Ihre Frau Mama um ihren Segen bitten ... wir werden uns durch das Band der Ehe verbinden, wir werden glücklich sein." – „Nein, nein, ich habe Ihr Wort, ich muß sterben ... du hast mir versprochen ... du hast mir gesagt ..." Es war mir so bitter, aus vielen Gründen bitter. Urteilen Sie selbst, was man nicht alles erlebt. Man könnte meinen, es sei nichts Wichtiges, und doch tut es weh. Es fiel ihr ein, mich nach meinem Namen zu fragen, nicht nach dem Familiennamen, sondern nach dem Vornamen. Nun habe ich das Unglück, Trifon zu heißen. Jawohl: Trifon, Trifon Iwanowitsch. Alle im Hause nannten mich einfach Doktor. Es ist nichts zu machen, ich sage ihr: „Ich heiße Trifon, gnädiges Fräulein." Sie kniff die Augen zusammen, schüttelte den Kopf und flüsterte etwas auf französisch, sicher etwas gar nicht Gutes; und dann lachte sie auch, und auch das Lachen war nicht gut. So verbrachte ich mit ihr fast die ganze Nacht. Am Morgen ging ich wie betrunken aus dem Zimmer; erst am Tag, nach dem Tee, kam ich wieder zu ihr. Mein Gott, mein Gott! Sie war nicht mehr zu erkennen, eine Leiche sieht besser aus. Ich schwöre Ihnen bei meiner Ehre, daß ich jetzt absolut nicht verstehe, wie ich diese Marter habe aushalten können. Drei Tage und drei Nächte quälte sich noch meine Kranke . . . und was waren es für Nächte! Und was sie mir alles sagte . . .! Aber in der letzten Nacht, denken Sie sich nur, ich sitze neben ihr und bitte Gott nur um das eine: Nimm sie schneller zu dir, und auch mich dazu . . . Plötzlich tritt die alte Mutter ins Zimmer . . . Ich hatte der Mutter schon am Tag vorher gesagt, daß nur wenig Hoffnung vorhanden sei und daß es gut wäre, den Geistlichen zu holen. Als die Kranke die Mutter erblickte, sagte sie: „Es ist gut, daß du gekommen bist . . . schau uns an, wir lieben einander, wir haben einander das Wort gegeben." – „Was hat sie, Doktor, was redet sie?" Ich war ganz starr. „Sie phantasiert" sage ich, „es ist das Fieber . . ." Sie aber sagt: „Hör doch auf, eben hast du mir doch ganz was anderes gesagt und hast meinen Ring angenommen . . . Warum verstellst du dich? Meine Mutter ist gut, sie wird verzeihen, sie wird verstehen; ich aber sterbe, ich brauche nicht zu lügen . . . gib mir die Hand . . ." Ich sprang auf und lief hinaus. Die Alte erriet natürlich alles.

Ich will Sie jedoch nicht länger ermüden, und es fällt mir auch selbst schwer, mich daran zu erinnern. Meine Kranke starb am nächsten Tag. Gott hab' sie selig!" fügte der Kreisarzt schnell und mit einem Seufzer hinzu. „Vor dem Tode bat sie ihre Angehörigen, hinauszugehen und sie mit mir allein zu lassen. „Entschuldigen Sie", sagte sie mir, „vielleicht habe ich Ihnen unrecht getan . . . meine Krankheit . . . aber glauben Sie mir, ich habe niemand mehr als Sie geliebt . . . vergessen Sie mich nicht . . . bewahren Sie meinen Ring . . ."„

Der Kreisarzt wandte sich ab; ich faßte seine Hand.

„Ach", sagte er, „wollen wir doch von etwas anderem reden, oder spielen wir vielleicht eine kleine Partie Préférence? Es ist für unsereinen nicht gut, sich so erhabenen Gefühlen hinzugeben. Unsereins hat nur an das eine zu denken – daß seine Kinder nicht schreien und daß seine Frau nicht schimpft. Ich bin nämlich seither in eine legitime Ehe getreten . . . Gewiß . . . Eine Kaufmannstochter habe ich genommen mit siebentausend Rubel Mitgift. Sie heißt Akulina, das paßt gut zu Trifon. Sie ist, offen gestanden, ein böses Frauenzimmer, schläft aber glücklicherweise den ganzen Tag . . . Nun, wie wäre es mit dem Préférence . . .?"

Wir setzten uns ans Préférencespiel zu einer Kopeke das Point. Trifon Iwanowitsch gewann zwei und einen halben Rubel und ging spät heim, sehr zufrieden mit seinem Sieg.

Mein Nachbar Radilow

Im Herbst halten sich die Waldschnepfen oft in alten Lindengärten auf. Solche Gärten gibt es bei uns im Orjolschen Gouvernement ziemlich viel. Wenn unsere Urgroßväter sich einen Wohnsitz einrichteten, teilten sie immer an die zwei Desjatinen guter Erde für einen Obstgarten mit Lindenalleen ab. Nach fünfzig oder höchstens siebzig Jahren verschwanden diese Güter, diese „Adelsnester", allmählich vom Angesicht der Erde; die Häuser verfaulten oder wurden auf Abbruch verkauft, die steinernen Dienstgebäude verwandeltes sich in Trümmerhaufen, die Apfelbäume gingen ein und wurden verheizt, die Zäune und Hecken wurden vernichtet. Nur die Linden allein wuchsen wunderbar fort und künden noch jetzt, von Ackerland umgeben, unserem wetterwendischen Geschlecht von unseren „in Gott verschiedenen Vätern und Brüdern". Ein herrlicher Baum ist so eine alte Linde; selbst die unbarmherzige Axt des russischen Bauern verschont sie. Ihr Blatt ist klein, die mächtigen Äste strecken sich nach allen Seiten aus, und unter ihnen herrscht ewiger Schatten.

Als ich mich einmal mit Jermolai in den Feldern auf der Jagd nach Rebhühnern herumtrieb, bemerkte ich seitwärts einen verwilderten Garten und ging auf ihn zu. Kaum hatte ich seinen Saum betreten, als aus einem Gebüsch schnarrend eine Waldschnepfe aufflog; ich schoß, und in demselben Augenblick ertönte einige Schritte von mir ein Schrei: Das erschrockene Gesicht eines jungen Mädchens blickte zwischen den Bäumen hervor und verschwand gleich wieder. Jermolai lief auf mich zu. „Schießen Sie doch nicht, hier wohnt ein Gutsbesitzer."

Ich hatte ihm noch nicht geantwortet; mein Hund hatte noch nicht Zeit gehabt, mir mit edler Würde den getöteten Vogel zu apportieren, als ich rasche Schritte vernahm und ein Mann von hohem Wuchs mit einem Schnurrbart aus dem Dickicht trat und mit unzufriedener Miene vor mir stehenblieb. Ich entschuldigte mich so gut ich konnte, nannte meinen Namen und bot ihm den Vogel an, den ich in seinem Besitz geschossen hatte.

„Gut“, sagte er mir mit einem Lächeln, „ich will Ihren Vogel annehmen, aber nur unter der Bedingung, daß Sie bei uns zum Essen bleiben.“

Aufrichtig gesagt, war ich über seine Aufforderung nicht sehr erfreut, aber es war unmöglich, sie auszuschlagen.

„Ich bin der Besitzer dieses Gutes und Ihr Nachbar, Radilow; vielleicht haben Sie von mir schon gehört“, fuhr mein neuer Bekannter fort. „Heute ist Sonntag, und das Mittagessen wird wahrscheinlich gut sein, sonst würde ich Sie nicht eingeladen haben.“

Ich antwortete ihm, was man in solchen Fällen zu antworten pflegt, und folgte ihm. Ein frischgesäuberter Weg führte uns bald aus dem Lindenwäldchen, und wir kamen in den Gemüsegarten. Zwischen den alten Apfelbäumen und verwilderten Stachelbeerstauden leuchteten runde, hellgrüne Kohlköpfe; der Hopfen wand sich schraubenartig um die hohen Stangen; braune Stäbe, von vertrockneten Erbsenranken umwunden, standen in den Beeten eng beieinander; große flache Kürbisse lagen wie hingeworfen auf der Erde; die Gurken leuchteten gelb unter den verstaubten, eckigen Blättern; links, längs des Zaunes aus Flechtwerk, wogten hohe Nesselstauden; an zwei oder drei Stellen wuchsen gruppenweise tatarisches Geißblatt, Holunder und Hagebutten, die Überbleibsel der einstigen Anlagen. Neben dem kleinen, mit rötlichem und schleimigem Wasser angefüllten Fischkasten sah man einen von Pfützen umgebenen Brunnen. Enten plätscherten und watschelten geschäftig in diesen Pfützen; ein Hund lag auf der Wiese und nagte, am ganzen Körper zitternd und mit den Augen blinzelnd, an einem Knochen; eine gescheckte Kuh rupfte in der Nähe Gras und warf zuweilen den Schwanz auf ihren mageren Rücken. Der Weg bog seitwärts ab; zwischen dicken Weiden und Birken blickte uns ein altes graues Häuschen mit Schindeldach und einer schiefen Treppe entgegen. Radilow blieb stehen.

„Übrigens“, sagte er, indem er mir gutmütig und offen ins Gesicht blickte, „ich habe mir's überlegt; vielleicht haben Sie keine Lust, bei mir einzukehren, in diesem Falle . . .“

Ich ließ ihn nicht zu Ende sprechen und versicherte ihm, im Gegenteil, es werde mir ein Vergnügen sein, bei ihm zu essen.

„Nun, wie Sie wollen.“

Wir traten ins Haus. Ein junger Bursche in einem langen Kaftan aus grobem blauem Tuch kam uns auf der Treppe entgegen. Radilow befahl ihm sogleich,

Jermolai ein Glas Schnaps zu reichen; mein Jäger verbeugte sich respektvoll hinter dem Rücken des großmütigen Spenders. Aus dem mit allerlei bunten Bildern austapezierten und mit Vogelbauern behängten Vorzimmer kamen wir in ein kleines Zimmer, das Kabinett Radilows. Ich legte meine Jagdausrüstung ab, stellte mein Gewehr in die Ecke, und der Bursche im langen Kaftan bürstete mich sorgfältig ab.

„Nun wollen wir ins Gastzimmer", versetzte Radilow freundlich, „ich will Sie mit meiner Mutter bekannt machen."

Ich folgte ihm. Im Gastzimmer saß auf dem mittleren Sofa eine kleine Alte in braunem Kleid und weißer Haube, mit einem gutmütigen, schmächtigen Gesicht und einem scheuen und traurigen Blick.

„Hier, Mamachen, stelle ich Ihnen unseren Nachbarn vor."

Die Alte erhob sich und verbeugte sich vor mir, ohne den dicken, gehäkelten, sackähnlichen Strickbeutel aus den Händen zu lassen.

„Sind Sie schon lange in unserer Gegend?" fragte sie mit einer schwachen und leisen Stimme, mit den Augen zwinkernd.

„Nein, erst seit kurzem."

„Haben Sie die Absicht, hier lange zu bleiben?"

„Ich denke bis zum Winter."

Die Alte verstummte.

„Dieser da", fiel ihr Radilow ein, auf einen langen und hageren Mann weisend, den ich beim Betreten des Gastzimmers gar nicht bemerkt hatte, „dieser da ist Fjodor Michejitsch . . . Nun, Fedja, zeig mal dem Gast deine Kunst. Warum hast du dich in den Winkel verkrochen?"

Fjodor Michejitsch erhob sich sofort von seinem Stuhl, nahm vom Fensterbrett eine elende Geige, faßte den Bogen, aber nicht am Ende, wie es sich gehört, sondern in der Mitte, stemmte die Geige gegen die Brust, schloß die Augen und fing an zu tanzen, wobei er ein Liedchen sang und auf den Saiten kratzte. Dem Aussehen nach mochte er siebzig Jahre alt sein; sein langer Nankingrock schlotterte traurig um seine trockenen, knochigen Glieder. Er tanzte; bald schüttelte er übermütig seinen kleinen, kahlen Kopf, bald bewegte er ihn wie ersterbend, bald reckte er den langen, sehnigen Hals, trampelte mit den Füßen auf einer Stelle und beugte ab und zu mit sichtbarer Anstrengung seine Knie. Aus seinem zahnlosen Mund kam eine altersschwache Stimme. Radilow hatte wohl an meinem Gesichtsausdruck erraten, daß die „Kunst" Fedjas mir kein besonderes Vergnügen bereitete.

„Nun, schon gut, Alter, genug“, sagte er, „du darfst dir jetzt deine Belohnung holen.“

Fjodor Michejitsch legte sofort die Geige aufs Fensterbrett, verbeugte sich zuerst vor mir, als dem Gast, dann vor der Alten und zuletzt vor Radilow und ging hinaus.

„Der war auch einmal Gutsbesitzer“, fuhr mein neuer Bekannter fort, „sogar ein reicher, aber er hat sich ruiniert und lebt jetzt bei mir . . . Zu seiner Zeit galt er aber als ein Hauptkerl im ganzen Gouvernement; zwei Frauen hat er ihren Männern entführt, hat sich einen Sängerchor gehalten und auch selbst meisterhaft gesungen und getanzt . . . Aber ist Ihnen vielleicht ein Schnäpschen gefällig? Das Essen steht ja schon auf dem Tisch.“

Ein junges Mädchen, dasselbe, das ich flüchtig im Garten gesehen hatte, trat ins Zimmer.

„Ah, da ist ja die Olga!“ bemerkte Radilow, den Kopf leicht zur Seite wendend. „Ich empfehle sie Ihrem Wohlwollen . . . Nun wollen wir zu Tisch.“

Wir begaben uns ins Eßzimmer und nahmen Platz. Während wir aus dem Gastzimmer gingen und Platz nahmen, sang Fjodor Michejitsch, dem nach der Belohnung die Äuglein glänzten und die Nase leicht gerötet war: „Siegesdonner soll erschallen!“ Man hatte für ihn in einem Winkel auf einem kleinen Tischchen ohne Serviette eigens gedeckt. Der arme Alte zeichnete sich durch keine besondere Reinlichkeit aus, und darum hielt man ihn immer in einiger Entfernung von der Gesellschaft. Er bekreuzigte sich, seufzte auf und fing an zu essen wie ein Haifisch. Das Mittagessen war in der Tat nicht schlecht und lief, da es Sonntag war, nicht ohne zitterndes Gelee und spanischen Wind (ein Backwerk) ab. Während des Essens erging sich Radilow, der an die zehn Jahre in einem Infanterieregiment gedient und den türkischen Feldzug mitgemacht hatte, in Erzählungen; ich hörte ihm aufmerksam zu und beobachtete verstohlen Olga. Sie war nicht sehr hübsch; aber ihr energischer und ruhiger Gesichtsausdruck, ihre breite weiße Stirne, das dichte Haar, besonders ihre braunen, kleinen, aber klugen, leuchtenden und lebhaften Augen würden wohl auch auf jeden anderen an meiner Stelle Eindruck gemacht haben. Es schien mir, als verfolgte sie jedes Wort Radilows, wobei ihr Gesicht nicht Teilnahme, sondern eine leidenschaftliche, gespannte Aufmerksamkeit ausdrückte; Radilow konnte dem Alter nach ihr Vater sein; er sagte zu ihr „du“, aber ich begriff sofort, daß sie nicht seine Tochter sei. Im Laufe des Gesprächs erwähnte er seine verstorbene Frau. „Ihre Schwester . . .“, fügte er hinzu, auf Olga weisend. Sie errötete rasch und schlug die Augen nieder. Radilow schwieg eine Weile und brachte das Gespräch auf andere Dinge. Die Alte sprach während der ganzen Mahlzeit kein einziges Wort; sie aß selbst nichts und bot auch mir nichts an. Ihre Gesichtszüge atmeten eine gewisse furchtsame und hoffnungslose Erwartung, jene Altersträuer, die das Herz des Beobachters so schmerzvoll zusammenpreßt. Gegen Ende der Mahlzeit begann Fjodor Michejitsch ein Loblied auf die Gastgeber und auf den Gast zu singen, aber Radilow sah mich an und bat ihn zu schweigen; der Alte fuhr sich mit der Hand über die Lippen, zwinkerte mit den Augen, verbeugte sich und setzte sich wieder, jetzt aber auf den äußersten Rand des Stuhles. Nach dem Essen begab ich mich mit Radilow in sein Kabinett.

Menschen, die dauernd und stark von einem Gedanken oder von einer Leidenschaft in Anspruch genommen sind, haben alle etwas Gemeinsames, eine eigentümliche äußere Ähnlichkeit im Benehmen, wie verschieden sonst ihre Eigenschaften, Fähigkeiten, ihre Stellung in der Welt und ihre Erziehung auch sein mögen. Je länger ich Radilow beobachtete, um so mehr gewann ich den Eindruck, daß er gerade zu solchen Menschen gehöre. Er sprach von der Landwirtschaft, von der Ernte, vom Heuschlag, vom Krieg, vom Klatsch des Landkreises und von den bevorstehenden Wahlen; er sprach ungezwungen, sogar mit Teilnahme, seufzte aber oft plötzlich auf und ließ sich in seinen Sessel sinken wie ein von schwerer Arbeit ermüdeter Mensch, wobei er sich mit der Hand übers Gesicht fuhr. Seine warme und gute Seele schien ganz von einem Gedanken durchdrungen und erfüllt zu sein. Mich wunderte, daß ich bei ihm keinerlei Leidenschaft entdecken konnte, weder fürs Essen noch fürs Trinken, weder für die Jagd noch für die Kursker Nachtigallen, noch für die an der Fallsucht leidenden Tauben, noch für die russische Literatur, noch für Paßgänger, noch für ungarische Joppen, noch für Karten- oder Billardspiel, noch für Tanzabende, noch für Fahrten in die Gouvernements- und Residenzstädte, noch für Papier- und Zuckerfabriken, noch für buntbemalte Gartenpavillons, noch für Tee, noch für die sich beinahe unnatürlich biegenden Troikapferde, noch für die dicken Kutscher, die ihre Gürtel fast unter den Achseln trugen, für die großartigen Kutscher, bei, denen, Gott weiß warum, die Augen sich bei jeder Bewegung des Halses verdrehen und heraustreten ... Was ist denn das für ein Gutsbesitzer!, dachte ich mir. Indessen spielte er durchaus nicht einen düsteren und mit seinem Schicksal unzufriedenen Menschen; im Gegenteil, sein ganzes Wesen atmete ein wahlloses Wohlwollen, Leutseligkeit und eine fast beleidigende Neigung, sich jedem Menschen, der ihm in den Weg kam, anzubiedern. Allerdings hatte man zu gleicher Zeit das Gefühl, daß er gar nicht imstande sei, sich jemandem in wahrer Freundschaft anzuschließen, und das nicht etwa, weil er keiner Menschen bedurfte, sondern weil sein ganzes Leben für eine Zeitlang nach innen gekehrt war. Wenn ich Radilow genauer betrachtete, konnte ich ihn mir unmöglich glücklich denken, weder jetzt noch überhaupt einmal. Schön war er auch nicht; aber in seinem Blick, in seinem Lächeln, in seinem ganzen Wesen war etwas außerordentlich Anziehendes verborgen, im buchstäblichen Sinn: verborgen. Man hatte unwillkürlich den Wunsch, ihn näher kennenzulernen, ihn liebzugewinnen. Allerdings kehrte er zuweilen doch den Gutsbesitzer und Steppenbewohner heraus; aber er war dennoch ein prächtiger Mensch.

Wir waren eben in ein Gespräch über den neuen Kreis-Adelsmarschall gekommen, als plötzlich hinter der Tür Olgas Stimme erklang: „Der Tee ist aufgetragen."

Wir gingen ins Gastzimmer. Fjodor Michejitsch saß wie früher in seinem Winkelchen zwischen dem Fenster und der Tür, die Beine bescheiden eingezogen. Radilows Mutter strickte einen Strumpf. Durch die offenen Fenster zogen aus dem Garten herbstliche Frische und der Duft von Äpfeln herein. Olga schenkte geschäftig den Tee ein. Ich betrachtete sie jetzt aufmerksamer als beim Mittagessen. Sie sprach überhaupt sehr wenig, wie alle Provinzmädchen, aber man merkte an ihr wenigstens nicht das Bestreben, unbedingt etwas Gutes zu sagen, das sich gewöhnlich mit einem qualvollen Gefühl innerer Leere und Ohnmacht paart; sie seufzte nicht wie im Überschwang unaussprechlicher Empfindungen, rollte nicht die Augen, lächelte nicht träumerisch und rätselhaft. Sie blickte ruhig und gleichgültig wie ein Mensch, der von einem großen Glück oder einer großen Erregung ausruht. Ihr Gang und ihre Bewegungen waren energisch und frei. Sie gefiel mir sehr gut.

Ich kam mit Radilow wieder ins Gespräch. Ich weiß nicht mehr, wie wir auf die bekannte Bemerkung kamen, daß oft die unbedeutendsten Dinge auf den Menschen einen größeren Eindruck machen als die wichtigsten.

„Ja", sagte Radilow, „das habe ich an mir selbst erfahren. Sie wissen, ich war verheiratet. Nicht lange ... drei Jahre; meine Frau starb an einer Geburt. Ich glaubte, ich würde sie nicht überleben; ich war furchtbar betrübt, wie erschlagen, konnte aber nicht weinen, ich ging immer wie betäubt umher. Man hatte sie, wie es sich gehört, eingekleidet und auf den Tisch gelegt, hier in diesem selben Zimmer. Es kam der Geistliche; es kamen auch die Küster, sie fingen an zu singen, zu beten und zu räuchern; ich verneigte mich vor dem Sarg bis zur Erde, und doch kam mir keine einzige Träne. Mein Herz war wie versteinert, auch der Kopf, ich war ganz schwer geworden. So verging der erste Tag. Werden Sie es mir glauben? Nachts schlief ich sogar ein. Am anderen Morgen ging ich zu meiner Frau ins Zimmer – es war im Sommer, die Sonne beleuchtete sie vom Kopf bis zu den Füßen so furchtbar hell. Plötzlich sah ich . . ."

Radilow fuhr hier unwillkürlich zusammen.

„Was glauben Sie? Eines ihrer Augen war nicht ganz geschlossen, und auf diesem Auge ging eine Fliege auf und ab . . . Ich fiel hin wie eine Garbe, und als ich zu mir kam, fing ich zu weinen an, ich weinte, weinte und konnte gar nicht aufhören . . ."

Radilow verstummte. Ich sah ihn an und dann Olga . . . Niemals vergesse ich ihren Gesichtsausdruck. Die Alte hatte den Strickstrumpf auf den Schoß gelegt, aus dem Strickbeutel ein Taschentuch geholt und wischte sich verstohlen die Augen. Fjodor Michejitsch stand plötzlich auf, ergriff seine Geige und stimmte mit heiserer, wilder Stimme ein Lied an. Er wollte uns offenbar zerstreuen; wir fuhren aber alle beim ersten Ton zusammen, und Radilow bat ihn aufzuhören.

„Übrigens", fuhr er fort, „was geschehen, ist geschehen; das Vergangene läßt sich nicht mehr umkehren, und schließlich . . . alles ist in dieser Welt doch zum Besten, wie es, wenn ich nicht irre, Voltaire gesagt hat", fügte er schnell hinzu.

„Ja", entgegnete ich, „gewiß. Außerdem kann man jedes Unglück ertragen, und es gibt keine so schlimme Lage, aus der man sich nicht befreien könnte."

„Glauben Sie?" bemerkte Radilow. „Nun, vielleicht haben Sie recht. Ich erinnere mich noch, wie ich in der Türkei halbtot im Hospital lag: Ich hatte das Faulfieber. Nun, die Einrichtung war nicht schön, natürlich, es war ja Krieg – man mußte auch so Gott danken! Plötzlich bringt man uns noch mehr Kranke – wo soll man die hinlegen? Der Arzt läuft hin und her – es ist kein Platz da. So geht er auf mich zu und fragt den Feldscher: „Lebt er?" Jener antwortete: „Am Morgen lebte er noch." Der Arzt beugte sich über mich und hörte, daß ich noch atmete. Der gute Mann konnte sich nicht beherrschen. „Ist die Natur aber dumm!" sagte er. „Der Mensch wird doch sterben, wird unbedingt sterben, aber er zieht es noch in die Länge und pfeift auf dem letzten Loch, nimmt nur den anderen den Platz weg." – Schlecht steht es mit dir, Michailo Michailowitsch, denke ich mir. . . . Und doch bin ich genesen und lebe noch heute, wie Sie zu sehen belieben. Folglich haben Sie recht."

„Ich habe in jedem Fall recht", entgegnete ich: „Wären Sie sogar gestorben, so wären Sie immerhin aus Ihrer schlimmen Lage befreit."

„Natürlich, natürlich“, fügte er hinzu und schlug heftig mit der Hand auf den Tisch. „Es kostet nur den Entschluß. ... Was hat man von seiner elenden Lage ...? Warum soll man zögern, die Sache in die Länge ziehen ...

Olga erhob sich rasch und ging in den Garten.

„Nun, Fedja, ein Tanzlied!“ rief Radilow.

Fedja sprang auf, ging einmal durchs Zimmer mit jenem gezierten, besonderen Gang, wie die bekannte „Ziege“ neben dem Tanzbären einhergeht, und fing zu singen an: „Vor dem Tor, vor unserm Tor ...“

Draußen vor der Treppe rasselte ein Jagdwagen, und nach einigen Augenblicken trat ein großgewachsener, breitschultriger und korpulenter Greis, der Einhöfer Owsjanikow, ins Zimmer ... Owsjanikow ist aber eine so bemerkenswerte und originelle Person, daß wir mit Erlaubnis des Lesers von ihm in einem anderen Abschnitt sprechen wollen. Jetzt will ich von mir aus nur noch hinzufügen, daß ich mich am nächsten Tag in aller Frühe mit Jermolai auf die Jagd begab und von der Jagd nach Hause zurückkehrte; daß ich nach acht Tagen wieder Radilow aufsuchte, aber weder ihn noch Olga zu Hause antraf, und daß ich nach zwei Wochen erfuhr, er sei plötzlich verschwunden, habe seine Mutter verlassen und sei mit seiner Schwägerin irgendwohin weggereist. Das ganze Gouvernement geriet in Aufregung und sprach nur noch von diesem Ereignis, und nun begriff ich erst den Ausdruck in Olgas Gesicht während der Erzählung Radilows. Es hatte damals nicht nur Mitleid gezeigt, sondern war auch in Eifersucht erglüht.

Vor meiner Abreise in die Stadt besuchte ich die alte Mutter Radilows. Ich fand sie im Gastzimmer sitzend; sie spielte mit Fjodor Michejitsch Schafskopf.

„Haben Sie Nachrichten von Ihrem Sohn?“ fragte ich sie schließlich.

Die Alte brach in Tränen aus. Ich fragte sie nicht mehr nach Radilow.

Der Einhöfer Owsjanikow

Geneigter Leser, stellt euch einen vollen, hochgewachsenen, etwa siebzigjährigen Mann vor mit einem Gesicht, das einige Ähnlichkeit mit dem Gesicht Krylows hat, einem hellen und klugen Blick unter überhängenden Brauen, einer wichtigen Haltung; einer gemessenen Redeweise und langsamen Bewegungen: Da habt ihr den Owsjanikow. Er trug einen weiten blauen Rock mit langen Ärmeln, bis oben zugeknöpft, ein lila Seidentuch um den Hals und blankgeputzte Stiefel mit Troddeln; er sah überhaupt eher wie ein wohlhabender

Kaufmann aus. Er hatte schöne, weiche und weiße Hände und pflegte beim Sprechen oft an die Knöpfe seines Rockes zu greifen. Owsjanikow erinnerte mich durch sein wichtiges Wesen und seine Unbeweglichkeit, seinen scharfen Verstand und seine Faulheit, seine Offenherzigkeit und seine Hartnäckigkeit an die russischen Bojaren der vorpetrinischen Zeit . . . Die Bojarentracht würde ihm sehr gut stehen. Er war einer der letzten Männer der alten Zeit. Alle Nachbarn achteten ihn hoch und hielten es für eine Ehre, mit ihm zu verkehren. Seine Standesgenossen, die anderen Einhöfer, beteten ihn beinahe an, zogen die Mützen schon, wenn sie ihn aus der Ferne sahen, und waren stolz auf ihn. Im allgemeinen ist es bei uns auch heute noch schwer, einen Einhöfer von einem Bauern zu unterscheiden: Seine Wirtschaft sieht beinahe noch schlechter aus als eine Bauerwirtschaft; seine Kälber kommen gar nicht aus dem Buchweizenfeld heraus, die Pferde sind kaum noch lebendig, das Pferdegeschirr besteht aus Stricken. Owsjanikow bildete eine Ausnahme von dieser allgemeinen Regel, obwohl er nicht als reich galt. Er lebte mit seiner Frau allein in einem gemütlichen, sauberen Häuschen, hielt sich nur wenige Dienstboten, kleidete sie alle russisch und nannte sie Knechte. Sie pflügten ihm auch sein Land. Er gab sich nicht für einen Edelmann aus, spielte nicht den Gutsbesitzer, vergaß sich nie, setzte sich niemals auf die erste Aufforderung hin und stand beim Erscheinen eines jeden neuen Gastes unbedingt auf, aber mit solcher Würde, mit einer solchen majestätischen Leutseligkeit, daß der Gast sich vor ihm unwillkürlich tief verbeugte. Owsjanikow beobachtete die alten Sitten nicht aus Aberglauben (er hatte eine ziemlich freie Gesinnung), sondern aus Gewohnheit. Er liebte z. B. keine Federequipagen, die er unbequem fand, und fuhr entweder in einer Jagddroschke oder in einem hübschen kleinen Wägelchen mit einem Lederkissen und lenkte selbst seinen guten braunen Traber. (Er hielt sich nur braune Pferde.) Der Kutscher, ein junger Bursche mit roten Backen, mit rundgeschnittenem Haar, saß in einem blauen Mantel und einer niederen Lammfellmütze, mit einem Riemen umgürtet, respektvoll an seiner Seite. Owsjanikow schlief immer nach dem Essen, ging des Sonnabends ins Dampfbad, las ausschließlich Bücher geistlichen Inhalts (wobei er sich mit großer Würde eine runde silberne Brille auf die Nase setzte), ging früh zu Bett und stand früh auf. Seinen Bart rasierte er sich jedoch und trug das Haar nach deutscher Mode. Seine Gäste empfing er überaus freundlich und herzlich, verbeugte sich aber nicht allzu tief vor ihnen, zeigte keine übertriebene Geschäftigkeit und traktierte sie nicht mit allerlei Gedörrtem und Eingesalzenem. „Frau!" pflegte er langsam, ohne von seinem Platz aufzustehen und den Kopf leicht zu ihr wendend, zu sagen. „Bring doch den Herren etwas Leckeres." Er hielt es für Sünde, Korn, die Gabe Gottes, zu verkaufen, und verschenkte im Jahre 1840 bei der großen Hungersnot und Teuerung seinen ganzen Vorrat an die benachbarten Gutsbesitzer und Bauern; im nächsten Jahr zahlten sie ihm diese Schuld mit Dank in natura zurück. An Owsjanikow wandten sich oft die Nachbarn mit der Bitte, ihre Streitigkeiten zu schlichten, sie miteinander zu versöhnen; sie fügten sich fast immer seinem Urteilsspruch und folgten seinem Rat. Viele Grenzstreitigkeiten waren dank ihm endgültig erledigt . . . Aber nach zwei oder drei Zusammenstößen mit Gutsbesitzerinnen erklärte er, daß er sich weigere, je wieder eine Vermittlung zwischen Personen weiblichen Geschlechts zu übernehmen. Er konnte keinerlei Eile, Hast, Weibergeschwätz und Getue ertragen. Einmal brach in seinem Haus Feuer aus. Der Knecht lief zu ihm atemlos herein und schrie: „Es brennt! Es brennt!"

„Aber warum schreist du so?" entgegnete Owsjanikow ruhig: „Gib mir mal meine Mütze und meinen Stock."

Er liebte es, selbst seine Pferde einzufahren. Einmal sauste ein hitziger Bitjuk einen Berg hinunter, auf einen Graben zu. „Hör doch auf, hör doch auf, du dummes Füllen, du schlägst dich noch tot!" sagte Owsjanikow gutmütig zu ihm; einen Augenblick später flog er mit dem Jagdwagen, mit dem Jungen, der rückwärts saß, und mit dem Pferd in den Graben. Zum Glück lag auf dem Grund des Grabens ein Sandhaufen. Niemand nahm Schaden, nur der Bitjuk verrenkte sich ein Bein. „Nun siehst du es", fuhr Owsjanikow mit ruhiger Stimme fort, vom Boden aufstehend, „ich habe es dir doch gesagt!"

Auch eine Frau hatte er sich gewählt, die zu ihm paßte. Tatjana Iljinitschna Owsjanikowa war eine großgewachsene, ernste und schweigsame Frau und trug immer ein braunseidenes Kopftuch. Es ging von ihr eine Kälte aus, obwohl sich niemand über ihre Strenge beklagen durfte; im Gegenteil: Viele arme Leute nannten sie ihre Mutter und Wohltäterin. Die regelmäßigen Gesichtszüge, die großen dunklen Augen und die feinen Lippen zeugten auch jetzt noch von ihrer einst berühmten Schönheit. Kinder hatte Owsjanikow nicht.

Ich lernte ihn, wie es der Leser schon weiß, bei Radilow kennen und fuhr schon zwei Tage später zu ihm. Ich traf ihn zu Hause. Er saß in einem großen Ledersessel und las in der Heiligenlegende. Eine graue Katze schnurrte auf seiner Schulter. Er empfing mich nach seiner Gewohnheit freundlich und mit Würde. Wir kamen ins Gespräch.

„Luka Petrowitsch, sagen Sie mir doch die Wahrheit", fragte ich unter anderem. „Früher, zu Ihrer Zeit, war es doch besser?"

„Manches war wirklich besser, das muß ich Ihnen schon sagen“, entgegnete Owsjanikow, „das Leben war ruhiger, man war zufriedener, das stimmt . . . Jetzt ist es aber doch besser, und Ihre Kinder werden es noch besser haben, so Gott will.“

„Ich hätte aber erwartet, Luka Petrowitsch, daß Sie mir die alte Zeit loben würden.“

„Nein, ich habe keinen besonderen Grund, die alte Zeit zu loben. Sie sind z. B. ein Gutsbesitzer, der gleiche Gutsbesitzer wie Ihr seliger Großvater, aber Sie haben nicht mehr die Gewalt, die jener gehabt hat! Auch sind Sie ein ganz anderer Mensch. Allerdings werden wir jetzt auch von anderen Herren unterdrückt; anders geht es wohl nicht. Es wird aber schon einmal alles in Ordnung kommen. Nein, jetzt bekomme ich nicht mehr die Dinge zu sehen, an denen ich mich in meiner Jugend satt gesehen habe.“

„Was denn zum Beispiel?“

„Nehmen wir wiederum Ihren Großvater. Das war ein großmächtiger Herr, unsereins hatte von ihm viel zu leiden. Sie kennen vielleicht – wie sollten Sie Ihr Land nicht kennen? – den Keil, der von Tscheplygino nach Malinino geht . . .? Sie haben darauf Hafer angebaut . . . Dieses Stück gehört ja Ihnen, gehört ganz Ihnen. Ihr Großvater hat es aber uns weggenommen; er kam geritten, zeigte mit der Hand, sagte: „Das ist mein Besitz!“ und eignete sich das Stück an. Mein verstorbener Vater, Gott hab' ihn selig, war ein gerechter und hitziger Mensch, der wollte es nicht dulden – wer hat auch Lust, sein Eigentum zu verlieren? – und reichte eine Klage bei Gericht ein. Nur er allein tat es, die anderen gingen nicht zu Gericht, sie fürchteten sich. So wurde Ihrem Großvater gemeldet, daß Pjotr Owsjanikow wegen des weggenommenen Stückes Land eine Klage gegen ihn eingereicht habe . . . Ihr Großvater schickte zu uns sofort seinen Oberjäger Bausch mit einem Kommando: Sie nahmen meinen Vater und führten ihn auf Ihr Erbgut. Ich war damals noch ein kleiner Junge und lief ihnen barfuß nach. Und was geschah . . .? Man führte ihn vor Ihr Haus und züchtigte ihn vor den Fenstern mit Ruten. Ihr Großvater stand auf dem Balkon und sah zu; die Großmutter saß am Fenster und sah ebenfalls zu. Mein Vater schrie: „Mütterchen, Marja Wassiljewna, nehmen Sie sich meiner an, erbarmen Sie sich meiner!“ Sie aber beugte sich zum Fenster hinaus und sah zu. So nahm er meinem Vater das Wort ab, daß er sich von seinem Besitz lossage, und er mußte sich bei Ihrem Großvater noch bedanken, daß er ihn lebendig laufen ließ. So blieb das Stück Land Ihnen. Gehen Sie mal hin und fragen Sie Ihre Bauern, wie das Stück Land heißt. Es heißt Prügelfeld, weil es mit Prügeln weggenommen wurde. Also dürfen wir kleinen Leute die alte Zeit nicht beweinen."

Ich wußte nicht, was ich Owsjanikow antworten sollte, und wagte ihm nicht ins Gesicht zu schauen.

„Um die gleiche Zeit hatten wir auch noch einen anderen Nachbarn, Stepan Niktopolionytsch Komow. Der hatte meinen Vater fast zu Tode gequält, wenn auch auf eine andere Manier. Er war ein Trunkenbold und liebte Trinkgelage zu veranstalten. Wenn er mal getrunken hat, so sagt er auf französisch: „C'est bon", leckt sich die Lippen und fängt zu fluchen an, daß man alle Heiligen hinaustragen könnte. Und er schickt Einladungen zu allen Nachbarn. Die Troikas stehen bei ihm schon fertig; und wenn man nicht hinfährt, so kommt er zu einem gleich selbst ins Haus ... War ein so merkwürdiger Mensch! Im nüchternen Zustand log er niemals, wenn er aber betrunken war, so pflegte er zu erzählen, daß er in Petersburg auf der Fontanka drei Häuser habe: ein rotes mit einem Schornstein, ein gelbes mit zwei Schornsteinen und ein blaues ganz ohne Schornsteine; auch habe er drei Söhne (dabei war er niemals verheiratet gewesen): Der eine sei bei der Infanterie, der andere bei der Kavallerie und der dritte sei ganz für sich ... Und er sagte, daß in jedem seiner Häuser ein Sohn von ihm wohne; den ältesten besuchten lauter Admirale, den zweiten lauter Generale und den dritten lauter Engländer! So erhebt er sich von seinem Platz und ruft: „Auf das Wohl meines ältesten Sohnes, der ist der respektvollste!" und bricht in Tränen aus. Und wenn jemand sich weigert zu trinken, so gibt's ein Unglück. „Ich werde dich totschießen!" sagt er: „Und werde nicht erlauben, dich zu beerdigen ...!" Oder er springt auf und schreit: „Tanz, du Volk Gottes, zu deinem Vergnügen und mir zum Trost!" Und dann muß man tanzen; wenn man daran auch stirbt, muß man tanzen. Seine leibeigenen Mädeln hatte er fast zu Tode gequält. Oft mußten sie die ganze Nacht bis zum Morgen im Chor singen, und die die höchsten Töne singen konnte, bekam eine Belohnung. Wenn sie aber müde wurden, legte er den Kopf in die Hände und fing zu jammern an: „Ach, ich armes Waisenkind! Alle haben mich verlassen!" Die Stallburschen mußten die Mädchen sofort durch Schläge ermuntern. Mußte ihm gerade mein Vater gefallen: Was kann man da machen? Er hätte meinen Vater beinahe ins Grab gebracht, hätte es wirklich getan, aber der starb Gott Sei Dank von selbst: fiel einmal betrunken vom Taubenschlag herunter ... Ja, solche Nachbarn haben wir damals gehabt!"

„Wie sich die Zeiten doch verändert haben!" bemerkte ich.

„Ja, ja", bestätigte Owsjanikow. „Aber das muß man schon sagen: In alten Zeiten lebten die Edelleute viel prachtvoller. Von den Magnaten spreche ich schon gar nicht: In Moskau habe ich von ihnen genug gesehen. Man sagt, die seien jetzt auch dort ausgestorben."

„Sind Sie in Moskau gewesen?"

„Ja, vor langer, sehr langer Zeit. Ich stehe jetzt im dreiundsiebzigsten Jahr, und nach Moskau kam ich, als ich im sechzehnten war."

Owsjanikow seufzte auf.

„Wen haben Sie dort gesehen?"

„Viele Magnaten habe ich gesehen, und jeder hat sie gesehen; sie führten ein offenes Haus und lebten in Pracht und zum Erstaunen aller. Nur die Pracht des verstorbenen Grafen Alexej Grigorjewitsch Orlow-Tschesmenskij erreichte niemand. Ich sah ihn aber oft: Mein Onkel diente bei ihm als Haushofmeister. Der Graf geruhte auf der Schabolowka am Kaluga-Tor zu wohnen. Das war ein Magnat! Diese Würde, diese freundliche Leutseligkeit kann man sich gar nicht vorstellen, kann sie auch nicht schildern. Schon sein Wuchs allein, seine Kraft, sein Blick! Solange du ihn nicht kennst und bei ihm noch nicht warst, fürchtest du dich und hast eine Scheu vor ihm; trittst du aber bei ihm ein, so ist es dir, als wärme dich die Sonne, und du wirst auf einmal lustig. Jeden Menschen ließ er vor und war von allem Liebhaber. Beim Pferderennen lenkte er selbst und fuhr mit jedem um die Wette; niemals überholte er einen gleich zu Anfang, kränkte niemand auf diese Weise; wenn er einen überholte, so tat er es erst dicht vor dem Ziel; dabei war er so freundlich, er tröstete seinen Gegner und lobte sein Pferd. Tauben hielt er sich von der ersten Sorte. Manchmal kommt er in den Hof hinunter, setzt sich in den Sessel und gibt den Befehl, die Tauben auffliegen zu lassen; auf den Dächern ringsum stehen aber Leute mit Gewehren gegen die Habichte. Zu Füßen des Grafen steht ein silbernes Becken mit Wasser, und er schaut auf die Spiegelung seiner Täubchen im Wasser. Die Armen und Bettler lebten zu Hunderten von seinem Brot . . . Und wieviel Geld hat er ausgeteilt! Wenn er aber zornig wird, so ist es, als dröhnte der Donner. Man zittert vor Angst, kann sich aber hinterher nicht beklagen: Eh man sich's versieht, lächelt er schon wieder! Wenn er ein Gastmahl gibt, so ist ganz Moskau betrunken . . .! Und dabei war er so klug! Er war es ja, der den Türken schlug. Er liebte auch zu ringen; man brachte zu ihm starke Männer aus Tula, aus Charkow, aus Tambow, von überallher. Wenn er wen besiegt, so belohnt er ihn; und wenn ihn der andere besiegt, so überschüttet er ihn förmlich mit Geschenken und küßt ihn auf den Mund. Als ich in Moskau war, veranstaltete er ein Hunderennen, wie man es in

Rußland noch nicht gesehen hatte: Alle Hundeliebhaber aus dem ganzen Reiche lud er zu sich ein; er bestimmte den Tag und gab ihnen drei Monate Zeit. So kamen sie zusammen. Sie brachten eine Menge Hunde und Leibjäger mit, wie ein ganzes Heer sah es aus! Zuerst zechten sie, wie es sich gehört, und zogen dann vor die Stadt. Eine Unmenge von Leuten versammelte sich da . . .! Und was glauben Sie . . .? Eine Hündin Ihres Großvaters besiegte alle anderen."

„War es nicht die Milowidka?" fragte ich.

„Ja, die Milowidka, die Milowidka . . . Der Graf fing an, ihn zu bitten: „Verkauf mir deinen Hund, ich zahle dir, was du willst." – „Nein, Graf", sagte jener, „ich bin kein Händler: Ich werde auch den unnützesten Lappen nicht verkaufen; um meinen Respekt zu bezeugen, bin ich bereit, meine Frau abzutreten, nur nicht die Milowidka . . . Eher würde ich mich selbst in Knechtschaft begeben." Alexej Grigorjewitsch lobte ihn dafür und sagte: „Das gefällt mir!" Ihr Großvater brachte dann die Hündin in seiner Equipage nach Hause; und als die Milowidka einging, ließ er sie im Garten mit Musik begraben und setzte der Hündin einen Stein mit einer Inschrift."

„Alexej Grigorjewitsch tat also doch niemand was zuleide", bemerkte ich.

„Es ist ja immer so: Nur wer selbst im seichten Wasser schwimmt, der greift die anderen an."

„Und was für ein Mensch war dieser Bausch?" fragte ich nach einigem Schweigen.

„Wie kommt es, daß Sie von der Milowidka gehört haben und von Bausch nichts . . .? Es war der Jägermeister und Oberaufseher der Hunde Ihres Großvaters. Er war ein ganz toller Kerl, und was ihm Ihr Großvater auch befahl, führte er sofort aus, und wenn es auch aufs Messer gehen sollte . . . Wenn er die Hunde hetzte, so widerhallte es im ganzen Wald. Manchmal wurde er trotzig, stieg vom Pferd und legte sich auf die Erde . . . Sobald die Hunde seine Stimme nicht mehr hörten, so war es aus! Sie verließen die frischeste Spur und waren um nichts in der Welt weiterzubringen. Da geriet Ihr Großvater in Zorn: „Ich will nicht leben bleiben, wenn ich diesen Taugenichts nicht aufhänge! Ich will diesem Antichrist das Fell über die Ohren ziehen! Ich will diesem Mörder die Fersen durch die Gurgel ziehen!" Und die Sache endete damit, daß er zu ihm schickte und fragen ließ, warum er die Hunde nicht mehr antreibe? Bausch verlangte in solchen Fällen gewöhnlich Branntwein; er trank, stand auf und schrie wieder durch den Wald."

„Sie lieben wohl sehr die Jagd, Luka Petrowitsch?"

„Ich liebte sie wohl . . . aber jetzt nicht mehr. Jetzt ist meine Zeit vorbei – aber in meinen jungen Jahren . . . Wissen Sie, es geht auch nicht gut meines Standes wegen. Mit den Edelleuten darf sich unsereins nicht messen. Es kommt zwar vor, daß ein Trinker und Taugenichts aus unserem Stand sich den Herren anbiedert . . . aber was hat er davon? Er tut sich nur Schande an. Man gibt ihm ein schlechtes Pferd, das jeden Augenblick stolpert; jeden Augenblick wirft man ihm die Mütze vom Kopf; man haut mit der Peitsche, als wollte man das Pferd treffen, und trifft ihn; er muß aber immer lachen und auch die anderen lachen machen. Nein, das muß ich sagen: Je niedriger der Stand, um so strenger muß man sich halten, sonst beschmutzt man nur seine Ehre.

Ja", fuhr Owsjanikow mit einem Seufzer fort, „viel Wasser ist ins Meer geflossen, seitdem ich auf der Welt lebe. Es sind andere Zeiten angebrochen. Besonders bei dem Adel sehe ich große Veränderungen. Die Kleinbegüterten sind fast alle im Staatsdienst gewesen oder sitzen nicht auf einem Ort; die Großbegüterten kann man überhaupt nicht wiedererkennen. Bei Schlichtung von Grenzstreitigkeiten habe ich genug von diesen Großbegüterten gesehen. Und ich muß Ihnen sagen, das Herz freut sich einem im Leibe, wenn man sie ansieht: Sie sind leutselig und höflich. Aber eines erscheint mir erstaunlich: Alle Wissenschaften haben sie studiert, sie sprechen so vernünftig, daß man Andacht empfindet, aber von wirklichen Geschäften verstehen sie nichts, sogar für ihre eigenen Vorteile haben sie kein Verständnis; ihr eigener leibeigener Verwalter biegt sie, wohin er will. Sie kennen vielleicht den Alexander Wladimirowitsch Koroljow: Ist doch ein richtiger Edelmann? Ist ein hübscher Kerl, reich, hat auf der Universität studiert, ist, glaube ich, auch im Ausland gewesen, spricht schön, fließend, bescheiden, drückt jedem die Hand. Kennen Sie ihn? Also hören Sie einmal. In der vorigen Woche kamen wir auf Einladung des Vermittlungsrichters Nikifor Iljitsch in Berjosowka zusammen. Und der Vermittlungsrichter Nikifor Iljitsch sagt zu uns: „Meine Herren, man muß doch endlich die Grenzen ziehen, es ist eine Schande, unser Bezirk ist hinter den anderen zurückgeblieben; machen wir uns ans Werk." Und so machten wir uns ans Werk. Es begannen Gespräche, Streitigkeiten, wie es immer so geht; unser Bevollmächtigter fing an, Schwierigkeiten zu machen. Aber den ersten Krach machte Porfirij Owtschwinnikow . . . Warum macht bloß der Mann einen solchen Krach . . .? Er selbst besitzt keinen Zoll Erde; er handelt nur im Auftrag seines Bruders. Er schreit: „Nein! Mich werdet ihr nicht anführen! Ihr seid an den Unrechten geraten! Die Pläne her! Gebt mir den Feldmesser, diesen Christusverkäufer her!" – „Aber was fordern Sie eigentlich?" – „Ihr glaubt wohl, einen Narren gefunden zu haben? Ihr glaubt wohl, ich werde euch gleich meine Forderung herzeigen . . .? Nein, gebt erst die Pläne her, das fordere ich!“ Und dabei schlägt er mit der Hand auf die Pläne. Die Marfa Dmitrijewna hat er bis aufs Blut beleidigt. Jene schreit: „Wie unterstehen Sie sich, meinen Ruf anzutasten?“ – „Ihren Ruf“, sagt er ihr, „wünsche ich meiner braunen Stute nicht.“ Mit Mühe brachte man ihn durch Madeira zur Vernunft. Kaum hatte man ihn beruhigt, so fingen die anderen an, Krach zu machen. Alexander Wladimirowitsch Koroljow sitzt im Winkel, kaut an dem Knopf seines Stockes und schüttelt nur den Kopf. Ich schämte mich so, daß ich am liebsten davongelaufen wäre. Was wird sich wohl dieser Mensch von uns denken? Da sehe ich: Mein Alexander Wladimirowitsch richtet sich auf und tut so, als ob er sprechen wollte. Der Vermittlungsrichter ist ganz aufgeregt und sagt: „Meine Herren, meine Herren, Alexander Wladimirowitsch will sprechen!“ Das muß man den Edelleuten lassen: Alle wurden sofort still. So fing Alexander Wladimirowitsch zu sprechen an und sagte: „Wir haben wohl vergessen, wozu wir uns versammelt haben. Die Feldvermessung ist zwar für die Gutsbesitzer vorteilhaft, aber wozu hat man sie eigentlich eingeführt? Doch nur, damit es der Bauer leichter habe, damit er bequemer arbeiten und seinen Pflichten besser nachkommen könne; jetzt kennt er aber selbst seinen Besitz nicht und fährt oft fünf Werst weit, um zu pflügen – und das kann man ihm gar nicht zum Vorwurf machen.“ Dann sagte Alexander Wladimirowitsch, es wäre eine Sünde, wenn der Gutsbesitzer sich nicht um den Wohlstand seiner Bauern kümmere, und daß, wenn man es ordentlich betrachte, ihre Vorteile auch die unsrigen seien: Wenn sie es gut hätten, so hätten wir es auch gut, und wenn sie es schlimm hätten, so hätten wir es auch schlimm . . . daher sei es sündhaft und unvernünftig, sich wegen Bagatellen zu streiten . . . Und er redete und redete . . . aber so, daß es einen zu Tränen rührte. Die Edelleute ließen alle die Nasen hängen; mir selbst kamen beinahe die Tränen. Mein Ehrenwort, selbst in alten Büchern findet man solche Reden nicht . . . Und womit das endete? Er selbst wollte vier Desjatinen moosiges Moorland weder abtreten noch verkaufen. Er sagte: „Ich will den Sumpf mit meinen eigenen Leuten trockenlegen und eine Tuchfabrik mit allerlei Verbesserungen darauf gründen. Ich habe“, sagte er, „schon den Platz gewählt, ich habe meine eigenen Erwägungen.“ . . . Wenn das wenigstens wahr gewesen wäre, aber die Sache war einfach die, daß der Nachbar Alexander Wladimirowitschs, Anton Karassikow, zu geizig war, dem Koroljowschen Verwalter hundert Rubel in Assignaten zu schenken. So gingen wir auseinander, ohne die Sache erledigt zu haben. Aber Alexander Wladimirowitsch glaubt auch heute noch, im Recht zu sein, und redet immer von seiner Tuchfabrik; doch mit der Trockenlegung des Sumpfes fängt er gar nicht an."

„Wie verwaltet er denn sein Gut?"

„Er führt lauter Neuerungen ein. Die Bauern sind mit ihm nicht zufrieden, aber auf sie soll man nicht hören. Alexander Wladimirowitsch tut recht."

„Wie ist es nun, Luka Petrowitsch? Ich glaubte, Sie seien mehr für die alte Zeit?"

„Ich bin doch etwas ganz anderes. Ich bin weder Edelmann noch Gutsbesitzer. Was bedeutet meine ganze Wirtschaft . . .? Ich verstehe es auch nicht anders. Ich bemühe mich nur, nach Recht und Gesetz zu handeln, und danke dafür Gott! Die jüngeren Herren lieben die alte Ordnung nicht: Ich lobe sie . . . Es ist Zeit, zur Vernunft zu kommen. Aber leider klügeln die jungen Herren zuviel. Sie behandeln den Bauern wie eine Puppe: Sie wenden ihn hin und her, zerbrechen ihn und werfen ihn dann fort. Aber der leibeigene Verwalter oder der deutsche Gutsinspektor bekommt den Bauer wieder in seine Klauen. Wenn doch wenigstens einer von den jungen Herren mit dem Beispiel voranginge, wie man handeln solle . . .! Womit wird das alles enden? Werde ich denn wirklich sterben, ohne die neue Ordnung erlebt zu haben . . .? Wie ist das zu erklären: Das Alte ist ausgestorben, und das Neue will nicht kommen."

Ich wußte nicht, was ich Owsjanikow antworten sollte. Er sah sich um rückte näher zu mir und fuhr leise fort: „Haben Sie schon von Wassilij Nikolajewitsch Ljuboswonow gehört?"

„Nein, nichts."

„Erklären Sie mir bitte dieses Wunder. Ich kann es gar nicht begreifen. Seine eigenen Bauern haben es mir erzählt, aber ich kann daraus nicht klug werden. Sie wissen doch, er ist ein junger Mann und hat vor kurzem erst seine Mutter beerbt. Er kommt also auf sein Erbgut gefahren. Die Bauern versammeln sich, um ihren neuen Herrn zu sehen. Wassilij Nikolajewitsch kommt zu ihnen heraus. Die Bauern sehen – welch ein Wunder! – der Herr geht wie ein Kutscher in einer Plüschhose herum und trägt Stiefel mit einer Borte; hat sich ein rotes Hemd angezogen und einen Kutscherrock; den Bart hat er sich stehenlassen, trägt auf dem Kopf ein merkwürdiges Mützchen, und auch das Gesicht ist so merkwürdig; betrunken ist er wohl nicht, scheint aber nicht ganz bei Verstand zu sein. „Grüß Gott, Kinder!" sagt er ihnen. „Grüß Gott!" Die Bauern verbeugen sich vor ihm bis zur Erde, sagen aber kein Wort: So eingeschüchtert sind sie, wissen Sie. Und auch er selbst scheint schüchtern zu sein. Und er hält eine Rede: „Ich bin Russe", sagt er, „und auch ihr seid Russen; ich liebe alles Russische . . .

Ich habe eine russische Seele und auch russisches Blut ..." Und plötzlich kommandiert er: „Nun, Kinder! Jetzt singt mir mal ein russisches, völkisches Lied!" Den Bauern zittern die Knie; sie sind ganz närrisch geworden. Einer, der etwas kühner war, fing wohl zu singen an, hockte sich aber gleich hin und versteckte sich hinter den anderen. Am meisten muß man sich darüber wundern: Wir haben wohl früher auch solche Gutsbesitzer gehabt, Tollköpfe und lustige Brüder; sie kleideten sich fast wie Kutscher, spielten die Gitarre, sangen und tranken mit ihrem Hofgesinde, mit ihren Leibeigenen; dieser Wassilij Nikolajewitsch ist aber wie ein junges Mädchen: Immer liest er in seinen Büchern oder schreibt oder sagt laut Gedichte auf – spricht mit keinem Menschen, geht allen aus dem Wege, spaziert immer im Garten und scheint sich zu langweilen oder zu grämen. Der frühere Verwalter hatte anfangs große Angst: Vor der Ankunft Wassilij Nikolajewitschs hatte er alle Bauernhäuser besucht und sich vor allen gebückt: Die Katze wußte wohl, wessen Fleisch sie gefressen hatte. Auch die Bauern hofften und dachten sich: „Jetzt ist es aus mit dir, Bruder! Man wird dich schon zur Verantwortung ziehen; nun wirst du tanzen, du Halsabschneider ...!" Und was kam statt dessen heraus? Wie soll ich es Ihnen sagen. Der liebe Gott wird selbst nicht klug daraus, was da herauskam! Wassilij Nikolajewitsch ließ den Verwalter zu sich kommen und sagte ihm, ganz rot im Gesicht und vor Aufregung schnell atmend: „Sei du mir gerecht, bedrücke niemand, hörst du es?" Und seit diesem Tag hat er ihn nicht mehr zu sich berufen! Auf seinem eigenen Erbgut lebt er wie ein Fremder. Der Verwalter hat sich also wieder beruhigt; die Bauern wagen sich aber gar nicht an Wassilij Nikolajewitsch heran, solche Angst haben sie. Und das ist auch erstaunlich: Der Herr grüßt sie und blickt sie freundlich an, und doch haben sie vor Furcht Magenkrämpfe. Was sind das für Wunder, Väterchen, erklären Sie es mir ...? Ich bin entweder so dumm geworden oder zu alt, aber ich verstehe es nicht."

Ich antwortete Owsjanikow, Herr Ljuboswonow sei wahrscheinlich krank.

„Ach was, krank! Er ist so breit wie lang und hat auch ein volles Gesicht. Gott sei mit ihm, obwohl er noch jung ist ... Übrigens, Gott weiß!" Owsjanikow seufzte tief auf.

„Nun, lassen wir die Edelleute", begann ich. „Was können Sie mir von den Einhöfern erzählen, Luka Petrowitsch?"

„Das müssen Sie mir erlassen", versetzte er schnell. „Wirklich ... ich würde Ihnen schon manches erzählen ... aber wozu!" Owsjanikow machte eine wegwerfende Handbewegung. „Wollen wir lieber Tee trinken ... Sie sind

Bauern, die reinen Bauern; aber, um die Wahrheit zu sagen, was sollen wir anderes sein?“

Er verstummte. Man brachte uns Tee. Tatjana Iljinitschna stand von ihrem Platz auf und setzte sich näher zu uns heran. Im Laufe des Abends war sie einige Male geräuschlos aus dem Zimmer gegangen und ebenso geräuschlos zurückgekehrt. Im Zimmer trat Schweigen ein. Owsjanikow trank ernst und langsam eine Tasse nach der anderen.

„Mitja war heute bei uns“, bemerkte Tatjana Iljinitschna mit leiser Stimme.

Owsjanikow runzelte die Stirn.

„Was will er denn?“

„Er kam um Verzeihung bitten.“

Owsjanikow schüttelte den Kopf.

„Ich bitte Sie“, fuhr er an mich gewandt fort. „Was soll man mit seinen Verwandten anfangen? Sich von ihnen lossagen kann man doch auch nicht ... Da hat auch mich der liebe Gott mit einem Neffen gesegnet. Der Junge hat einen guten Kopf, ist aufgeweckt, das muß man ihm lassen; hat auch gut gelernt, aber ich werde doch nichts Gescheites von ihm erleben. Er war früher im Staatsdienst, hat aber den Dienst aufgesteckt; er sagt, er hätte da nicht vorwärtskommen können ... Ist er denn ein Edelmann? Auch einen Edelmann befördert man doch nicht gleich zum General. So lebt er jetzt ohne Beschäftigung ... Damit könnte man sich noch abfinden, aber er ist ein Denunziant geworden! Er verfaßt für die Bauern Bittschriften, schreibt Anzeigen, belehrt die Dorfvorsteher, bezichtigt die Feldmesser, schleppt sich in den Kneipen umher, verkehrt mit Kleinbürgern und Gastwirten. Wie leicht kann da ein Unglück geschehen! Die Land- und Kreispolizisten haben ihm schon mehr als einmal gedroht. Aber er versteht zu seinem Glück, Witze zu machen; er bringt sie zum Lachen und brockt ihnen dann eine Suppe ein ... Hör mal, sitzt er nicht jetzt bei dir in der Kammer?“ fügte er, an seine Frau gewandt, hinzu: „Ich kenne dich ja – du bist so weichherzig und hast ihn sicher in Schutz genommen.“

Tatjana Iljinitschna schlug die Augen nieder, lächelte und errötete.

„Also richtig!“ fuhr Owsjanikow fort. „Ach, du Schelmin! Nun, sag ihm, er soll hereinkommen, unserem teuren Gaste zu Ehren will ich dem Dummkopf verzeihen ... Nun, sag es ihm, sag es ihm ...“

Tatjana Iljinitschna ging zur Tür und rief: „Mitja!“

Mitja, ein Bursche von etwa achtundzwanzig Jahren, groß, schlank und lockig, trat ins Zimmer und blieb, als er mich sah, vor der Schwelle stehen. Er trug deutsche Kleidung, aber die unnatürlich großen Puffen an den Schultern waren ein klarer Beweis dafür, daß der Rock nicht nur von einem russischen, sondern von einem allrussischen Schneider zugeschnitten worden war.

„Nun, komm näher, komm näher“, begann der Alte. „Was schämst du dich? Danke deiner Tante: Es ist dir vergeben . . . Hier, Väterchen, ich stelle ihn Ihnen vor“, fuhr er fort, auf Mitja weisend; „ist zwar nicht mein leiblicher Neffe, aber ich kann mit ihm gar nicht fertig werden. Es sind die letzten Zeiten angebrochen!“

Wir begrüßten einander.

„Nun sag, was hast du wieder angestellt? Warum beklagt man sich über dich, erzähle!“

Mitja hatte offenbar keine Lust, in meiner Gegenwart Erklärungen abzugeben und sich zu entschuldigen.

„Später, Onkelchen“, murmelte er.

„Nein, nicht später, sondern jetzt gleich“, fuhr der Alte fort. „Ich weiß, du schämst dich vor dem Herrn Gutsbesitzer – um so besser, dies sei deine Strafe. Also erzähl nur, erzähl . . . Wir wollen es hören.“

„Ich brauche mich nicht zu schämen“, begann Mitja lebhaft und schüttelte den Kopf. „Urteilen Sie doch selbst, Onkelchen. Da kommen zu mir die Reschetilowschen Einhöfer und sagen: „Bruder, nimm dich unser an.“ – „Was gibt's denn?“ – „Unsere Kornmagazine sind in bester Ordnung, wie man es sich gar nicht besser wünschen kann; plötzlich kommt zu uns ein Beamter und sagt, er hätte den Befehl, die Magazine zu besichtigen. Er besichtigt sie und sagt, unsere Magazine seien nicht in Ordnung, er hätte wichtige Vernachlässigungen festgestellt und sei verpflichtet, es der Obrigkeit zu melden. – Worin bestehen denn die Vernachlässigungen? – Das weiß ich schon, sagt er . . . Wir versammelten uns und beschlossen, dem Beamten, wie es sich gehört, ein Geschenk zu machen; aber der alte Prochorytsch hinderte uns daran und sagte, so mache man den Beamten nur Appetit . . . Und in der Tat: Ist man denn gegen so einen Beamten ganz wehrlos . . .? Wir hörten auf den Alten, der Beamte wurde aber böse und reichte eine Klage ein. Jetzt zieht man uns zur Verantwortung.“ – „Sind denn eure Magazine wirklich in Ordnung?“ frage ich sie. – „Gott sei unser Zeuge, alles ist in Ordnung, und auch die gesetzliche Menge Korn ist vorhanden . . .“ – „In diesem Falle“, sage ich, „braucht ihr nicht zu verzagen.“ Und ich setzte ihnen ein Papier auf . . . Es ist noch unbekannt, zu wessen Gunsten die Sache sich entscheiden wird . . . Und daß man mich bei dieser Gelegenheit bei Ihnen verklagt hat, ist doch sehr verständlich: Jedem ist das Hemd näher als der Rock.“

„Jedem, dir aber wohl nicht“, sagte der Alte halblaut, „und was hast du für Geschichten mit den Schutolomowschen Bauern?“

„Woher wissen Sie denn das?“

„Ich weiß es eben.“

„Auch hier bin ich im Recht, urteilen Sie doch selbst. Den Schutolomowschen Bauern hat der Nachbar Bespandin vier Desjatinen Land weggepflügt. Er sagt: „Es ist mein Land.“ Die Schutolomowschen sind auf Erbzins gesetzt, ihr Gutsbesitzer ist im Ausland, wer kann für sie eintreten – urteilen Sie doch selbst? Das Land gehört aber ihnen unstreitig seit ewigen Zeiten. So kamen sie zu mir und baten: „Schreib uns ein Gesuch.“ Ich schrieb es ihnen. Als Bespandin es erfuhr, fing er mir zu drohen an: „Ich werde diesem Mitja die Hinterbeine aus den Gelenken herausreißen oder auch den Kopf von den Schultern abtrennen . . .“ Nun, wir wollen mal sehen, wie er ihn mir abtrennen wird; mein Kopf ist noch immer ganz.“

„Nun, prahle nur nicht: Dein Kopf wird kein gutes Ende nehmen“, versetzte der Alte. „Du bist ein ganz verrückter Mensch!“

„Wie ist es nun, Onkelchen, haben Sie mir denn nicht selbst gesagt . . .“

„Ich weiß, ich weiß, was du mir sagen willst“, unterbrach ihn Owsjanikow. „Es stimmt: Der Mensch soll in Gerechtigkeit leben und seinem Nächsten helfen. Es kommt vor, daß er auch nicht an sich selbst denken darf. . . . Handelst du denn so? Führt man dich denn nicht in die Schenke? Gibt man dir nicht zu trinken, verbeugt man sich nicht vor dir und sagt: „Dimitrij Alexejitsch, Väterchen, hilf uns, wir werden dir schon unseren Dank wissen!“ und steckt dir einen Silberrubel oder einen blauen Schein in die Hand? Kommt denn das nie vor? Sag, kommt das nie vor?“

„Diese Schuld muß ich wirklich bekennen“, antwortete Mitja und senkte die Augen. „Aber von den Armen nehm' ich nichts und handele nie gegen mein Gewissen.“

„Jetzt nimmst du nichts, wenn es dir aber selbst schlecht gehen wird, so wirst du auch von den Armen nehmen. Du handelst nie gegen dein Gewissen . . . ach, du! Du trittst wohl für lauter Heilige ein . . .! Und den Borjka Perechodow hast du wohl vergessen . . .? Wer hat sich für ihn verwandt, wer hat ihn in Schutz genommen? Wie?“

„Perechodow hat sein Unglück verdient, das stimmt . . .“

„Er hat Staatsgelder veruntreut . . . Das ist ein Spaß!“

„Bedenken Sie doch nur, Onkelchen: seine Armut, die Familie . . .“

„Armut, Armut . . . Er ist ein Trinker, ein Spieler, das ist es!“

„Er fing doch nur aus Not zu trinken an“, bemerkte Mitja, die Stimme senkend.

„Aus Not! Nun, dann hättest du ihm helfen sollen, wenn du schon so ein hitziges Herz hast, aber nicht mit dem betrunkenen Menschen in Schenken herumsitzen. Daß er schön zu sprechen versteht, ist noch kein Wunder!“

„Er ist aber ein herzensguter Mensch . . .“

„Alle sind bei dir herzensgut . . . Sag mal“, fuhr Owsjanikow, an seine Frau gewandt, fort, „hat man ihm geschickt . . . du weißt schon, was . . .?“

Tatjana Iljinitschna nickte mit dem Kopf.

„Wo hast du diese Tage gesteckt?“ begann der Alte wieder.

„Ich war in der Stadt.“

„Hast wohl immer Billard gespielt, Tee getrunken, auf der Gitarre geklimpert, dich in den Amtsstuben herumgetrieben, in den Hinterkämmerchen Gesuche aufgesetzt, mit den Kaufmannssöhnchen promeniert! Es ist doch so . . .? Antworte!“

„Sie haben vielleicht recht“, sagte Mitja mit einem Lächeln. „Ach ja, beinahe hätte ich es vergessen: Anton Parfenytsch Funtikow läßt Sie für Sonntag zum Essen bitten.“

„Ich will nicht zu diesem Dickwanst fahren. Er wird einen Fisch zu hundert Rubel vorsetzen und dazu ranzige Butter geben. Ich will von ihm nichts wissen!“

„Ich habe auch Fedosja Michailowna getroffen.“

„Was für eine Fedosja?“

„Die vom Gutsbesitzer Garpentschenko, desselben, der Mikulino bei der Auktion gekauft hat. Diese Fedosja ist aus Mikulino. Sie hat in Moskau gegen Zins als Näherin gelebt und pünktlich einhundertzweiundachtzig und einen halben Rubel im Jahr Zins bezahlt . . . Sie versteht ihre Sache und hat in Moskau gute Aufträge gehabt. Jetzt hat Garpentschenko sie kommen lassen und hält sie bei sich, ohne ihr eine Beschäftigung zuzuweisen. Sie wäre bereit, sich freizukaufen, und hat es auch dem Herrn gesagt, er hat aber noch keine Entscheidung getroffen. Onkelchen, Sie sind doch mit dem Garpentschenko bekannt, können Sie nicht ein Wort für sie einlegen . . .? Die Fedosja will aber ein anständiges Lösegeld zahlen.“

„Vielleicht mit deinem Geld? Wie? Nun gut, ich will es ihm sagen. Ich weiß aber nicht“, fuhr der Alte mit unzufriedener Miene fort. „Dieser Garpentschenko ist, Gott verzeih' es mir, ein Schacherjude: Er kauft Wechsel zusammen, gibt Geld auf Wucherzinsen, erwirbt Güter unter dem Hammer . . . Wer hat ihn nur in unsere Gegend gebracht? Oh, diese Zugereisten! Man wird von ihm nicht so leicht etwas erreichen, aber ich will es dennoch versuchen.“

„Bemühen Sie sich doch, Onkelchen."

„Gut, ich will mich bemühen. Aber paß auf, paß auf! Verteidige dich nur nicht . . . Gott sei mit dir . . .! Sieh dich in Zukunft vor, sonst wirst du ein schlimmes Ende nehmen, Mitja, bei Gott . . . Ich kann dich doch nicht immer auf meinen Schultern tragen . . . Ich habe auch keinen solchen Einfluß. Jetzt geh mit Gott."

Mitja ging hinaus. Tatjana Iljinitschna folgte ihm.

„Gib ihm Tee, du Schelmin!" rief ihr Owsjanikow nach. „Ist gar kein dummer Bursche", fuhr er fort, „hat auch ein gutes Herz, aber ich fürchte für ihn . . . Entschuldigen Sie übrigens, daß ich Sie solange mit diesen Dummheiten unterhalten habe."

Die Vorzimmertür ging auf. Ins Zimmer trat ein kleiner grauhaariger Mann in einem Samtröckchen.

„Ah, Franz Iwanytsch!" rief Owsjanikow. „Guten Tag, wie geht es Ihnen?"

Gestatten Sie mir, lieber Leser, Sie auch mit diesem Menschen bekannt zu machen.

Franz Iwanytsch Lejeune, mein Nachbar und Orjolscher Gutsbesitzer, hatte den Ehrentitel eines russischen Edelmanns auf eine nicht ganz gewöhnliche Weise erlangt. Er war zu Orleans von französischen Eltern geboren und als Tambour mit Napoleon zur Eroberung Rußlands ausgezogen. Anfangs ging alles wie geschmiert, und unser Franzose zog mit stolz erhobenem Haupt in Moskau ein. Aber auf dem Rückzug fiel der arme Monsieur Lejeune halb erfroren und ohne seine Trommel Smolensker Bauern in die Hände. Die Smolensker Bauern sperrten ihn für die Nacht in eine leere Walkmühle ein, führten ihn am nächsten Morgen zum Loch im Eise neben dem Mühlendamm und baten den Tambour „de la grrrande armée" ihnen das Vergnügen zu machen und unter das Eis zu tauchen. Monsieur Lejeune konnte auf ihren Vorschlag nicht eingehen und begann seinerseits die Smolensker Bauern in französischem Dialekt zu bitten, ihn nach Orleans ziehen zu lassen. „Dort, Messieurs", sagte er, „habe ich eine Mutter wohnen, une tendre mère." Aber die Bauern, die wohl die geographische Lage der Stadt Orleans nicht kannten, fuhren fort, ihm die Fahrt unter dem Wasser, den windungsreichen Fluß Gnilotjorka hinunter, zu empfehlen; sie ermunterten ihn dazu schon durch leichte Rippen- und Nackenstöße, als plötzlich zur unbeschreiblichen Freude Lejeunes Schellengeläute erklang und ein ungeheurer Schlitten mit buntem Teppich auf dem übertrieben erhöhten Rücksitz, mit drei hellbraunen Wjatkaschen Pferden bespannt, auf dem Damm erschien. Im Schlitten saß ein dicker, rotbäckiger Gutsbesitzer in einem Wolfspelz.

„Was macht ihr da?“ fragte er die Bauern.

„Wir ertränken den Franzosen, Väterchen.“

„Ah!“ bemerkte gleichgültig der Gutsbesitzer und wandte sich weg.

„Monsieur! Monsieur!“ schrie der Ärmste.

„Ah, ah!“ begann der Mann im Wolfspelz vorwurfsvoll. „Mit zwölf Heidenvölkern bist du nach Rußland gezogen, hast Moskau verbrannt, du Verruchter, hast das Kreuz vom Iwan-Glockenturm geraubt, und jetzt winselst du: Mosjö, Mosjö! und hast den Schwanz eingezogen. Es geschieht dir ganz recht ... Filjka, fahr zu!“

Die Pferde zogen an. „Übrigens, halt!“ fügte der Gutsbesitzer hinzu. „He, du, Mosjö, verstehst du Musik zu machen?“

„Sauvez-moi, sauvez-moi, mon bon monsieur!“ jammerte Lejeune.

„Ist das ein Volk! Keiner von ihnen versteht auch nur ein Wort Russisch! Mjusik, Mjusik, saweh mjusik wu? Saweh? Sprich doch! Kompreneh? Saweh mjusik wu? Auf dem Piano schue saweh?“

Lejeune begriff endlich, was der Gutsbesitzer von ihm wollte, und begann bejahend mit dem Kopf zu nicken.

„Oui, monsieur, oui, oui, je suis musicien; je joue tous les instruments possibles! Oui, monsieur ... Sauvez-moi, monsieur!“

„Du kannst deinem Gott danken“, entgegnete der Gutsbesitzer. „Kinder, laßt ihn los ... da habt ihr zwanzig Kopeken für Schnaps.“

„Danke, Väterchen, danke. Nehmen Sie ihn nur!“

Man setzte Lejeune in den Schlitten. Er konnte vor Freude kaum atmen, er weinte, zitterte, verbeugte sich, dankte dem Gutsbesitzer, dem Kutscher, den Bauern. Er hatte nur eine grüne Unterjacke mit rosa Bändern an, der Frost war aber grimmig. Der Gutsbesitzer sah schweigend seine blau angelaufenen und erstarrten Glieder an, hüllte den Unglücklichen in seinen eigenen Pelz und brachte ihn nach Hause. Das Gesinde lief zusammen. Man beeilte sich, den Franzosen zu wärmen, zu füttern und anzukleiden. Der Gutsbesitzer führte ihn zu seinen Töchtern.

„Hier, Kinder“, sagte er, „da habe ich euch einen Lehrer gefunden. Ihr habt mir keine Ruhe gelassen: „Laß uns in Musik und in der französischen Sprache unterrichten;“ da habt ihr einen: Er ist Franzose und versteht auch Piano zu spielen ... Nun, Mosjö“, fuhr er fort, auf ein elendes Piano zeigend, das er vor fünf Jahren einem Juden abgekauft hatte, der sonst übrigens mit Eau de Cologne handelte, „zeig uns deine Kunst. Schue!“

Lejeune setzte sich mehr tot als lebendig auf den Stuhl: Er hatte in seinem Leben noch nie eine Taste angerührt.

„Schue, schue doch!" wiederholte der Gutsbesitzer.

Der Ärmste schlug verzweifelt in die Tasten wie auf eine Trommel und spielte aufs Geratewohl ... „Ich hatte erwartet", erzählte er später, „daß mein Retter mich am Kragen packen und aus dem Haus werfen würde." Aber zum äußersten Erstaunen des unwillkürlichen Improvisators klopfte ihm der Gutsbesitzer nach einer Weile ermunternd auf die Schulter. „Gut, gut", sagte er, „ich sehe, daß du es kannst; geh jetzt und ruh dich aus."

Nach etwa zwei Wochen zog Lejeune von diesem Gutsbesitzer zu einem anderen, einem reichen und gebildeten Menschen. Dieser gewann ihn wegen seines lustigen und sanften Charakters lieb. Lejeune heiratete dessen Pflegetochter, trat in den Staatsdienst, erhielt den Adel, verheiratete seine Tochter mit dem Orjolschen Gutsbesitzer Lobysanjew, einem ehemaligen Dragoner und Dichter, und siedelte nach Orjol über.

Dieser selbe Lejeune oder Franz Iwanytsch, wie man ihn jetzt nennt, kam während meiner Anwesenheit zu Owsjanikow, mit dem er freundschaftliche Beziehungen unterhielt.

Dem Leser ist es vielleicht schon langweilig geworden, mit mir beim Einhöfer Owsjanikow zu sitzen, und darum verstumme ich.

Lgow

„Wollen wir doch mal nach Lgow fahren", sagte mir einmal Jermolai, den meine Leser schon kennen, „wir können dort nach Herzenslust Enten schießen."

Für den echten Jäger hat die Wildente zwar nichts besonders Anziehendes, aber in Ermangelung anderen Wildes (es war Anfang September; die Waldschnepfen waren noch nicht da, und den Rebhühnern auf den Feldern nachzulaufen, war mir zu dumm geworden) folgte ich dem Vorschlag meines Jägers und begab mich mit ihm nach Lgow.

Lgow ist ein großes Steppendorf mit einer sehr alten steinernen, einkuppeligen Kirche und zwei Mühlen an dem sumpfigen Flüßchen Rossota. Dieses Flüßchen verwandelte sich etwa fünf Werst von Lgow in einen breiten Teich, der an den Ufern und auch hier und da in der Mitte mit dichtem Schilf, das man im Orjolschen Gouvernement Maier nennt, bewachsen ist. Auf diesem Teiche, in den Buchten und den windstillen Verstecken zwischen dem Schilf brüteten und lebten zahllose Enten aller möglichen Gattungen: Krick-, Spieß-, Kriech-, Tauchenten usw. Kleine Ketten flogen jeden Augenblick über dem Wasser, bei einem Schuß aber erhoben sie sich in solchen Schwärmen, daß der Jäger unwillkürlich mit der Hand nach der Mütze griff und „Ah!“ ausrief. Ich ging mit Jermolai zuerst am Ufer entlang, aber die Enten sind erstens vorsichtige Vögel und halten sich niemals nahe am Ufer; zweitens, wenn schon eine zurückgebliebene und unerfahrene junge Kriechente getroffen wurde, so waren unsere Hunde gar nicht imstande, sie aus dem dichten Schilf zu holen: Trotz ihrer edlen Selbstaufopferung verstanden sie weder zu schwimmen noch zu waten und zerschnitten sich nur unnütz ihre kostbaren Nasen an den scharfen Rändern des Schilfes.

„Nein“, sagte endlich Jermolai, „so ist es nicht gut; wir müssen uns ein Boot verschaffen . . . Wollen wir nach Lgow zurückgehen.“

Wir kehrten auch um. Kaum hatten wir aber einige Schritte gemacht, als uns aus dem dichten Weidengebüsch ein ziemlich wertloser Hühnerhund entgegenlief; diesem folgte ein Mann von mittlerem Wuchs, in einem ziemlich abgeriebenen Rock, einer gelblichen Weste, einer Hose von Gris-de-laine- oder Bleu-d'amour-Farbe, die nachlässig in die zerrissenen Stiefel gesteckt war, mit einem roten Tuch um den Hals und einem einläufigen Gewehr hinter den Schultern. Während unsere Hunde mit dem ihrer Art eigenen chinesischen Zeremoniell die für sie neue Persönlichkeit beschnupperten, welche offenbar Angst hatte, den Schwanz einzog, die Ohren zurückwarf und, ohne die Knie zu biegen, sich zähnefletschend mit dem ganzen Körper herumdrehte, kam der Unbekannte auf uns zu und grüßte uns außerordentlich höflich. Dem Aussehen nach mochte er fünfundzwanzig Jahre alt sein; seine langen, dunkelblonden, stark mit Kwaß befeuchteten Haare bildeten unbewegliche Strähnen; die kleinen braunen Augen blinzelten freundlich; das ganze, mit einem schwarzen Tuch wie bei Zahnweh umbundene Gesicht lächelte süß.

„Gestatten Sie, daß ich mich vorstelle“, begann er mit weicher, einschmeichelnder Stimme; „ich bin der hiesige Jagdgehilfe Wladimir . . . Als ich von Ihrer Ankunft hörte und erfuhr, daß Sie an das Ufer unseres Teiches sich zu begeben geruhten, entschloß ich mich, wenn es Ihnen nicht unangenehm wäre, Ihnen meine Dienste anzubieten.“

Der Jagdgehilfe Wladimir sprach ganz wie ein junger Provinzschauspieler, der die Rollen der ersten Liebhaber spielt. Ich ging auf seinen Vorschlag ein und erfuhr, noch ehe wir Lgow erreichten, seine ganze Lebensgeschichte. Er war ein freigelassener Leibeigener, in seiner zartesten Jugend wurde er in Musik unterrichtet, war dann Kammerdiener gewesen, war des Lesens kundig, hatte, soviel ich bemerken konnte, einige Bücher gelesen und lebte jetzt, wie in Rußland viele Menschen leben, ohne einen Pfennig bares Geld, ohne eine ständige Beschäftigung, beinahe ausschließlich vom himmlischen Manna. Er drückte sich ungemein elegant aus und bildete sich nicht wenig auf seine Manieren ein; er war wohl auch ein schlimmer Schürzenjäger und hatte sicher Erfolg: Die russischen Mädchen lieben die Beredsamkeit. Unter anderem gab er mir zu verstehen, daß er zuweilen die Gutsbesitzer in der Nachbarschaft und auch die Bürger in der Stadt besuche, Préférence spiele und mit Personen aus den Residenzstädten verkehre. Er lächelte meisterhaft und mit großer Abwechslung; besonders gut stand ihm das bescheidene, reservierte Lächeln, das auf seinen Lippen spielte, wenn er fremden Reden lauschte. Er hörte einen an, stimmte vollkommen bei, verlor aber dabei doch nicht das Gefühl der eigenen Würde und gab einem gleichsam zu verstehen, daß auch er bei Gelegenheit seine eigene Ansicht aussprechen könne. Jermolai, der keinen übermäßigen Schliff hatte und durchaus nicht zart besaitet war, fing schon an, ihn zu duzen. Man muß das Lächeln gesehen haben, mit dem Wladimir ihm „Sie“ sagte.

„Warum haben Sie Ihr Gesicht mit einem Tuch umbunden“ fragte ich ihn. „Haben Sie Zahnweh?“

„Nein“, antwortete er, „das ist eher eine verderbliche Folge der Unvorsichtigkeit. Ich hatte einen Freund, einen ganz guten Menschen, der aber durchaus kein Jäger war, wie es oft vorkommt. Eines Tages sagte er zu mir: „Lieber Freund, nimm mich mal mit auf die Jagd; ich möchte gerne erfahren, worin dieses Vergnügen besteht.“ Ich wollte es dem Freunde natürlich nicht abschlagen; ich verschaffte ihm meinerseits ein Gewehr und nahm ihn mit auf die Jagd. Wir jagten eine Zeitlang, wie es sich gehört, und wollten schließlich etwas ausruhen. Ich setzte mich unter einen Baum; er aber fing seinerseits an, mit seinem Gewehr allerlei Griffe zu üben und auf mich zu zielen. Ich bat ihn, aufzuhören, aber infolge seiner Unerfahrenheit hörte er nicht auf mich. Der Schuß krachte, und ich verlor das Kinn und den Zeigefinger der rechten Hand.“

Wir kamen nach Lgow. Wladimir und Jermolai erklärten beide, daß man ohne ein Boot nicht jagen könne.

„Der Sutschok hat einen Dostschannik“, bemerkte Wladimir, „ich weiß aber nicht, wo er ihn versteckt hat. Man müßte zu ihm hinüberlaufen.“

„Zu wem?“ fragte ich.

„Hier wohnt ein Mann mit dem Namen Sutschok.“

Wladimir begab sich mit Jermolai zu Sutschok. Ich sagte ihnen, daß ich sie bei der Kirche erwarten würde. Indem ich die Gräber auf dem Kirchhof besah, stieß ich auf eine vierkantige, schwarz gewordene Urne mit folgenden Inschriften – auf der einen Seite stand in französischen Lettern: „Ci gît Théophile-Henri, vicomte de Blangy", auf der anderen: „Unter diesem Steine ruht der Leib des französischen Untertanen, Grafen von Blangyus, geboren im Jahre 1737, gestorben im Jahre 1799, im Alter von 62 Jahren", auf der dritten: „Friede seiner Asche", auf der vierten:

„Hier unter diesem Steine liegt ein Emigrant
Aus Frankreich; gleich berühmt durch Adel und Verstand.
Ach, lange mußte er um die gemord'ten Seinen
Wie um sein Vaterland, das wüstgelegte, weinen!
Dann zog er eiligst fort, ging Rußlands Grenzen nach
Und fand im Alter hier ein gastfreundliches Dach.
Hier lehrt' er Kinder, gab den Eltern Trost und Frieden,
Nun hat der höchste Herr ihm Frieden hier beschieden."

Das Erscheinen Jermolais, Wladimirs und des Mannes mit dem seltsamen Namen Sutschok (Ästchen) unterbrach meine Betrachtungen.

Der barfüßige, zerlumpte und zerzauste Sutschok schien ein ehemaliger Hofknecht und etwa sechzig Jahre alt zu sein.

„Hast du ein Boot?" fragte ich ihn.

„Ich habe ein Boot", antwortete er mit dumpfer und gebrochener Stimme, „aber es ist gar zu schlecht."

„Wieso?"

„Es ist aus dem Leim gegangen; alle Nieten sind aus den Löchern herausgefallen."

„Ein großes Unglück!" fiel ihm Jermolai ins Wort. „Man kann die Löcher mit Werg verstopfen."

„Natürlich kann man das", bestätigte Sutschok.

„Wer bist du denn?"

„Der herrschaftliche Fischer."

„Was bist du für ein Fischer, wenn dein Boot kaputt ist?"

„In unserem Fluß gibt's ja auch keine Fische."

„Die Fische lieben kein Sumpfwasser", bemerkte mein Jagdgehilfe mit Wichtigkeit.

„Gut“, sagte ich zu Jermolai, „geh mal hin, treib etwas Werg auf und bring uns das Boot in Ordnung, aber schnell!“

Jermolai ging.

„So werden wir vielleicht gar untergehen?“ fragte ich Wladimir.

„Gott ist gnädig“, antwortete er. „Jedenfalls muß man annehmen, daß der Teich nicht tief ist.“

„Er ist nicht tief“, bemerkte Sutschok, der eigentümlich, wie verschlafen, sprach, „aber auf dem Grund ist Schlamm und Gras, er ist ganz mit Gras verwachsen und hat auch Untiefen.“

„Wenn es so viel Gras gibt“, wandte Wladimir ein, „so wird man gar nicht rudern können.“

„Wer rudert auch auf einem Dostschannik? Man stößt einfach. Ich fahre mit Ihnen mit; ich habe eine Stange dabei, man kann es auch mit einer Schaufel machen.“

„Mit einer Schaufel geht es nicht gut, an mancher Stelle kann man vielleicht gar nicht den Grund erreichen“, sagte Wladimir.

„Das stimmt, es geht nicht gut.“

In Erwartung Jermolais setzte ich mich auf einen Grabhügel. Wladimir trat des Anstandes wegen etwas auf die Seite und setzte sich ebenfalls. Sutschok blieb auf demselben Fleck stehen, den Kopf auf die Brust gesenkt und die Hände nach alter Gewohnheit im Rücken.

„Sag bitte“, begann ich, „bist du schon lange hier Fischer?“

„Es ist das siebente Jahr“, antwortete er zusammenfahrend.

„Und was hast du früher getrieben?“

„Früher fuhr ich als Kutscher.“

„Wer hat dich dann zum Fischer degradiert?“

„Die neue Herrin.“

„Was für eine Herrin?“

„Die uns gekauft hat. Sie kennen sie nicht: Aljona Timofejewna, so eine dicke . . . nicht mehr jung.“

„Warum fiel es ihr ein, dich zu einem Fischer zu ernennen?“

„Das weiß Gott allein. Sie kam zu uns aus ihrem Erbgut, aus Tambow gefahren, ließ das ganze Hofgesinde versammeln und trat zu uns heraus. Wir küßten ihr erst die Hand, sie sagte nichts, nahm es nicht übel . . . Dann fing sie an, uns der Reihe nach auszufragen, wer sich womit beschäftigt, wer welches Amt versieht. Als die Reihe an mich kam, fragte sie: „Was bist du gewesen?“ Ich antwortete: “Kutscher.“ – „Kutscher? Was bist du für ein Kutscher? Sieh dich nur an: Was bist du für ein Kutscher? Es paßt für dich gar nicht, Kutscher zu sein, du wirst bei mir Fischer sein und wirst dir den Bart abnehmen. Wenn ich herkomme, stellst du den Fisch für die herrschaftliche Tafel, hörst du es . . .?“ Seit jener Zeit bin ich Fischer. „Du sollst mir den Teich gut im Stande halten . . .“ Wie soll ich ihn aber im Stande halten?“

„Wem habt ihr früher gehört?“

„Dem Sergej Sergejitsch Pechterew. Er hat uns geerbt. Aber er hat uns nicht lange besessen, im ganzen sechs Jahre. Bei dem war ich Kutscher . . . aber nicht in der Stadt, in der Stadt hatte er andere, sondern auf dem Land.“

„Bist du von Jugend auf immer Kutscher gewesen?“

„Ach wo, Kutscher! Kutscher bin ich erst bei Sergej Sergejitsch geworden, vorher war ich aber Koch, nicht in der Stadt, sondern auf dem Land.“

„Bei wem bist du Koch gewesen?“

„Beim früheren Herrn Afanassij Nefedytsch, dem Onkel Sergej Sergejitschs. Afanassij Nefedytsch hatte Lgow gekauft, und Sergej Sergejitsch hat das Gut geerbt.“

„Von wem hat er es gekauft?“

„Von Tatjana Wassiljewna.“

„Von was für einer Tatjana Wassiljewna?“

„Von der, die im vorigen Jahr bei Bolchowo gestorben ist, ich will sagen bei Karatschowo, als alte Jungfer . . . Die war niemals verheiratet gewesen. Haben Sie sie nicht gekannt? Wir kamen zu ihr von ihrem Vater Wassilij Semjonytsch. Sie hat uns lange besessen . . . an die zwanzig Jahre.“

„Nun, bist du bei ihr Koch gewesen?“

„Anfangs war ich wirklich Koch, dann machte sie mich zum Kaffeeschenken.“

„Zu was?“

„Zum Kaffeeschenken.“

„Was ist das für ein Amt?“

„Ich weiß es nicht, Väterchen. Ich war beim Büfett angestellt und wurde Anton und nicht Kusjma genannt. So hatte es die Gnädige zu befehlen geruht.“

„Ist dein richtiger Name Kusjma?“

„Ja, Kusjma.“

„Und bist du die ganze Zeit Kaffeeschenk gewesen?“

„Nein, nicht die ganze Zeit; ich war auch Schauspieler.“

„Wirklich?“

„Gewiß . . . ich spielte Theater. Unsere Gnädige hatte ein Theater eingeführt.“

„Was für Rollen hast du denn gespielt?“

„Wie meinen?“

„Was hast du auf dem Theater gemacht?“

„Wissen Sie es denn nicht? Man nimmt mich und kleidet mich an; so gehe ich angekleidet herum oder stehe oder sitze, wie es sich trifft. Man sagt mir: „Sag dies und das“, und ich sage es. Einmal stellte ich einen Blinden dar . . . Unter jedes Augenlid hat man mir eine Erbse gesteckt . . . Gewiß!“

„Und was bist du nachher gewesen?“

„Nachher wurde ich wieder Koch.“

„Warum hat man dich zum Koch degradiert?“

„Weil mein Bruder durchgebrannt war.“

„Und was bist du beim Vater deiner ersten Herrin gewesen?“

„Bei dem hatte ich verschiedene Ämter: Erst war ich Diener, dann Vorreiter, Gärtner, einmal auch Piqueur.“

„Piqueur . . .? Bist auch mit Hunden ausgeritten?“

„Bin auch mit Hunden ausgeritten, einmal stürzte ich aber mit dem Pferd, und das Pferd nahm Schaden. Der alte Herr war sehr streng: Er ließ mich mit Ruten züchtigen und nach Moskau zu einem Schuster in die Lehre bringen.“

„Wieso in die Lehre? Du warst doch wohl nicht als kleines Kind Piqueur geworden?“

„Ja, ich war einige und zwanzig.“

„Was ist es für eine Lehre mit zwanzig Jahren?“

„Das geht schon, wenn's der Herr befiehlt. Aber er starb zum Glück bald, und so kam ich wieder aufs Land.“

„Wann hast du denn die Kochkunst erlernt?“

Sutschok hob sein mageres gelbes Gesicht und lächelte.

„Braucht man denn das zu lernen . . .? Die Weiber kochen doch!“

„Nun“, sagte ich, „du hast schon manches erlebt, Kusjma! Was machst du nun als Fischer, wo es keine Fische gibt?“

„Ich kann mich nicht beklagen, Väterchen. Ich danke Gott, daß man mich zum Fischer gemacht hat. Einen anderen, einen ebenso alten Mann wie ich, Andrej Pupyrj, hat man in die Papierfabrik, an die Bütte gestellt, die Herrin hat es befohlen. Es sei Sünde, sein Brot umsonst zu essen . . . Pupyrj hatte aber auf Gnade gehofft: Sein Großneffe sitzt im herrschaftlichen Kontor als Kontorist; der hatte versprochen, es der Gnädigen zu melden, sie daran zu erinnern. So hat er sie daran erinnert . . .! Pupyrj hatte sich vor seinem Neffen bis zur Erde verbeugt, ich habe es selbst gesehen.“

„Hast du Familie? Bist du verheiratet gewesen?“

„Nein, Väterchen, niemals. Die selige Tatjana Wassiljewna, Gott schenke ihr ewige Ruhe, erlaubte niemandem zu heiraten. Gott bewahre! Sie pflegte zu sagen: „Ich lebe doch auch unverheiratet, heiraten ist Dummheit! Was wollen die Leute?"„

„Wovon lebst du denn jetzt? Bekommst du ein Gehalt?"

„Was für ein Gehalt, Väterchen . . . Ich kriege meine Verpflegung und muß auch dafür Gott danken! Ich bin sehr zufrieden. Gott schenke unserer Herrin ein langes Leben!"

Jermolai kam zurück.

„Das Boot ist in Ordnung", sagte er düster. „Hol deine Stange, du!"

Sutschok lief nach der Stange. Während meines Gespräches mit dem armen Alten hatte der Jäger Wladimir ihn mit einem verächtlichen Lächeln angesehen.

„Ein dummer Mensch", sagte er, als jener gegangen war, „ein durch und durch ungebildeter Mensch, ein Bauer und weiter nichts. Man kann ihn gar nicht als zum Hofgesinde gehörig ansehen . . . Er hat auch alles gelogen . . . Wie soll er Schauspieler gewesen sein, urteilen Sie doch selbst! Es war vergebliche Mühe, mit ihm zu sprechen."

Nach einer Viertelstunde saßen wir schon in Sutschoks Flachboot. (Die Hunde hatten wir unter der Aufsicht des Kutschers Jehudiel in einem Haus zurückgelassen.) Wir hatten es nicht sehr bequem, aber die Jäger sind nicht wählerisch. Am hinteren stumpfen Ende stand Sutschok und „stieß"; ich und Wladimir saßen auf dem Querbänkchen; Jermolai hatte vorn an der äußersten Spitze Platz gefunden. Trotz des Werges befanden sich unsere Füße bald im Wasser. Zum Glück war es windstill, und der Teich lag wie schlafend da.

Wir bewegten uns langsam vorwärts. Der Alte hatte große Mühe, aus dem zähen Schlamm seine lange Stange herauszuziehen, die ganz von den grünen Fäden der Wasserpflanzen umschlungen war; die dicht beieinander gedrängten runden Blätter der Sumpflilien hinderten auch die Bewegung unseres Bootes. Endlich erreichten wir das Schilf, und nun ging das Vergnügen los. Die Enten erhoben sich mit großem Lärm von der Teichoberfläche, durch unser plötzliches Erscheinen auf ihren Besitzungen erschrocken, und die Schüsse knallten ihnen nach. Es war lustig, zu sehen, wie die kurzschwänzigen Vögel sich in der Luft überschlugen und schwer auf das Wasser plumpsten. Wir konnten alle angeschossenen Enten natürlich nicht holen: Die leicht verwundeten tauchten unter; manche, die sofort getötet waren, fielen in einen so dichten Maier, daß selbst Jermolais Luchsaugen sie nicht entdecken konnten; dennoch füllte sich unser Boot um die Mittagsstunde bis an den Rand mit Wild.

Wladimir schoß, zum großen Trost Jermolais, gar nicht so vorzüglich; nach jedem Fehlschuß wunderte er sich, untersuchte seine Flinte, blies in den Lauf und erklärte uns schließlich den Grund, warum er fehlgeschossen habe. Jermolai schoß wie immer glänzend; ich, meiner Gewohnheit nach, ziemlich schlecht. Sutschok betrachtete uns mit den Augen eines Menschen, der von jung auf in herrschaftlichen Diensten steht; ab und zu rief er: „Da, da ist noch eine Ente!" und kratzte sich fortwährend den Rücken, aber nicht mit den Händen, sondern durch eine bloße Bewegung der Schulterblätter. Das Wetter war herrlich; weiße, runde Wolken schwebten langsam und hoch über unseren Köpfen dahin und spiegelten sich klar im Wasser; das Schilf rauschte um uns herum; der Teich glänzte stellenweise in der Sonne wie Stahl. Wir wollten schon ins Dorf zurückkehren, als wir plötzlich ein recht unangenehmes Abenteuer erlebten.

Wir hatten schon längst merken können, daß das Wasser allmählich in unser Flachboot hereinsickerte. Wladimir hatte den Auftrag, es mittels einer Schöpfkelle zu entfernen, die mein umsichtiger Jäger einem Bauernweib, das sich gerade auf etwas vergaffte, entwendet hatte. Die Sache ging ordentlich, solange Wladimir seine Pflicht nicht vernachlässigte. Aber gegen das Ende der Jagd stiegen die Enten wie zum Abschied in solchen Schwärmen auf, daß wir kaum Zeit hatten, unsere Gewehre zu laden. Im Eifer des Gefechts achteten wir nicht mehr auf den Zustand unseres Bootes, als plötzlich, infolge einer heftigen Bewegung Jermolais (er bemühte sich, einen erschossenen Vogel aus dem Wasser zu holen und beugte sich mit dem ganzen Körper über den Rand), unser altersschwaches Schiff sich auf die Seite neigte, sich mit Wasser füllte und feierlich sank, glücklicherweise an einer nicht tiefen Stelle. Wir schrien auf, aber es war schon zu spät. In einem Augenblick standen wir bis an den Hals im Wasser, umgeben von den schwimmenden Körpern der toten Enten. Heute kann ich mich nicht des Lachens enthalten, wenn ich an die erschrockenen und blassen Gesichter meiner Genossen zurückdenke (auch mein Gesicht zeichnete sich damals wohl kaum durch besondere Röte aus); aber damals kam es mir gar nicht in den Sinn, zu lachen. Ein jeder von uns hielt sein Gewehr über den Kopf, und Sutschok hob, wohl aus Gewohnheit, alles seinen Herren nachzumachen, seine Stange über den Kopf. Jermolai brach als erster das Schweigen.

„Verflucht!" murmelte er und spuckte ins Wasser. „Eine schöne Bescherung! Das hast du, alter Teufel, angestellt!" fügte er, wütend an Sutschok gewandt, hinzu. „Was hast du auch für ein Boot"

„Verzeihung!" stammelte der Alte.

„Auch du bist nett“, fuhr mein Jäger fort und wandte sein Gesicht Wladimir zu: „Wie hast du aufgepaßt? Warum hast du nicht das Wasser geschöpft? Du, du, du ...“

Wladimir dachte aber gar nicht an eine Rechtfertigung: Er zitterte wie Espenlaub, seine Zähne klapperten, und er lächelte ganz blöde. Wo war jetzt seine Beredsamkeit, sein raffiniertes Anstandsgefühl, sein Bewußtsein der eigenen Würde!

Der verdammte Dostschannik schwankte leicht unter unseren Füßen ... Im Augenblick des Schiffsunterganges kam uns das Wasser furchtbar kalt vor, aber wir gewöhnten uns bald daran. Als der erste Schreck vergangen war, sah ich mich um: Ringsum, zehn Schritte um uns, wuchs Schilf, in der Ferne, über den Spitzen des Schilfes war das Ufer zu sehen. Es ist schlimm, dachte ich mir.

„Was sollen wir anfangen?“ fragte ich Jermolai.

„Das werden wir schon sehen; übernachten werden wir hier nicht“, antwortete er. „Du, halt mal das Gewehr“, sagte er zu Wladimir.

Jener gehorchte ohne Widerrede.

„Ich will gehen und eine Furt suchen“, fuhr Jermolai mit fester Überzeugung fort, als wenn in jedem Teich unbedingt eine Furt sein müßte; er nahm Sutschok die Stange aus der Hand und ging, den Boden vorsichtig betastend, in der Richtung zum Ufer.

„Verstehst du denn zu schwimmen?“ fragte ich ihn.

„Nein, ich verstehe es nicht“, antwortete seine Stimme hinter dem Schilf.

„Nun, dann wird er ertrinken“, bemerkte Sutschok gleichgültig, der auch vorher schon nicht über die Gefahr, sondern nur über unseren Zorn erschrocken war und nun, vollkommen beruhigt, nur ab und zu pustete und keinerlei Bedürfnis nach einer Änderung seiner Lage äußerte.

„So ganz ohne Nutzen zugrunde gehen“, versetzte Wladimir mit klagender Stimme.

Jermolai blieb länger als eine Stunde aus. Diese Stunde erschien uns als eine Ewigkeit. Anfangs riefen wir uns mit großem Eifer an; dann beantwortete er immer seltener unsere Rufe und verstummte schließlich ganz. Im Dorf läutete man zum Abendgottesdienst. Wir sprachen nicht miteinander und vermieden sogar, einander anzusehen. Die Enten schwirrten über unseren Köpfen; einige von ihnen machten sogar Anstalten, sich neben uns niederzulassen, stiegen aber plötzlich schnurgerade auf und flogen mit Geschrei davon. Wir fingen an, vor Kälte steif zu werden. Sutschok bewegte schwer die Augenlider, als wollte er einschlafen.

Endlich kam zu unserer unbeschreiblichen Freude Jermolai wieder zurück.

„Nun?“

„Ich war am Ufer, habe eine Furt gefunden ... Kommen Sie.“

Wir wollten uns sofort auf den Weg machen, aber er holte erst unter dem Wasser aus der Tasche einen Strick hervor, band die geschossenen Enten an den Beinen fest, nahm beide Enden des Strickes zwischen die Zähne und watete voraus; Wladimir folgte ihm und ich Wladimir. Sutschok beschloß den Zug. Bis ans Ufer waren es etwa zweihundert Schritt. Jermolai schritt tapfer und ohne stehenzubleiben voraus (so gut hatte er sich den Weg gemerkt) und rief nur ab und zu: „Mehr links, hier rechts ist eine Untiefe!“ oder: „Mehr rechts, links kann man im Schlamme versinken ...“

Das Wasser reichte uns zuweilen bis an den Hals, und der arme Sutschok, der kleiner als wir alle waren, mußte Wasser schlucken und ließ Blasen aufsteigen. „Nun, nun, nun!“ schrie ihn dann Jermolai drohend an, und Sutschok krabbelte sich heraus, zappelte mit den Beinen, hüpfte und kam schließlich doch auf eine seichtere Stelle, aber selbst in höchster Not konnte er sich nicht entschließen, sich an meinem Rockschoß festzuhalten. Furchtbar müde, schmutzig und naß erreichten wir schließlich das Ufer.

Zwei Stunden später saßen wir schon alle, nach Möglichkeit getrocknet, in einem großen Heuschuppen und schickten uns an, zu Abend zu essen. Der Kutscher Jehudiel, ein außerordentlich langsamer, schwerfälliger, vernünftiger und verschlafener Mensch, stand am Tor und traktierte Sutschok eifrigst mit Tabak. (Ich habe bemerkt, daß die Kutscher in Rußland sich sehr schnell befreunden.) Sutschok schnupfte mit Wut bis zur Übelkeit; er spuckte, hustete und empfand wohl einen großen Genuß. Wladimir neigte den Kopf mit schmachtender Miene auf die Seite und sprach wenig. Jermolai rieb unsere Gewehre ab. Die Hunde wedelten mit übertriebener Geschwindigkeit mit ihren Schwänzen in Erwartung ihres Haferbreies; die Pferde stampften und wieherten unter dem Schutzdach ... Die Sonne ging unter; ihre letzten Strahlen zogen sich als purpurrote, breite Streifen hin; goldene Wölkchen breiteten sich immer feiner wie gewaschene und gekämmte Wolle über den Himmel aus ... Im Dorf erklangen Lieder.

Die Bjeschin-Wiese

Es war ein herrlicher Julitag, einer von den Tagen, die nur dann vorkommen, wenn kein Wetterumschlag zu erwarten ist. Der Himmel ist dann vom frühen Morgen an heiter; das Morgenrot flammt nicht wie eine Feuersbrunst; die Sonne ist nicht feurig und glühend wie zur Zeit einer Dürre, auch nicht trüb-blutrot wie vor einem Sturm, sondern schwebt hell und freundlich unter einer schmalen und langen Wolke hervor, leuchtet heiter und versinkt im lilagrauen Nebel. Der obere dünne Rand der langgestreckten Wolke glitzert wie voller feiner Schlangen; ihr Glanz erinnert an den Glanz getriebenen Silbers ... Schon brechen aber die spielenden Strahlen aufs neue hervor, und das mächtige Gestirn steigt lustig, majestätisch, wie auffliegend empor. Um die Mittagsstunde erscheint gewöhnlich eine Menge runder, hoher, goldig-grauer Wolken mit zarten weißen Rändern. Gleich Inseln, auf einem uferlosen Fluß verstreut, der sie mit tiefen und durchsichtigen Armen einer tiefen Bläue umflutet, bewegen sie sich kaum von der Stelle; weiter unten am Horizont drängen sie sich mehr zusammen, und es ist kein Blau zwischen ihnen mehr zu sehen; aber sie sind selbst da so leuchtend blau wie der Himmel; sie sind ganz von Licht und Wärme durchtränkt. Die Farbe des Horizonts, leicht und blaßlila, ändert sich während des ganzen Tages nicht und ist in der ganzen Runde gleich; nirgends verdunkelt sie sich, nirgends sammelt sich ein Gewitter; höchstens ziehen sich hier und da bläuliche Streifen herab – es ist ein kaum bemerkbarer Regen, der wie eine Saat herabrieselt. Gegen Abend verschwinden diese Wolken; die letzten von ihnen, dunkel und formlos wie Rauch, ballen sich rosenrot der scheidenden Sonne gegenüber; an der Stelle, wo sie ebenso ruhig untergegangen ist wie sie emporgestiegen, bleibt das hellrote Leuchten nur eine kurze Zeit über der dunkelgewordenen Erde, und leise flimmernd, wie eine vorsichtig getragene Kerze, leuchtet darin der Abendstern auf. An solchen Tagen sind alle Farben gedämpft; sie sind leuchtend, aber nicht grell; auf allen Dingen liegt das Siegel einer eigenen rührenden Milde. An solchen Tagen ist die Hitze oft sehr groß, manchmal brütet sie an den Abhängen der Felder; aber der Wind vertreibt und verweht die angesammelte Glut, und Wirbel – sichere Anzeichen beständigen Wetters – ziehen als hohe weiße Säulen über die Wege und Äcker dahin. In der trockenen und reinen Luft duftet es nach Wermut, nach gemähtem Korn und Buchweizen; selbst eine Stunde vor Anbruch der Nacht spürt man keine Feuchtigkeit. Ein solches Wetter wünscht sich der Landmann für die Getreideernte.

An einem solchen Tag jagte ich einmal im Tschernschen Kreise des Tulaer Gouvernements auf Birkhühner. Ich hatte recht viel Wild aufgestöbert und geschossen; meine gefüllte Jagdtasche schnitt mir unbarmherzig in die Schulter; das Abendrot war aber schon im Verlöschen, und in der noch hellen, wenn auch von den Strahlen der untergegangenen Sonne nicht mehr erleuchteten Luft verdichteten sich schon kalte Schatten, als ich mich endlich entschloß, nach Hause zurückzukehren. Mit raschen Schritten durchstrich ich die lange, von Gebüsch bedeckte Strecke, stieg einen kleinen Hügel hinauf und erblickte statt der von mir erwarteten, mir bekannten Ebene mit dem Eichenwäldchen rechts und der niederen weißen Kirche in der Ferne eine mir völlig unbekannte Gegend. Zu meinen Füßen zog sich ein schmales Tal hin; gerade vor mir erhob sich als eine steile Wand ein dichtes Espengebüsch. Ich blieb erstaunt stehen und sah mich um ... Aha! dachte ich mir – ich bin ganz woanders hingeraten: Ich bin viel zu weit nach rechts gekommen. – Mich über mein Versehen selbst wundernd, stieg ich den Hügel hinab. Mich umfing sofort eine unangenehme, unbewegliche Feuchtigkeit, als wäre ich in einen Keller geraten; das dichte, hohe Gras auf dem Grund des Tales breitete sich naß und weiß wie eine Decke aus; es war irgendwie unheimlich, es zu betreten. Ich stieg möglichst schnell an der anderen Seite wieder hinauf und schlug den Weg nach links, das Espengehölz entlang, ein. Die Fledermäuse flatterten schon über den schlafenden Wipfeln des Gehölzes, geheimnisvoll am dunklen und doch noch heiteren Himmel kreisend; schnell und geradeaus schoß in der Höhe ein verspäteter junger Habicht seinem Neste zu. – Wenn ich nur jene Ecke dort erreicht habe, dachte ich mir, so komme ich gleich auf die Straße; ich habe ja einen Umweg von einer Werst gemacht!

Endlich erreichte ich die Ecke des Waldes, aber dort war keinerlei Weg: Niedere Büsche breiteten sich vor mir aus, und hinter ihnen war in weiter Ferne ein leeres Feld zu sehen. Ich blieb wieder stehen. – Was ist das für ein Wunder ...? Wo bin ich denn? – Ich fing an, mich zu besinnen, wie und wohin ich an diesem Tag gegangen war ... – Ach! Das ist ja das Parachinsche Gebüsch! rief ich endlich aus. – Es stimmt! Das da muß ja das Sindejewsche Gehölz sein ... Wie bin ich nur hergeraten? So weit ...! Seltsam! Jetzt muß ich wieder nach rechts abbiegen.

Ich ging nach rechts durch die Büsche. Die Nacht senkte sich indessen und wuchs wie eine drohende Gewitterwolke; die Dunkelheit schien sich zugleich mit den Abenddünsten von überall zu erheben und sogar von der Höhe zu fallen. Ich stieß auf einen verwachsenen Fußpfad; ich schlug ihn ein und blickte aufmerksam vorwärts. Alles um mich her wurde schnell dunkel und still, nur die

Wachteln schrien noch dann und wann. Ein kleiner Nachtvogel, der unhörbar und leicht auf seinen weichen Flügeln dahinflog, stieß beinahe auf mich und verschwand scheu seitwärts. Ich erreichte das Ende des Gebüsches und ging einen Feldrain entlang. Mit Mühe konnte ich schon die entfernten Gegenstände unterscheiden; das Feld um mich her leuchtete weiß; hinter ihm erhob sich, mit jedem Augenblick zunehmend, die düstere Finsternis. Meine Schritte hallten dumpf in der erstarrenden Luft wider. Der bleichgewordene Himmel fing wieder an, blau zu werden, aber es war schon die Bläue der Nacht. In dieser Bläue regten sich und flimmerten die Sterne.

Was ich für ein Gehölz gehalten hatte, erwies sich jetzt als ein dunkler, runder Hügel. – Wo bin ich denn? fragte ich wieder laut; ich blieb zum drittenmal stehen und blickte fragend auf die Dianka, meinen englischen, gelbgefleckten Hund, entschieden das klügste von allen vierfüßigen Geschöpfen. Aber das klügste von allen vierfüßigen Geschöpfen wedelte nur mit seinem Schweif, zwinkerte traurig mit seinen müden Augen und gab mir keinerlei vernünftigen Rat. Ich schämte mich vor dem Hund und ging verzweifelt vorwärts, als wäre ich plötzlich dahintergekommen, wohin ich zu gehen hätte. Ich umging den Hügel und geriet in eine nicht sehr tiefe, von allen Seiten umpflügte Schlucht. Ein sonderbares Gefühl bemächtigte sich meiner sofort. Diese Schlucht sah wie ein fast regelmäßiger Kessel mit abschüssigen Wänden aus; auf dem Grund ragten einige aufrechtstehende, große weiße Steine – es sah so aus, als wären sie zu einer geheimen Beratung in die Schlucht hinabgestiegen, und alles war da so stumm und so öde, und der Himmel hing so flach und so traurig über der Schlucht, daß mein Herz sich zusammenkrampfte. Irgendein kleines Tier piepste schwach und jämmerlich zwischen den Steinen. Ich beeilte mich, wieder den Hügel zu erreichen. Bis jetzt hatte ich die Hoffnung noch nicht aufgegeben, den Weg nach Hause zu finden; nun überzeugte ich mich aber endgültig, daß ich mich gänzlich verirrt hatte, und ging nun weiter geradeaus, den Sternen nach, aufs Geratewohl, ohne mir die geringste Mühe zu geben, die Umgebung, die schon ganz in der Dunkelheit versunken war, wiederzuerkennen ... Etwa eine halbe Stunde ging ich so, die Füße mit Mühe bewegend. Es war mir, als sei ich noch niemals in einer so öden Gegend gewesen; nirgends flimmerte ein Feuer, nirgends ließ sich ein Ton vernehmen. Ein abschüssiger Hügel folgte dem anderen, die Felder zogen sich in die Unendlichkeit hin, die Büsche wuchsen plötzlich aus dem Boden dicht vor meiner Nase empor. Ich ging immer weiter und hatte schon die Absicht, mich bis zum Morgen irgendwo hinzulegen, als ich vor mir plötzlich einen schrecklichen Abgrund erblickte.

Ich zog den schon erhobenen Fuß schnell zurück und sah durch die kaum noch durchsichtige Dunkelheit der Nacht eine riesengroße Ebene vor mir. Ein breiter Strom umbog sie in einem Halbkreis; die stählernen Reflexe des Wassers, die hier und da trübe aufleuchteten, bezeichneten seinen Lauf. Der Hügel, auf dem ich mich befand, fiel beinahe senkrecht hinab; seine großen Umrisse hoben sich schwarz von der bläulichen, leeren Luft ab, und gerade vor mir, in der Ecke zwischen dem Abhang und der Ebene, am Flusse, der an dieser Stelle als dunkler Spiegel unbeweglich zu liegen schien, dicht unter dem Abhang des Hügels, brannten und rauchten zwei rote Feuer nahe nebeneinander. Um sie herum bewegten sich Menschen, schwankten Schatten, und zuweilen fiel das Licht auf den Vorderteil eines kleinen Lockenkopfes . . .

Endlich wußte ich, wo ich hingeraten war. Diese Stelle war in unserer Gegend als die „Bjeschinwiese" bekannt . . . Aber es war schon ganz unmöglich, besonders jetzt in der Nacht, nach Hause zurückzukehren; die Beine knickten vor Müdigkeit ein. Ich entschloß mich, auf das Feuer loszusteuern und in Gesellschaft dieser Menschen, die ich für Rinderhirten hielt, auf den Morgen zu warten. Ich stieg glücklich hinunter, hatte aber noch nicht Zeit gehabt, den letzten Ast, an dem ich mich festhielt, loszulassen, als plötzlich zwei große, weiße, zottige Hunde mit bösem Bellen auf mich losstürzten. Helle Kinderstimmen klangen in der Nähe der beiden Feuer; einige Jungen erhoben sich rasch von der Erde. Ich antwortete auf ihre fragenden Rufe. Sie liefen auf mich zu, riefen sogleich ihre Hunde zurück, auf die das Erscheinen meiner Dianka solchen Eindruck gemacht hatte, und ich kam näher.

Ich hatte mich geirrt, als ich die Menschen, die um die Feuer saßen, für Rinderhirten gehalten hatte. Es waren einfache Bauernkinder aus dem nächsten Dorf, die eine Pferdeherde hüteten. In der heißen Sommerzeit pflegt man bei uns die Pferde nachts auf die Weide zu treiben: Bei Tage würden ihnen die Fliegen und die Bremsen keine Ruhe lassen. Die Pferde abends hinauszutreiben und beim Morgengrauen wieder zurückzubringen, ist für die Bauernjungen ein großes Fest. Ohne Mützen, in alten Halbpelzen auf den lebhaftesten Mähren sitzend, jagen sie mit lustigem Geschrei, die Arme und Beine schwenkend, hoch aufspringend, und lachen, daß es nur so hallt. Der leichte Staub erhebt sich als gelbliche Wolke über der Straße; weit hallt das Gestampfe vieler Hufe, die Pferde rennen mit gespitzten Ohren; allen voran jagt irgendein rothaariger Gaul mit Kletten in der zerzausten Mähne, den Schweif hoch erhoben, ununterbrochen den Takt wechselnd.

Ich sagte den Jungen, daß ich mich verirrt habe, und setzte mich zu ihnen. Sie fragten mich, woher ich sei, schwiegen eine Weile und machten mir Platz. Wir unterhielten uns eine Weile miteinander. Ich streckte mich unter einem angenagten Busch aus und sah mich um. Das Bild war wunderschön: Neben den Feuern zitterte und erstarb, an die Dunkelheit stoßend, ein runder rötlicher Widerschein; die Flamme warf aufflackernd über die Grenze des Kreises schnelle Reflexe hinaus; schmale Lichtzungen beleckten ab und zu die nackten Äste des Weidengebüschs, und sofort verschwand wieder alles; spitze, lange Schatten drangen für einen Augenblick in den Lichtkreis ein und erreichten die Flammen: Die Dunkelheit kämpfte mit dem Licht. Zuweilen, wenn das Feuer schwächer brannte und der Lichtkreis enger wurde, erschienen aus der Finsternis, die näher herantrat, plötzlich ein brauner Pferdekopf mit zackiger Blesse oder ein ganz weißer Kopf; er sah uns aufmerksam und stumpf an, an dem langen Gras kauend, und verschwand gleich wieder. Man hörte ihn nur noch kauen und schnauben. Von der erleuchteten Stelle aus war es schwer zu erkennen, was im Finstern geschah, und darum schien alles in der Nähe von einem fast schwarzen Vorhang verdeckt. Aber weiter, am, Horizont zeichneten sich die Hügel und Wälder als verschwommene, lange Flecken ab. Der dunkle, reine Himmel hing feierlich und unermeßlich hoch über uns in seiner ganzen geheimnisvollen Pracht. Die Brust fühlte sich wonnig beengt beim Einatmen dieses eigentümlichen, ermattenden und frischen Duftes, des Duftes der russischen Sommernacht. Ringsum gab es fast kein Geräusch ... Nur ab und zu plätscherte im nahen Fluß plötzlich ein großer Fisch, oder das Uferschilf fing, von einer Welle kaum berührt, leise zu rauschen an ... Nur die Feuer allein knisterten leise.

Die Jungen saßen um die Feuer. Neben ihnen lagen auch die beiden Hunde, die solche Lust hatten, mich zu fressen. Sie konnten sich noch lange mit meiner Anwesenheit nicht befreunden und knurrten, schläfrig nach dem Feuer blinzelnd und schielend, ab und zu mit einem ungewöhnlichen Ausdruck eigener Würde; anfangs knurrten sie, dann winselten sie leise, als beklagten sie die Unmöglichkeit, ihren Wunsch zu erfüllen. Es waren fünf Jungen da: Fedja, Pawluscha, Iljuscha, Kostja und Wanja. (Aus ihren Gesprächen erfuhr ich ihre Namen, und ich will den Leser mit ihnen gleich bekannt machen.)

Der erste, der älteste, Fedja, mochte vierzehn Jahre alt sein. Er war ein schlanker Junge mit hübschen, feinen, etwas zu schwach ausgeprägten Gesichtszügen, mit krausem, blondem Haar, hellen Augen und einem fortwährenden halb heiteren, halb zerstreuten Lächeln. Er gehörte allem Anschein nach einer wohlhabenden Familie an und war wohl nicht aus

Notwendigkeit, sondern nur zum Zeitvertreib ins Feld hinausgeritten. Er trug ein buntes Kattunhemd mit gelbem Saum und einen kleinen, neuen Kittel übergeworfen, der sich kaum auf seinen schmalen Schultern hielt; am blauen Gürtel hatte er einen Kamm hängen. Seine Stiefel mit niedrigen Schäften waren tatsächlich seine Stiefel und nicht die seines Vaters. Der zweite Junge, Pawluscha, hatte zerzaustes, schwarzes Haar, graue Augen, breite Backenknochen, ein blasses, pockennarbiges Gesicht, einen großen, aber regelmäßigen Mund; sein ganzer Kopf war ungewöhnlich groß, wie ein Kessel; der Körper untersetzt und plump. Er war ein unansehnlicher Junge, das war nicht zu leugnen, und doch gefiel er mir gut: Er blickte klug und frei, und in seiner Stimme lag Kraft. Mit seiner Kleidung konnte er nicht prahlen: Sie bestand aus einem einzigen, schmutzigen Hemd und einer geflickten Hose. Der dritte, Iljuscha, hatte ein recht unbedeutendes Gesicht – mit der gebogenen Nase, lang und kurzsichtig, drückte es eine stumpfe, krankhafte Besorgnis aus; die zusammengepreßten Lippen bewegten sich nicht, die zusammengezogenen Brauen rückten nicht auseinander, es sah so aus, als blende ihn immer das Feuer. Seine hellgelben, fast weißen Haare ragten in spitzen Strähnen unter dem niederen Filzhütchen hervor, das er sich fortwährend mit beiden Händen über die Ohren zog. Er hatte neue Bastschuhe und Fußlappen an; ein dicker Strick, dreimal um seine Hüften geschlungen, hielt sorgfältig sein sauberes schwarzes Filzmäntelchen. Er sowohl als Pawluscha schienen nicht mehr als zwölf Jahre alt zu sein. Der vierte, Kostja, ein Junge von etwa zehn Jahren, erregte mein Interesse durch seinen nachdenklichen, traurigen Blick. Sein Gesicht war nicht groß, mager, von Sommersprossen bedeckt, nach unten zu spitz wie bei einem Eichhörnchen; die Lippen waren kaum zu unterscheiden; aber einen seltsamen Eindruck machten seine großen, schwarzen, schwachglänzenden Augen: Sie schienen etwas ausdrücken zu wollen, wofür es in der Sprache, jedenfalls in seiner Sprache, keine Worte gibt. Er war klein gewachsen, schmächtig und recht ärmlich gekleidet. Den letzten, Wanja, hatte ich anfangs gar nicht bemerkt: Er lag auf der Erde, mäuschenstill unter einer Bastdecke zusammengekauert, und streckte nur ab und zu seinen blonden Lockenkopf unter ihr hervor.

Ich lag also seitwärts unter einem Strauch und sah die Jungen an. Ein kleines Kesselchen hing über einem der Feuer, in ihm kochten Kartoffeln. Pawluscha sah nach ihnen und rührte, auf den Knien liegend, mit einem Span das Wasser, das eben zu brodeln anfing. Fedja lag, auf einen Ellenbogen gestützt, die Schöße seines Kittels auseinandergeschlagen. Iljuscha saß neben Kostja und zwinkerte gespannt mit den Augen. Kostja hatte den Kopf ein wenig gesenkt und blickte irgendwohin in die Ferne. Wanja lag unbeweglich unter seiner Bastdecke. Ich stellte mich schlafend. Die Jungen kamen allmählich wieder ins Gespräch.

Zuerst redeten sie von dem und jenem, von den Arbeiten des nächsten Tages und von den Pferden; plötzlich wandte sich aber Fedja an Iljuscha und fragte ihn, als setze er ein begonnenes Gespräch wieder fort: „Nun, hast du den Hausteufel wirklich gesehen?“

„Nein, gesehen habe ich ihn nicht, und man kann ihn auch gar nicht sehen“, antwortete Iljuscha mit einer heiseren und schwachen Stimme, deren Tonfall vollkommen seinem Gesichtsausdruck entsprach. „Aber ich habe ihn gehört . . . Und nicht ich allein.“

„Wo wohnt er denn bei euch?“ fragte Pawluscha.

„In der alten Lumpenmühle.“

„Geht ihr denn auf die Fabrik?“

„Gewiß. Ich und mein Bruder Awdjuscha arbeiten als Papierglätter.“

„Ihr seid also Fabrikarbeiter . . .!“

„Nun, wie hast du ihn gehört?“ fragte Fedja.

„Es war so. Ich war mit meinem Bruder Awdjuscha und mit Fjodor von Michejewo und mit Iwaschka Kossoi und mit dem anderen Iwaschka, dem von den Roten Hügeln, und mit dem Iwaschka Suchorukow, es waren auch andere Jungen dabei, im ganzen an die zehn Mann, die ganze Schicht; wir mußten in der Lumpenmühle übernachten; wir mußten es eigentlich nicht, aber Nasarow, der Aufseher, sagte uns: „Was sollt ihr noch nach Hause gehen, Jungens? Morgen ist viel Arbeit, bleibt dann lieber hier.“ So blieben wir in der Lumpenmühle. Wir liegen zusammen, und Awdjuscha fragt plötzlich: „Und wenn jetzt der Hausteufel kommt?“ Kaum hatte Awdjuscha diese Worte gesprochen, als plötzlich jemand über unseren Köpfen zu gehen anfing; wir lagen aber unten, und er ging oben bei dem Rad. Wir hören – er geht herum, die Bretter biegen sich unter ihm und knarren; da geht er schon über unseren Köpfen; plötzlich fängt das Wasser an zu rauschen, das Rad klopft und dreht sich; aber die Schleusen sind heruntergelassen. Wir wundern uns: Wer hat die Schleusen geöffnet, daß das Wasser hindurchkann? Das Rad drehte sich aber eine Weile und blieb plötzlich stehen. Jener ging oben wieder zur Tür und fing an, die Treppe hinunterzusteigen, aber langsam, ohne Eile; die Stufen stöhnten unter seinen Tritten . . . So kam er zu unserer Tür, wartete eine Weile, und plötzlich ging die Tür weit auf. Wir fuhren zusammen, sahen hin – es ist nichts . . . Plötzlich bewegte sich eine Schöpfkelle bei einem der Kufen, sie hob sich, bewegte sich durch die Luft, als tauchte sie jemanden unter, und kehrte wieder auf ihren Platz zurück. Dann hob sich der Haken an einer anderen Kufe und schloß sich wieder; dann klang es, als ginge jemand wieder zur Tür, und plötzlich hustete er und pustete wie ein Schaf, so laut . . . Wir fielen alle auf einen Haufen zusammen und krochen einer unter den anderen . . . So erschrocken waren wir damals!"

„So, so!" versetzte Pawel. „Warum fing er aber zu husten an?"

„Ich weiß nicht, vielleicht von der Feuchtigkeit."

Alle schwiegen.

„Nun", fragte Fedja, „sind die Kartoffeln gar?"

Pawluscha untersuchte sie.

„Nein, sie sind noch roh . . . Wie der Fisch plätschert", fügte er hinzu, das Gesicht zum Fluß wendend, „ist wohl ein Hecht . . . Und dort fiel ein Sternchen vom Himmel."

„Nein, Brüder, ich will euch etwas ganz anderes erzählen", begann Kostja mit feiner Stimme. „Hört mal, was Vater neulich erzählt hat."

„Wir hören", sagte Fedja mit herablassender Miene.

„Ihr kennt doch Gawrilo, den Zimmermann aus der Vorstadt?"

„Gewiß kennen wir ihn."

„Wißt ihr aber, warum er immer so traurig ist und schweigsam, wißt ihr es? Er ist darum so traurig: Einmal ging er, so hat's Vater erzählt, einmal ging er, Brüder, in den Wald nach Nüssen. Er ging also in den Wald nach Nüssen und verirrte sich; er kam Gott weiß wohin. Er geht und geht, Brüder, und kann den Weg nicht finden; es ist aber schon Nacht. So setzte er sich unter einen Baum: „Ich will auf den Morgen warten." Er setzte sich hin und schlief ein. Er schlief ein und hörte plötzlich, wie ihn jemand rief. Er sieht hin: Es ist niemand da. Er schlief wieder ein, und wieder rief man ihn. Er sieht wieder hin: Vor ihm sitzt auf einem Ast eine Nixe, sie schaukelt hin und her, ruft ihn zu sich und schüttelt sich vor Lachen . . . Der Mond leuchtet aber hell, so hell, so klar, Brüder, daß alles zu sehen ist. So ruft sie ihn zu sich und ist so hell und weiß, wie sie auf dem Ast sitzt, wie eine Plötze oder ein Gründling, oder es gibt auch solche weißliche, silberne Karauschen . . . Der Zimmermann Gawrilo war ganz starr vor Schreck, Brüder, aber sie lacht immer und lockt ihn mit der Hand zu sich. Gawrilo stand schon auf, wollte auf die Nixe hören, aber der liebe Gott gab es ihm ein, ein Kreuz zu schlagen . . . Es war ihm aber furchtbar schwer, das Kreuz zu schlagen, Brüder; er sagt, die Hand sei wie aus Stein gewesen, er hätte sie kaum bewegen können . . . Hast du es gesehen . . .! Als er das Kreuz geschlagen hatte, hörte die Nixe zu lachen auf und fing zu weinen an . . . Sie weint, Brüder, wischt sich mit den

Haaren die Tränen aus den Augen, ihre Haare sind aber grün wie Hanf. Gawrilo guckte sie an und fing an, sie zu fragen: „Was weinst du, du Waldkraut?“ Die Nixe aber antwortete ihm: „Hättest du kein Kreuz geschlagen, Mensch, so hättest du bis ans Ende deiner Tage mit mir in Freuden gelebt; ich weine aber und gräme mich, weil du das Kreuz geschlagen hast; aber ich werde mich nicht allein grämen: Auch du sollst bis ans Ende deiner Tage trauern.“ – Da verschwand sie, und Gawrilo sah sofort, wie er aus dem Wald herauskommen konnte . . . Aber seitdem geht er so traurig herum.“

„Ach!“ sagte Fedja nach kurzem Schweigen. „Wie kann bloß so ein Waldspuk eine Christenseele verderben! Er hat auf sie doch nicht gehört?“

„Was soll man machen!“ sagte Kostja, „Gawrilo erzählte, sie hätte eine so feine und klagende Stimme gehabt wie eine Kröte.“

„Hat das dein Vater selbst erzählt?“

„Er selbst. Ich lag auf der Pritsche und hörte alles.“

„Eine merkwürdige Sache! Warum soll er traurig sein . . .? Er hat ihr wohl gefallen, daß sie ihn rief.“

„Ja, er hat ihr gefallen!“ bestätigte Iljuscha. „Gewiß! Sie wollte ihn zu Tode kitzeln, das wollte sie. Das machen die Nixen immer!“

„Es muß doch auch hier Nixen geben“, bemerkte Fedja.

„Nein“, antwortete Kostja, „hier ist ein reiner, freier Ort. Eines nur: Der Fluß ist nah.“

Alle verstummten. Plötzlich ertönte irgendwo in der Ferne ein gedehnter, klingender, fast klagender Laut, einer der unerklärlichen nächtlichen Laute, die manchmal in der tiefsten Stille entstehen, aufsteigen, anhalten und endlich, langsam verhallend, ersterben. Wenn man genauer hinhorcht, so ist es nichts, und doch klingt es. Es war, als habe jemand ferne dicht unter dem Himmelsgewölbe geschrien, und ein anderer habe ihm im Walde mit einem feinen, scharfen Gelächter geantwortet, und ein schwacher, zischender Pfiff zog über den Fluß dahin. Die Jungen wechselten Blicke und fuhren zusammen . . .

„Gott steh uns bei!“ flüsterte Ilja.

„Ach, ihr Maulaffen!“ rief Pawel. „Was seid ihr so erschrocken? Schaut nur, die Kartoffeln sind gar.“

Alle rückten näher zum Kesselchen heran und begannen die dampfenden Kartoffeln zu verzehren; nur Wanja allein regte sich nicht.

„Nun, und du?“ fragte Pawel.

Aber er kam unter seiner Bastdecke nicht hervor. Das Kesselchen war bald ganz leer.

„Habt ihr gehört, Kinder", begann Iljuscha, „was sich neulich bei uns in Warnawizy zugetragen hat?"

„Auf dem Damm?" fragte Fedja.

„Ja, ja, auf dem durchbrochenen Damm. Das ist schon wirklich ein unreiner Ort, so unrein und öde. Ringsherum sind lauter Klüfte und Gräben, und in den Gräben lauter Schlangen."

„Nun, was ist denn geschehen? Erzähl . . ."

„Was da geschehen ist? Du weißt es vielleicht nicht, Fedja, daß bei uns dort ein Ertrunkener begraben ist. Er hat sich da vor sehr langer Zeit ertränkt, als der Teich noch tief war; jetzt ist nur noch sein Grab zu sehen, und auch das kaum; es ist nur ein Hügelchen . . . Dieser Tage ruft der Verwalter den Hundeknecht Jermil zu sich und sagt ihm: „Jermil, reite mal auf die Post." Jermil pflegt bei uns immer auf die Post zu reiten; die Hunde sind ihm alle eingegangen: Sie leben bei ihm nicht und haben auch niemals gelebt, sonst ist er aber ein guter Hundeknecht, das muß man ihm lassen. So ritt Jermil nach der Post, hielt sich aber in der Stadt auf, und als er heimritt, war er etwas betrunken. Die Nacht ist aber hell, und der Mond scheint. So reitet Jermil über den Damm: Diesen Weg hat er eben genommen. So reitet der Hundeknecht Jermil und sieht: Am Grabhügel des Ertrunkenen geht ein Schäfchen auf und ab, ein weißes, lockiges, hübsches Schäfchen. Da denkt sich Jermil: Ich will es mitnehmen, was soll es unnütz umkommen . . . Er stieg vom Pferd und nahm das Schäfchen auf die Arme. Das Schäfchen wehrte sich nicht. So geht Jermil zum Pferd, das Pferd weicht aber vor ihm zurück, es schnaubt und schüttelt den Kopf; er brachte es aber zum Stehen, stieg mit dem Schäfchen in den Sattel und ritt weiter, das Schäfchen hielt er vor sich. Er sieht es an, und auch das Schäfchen sieht ihm gerade in die Augen. Da wurde es ihm unheimlich, dem Hundeknecht Jermil: Er konnte sich nicht erinnern, daß ein Schaf jemand so in die Augen geblickt hätte; aber er machte sich nichts draus; er fing an, das Schäfchen zu streicheln und sagte ihm: „Bä! Bä!" Das Schaf fletscht aber plötzlich die Zähne und sagt ihm auch: „Bä! Bä . . .!",

Der Erzähler hatte das letzte Wort noch nicht gesprochen, als die beiden Hunde plötzlich zugleich aufsprangen, mit krampfhaftem Gebell vom Feuer wegstürzten und in der Finsternis verschwanden. Alle Jungen erschraken. Wanja sprang unter seiner Bastdecke hervor. Pawluscha stürzte schreiend den Hunden nach. Das Gebell entfernte sich rasch . . . Man hörte das unruhige Rennen der aufgescheuchten Pferdeherde. Pawluscha schrie laut: „Grauer! Schutschka . . .!" Nach einigen Augenblicken verstummte das Gebell; Pawels Stimme klang aus der Ferne ... Es verging noch einige Zeit; die Jungen sahen einander verständnislos an, als warteten sie auf etwas ... Plötzlich ertönten die Hufschläge eines heransprengenden Pferdes; es machte dicht vor dem Feuer halt, und Pawluscha sprang, sich an der Mähne festhaltend, schnell herab. Die beiden Hunde kamen gleichfalls in den Lichtschein zurück und setzten sich sofort, die roten Zungen herausgestreckt, nieder.

„Was ist los? Was ist los?" fragten die Jungen.

„Nichts", antwortete Pawluscha, mit der Hand nach dem Pferde winkend. „Die Hunde haben wohl etwas gewittert. Ich glaubte, es sei ein Wolf", fügte er mit gleichgültiger Stimme hinzu, während seine Brust schnell atmete.

Ich sah Pawluscha mit unwillkürlicher Bewunderung an. Er war in diesem Augenblick herrlich. Sein unschönes, vom schnellen Ritt belebtes Gesicht glühte vor kühner Unternehmungslust und fester Entschlossenheit. Ohne auch nur einen Stecken in der Hand, war er allein in der Nacht auf einen Wolf losgeritten ... Was für ein prachtvoller Junge! dachte ich mir, ihn betrachtend.

„Habt ihr denn die Wölfe gesehen?" fragte der Hasenfuß Kostja.

„Hier gibt es ihrer immer viele", antwortete Pawel. „Aber sie sind nur im Winter unruhig."

Er hockte sich wieder am Feuer hin. Indem er sich auf die Erde setzte, ließ er eine Hand auf den zottigen Nacken eines der Hunde fallen, und das erfreute Tier wandte seinen Kopf lange nicht weg und blickte Pawluscha dankbar und stolz von der Seite an.

Wanja verkroch sich wieder unter die Bastdecke.

„Du hast uns solche Gruselgeschichten erzählt, Iljuscha", begann Fedja, der, als der Sohn eines reichen Bauern, in der Unterhaltung den Ton angab (er selbst sprach wenig, als fürchtete er, sich etwas an seiner Würde zu vergeben). – „Da mußten auch die Hunde zu bellen anfangen ... Aber das stimmt, ich habe gehört, dieser Ort ist bei Nacht nicht recht geheuer."

„Warnawizy ...? Das will ich meinen! So unrein ist der Ort! Man sagt, man hätte dort mehr als einmal den alten Herrn, den verstorbenen Gutsherrn, gesehen. Er geht, sagt man, in einem langschößigen Kaftan herum, stöhnt immer und sucht etwas auf der Erde. Einmal traf ihn Großvater Trofimytsch: „Was suchst du, Väterchen Iwan Iwanytsch, auf der Erde?"„

„So fragte er ihn?" unterbrach ihn Fedja erstaunt.

„Ja, so fragte er ihn."

„Nun, dann ist Trofimytsch ein tapferer Kerl .... Und was geschah dann weiter?"

„„Ich suche das Sprengkraut“, sagte er ihm. So dumpf sagte er das: „Sprengkraut“. – „Was brauchst du denn, Väterchen Iwan Iwanytsch, das Sprengkraut?“ – „Es drückt mich“, antwortete er, „das Grab drückt mich, Trofimytsch; ich will hinaus, hinaus . . .“„

„Seht ihn einmal an!“ bemerkte Fedja. „Er hat wohl zuwenig gelebt.“

„Was für ein Wunder!“ versetzte Kostja. „Ich hätte geglaubt, man könnte die Verstorbenen nur am Gedächtnis-Sonnabend sehen.“

„Die Toten kann man zu jeder Stunde sehen“, erklärte Iljuscha mit Überzeugung; wie ich merkte, kannte er besser als die anderen alle ländlichen Aberglauben ... „Aber am Gedächtnis-Sonnabend kannst du auch einen Lebendigen sehen, das heißt, einen solchen, der im kommenden Jahr sterben soll . . . Man braucht sich nur nachts vor die Kirchentür zu setzen und immer auf die Straße zu schauen. Dann gehen alle vorbei, die in dem Jahr sterben sollen. Bei uns ging so im vergangenen Jahr die alte Uljana vor die Kirchentür.“

„Nun, sah sie jemand?“ fragte Kostja neugierig.

„Gewiß. Erst saß sie lange, lange, sah und hörte niemand. dann war es ihr, als belle irgendwo ein Hündchen . . . Plötzlich sieht sie: Auf dem Weg geht ein Junge im bloßen Hemdchen. Sie sieht hin, es ist Iwaschka Fedossejew . . .“

„Der im Frühjahr gestorben ist?“ unterbrach ihn Fedja.

„Derselbe. Er geht und hebt sein Köpfchen nicht . . . Aber Uljana erkannte ihn . . . Später sieht sie: Da kommt eine Frau. Sie sieht hin, sieht hin – ach du mein Gott! –, es ist die Uljana selbst, die auf der Straße daherkommt.“

„War es denn wirklich sie selbst?“ fragte Fedja.

„Bei Gott, sie selbst.“

„Sie ist aber doch noch gar nicht gestorben?“

„Das Jahr ist noch nicht um. Sieh sie aber bloß an: Sie lebt kaum.“

Alle wurden wieder still. Pawel warf eine Handvoll trockene Zweige ins Feuer. Sie hoben sich erst schwarz von der plötzlich auflodernden Flamme ab, begannen zu knistern, zu rauchen, warfen sich und streckten die angebrannten Enden empor. Der Schein des Feuers verbreitete sich zitternd nach allen Seiten, besonders nach oben. Plötzlich kam ein weißes Täubchen, niemand wußte woher, gerade in den Lichtschein hereingeflogen; es drehte sich ängstlich auf einer Stelle, vom heißen Glanz übergossen, und verschwand dann mit lautem Flügelschlag.

„Hat sich wohl verirrt“, bemerkte Pawel. „Jetzt wird sie fliegen, bis sie auf etwas stößt; dort übernachtet sie dann bis zum Morgengrauen.“

„Was meinst du, Pawluscha“, versetzte Kostja. „Vielleicht war es eine gerechte Seele, die in den Himmel flog, wie?“

Pawel warf eine neue Handvoll Reisig ins Feuer.

„Kann sein“, sagte er endlich.

„Sag mal bitte, Pawluscha“, versetzte Fedja, „hat es auch bei euch in Schalamowo ein Himmelszeichen gegeben?“

„Als man die Sonne plötzlich nicht sah? Gewiß.“

„Da wart ihr auch erschrocken?“

„Nicht wir allein. Unser Herr hat uns zwar vorher gesagt, daß es ein Himmelszeichen geben wird, als es aber finster wurde, da erschrak auch er, sagen die Leute. In der Gesindestube schlug aber die Köchin, als es finster wurde, mit der Ofengabel alle Töpfe entzwei: „Wer soll jetzt essen?“ hat sie gesagt. „Es ist der Jüngste Tag.“ So lief die ganze Kohlsuppe heraus. Bei uns im Dorf ging aber das Gerücht, Bruder, daß weiße Wölfe auf die Erde gelaufen kommen und die Menschen auffressen, daß Raubvögel geflogen kommen; auch daß man den Trischka selbst sehen würde.“

„Was für einen Trischka?“ fragte Kostja.

„Weißt du das nicht?“ begann Iljuscha mit Eifer. „Wo kommst du denn her, Bruder, wenn du nichts von Trischka weißt? Ihr sitzt wohl bei euch im Dorf wie die Tölpel und wißt von nichts! Trischka wird so ein wunderbarer Mensch sein, der einmal kommen wird – so wunderbar, daß man ihn weder ergreifen noch ihm etwas antun kann: So ein wunderbarer Mensch wird er eben sein. Die Bauern werden ihn zum Beispiel ergreifen wollen; sie werden mit Knüppeln auf ihn losgehen und ihn umstellen, er wird sie aber blenden, so daß sie einander verprügeln. Oder man wird ihn zum Beispiel ins Gefängnis sperren; er wird um Wasser bitten; man wird ihm einen Krug mit Wasser bringen, er wird aber darin untertauchen und verschwinden. Man wird ihn in Ketten legen, er wird aber bloß in die Hände klatschen, und die Ketten werden von ihm herunterfallen. So wird dieser Trischka über die Dörfer und Städte ziehen; und dieser Trischka, der arglistige Mensch, wird das christliche Volk verführen . . . aber tun kann man ihm nichts . . . So ein wunderbarer, arglistiger Mensch wird er sein.“

„Ja, gewiß“, fuhr Pawel mit seiner bedächtigen Stimme fort, „so wird er sein. So hat man ihn auch bei uns erwartet. Die Alten sagten, Trischka würde kommen, sobald das Himmelszeichen beginnt. So begann das Himmelszeichen. Das ganze Volk lief auf die Straße, aufs Feld und wartete, was wohl kommen würde. Unser Ort liegt aber, wie ihr wißt, hoch und frei. Sie sehen: Vom Berg her kommt ein seltsamer Mensch, hat einen so merkwürdigen Kopf . . . Da schreien alle: „Ach, Trischka kommt! Ach, Trischka kommt!“ Und jeder rettete sich, wohin er konnte. Der Schulze verkroch sich in den Straßengraben; die Schulzenfrau blieb im Spalt unter dem Tor stecken; sie schrie mit wilder Stimme und erschreckte ihren eigenen Hofhund so, daß er sich von der Kette losriß, über den Zaun sprang und in den Wald davonrannte. Kusjkas Vater, Dorofejitsch, sprang aber in den Hafer, hockte sich hin und fing an wie eine Wachtel zu schreien: „Vielleicht wird der Seelenverderber mit dem Vogel Erbarmen haben.“ So waren wir alle erschrocken . . .! Der Mann aber war der Böttcher Wawila: Er hatte sich eine neue Holzwanne gekauft und sie über den Kopf gestülpt.“

Alle Jungen fingen zu lachen an und verstummten wieder für eine Weile, wie es oft mit Menschen passiert, die sich unter freiem Himmel unterhalten. Ich sah mich um: Feierlich herrschte die Nacht; an die Stelle der feuchten Frische des späten Abends war die trockene mitternächtliche Wärme getreten, die noch lange als weiche Decke auf den schlafenden Fluren ruhen sollte; es war noch lange bis zum ersten Laut des Lebens, bis zu den ersten Tautropfen des Morgens.

Der Mond stand nicht am Himmel: Um diese Zeit ging er spät auf. Zahllose goldene Sterne schienen sämtlich, um die Wette flimmernd, in der Richtung der Milchstraße langsam zu ziehen, und wenn man sie ansah, fühlte man wirklich den ungestümen, unaufhörlichen Flug der Erde . . . Ein seltsamer, scharfer, schmerzvoller Schrei erklang plötzlich zweimal nacheinander über dem Fluß und wiederholte sich einige Augenblicke später etwas weiter . . .

Kostja fuhr zusammen . . . „Was ist das?“

„Ein Reiher schreit“, antwortete Pawel ruhig.

„Ein Reiher“, wiederholte Kostja . . . „Was war es aber, Pawluscha, was ich gestern abend gehört habe?“ fügte er nach kurzem Schweigen hinzu. „Vielleicht weißt du es . . .“

„Was hast du gehört?“

„Das habe ich gehört. Ich ging von der Steinernen Zeile nach Schaschkino; zuerst ging ich durch unsere Haselbüsche, dann durch die Wiese, weißt du, wo sie eine scharfe Wendung macht – dort ist ein Sumpfloch, weißt du, das ganz mit Schilf bewachsen ist; so ging ich, Brüder, an diesem Sumpfloch vorbei, und plötzlich stöhnt jemand so jämmerlich, ach so jämmerlich aus dem Loch: „Uh . . . Uh . . . Uh . . .“ Da packte mich die Angst, Brüder: die späte Stunde, und eine so jämmerliche Stimme. Ich hätte selbst weinen können . . . Was mag es wohl gewesen sein? Wie?“

„In diesem Sumpfloch haben die Diebe im vorvorigen Jahr den Waldhüter Akim ertränkt“, bemerkte Pawluscha. „Vielleicht ist es seine Seele, die da klagt.“

„Das muß ich sagen, Brüder“, entgegnete Kostja, seine ohnehin großen Augen weit aufreißend. „Ich wußte gar nicht, daß man den Akim in diesem Loch ertränkt hatte, dann hätte ich noch viel mehr Angst gekriegt.“

„Man sagt auch, es gäbe solche kleine Frösche“, fuhr Pawel fort, „die so jämmerlich schreien.“

„Frösche? Nein, das waren keine Frösche . . . was sind das für . . .“

Der Reiher schrie wieder über dem Fluß.

„Wie der schreit!“ sagte Kostja unwillkürlich: „Wie ein Waldteufel.“

„Der Waldteufel schreit nicht, er ist stumm“, fiel ihm Iljuscha ins Wort. „Er klatscht nur in die Hände und kracht . . .“

„Hast du ihn denn gesehen, den Waldteufel?“ unterbrach ihn Fedja spöttisch.

„Nein, ich hab' ihn nicht, gesehen, und Gott beschütze mich davor; aber andere haben ihn gesehen. Neulich hat er bei uns einen Bauer irregeleitet: Er führte ihn immer im Wald herum, immer um die gleiche Waldwiese herum . . . Mit Not kam er erst am Morgen heim.“

„Hat er ihn gesehen?“

„Er hat ihn gesehen. Er sagt, er habe so riesengroß, finster, eingehüllt dagestanden, hinter einem Baum, gut hätte er ihn nicht unterscheiden können; er hätte sich vor dem Mond versteckt und dabei mit seinen großen Augen geguckt und geblinzelt, und geblinzelt . . .“

„Ach, du!“ rief Fedja, leicht zusammenfahrend und mit den Schultern zuckend. „Pfui . . .!“

„Wozu gibt es nur diese unsauberen Mächte in der Welt?“ bemerkte Pawel. „Wirklich!“

„Schimpfe nicht, paß auf, sie hören dich noch“, bemerkte Ilja.

Wieder trat Schweigen ein.

„Schaut nur, schaut nur, Kinder“, erklang plötzlich Wanjas Kinderstimme. „Schaut nur auf die lieben Sternlein Gottes – wie die Bienen schwärmen sie!“

Er streckte sein frisches Gesichtchen unter der Bastdecke hervor, stützte es auf seine Faust und hob langsam seine großen stillen Augen zum Himmel. Alle Jungen hoben ihre Blicke gen Himmel und ließen sie nicht sobald sinken.

„Sag mal, Wanja“, begann Fedja freundlich. „Wie geht es deiner Schwester Anjutka, geht es ihr gut?“

„Es geht ihr gut“, antwortete Wanja kindlich lallend.

„Frage sie doch, warum sie nicht mehr zu uns kommt . . .“

„Ich weiß es nicht.“

„Sag ihr, sie möchte doch kommen.“

„Ich werde es ihr sagen.“
„Sag ihr, daß ich ihr was schenke.“
„Wirst du auch mir was schenken?“
„Ja, auch dir.“
Wanja holte tief Atem.
„Nein, ich brauche nichts. Gib es lieber ihr: Sie ist so gut.“
Wanja legte seinen Kopf wieder auf die Erde. Pawel stand auf und nahm das leere Kesselchen in die Hand.
„Wo willst du hin?“ fragte ihn Fedja.
„Zum Fluß, Wasser schöpfen: Ich will Wasser trinken.“
Die Hunde erhoben sich und folgten ihm.
„Paß auf, fall nur nicht in den Fluß!“ rief ihm Iljuscha nach.
„Warum soll er in den Fluß fallen?“ versetzte Fedja. „Er wird sich doch in acht nehmen.“
„Ja, in acht nehmen. Es kommt verschiedenes vor: Er wird sich bücken und Wasser schöpfen, da wird ihn aber der Wassergeist bei der Hand packen und hinunterziehen. Später werden die Leute sagen, der Junge sei ins Wasser gefallen . . . Ja, ins Wasser gefallen . . .! Da ist er eben ins Schilf gestiegen“, fügte er hinzu, aufhorchend.
Man hörte wirklich das Schilf rascheln.
„Ist es wahr“, fragte Kostja, „daß die blöde Akulina um ihren Verstand gekommen ist, seit sie im Wasser war?“
„Ja, seit damals . . . Wie sieht sie jetzt aus! Man sagt aber, sie sei früher eine Schönheit gewesen. Der Wassergeist hat sie verdorben. Er hatte wohl nicht erwartet, daß man sie sobald herausziehen würde. Da hat er sie bei sich auf dem Grund verdorben.“
(Ich selbst habe diese Akulina mehr als einmal gesehen. In Lumpen gekleidet, furchtbar mager, mit einem kohlschwarzen Gesicht, trüben Blicken und ewig gefletschten Zähnen trappelt sie stundenlang irgendwo auf der Landstraße auf dem gleichen Fleck herum, die knöchernen Hände fest auf die Brust gepreßt und langsam von einem Fuß auf den anderen tretend, wie ein wildes Tier im Käfig. Sie versteht nichts, was man ihr auch sagt, und lacht nur zuweilen krampfhaft.)
„Man sagt auch“, fuhr Kostja fort, „Akulina hätte sich in den Fluß gestürzt, weil ihr Schatz sie betrogen hat.“
„Ja, darum.“
„Erinnerst du dich noch an Waßja?“ unterbrach ihn Kostja traurig.
„An was für einen Waßja?“ fragte Fedja.

„An den, der ertrunken ist“, antwortete Kostja, „in diesem selben Fluß. Das war eine Junge! Mein Gott, war das ein Junge! Seine Mutter Feklista liebte ihren Waßja so. Die Feklista ahnte wohl, daß er sein Ende im Wasser finden würde. Wenn Waßja mit uns anderen Jungen im Sommer an den Fluß zum Baden ging, so zitterte sie am ganzen Leibe. Die anderen Weiber waren ruhig und watschelten mit ihren Waschzubern vorüber; die Feklista stellte aber ihren Waschzuber auf die Erde und rief: „Kehr zurück, kehr zurück, Liebster! Kehr zurück, mein Söhnchen!“ Wie er aber ertrunken ist, das weiß nur Gott allein. Er spielte am Ufer, und seine Mutter harkte gleich in seiner Nähe das Heu zusammen; plötzlich hört sie, wie im Wasser Blasen aufsteigen; sie sieht hin, auf dem Wasser schwimmt aber nur noch Waßjas Mützchen. Seit damals ist auch Feklista nicht bei Sinnen: Sie geht an die Stelle, wo er ertrunken ist, legt sich, Brüder, auf die Erde und singt das Liedchen, das Waßja immer zu singen pflegte – ihr wißt es noch –, sie singt das Liedchen und weint dabei und klagt zu Gott . . .“

„Da kommt schon Pawluscha“, sagte Fedja.

Pawel kam mit vollem Kessel zum Feuer.

„Jungens“, begann er nach einem Schweigen, „die Sache ist schlimm.“

„Was gibt es denn?“ fragte Kostja schnell.

„Ich habe Waßjas Stimme gehört.“

Alle fuhren zusammen.

„Was sagst du, was sagst du?“ stammelte Kostja.

„Bei Gott. Als ich mich über das Wasser beugte, hörte ich, wie mich Waßjas Stimme unter dem Wasser rief: „Pawluscha, Pawluscha, komm mal her.“ Ich ging zurück. Aber ich habe doch Wasser geschöpft.“

„Ach, mein Gott! Ach, mein Gott!“ riefen die Jungen, sich bekreuzigend.

„Dich hat doch der Wassergeist gerufen, Pawel“, versetzte Fedja . . . „Wir sprachen eben von ihm, von Waßja.“

„Ach, das ist ein schlimmes Zeichen“, sprach Iljuscha langsam.

„Nun, das macht nichts!“ sagte Pawel entschlossen und setzte sich wieder. „Seinem Schicksal entgeht man nicht.“

Die Jungen verstummten. Die Worte Pawels hatten auf sie offenbar einen tiefen Eindruck gemacht. Sie fingen an, sich um das Feuer zu lagern, als wollten sie schlafen.

„Was ist das?“ fragte plötzlich Kostja, den Kopf hebend.

Pawel horchte auf.

„Es sind die Schnepfen, die im Flug pfeifen.“

„Wo fliegen sie denn hin?"
„Dorthin, wo es keinen Winter gibt."
„Gibt es denn solch ein Land?"
„Gewiß."
„Ist es weit?"
„Weit, sehr weit, hinter den warmen Meeren."
Kostja seufzte auf und schloß die Augen.

Es waren schon mehr als drei Stunden vergangen, seit ich mich zu den Jungen gesetzt hatte. Der Mond war endlich aufgegangen; ich hatte ihn nicht sogleich bemerkt; er war so klein und schmal. Diese mondlose Nacht schien ebenso prächtig wie früher . . . Aber viele Sterne, die erst vor kurzem hoch am Himmel gestanden hatten, neigten sich schon dem dunklen Rand der Erde zu; alles ringsum wurde so vollkommen still, wie es nur vor Tagesanbruch still wird: Alles schlief einen festen, unbeweglichen Morgenschlaf. Die Luft duftete nicht mehr so stark, sie schien wieder von Feuchtigkeit erfüllt . . . Kurz sind die Sommernächte . . .! Das Gespräch der Jungen erlosch zugleich mit den Feuern . . . Sogar die Hunde schlummerten; auch die Pferde lagen, soweit ich beim schwachflimmernden Licht der Sterne unterscheiden konnte, mit gesenkten Köpfen . . . Ein Vergessen bemächtigte sich meiner und ging in Schlummer über.

Ein frischer Lufthauch streifte mein Gesicht. Ich schlug die Augen auf: Es tagte. Der Himmel rötete sich noch nirgends, aber im Osten war es schon weiß. Alles ringsum wurde, wenn auch noch verschwommen, sichtbar. Der blaßgrüne Himmel wurde immer heller, kälter, blauer; die Sterne flimmerten bald schwach und verschwanden bald ganz; die Erde wurde naß, die Blätter schwitzten, hier und da erklangen lebendige Töne und Stimmen, und ein leiser Frühwind strich flatternd über die Erde. Mein Körper antwortete ihm mit einem leichten, freudigen Zittern. Ich stand schnell auf und ging zu den Jungen. Sie schliefen wie tot um das verglimmende Feuer herum; Pawel allein richtete sich halb auf und sah mich aufmerksam an.

Ich nickte ihm zu und ging, den dampfenden Fluß entlang, nach Hause. Ich hatte kaum zwei Werst zurückgelegt, als sich rings um mich herum über die weite Wiese und die grünenden Hügel von Wald zu Wald und hinter mir über die lange, staubige Landstraße, über die glitzernden, geröteten Büsche und über den Fluß, der unter dem sich verziehenden Nebel schamhaft blaute, erst hellrote, dann dunkelrote und goldene Ströme eines jungen, glühenden Lichts ergossen . . . Alles regte sich, alles erwachte, begann zu singen, zu rauschen, zu sprechen. Überall leuchteten wie strahlende Diamanten große Tautropfen; rein und heiter, wie von der Morgenfrische gewaschen, zogen mir Glockentöne entgegen, und plötzlich jagte die ausgeruhte, von den mir schon bekannten Jungen angetriebene Pferdeherde an mir vorbei . . .

Leider muß ich hinzufügen, daß Pawel noch im gleichen Jahr starb. Er ertrank nicht: Er stürzte von einem Pferd und schlug sich tot. Schade, er war ein prächtiger Junge!

Kassjan aus Krassiwaja-Metsch

Ich kehrte in einem Wägelchen, das stark rüttelte, von der Jagd zurück, schlummerte, von der schwülen Hitze des bewölkten Sommertages erdrückt (bekanntlich ist die Hitze an solchen Tagen noch unerträglicher als an heiteren, besonders wenn es windstill ist), ein wenig ein und schaukelte hin und her, mich mit düsterer Geduld dem feinen, weißen Staub preisgebend, der sich von der ausgefahrenen Straße unter den ausgetrockneten und ratternden Rädern unaufhörlich erhob –, als meine Aufmerksamkeit plötzlich von der ungewöhnlichen Unruhe und den krampfhaften Körperbewegungen meines Kutschers erregt wurde, der bis dahin noch fester geschlummert hatte als ich. Er zupfte an den Zügeln, rückte auf seinem Sitz hin und her und fing an, die Pferde anzuschreien, jeden Augenblick nach der einen Seite blickend. Ich sah mich um. Wir fuhren durch eine weite, gepflügte Ebene; in außerordentlich flachen Wellen liefen zu ihr gleichfalls gepflügte, niedere Hügel herab; der Blick umfing höchstens fünf Werst des leeren Raumes; nur die kleinen Birkengehölze in der Ferne unterbrachen mit ihren rundgezackten Wipfeln die gerade Linie des Horizonts. Schmale Wege zogen sich über die Felder hin, verloren sich in den Hohlwegen, wanden sich die Hügel hinauf, und auf einem von ihnen, der etwa fünfhundert Schritt vor uns unsere Fahrstraße durchschneiden sollte, unterschied ich einen Zug. Diesen Zug betrachtete eben mein Kutscher.

Es war ein Leichenzug. Vorne fuhr in einem mit nur einem Pferdchen bespannten Wagen im Schritt der Geistliche; der Küster saß neben ihm und lenkte; dem Wagen folgten vier Bauern mit entblößten Köpfen, die den mit einem weißen Leinentuch bedeckten Sarg trugen; zwei Weiber gingen hinter dem Sarg. Die feine, klagende Stimme des einen von ihnen schlug plötzlich an mein Ohr; ich horchte auf: Die Frau jammerte. Traurig klang inmitten der leeren Felder diese eintönige, hoffnungslos klagende Weise. Der Kutscher trieb die Pferde an: Er wollte diesem Zug zuvorkommen. Unterwegs einer Leiche zu begegnen, gilt als schlimmes Zeichen. Es gelang ihm tatsächlich, über die Straße zu jagen, ehe der Leichenzug sie erreichte; wir waren aber noch keine hundert Schritt weit gefahren, als unser Wagen plötzlich einen heftigen Stoß bekam, sich auf die eine Seite neigte und beinahe umfiel. Der Kutscher hielt die ins Laufen gekommenen Pferde an, winkte hoffnungslos mit der Hand und spuckte aus.

„Was gibt es denn?“ fragte ich ihn.

Mein Kutscher stieg schweigsam und ohne Übereilung vom Bock.

„Was ist denn los?“

„Die Achse ist gebrochen . . . ist durchgebrannt“, antwortete er düster und schob plötzlich mit solcher Wut den Rückenriemen des Seitenpferdes zurecht, daß es wankte, schließlich aber doch nicht hinfiel; es schnaubte, schüttelte sich und fing mit der größten Ruhe an, sich mit einem Zahn das Vorderbein unterhalb des Knies zu kratzen.

Ich stieg ab und stand eine Weile auf der Straße, vom dunklen Gefühl einer unangenehmen Ratlosigkeit erfüllt. Das rechte Rad war fast ganz unter den Wagen geraten und hob seine Nabe wie in stummer Verzweiflung in die Höhe.

„Was ist jetzt zu tun?“ fragte ich endlich.

„Der da hat schuld!“ sagte mein Kutscher, mit der Peitsche auf den Leichenzug weisend, der schon auf die Fahrstraße gekommen war und sich uns näherte. „Das habe ich immer gemerkt“, fuhr er fort, „es ist ein sicheres Zeichen, wenn man einer Leiche begegnet . . . Ja . . .“

Und er belästigte wieder das Seitenpferd, das, da es seine Mißstimmung und Strenge sah, sich entschloß, unbeweglich zu bleiben, und nur ab und zu schüchtern den Schweif bewegte. Ich ging ein wenig auf und ab und blieb wieder vor dem Rad stehen.

Der Leichenzug holte uns indessen ein. Die Trauerprozession bog vorsichtig von der Straße aufs Gras ab und ging an unserem Wagen vorbei. Der Kutscher und ich zogen die Mützen, begrüßten den Geistlichen und wechselten mit den Trägern Blicke. Sie gingen mit Mühe, und ihre breiten Brüste hoben sich schwer. Von den beiden Weibern, die dem Sarg folgten, war das eine sehr alt und blaß; ihre unbeweglichen, vom Schmerz grausam entstellten Züge hatten den Ausdruck strenger, feierlicher Würde. Sie ging schweigend einher und führte zuweilen die magere Hand an die dünnen, eingefallenen Lippen. Die andere, eine junge Frau von etwa fünfundzwanzig Jahren, hatte rote und feuchte Augen und ein vom Weinen geschwollenes Gesicht; als sie an uns vorbeikam, hörte sie zu jammern auf und bedeckte das Gesicht mit dem Ärmel . . . Die Leiche war aber schon an uns vorbei wieder auf die Landstraße gekommen; wieder erklang der jämmerliche, herzzerreißende Gesang. Mein Kutscher begleitete den gleichmäßig schwankenden Sarg mit einem stummen Blick und wandte sich an mich: „Es ist der Zimmermann Martyn, der da beerdigt wird", sagte er, „der aus Rjabowo."

„Woher weißt du das?"

„An den Weibern hab ich's erkannt. Die Alte ist seine Mutter und die Junge die Frau."

„Ist er denn krank gewesen?"

„Ja ... Fieber hat er gehabt ... Vorgestern hat der Verwalter nach dem Doktor geschickt, aber sie trafen ihn nicht an ... Er war ein guter Zimmermann. Wie seine Frau jammert ... Nun, das weiß man ja: Die Weiber haben wohlfeile Tränen, Weibertränen sind wie Wasser ... Ja."

Er bückte sich, kroch unter den Zügeln des Seitenpferdes durch und faßte mit beiden Händen das Krummholz.

„Aber", bemerkte ich, „was sollen wir dennoch tun?"

Mein Kutscher stemmte erst das Knie gegen die Schulter des Mittelpferdes, schüttelte zweimal das Krummholz, schob das Rückenkissen zurecht, kroch dann wieder unter dem Zügel des Seitenpferdes durch, stieß es im Vorbeigehen in die Schnauze und ging auf das Rad zu; er ging auf das Rad zu, holte langsam, ohne es aus dem Auge zu lassen, unter dem Rockschoß seine Tabaksdose hervor, nahm ebenso langsam den Deckel am Riemen heraus, steckte langsam seine zwei dicken Finger hinein (selbst die zwei fanden in ihr kaum Platz), knetete den Tabak, zog seine Nase schon im vorhinein schief, schnupfte langsam, jede Prise mit einem gedehnten Krächzen begleitend, und versank, mit den tränenden Augen schmerzhaft blinzelnd und zwinkernd, in tiefe Nachdenklichkeit.

„Nun, was?" fragte ich endlich.

Mein Kutscher steckte die Dose behutsam in die Tasche, rückte sich den Hut, ohne eine Hand zu rühren, durch eine bloße Kopfbewegung in die Brauen und stieg nachdenklich auf den Bock.

„Wo willst du denn hin?" fragte ich erstaunt.

„Steigen Sie nur ein", erwiderte er ruhig und nahm die Zügel in die Hand.

„Wie werden wir denn fahren?"

„Wir werden schon fahren."

„Aber die Achse ..."

„Nehmen Sie nur Platz."

„Die Achse ist aber entzwei ..."

„Sie ist freilich entzwei, aber bis zur Siedlung kommen wir schon ... das heißt im Schritt. Hier rechts hinter dem Gehölz ist eine Siedlung, Judino heißt sie."

„Und du glaubst, daß wir hinkommen?"

Mein Kutscher würdigte mich keiner Antwort.

„Ich geh' lieber zu Fuß", sagte ich.

„Wie Sie wünschen ..."

Er schwang die Peitsche. Die Pferde zogen an.

Wir erreichten wirklich die Siedlung, obwohl das rechte Vorderrad kaum hielt und sich höchst seltsam drehte. Auf einem Hügel wäre es beinahe heruntergeflogen, aber mein Kutscher schrie mit wütender Stimme, und wir fuhren den Hügel glücklich hinunter.

Die Judinsche Siedlung bestand aus sechs niederen, kleinen Häuschen, die sich bereits auf die Seite geneigt hatten, obwohl sie wahrscheinlich erst seit kurzem erbaut worden waren: Nicht alle Höfe waren umzäunt. Als wir in diese Siedlung einfuhren, begegneten wir keiner lebenden Seele; nicht einmal Hühner, sogar keine Hunde ließen sich auf der Straße blicken; nur ein einziger schwarzer Hund mit kurzem Schwanz sprang vor unseren Augen aus einem vollkommen trockenen Trog heraus, in den ihn offenbar der Durst getrieben hatte, und rannte sofort, ohne zu bellen, unter ein Tor. Ich ging ins erste Haus, machte die Tür zum Flur auf und rief die Bewohner – niemand antwortete mir. Ich rief noch einmal – hinter der andern Tür erklang das hungrige Miauen einer Katze. Ich stieß die Tür mit dem Fuß auf: Eine hungrige Katze lief, mit den grünen Augen im Dunkeln funkelnd, an mir vorbei. Ich steckte den Kopf in die Stube und sah hinein: dunkel, dunstig und leer. Ich begab mich auf den Hof, auch dort war niemand ... Hinter einem Verschlag brüllte ein Kalb; eine lahme graue Gans wackelte ein wenig zur Seite. Ich ging ins zweite Haus, auch im zweiten Haus war keine Seele. Ich ging in den Hof ...

Mitten im hellerleuchteten Hof in der schlimmsten Glut lag, das Gesicht zur Erde und den Kopf mit einem Kittel bedeckt; wie mir schien, ein Junge. Einige Schritt von ihm stand neben einem elenden Wägelchen unter einem Schutzdach aus Stroh ein mageres Pferdchen mit abgerissenem Geschirr. Das Sonnenlicht, das durch die schmalen Öffnungen im schadhaften Schutzdach flutete, zeichnete kleine helle Flecken auf seinem zottigen rotbraunen Fell. Gleich daneben schwatzten in einem auf einer hohen Stange angebrachten Starenhäuschen Stare und blickten mit ruhiger Neugierde aus ihrem luftigen Häuschen herab. Ich ging auf den Schlafenden zu und begann ihn zu wecken ...

Er hob den Kopf, erblickte mich und sprang gleich auf die Beine . . . „Was ist gefällig? Was ist los?“ murmelte er verschlafen.

Ich antwortete ihm nicht sogleich: Dermaßen war ich über sein Äußeres erstaunt. Stellt euch einen Zwerg vor von etwa fünfzig Jahren mit einem kleinen, dunklen, gerunzelten Gesicht, einem spitzen Näschen, braunen, kaum sichtbaren Äuglein und krausen, dichten schwarzen Haaren, die auf seinem winzigen Kopf so breit wie der Hut auf einem Pilz sitzen. Sein ganzer Körper war ungewöhnlich schmächtig und mager, und man kann mit Worten gar nicht wiedergeben, wie ungewöhnlich und seltsam sein Blick war.

„Was ist gefällig?“ fragte er mich wieder.

Ich erklärte ihm, um was es sich handelte; er hörte mich an, ohne seine langsam zwinkernden Augen von mir zu wenden.

„Könnten wir nicht eine neue Achse bekommen?“ fragte ich ihn schließlich. „Ich würde gerne bezahlen.“

„Wer sind Sie? Ein Jäger, nicht?“ fragte er, mich mit einem Blick vom Kopf bis zu den Füßen musternd. – „Ja, Jäger.“

„Sie schießen wohl die Vöglein des Himmels . . .? Die Tiere des Waldes? Ist es keine Sünde, die Vöglein Gottes zu töten, unschuldiges Blut zu vergießen?“

Der seltsame Alte sprach sehr gedehnt. Der Ton seiner Stimme setzte mich gleichfalls in Erstaunen. Es war nicht nur nichts Greisenhaftes in seiner Stimme, sie war sogar ungewöhnlich süß, jugendlich und von einer beinahe weiblichen Zartheit.

„Ich hab' keine Achse“, fügte er nach kurzem Schweigen hinzu. „Diese da taugt nicht.“ Er wies auf sein Wägelchen. „Sie haben wohl einen großen Wagen.“

„Kann man im Dorf eine finden?“

„Was ist hier für ein Dorf . . .! Hier hat niemand eine . . . Es ist auch niemand daheim: Alle sind auf der Arbeit. Gehen Sie!“ sagte er plötzlich und legte sich wieder auf die Erde.

Ich hatte diesen Schluß gar nicht erwartet.

„Hör mal, Alter“, sagte ich, seine Schulter berührend, „tu mir den Gefallen und hilf mir.“

„Gehen Sie mit Gott! Ich bin müde, bin in der Stadt gewesen“, sagte er, indem er sich den Kittel über den Kopf zog.

„Tu mir doch den Gefallen“, fuhr ich fort, „ich . . . ich will bezahlen!“

„Ich brauche dein Geld nicht.“

„Ich bitte dich, Alter . . .“

Er setzte sich halb auf und kreuzte seine dünnen Beinchen.

„Ich werde dich vielleicht zur abgeholzten Stelle begleiten. Hier haben bei uns Kaufleute einen Wald gekauft – Gott sei ihr Richter, sie vernichten den Wald, haben ein Kontor erbaut, Gott sei ihr Richter . . .! Dort könntest du dir eine Achse machen lassen oder eine fertige kaufen."

„Sehr schön!" rief ich erfreut. „Sehr schön . . .! Gehen wir."

„Eine gute Achse, eine eichene", fuhr er fort, ohne aufzustehen.

„Ist es weit bis zur abgeholzten Stelle?"

„Drei Werst."

„Nun, wir können ja in deinem Wägelchen hinfahren!"

„Das geht nicht . . ."

„Komm doch", sagte ich, „komm, Alter! Der Kutscher wartet auf uns auf der Straße."

Der Alte stand unwillig auf und folgte mir auf die Straße. Mein Kutscher war in gereizter Stimmung: Er wollte die Pferde tränken, aber im Brunnen war nur sehr wenig Wasser, und es schmeckte schlecht; das ist aber, wie die Kutscher behaupten, außerordentlich wichtig . . . Als er aber den Alten erblickte, grinste er, nickte mit dem Kopf und rief: „Ah, Kaßjanuschka! Grüß Gott!"

„Grüß Gott, Jerofej, du gerechter Mensch", antwortete Kaßjan mit trauriger Stimme.

Ich teilte dem Kutscher sofort seinen Vorschlag mit; Jerofej erklärte sich damit einverstanden und fuhr in den Hof ein. Während er mit überlegter Geschäftigkeit die Pferde ausspannte, stand der Alte mit der Schulter ans Tor gelehnt und sah mißmutig bald ihn und bald mich an. Er schien irgendwie verdutzt: Soviel ich merken konnte, hatte ihn unser plötzlicher Besuch nicht sonderlich erfreut.

„Hat man denn auch dich hierher übersiedelt?" fragte ihn plötzlich Jerofej, das Krummholz abnehmend.

„Ja, auch mich."

„Ach!" versetzte mein Kutscher durch die Zähne. „Weißt du, der Zimmermann Martyn . . . du kennst doch den Martyn aus Rjabowo?"

„Gewiß."

„Also er ist gestorben. Wir sind eben seinem Sarg begegnet."

Kaßjan fuhr zusammen.

„Gestorben?" fragte er und senkte die Augen.

„Ja, gestorben. Warum hast du ihn nicht gesund gemacht? Man sagt doch, du behandelst Kranke, bist ein Doktor."

Mein Kutscher machte sich offenbar über den Alten lustig.

„Ist das dein Wagen, wie?" fragte er, mit einer Schulter auf ihn weisend.

„Ja, mein Wagen."

„Ist das ein Wagen!" sagte mein Kutscher, indem er das Fuhrwerk bei den Deichselstangen packte und beinahe umdrehte ... „Ein Wagen ...! Worauf wollt ihr denn in den Wald fahren ...? In diese Deichselstangen kann man unser Pferd gar nicht einspannen, unser Pferd ist groß – aber was ist das da?"

„Ich weiß nicht", antwortete Kaßjan, „worauf ihr fahren werdet; vielleicht mit diesem Tierchen", fügte er mit einem Seufzer hinzu.

„Mit diesem?" fiel ihm Jerofej ins Wort. Er ging auf Kaßjans elendes Pferdchen zu und stieß es mit dem Mittelfinger der rechten Hand in den Hals. „Sieh mal an", fügte er vorwurfsvoll hinzu, „eingeschlafen ist sie, die Krähe!"

Ich bat Jerofej, schneller einzuspannen. Ich hatte selbst Lust, mit Kaßjan zur abgeholzten Stelle zu fahren: An solchen Stellen gibt es oft Birkhühner. Als das Wägelchen ganz fertig war und ich mit meinem Hund auf dem höckerigen Boden aus Birkenrinde Platz genommen hatte und auch Kaßjan, zu einem Knäuel zusammengekauert, mit dem früheren traurigen Gesichtsausdruck auf dem vorderen Bänkchen saß, kam Jerofej auf mich zu und flüsterte mit geheimnisvoller Miene: „Sie tun gut, Väterchen, daß Sie mit ihm fahren. Er ist ja ein Narr und hat auch den Zunamen „Floh". Ich weiß gar nicht, wie Sie ihn haben verstehen können ..."

Ich wollte Jerofej bemerken, daß Kaßjan auf mich bisher den Eindruck eines recht vernünftigen Menschen gemacht habe, aber mein Kutscher fuhr im gleichen Ton fort: „Passen Sie nur auf, daß er Sie an die richtige Stelle hinbringt. Wählen Sie auch die Achse selbst; wollen Sie eine recht kräftige Achse nehmen ... Nun, Floh", fuhr er laut fort, „kann man bei euch etwas Brot kriegen?"

„Such, vielleicht findest du was", antwortete Kaßjan. Er zupfte an den Zügeln, und wir rollten davon.

Sein Pferdchen lief zu meinem aufrichtigen Erstaunen gar nicht schlecht. Kaßjan bewahrte während der ganzen Fahrt hartnäckiges Schweigen und beantwortete meine Fragen abgerissen und unwillig. Wir erreichten bald die abgeholzte Stelle und fanden dort das Kontor, ein hohes Bauernhaus, das einsam am Rande einer nicht sehr tiefen Schlucht ragte, die man in aller Eile eingedämmt und in einen Teich verwandelt hatte. Ich traf in diesem Kontor zwei junge Kaufmannsangestellte mit schneeweißen Zähnen, süßen Augen, einer süßen und gewandten Redeweise und einem süßen und schlauen Lächeln, machte mit ihnen den Preis für die Achse aus und begab mich auf die Lichtung.

Ich dachte, Kaßjan würde auf mich beim Pferd warten, aber er kam plötzlich auf mich zu.

„Du gehst wohl die Vöglein schießen?“ fragte er mich. „Was?“

„Ja, wenn ich welche finde.“

„Ich geh' mit dir . . . Darf ich?“

„Du darfst, du darfst.“

Und wir gingen. Die ganze abgeholzte Stelle war nur etwa eine Werst breit. Ich gab, offen gestanden, mehr auf Kaßjan als auf meinen Hund acht. Nicht umsonst nannte man ihn Floh. Sein schwarzes, bloßes Köpfchen (seine Haare konnten übrigens jede Mütze ersetzen) flog nur so durch die Büsche. Er ging ungewöhnlich flink und schien im Gehen immer zu hüpfen, beugte sich in einem fort, pflückte irgendwelche Halme, steckte sie in den Busen, murmelte sich etwas in den Bart und sah immer mich und meinen Hund mit eigentümlichen, forschenden Blicken an. Im niederen Gebüsch und an abgeholzten Stellen hausen oft kleine graue Vöglein, die in einem fort von einem Bäumchen auf das andere flattern und pfeifen, indem sie in der Luft im Flug untertauchen. Kaßjan äffte sie nach und wechselte mit ihnen Rufe; eine junge Wachtel flog zwitschernd unter seinen Füßen auf, er piepste ihr nach; eine Lerche ließ sich auf bebenden Flügeln laut schmetternd über ihn herab, Kaßjan fiel auch in dieses Lied ein. Mit mir sprach er gar nicht.

Das Wetter war herrlich, noch herrlicher als früher, aber die Hitze ließ immer noch nicht nach. Am heiteren Himmel zogen kaum sichtbar hohe, dünne Wölkchen, gelblichweiß, wie verspäteter Frühlingsschnee, flach und länglich wie eingezogene Segel. Ihre zierlichen Ränder, flockig und leicht wie Watte, änderten sich langsam, aber merklich mit jedem Augenblick; diese Wolken schmolzen und warfen keinen Schatten. Lange streifte ich mit Kaßjan durch die Lichtungen. Junge Schößlinge, die noch nicht einen Arschin lang waren, umgaben mit ihren feinen, glatten Stengeln die schwarzgewordenen niedrigen Baumstümpfe; runde, schwammige Wucherungen mit grauen Rändern, wie man sie zur Herstellung von Feuerschwamm benutzt, klebten an diesen Stümpfen; die Erdbeerpflanzen umrankten sie mit ihren rosa Sprossen; Pilze saßen in ganzen Familien um sie herum. Die Füße verwickelten sich ununterbrochen im langen, von der glühenden Sonne übersättigten Gras; überall flimmerte es vor dem grellen metallischen Glänzen der jungen rötlichen Blätter der Bäumchen; überall leuchteten die blauen Dolden der Wicken, die goldenen Kelche des Hahnenfußes und die halb lila und halb gelben Blüten der wilden Stiefmütterchen; hier und da erhoben sich neben verlassenen Wegen, auf denen die Räderspuren sich durch Streifen rötlichen, niederen Grases abzeichneten, von Wind und Regen geschwärzte Brennholzstapel; sie warfen schwache, schräge, viereckige Schatten, und einen andern Schatten gab es hier nicht. Ein leichter Wind erhob sich ab und zu und legte sich wieder: Er haucht einem plötzlich ins Gesicht und scheint anzuwachsen – alles ringsum beginnt zu rauschen, zu nicken und sich zu bewegen, und die biegsamen Spitzen der Farnkräuter schwanken graziös – man freut sich über diesen Wind ... aber plötzlich ist er erstorben, und alles ist wieder still. Nur die Grashüpfer allein zirpen laut und wie wütend im Chor, und dieser unaufhörliche, gleichmäßig scharfe Lärm ist ermüdend. Er paßt gut zu der unerträglichen Mittagsglut; er ist von ihr gleichsam erzeugt und aus der glühenden Erde hervorgerufen.

Wir stießen auf keinen einzigen Vogel und erreichten schließlich eine neue Lichtung. Vor kurzem gefällte Espen beugten sich traurig zur Erde herab und erdrückten das Gras und die kleinen Sträucher; von den unbeweglichen Zweigen einiger von ihnen hingen die Blätter noch grün, aber schon tot und welk herab; an anderen waren sie schon trocken zusammengeschrumpft. Den frischen goldigweißen Spänen, die haufenweise neben den grellfeuchten Stümpfen lagen, entströmte ein eigener, ungewöhnlicher, angenehmer, bitterer Duft. In der Ferne, neben dem Wald, klopften dumpf die Äxte; ab und zu sank feierlich und still, wie sich verneigend und die Arme ausbreitend, ein lockiger Baum zur Erde.

Lange fand ich kein Wild; endlich flog aus einem breiten, ganz mit Wermut durchwachsenen Gebüsch ein Wachtelkönig auf. Ich drückte los; er überschlug sich in der Luft und fiel herab. Als Kaßjan den Schuß hörte, bedeckte er schnell die Augen mit der Hand und rührte sich nicht, bis ich mein Gewehr wieder geladen und den Wachtelkönig aufgehoben hatte. Als ich aber weiterging, trat er an die Stelle, auf die der getötete Vogel niedergefallen war, bückte sich zum Gras, das von einigen Tropfen Blut benetzt war, schüttelte den Kopf und sah mich scheu an ... Später hörte ich ihn flüstern: „Diese Sünde ...! Ach, diese Sünde!“

Die Hitze zwang uns endlich, in den Wald zu gehen. Ich warf mich unter einen hohen Haselstrauch, über den ein junger, schlanker Ahorn seine leichten Zweige breitete. Kaßjan setzte sich auf das dicke Ende einer gefällten Birke. Ich sah ihn an. Die Blätter schwankten leise in der Höhe, und ihre dünnen grünlichen Schatten glitten still über seinen hageren, nachlässig in einen dunklen Kittel gehüllten Körper und über sein kleines Gesicht. Er hob den Kopf nicht. Sein Schweigen langweilte mich, und ich legte mich auf den Rücken und begann dem friedlichen Spiel des Blättergewirrs auf dem Grund des fernen hellen Himmels zuzuschauen. Es ist eine ungewöhnlich angenehme Beschäftigung, im Wald auf dem Rücken zu liegen, und nach oben zu schauen. Es ist euch, als schauet ihr in ein abgrundtiefes Meer, das sich unter euch ausbreitet, daß die Bäume sich nicht von der Erde erheben, sondern sich wie die Wurzeln riesengroßer Pflanzen senkrecht in die glashellen Fluten senken; die Blätter an den Zweigen glänzen bald wie durchsichtige Smaragde, bald verdichten sie sich zu einem goldigen, fast schwarzen Grün. Ein unbewegliches, einsames Blatt irgendwo hoch oben, am Ende eines dünnen Zweiges, hebt sich vom blauen Fetzen des durchsichtigen Himmels ab; gleich daneben wiegt sich ein anderes, und seine Bewegung erinnert an das Spiel eines Fischschwanzes, als sei die Bewegung willkürlich und nicht vom Winde erzeugt. Zauberhaften Unterwasserinseln ähnliche, weiße, runde Wolken kommen leise gezogen und schweben leise vorbei – und plötzlich beginnt dieses Meer, diese strahlende Luft, beginnen diese vom Sonnenlicht übergossenen Zweige und Blätter und alles zu rieseln und in einem flüchtigen Glanz zu zittern, und es erhebt sich ein frisches, bebendes Flüstern, gleich dem unaufhörlichen feinen Plätschern einer plötzlich heranrollenden Brandung. Ihr rührt euch nicht, ihr schaut, und es läßt sich mit Worten gar nicht ausdrücken, wie freudig, still und süß euch ums Herz wird. Ihr schaut, und das tiefe, reine Blau weckt auf euren Lippen ein Lächeln, so unschuldig wie dieses Blau selbst; wie die Wolken am Himmel, und gleichsam zugleich mit den Wolken zieht euch langsam eine lange Reihe glücklicher Erinnerungen durch den Sinn, und es ist euch, als dringe euer Blick immer tiefer und tiefer ein und ziehe auch euch in den ruhigen, strahlenden Abgrund mit sich, und es ist unmöglich, sich von dieser Höhe, von dieser Tiefe loszureißen . . .

„Herr, du, Herr!“ sagte plötzlich Kaßjan mit seiner lauten Stimme.

Ich richtete mich erstaunt auf: Bisher hatte er meine Fragen kaum beantwortet, nun fing er aber selbst zu reden an.

„Was willst du?“ fragte ich.

„Sag, warum hast du das Vöglein getötet?“ begann er, mir gerade ins Gesicht blickend.

„Wieso? Warum . . .? Der Wachtelkönig ist Wild, man kann ihn essen.“

„Nicht dazu hast du ihn getötet, Herr; du wirst ihn doch nicht essen! Du hast ihn zu deinem Vergnügen getötet.“

„Aber du selbst ißt doch zum Beispiel Hühner und Gänse?“

„Dieses Geflügel ist von Gott für den Menschen bestimmt, der Wachtelkönig ist aber ein freier Vogel, ein Waldvogel. Und nicht nur er allein: Es gibt viele solche Geschöpfe im Wald, im Feld und im Fluß, im Sumpf und auf der Wiese, in der Höhe und in der Tiefe, und es ist Sünde, sie zu töten; sollen sie auf Erden so lange leben, wie ihnen beschieden ist . . . Dem Menschen ist aber eine andere Nahrung bestimmt: Brot, die Gabe Gottes, und das Wasser vom Himmel, und Haustiere von den Urvätern her."

Ich sah Kaßjan erstaunt an. Seine Worte kamen ihm ganz frei von den Lippen; er suchte sie nicht, er sprach mit stiller Begeisterung und milder Würde und schloß ab und zu die Augen.

„Du hältst es also für Sünde, auch einen Fisch zu töten?" fragte ich.

„Der Fisch hat kaltes Blut", entgegnete er mit Überzeugung, „der Fisch ist ein stummes Geschöpf. Er kennt keine Furcht und keine Freude; der Fisch ist eine stumme Kreatur. Der Fisch fühlt nichts, sein Blut ist nicht lebendig . . . Das Blut", fuhr er nach einem Schweigen fort, „das Blut ist eine heilige Sache! Das Blut sieht die Sonne Gottes nicht, das Blut versteckt sich vor dem Licht . . . es ist eine große Sünde, dem Licht Blut zu zeigen, eine große und schreckliche Sünde . . . Ach, eine sehr große!"

Er seufzte und schlug die Augen nieder. Ich sah den merkwürdigen Alten, offen gestanden, mit großem Erstaunen an. Seine Rede klang nicht wie die eines Bauern: So sprechen die einfachen Menschen nicht, und auch die Schönsprecher nicht . . . Ich hatte nie etwas Ähnliches gehört.

„Sag bitte, Kaßjan", begann ich, ohne meinen Blick von seinem leicht geröteten Gesicht zu wenden, „was hast du für ein Gewerbe?"

Er beantwortete meine Frage nicht gleich. Sein Blick schweifte eine Weile unruhig umher.

„Ich lebe, wie Gott es befiehlt", sagte er schließlich. „Ein Gewerbe habe ich aber nicht. Ich bin gar zu unverständig, von Kindheit an; ich arbeite, solange ich kann – ich bin ein schlechter Arbeiter . . . wie soll ich auch! Es fehlt mir an Gesundheit, und die Hände sind ungeschickt. Nun, im Frühjahr fange ich Nachtigallen."

„Du fängst Nachtigallen . . .? Hast du aber nicht selbst gesagt, daß man kein Tier des Waldes oder des Feldes oder ein anderes Geschöpf anrühren darf?"

„Töten darf man sie wohl nicht, das stimmt; der Tod holt auch so das Seine. Nehmen wir zum Beispiel den Zimmermann Martyn: Der Zimmermann Martyn hat gelebt, hat gar nicht lange gelebt und ist gestorben. Seine Frau weint jetzt um den Mann und um die kleinen Kinder . . . Den Tod kann weder der Mensch noch das Tier überlisten. Der Tod läuft nicht, aber man kann ihm nicht entlaufen; man darf ihm auch nicht helfen . . . Die Nachtigallen töte ich ja nicht – Gott bewahre! Ich fange sie nicht, um sie zu quälen und nicht zu ihrem

Verderben, sondern dem Menschen zum Vergnügen, zum Trost und zur Freude."

„Gehst du auch nach Kursk, um sie zu fangen?"

„Ich gehe nach Kursk und auch weiter, wie es sich trifft. Ich übernachte in Sümpfen und in Wäldern, bleibe über Nacht ganz allein im Feld und in der Einöde: Da pfeifen die Schnepfen, da schreien die Hasen, da schnattern die Enten . . . Des Abends merke ich sie mir, des Morgens belausche ich sie, beim Morgengrauen werfe ich die Netze auf die Büsche aus . . . Manche Nachtigall singt so rührend, so süß, daß es sogar weh tut."

„Und verkaufst sie?"

„Ich gebe sie den guten Leuten."

„Was treibst du sonst?"

„Was ich treibe?"

„Was hast du sonst noch für eine Beschäftigung?"

Der Alte schwieg eine Weile.

„Ich habe keine Beschäftigung. Ich bin ein schlechter Arbeiter. Aber lesen kann ich."

„Du kannst lesen?"

„Ja. Gott hat mir dazu verholfen, auch die guten Menschen."

„Hast du Familie?"

„Nein, keine."

„Wieso . . .? Sind dir alle gestorben?"

„Nein, ich hab' einfach kein Glück im Leben gehabt. Das hängt aber alles von Gott ab, wir sind alle in Gottes Hand; doch der Mensch muß gerecht sein – das ist es! Das heißt, gottgefällig."

„Hast du keine Verwandten?"

„Ja . . . aber . . ."

Der Alte wurde verlegen.

„Sag bitte", begann ich, „es kam mir vor, als hätte dich mein Kutscher gefragt, warum du den Martyn nicht gesund gemacht hast. Verstehst du denn Kranke zu behandeln?"

„Dein Kutscher ist ein gerechter Mensch", antwortete Kaßjan nachdenklich, „aber auch er ist nicht ohne Sünde. Man nennt mich einen Doktor . . . Was bin ich für ein Doktor . . .! Und wer kann einen Kranken heilen? Das alles ist von Gott. Aber es gibt . . . Kräuter, Blumen; Diese helfen wirklich. Da ist zum Beispiel das Kraut Wasserdost sehr gut für den Menschen, auch der Wegerich; es ist keine Schande, von ihnen zu sprechen, es sind ja reine Kräuter Gottes. Die andern sind aber nicht so: Sie helfen zwar, aber es ist Sünde; es ist Sünde, von ihnen zu sprechen. Höchstens mit einem Gebet . . . Es gibt natürlich auch gewisse Worte . . . Wer aber glaubt, der wird gerettet", fügt er mit gedämpfter Stimme hinzu.

„Hast du dem Martyn nichts eingegeben?" fragte ich.

„Ich hab' es zu spät erfahren", antwortete der Alte. „Aber was soll man machen, es ist einem jeden schon bei seiner Geburt bestimmt. Dem Zimmermann Martyn war es nicht beschieden, lange auf dieser Erde zu leben, nein, es war ihm nicht beschieden. Und wenn es einem Menschen nicht beschieden ist zu leben, so wärmt ihn die Sonne nicht wie einen anderen, und das Brot schlägt ihm nicht an – es ist, als ob man ihn abriefe . . . Ja, Gott schenke seiner Seele die ewige Ruhe!"

„Ist es lange her, daß man euch hierher übersiedelt hat?" fragte ich nach kurzem Schweigen. Kaßjan fuhr zusammen.

„Nein, es ist nicht lange her, nur vier Jahre. Beim alten Herrn lebten wir alle auf unseren alten Wohnsitzen, das Vormundschaftsgericht hat uns aber übersiedelt. Unser alter Herr war eine gute Seele, ein bescheidener Mensch, Gott hab' ihn selig! Nun, das Vormundschaftsgericht wußte wohl, was es tat; es mußte wohl so sein."

„Wo habt ihr früher gelebt?"

„Wir sind aus Krassiwaja-Metsch."

„Ist es weit von hier?"

„An die hundert Werst."

„Nun, habt ihr es dort besser gehabt?"

„Ja, besser . . . besser. Die Gegend ist dort freier und wasserreicher, es war unser Nest, hier ist es aber eng und trocken . . . Hier sind wir verwaist. Wenn man dort, in Krassiwaja-Metsch, auf einen Hügel steigt, mein Gott, was sieht man nicht alles . . .! Den Fluß, Wiesen und Wald; die Kirche, und dann wieder Wiesen. Weit, weit kann man dort sehen. So weit . . . man schaut, man schaut mein Gott! Hier ist freilich der Boden besser, Lehmboden, guter Lehmboden, sagen die Bauern; aber für mich gedeiht überall Brot genug."

„Sag mal, Alter, die Wahrheit, du möchtest wohl gern die Heimat wiedersehen?"

„Ja, das möchte ich gern. Übrigens ist es überall gut. Ich habe keine Familie, bin ein unruhiger Mensch. Was hat man auch, wenn man immer zu Hause hockt? Wenn man aber wandert, wenn man wandert", fuhr er mit erhobener Stimme fort, „so ist es gleich leichter ums Herz. Die Sonne wärmt dich, Gott sieht dich überall, und es singt sich besser. Hier siehst du, was für ein Kraut da wächst, du merkst es und pflückst es dir. Dort fließt ein Wasser, Quellwasser, es ist heiliges Wasser, du trinkst davon und merkst es dir. Die Vögel des Himmels singen ... Hinter Kursk beginnt aber die Steppe, ein wahres Wunder, eine Augenweide für den Menschen – diese Freiheit, dieser Segen Gottes! Die Steppe zieht sich, wie die Leute sagen, bis zum warmen Meere hin, wo der Vogel Gamajun mit der süßen Stimme lebt, wo das Laub von den Bäumen weder im Winter noch im Herbste fällt, wo goldene Äpfel auf silbernen Ästen wachsen und jeder Mensch in Zufriedenheit und Gerechtigkeit lebt ... Dorthin wäre ich wohl gern gegangen ... Ich bin schon viel herumgekommen! Bin in Romny gewesen, in der schönen Stadt Simbirsk und auch in Moskau mit den goldenen Kuppeln; ich war an der Oka, der Ernährerin, an der Zna, dem Täubchen, und an der Mutter Wolga, habe viele Menschen gesehen, gute Christen, habe viele fromme Städte besucht ... So würde ich gern hingehen ... Und nicht ich Sünder allein ... viele andere Christen gehen in Bastschuhen durch die Welt und suchen die Wahrheit ... ja ...! Was hat man aber zu Hause? Es ist keine Gerechtigkeit im Menschen, das ist es ..."

Die letzten Worte sprach Kaßjan sehr schnell, fast unverständlich; dann sagte er noch etwas, was ich gar nicht hören konnte, sein Gesicht nahm aber einen so merkwürdigen Ausdruck an, daß ich unwillkürlich an das Wort „Narr in Christo" denken mußte. Er schlug die Augen nieder, hüstelte und kam gleichsam zu sich.

„Diese Sonne!" sagte er halblaut. „Dieser Segen, mein Gott! So warm im Walde!"

Er zuckte die Achseln, schwieg eine Weile, sah zerstreut um sich und stimmte ein leises Lied an. Ich konnte nicht alle Worte seines gedehnten Liedes verstehen; folgendes hörte ich:

„Doch mein Name ist Kaßjan,
bei den Leuten heiß' ich Floh ..."

Ah! dachte ich mir – er dichtet auch! – Plötzlich fuhr er zusammen, verstummte und blickte unverwandt ins Waldesdickicht. Ich wandte mich um und sah ein kleines Bauernmädchen von etwa acht Jahren, in einem blauen Sarafan, mit einem gewürfelten Tuch auf dem Kopf und einem geflochtenen Körbchen auf dem sonnenverbrannten, bloßen Arm. Sie hatte wohl nicht erwartet, uns hier zu treffen; sie war auf uns sozusagen gestoßen und stand unbeweglich im grünen Schatten des Haselgebüsches, auf der schattigen Waldwiese und betrachtete mich scheu mit ihren schwarzen Augen. Ich hatte kaum Zeit gehabt, sie mir näher anzusehen, denn sie verschwand gleich hinter einem Baum.

„Annuschka! Annuschka! Komm mal her, fürchte dich nicht“, rief ihr der Alte freundlich zu.

„Ich fürchte mich“, antwortete ein dünnes Stimmchen.

„Fürchte dich nicht, komm zu mir.“

Annuschka verließ schweigend ihr Versteck, ging langsam herum – ihre kindlichen Füße traten kaum hörbar auf das dichte Gras – und kam dicht neben dem Alten aus dem Dickicht heraus. Das Mädchen war nicht acht Jahre alt, wie ich anfangs, da sie so klein war, geglaubt hatte, sondern dreizehn oder vierzehn. Ihr Körper war klein und schmächtig, aber biegsam und gewandt; das hübsche Gesichtchen hatte eine erstaunliche Ähnlichkeit mit dem Gesicht Kaßjans, obwohl Kaßjan durchaus kein schöner Mann war. Die gleichen scharfen Züge, der gleiche seltsame Blick, schlau und zutraulich, nachdenklich und durchdringend, auch die gleichen Bewegungen . . . Kaßjan sah sie an; sie stand seitwärts zu ihm.

„Nun, hast du Pilze gesammelt?“ fragte er.

„Ja, Pilze“, antwortete sie mit einem schüchternen Lächeln.

„Hast du viel gefunden?“

„Ja, viel.“ Sie warf ihm einen schnellen Blick zu und lächelte wieder.

„Sind auch weiße dabei?“

„Auch weiße.“

„Zeig mal, zeig mal . . .“

Sie ließ das Körbchen vom Arme gleiten und hob das große Blatt, mit dem die Pilze bedeckt waren, halb in die Höhe.

„Ach!“ sagte Kaßjan, sich über das Körbchen beugend: „So schöne Pilze! Brav, Annuschka!“

„Ist es deine Tochter, Kaßjan, wie?“ fragte ich.

Annuschkas Gesicht rötete sich leicht.

„Nein, eine Verwandte“, versetzte Kaßjan mit geheuchelter Gleichgültigkeit. „Nun, Annuschka, geh“, fügte er sofort hinzu, „geh mit Gott. Paß aber auf . . .“

„Warum soll sie zu Fuß gehen?“ unterbrach ich ihn. „Wir können sie doch im Wagen mitnehmen . . .“

Annuschka wurde rot wie eine Mohnblüte, faßte mit beiden Händen die Schnur des Körbchens und sah den Alten unruhig an.

„Nein, sie kommt auch zu Fuß hin“, antwortete er mit derselben gleichgültigen und trägen Stimme. „Was macht es ihr . . .? Sie kommt auch so hin . . . Geh.“

Annuschka verschwand schnell im Wald. Kaßjan blickte ihr nach, schlug dann die Augen nieder und lächelte. In diesem langen Lächeln, in den wenigen Worten, die er zu Annuschka gesagt, und selbst im Ton seiner Stimme, mit der er zu ihr gesprochen hatte, lag eine unsagbare leidenschaftliche Liebe und Zärtlichkeit. Er blickte noch einmal in die Richtung, wo sie verschwunden war, lächelte wieder, rieb sich das Gesicht und schüttelte einige Male den Kopf.

„Warum hast du sie so schnell weggeschickt?“ fragte ich ihn. „Ich hätten ihr die Pilze abgekauft . . .“

„Sie können sie auch zu Hause kaufen, wenn Sie mögen“, antwortete er mir; er sprach mich zum ersten Male mit Sie an.

„Das Mädel ist aber wunderhübsch.“

„Nein . . . wo . . .“, antwortete er gleichsam widerwillig und verfiel von diesem Augenblick an in seine frühere Schweigsamkeit.

Als ich sah, daß alle meine Bemühungen, ihn zum Sprechen zu bringen, vergeblich blieben, ging ich wieder an die abgeholzte Stelle. Außerdem hatte die Hitze etwas nachgelassen; aber mein Mißgeschick hielt an, und ich kehrte mit einem einzigen Wachtelkönig und mit der neuen Achse zur Siedlung zurück. Kurz vor seinem Hof wandte sich Kaßjan plötzlich zu mir um.

„Herr, du, Herr!“ sagte er: „Ich bin vor dir schuldig: Ich habe dir das ganze Wild vertrieben.“

„Wieso?“

„Das weiß ich schon. Du hast einen guten, gelehrten Hund, aber auch er konnte nichts ausrichten. Man denkt sich, was kann so ein Mensch, wie? Da ist auch ein Tier, was hat man aber aus ihm gemacht?“

Es wäre vergebens, Kaßjan von der Unmöglichkeit zu überzeugen, das Wild zu besprechen. Darum antwortete ich ihm nichts. Auch fuhren wir schon zum Tor hinein.

Annuschka war nicht in der Stube; sie war schon dagewesen und hatte das Körbchen mit den Pilzen zurückgelassen. Jerofej brachte die neue Achse an, nachdem er sie zuvor einer strengen und ungerechten Kritik unterworfen hatte; nach einer Stunde fuhr ich ab und ließ Kaßjan etwas Geld zurück, das er erst nicht annehmen wollte, dann aber, nachdem er es eine Zeitlang auf der flachen Hand gehalten, doch in den Busen steckte. Im Laufe dieser Stunde sprach er fast kein einziges Wort; er stand wie früher ans Tor gelehnt, beantwortete die Vorwürfe meines Kutschers nicht und nahm von mir recht kühl Abschied.

Gleich nach meiner Rückkehr merkte ich, daß mein Jerofej sich wieder in einer düsteren Gemütsstimmung befand . . . Er hatte in der Tat im ganzen Dorf nichts

Eßbares auftreiben können, und auch das Wasser für die Pferde war schlecht. Wir fuhren ab. Er saß mit einem Mißvergnügen, das sich sogar in seinem Nacken spiegelte, auf dem Bock und hatte furchtbar große Lust, mit mir zu reden; aber in Erwartung, daß ich an ihn zuerst eine Frage richte, beschränkte er sich auf ein leises Brummen und auf belehrende, mitunter auch beißende Worte, die er an die Pferde richtete. „Das nennt sich auch ein Dorf!" murmelte er. „Ein schönes Dorf! Ich fragte nach Kwaß, sie haben nicht mal Kwaß . . . Du, mein Gott! Das Wasser ist aber einfach zum Speien!" Er spuckte laut aus. „Weder Gurken noch Kwaß, gar nichts . . . Du, du!" fügte er laut hinzu, sich an das rechte Seitenpferd wendend: „Ich kenne dich, du Heuchler! Du machst es dir leicht . . ." Er versetzte ihm einen Schlag mit der Peitsche. „Das Pferd hat seine ganze Rechtschaffenheit verloren, war aber früher ein so gehorsames Tier . . . Nun, nun, sieh dich nur um!"

„Sag mal bitte, Jerofej", begann ich, „was ist dieser Kaßjan für ein Mensch?"

Jerofej gab mir nicht sogleich Antwort. Er war überhaupt ein Mann, der sich alles lange überlegte und sich nicht übereilte; aber ich konnte gleich merken, daß meine Frage ihn erheiterte und beruhigte.

„Der Floh?" begann er endlich, indem er an den Zügeln zupfte: „Ein merkwürdiger Mensch, ein Narr in Christo; einen so merkwürdigen Menschen findet man nicht leicht wieder. Er ist ganz wie unser Brauner: Auch er ist ganz aus Rand und Band geraten . . . das heißt, er will gar nicht arbeiten. Freilich, was ist er auch für ein Arbeiter . . .? Er atmet ja kaum, aber dennoch . . . Er ist von Kind auf so. Anfangs war er mit seinen Onkeln Fuhrmann; seine Onkel hielten Troikas; dann wurde es ihm aber zu dumm, und er gab es auf. Er lebte zu Hause, konnte aber zu Hause nicht lange aushalten: So unruhig ist er wie ein Floh. Zum Glück hatte er einen guten Herrn, der zwang ihn zu nichts. Seitdem treibt er sich immer herum wie ein herrenloses Schaf. Ein merkwürdiger Mensch, weiß Gott: Bald schweigt er wie ein Baumstumpf, bald fängt er zu reden an; was er aber zusammenredet, das weiß Gott allein. Ist das eine Manier? Das ist doch keine Manier. Ein unsinniger Mensch, wirklich. Aber er singt gut. So feierlich, da ist nichts zu sagen."

„Behandelt er Kranke?"

„Ach was . . .! Wie kommt er dazu! So ein Mensch! Mich hat er übrigens von den Skrofeln geheilt . . . Wie kommt er dazu! Ein ganz dummer Mensch", fügte er nach einer Pause hinzu.

„Kennst du ihn schon lange?"

„Schon lange. Wir waren in Sytschowka Nachbarn an der Krassiwaja-Metsch."

„Und das Mädel, das wir im Walde sahen, die Annuschka, ist sie mit ihm verwandt?“

Jerofej sah mich über die Schulter an und grinste übers ganze Gesicht.

„Ha . . .! Ja, verwandt. Sie ist ein Waisenkind; sie hat keine Mutter, und man weiß auch nicht, wer ihre Mutter war. Muß aber mit ihm verwandt sein, sie sieht ihm gar zu ähnlich . . . Sie lebt bei ihm. Ein flinkes Mädel, das muß man wohl sagen, ein gutes Mädel, der Alte liebt sie mit ganzer Seele, ein nettes Mädel. Sie werden es mir nicht glauben, aber er ist imstande, seine Annuschka lesen zu lehren. Bei Gott, das sieht ihm ähnlich, so ein ungewöhnlicher Mensch ist er eben. Ein unbeständiger, unberechenbarer Mensch . . . He, he, he!“ unterbrach mein Kutscher plötzlich sich selbst. Er hielt die Pferde an, neigte sich auf die Seite und begann in der Luft zu schnuppern. „Ich glaube, es ist Brandgeruch? Wirklich! Diese neuen Achsen . . . Dabei habe ich sie so geschmiert . . . Ich muß schauen, daß ich etwas Wasser auftreibe: Da ist auch ein kleiner Teich.“

Jerofej kletterte langsam vom Bock, band den Eimer ab, ging zum Teich, kehrte zurück und hörte mit Vergnügen zu, wie die plötzlich mit Wasser übergossene Radbuchse zischte . . . Auf der Strecke von zehn Werst mußte er an die sechsmal die heißgelaufene Achse begießen, und es war schon ganz finster, als wir nach Hause zurückkehrten.

Burmistr

Etwa fünfzehn Werst von meinem Gut wohnt ein Bekannter von mir, ein junger Gutsbesitzer, der Gardeoffizier a. D. Arkadij Pawlytsch Pjenotschkin. Auf seiner Besitzung gibt es viel Wild, sein Haus ist nach dem Plan eines französischen Architekten errichtet, seine Leute sind englisch gekleidet, er gibt ausgezeichnete Diners und empfängt seine Gäste gastfreundlich, und doch fährt man nicht gern zu ihm hin. Er ist ein vernünftiger und solider Mensch, hat, wie es so geht, eine ausgezeichnete Erziehung genossen, hat gedient und sich in der höchsten Gesellschaft bewegt, und nun treibt er mit großem Erfolg Landwirtschaft. Arkadij Pawlytsch ist, um mit seinen eigenen Worten zu reden, streng, aber gerecht; er sorgt für das Wohl seiner Untertanen und straft sie nur zu ihrem eigenen Besten. „Man muß sie behandeln wie die Kinder“, pflegt er in solchen Fällen zu sagen. „Die Unbildung, mon cher; il faut prendre cela en considération.“ Selbst im Fall einer sogenannten traurigen Notwendigkeit vermeidet er hastige und heftige Bewegungen und erhöht nicht gern den Ton seiner Stimme; er stößt vielmehr direkt mit der Faust und spricht dabei ruhig: „Ich habe dich ja gebeten, mein Lieber“, oder: „Was hast du, mein Freund? Besinne dich doch!“ Dabei drückt er nur die Zähne aufeinander und verzieht den Mund. Er ist nicht groß gewachsen, elegant gebaut und recht hübsch; seine Hände und Nägel hält er sehr sauber; seine roten Lippen und Wangen atmen Gesundheit. Er lacht laut und sorglos und blinzelt freundlich mit seinen hellen braunen Augen. Er kleidet sich vorzüglich und geschmackvoll; er verschreibt sich französische Bücher, Bilder und Zeitungen, ist aber kein großer Freund vom Lesen: Nur mit Mühe ist er mit dem *Ewigen Juden* fertig geworden. Im Kartenspiel ist er Meister. Arkadij Pawlytsch gilt überhaupt als einer der gebildetsten Edelleute und eine der begehrenswertesten Partien in unserem Gouvernement; die Damen sind bezaubert von ihm und loben insbesondere seine Manieren. Er hat ein wunderbares Benehmen, ist vorsichtig wie eine Katze und ist während seines ganzen Lebens in keine einzige Geschichte verwickelt gewesen, obwohl er es bei Gelegenheit liebt, seine Meinung zu sagen und einen schüchternen Menschen zu verblüffen und zum Schweigen zu bringen. Schlechte Gesellschaft meidet er auf die entschiedenste Weise, da er fürchtet, sich irgendwie zu kompromittieren; dafür erklärt er sich oft in einer heiteren Stunde für einen Jünger Epikurs, obwohl er im allgemeinen über die Philosophie abfällig urteilt und sie eine neblige Nahrung deutscher Geister, manchmal auch einfach einen Unsinn nennt. Er liebt auch Musik und singt beim Kartenspiel durch die Zähne, aber mit Gefühl; er kennt einige Stellen aus der *Lucia* und aus der *Somnambule*, singt sie aber etwas zu hoch. Im Winter fährt er immer nach Petersburg. Sein Haus ist in einer wunderbaren Ordnung; selbst die Kutscher haben sich seinem Einfluß gefügt und putzen nicht nur alle Tage die Kumte und ihre Röcke, sondern waschen sich auch täglich ihre Gesichter. Die Leibeigenen Arkadij Pawlytschs blicken zwar etwas finster drein, aber bei uns in Rußland kann man einen mürrischen Menschen nur schwer von einem verschlafenen unterscheiden. Arkadij Pawlytsch spricht mit einer weichen, angenehmen Stimme, in Absätzen, und scheint jedes Wort mit Vergnügen durch seinen schönen, parfümierten Schnurrbart hindurchzulassen; er gebraucht auch viele französische Ausdrücke, wie: „Mais c'est impayable!“ „Mais comment donc!“ und so weiter. Trotz alledem besuche ich ihn nicht allzu gern, und wären nicht die Birk- und Rebhühner, so hätte ich wohl jeden Verkehr mit ihm abgebrochen. Eine seltsame Unruhe bemächtigt sich euer in seinem Haus; selbst der Komfort freut euch nicht, und wenn vor euch am Abend der Kammerdiener mit gekräuseltem Haar, in blauer Livree mit Wappenknöpfen, erscheint und euch mit knechtischer Dienstfertigkeit die Stiefel auszuziehen beginnt, fühlt ihr, daß, wenn statt dieses bleichen und ausgemergelten Menschen vor euch plötzlich die erstaunlich breiten Backenknochen und die unwahrscheinlich stumpfe Nase eines kräftigen jungen Bauernburschen erschiene, den der Herr soeben vom Pflug geholt hat, der aber schon Zeit gefunden hat, den ihm vor kurzem verliehenen Nankingrock an zehn Stellen zu zerreißen – ihr euch unsagbar freuen und euch gern der Gefahr aussetzen würdet, zugleich mit dem Stiefel auch das ganze Bein bis zum Gelenk zu verlieren ...

Trotz meiner Abneigung gegen Arkadij Pawlytsch traf es sich einmal doch, daß ich bei ihm über Nacht bleiben mußte. Am nächsten Morgen ließ ich meinen Wagen anspannen, er wollte mich aber nicht ohne ein Frühstück nach englischer Manier fortlassen und führte mich in sein Kabinett. Mit dem Tee reichte man uns Koteletts, weiche Eier, Butter, Honig, Käse usw. Zwei Kammerdiener in sauberen weißen Handschuhen kamen rasch und stumm unseren geringsten Wünschen zuvor. Wir saßen auf einem persischen Diwan. Arkadij Pawlytsch trug eine weite, seidene Pluderhose, eine schwarze Samtjoppe, einen hübschen Fez mit blauer Quaste und gelbe, chinesische, hinten offene Pantoffeln. Er trank seinen Tee, lachte, betrachtete seine Fingernägel, rauchte, schob sich Kissen hinter den Rücken und fühlte sich überhaupt in der besten Laune. Nachdem er ausgiebig und mit sichtbarem Vergnügen gefrühstückt hatte, schenkte sich Arkadij Pawlytsch ein Glas Rotwein ein, führte es an die Lippen und runzelte plötzlich die Stirn.

„Warum ist der Wein nicht gewärmt?“ fragte er ziemlich barsch einen der Kammerdiener.

Der Kammerdiener verlor die Fassung, blieb wie angewurzelt stehen und erbleichte.

„Ich habe dich gefragt, mein Bester!“ fuhr Arkadij Pawlytsch ruhig fort, ohne ihn aus den Augen zu lassen.

Der unglückliche Kammerdiener trat von einem Fuß auf den anderen, drehte die Serviette in der Hand und versetzte kein Wort. Arkadij Pawlytsch senkte den Kopf und sah ihn nachdenklich mit krauser Stirn an.

„Pardon, mon cher“, versetzte er mit einem angenehmen Lächeln, mein Knie freundschaftlich mit der Hand berührend, und richtete dann den Blick wieder auf den Kammerdiener. „Nun, geh“, fügte er nach kurzem Schweigen hinzu. Dann zog er die Brauen hoch und schellte.

Ein dicker, brauner, schwarzhaariger Mann mit niedriger Stirn und im Fett verschwindenden Augen trat ins Zimmer.

„Wegen Fjodor . . . ist ein Befehl zu erteilen", sagte Arkadij Pawlytsch halblaut mit vollkommener Selbstbeherrschung.

„Zu Befehl", antwortete der Dicke und ging hinaus.

„Voilà, mon cher, les désagréments de la campagne", bemerkte Arkadij Pawlytsch lustig. – „Wo wollen Sie denn hin? Bleiben Sie doch, sitzen Sie noch ein Weilchen da."

„Nein", antwortete ich, „ich muß fort."

„Immer auf die Jagd! Ach, diese Jäger! Wo fahren Sie denn jetzt hin?"

„Vierzig Werst von hier, nach Rjabowo."

„Nach Rjabowo? Ach, mein Gott, in diesem Fall fahre ich mit Ihnen. Rjabowo liegt nur fünf Werst von meinem Gut Schipilowka entfernt; in Schipilowka bin ich aber schon lange nicht gewesen, ich kam einfach nicht dazu . . . So trifft es sich ausgezeichnet: Heute können Sie in Rjabowo jagen und kommen am Abend zu mir. Ce sera charmant. Wir werden zusammen zum Abend essen – wir nehmen den Koch mit. Sie werden bei mir übernachten. Wunderschön! Ausgezeichnet!" fügte er hinzu, ohne erst meine Antwort abzuwarten. „C'est arrangé . . . He, wer ist da? Laßt uns den Wagen anspannen, aber schnell. Sind Sie noch nie in Schipilowka gewesen? Ich würde mich schämen, Ihnen vorzuschlagen, die Nacht im Hause meines Burmistrs zu verbringen, aber ich weiß, Sie sind nicht heikel, auch in Rjabowo müßten Sie in einem Heuschuppen übernachten . . . Also wir fahren!"

Und Arkadij Pawlytsch stimmte irgendein französisches Lied an.

„Sie wissen vielleicht nicht", fuhr er fort, sich auf beiden Beinen wiegend, „meine Bauern sind dort auf Zins gesetzt. Konstitution, was soll man machen? Aber sie zahlen den Zins pünktlich. Ich hätte sie, offen gestanden, schon längst auf Frondienst gesetzt, aber ich habe zu wenig Land! Ich wundere mich auch so, wie sie auskommen. Übrigens, c'est leur affaire. Mein Burmistr ist ein tüchtiger Kerl, une forte tête, ein Staatsmann! Sie werden es sehen . . . Es trifft sich wirklich ausgezeichnet."

Es war nichts zu machen. Statt um neun Uhr früh fuhren wir erst um zwei ab. Die Jäger werden meine Ungeduld begreifen. Arkadij Pawlytsch liebte es, wie er sich ausdrückte, sich bei Gelegenheit zu verwöhnen, und nahm eine solche Menge Wäsche, Vorräte, Kleider, Parfüms, Kissen und allerlei Necessaires mit, daß dieser Gottessegen manchem sparsamen und sich beherrschenden Deutschen wohl für ein Jahr gereicht haben würde. Sooft es bergab ging, hielt Arkadij Pawlytsch eine kurze, aber eindringliche Rede an seinen Kutscher, woraus ich ersehen konnte, daß mein Bekannter ein ordentlicher Hasenfuß war.

Die Reise ging aber sehr glücklich vonstatten; nur auf einem vor kurzem ausgebesserten Brückchen stürzte der Wagen mit dem Koch um, und das Hinterrad drückte ihm den Magen ab.

Als Arkadij Pawlytsch den Sturz seines selbstgezogenen Carêmes sah, erschrak er ernstlich und ließ sich sogleich erkundigen, ob seine Hände ganz seien. Als er eine bejahende Antwort erhielt, beruhigte er sich sofort. So fuhren wir ziemlich lange; ich saß im gleichen Wagen mit Arkadij Pawlytsch und empfand gegen das Ende der Fahrt eine tödliche Langeweile, um so mehr, als mein Bekannter im Laufe der einigen Stunden am Ende seiner Weisheit war und zu liberalisieren anfing. Endlich kamen wir an, aber nicht in Rjabowo, sondern direkt in Schipilowka: So hatte es sich irgendwie gefügt. An diesem Tag konnte ich ohnehin nicht mehr jagen und ergab mich daher wohl oder übel in mein Schicksal.

Der Koch war einige Minuten vor uns angekommen und hatte offenbar schon verschiedene Anordnungen getroffen und die in Betracht kommenden Personen benachrichtigt, denn gleich an der Dorfgrenze empfing uns der Schulze (ein Sohn des Burmistrs), ein kräftiger, rothaariger Bauer von Klaftergröße, zu Pferde, ohne Mütze, mit einem neuen, vorne offenstehenden Kittel angetan. – „Wo ist denn Sofron?“ fragte ihn Arkadij Pawlytsch. Der Schulze sprang schnell vom Pferd, verbeugte sich tief vor dem Herrn und sagte: „Guten Tag, Väterchen Arkadij Pawlytsch!“ Dann hob er den Kopf, schüttelte sich und meldete, Sofron sei nach Perow gefahren, man habe aber schon nach ihm geschickt. – „Nun, komm mit uns“, sagte Arkadij Pawlytsch. Der Schulze führte sein Pferd aus Anstand auf die Seite, schwang sich hinauf und folgte, die Mütze in der Hand, in leichtem Trab unserem Wagen. Wir fuhren durchs Dorf. Wir begegneten einigen Bauern in leeren Wagen; sie kamen von der Dreschtenne und sangen Lieder, wobei sie mit dem ganzen Körper wackelten und mit den Beinen in der Luft zappelten; aber als sie unseren Wagen und den Schulzen sahen, verstummten sie plötzlich, zogen ihre Wintermützen ab (es war im Sommer) und erhoben sich, als warteten sie auf Befehle. Arkadij Pawlytsch grüßte sie gnädig. Durch das ganze Dorf verbreitete sich sichtlich eine Unruhe und Aufregung. Weiber in gewürfelten Röcken warfen Holzscheite nach den unverständigen und allzu eifrigen Hunden; ein lahmer Greis mit einem Bart, der dicht unter den Augen anfing, riß ein Pferd, das seinen Durst noch nicht gestillt hatte, vom Brunnen weg, schlug es ohne jeden Grund auf die Seite und machte erst dann seine Verbeugung; Jungen in langen Hemden rannten heulend in die Häuser, legten sich mit dem Bauch auf die Schwellen, ließen die Köpfe herabhängen, hoben die

Beine in die Höhe und rollten auf diese Weise recht geschickt hinter die Tür in den dunklen Flur, aus dem sie nicht mehr zum Vorschein kamen. Zwei Hühner liefen in beschleunigtem Trab unter ein Tor; ein tapferer Hahn mit schwarzer Brust, die wie eine Atlasweste aussah, und einem roten Schwanz, der sich beinahe bis zum Kamm krümmte, blieb auf der Straße stehen und wollte sogar zu krähen anfangen, wurde aber plötzlich verlegen und lief gleichfalls davon. Das Haus des Burmistrs stand mitten in einem dichten, grünen Hanffelde. Wir hielten vor dem Tore. Herr Pjenotschkin erhob sich, warf sich malerisch den Mantel von den Schultern und stieg aus dem Wagen, freundliche Blicke um sich werfend. Die Frau des Burmistrs empfing uns mit tiefen Bücklingen und küßte dem Herrn die Hand. Arkadij Pawlytsch erlaubte ihr, sich satt zu küssen, und trat auf die Treppe. In einem dunklen Winkel des Flures stand die Frau des Schulzen und verneigte sich gleichfalls, wagte aber nicht, die Hand zu küssen. In der sogenannten kalten Stube, rechts vom Flur, machten sich schon zwei andere Weiber zu schaffen: Sie trugen von dort allerlei Plunder heraus, leere Zuber, wie Holz steife Schafspelze, Buttertöpfe, eine Wiege mit einem Haufen Lumpen und einem bunten Kind und fegten mit Badebesen den Kehricht aus. Arkadij Pawlytsch schickte sie hinaus und ließ sich auf der Bank unter den Heiligenbildern nieder. Die Kutscher fingen an, die Kasten, Schatullen und die übrigen Bequemlichkeiten hereinzutragen, wobei sie sich die größte Mühe gaben, den Lärm, den ihre schweren Stiefel machten, zu dämpfen.

Arkadij Pawlytsch fragte indessen den Schulzen nach der Ernte, nach der Saat und anderen Wirtschaftsangelegenheiten aus. Der Schulze gab befriedigende Antwort, sprach aber irgendwie matt und ungeschickt, als knöpfte er mit erfrorenen Fingern einen Kaftan zu. Er stand bei der Tür und sah sich fortwährend unruhig um, um dem schnellen, flinken Kammerdiener den Weg freizulassen. Hinter seinen mächtigen Schultern konnte ich sehen, wie die Frau des Burmistrs im Flur irgendein anderes Weib prügelte. Plötzlich polterte ein Wagen und hielt vor der Tür: Der Burmistr trat in die Stube.

Dieser Staatsmann, wie ihn Arkadij Pawlytsch nannte, war nicht groß von Wuchs, breitschultrig, grauhaarig und stämmig; er hatte eine rote Nase, kleine blaue Augen und einen fächerförmigen Vollbart. Bei dieser Gelegenheit wollen wir bemerken, daß es, seitdem Rußland besteht, noch keinen Fall gab, daß ein zum Reichtum gelangter Mensch nicht einen breiten Vollbart hätte; mancher trug sein Leben lang ein dünnes, keilförmiges Bärtchen, und plötzlich sieht man sein Gesicht wie von einem Heiligenschein eingefaßt – man wundert sich bloß, wo die Haare herkommen! Der Burmistr hatte in Perow wohl getrunken: Sein Gesicht war ordentlich aufgedunsen, auch roch er nach Schnaps.

„Ach, unser Väterchen, unser gnädigster Herr!“ begann er singend und mit einem so andächtigen Ausdruck, als wollte er in Tränen ausbrechen. „Da sind Sie endlich gekommen . . .! Ihr Händchen, Väterchen, Ihr Händchen!“ fügte er hinzu, die Lippen schon vorher zum Kusse spitzend.

Arkadij Pawlytsch erfüllte diesen Wunsch.

„Nun, Bruder Sofron, wie stehen deine Sachen?“ fragte er freundlich.

„Ach, unser Väterchen!“ rief Sofron. „Wie sollten unsere Sachen schlecht stehen? Sie, Väterchen, haben ja geruht, unser Dorf durch Ihren Besuch zu erleuchten, haben uns bis ans Ende unserer Tage glücklich gemacht. Gott sei Dank, Arkadij Pawlytsch, Gott sei Dank! Alles ist dank Ihrer Gnade in bester Ordnung.“

Hier machte Sofron eine Pause, sah seinen Herrn an und verlangte, wie unter einem neuen Ansturm von Gefühlen (auch der Rausch war mit im Spiel), zum zweitenmal nach dem Händchen; dann sang er noch schöner als vorhin: „Ach, Sie unser Vater, unser gnädigster Herr . . . und . . . was soll ich noch sagen! Bei Gott, ich bin vor Freude ganz närrisch geworden . . . Bei Gott, ich sehe und traue meinen Augen nicht . . . Ach, Sie unser Vater . . .!“

Arkadij Pawlytsch warf mir einen Blick zu, lächelte und fragte: „N'est-ce pas que c'est touchant?“

„Ja, Väterchen Arkadij Pawlytsch“, fuhr der unermüdliche Burmistr fort, „wie ist es nun? Sie haben mir solchen Kummer gemacht, Väterchen: Sie haben gar nicht geruht, mich von Ihrem Besuch zu benachrichtigen. Wo wollen Sie denn die Nacht zubringen? Hier ist es ja schmutzig und nicht gekehrt . . .“

„Es macht nichts, Sofron, es macht nichts“, antwortete Arkadij Pawlytsch mit einem Lächeln. „Hier ist es gut.“

„Aber, Väterchen, für wen ist es gut? Für unsereinen, für einen Bauern ist es gut; aber Sie . . . Ach, Väterchen, gnädigster Herr, ach, Väterchen . . .! Verzeihen Sie mir altem Narren, ich bin vor Freude, bei Gott, ganz närrisch geworden.“

Indessen brachte man uns das Abendbrot; Arkadij Pawlytsch begann zu speisen. Der Alte jagte seinen Sohn hinaus: „Du verdirbst hier nur die Luft.“

„Nun, Alter, hast du dich mit den Nachbarn wegen der Grenzen geeinigt?“ fragte Herr Pjenotschkin, der sich sichtlich bemühte, den Ton der Bauernsprache zu treffen, und mir zublinzelte.

„Wir haben uns geeinigt, Väterchen, alles durch deine Gnade. Vorgestern haben wir das Papier unterschrieben. Die Chlynowschen machten anfangs

Schwierigkeiten . . . sie machten Schwierigkeiten, Väterchen. Sie verlangten . . . sie verlangten . . . Gott weiß, was sie alles verlangten. Sie sind ja Narren, Väterchen, ganz dumme Menschen. Wir aber, Väterchen, haben durch deine Gnade unseren Dank bezeugt und Mikolai Mikolajitsch, den Schiedsrichter, zufriedengestellt; alles machten wir nach deinem Befehl, Väterchen; wie du uns zu befehlen geruhtest, so handelten wir; auch mit Wissen des Jegor Dmitritsch wurde alles gemacht."

„Jegor hat es mir gemeldet", bemerkte Arkadij Pawlytsch wichtig.

„Gewiß, Väterchen, gewiß – Jegor Dmitritsch."

„Nun, seid ihr zufrieden?"

Sofron hatte nur darauf gewartet. „Ach, unser Väterchen, unser gnädigster Herr!" sang er von neuem. „Erbarmen Sie sich meiner . . . wir beten ja für Sie, Väterchen, Tag und Nacht zu Gott . . . Nur haben wir etwas zu wenig Land . . ."

Pjenotschkin unterbrach ihn. „Ist schon recht, ist schon recht, Sofron, ich weiß, du bist ein treuer Diener . . . Und wie ist der Ausdrusch?"

Sofron seufzte.

„Ach, Väterchen, der Ausdrusch ist nicht allzu gut. Erlauben Sie aber, Väterchen Arkadij Pawlytsch, Ihnen zu melden, was für eine Sache hier passiert ist." Er näherte sich bei diesen Worten mit aufgeregten Handbewegungen Herrn Pjenotschkin, bückte sich und kniff ein Auge zusammen. „Man hat auf unserem Grund eine Leiche gefunden."

„Wieso?"

„Ich kann es gar nicht begreifen, Väterchen; der Teufel hat wohl die Hand im Spiel gehabt. Zum Glück lag sie dicht an einer fremden Grenze; aber doch, offen gestanden, auf unserem Grund. Ich ließ sie sogleich, solange es noch ging, auf den fremden Keil schleppen, stellte Wachen auf und befahl unseren Leuten, den Mund zu halten. Dem Kreispolizisten meldete ich es aber für jeden Fall: Solche Dinge geschehen halt, sagte ich ihm; ich traktierte ihn auch mit Tee und erwies ihm auch sonst meine Erkenntlichkeit . . . Und was glauben Sie, Väterchen? Die Sache blieb den Fremden auf dem Halse; so eine Leiche kostet aber der Gemeinde gleich zweihundert Rubel, nicht mehr und nicht weniger."

Herr Pjenotschkin lachte viel über den schlauen Einfall seines Burmistrs und sagte mir einige Male, mit dem Kopf auf ihn weisend: „Quel gaillard, ah?"

Draußen war es indessen ganz dunkel geworden; Arkadij Pawlytsch ließ vom Tisch abräumen und Heu hereinbringen. Der Kammerdiener breitete Laken aus und verteilte die Kissen; wir legten uns nieder. Sofron entfernte sich, nachdem er Befehle für den folgenden Tag erhalten hatte. Arkadij Pawlytsch sprach vor dem Einschlafen noch etwas von den vorzüglichen Eigenschaften des russischen Bauern und bemerkte mir bei dieser Gelegenheit, daß seit der Amtseinsetzung Sofrons die Schipilowschen Bauern mit keinem Groschen im Rückstand seien ... Der Nachtwächter klopfte auf sein Brett; ein Kind, das noch nicht vom Gefühl der nötigen Selbstlosigkeit durchdrungen war, schrie irgendwo im Hause ... Wir schliefen ein.

Am nächsten Morgen standen wir ziemlich früh auf. Ich wollte schon nach Rjabowo fahren, aber Arkadij Pawlytsch äußerte den Wunsch, mir sein Gut zu zeigen, und bewog mich zu bleiben. Ich hatte auch selbst Lust, mich von den herrlichen Eigenschaften des „Staatsmannes" Sofron zu überzeugen. Der Burmistr erschien. Er trug einen blauen Rock mit einem roten Gürtel. Er sprach viel weniger als gestern, sah aufmerksam und fest seinem Herrn in die Augen und gab vernünftige und zusammenhängende Antworten. Wir begaben uns mit ihm zur Dreschtenne. Sofrons Sohn, der klafterlange Schulze, allem Anschein nach ein höchst dummer Kerl, begleitete uns; ferner gesellte sich zu uns der Gemeindeschreiber Fedossejitsch, ein verabschiedeter Soldat mit riesigem Schnurrbart und einem sehr sonderbaren Gesichtsausdruck: Er sah aus, als hätte ihn vor vielen Jahren etwas in außergewöhnliches Erstaunen gesetzt, so daß er seitdem noch nicht zu sich gekommen wäre. Wir besichtigten die Tenne, die Riege, die Schuppen, die Scheunen, die Windmühle, den Viehhof, die Wintersaat, die Hanffelder; alles war tatsächlich in bester Ordnung; nur die trübseligen Gesichter der Bauern machten mich etwas stutzig. Sofron sorgte nicht nur für das Nützliche, sondern auch für das Angenehme: Er hatte alle Gräben mit Bachweiden bepflanzt, zwischen den Schobern auf der Tenne Wege angelegt und mit Sand bestreut, auf der Windmühle eine Windfahne in Gestalt eines Bären mit offenem Rachen und einer roten Zunge angebracht, an den Backsteinbau des Viehhofes eine Art griechischen Giebels angeklebt und darunter mit weißer Farbe hingeschrieben: „Errichtet imdorfe Schipilowka imjahre tausend Acht hundert undfierzig. Dieser Fiehhof." Arkadij Pawlytsch war ganz gerührt und begann mir auf französisch die Vorteile des Zinsstandes der Bauern auseinanderzusetzen, wobei er jedoch bemerkte, daß der Frondienst für die Gutsbesitzer vorteilhafter sei – aber alles könne man doch nicht haben ...! Er fing an, dem Burmistr Ratschläge zu erteilen, wie die Kartoffeln zu pflanzen, wie das Viehfutter zuzubereiten sei und so weiter. Sofron hörte die Worte seines Herrn aufmerksam an, machte manchmal Einwände, titulierte aber Arkadij Pawlytsch weder Väterchen noch gnädigster Herr mehr und pochte immer darauf, daß sie zuwenig Land hätten und daß man welches hinzukaufen sollte.

„Nun, kauft welches dazu", sagte Arkadij Pawlytsch, „auf meinen Namen, ich habe nichts dagegen."

Sofron antwortete darauf nichts und strich sich nur den Bart.

„Jetzt sollten wir eigentlich in den Wald", bemerkte Herr Pjenotschkin.

Man brachte uns sofort Reitpferde, und wir ritten in den Wald oder, wie man ihn bei uns nennt, Bannforst. In diesem Bannforst fanden wir eine furchtbare Wildnis, und Arkadij Pawlytsch lobte dafür Sofron und klopfte ihm auf die Schulter. In bezug auf das Forstwesen folgte Herr Pjenotschkin den russischen Anschauungen und erzählte mir bei dieser Gelegenheit einen, wie er ihn nannte, komischen Fall, wo ein Spaßvogel von einem Gutsbesitzer seinem Förster den halben Bart ausraufte, um ihm zu beweisen, daß der Wald nicht dichter wachse, wenn man ihn lichte . . . Aber in anderen Beziehungen waren weder Sofron noch Arkadij Pawlytsch gegen Neuerungen abgeneigt. Nach unserer Rückkehr ins Dorf führte uns der Burmistr zur Besichtigung der vor kurzem aus Moskau verschriebenen Getreideschwinge. Die Schwinge funktionierte wirklich gut, aber wenn Sofron gewußt hätte, welche Unannehmlichkeit ihn und seinen Herrn auf diesem letzten Gang erwartete, so wäre er wahrscheinlich mit uns zu Hause geblieben.

Es ereignete sich nämlich dieses. Als wir den Schuppen verließen, bot sich uns folgendes Schauspiel: Einige Schritte vor der Tür knieten neben einer schmutzigen Pfütze, in der sorglos drei Enten plätscherten, zwei Bauern: ein Greis von etwa sechzig Jahren und ein zwanzigjähriger Bursch, beide in geflickten Hemden, barfuß und mit Stricken umgürtet. Der Gemeindeschreiber Fedossejitsch bemühte sich um sie und hätte sie wohl überredet, sich zu entfernen, wenn wir noch etwas länger im Schuppen geblieben wären. Als er uns aber erblickte, richtete er sich auf und erstarrte. Gleich daneben stand der Schulze mit aufgerissenem Mund und geballten Fäusten, mit denen er nun nichts anzufangen wußte. Arkadij Pawlytsch runzelte die Stirne, biß sich auf die Lippen und ging auf die Bittsteller zu. Beide verneigten sich vor ihm schweigend bis zur Erde.

„Was wollt ihr? Worum bittet ihr?" fragte er mit strenger Stimme und ein wenig durch die Nase.

Die Bauern sahen einander an und versetzten kein Wort, sie kniffen nur die Augen wie vor der Sonne zusammen und atmeten schneller.

„Nun, was gibt's?“ fuhr Arkadij Pawlytsch fort und wandte sich sogleich an Sofron: „Aus welcher Familie sind sie?“

„Aus der Tobolejewschen“, antwortete langsam der Burmistr.

„Nun, was wollt ihr?“ begann Herr Pjenotschkin von neuem. „Habt ihr keine Zungen? Sag, was willst du?“ fügte er hinzu und wies mit dem Kopf auf den Alten. „Fürchte dich nicht, Dummkopf.“

Der Alte reckte seinen dunkelbraunen, runzligen Hals, öffnete schief die bläulichen Lippen, sprach mit heiserer Stimme: „Nimm dich unser an, Herr!“ und berührte mit der Stirne den Boden. Der junge Bauer verbeugte sich gleichfalls. Arkadij Pawlytsch blickte mit Würde auf ihre Nacken, warf den Kopf zurück und spreizte die Beine.

„Was ist das? Über wen beschwerst du dich?“

„Erbarme dich, Herr! Laß uns aufatmen . . . Wir sind zu Tode gequält.“ Der Alte sprach nur mit Mühe.

„Wer hat dich zu Tode gequält?“

„Sofron Jakowlewitsch, Väterchen.“

Arkadij Pawlytsch schwieg.

„Wie heißt du?“

„Antip, Väterchen.“

„Und wer ist der da?“

„Mein Sohn, Väterchen.“

Arkadij Pawlytsch schwieg wieder und bewegte seinen Schnurrbart.

„Nun, wodurch hat er dich zu Tode gequält?“ fragte er, den Alten durch den Schnurrbart hindurch anblickend.

„Väterchen, er hat mich ganz zugrunde gerichtet. Zwei Söhne hat er außer der Reihe unter die Rekruten gesteckt, und nun will er mir den dritten nehmen. Gestern, Väterchen, hat er mir meine letzte Kuh weggeführt und meine Alte verprügelt – das hat seine Gnaden getan.“ Er zeigte auf den Schulzen.

„Hm!“ versetzte Arkadij Pawlytsch.

„Laßt nicht zu, daß er uns ganz zugrunde richtet, Ernährer!“

Herr Pjenotschkin runzelte die Stirn. „Was soll das heißen?“ fragte er den Burmistr halblaut mit unzufriedener Stimme.

„Er ist halt ein Trinker“, antwortete der Burmistr, indem er zum erstenmal das Wort „halt“ gebrauchte: „Ein arbeitsscheuer Mensch. Seit fünf Jahren ist er mit dem Zins im Rückstand.“

„Sofron Jakowlewitsch hat für mich die Rückstände bezahlt, Väterchen", fuhr der Alte fort. „Es ist schon das fünfte Jahr, daß er sie bezahlt hat, aber dann machte er mich zu seinem Knecht, Väterchen, und . . ."

„Warum warst du aber im Rückstand?" fragte Herr Pjenotschkin streng.

Der Alte senkte den Kopf.

„Du liebst wohl zu trinken und in der Schenke zu sitzen?"

Der Alte öffnete den Mund.

„Ich kenne euch", fuhr Arkadij Pawlytsch zornig fort, „ihr versteht nur zu saufen und auf dem Ofen zu liegen, ein guter Bauer muß aber für euch aufkommen."

„Er ist auch frech", fiel der Burmistr seinem Herrn in die Rede.

„Nun, das versteht sich von selbst. Es ist immer so, ich habe es schon mehr als einmal bemerkt. Das ganze Jahr ist er besoffen und grob und dann wälzt er sich zu meinen Füßen."

„Väterchen Arkadij Pawlytsch", begann der Alte in seiner Verzweiflung, „erbarme dich! Wann bin ich denn frech gewesen? Ich spreche wie vor dem Angesicht Gottes, es geht über meine Kraft. Sofron Jakowlewitsch mag mich nicht, warum er mich aber nicht mag, darüber ist Gott Richter! Er richtet mich ganz zugrunde . . . Meinen letzten Sohn, auch den . . ." In den gelben, runzligen Augen des Alten glänzten Tränen. „Erbarme dich, Herr, schütze mich . . ."

„Und nicht uns allein . . .", fing der junge Bauer an.

Arkadij Pawlytsch fuhr plötzlich auf: „Wer hat dich gefragt? Wenn man dich nicht fragt, so sollst du schweigen. Was ist denn das? Halt's Maul, sage ich dir! Halt's Maul . . .! Ach, mein Gott! Das ist ja eine Revolte! Nein, Bruder, ich rate dir, nicht zu revoltieren . . . ich . . ." Arkadij Pawlytsch machte einen Schritt vorwärts, erinnerte sich dann wohl an meine Anwesenheit, wandte sich weg und steckte die Hände in die Taschen . . . „Je vous demande bien pardon, mon cher", sagte er mit einem gezwungenen Lächeln und senkte merklich die Stimme. „C'est le mauvais côté de la médaille . . . Nun, ist schon gut, ist schon gut", fuhr er fort, ohne die Bauern anzublicken: „Ich will Befehl geben . . . ist schon gut, geht."

Die Bauern standen nicht auf.

„Ich hab' euch ja gesagt . . . ist schon gut. Geht doch, ich werde Befehl geben, sage ich euch."

Arkadij Pawlytsch wandte ihnen den Rücken zu. „Immer Unannehmlichkeiten", sagte er zwischen den Zähnen und ging mit raschen Schritten ins Haus. Sofron folgte ihm. Der Gemeindeschreiber glotzte mit den

Augen, als wäre er im Begriff, einen großen Sprung zu machen. Der Schulze verscheuchte die Enten aus der Pfütze. Die Bittsteller standen noch eine Weile auf dem gleichen Fleck, sahen dann einander an und schlichen, ohne sich umzuschauen, nach Hause.

Zwei Stunden später war ich schon in Rjabowo und bereit, mich mit Anpadist, einem mir bekannten Bauern, auf die Jagd zu begeben. Pjenotschkin hatte bis zu meiner Abreise auf Sofron geschmollt. Ich sprach mit Anpadist von den Schipilowschen Bauern und von Herrn Pjenotschkin und fragte ihn, ob er den dortigen Burmistr kenne.

„Den Sofron Jakowlewitsch . . .? Das glaube ich!"

„Was ist er für ein Mensch?"

„Er ist ein Hund und kein Mensch, einen solchen Hund findet man bis Kursk nicht wieder."

„Wieso?"

„Schipilowka gehört ja doch nur auf dem Papier diesem, wie heißt er noch, Pjenkin; es gehört aber gar nicht ihm, sondern Sofron."

„Wirklich?"

„Es gehört ihm wie ein eigenes Gut. Alle Bauern ringsherum sind bei ihm verschuldet; sie arbeiten für ihn wie die Knechte: Den einen schickt er mit einer Fuhre hierhin, den anderen dorthin . . . sie kommen bei ihm nie zur Ruhe."

„Ich glaube, sie haben wenig Land?"

„Wenig Land? Bei den Chlynowschen allein hat er dreißig Desjatinen gepachtet und bei den unsrigen – hundertzwanzig; das sind schon gleich hundertfünfzig. Aber er handelt nicht nur mit dem Boden, er handelt auch mit Pferden, mit Vieh, mit Teer, mit Öl, mit Hanf und mit allem . . . Gescheit, furchtbar gescheit und reich ist die Bestie! Einen Fehler hat er nur: Er haut gleich drein. Er ist ein Tier und kein Mensch, wie ich gesagt habe: ein Hund, ein wahrer Hund."

„Warum beschweren sie sich nicht über ihn?"

„Ach! Was kümmert es den Herrn! Rückstände gibt es nicht, also geht es ihn nichts an. Geh einmal hin", fügte er nach kurzem Schweigen hinzu, „und beschwer dich! Nein, er wird dich . . . versuch es nur . . . Er wird dich gleich . . ."

Ich erinnerte mich an Antip und erzählte nun, was ich gesehen hatte.

„Nun", versetzte Anpadist, „jetzt wird er ihn auffressen; er wird den Menschen mit Haut und Haar fressen. Der Schulze wird ihn totprügeln. So ein unglücklicher armer Teufel! Und wofür leidet er . . .? In einer Gemeindeversammlung hat er sich einmal mit dem Burmistr gestritten, er konnte es nicht länger aushalten ... eine große Sache! Seitdem hat er angefangen, den Antip zu verfolgen. Jetzt wird er ihm ganz den Garaus machen. Er ist doch solch ein Hund, solch ein Hund, Gott verzeih' mir die Sünde, er weiß, wen er anpackt. Alte Männer, die reicher sind und viele Söhne haben, die rührt er nicht an, der kahlköpfige Teufel, hier hat er aber freies Spiel! Antips Söhne hat er ja außer der Reihe unter die Rekruten gesteckt, der unbarmherzige Schuft, der Hund, Gott verzeih' mir meine Sünde!"

Wir begaben uns auf die Jagd.

Salzbrunn in Schlesien, Juli 1847.

Das Kontor

Es war im Herbst. Seit einigen Stunden schon streifte ich mit dem Gewehr durch die Felder und wäre wohl nicht vor Abend in die Herberge an der Kursker Landstraße zurückgekehrt, wo mich meine Troika erwartete, wenn mich nicht der außerordentlich feine und kalte Regen, der mir vom frühen Morgen an so unablässig und unbarmherzig wie eine alte Jungfer zusetzte, schließlich gezwungen hätte, irgendwo in der Nähe eine wenn auch vorübergehende Zuflucht zu suchen. Während ich noch überlegte, welche Richtung ich einschlagen sollte, fiel mein Blick plötzlich auf eine niedere Strohhütte neben einem Erbsenfeld. Ich ging auf die Hütte zu, blickte unter das Strohdach und sah einen so altersschwachen Greis, daß mir sofort jener sterbende Bock in den Sinn kam, den Robinson in einer der Höhlen seiner Insel gefunden hatte. Der Alte hockte auf dem Boden, kniff seine dunkelgewordenen, kleinen Augen zusammen und kaute eilig, aber vorsichtig, gleich einem Hasen (der Arme hatte keinen einzigen Zahn im Mund) an einer trockenen und harten Erbse, die er unaufhörlich von der einen Seite in die andere rollen ließ. Er war in seine Beschäftigung dermaßen vertieft, daß er mein Erscheinen gar nicht bemerkte.

„Großvater! Du, Großvater!" sagte ich.

Er hörte zu kauen auf, zog die Brauen in die Höhe und öffnete mit Mühe die Augen.

„Was denn?" lallte er mit heiserer Stimme.

„Wo ist hier ein Dorf in der Nähe?" fragte ich.

Der Alte fing wieder zu kauen an. Er hatte mich nicht gehört. Ich wiederholte meine Frage lauter.

„Ein Dorf . . .? Was willst du denn?"
„Ich möchte mich vor dem Regen schützen."
„Was?"
„Vor dem Regen schützen!"
„Ja!" Er kratzte sich seinen sonnenverbrannten Nacken. „Nun, geh mal so", begann er plötzlich, die Worte durch unordentliche Handbewegungen begleitend. „So . . . wenn du am Wäldchen vorbeikommst, wenn du da vorbeikommst, so ist ein Weg; du sollst aber diesen Weg beiseite lassen und dich immer rechts halten, immer rechts, immer rechts . . . So kommst du nach Ananjewo. Oder du kommst auch nach Sitowka."

Ich konnte den Alten nur mit Mühe verstehen. Sein Schnurrbart hinderte ihn am Sprechen, auch die Zunge wollte ihm nicht recht gehorchen.

„Wo bist du denn her?" fragte ich ihn.
„Was?"
„Wo du her bist?"
„Aus Ananjewo."
„Was tust du denn hier?"
„Was?"
„Was du hier tust?"
„Ich bin hier Wächter."
„Was bewachst du denn?"
„Die Erbsen."
Ich mußte lachen.
„Aber ich bitte dich, wie alt bist du?"
„Das weiß Gott allein."
„Du siehst wohl schlecht?"
„Was?"
„Du siehst wohl schlecht?"
„Ja, schlecht. Es kommt auch vor, daß ich nichts höre."
„Wie kannst du dann Wächter sein, ich bitte dich?"
„Das ist Sache der Vorgesetzten."

Die Vorgesetzten! dachte ich mir und sah den armen Alten nicht ohne Bedauern an. Er betastete sich, holte aus dem Busen ein Stück trockenes Brot hervor und fing an, daran zu saugen wie ein Kind, die ohnehin eingefallenen Wangen mit Mühe einziehend.

Ich ging in die Richtung zum Wäldchen, bog nach rechts ab, immer nach rechts, wie mir der Alte geraten hatte, und erreichte endlich ein großes Dorf mit einer steinernen Kirche im neuen Geschmack, das heißt mit Säulen und einem ausgedehnten, gleichfalls säulengeschmückten Herrenhaus. Schon aus der Ferne hatte ich durch das engmaschige Netz des Regens ein Haus mit einem Schindeldach und zwei Schornsteinen bemerkt, das höher als die andern Bauernhäuser war, anscheinend das Wohnhaus des Schulzen. Ich richtete dorthin meine Schritte in der Hoffnung, bei ihm einen Samowar Tee, Zucker und nicht ganz saure Sahne zu finden. In Begleitung meines vor Kälte zitternden Hundes betrat ich die kleine Treppe, kam in den Flur, öffnete eine Tür, erblickte aber statt der gewöhnlichen Einrichtung einer Bauernstube mehrere, mit Papieren beladene Tische, zwei rote Schränke, bespritzte Tintenfässer, zinnerne Sandfässer, von denen ein jedes wohl einen Pud wiegen mochte, furchtbar lange Federn und dergleichen. Auf einem der Tische saß ein etwa zwanzigjähriger Bursche mit gedunsenem und kränklichem Gesicht, winzigen Äuglein, einer fettigen Stirne und unendlich langen Schläfen. Er trug, ganz wie es sich gehört, einen grauen Nankingkaftan mit Fettglanz auf Kragen und Bauch.

„Was wünschen Sie?“ fragte er mich und fuhr mit dem Kopf in die Höhe, wie ein Pferd, das nicht erwartet hatte, daß man es an der Schnauze packen würde.

„Wohnt hier der Verwalter . . . oder . . .“

„Hier ist das herrschaftliche Hauptkontor“, unterbrach er mich. „Ich sitze als Diensthabender da . . . Haben Sie denn das Schild nicht gelesen? Dazu ist doch das Schild angebracht.“

„Wo könnte ich mich hier trocknen? Hat hier jemand im Dorf einen Samowar?“

„Wie sollte kein Samowar dasein“, entgegnete der Bursche im grauen Kaftan sehr wichtig: „Gehen Sie einmal zum Geistlichen P. Timofej oder in die Gesindestube oder zu Nasar Tarassytsch oder zur Geflügelwärterin Agrafena.“

„Mit wem redest du da, Dummkopf? Du läßt einen gar nicht schlafen, Tölpel!“ erklang eine Stimme aus dem Nebenzimmer.

„Da ist ein Herr gekommen und fragt, wo er sich trocknen könnte.“

„Was für ein Herr?“

„Ich weiß es nicht. Einer mit einem Hund und einem Gewehr.“

Im Nebenzimmer knarrte ein Bett. Die Tür ging auf, und herein trat ein Mann von etwa fünfzig Jahren, dick, kleingewachsen, mit einem Stiernacken, hervorstehenden Augen, ungewöhnlich runden Wangen und glänzendem Gesicht.

„Was wünschen Sie?“ fragte er mich.

„Ich möchte mich trocknen.“

„Hier ist nicht der Ort dafür."

„Ich wußte nicht, daß es das Kontor ist; übrigens will ich gerne bezahlen . . ."

„Vielleicht wird es auch hier gehen", antwortete der Dicke. „Wollen Sie sich vielleicht hierher bemühen?" Er führte mich ins Nebenzimmer, aus dem er soeben gekommen war. „Werden Sie es hier bequem haben?"

„Ja . . . Könnte ich nicht auch Tee mit Sahne haben?"

„Bitte sehr, sofort. Wollen Sie sich indessen ausziehen und ausruhen, der Tee wird im Moment fertig sein."

„Wem gehört dieses Gut?"

„Der Frau Jelena Nikolajewna Losnjakowa."

Er ging hinaus. Ich sah mich um: An der Bretterwand, die mein Zimmer vom Kontor trennte, stand ein riesengroßes Ledersofa; zwei gleichfalls lederne Sessel mit ungeheuer hohen Lehnen standen zu beiden Seiten des einzigen Fensters, das auf die Straße ging. An den mit grünen, rosagemusterten Tapeten beklebten Wänden hingen drei große Ölbilder. Auf dem einen war ein Hühnerhund mit blauem Halsband und der Inschrift „Das ist meine Freude" dargestellt; zu Füßen des Hundes war ein Fluß, und am gegenüberliegenden Ufer saß unter einer Fichte ein Hase von ungewöhnlicher Größe, das eine Ohr gespitzt. Auf dem zweiten Bild verzehrten zwei alte Männer eine Wassermelone; hinter der Wassermelone war in der Ferne eine griechische Säulenhalle mit der Inschrift „Tempel der Befriedung" zu sehen. Das dritte Bild stellte eine halbnackte Frau in liegender Pose en raccourci dar, mit roten Knien und sehr dicken Fersen. Mein Hund verkroch sich unverzüglich mit ungeheurer Mühe unter das Sofa und fand dort anscheinend viel Staub, denn er hörte gar nicht zu niesen auf. Ich trat ans Fenster. Schräg über die Straße waren vom Herrenhaus zum Kontor Bretter gelegt; eine höchst nützliche Vorsichtsmaßregel, da es ringsum, dank unserer russischen schwarzen Erde und dem anhaltenden Regen ein entsetzlicher Schmutz war. In der Nähe des Herrenhauses, das mit der Rückseite zur Straße stand, spielten sich Szenen ab, wie sie sich immer neben den Herrenhäusern abspielen: Mädchen in verschossenen Kattunkleidern liefen hin und her; Leibeigene wateten durch den Schmutz, blieben ab und zu stehen und kratzten sich nachdenklich den Rücken; das angebundene Pferd eines Zehentmannes bewegte träge den Schweif und nagte mit hocherhobener Schnauze am Zaun; Hühner gackerten; schwindsüchtige Truthennen riefen einander fortwährend etwas zu. Auf der Freitreppe eines dunklen, durchfaulten Gebäudes, wahrscheinlich der Badestube, saß ein kräftiger Bursche mit einer Gitarre und sang nicht ohne Schwung das bekannte Lied:

„Ich fli – iehe in die ferne Wü – üste
aus diesem wu – underschö – önen Ort!"

Der Dicke trat zu mir ins Zimmer.

„Da bringt man Ihnen den Tee", sagte er mir mit einem angenehmen Lächeln.

Der diensthabende Bursche im grauen Kaftan stellte auf einen alten Lombertisch den Samowar, die Teekanne, ein Glas mit zerschlagener Untertasse, ein Töpfchen Sahne und einen Kranz Bolchowscher Kringel, die so hart waren wie Kieselsteine. Der Dicke ging hinaus.

„Wer ist das?" fragte ich den Diensthabenden. „Der Verwalter?"

„Zu Befehl, nein: Er war bisher erster Kassierer und ist jetzt zum ersten Sekretär befördert."

„Habt ihr denn hier keinen Verwalter?"

„Zu Befehl, nein. Wir haben einen Burmistr, Michailo Wikulow, aber einen Verwalter haben wir nicht."

„Aber einen Gutsinspektor habt ihr doch?"

„Gewiß, einen Deutschen, Karl Karlowitsch Lindamandol, aber er redet nichts drein."

„Wer redet denn drein?"

„Die Gnädige selbst."

„So . . .! Nun, habt ihr im Kontor viele Menschen sitzen?"

Der Bursche dachte nach.

„Sechs Menschen sitzen da."

„Wer denn?" fragte ich.

„Nun, da ist zuerst Wassilij Nikolajewitsch, der Hauptkassierer, dann der Schreiber Pjotr, Pjotrs Bruder Iwan – ein Schreiber – und ein anderer Iwan, auch ein Schreiber, Koskonkin Narkisow, auch ein Schreiber, dann ich – alle kann man gar nicht aufzählen."

„Eure Gnädige hat wohl viele Leibeigene?"

„Nein, das kann man nicht sagen . . ."

„Wieviel sind es immerhin?"

„An die hundertfünfzig Seelen werden es sein."

Wir beide schwiegen eine Weile.

„Nun, hast du eine schöne Handschrift?" fragte ich von neuem.

Der Bursche grinste mit dem ganzen Gesicht, nickte mit dem Kopf, ging ins Kontor und brachte ein beschriebenes Blatt.

„Das da ist meine Handschrift", versetzte er, immerfort grinsend.

Ich sah hin – auf einem Viertelblatt grauen Papiers stand mit einer hübschen und großen Schrift geschrieben:

Verordnung
von dem herrschaftlichen Haupt-Hauskontor zu Ananjewo
an den Burmistr Michailo Wikulow. Nr. 209.

Es wird dir befohlen, sofort nach Empfang dieses zu untersuchen, wer in der vergangenen Nacht in betrunkenem Zustand und mit unanständigen Liedern durch den Englischen Garten gegangen ist und die französische Gouvernante, Madame Eugenie, geweckt und belästigt hat. Wie haben die Wächter aufgepaßt und wer war Wächter im Garten und hatte diesen Unfug zugelassen? Über alles Obenerwähnte hast du eine genaue Untersuchung anzustellen und dem Kontor unverzüglich Meldung zu erstatten.

Der erste Sekretär Nikolai Chwostow

Dieser Verordnung war ein ungeheures Wappensiegel mit der Inschrift „Siegel des herrschaftlichen Haupt-Hauskontors zu Ananjewo“ beigefügt; unten stand der Vermerk „Genauest auszuführen, Jelena Losnjakowa.“

„Das hat wohl die Gnädige selbst hingeschrieben?“ fragte ich.

„Gewiß, sie selbst; sie tut es immer selbst. Sonst hat die Verordnung keine Wirkung.“

„Nun, werdet ihr jetzt diese Verordnung dem Burmistr zuschicken?“

„Nein. Er wird selbst herkommen und sie lesen. Das heißt, man wird sie ihm vorlesen; er versteht nicht zu lesen.“ Der Diensthabende machte wieder eine Pause. „Nun“, fügte er grinsend hinzu, „es ist doch hübsch geschrieben?“

„Gewiß.“

„Aufgesetzt habe ich es, offen gestanden, nicht selbst. Darin ist Koskenkin Meister.“

„Wie . . .? Werden denn die Verordnungen bei euch erst aufgesetzt?“

„Wie denn sonst? Man kann sie doch nicht gleich ins reine schreiben.“

„Wieviel Gehalt bekommst du denn?“ fragte ich.

„Fünfunddreißig Rubel und fünf Rubel für Stiefel.“

„Und bist damit zufrieden?“

„Natürlich bin ich zufrieden. Bei uns findet nicht jeder Anstellung im Kontor. Mich hat, offen gestanden, Gott selbst dazu bestimmt, mein Onkel ist der Haushofmeister.“

„Und hast du es gut?“

„Ja, gut. Um die Wahrheit zu sagen", fuhr er mit einem Seufzer fort, „bei einem Kaufmann zum Beispiel hat es unsereiner besser. Bei einem Kaufmann hat es unsereiner sehr gut. Zu uns ist gestern abend ein Kaufmann aus Wenjew gekommen, sein Knecht hat es mir erzählt . . . Bei dem hat man es gut, da ist nichts zu sagen, sehr gut."

„Zahlen denn die Kaufleute mehr Gehalt?"

„Gott bewahre! Er wird einen hinauswerfen, wenn man Gehalt verlangt. Nein, beim Kaufmann lebt man auf gut Glauben und in der Furcht des Herrn. Er gibt einem zu essen und zu trinken, gibt die Kleider und alles. Stellt man ihn zufrieden, so gibt er noch mehr . . . Was ist Gehalt? Man braucht gar kein Gehalt . . . Auch lebt so ein Kaufmann einfach nach russischer Sitte wie unsereins: Ist man mit ihm auf der Reise, und trinkt er Tee, so bekommst auch du Tee; was er ißt, das bekommst du auch. Der Kaufmann . . . wie kann man es nur vergleichen – der Kaufmann ist ganz anders als ein Gutsherr. Der Kaufmann hat keine Launen; wenn er böse wird, verprügelt er einen, und die Sache ist erledigt. Aber er schimpft nicht und brummt nicht . . . Mit einem Herrn ist es aber ein Unglück! Alles paßt ihm nicht, dieses ist nicht gut, und jenes ist schlecht. Reicht man ihm ein Glas Wasser oder eine Speise, so heißt es gleich: „Ach, das Wasser stinkt! Ach, das Essen stinkt!" Man trägt es hinaus, steht eine Weile hinter der Tür: „Nun, jetzt ist es gut, jetzt stinkt es nicht mehr." Und erst so eine Gnädige! Oder erst ein gnädiges Fräulein . . .!"

„Fedjuschka!" ertönte die Stimme des Dicken im Kontor.

Der Diensthabende ging schnell hinaus. Ich trank mein Glas Tee zu Ende, legte mich aufs Sofa und schlief ein. Ich schlief zwei Stunden.

Als ich erwachte, wollte ich aufstehen, aber ich war zu faul; ich schloß die Augen, schlief aber nicht mehr ein. Hinter der Bretterwand im Kontor wurde leise gesprochen. Ich hörte unwillkürlich zu.

„Ja, so ist es, so ist es, Nikolai Jeremejitsch", sagte die eine Stimme. „Ja. Das kann man nicht in Betracht ziehen; das geht wirklich nicht . . . Hm!" Der Sprechende hüstelte.

„Glauben Sie es mir, Gawrila Antonytsch", entgegnete die Stimme des Dicken. „Wie sollte ich die hiesige Ordnung nicht kennen, urteilen Sie doch selbst."

„Ja, wer sollte sie kennen, Nikolai Jeremejitsch; Sie sind hier, man kann wohl sagen, die erste Person. Wie ist es nun?" fuhr die mir unbekannte Stimme fort. „Was werden wir beschließen, Nikolai Jeremejitsch? Gestatten Sie mir die Frage."

„Ja, was werden wir beschließen, Gawrila Antonytsch? Die Sache hängt doch sozusagen von Ihnen ab – Sie scheinen keine rechte Lust zu haben."

„Aber ich bitte, Nikolai Jeremejitsch, was fällt Ihnen ein? Ich bin doch nur Kaufmann, unsere Sache ist der Handel. Wir leben ja davon, Nikolai Jeremejitsch, das kann man wohl sagen."

„Acht Rubel", sagte der Dicke langsam.

Ich hörte einen Seufzer.

„Nikolai Jeremejitsch, Sie fordern zuviel."

„Es geht nicht anders, Gawrila Antonytsch; ich sage es wie vor Gott, es geht nicht."

Ein Schweigen trat ein.

Ich stand leise auf und blickte durch eine Spalte in der Bretterwand. Der Dicke saß mit dem Rücken zu mir. Mit dem Gesicht zu ihm saß ein Kaufmann von etwa vierzig Jahren, hager und bleich, wie mit Fastenöl eingerieben. Er kratzte sich ununterbrochen den Bart, blinzelte sehr schnell mit den Augen und zuckte die Lippen.

„Wunderbar steht heuer die Wintersaat, das kann man wohl sagen", begann er wieder. „Ich habe sie während der ganzen Fahrt bewundert. Von Woronesh an ist eine wunderbare Wintersaat, man darf wohl sagen, erster Sorte."

„Die Wintersaat ist wirklich nicht schlecht", antwortete der erste Buchhalter. „Aber Sie wissen doch, Gawrila Antonytsch, der Herbst kann noch so schön sein, alles hängt vom Frühjahr ab."

„Es ist wirklich so, Nikolai Jeremejitsch; alles ist in Gottes Hand; Sie haben die reine Wahrheit gesagt . . . Ihr Gast scheint aber schon erwacht zu sein."

Der Dicke wandte sich um . . . horchte . . .

„Nein, er schläft. Übrigens kann man auch . . ."

Er trat an die Tür.

„Nein, er schläft", sagte er wieder und kehrte auf seinen Platz zurück.

„Nun, wie ist es, Nikolai Jeremejitsch?" fing der Kaufmann von neuem an. „Man muß doch das Geschäft einmal abschließen . . . Also meinetwegen, Nikolai Jeremejitsch, meinetwegen", fuhr er fort, ununterbrochen mit den Augen zwinkernd, „zwei graue Scheine und einen weißen Schein kriegen Euer Gnaden, und dort", er wies mit einer Kopfbewegung auf das Herrenhaus, „heißt es: sechsundeinhalb. Schlagen Sie ein?"

„Vier graue", entgegnete der Buchhalter.

„Drei!"

„Vier graue ohne einen weißen."

„Drei, Nikolai Jeremejitsch."

„Dreiundeinhalb, keine Kopeke weniger."

„Drei, Nikolai Jeremejitsch."

„Kommen Sie mir nicht damit, Gawrila Antonytsch."

„Wie unnachgiebig Sie doch sind", murmelte der Kaufmann. "Dann schließe ich schon lieber mit der Gnädigen selbst ab."

„Wie Sie wollen", antwortete der Dicke, „hätten Sie das doch früher gesagt. Was sollen Sie sich beunruhigen . . .? So wäre es viel besser!"

„Ist schon gut, ist schon gut, Nikolai Jeremejitsch. Gleich werden Sie böse! Ich habe es doch nur so gesagt."

„Nein, warum, im Ernst . . ."

„Ist schon gut, sage ich Ihnen . . . Ich sage Ihnen doch, daß es nur zum Spaß war. Nun, nimm deine dreiundeinhalb, was soll man mit dir machen."

„Vier hätte ich nehmen sollen, habe mich aber, Dummkopf, übereilt", brummte der Dicke.

„Also, dort, im Hause heißt es: sechsundeinhalb, Nikolai Jeremejitsch. Das Getreide wird also für sechsundeinhalb abgegeben?"

„Für sechsundeinhalb, das ist doch schon abgemacht."

„Also, schlagen Sie ein, Nikolai Jeremejitsch." Der Kaufmann schlug mit seinen gespreizten Fingern in die Handfläche des Buchhalters. „Mit Gott denn!" Der Kaufmann stand auf. „Ich gehe also jetzt, Väterchen Nikolai Jeremejitsch, zur Gnädigen, lasse mich anmelden und sage ihr: „Nikolai Jeremejitsch hat zu sechsundeinhalb abgeschlossen."

„Ja, sagen Sie es so, Gawrila Antonytsch."

„Und jetzt wollen Sie es in Empfang nehmen."

Der Kaufmann händigte dem Buchhalter ein kleines Päckchen Banknoten aus, verbeugte sich, schüttelte den Kopf, ergriff seinen Hut mit zwei Fingern, hob die Achseln, versetzte seinen Rumpf in eine wellenförmige Bewegung und verließ, angemessen mit den Stiefeln knarrend, das Zimmer. Nikolai Jeremejitsch ging zur Wand und begann, soweit ich sehen konnte, die Papiere, die ihm der Kaufmann eingehändigt hatte, durchzusehen. In der Tür erschien ein rothaariger Kopf mit dichtem Backenbart.

„Nun?" fragte der Kopf. „Alles, wie es sich gehört?"

„Wie es sich gehört."

„Wieviel?"

Der Dicke winkte ärgerlich mit der Hand und wies auf mein Zimmer.

„Ach so, gut!" entgegnete der Kopf und verschwand.

Der Dicke ging zum Tisch, setzte sich, schlug ein Buch auf, holte ein Rechenbrett hervor und begann die Beinkugeln hin und her zu werfen; er machte es nicht mit dem Zeigefinger, sondern mit dem Mittelfinger: So ist es vornehmer.

Der Diensthabende trat ein.

„Was willst du?"

„Sidor ist aus Golopljoki gekommen."

„Ah! Nun, ruf ihn her. Wart, wart . . . Geh erst hin und schau nach, ob der fremde Herr noch schläft oder schon aufgewacht ist."

Der Diensthabende trat leise in mein Zimmer. Ich legte den Kopf auf die Jagdtasche, die mir ein Kissen ersetzte, und schloß die Augen.

„Er schläft", flüsterte der Diensthabende, ins Kontor zurückkehrend.

Der Dicke brummte etwas zwischen den Zähnen.

„Nun, ruf Sidor her", sagte er endlich.

Ich hob wieder den Kopf. Ein Bauer von Riesenwuchs, an die dreißig Jahre alt, kräftig, rotbackig, mit dunkelblondem Haar und kurzem, lockigem Vollbart, trat ins Kontor. Er verrichtete ein kurzes Gebet vor dem Heiligenbild, verneigte sich vor dem ersten Buchhalter, nahm seinen Hut in beide Hände und richtete sich auf.

„Guten Tag, Sidor", sagte der Dicke, auf dem Rechenbrett klappernd.

„Guten Tag, Nikolai Jeremejitsch."

„Nun, wie ist der Weg?"

„Gut, Nikolai Jeremejitsch. Ein wenig schmutzig." Der Bauer sprach langsam und leise.

„Ist deine Frau gesund?"

„Was soll ihr fehlen!"

Der Bauer seufzte und streckte einen Fuß vor. Nikolai Jeremejitsch legte sich die Feder hinters Ohr und schneuzte sich.

„Nun, wozu bist du hergekommen?" fuhr er fort, das karierte Taschentuch wieder in die Tasche steckend.

„Sie wissen, Nikolai Jeremejitsch, man verlangt von uns Zimmerleute."

„Habt ihr vielleicht keine?"

„Warum sollen wir keine haben, Nikolai Jeremejitsch? Es ist doch eine Waldgegend. Es gibt aber jetzt viel Arbeit, Nikolai Jeremejitsch."

„Viel Arbeit! Das ist es eben, ihr arbeitet gerne für fremde Menschen, für eure Gutsherrin wollt ihr aber nicht arbeiten . . . Es ist doch alles eins!"

„Die Arbeit ist wohl die gleiche, Nikolai Jeremejitsch . . . aber . . ."

„Was denn?"

„Die Bezahlung ist etwas . . . ich meine . . .“

„Was euch nicht einfällt! Verwöhnt seid ihr, das ist es!“

„Auch muß ich noch das sagen, Nikolai Jeremejitsch, es ist nur für eine Woche Arbeit da, aber man wird uns einen Monat hierbehalten. Bald langt das Material nicht, bald schickt man uns in den Garten, um die Wege zu putzen.“

„Was dir nicht alles einfällt! Die Gnädige hat selbst zu befehlen geruht, also haben wir miteinander nichts zu reden.“

Sidor verstummte und begann von einem Fuß auf den andern zu treten.

Nikolai Jeremejitsch neigte den Kopf auf die Seite und begann mit besonderem Eifer mit den Beinkugeln zu klappern.

„Unsere . . . Bauern . . . Nikolai Jeremejitsch . . .“, begann endlich Sidor, bei jedem Wort stockend, „ließen Euer Gnaden . . . hier ist es . . .“ Er steckte seine Riesenhand in den Busen seines Mantels und begann ein zusammengewickeltes Handtuch mit rotem Muster hervorzuholen.

„Was fällt dir ein, was fällt dir ein, Dummkopf, bist wohl verrückt?“ unterbrach ihn der Dicke eilig. „Geh, geh zu mir ins Haus“, fuhr er fort, indem er den erstaunten Bauern beinahe hinauswarf, „frage dort nach meiner Frau . . . sie wird dir Tee geben; ich komm' auch gleich hin, geh. Man sagt dir doch, geh.“

Sidor ging hinaus.

„So ein . . . Bär!“ murmelte der erste Buchhalter, während jener hinausging. Dann schüttelte er den Kopf und machte sich wieder ans Rechenbrett.

Plötzlich ertönten auf der Straße und der Treppe Schreie. „Kuprja! Kuprja! Mit Kuprja ist nicht zu spaßen!“ und bald darauf trat ins Kontor ein kleingewachsener Mann von schwindsüchtigem Aussehen, mit einer ungewöhnlich langen Nase, großen, unbeweglichen Augen und einer außerordentlich stolzen Haltung. Bekleidet war er mit einem alten, zerrissenen, adelaidenfarbenen oder, wie man bei uns sagt, odelloidenfarbenen Rock mit Plüschkragen und winzigen Knöpfchen. Auf dem Buckel trug er eine Tracht Brennholz. Um ihn herum drängten sich an die fünf Leibeigene, und alle schrien: „Kuprja! Kuprja! Mit Kuprja ist nicht zu spaßen! Man hat Kuprja zum Heizer ernannt, zum Heizer!“ Aber der Mann mit dem Plüschkragen schenkte dem Geschrei seiner Genossen nicht die geringste Beachtung und verzog keine Miene. Mit abgemessenen Schritten ging er auf den Ofen zu, lud seine Tracht ab, richtete sich auf, holte aus der rückwärtigen Tasche eine Tabaksdose hervor, riß die Augen weit auf und begann, sich den mit Asche vermengten Steinkleetabak in die Nase zu stopfen.

Beim Erscheinen der lärmenden Gesellschaft runzelte der Dicke erst die Brauen und erhob sich von seinem Platz; als er aber sah, was los war, lächelte er und befahl nur den Leuten, nicht so zu schreien, im Nebenzimmer schlafe ein Jäger. „Was für ein Jäger?“ fragten zwei Männer gleichzeitig.

„Ein Gutsbesitzer.“

„Aha.“

„Sollen sie nur lärmen“, begann, die Arme spreizend, der Mann mit dem Plüschkragen. „Was geht es mich an! Wenn sie mich nur nicht anrühren. Man hat mich zum Heizer ernannt . . .“

„Zum Heizer! Zum Heizer!“ fielen die andern freudig ein.

„Die Gnädige hat es befohlen“, fuhr er fort, die Achseln zuckend. „Wartet nur . . . euch wird man noch zu Schweinehirten ernennen. Daß ich aber ein Schneider bin, ein guter Schneider, daß ich bei den ersten Meistern in Moskau in der Lehre war und für Generale genäht habe, das kann mir niemand nehmen. Was tut ihr so tapfer . . .? Ihr seid Müßiggänger und Taugenichtse und sonst nichts. Wenn man mich freiläßt, verhungere ich nicht und gehe nicht zugrunde; wenn man mir nur einen Paß gibt, werde ich einen guten Zins zahlen und die Herrschaften zufriedenstellen. Was seid aber ihr? Ihr werdet zugrunde gehen, zugrunde gehen wie die Fliegen, das ist alles!“

„Das war aber gelogen“, unterbrach ihn ein pockennarbiger, hellblonder Bursche mit roter Halsbinde und durchgewetzten Ellenbogen. „Du hast schon einen Paß gehabt, aber die Herrschaften haben von dir keine Kopeke Zins zu sehen bekommen, und hast auch für dich selbst nichts verdient; hast dich mit Mühe heimgeschleppt; seit damals trägst du immer noch den gleichen Rock.“

„Was soll man machen; Konstantin Narkisytsch!“ entgegnete Kuprian. „Wenn ein Mensch sich einmal verliebt hat, so ist er verloren. Mach erst durch, was ich durchgemacht habe, Konstantin Narkisytsch, und dann verurteile mich.“

„In wen hast du dich aber verliebt! In ein Scheusal!“

„Nein, das sollst du nicht sagen, Konstantin Narkisytsch.“

„Wem erzählst du das? Ich habe sie doch gesehen; im vergangenen Jahr habe ich sie in Moskau mit eigenen Augen gesehen.“

„Im vergangenen Jahr hat sie wirklich etwas von ihrer Schönheit verloren“, bemerkte Kuprian.

„Nein, meine Herren, was sollen wir darüber reden!“ begann in einem rechtlichen und nachlässigen Ton ein hagerer, großgewachsener Mann mit einem Gesicht voller Pickel, mit gekräuseltem und öltriefendem Haar, wahrscheinlich ein Kammerdiener. „Kuprian Afanaßjitsch soll uns lieber sein Liedchen singen. Nun, fangen Sie an, Kuprian Afanaßjitsch!“

„Ja, ja!“ riefen die anderen. „Bravo, Alexandra! Schön hat sie den Kuprja hereingelegt ... das muß man schon sagen ... Sing, Kuprja ...! Bravo, Alexandra!“ (Die Leibeigenen gebrauchen oft der Zärtlichkeit wegen, wenn sie von einem Mann sprechen, weibliche Endungen.) „Sing!“

„Hier ist kein Ort zum Singen“, entgegnete Kuprian fest. „Hier ist das herrschaftliche Kontor.“

„Was geht es dich an? Du willst doch selbst Kontorist werden?“ antwortete Konstantin mit rohem Lachen. „So scheint es mir!“

„Alles hängt vom Willen der Herrschaft ab“, bemerkte der Arme.

„Seht ihr, was er werden will; wie gefällt er euch? Ah! Ah!“

Alle lachten, einzelne fingen sogar zu springen an. Am lautesten lachte ein fünfzehnjähriger Bengel, wahrscheinlich der Sohn eines Aristokraten unter den Leibeigenen. Er trug eine Weste mit Bronzeknöpfen, eine lilafarbene Halsbinde und hatte sich bereits ein Bäuchlein zugelegt.

„Gestehe doch, Kuprja“, begann selbstzufrieden Nikolai Jeremejitsch, dem die Sache wohl Spaß machte und der in Stimmung gekommen war, „es ist doch schlecht, Heizer zu sein? Ist wohl eine ganz dumme Beschäftigung?“

„Was soll ich sagen, Nikolai Jeremejitsch?“ antwortete Kuprian. „Sie sind jetzt Sekretär, das stimmt; das wird niemand bestreiten; aber auch Sie waren einmal in Ungnade und haben auch in einem Bauernhaus wohnen müssen.“

„Paß auf, nimm dir nicht zu viel heraus!“ unterbrach ihn der Dicke gereizt. „Narr, man macht doch nur Spaß mit dir; das müßtest du doch fühlen und dankbar sein, daß man sich mit dir abgibt, Dummkopf.“

„Das kam so zufällig, Nikolai Jeremejitsch, entschuldigen Sie ...“

„Ja, zufällig!“

Die Tür ging auf, und ein kleiner Diener stürzte ins Zimmer.

„Nikolai Jeremejitsch, die Gnädige läßt Sie rufen.“

„Wer ist bei der Gnädigen?“ fragte er den Diener.

„Aksinja Nikitischna und der Kaufmann aus Wenjew.“

„Ich komme sofort. Ihr aber, Brüder“, fuhr er eindringlich fort, „geht lieber mit dem neuernannten Heizer von hier fort; wie leicht kann der Deutsche hereinschauen und euch anzeigen.“

Der Dicke brachte sein Haar in Ordnung, hüstelte in die hohle Hand, die im Rockärmel fast ganz verschwand, knöpfte alle Knöpfe zu und begab sich breitbeinig zu der Gnädigen. Etwas später entfernte sich auch die ganze

Gesellschaft mit Kuprian. Nur mein alter Bekannter, der Diensthabende, blieb zurück. Er begann erst die Gänsefedern zu schneiden, schlief aber im Sitzen ein. Mehrere Fliegen benutzten sofort diesen glücklichen Umstand und setzten sich ihm auf den Mund. Eine Mücke ließ sich auf seiner Stirn nieder, stellte ihre Beinchen symmetrisch auseinander und bohrte ihren Stachel langsam in sein weiches Fleisch. Der rothaarige Kopf mit dem Backenbart zeigte sich wieder in der Tür, sah sich um und trat zugleich mit seinem recht unschönen Körper ins Kontor.

„Fedjuschka! Du, Fedjuschka! Immer schläfst du!" versetzte der Kopf.

Der Diensthabende öffnete die Augen und erhob sich vom Stuhl.

„Ist Nikolai Jeremejitsch zur Gnädigen gegangen?"

„Ja, zur Gnädigen, Wassilij Nikolajewitsch."

So, so, dachte ich mir, das ist er, der erste Kassierer.

Der erste Kassierer fing an, im Zimmer auf und ab zu gehen. Es war übrigens mehr ein Schleichen als ein Gehen; überhaupt hatte er Ähnlichkeit mit einer Katze. Auf seinen Schultern schlotterte ein alter schwarzer Frack mit sehr schmalen Schößen; die eine Hand hielt er auf der Brust, mit der andern griff er aber jeden Augenblick an seine hohe, enge Halsbinde aus Roßhaar und drehte dabei angestrengt den Kopf. Er trug Stiefel aus Bockleder, die nicht knarrten, und trat sehr leise auf.

„Heute hat der Gutsbesitzer Jaguschkin nach Ihnen gefragt", versetzte der Diensthabende.

„Hm, er hat nach mir gefragt? Was hat er denn gesagt?"

„Er hat gesagt, daß er am Abend zu Tjutjurew kommen und Sie dort erwarten wird. „Ich muß", hat er gesagt, „mit Wassilij Nikolajewitsch über eine Sache sprechen"; über was für eine Sache, hat er aber nicht gesagt. „Wassilij Nikolajewitsch weiß es schon", hat er gesagt."

„Hm!" entgegnete der erste Kassierer und trat ans Fenster.

„Ist Nikolai Jeremejew im Kontor?" erklang im Flur eine laute Stimme, und ein großgewachsener Mensch mit einem unregelmäßigen, aber ausdrucksvollen und kühnen Gesicht, recht sauber gekleidet, trat, offenbar erzürnt, über die Schwelle.

„Ist er nicht hier?" fragte er, indem er sich schnell umsah.

„Nikolai Jeremejitsch ist bei der Gnädigen", antwortete der Kassierer. „Sagen Sie mir, was Sie wollen, Pawel Andrejitsch. Sie können es mir sagen ... Was wollen Sie?"

„Was ich will? Sie wollen wissen, was ich will?" Der Kassierer nickte schmerzvoll mit dem Kopf. „Ich will es ihm zeigen, dem nichtsnutzigen

Dickwanst, dem gemeinen Angeber . . . Ich werde ihm das Angeben schon zeigen!“

Pawel ließ sich in einen Stuhl fallen.

„Was haben Sie, was haben Sie, Pawel Andrejitsch? Beruhigen Sie sich . . . Wie, schämen Sie sich nicht? Vergessen Sie doch nicht, von wem Sie sprechen, Pawel Andrejitsch!“ stammelte der Kassierer.

„Von wem ich spreche? Was geht es mich an, daß man ihn zum ersten Sekretär ernannt hat! Da hat man gerade den richtigen gefunden. Man hat den Bock zum Gärtner gemacht!“

„Hören Sie auf, hören Sie auf, Pawel Andrejitsch, hören Sie auf! Lassen Sie es . . . was für Dummheiten!“

„Da wedelt er schon mit dem Schwanz, der Fuchs . . .! Ich will auf ihn hier warten“, sagte Pawel erbost und schlug mit der Hand auf den Tisch. „Ah, da kommt er ja“, fügte er hinzu, zum Fenster hinausschauend. „Wenn man vom Wolf spricht . . . Kommen Sie nur!“ Er stand auf.

Nikolai Jeremejitsch trat ins Kontor. Sein Gesicht strahlte vor Freude, als er aber Pawel sah, wurde er etwas verlegen.

„Guten Tag, Nikolai Jeremejitsch“, sagte Pawel bedeutungsvoll, ihm langsam entgegenkommend. „Guten Tag!“

Der erste Sekretär antwortete nichts. In der Tür zeigte sich das Gesicht des Kaufmanns.

„Warum wollen Sie mir nicht antworten?“ fuhr Pawel fort. „Übrigens, nein . . . nein“, fügte er hinzu, „so geht es nicht; mit Schreien und Schimpfen kann man nichts ausrichten. Sagen Sie mir lieber im guten, Nikolai Jeremejitsch, weshalb verfolgen Sie mich? Weshalb wollen Sie mich zugrunde richten? Nun, sprechen Sie doch, sprechen Sie doch.“

„Hier ist nicht der Ort, um sich mit Ihnen auseinanderzusetzen“, entgegnete nicht ohne Erregung der erste Sekretär, „es ist auch nicht die Zeit dazu. Aber ich wundere mich, offen gestanden, über das eine: Wie kommen Sie darauf, daß ich Sie zugrunde richten will oder Sie verfolge? Wie kann ich Sie schließlich verfolgen! Sie sind doch nicht bei mir im Kontor angestellt.“

„Das will ich meinen“, antwortete Pawel, „das fehlte noch gerade! Aber warum verstellen Sie sich, Nikolai Jeremejitsch . . .? Sie verstehen mich doch.“

„Nein, ich verstehe Sie nicht.“

„Nein, Sie verstehen mich wohl.“

„Bei Gott, ich verstehe nichts.“

„Sie schwören noch! Wenn es schon so weit gekommen ist, so sagen Sie mir doch, ob Sie Gott fürchten! Warum lassen Sie das arme Mädel nicht in Ruhe? Was wollen Sie von ihr?“

„Von wem sprechen Sie eigentlich, Pawel Andrejitsch?“ fragte der Dicke mit erheucheltem Erstaunen.

„Ach, er weiß es wohl nicht! Ich spreche von Tatjana. Fürchten Sie doch Gott! Wofür rächen Sie sich an ihr? Schämen Sie sich doch; Sie sind ein verheirateter Mann, haben Kinder von meiner Größe ... Ich aber habe was anderes im Sinn: Ich will heiraten, ich handele nach Ehre und Gewissen.“

„Was kann ich dafür, Pawel Andrejitsch? Die Gnädige erlaubt Ihnen das Heiraten nicht; so ist einmal ihr Wille! Was kann ich dafür?“

„Was Sie dafür können? Haben Sie sich vielleicht nicht mit der alten Hexe, der Haushälterin, verschworen? Haben Sie niemand verleumdet? Verbreiten Sie nicht Lügengeschichten über das schutzlose Mädel? Hat man sie nicht dank Ihnen von einer Wäscherin zu einer Spülmagd gemacht? Wird sie nicht dank Ihnen geschlagen und muß in Sackleinwand gehen ...? Schämen Sie sich doch, schämen Sie sich, Sie alter Mann! Jeden Tag kann Sie doch der Schlag treffen ... Sie werden es vor Gott zu verantworten haben.“

„Schimpfen Sie nur, Pawel Andrejitsch, schimpfen Sie nur ... Sie werden nicht mehr lange schimpfen!“

Pawel fuhr auf.

„Was? Du willst mir drohen?“ begann er wütend. „Du glaubst wohl, daß ich dich fürchte? Nein, Bruder, du bist an den Unrechten gekommen! Was soll ich fürchten ...? Ich finde überall mein Auskommen. Mit dir ist es eine andere Sache! Du kannst nur hier leben, verleumden und stehlen ...“

„Was der sich herausnimmt!“ unterbrach ihn der Sekretär, der nun auch anfing, die Geduld zu verlieren. „Ein Feldscher, ein einfacher Feldscher, ein nichtsnutziger Quacksalber; wenn man ihm aber zuhört, kann man meinen, er sei eine wichtige Person!“

„Jawohl, ich bin Feldscher, aber ohne diesen Feldscher würden Euer Gnaden jetzt auf dem Friedhof faulen ... Was hat mich auch der Teufel verführt, ihn zu heilen“, fügte er zwischen den Zähnen hinzu.

„Du hast mich geheilt ...? Nein, du wolltest mich vergiften; du hast mir Aloe eingegeben“, fiel ihm der Sekretär ins Wort.

„Wenn aber bei dir nichts als Aloe wirkte?“

„Aloe ist von der Medizinalverwaltung verboten“, fuhr der Sekretär fort. „Ich werde mich noch beschweren . . . Du hast mich töten wollen, das ist es! Aber Gott hat es nicht zugelassen.“

„Hört doch auf, hört doch auf, meine Herren“, versuchte der Kassierer die beiden zu beschwichtigen . . .

„Laß mich in Ruh'!“ schrie ihn der Sekretär an. „Er hat mich vergiften wollen! Verstehst du das?“

„Was brauche ich dich zu vergiften . . . Hör einmal, Nikolai Jeremejew“, sagte Pawel mit Verzweiflung. „Ich bitte dich zum letzten Male . . . du hast mich dazu getrieben, ich halte es nicht mehr aus. Laß uns in Ruhe, verstehst du? Sonst, bei Gott, geht es einem von uns schlecht. Dich meine ich!“

Der Dicke verlor die Fassung.

„Ich fürchte dich nicht“, schrie er auf, „hörst du, du Milchbart! Ich bin mit deinem Vater fertig geworden und habe ihm die Hörner gestutzt – das soll dir als Beispiel dienen, paß auf!“

„Sprich mir nicht von meinem Vater, Nikolai Jeremejew, sprich nicht von ihm!“

„So, so! Was bist du mir für ein Lehrmeister?“

„Ich sage dir, sprich mir nicht von ihm!“

„Und ich sage dir, vergiß dich nicht . . . Wie nötig dich auch die Gnädige nach deiner Ansicht braucht, aber wenn sie zwischen uns beiden zu wählen hat, so wirst du dich nicht halten können, Liebster! Niemand darf hier revoltieren, paß auf!“ Pawel zitterte vor Wut. „Aber dem Mädel Tatjana geschieht ganz recht . . . Wart, sie wird noch was ganz anderes erleben!“

Pawel stürzte mit erhobenen Armen auf ihn los, und der Sekretär fiel schwer zu Boden.

„In Ketten mit ihm, in Ketten!“ stöhnte Nikolai Jeremejew.

Das Ende dieser Szene kann ich nicht beschreiben; ich fürchte ohnehin, das Gefühl des Lesers verletzt zu haben.

Am gleichen Tag kehrte ich nach Hause zurück. Eine Woche später erfuhr ich, daß Frau Losnjakowa sowohl Pawel als Nikolai in ihren Diensten behalten, das Mädel Tatjana aber auf ein anderes Gut verschickt hatte; sie konnte sie wohl nicht brauchen.

Zwei Gutsbesitzer

Ich habe schon die Ehre gehabt, Ihnen, geneigte Leser, einige meiner Herren Nachbarn vorzustellen; gestatten Sie mir jetzt, da sich gerade die Gelegenheit bietet (unsereinem, einem Schriftsteller, bietet sich aber immer eine Gelegenheit), Sie mit noch zwei Gutsbesitzern bekannt zu machen, bei denen ich oft zur Jagd war, zwei sehr geachteten, wohlmeinenden und die allgemeine Achtung mehrerer Landkreise genießenden Herren.

Zuerst will ich Ihnen den Generalmajor a. D. Wjatscheslaw Illarionowitsch Chwalynskij schildern. Stellen Sie sich einen großgewachsenen, früher einmal schlank gewesenen Mann vor, der schon etwas aufgedunsen, aber noch durchaus nicht greisenhaft, nicht einmal gealtert ist und im reifen Alter, sozusagen in der Blüte der Jahre steht. Seine einst regelmäßigen und auch jetzt noch angenehmen Gesichtszüge haben sich allerdings etwas verändert: Die Wangen hängen herab, dichte Runzeln haben sich strahlenförmig um die Augen gelegt, und auch mancher Zahn fehlt schon, wie Saadi, nach Puschkins Behauptung, gesagt haben soll; das Dunkelblond seiner Haare, jedenfalls der, die noch geblieben sind, hat sich dank einer Mixtur, die er auf dem Pferdemarkt zu Romny von einem Juden, der sich für einen Armenier ausgab, erstanden hatte, in ein Lila verwandelt; aber Wjatscheslaw Illarionowitsch schreitet rüstig, lacht laut, klirrt mit den Sporen, dreht seinen Schnurrbart und nennt sich einen alten Kavalleristen, während die wirklich alten Leute sich bekanntlich niemals alt nennen. Gewöhnlich trägt er einen bis oben zugeknöpften Rock, eine hohe Halsbinde mit steifem Kragen und eine militärisch zugeschnittene graue Hose mit Glanz; seinen Hut drückt er ganz in die Stirn, so daß der ganze Nacken frei bleibt. Er ist ein sehr guter Mensch, hat aber recht seltsame Begriffe und Angewohnheiten. Zum Beispiel: Er kann unmöglich die weniger reichen oder nicht in hohem Range stehenden Edelleute wie Menschen seinesgleichen behandeln. Wenn er mit ihnen spricht, so sieht er sie gewöhnlich von der Seite an und drückt dabei die eine Wange fest an den steifen weißen Kragen; oder er blendet sie plötzlich mit einem klaren und starren Blick, schweigt eine Weile und bewegt die ganze Kopfhaut unter den Haaren; er spricht sogar die Worte anders aus und sagt z. B. statt: „Bitte ergebenst, Pawel Wassiljitsch“ oder „Bemühen Sie sich hierher, Michailo Iwanytsch“ – „Bitt' gebenst, Pall' Assilitsch“ oder: „Michal'Wanytsch.“ Die Leute, welche auf den niedrigsten Stufen der Gesellschaft stehen, behandelt er noch merkwürdiger: Er sieht sie gar nicht an und wiederholt, ehe er ihnen seinen Wunsch äußert oder einen Befehl erteilt, einige Male hintereinander mit besorgter und nachdenklicher Miene: „Wie heißt du . . .? Wie heißt du?“, wobei er das erste Wort „Wie“ ungewöhnlich scharf betont, die übrigen Worte aber sehr schnell spricht, was dem ganzen Satz eine ziemliche Ähnlichkeit mit dem Schrei eines Wachtelmännchens verleiht. Er tut immer geschäftig und ist ziemlich geizig, dabei aber ein schlechter Wirt; zum Gutsverwalter hat er einen verabschiedeten Wachtmeister, einen Kleinrussen von ungewöhnlicher Dummheit. In puncto Wirtschaft hat bei uns übrigens noch niemand jenen hohen Petersburger Beamten übertroffen, der, als er aus den Berichten seines Verwalters ersah, daß die Kornspeicher auf seinem Gut oft Feuersbrünsten ausgesetzt werden, wodurch viel Getreide verlorengeht, den strengsten Befehl gab, in Zukunft die Garben niemals in die Speicher zu stellen, bevor das Feuer gänzlich erloschen ist. Derselbe Würdenträger kam einmal auf den Gedanken, alle seine Felder mit Mohn zu besäen, und zwar infolge einer anscheinend höchst einfachen Berechnung: Der Mohn ist teurer als Roggen, also ist es vorteilhafter, Mohn zu säen. Er hatte auch seinen leibeigenen Weibern befohlen, Kokoschniks nach einem aus Petersburg zugesandten Muster zu tragen; auf seinen Gütern tragen die Weiber auch heute noch Kokoschniks, haben aber den alten Kopfputz darunter behalten . . . Kehren wir aber zu Wjatscheslaw Illarionowitsch zurück. Wjatscheslaw Illarionowitsch ist ein großer Freund des schönen Geschlechts, und sooft er in seiner Kreisstadt, auf dem Boulevard, eine hübsche Person sieht, steigt er ihr sofort nach, fängt aber gleich zu hinken an – ein bemerkenswerter Umstand. Er spielt auch gern Karten, aber nur mit Menschen von niedrigerem Range; sie sagen zu ihm „Exzellenz“, er aber wäscht ihnen den Kopf und schimpft, soviel es ihm beliebt. Wenn es sich aber trifft, daß er mit dem Gouverneur oder einer anderen beamteten Person spielt, so geht mit ihm eine erstaunliche Veränderung vor: Dann lächelt er, nickt mit dem Kopf, schaut ihnen in die Augen – er fließt förmlich vor Honig über . . . Selbst wenn er verliert, beklagt er sich nicht. Wjatscheslaw Illarionowitsch liest wenig; beim Lesen bewegt er fortwährend den Schnurrbart und die Augenbrauen, als ob sein ganzes Gesicht von unten nach oben in wellenförmiger Bewegung wäre. Besonders auffallend ist diese wellenförmige Bewegung im Gesicht Wjatscheslaw Illarionowitschs, wenn er gelegentlich (natürlich nur in Gegenwart von Gästen) die Spalten des *Journal des Débats* durchfliegt. Bei den Wahlen spielt er eine recht bedeutende Rolle, lehnt aber aus Geiz das Amt eines Adelsmarschalls ab. „Meine Herren“, sagt er gewöhnlich zu den Edelleuten, die ihn zu überreden suchen, mit einer gönnerhaften und würdevollen Miene, „ich danke sehr für die Ehre; aber ich habe mich entschlossen, meine Muße der Einsamkeit zu widmen.“

Nachdem er diese Worte gesprochen hat, bewegt er den Kopf einige Male nach rechts und nach links und drückt dann Kinn und Wangen mit Würde in seine Halsbinde. In seinen jungen Jahren war er Adjutant bei einer bedeutenden Persönlichkeit gewesen, die er nie anders als mit dem Vor- und Vaternamen nennt; man sagt, er hätte auch andere Pflichten als die eines Adjutanten auf sich genommen: So soll er z. B. in voller Paradeuniform und sogar bis oben zugeknöpft seinem Vorgesetzten im Dampfbad die Dienste eine Badedieners geleistet haben, aber man darf nicht jedem Gerücht glauben. Übrigens spricht auch General Chwalynskij selbst nicht gern von seiner dienstlichen Laufbahn, was doch sehr seltsam ist; er scheint auch nicht im Krieg gewesen zu sein. General Chwalynskij lebt allein in einem kleinen Häuschen; Eheglück hat er in seinem ganzen Leben nicht erfahren, und darum gilt er auch jetzt noch als eine Partie, sogar als eine gute Partie. Dafür trägt seine Haushälterin, eine etwa fünfunddreißigjährige, schwarzäugige, schwarzbrauige, volle und recht frische, mit einem Schnurrbart gesegnete Person an Wochentagen gestärkte Kleider, an Sonntagen aber Musselinärmel. Schön wirkt Wjatscheslaw Illarionowitsch bei den großen Diners, die die Gutsbesitzer zu Ehren des Gouverneurs und anderer Behörden geben; da ist er, man kann wohl sagen, ganz in seinem Element. Bei solchen Gelegenheiten sitzt er gewöhnlich, wenn auch nicht unmittelbar zur Rechten des Gouverneurs, so doch nicht allzu weit von ihm; zu Anfang des Diners ist er vorwiegend vom Bewußtsein seiner eigenen Würde erfüllt: Er lehnt sich etwas zurück und mustert, ohne den Kopf zu wenden, die Reihe der runden Nacken und steifen Kragen der Gäste; aber gegen das Ende der Tafel wird er lustig, lächelt nach allen Seiten (in der Richtung nach dem Gouverneur hat er schon seit Beginn des Diners gelächelt) und bringt sogar zuweilen einen Toast auf das schöne Geschlecht aus, den schönsten Schmuck unseres Planeten, wie er es nennt. Nicht übel ist General Chwalynskij auch bei allen anderen feierlichen und öffentlichen Akten, wie Schulprüfungen, Versammlungen und Ausstellungen; er versteht auch meisterhaft, an den Priester heranzutreten, um sich seinen Segen zu erbitten. Wenn sich nach Schluß einer solchen Veranstaltung oder bei der Überfahrt über einen Fluß die Wagen drängen, so pflegen die Leute Wjatscheslaw Illarionowytschs niemals zu lärmen und zu schreien; im Gegenteil, indem sie das Publikum zurückdrängen oder den Wagen herbeirufen, sagen sie in einem angenehmen, tiefen Bariton: „Gestatten Sie, gestatten Sie, lassen Sie den General Chwalynskij durch!“ oder: „Die Equipage des Generals Chwalynskij . . .“ Diese Equipage hat zwar eine recht altertümliche Form; die Livree der Diener ist ziemlich abgetragen (daß sie grau mit rotem

Vorstoß ist, brauche ich wohl gar nicht zu erwähnen); auch die Pferde sind ziemlich abgelebt und haben viele Dienstjahre hinter sich; aber auf Eleganz erhebt Wjatscheslaw Illarionowitsch keinen Anspruch und hält es sogar unter seiner Würde, den Leuten Sand in die Augen zu streuen. Über eine besondere Rednergabe verfügt Chwalynskij nicht, oder vielleicht findet er auch keine Gelegenheit, seine Beredsamkeit zu zeigen, denn er liebt nicht nur keine Debatten, sondern auch keine Einwände und vermeidet ängstlich jedes längere Gespräch, besonders mit jungen Leuten. So ist es in der Tat viel sicherer; denn mit den Leuten von heute ist es ein wahres Unglück: Sie versagen leicht jeden Gehorsam und verlieren die Achtung. Vor Personen höheren Ranges schweigt Chwalynskij meistens, und an Personen, die im Range tiefer stehen und die er zu verachten scheint, aber mit denen er doch ausschließlich verkehrt, richtet er kurze und scharfe Reden, wobei er ständig Ausdrücke wie die folgenden gebraucht: „Sie reden Unsinn." Oder: „Ich sehe mich gezwungen, mein Herr, Ihnen vorzuhalten." Oder: „Sie müssen schließlich wissen, mit wem Sie sprechen!" usw. Besondere Furcht haben vor ihm die Postmeister, die ständigen Beisitzer und die Stationsaufseher. Bei sich zu Hause empfängt er niemand und lebt, wie man behauptet, wie ein Geizhals. Bei alledem ist er ein prächtiger Gutsbesitzer. „Ein alter Soldat, ein uneigennütziger Mensch von Grundsätzen, vieux grognard", nennen ihn seine Nachbarn. Nur der Gouvernements-Staatsanwalt allein erlaubt sich zu lächeln, wenn in seiner Gegenwart die vorzüglichen und soliden Eigenschaften des Generals Chwalynskij erwähnt werden – aber was vermag nicht alles der Neid . . .!

Wollen wir uns jetzt übrigens zu einem anderen Gutsbesitzer wenden.

Mardarij Apollonytsch Stjegunow hat mit Chwalynskij nicht die geringste Ähnlichkeit; er hat kaum irgendwo gedient und hat nie für einen schönen Mann gegolten. Mardarij Apollonytsch ist ein kleiner, kahlköpfiger, voller Greis mit Doppelkinn, weichen Händen und einem ordentlichen Bäuchlein. Er ist sehr gastfrei und ein großer Spaßmacher. Er lebt ganz seinem Vergnügen und trägt Winter und Sommer den gleichen gestreiften, wattierten Schlafrock. Nur in einer Beziehung stimmt er mit dem General Chwalynskij überein: Auch er ist Junggeselle. An Leibeigenen besitzt er fünfhundert Seelen. Mardarij Apollonytsch bewirtschaftet sein Gut in einer recht oberflächlichen Weise; um nicht hinter seiner Zeit zurückzubleiben, hat er vor zehn Jahren bei Botenop zu Moskau eine Dreschmaschine gekauft, sie aber dann gleich in einen Schuppen gesperrt und sich damit beruhigt. Höchstens an einem besonders schönen Sommertag läßt er seinen Jagdwagen einspannen und fährt ins Feld, um sich das

Getreide anzusehen und Kornblumen zu pflücken. Mardarij Appllonytsch lebt ganz nach alter Sitte. Auch sein Haus ist von altertümlicher Einrichtung; im Vorzimmer riecht es wie üblich nach Kwaß, Talglichtern und Leder; gleich rechts steht dort ein Büfett mit Pfeifen und Handtüchern; im Eßzimmer gibt es Familienbildnisse, Fliegen, einen großen Geranientopf und ein verstimmtes Spinett; im Gastzimmer – drei Sofas, drei Tische, zwei Spiegel und eine heisere Uhr mit schwarzgewordener Emaille und durchbrochenen Bronzezeigern; im Kabinett – einen Tisch mit Papieren, eine spanische Wand von bläulicher Farbe mit aufgeklebten verschiedenen Werken des vorigen Jahrhunderts, ausgeschnittene Bildchen, Schränke mit übelriechenden Büchern, Spinnen und schwarzem Staub, einen dickgepolsterten Sessel, ein venezianisches Fenster und eine vernagelte Tür in den Garten . . . Mit einem Wort, alles, wie es sich gehört. Mardarij Apollonytsch hat eine Menge Dienstboten, und sie sind alle altmodisch gekleidet; sie tragen lange blaue Kaftans mit hohen Kragen, Beinkleider von unbestimmter Farbe und kurze gelbliche Westen. Zu den Gästen sagen sie „Väterchen“. Das Gut wird von einem Burmistr aus dem Bauernstand, einem Mann, dessen Vollbart seinen ganzen Schafspelz bedeckt, verwaltet, das Haus von einer runzligen und geizigen Alten mit einem braunen Kopftuch. In seinem Stall hat Mardarij Apollonytsch dreißig Pferde von verschiedenen Farben und Größen stehen; bei seinen Ausfahrten bedient er sich eines im Hause gebauten Wagens von hundertfünfzig Pud Gewicht. Seine Gäste empfängt er sehr herzlich und bewirtet sie wunderbar, d. h., er nimmt ihnen, dank der verdummenden Wirkung der russischen Küche, bis zum Abend jede Fähigkeit, sich mit etwas außer Préférence-Spiel zu beschäftigen. Er selbst beschäftigt sich aber niemals und mit nichts, er hat sogar aufgehört, das Traumbuch zu lesen. Solche Gutsbesitzer gibt es aber bei uns in Rußland noch ziemlich viele; nun fragt es sich: Warum und wozu habe ich die Rede auf ihn gebracht . . .? Erlauben Sie mir, statt darauf zu antworten, einen meiner Besuche bei Mardarij Apollonytsch zu beschreiben.

Ich kam zu ihm im Sommer gegen sieben Uhr abends. Bei ihm im Hause war eben die Abendmesse gelesen worden, und der Geistliche, ein noch junger Mann von schüchternem Aussehen, der wohl erst vor kurzem das Priesterseminar verlassen hatte, saß im Gastzimmer neben der Tür am äußersten Rande des Stuhles. Mardarij Apollonytsch empfing mich, seiner Gewohnheit gemäß, außerordentlich freundlich: Er freute sich aufrichtig über den Gast und war auch sonst ein herzensguter Mensch. Der Geistliche erhob sich und griff nach seinem Hut.

„Wart, wart, Väterchen“, sagte Mardarij Apollonytsch, ohne meine Hand loszulassen, „geh noch nicht ... Ich habe befohlen, dir einen Schnaps zu bringen.“

„Ich trinke nicht“, murmelte der Geistliche verlegen und errötete bis über die Ohren.

„Was für Unsinn!“ antwortete Mardarij Apollonytsch. „Mischka, Juschka! Einen Schnaps für Hochwürden!“

Juschka, ein langer, hagerer Greis von etwa achtzig Jahren, kam mit einem Gläschen Schnaps auf einem dunkelgestrichenen, mit fleischfarbenen Flecken besprenkelten Tablett herein.

Der Geistliche versuchte, sich zu weigern.

„Trink, Väterchen, mach keine Geschichten, das ist nicht schön“, versetzte der Gutsbesitzer vorwurfsvoll.

Der arme junge Mann gehorchte.

„Jetzt, Väterchen, darfst du gehen.“

Der Geistliche fing an, sich zu verbeugen.

„Nun, gut, gut, geh ... Ein prachtvoller Mensch“, fuhr Mardarij Apollonytsch fort, ihm nachblickend. „Ich bin mit ihm sehr zufrieden, das eine nur, er ist noch jung. Aber wie geht es Ihnen, Väterchen ...? Was treiben Sie, wie leben Sie? Kommen Sie auf den Balkon, der Abend ist so schön.“

Wir traten auf den Balkon, setzten uns und kamen ins Gespräch. Mardarij Apollonytsch sah hinunter und geriet plötzlich in schreckliche Aufregung.

„Wessen Hühner sind das? Wessen Hühner sind das?“ schrie er. „Wessen Hühner spazieren im Garten ...? Juschka! Juschka ...! Geh, erfahre, wessen Hühner im Garten spazieren ...! Wessen Hühner sind das? Wie oft habe ich verboten, wie oft habe ich gesagt ...“

Juschka lief hin.

„Was ist das für eine Unordnung!“ wiederholte Mardarij Apollonytsch. „Das ist ja entsetzlich!“

Die unglücklichen Hühner – ich erinnere mich noch, es waren zwei gesprenkelte und ein weißes mit einem Schopf – fuhren ruhig fort, unter den Apfelbäumen zu spazieren und ihre Gefühle durch anhaltendes Gackern zu äußern, als plötzlich Juschka, ohne Mütze mit einem Stock in der Hand, und drei andere volljährige Leibeigene einmütig auf sie losstürzten. Der Spaß ging los. Die Hühner schrien, schlugen mit den Flügeln, sprangen und gackerten ohrenbetäubend; die Leibeigenen rannten, stolperten und fielen; der Herr schrie wie besessen vom Balkon herab: „Fang, fang! Fang, fang! Fang, fang, fang ...!

Wessen Hühner sind das, wessen Hühner sind das?" Endlich gelang es einem Leibeigenen, das Huhn zu fangen, indem er es mit der Brust an den Boden drückte; im gleichen Augenblick sprang ein etwa elfjähriges, ganz zerzaustes Mädel mit einer Rute in der Hand von der Straße her über den Gartenzaun.

„Aha, jetzt weiß ich, wessen Hühner es sind!" rief triumphierend der Gutsbesitzer. „Dem Kutscher Jermil gehören sie! Da hat er seine Natalka geschickt, um sie heimzutreiben . . . Die Parascha hat er sich nicht zu schicken getraut", fügte der Gutsbesitzer halblaut und mit einem bedeutungsvollen Schmunzeln hinzu. „He, Juschka! Laß die Hühner, und fang mir die Natalka!"

Bevor aber der atemlose Juschka das erschrockene Mädel erreicht hatte, erschien wie aus dem Boden gewachsen die Haushälterin; sie packte sie bei der Hand und schlug sie einige Male auf den Rücken . . .

„Ja, so, ja, so", rief der Gutsbesitzer. „Ta, ta, ta, ta . . .! Die Hühner nimm aber weg, Awdotja", fügte er laut hinzu. Dann wandte er sich mit heiterem Gesicht an mich: „Nun, Väterchen, das war doch eine schöne Hetzjagd, was? Ich bin sogar ins Schwitzen gekommen, sehen Sie nur!"

Und Mardarij Apollonytsch fing zu lachen an.

Wir blieben auf dem Balkon. Der Abend war in der Tat ungewöhnlich schön.

Man brachte uns Tee.

„Sagen Sie mal, Mardarij Apollonytsch", begann ich, „sind das Ihre Bauernhäuser, die dort an der Straße hinter der Schlucht vorgeschoben stehen?"

„Ja, das sind meine. Warum?"

„Wie können Sie so etwas tun, Mardarij Apollonytsch? Es ist doch Sünde. Die Bauern haben elende, enge Hütten, kein Bäumchen ist in der Nähe; nicht mal ein Teich ist dabei; sie haben nur einen Brunnen, und auch der taugt nichts. Haben Sie denn keinen anderen Platz finden können . . .? Man sagt auch, Sie hätten ihnen die alten Hanffelder weggenommen . . ."

„Was soll man mit diesen Grenzberichtigungen anfangen?" antwortete mir Mardarij Apollonytsch. „Diese Grenzberichtigungen sitzen mir hier." Er zeigte auf seinen Nacken. „Ich sehe auch gar keinen Nutzen von diesen Grenzberichtigungen. Daß ich ihnen aber ihre Hanffelder genommen und keinen Teich gegraben habe, das, Väterchen, ist meine Sache. Ich bin ein einfacher Mensch und handele nach alter Sitte. Ich sage: Der Herr ist der Herr, und der Bauer ist halt der Bauer . . . So ist es."

Auf solche klare und überzeugende Gründe konnte ich natürlich nichts erwidern.

„Außerdem“, fuhr er fort, „sind diese Bauern schlecht und in Ungnade. Da sind besonders zwei Familien; schon mein seliger Vater, Gott schenke ihm das Himmelreich, mochte sie nicht, mochte sie gar nicht. Ich aber habe folgendes Merkmal: Wenn der Vater ein Dieb ist, so ist auch der Sohn ein Dieb; Sie können sagen, was Sie wollen . . . Ja, Blut ist eine große Sache!“

Indessen war die Luft ganz still geworden. Nur ab und zu kam stoßweise ein Windhauch gezogen, und als er zum letztenmal neben dem Haus erstarb, trug er an unser Ohr den Widerhall gleichmäßiger und schnell aufeinanderfolgender Schläge vom Pferdestall her. Mardarij Apollonytsch hatte eben die volle Untertasse an die Lippen geführt und schon die Nasenflügel erweitert, ohne das bekanntlich kein echter Russe Tee zu trinken pflegt – hielt aber inne, lauschte, nickte mit dem Kopf, nahm einen Schluck, stellte die Untertasse auf den Tisch und sagte mit dem gutmütigsten Lächeln, im Takt mit den Schlägen: „Tschiki, tschiki! Tschiki, tschiki!“

„Was ist denn das?“ fragte ich erstaunt.

„Dort wird auf meinen Befehl ein ausgelassener Junge bestraft . . . Kennen Sie den Büfettbeschließer Waßja?“

„Was für einen Waßja?“

„Der uns heute beim Mittagessen bedient hat. Es ist der mit dem langen Backenbart.“

Die grimmigste Entrüstung hätte dem heiteren, sanften Blicke Mardarij Apollonytschs nicht standhalten können.

„Was haben Sie, was haben Sie, junger Mann?“ begann er kopfschüttelnd. „Bin ich ein Unmensch, daß Sie mich so anstarren? Wer seine Kinder liebt, der züchtigt sie; das wissen Sie doch selbst.“

Nach einer Viertelstunde verabschiedete ich mich von Mardarij Apollonytsch. Als ich durchs Dorf fuhr, erblickte ich den Büfettbeschließer Waßja. Er ging die Straße entlang und knackte Nüsse. Ich ließ den Kutscher halten und rief ihn heran.

„Nun, Bruder, man hat dich heute bestraft?“ fragte ich ihn.

„Woher wissen Sie denn das?“ erwiderte Waßja.

„Dein Herr hat es mir erzählt.“

„Der Herr selbst?“

„Wofür hat er dich bestrafen lassen?“

„Ich habe es verdient, Väterchen, ich habe es verdient. Ohne Grund wird man bei uns nicht bestraft, eine solche Einrichtung gibt es bei uns nicht, keine Spur.

Unser Herr ist nicht so; unser Herr . . . einen solchen findet man im ganzen Gouvernement nicht wieder."

„Fahr zu!" sagte ich dem Kutscher. – Das ist also das alte Rußland! dachte ich auf der Rückfahrt.

Lebedjanj

Einer der Hauptvorzüge der Jagd, meine lieben Leser, besteht darin, daß sie Sie zwingt, fortwährend von einem Ort zum anderen zu ziehen, was für einen müßigen Menschen recht angenehm ist. Allerdings ist es zuweilen (besonders in der Regenzeit) nicht sehr angenehm, sich auf den Feldwegen herumzutreiben, auch ohne Weg und Steg direkt übers Feld zu gehen, jeden vorübergehenden Bauern mit der Frage anzuhalten: „He, Liebster! Wie kommen wir nach Mordowka?", und in Mordowka ein stumpfsinniges Weib (alle Männer sind auf der Feldarbeit) zu befragen, ob es noch weit sei bis zu den Herbergen an der großen Landstraße und wie man hinkomme; dann aber, nachdem man zehn Werst zurückgelegt hat, statt zu den Herbergen, in das gutsherrliche, arg ruinierte Dorf Chudobubnowo zu geraten, zum äußersten Erstaunen einer ganzen Herde von Schweinen, die mitten auf der Straße bis zu den Ohren im dunkelbraunen Dreck stecken und durchaus nicht erwartet haben, daß man sie stören würde. Wenig angenehm ist es auch, Brücken zu passieren, die unter unseren Füßen wie lebendig zittern, in Schluchten hinabzusteigen, sumpfige Bäche zu durchwaten, tagelang durch das grünliche Meer der Landstraßen zu fahren oder, Gott behüte, für einige Stunden vor einem bunt angemalten Werstpfahle steckenzubleiben, mit der Ziffer 22 auf der einen und 23 auf der anderen Seite, wochenlang nur von Eiern, Milch und dem gepriesenen Roggenbrot zu leben. Aber alle diese Unbequemlichkeiten und Mißerfolge werden durch die Vorteile und Vergnügungen anderer Art aufgewogen. Wollen wir übrigens mit der Erzählung selbst beginnen.

Infolge des oben Gesagten brauche ich dem Leser nicht mehr zu erklären, auf welche Weise ich vor etwa fünf Jahren nach Lebedjanj mitten in den Pferdemarkt geriet. Uns Jägern kann es passieren, daß wir an einem schönen Morgen unser mehr oder weniger angestammtes Gut verlassen mit der Absicht, am Abend des nächsten Tages heimzukehren, aber allmählich, fortwährend auf Schnepfen schießend, die gesegneten Ufer der Petschora erreichen; zudem ist jeder Freund des Gewehrs und des Hundes zugleich auch ein leidenschaftlicher Verehrer des edelsten Tieres auf der Welt: des Pferdes. So kam ich nach Lebedjanj, stieg in einem Gasthaus ab, kleidete mich um und begab mich auf den Jahrmarkt. (Der Gasthausdiener, ein langer und hagerer Bursche von etwa zwanzig Jahren mit einer süßen, näselnden Tenorstimme, hatte mir schon mitgeteilt, daß Seine Durchlaucht, Fürst N., Remonteur des ***schen Regiments, in ihrem Gasthaus abgestiegen sei; noch viele andere Herren seien angekommen, am Abend sängen Zigeuner, und im Theater werde Tan Twardowski gegeben; die Preise für die Pferde seien zwar hoch, man habe aber auch vorzügliche Pferde angetrieben.)

Auf dem Jahrmarktsplatz standen in endlosen Reihen Wagen und hinter den Wagen Pferde aller möglichen Sorten: Traber, Zuchtpferde, Bitjuks, Wagenpferde, Postpferde und gewöhnliche Bauernpferde. Manche von ihnen, wohlgenährt und glatt, nach den Farben zusammengestellt, mit bunten Decken bedeckt und an die hohen Rückwände der Wagen kurz angebunden, schielten ängstlich auf die ihnen allzugut bekannten Peitschen ihrer Besitzer, der Roßhändler; Gutsbesitzerpferde, von in der Steppe wohnenden Edelleuten aus einer Entfernung von hundert und zweihundert Werst unter der Aufsicht eines altersschwachen Kutschers und zweier oder dreier dickköpfiger Stallknechte hergeschickt, bewegten ihre langen Hälse, stampften mit den Füßen und nagten aus Langeweile an den Geländerbalken; hellbraune Wjatkapferde drängten sich aneinander; in majestätischer Unbeweglichkeit wie die Löwen standen die Traber mit breiten Kruppen, gewellten Schweifen und zottigen Füßen: Apfelschimmel, Rappen und Braune. Die Kenner blieben vor ihnen respektvoll stehen. In den von den Wagen gebildeten Straßen drängten sich Leute jeden Standes, Alters und Aussehens: Roßhändler in blauen Kaftans und hohen Mützen schauten pfiffig nach den Käufern aus; glotzäugige, kraushaarige Zigeuner rannten wie besessen hin und her, besahen die Zähne der Pferde, hoben ihnen Schweife und Beine, schrien, fluchten, dienten als Vermittler, warfen das Los und scharwenzelten vor irgendeinem Remonteur in Mütze und Militärmantel mit Biberkragen. Ein kräftiger Kosake saß auf einem mageren Wallach, der einen Hals wie ein Hirsch hatte, und verkaufte ihn „mit allem“, das heißt mit Sattel und Zaum. Bauern in unter den Achseln zerrissenen Schafspelzen bahnten sich stürmisch einen Weg durch die Menge, setzten sich zu Dutzenden in einen Wagen, um das vorgespannte Pferd zu „probieren“, oder feilschten irgendwo abseits mit Hilfe eines flinken Zigeuners, feilschten bis zur Erschöpfung, gaben sich hundertmal hintereinander den Handschlag, wobei ein jeder aber auf seinem Preise bestand, während das Objekt ihres Streites, eine elende, mit einer schadhaften Bastmatte bedeckte Mähre nur mit den Augen zwinkerte, als ob die Rede gar nicht von ihr wäre . . . Und in der Tat, es ist ihr doch ganz gleich, wer sie schlagen wird! Gutsbesitzer mit breiten Stirnen und gefärbten Schnurrbärten, mit dem Ausdruck großer Würde in den Mienen, in polnischen Mützen und Kamelottröcken nur auf einem Arm angezogen, sprachen herablassend mit dicken Kaufleuten in Filzhüten und grünen Handschuhen. Offiziere von verschiedenen Regimentern trieben sich überall herum; ein ungewöhnlich langer Kürassier deutscher Abstammung fragte kaltblütig einen langen Roßhändler, wieviel er für dieses rote Pferd zu verlangen beabsichtige. Ein blonder Husar von etwa neunzehn Jahren suchte ein passendes Seitenpferd zu einem hageren Paßgänger; ein Fuhrmann in einem niederen, mit einer Pfauenfeder umwundenen Hut, in einem braunen Mantel und ledernen Fausthandschuhen, die hinter einem schmalen grünen Gürtel steckten, suchte ein Gabelpferd. Die Kutscher flochten den Pferden die Schweife zu Zöpfen, befeuchteten ihre Mähnen und gaben den Herren respektvolle Ratschläge. Solche, die handelseinig geworden waren, eilten, je nach ihrem Stande, ins Wirtshaus oder in die Schenke . . . Und das alles schrie, wogte, zappelte, zankte und versöhnte sich wieder, fluchte und lachte, bis an die Knie im Schmutz. Ich wollte drei anständige Pferde für meinen Reisewagen kaufen: Die meinigen fingen zu versagen an. Ich hatte schon zwei gefunden, das dritte fehlte noch. Nach dem Mittagessen, das ich lieber nicht beschreibe (schon Äneas wußte, wie unangenehm es ist, an vergangenes Unglück zu denken), begab ich mich in das sogenannte Kaffeehaus, in dem sich jeden Abend die Remonteure, die Pferdezüchter und die übrigen Jahrmarktsbesucher versammelten. Im Billardzimmer, das von bleiernen Rauchwolken erfüllt war, befanden sich an die zwanzig Personen. Es waren hier junge Gutsbesitzer in ungarischen Joppen und grauen Hosen, mit langen Koteletten und gewichsten Schnurrbärtchen; sie benahmen sich recht ungezwungen und blickten frei und keck um sich. Andere Edelleute in Casaquins mit ungewöhnlich kurzen Hälsen und verschwommenen, kleinen Augen saßen auch dabei und ächzten kurzatmig; die jungen Kaufleute saßen abseits, wie man so sagt, „auf der Lauer"; die Offiziere unterhielten sich ungezwungen miteinander. Auf dem Billard spielte der Fürst N., ein junger Mann von etwa zweiundzwanzig Jahren mit einer lustigen und etwas verächtlichen Miene; er trug einen vorn offenstehenden Rock, ein rotseidenes Hemd und eine weite, samtene Pluderhose; er spielte mit dem Leutnant a. D. Viktor Chlopakow.

Der Leutnant a. D. Viktor Chlopakow, ein kleiner, magerer Mensch von etwa dreißig Jahren mit dunklem Gesicht, schwarzem Haar, braunen Augen und einer stumpfen, aufgeworfenen Nase, besucht fleißig alle Jahrmärkte und Wahlversammlungen. Er hüpft im Gehen, bewegt energisch seine runden Hände, hat die Mütze schief auf dem Ohre sitzen und pflegt die Ärmel seines mit graublauem Kaliko gefütterten Waffenrockes zurückzustreifen. Herr Chlopakow hat die Fähigkeit, sich an die reichen Petersburger Lebejünglinge heranzumachen; er raucht, trinkt und spielt mit ihnen Karten und duzt sie. Warum sie ihm ihre Gunst beweisen, ist recht schwer zu begreifen. Er ist nicht klug, er ist nicht einmal komisch, er taugt auch nicht zum Spaßmacher. Allerdings behandelt man ihn mit einer freundschaftlichen Nonchalance wie einen guten, aber unbedeutenden Kerl; man gibt sich mit ihm zwei oder drei Wochen ab und grüßt ihn dann nicht mehr; auch er selbst hört zu grüßen auf. Die Eigentümlichkeit des Leutnants Chlopakow besteht darin, daß er oft ein und sogar zwei Jahre hintereinander, fortwährend, bei jeder passenden und unpassenden Gelegenheit, die gleiche Redensart gebraucht, eine Redensart, die zwar in keiner Weise komisch ist, aber doch, Gott weiß warum, alle zum Lachen bringt. Vor acht Jahren sagte er auf Schritt und Tritt: „Meine Hochachtung, ich danke ergebenst“, und seine damaligen Gönner wälzten sich jedesmal vor Lachen und zwangen ihn, sein „Meine Hochachtung“ immer wieder herzusagen, später gebrauchte er die recht komplizierte Redensart: „Nein, das haben Sie schon, kesskesseh, das kommt dabei heraus“ mit dem gleichen glänzenden Erfolg; etwa zwei Jahre später dachte er sich eine andere Formel aus: „Ne vous aufregé pas, Sie Mann Gottes“ und so weiter. Und was glauben Sie? Alle diese gar nicht witzigen Redensarten versorgen ihn, wie man sieht, mit Speise, Trank und Kleidung. (Sein Gut hat er schon längst durchgebracht und lebt ausschließlich auf Kosten seiner Freunde.) Es ist zu bemerken, daß er sonst keine anderen liebenswürdigen Eigenschaften besitzt, allerdings raucht er an die hundert Pfeifen Schukowschen Tabaks den Tag, hebt beim Billardspiel den rechten Fuß hoch über den Kopf und fiedelt, wenn er nach einem Ball zielt, mit dem Queue lange und schnell auf der Hand – aber nicht jedermann ist Freund solcher Vorzüge. Er trinkt auch tüchtig, aber in Rußland ist es schwer, sich dadurch auszuzeichnen ... Mit einem Wort, sein Erfolg ist für mich ein vollkommenes Rätsel ... Er hat höchstens den einen wirklichen Vorzug: Er ist vorsichtig, schwatzt nicht aus der Schule und spricht über niemanden ein böses Wort.

Nun, dachte ich mir, als ich Chlopakow erblickte, was mag wohl jetzt seine Redensart sein?

Der Fürst machte den Weißen.

„Dreißig und nichts!“ brüllte der schwindsüchtige Markör mit dunklem Gesicht und bleigrauen Ringen um die Augen.

Der Fürst warf den gelben Ball mit einem Krach ins Eckloch.

„Ach!“ krächzte beifällig mit seinem ganzen Leib ein dicker Kaufmann, der in einem Winkel hinter einem wankenden, einbeinigen Tischchen saß; er krächzte es und bekam gleich darauf Angst. Zum Glück hatte es niemand bemerkt. Er holte Atem und strich sich den Bart.

„Sechsunddreißig und sehr wenig!“ schrie der Markör durch die Nase.

„Nun, was sagst du dazu, Bruder?“ fragte der Fürst Chlopakow.

„Man kennt es ja: Rrrrakalion, tatsächlich Rrrrakalion!“

Der Fürst pustete vor Lachen.

„Wie? Wie? Wiederhole es!“

„Rrrrakalion!“ wiederholte selbstzufrieden der Leutnant a. D.

Das ist also das Wort! dachte ich mir.

Der Fürst warf den Roten ins Loch.

„Ach, Fürst, nicht so, nicht so!“ stammelte plötzlich ein kleiner blonder Offizier mit geröteten Augen, winzigem Näschen und kindlich verschlafenem Gesicht. „Sie spielen nicht richtig . . . Sie hätten . . . nein, nicht so!“

„Wie denn?“ fragte ihn der Fürst über die Schulter weg.

„Sie hätten . . . ich meine . . . ein Triplé spielen sollen.“

„Wirklich?“ murmelte der Fürst zwischen den Zähnen.

„Wie ist es, Fürst, gehen wir heute abend zu den Zigeunern?“ beeilte sich der verwirrte junge Mann hinzuzufügen. „Die Stjoschka wird singen . . . Iljuschka . . .“

Der Fürst gab ihm keine Antwort.

„Rrrrakalion, Bruder!“ versetzte Chlopakow, pfiffig mit dem linken Auge blinzelnd.

Der Fürst fing zu lachen an.

„Neununddreißig und nichts!“ verkündete der Markör.

„Nichts . . . paß mal auf, wie ich diesen Gelben . . .“

Chlopakow fiedelte mit dem Queue auf der Hand, zielte und gab einen Kicks.

„Ach, Rrrrakalion!“ schrie er verdrießlich.

Der Fürst lachte wieder.

„Wie, wie, wie?“

Chlopakow wollte aber sein Wort nicht mehr wiederholen, er mußte doch auch ein wenig kokettieren.

„Sie haben einen Kicks zu machen geruht“, bemerkte der Markör. „Gestatten Sie, Ihr Queue mit Kreide einzureiben . . . Vierzig und sehr wenig!“

„Ja, meine Herren“, begann der Fürst, sich an die ganze Versammlung wendend, ohne jemand insbesondere anzusehen, „Sie wissen, heut' im Theater soll die Werschembizkaja gerufen werden.“

„Gewiß, gewiß, unbedingt“, riefen einige Herren zugleich, denen die Möglichkeit, auf die Rede des Fürsten zu antworten, außerordentlich schmeichelte. „Ja, die Werschembizkaja . . .“

„Die Werschembizkaja ist eine treffliche Schauspielerin, viel besser als die Sopnjakowa“, piepste in der Ecke ein unansehnliches Männchen mit kleinem Schnurrbart und Brille. Der Unglückliche seufzte im stillen für die Sopnjakowa, aber der Fürst würdigte ihn keines Blickes.

„Markör, eine Pfeife!“ rief ein Herr von großem Wuchs, mit regelmäßigen Zügen und vornehmer Haltung, allem Anschein nach ein Falschspieler, in seine Halsbinde hinein.

Der Markör lief nach der Pfeife, und als er zurückkam, meldete er Seiner Durchlaucht, daß der Postkutscher Baklaga nach ihm frage.

„Aha! Sag ihm, er soll warten, und gib ihm ein Glas Schnaps.“

„Zu Befehl!“

Baklaga hieß, wie man mir später erzählte, ein junger, hübscher und außerordentlich verwöhnter Postkutscher; der Fürst hatte ihn gern, schenkte ihm zuweilen Pferde, fuhr mit ihm um die Wette und verbrachte mit ihm ganze Nächte . . . Diesen selben Fürsten, den einstigen Wildfang und Verschwender, würde jetzt niemand wiedererkennen . . . Wie parfümiert, geschnürt und stolz ist er jetzt! Wie eifrig mit seinem Dienst beschäftigt und vor allen Dingen wie vernünftig!

Der Tabaksqualm fing jedoch an, mir die Augen zu beißen. Nachdem ich zum letztenmal den Ausruf Chlopakows und die Antwort des Fürsten gehört hatte, zog ich mich auf mein Zimmer zurück, wo mir mein Diener auf dem engen, eingedrückten, mit Roßhaaren gepolsterten Sofa mit der hohen, gekrümmten Lehne das Bett gemacht hatte.

Am anderen Tag ging ich in die Höfe, um mir die Pferde anzusehen, und begann beim bekannten Roßhändler Sitnikow. Durch ein Pförtchen gelangte ich in den mit Sand bestreuten Hof. Vor der weitgeöffneten Tür des Pferdestalles stand der Besitzer selbst, ein nicht mehr junger, großer und dicker Mann in einem Halbpelz aus Hasenfell mit aufgestelltem, hohem Kragen. Als er mich sah, kam er mir langsam entgegen, hielt seine Mütze mit beiden Händen eine Weile über dem Kopf und sprach mit singender Stimme: „Meine Hochachtung! Sie wollen sich wohl bei uns die Pferdchen ansehen?"

„Ja, ich komme, um mir die Pferdchen anzusehen."

„Was für Pferdchen, wenn ich fragen darf?"

„Zeigen Sie, was Sie haben."

„Mit dem größten Vergnügen."

Wir traten in den Pferdestall. Mehrere weiße Schäferhunde erhoben sich vom Heu und liefen uns schweifwedelnd entgegen; ein langbärtiger alter Ziegenbock ging unzufrieden auf die Seite; drei Stallknechte in ordentlichen, aber schmierigen Schafspelzen verbeugten sich vor uns schweigend. Rechts und links standen in künstlich erhöhten Ständen an die dreißig gestriegelte und geputzte Pferde. Oben im Balkenwerk flatterten und girrten Tauben.

„Das heißt, wozu brauchen Sie eigentlich das Pferdchen: zum Fahren oder für die Zucht?" fragte mich Sitnikow.

„Zum Fahren und für die Zucht."

„Ich verstehe, ich verstehe, ich verstehe", sagte der Roßhändler gedehnt. „Petja, zeig mal dem Herrn den Hermelin."

Wir traten in den Hof.

„Befehlen Sie nicht ein Bänkchen aus der Stube zu holen . . . Nein . . .? Wie Sie wünschen."

Die Hufe erschallten auf den Brettern, die Peitsche knallte, und Petja, ein etwa vierzigjähriger Kerl, pockennarbig und gebräunt, sprang aus dem Stall zugleich mit einem grauen, ziemlich stattlichen Hengst. Er ließ ihn sich bäumen, lief mit ihm zweimal um den Hof herum und brachte ihn geschickt auf dem rechten Platz zum Stehen. Hermelin streckte sich, schnaubte pfeifend, warf den Schweif zurück, bewegte die Schnauze und schielte uns an.

Ein gelernter Vogel, dachte ich mir.

„Laß ihn locker, laß ihn locker!" versetzte Sitnikow und richtete seinen Blick auf mich.

„Das Pferd ist nicht schlecht, aber die Vorderfüße sind nicht ganz zuverlässig."

„Nun, was halten Sie von ihm?" fragte er mich schließlich.

„Die Füße sind ausgezeichnet!" entgegnete Sitnikow mit Überzeugung. „Und die Kruppe . . . wollen Sie sich nur die Kruppe ansehen . . . ein wahrer Ofen, ausschlafen kann man sich auf ihr."

„Die Fesseln sind zu lang."

„Ach was, lang – erlauben Sie einmal! Lauf noch eine Runde, Petja, aber im Trab, im Trab, im Trab, laß ihn nicht Galopp laufen."

Petja lief mit dem Hermelin wieder um den Hof. Wir alle schwiegen eine Weile.

„Nun, stell ihn auf seinen Platz“, sagte Sitnikow, „und bring uns den Falken.“

Der Falke, ein Hengst so schwarz wie ein Käfer, von holländischer Rasse mit abschüssigem Hinterteil und engbauchig, erwies sich ein wenig besser als der Hermelin. Er gehörte zu den Pferden, von denen die Liebhaber sagen, daß sie fuchteln und säbeln und Gefangene machen, das heißt, sie werfen im Lauf die Vorderfüße nach rechts und nach links und kommen dabei doch nur wenig vorwärts. Die Kaufleute in mittleren Jahren haben solche Pferde gerne: Ihr Lauf erinnert an den schwungvollen Gang eines flinken Kellners; sie sind recht hübsch als Einspänner zum Spazierenfahren nach dem Mittagessen; stolz mit gekrümmtem Hals einherschreitend, ziehen sie mit Eifer die plumpe Droschke; die mit einem bis zur Erstarrung vollgefressenen Kutscher, dem an Sodbrennen leidenden, gedrückten Kaufmann und seiner schwammigen Frau in blauem Seidenmantel mit einem lila Kopftuch beladen ist. Ich verzichtete auf den Falken. Sitnikow zeigte mir noch einige andere Pferde . . . Schließlich gefiel mir ein Apfelschimmelhengst von der Wojejkowschen Zucht. Ich konnte mich nicht beherrschen und streichelte ihm den Schopf. Sitnikow stellte sich sofort gleichgültig.

„Und fährt er gut?“ fragte ich. (Von einem Traber sagt man nicht, er läuft.)

„Er fährt“, antwortete der Roßhändler ruhig.

„Kann ich es vielleicht sehen . . .?“

„Warum denn nicht, gewiß. He, Kusja, spann den Holmichein an die Droschke.“

Der Zureiter Kusja, ein Meister in seinem Fach, fuhr an die dreimal auf der Straße an uns vorbei. Gut läuft das Pferd, kommt nicht aus dem Tempo, wirft die Kruppe nicht empor, trägt die Beine frei und hält den Schweif vom Hinterteil getrennt und elegant.

„Was verlangen Sie für ihn?“

Sitnikow forderte einen unerhörten Preis. Wir fingen an, gleich auf der Straße zu handeln, als plötzlich hinter der Ecke, dröhnend, eine prachtvoll in der Farbe abgestimmte Troika hervorflog und mit Eleganz vor dem Tore Sitnikows stehenblieb. In dem eleganten Liebhaberwagen saß der Fürst N., neben ihm hockte Chlopakow. Baklaga lenkte die Pferde . . . und wie er sie lenkte! Durch einen Ohrring wäre er durchgefahren, der Spitzbube! Die kleinen, lebhaften braunen Seitenpferde mit schwarzen Augen und schwarzen Füßen brennen nur so und zittern; wenn man nur pfeift, sind sie schon verschwunden! Das dunkelbraune Mittelpferd steht da mit aufgeworfenem Hals wie ein Schwan, die Brust heraus, die Füße wie die Pfeile, es wirft den Kopf und blinzelt stolz mit den Augen . . . Wunderschön! Niemand brauchte sich zu schämen, am Ostersonntag mit diesen Pferden auszufahren!

„Eure Durchlaucht! Seien Sie willkommen!“ rief Sitnikow.

Der Fürst sprang aus dem Wagen. Chlopakow stieg langsam an der anderen Seite aus.

„Guten Tag, Bruder . . . Hast du Pferde?“

„Wie sollte ich für Eure Durchlaucht keine haben! Bitte treten Sie näher . . . Petja, bring mal den Pfau! Und laß den Lobenswerten bereitmachen. Mit Ihnen, Väterchen“, fuhr er fort, sich zu mir wendend, „werden wir uns ein anderes Mal einigen . . . Fomka, eine Bank für Seine Durchlaucht!“

Aus einem besonderen Stall, den ich früher nicht bemerkt hatte, führte man den Pfau heraus. Das mächtige dunkelbraune Roß schwang sich mit allen vieren in die Luft. Sitnikow wandte sogar den Kopf weg und kniff die Augen zusammen.

„Hu – Rrrrakalion!“ rief Chlopakow . . . „Schemsa!“ (J'aime ça!)

Der Fürst lachte.

Man brachte den Pfau nicht ohne Mühe zum Stehen; er schleifte den Stallknecht ordentlich durch den Hof; endlich drückte man ihn an die Wand. Er schnarchte, zitterte und wand sich, Sitnikow aber neckte ihn noch, indem er über ihn die Peitsche schwang.

„Wo schaust du hin? Ich will dich! Hu!“ sprach der Roßhändler freundlich drohend und bewunderte selbst unwillkürlich sein Pferd.

„Wieviel?“ fragte der Fürst.

„Für Eure Durchlaucht fünftausend.“

„Drei.“

„Es geht nicht, Eure Durchlaucht, ich bitte Sie . . .“

„Man sagt dir: drei, Rrrrakalion!“ fiel ihm Chlopakow ins Wort.

Ich wartete den Abschluß des Geschäfts nicht ab und ging. An der äußersten Straßenecke sah ich am Tor eines grauen Häuschens einen großen Papierbogen angeklebt. Oben war mit der Feder ein Pferd mit einem trompetenförmigen Schweif und einem unendlich langen Hals gezeichnet, unter den Hufen des Pferdes standen aber folgende, mit altmodischer Schrift geschrieben Zeilen:

> Hier werden Pferde von verschiedenen Farben verkauft, die vom bekannten Steppengestüt des Tambower Gutsbesitzers Anastassej Iwanytsch

> Tschernobai auf den Lebedjanjschen Jahrmarkt gebracht worden sind. Diese Pferde sind von trefflichen Eigenschaften; sie sind vorzüglich zugefahren und fromm. Die Herren Käufer wollen nach Anastassej Iwanytsch selbst fragen; falls aber Anastassej Iwanytsch abwesend sein sollte, so frage man nach dem Kutscher Nasar Kubyschkin. Meine Herren Käufer, beehren Sie mich alten Mann mit Ihrem Besuch!

Ich blieb stehen und sagte mir: Ich will mir mal die Pferde des bekannten Züchters Herrn Tschernobai ansehen.

Ich wollte durch das Pförtchen eintreten, fand es aber gegen alle Gewohnheit verschlossen. Ich klopfte.

„Wer ist da? Ein Kunde?“ piepste eine Frauenstimme.

„Ja, ein Kunde.“

„Sofort, Väterchen, sofort.“

Das Pförtchen ging auf. Ich erblickte ein Weib von etwa fünfzig Jahren mit bloßem Kopf, in Stiefeln und aufgeknöpftem Schafspelz.

„Treten Sie näher, Väterchen, ich will es gleich dem Anastassej Iwanytsch melden . . . Nasar, du, Nasar!“

„Was denn?“ rief aus dem Stall die Stimme eines siebzigjährigen Greises.

„Mach die Pferdchen bereit, ein Kunde ist gekommen.“

Die Alte lief ins Haus.

„Ein Kunde, ein Kunde“, brummte Nasar zur Antwort. „Ich hab' noch nicht alle unter dem Schweif gewaschen.“

Oh, Arkadien! dachte ich.

„Grüß Gott, Väterchen, willkommen!“ ertönte hinter meinem Rücken langsam eine klangvolle, angenehme Stimme. Ich sah mich um: Vor mir stand in einem blauen, langschößigen Mantel ein alter Mann von mittlerem Wuchs mit weißen Haaren, einem freundlichen Lächeln und wunderschönen blauen Augen.

„Du willst Pferdchen? Gerne, Väterchen, gerne . . . Aber willst du nicht vorher zu mir ins Haus und ein Gläschen Tee trinken?“

Ich lehnte ab und bedankte mich.

„Nun, wie du willst. Du mußt mich entschuldigen, Väterchen: Ich halte mich noch an die alten Sitten.“ Herr Tschernobai sprach ohne Übereilung und betonte scharf jedes O. „Bei mir ist alles einfach, weißt du . . . Nasar, du, Nasar!" fügte er gedehnt, ohne die Stimme zu heben, hinzu.

Nasar, ein runzliger Greis mit einer Habichtnase und einem keilförmigen Bärtchen erschien auf der Schwelle des Stalles.

„Was für Pferde brauchst du, Väterchen?" fuhr Herr Tschernobai fort.

„Nicht zu teure, eingefahrene, zu einer Kibitka."

„Bitte sehr . . . ich habe auch solche, bitte . . . Nasar, Nasar, zeig mal dem Herrn den grauen Wallach, weißt du, der am äußersten Ende steht, und den Braunen mit der Blesse oder auch den anderen Braunen, den von der Schönen, weißt du?"

Nasar ging wieder in den Stall.

„Führe sie so an den Halftern her", rief ihm Herr Tschernobai nach. „Bei mir, Väterchen", fuhr er fort, mir heiter und sanft ins Gesicht blickend, „bei mir ist es nicht so wie bei den Roßhändlern, mögen sie verrecken! Die geben den Pferden allerlei Kräuter ein, Salz und Schlempe, Gott sei ihr Richter . . .! Bei mir ist aber alles wie auf der flachen Hand, ganz ohne Kniffe."

Man führte die Pferde heraus. Sie gefielen mir nicht.

„Nun, stell sie in Gottes Namen wieder auf ihren Platz", versetzte Anastassej Iwanytsch. „Zeig uns andere."

Man zeigte uns andere. Schließlich wählte ich eins von den billigeren. Wir begannen zu handeln. Herr Tschernobai ereiferte sich nicht und sprach so vernünftig, mit solcher Würde, daß ich nicht umhin konnte, dem alten Mann „die gebührende Ehre" zu erweisen und ihm ein Handgeld zu geben.

„Nun, und jetzt", sagte Anastassej Iwanytsch, „erlaube mir, daß ich dir das Pferdchen nach alter Sitte aus dem Schoß in den Schoß übergebe . . . Du wirst mir dafür dankbar sein . . . Was für ein frisches Pferdchen! Unberührt wie ein Nußkern in der Schale . . . ein echtes Steppenpferd! Es taugt für jedes Gespann."

Er bekreuzigte sich, legte sich den Schoß seines Mantels auf die Hand, ergriff darunter die Halfter und übergab mir so das Pferd.

„Besitze es in Gottes Namen . . . Willst du noch immer keinen Tee?"

„Nein, ich danke ergebenst, ich muß nach Hause."

„Wie du willst. Soll mein Kutscher das Pferd dir jetzt gleich nachführen?"

„Ja, wenn Sie erlauben, jetzt gleich."

„Gerne, Liebster, gerne . . . Wassilij, he, Wassilij, geh mit dem Herrn mit; führ das Pferdchen hin und nimm das Geld in Empfang. Nun, leb wohl, Väterchen, mit Gott."

„Leben Sie wohl, Anastassej Iwanytsch."

Man brachte mir das Pferd ins Haus. Schon am nächsten Tage erwies es sich als dämpfig und lahm. Ich versuchte es einzuspannen, das Pferd bäumte sich zurück, und wenn man es mit der Peitsche schlug, so wurde es stätig, schlug aus und legte sich nieder. Ich begab mich sofort zu Herrn Tschernobai.

„Ist er zu Hause?“

„Ja, zu Hause.“

„Was ist denn das“, sagte ich ihm, „Sie haben mir ein dämpfiges Pferd verkauft.“

„Ein dämpfiges? Gott behüte!“

„Außerdem ist es lahm und auch noch stätig.“

„Lahm? Ich weiß nicht, dein Kutscher wird es wohl irgendwie verdorben haben . . . was mich betrifft, so kann ich bei Gott schwören . . .“

„Eigentlich müßten Sie es zurücknehmen, Anastassej Iwanytsch.“

„Nein, Väterchen, nimm es nicht übel: wenn's einmal aus dem Hof fort ist, so ist nichts zu machen. Du hättest es früher sehen sollen.“

Ich begriff den Sachverhalt, ergab mich in mein Schicksal, lachte und ging. Zum Glück hatte ich für diese Lektion nicht allzu teuer bezahlt.

Zwei Tage darauf fuhr ich ab und kam nach einer Woche auf dem Rückweg wieder nach Lebedjanj. Im Kaffeehaus fand ich fast die gleichen Personen und traf den Fürsten N. wieder beim Billard. Aber im Schicksal des Herrn Chlopakow war schon die gewöhnliche Wendung eingetreten. Der blonde Offizier hatte ihn in der Gunst des Fürsten abgelöst. Der arme Leutnant a. D. versuchte noch, einmal in meiner Gegenwart sein Wörtchen anzubringen – vielleicht wird es den früheren Erfolg haben –, aber der Fürst lächelte nicht nur nicht, sondern runzelte die Stirn und zuckte die Achseln. Herr Chlopakow senkte den Kopf, schrumpfte zusammen, zog sich in einen Winkel zurück und begann sich stillschweigend ein Pfeifchen zu stopfen.

Ende des ersten Bandes

Tatjana Borissowna und ihr Neffe

Reichen Sie mir die Hand, lieber Leser, und fahren Sie mit mir mit. Das Wetter ist herrlich; milde strahlt der blaue Maihimmel; die jungen, glatten Blätter der Silberweiden glitzern, als ob sie frisch gewaschen wären; der breite, ebene Weg ist gänzlich von jenem kurzen, rotgestielten Gras bedeckt, an dem so gerne die

Schafe rupfen; rechts und links an den sanften Abhängen der Hügel wogt leise der grüne Roggen; als flüssige Flecken gleiten die Schatten kleiner Wolken über ihn hinweg. In der Ferne dunkeln Wälder, funkeln Teiche, leuchten gelb die Dörfer; die Lerchen steigen zu Hunderten, trillern, fallen plötzlich nieder und sitzen gestreckten Halses auf den Erdschollen; die Saatkrähen bleiben auf dem Weg stehen, sehen Sie an, ducken sich zu Boden, lassen Sie vorbeifahren und flattern nach zwei, drei Sprüngen schwerfällig zur Seite; auf der Anhöhe hinter der Schlucht pflügt ein Bauer; ein falbes Füllen mit kurzem Schwanz und Zottelmähne folgt auf unsicheren Füßen der Mutter und läßt sein dünnes Gewieher erschallen. Wir kommen in ein Birkengehölz; der kräftige, frische Duft benimmt uns angenehm den Atem. Da ist schon die Dorfgrenze. Der Kutscher steigt ab, die Pferde schnauben, die Seitenpferde sehen sich um, das Mittelpferd bewegt den Schweif und drückt den Kopf an das Krummholz; knarrend öffnet sich das Tor. Der Kutscher steigt wieder auf den Bock . . . Fahr zu! Vor uns liegt das Dorf. Nachdem wir an fünf Höfen vorbeigefahren sind, biegen wir nach rechts ein, fahren einen Abhang hinunter und kommen auf einen Damm. Hinter einem kleinen Teich, über den runden Wipfeln der Apfelbäume und Fliederbüsche sehen wir ein Schindeldach, das ehedem rot war und zwei Schornsteine hat; der Kutscher fährt links am Zaun entlang, vom winselnden, heiseren Bellen dreier alter Schäferhunde begleitet, fährt durch das weite offene Tor ein, macht eine kühne Runde um den weiten Hof, am Pferdestall und am Schuppen vorbei, grüßt forsch die alte Haushälterin, die seitwärts über die hohe Schwelle der Vorratskammer tritt, und hält endlich vor der Treppe eines dunklen, kleinen Häuschens mit hellen Fenstern . . . Wir sind bei Tatjana Borissowna. Da öffnet sie selbst das Fensterchen und nickt uns zu . . . Gott grüße Sie, Mütterchen!

Tatjana Borissowna ist eine Frau von etwa fünfzig Jahren, sie hat große, graue, etwas hervorstehende Augen, eine stumpfe Nase, rote Wangen und ein Doppelkinn. Ihr Gesicht atmet Freundlichkeit und Güte. Sie war einmal verheiratet gewesen, wurde aber nach kurzer Zeit Witwe. Tatjana Borissowna ist eine recht merkwürdige Frau. Sie lebt ständig auf ihrem kleinen Gut, verkehrt wenig mit den Nachbarn, empfängt und liebt nur junge Leute. Sie stammt aus einer armen Gutsbesitzersfamilie und hat gar keine Erziehung genossen, d. h., sie spricht nicht Französisch; sie ist sogar nie in Moskau gewesen – aber trotz dieser Mängel benimmt sie sich so einfach und gut, fühlt und denkt so frei, ist von den gewöhnlichen Erbfehlern der kleinstädtischen Damen so wenig angesteckt, daß man sich wahrhaftig der Bewunderung nicht erwehren kann . . .

Und in der Tat: Die Frau lebt das ganze Jahr auf dem Lande, in der Einsamkeit, und klatscht nicht, kreischt nicht, knickst nicht, regt sich nicht auf, fiebert nicht vor Neugierde . . . ein wahres Wunder! Sie trägt gewöhnlich ein graues Taftkleid und eine weiße Haube mit herabhängenden lila Bändern; sie liebt es, gut zu essen, jedoch nicht im Übermaß; das Einmachen, das Dörren und das Einsalzen überläßt sie der Wirtschafterin. Womit ist sie denn den ganzen lieben Tag beschäftigt? werdet Ihr fragen . . . Liest sie? – Nein, sie liest nicht; die Wahrheit zu sagen, die Bücher werden nicht für sie gedruckt . . . Wenn sie gerade keinen Gast hat, sitzt meine Tatjana Borissowna am Fenster und strickt einen Strumpf – so im Winter; im Sommer geht sie in den Garten, setzt und begießt Blumen, spielt stundenlang mit jungen Katzen und füttert Tauben . . . Mit der Wirtschaft gibt sie sich wenig ab. Aber wenn ein Gast sich einstellt, irgendein junger Nachbar, dem sie gewogen ist – da lebt Tatjana Borissowna auf; sie nötigt ihn, sich zu setzen, bewirtet ihn mit Tee, hört seinen Erzählungen zu, lacht, tätschelt ihm zuweilen leicht die Wange, spricht aber selbst wenig; doch im Unglück versteht sie zu trösten und einen guten Rat zu geben. Wie viele haben ihr ihre häuslichen und intimsten Geheimnisse anvertraut und in ihren Armen geweint! Meistens sitzt sie dem Gast gegenüber, lehnt sich leicht auf einen Ellenbogen und blickt ihm mit solcher Teilnahme in die Augen und lächelt so freundschaftlich, daß dem Gast unwillkürlich der Gedanke kommt: Was bist du doch für eine herrliche Frau, Tatjana Borissowna! Ich will dir nun alles erzählen, was ich auf dem Herzen habe. – In ihren kleinen gemütlichen Zimmern ist es so schön und warm; in ihrem Hause ist, wenn man so sagen darf, immer schönes Wetter. Eine merkwürdige Frau ist Tatjana Borissowna, und doch wundert sich niemand über sie; ihr gesunder Menschenverstand, ihre Sicherheit, ihr freier Geist, ihre warme Teilnahme an den fremden Freuden und Leiden, mit einem Wort, alle ihre Vorzüge sind ihr gleichsam angeboren und scheinen ihr keinerlei Mühe gekostet zu haben . . . Man kann sie sich gar nicht anders vorstellen; folglich braucht man ihr auch nicht zu danken. Sie liebt es besonders, dem Spielen und Toben der Jugend zuzusehen; sie kreuzt dann die Arme über der Brust, wirft den Kopf zurück, kneift die Augen zusammen, sitzt und lächelt, und plötzlich seufzt sie auf und sagt: „Ach, ihr meine lieben Kinderchen . . .!" Dann spürt man den Wunsch, an sie heranzutreten, sie bei der Hand zu fassen und ihr zu sagen: „Hören Sie einmal, Tatjana Borissowna, Sie kennen Ihren eigenen Wert nicht, bei Ihrer Einfachheit und Unbildung sind Sie ein ungewöhnliches Geschöpf!" Schon ihr Name allein hat einen heimlichen, angenehmen Klang; er wird gern in den Mund genommen und ruft ein freundschaftliches Lächeln hervor. Wie oft geschah es, daß ich auf die Frage: „Sag mal, Bruder, wie komme ich am besten nach Gratschowka?", von einem Bauern die Antwort erhielt: „Sie fahren, Väterchen, am besten nach Wjasowoje und von dort zu Tatjana Borissowna; zu Tatjana Borissowna wird Ihnen aber jedermann den Weg zeigen." Und bei dem Namen Tatjana Borissowna schüttelt er ganz eigentümlich den Kopf. Sie hält wenig Dienstboten, ihrem Stande gemäß. Haus, Waschküche, Vorratskammer und Küche unterstehen der Wirtschafterin Agafja, ihrer einstigen Kinderfrau, einem gutmütigen, weinerlichen und zahnlosen Geschöpf; zwei kräftige Mägde mit festen blauroten Backen, die an Antonsäpfel gemahnen, stehen unter ihrer Leitung. Das Amt des Kammerdieners, Haushofmeisters und Büfettbeschließers versieht der siebzigjährige Diener Polikarp, ein ungewöhnlicher Kauz, ein belesener Mensch, ehemaliger Geiger und Verehrer Viottis, ein persönlicher Feind Napoleons oder Bonapartleins, wie er ihn nennt, und ein leidenschaftlicher Liebhaber von Nachtigallen. Er hält ihrer immer fünf, sechs Stück in seinem Zimmer; im Frühjahr sitzt er tagelang an den Vogelbauern und wartet auf ihr erstes Schlagen; wenn er es endlich hört, bedeckt er das Gesicht mit den Händen, stöhnt: „Ach, so traurig, so traurig!" und weint bitterlich. Polikarp hat zum Gehilfen seinen eigenen Enkel, Waßja, einen zwölfjährigen, lockigen Jungen mit lebhaften Augen; Polikarp liebt ihn unsinnig und brummt auf ihn vom Morgen bis zum Abend. Er befaßt sich auch mit seiner Erziehung. „Waßja", sagt er ihm, „sag einmal: „Bonapartlein ist ein Räuber"."

„Was gibst du mir dafür, Großvater?"

„Was ich dir gebe . . .? Nichts gebe ich dir . . . Was bist du denn? Bist du ein Russe?"

„Ich bin ein Amtschane, Großvater, ich bin in Amtschensk geboren."

„Ach, Dummkopf! Wo liegt denn Amtschensk?"

„Woher soll ich das wissen?"

„In Rußland liegt Amtschensk, du Dummer."

„Was ist denn dabei, daß es in Rußland liegt?"

„Wie? Seine Durchlaucht der selige Fürst Michailo Illarionowitsch Golenischtschew-Kutusow-Smolenskij hat das Bonapartlein mit Gottes Hilfe aus den russischen Grenzen zu verjagen geruht. Aus diesem Anlaß wurde auch das Lied verfaßt: „Bonapart denkt nicht ans Tanzen, hat verloren Schuh und Ranzen . . ." Verstehst du, er hat dein Vaterland befreit."

„Was geht das mich an?"

„Ach, du dummer Junge, dummer Junge! Wenn der durchlauchtigste Fürst Michailo Illarionowitsch das Bonapartlein nicht vertrieben hätte, so würde dich jetzt irgendein Mosjö mit dem Stock auf den Kopf schlagen. Er ginge auf dich zu und sagte dir: „Kommang wu porteh wu?“ und klopfte dich mit dem Stock auf den Schädel.“

„Ich würde ihm die Faust in den Bauch stoßen.“

„Er würde dir aber sagen: „Bongschur, bongschur, weneh issi“ und dich am Schopfe packen.“

„Ich würde ihn aber auf seine Beine, seine Zwiebelbeine schlagen.“

„Das stimmt, sie haben alle Zwiebelbeine ... Wenn er dir aber die Hände bindet?“

„Das ließe ich mir nicht gefallen, ich würde den Kutscher Michej zu Hilfe rufen.“

„Was glaubst du, Waßja, der Franzose kann doch mit dem Michej nicht fertig werden?“

„Wie sollte er es! Michej ist doch so stark!“

„Nun, was würdet ihr mit ihm tun?“

„Wir würden ihn auf den Rücken hauen, immer auf den Rücken.“

„Er würde aber „Pardon“ schreien. „Pardon, Pardon, sewuplä!“„

„Wir würden darauf sagen: „Nein, für dich gibt's kein sewuplä, du Franzos ...!“„

„Brav, Waßja ...! Schrei also: „Bonapartlein ist ein Räuber!“

„Und du gib mir Zucker!“

„Ach du ...!“

Mit den Gutsbesitzerinnen verkehrt Tatjana Borissowna wenig; sie kommen ungern zu ihr, und sie versteht sie nicht zu unterhalten; sie schläft bei ihren Reden ein, zuckt zusammen, bemüht sich, die Augen zu öffnen, und schläft wieder ein. Tatjana Borissowna liebt die Frauen überhaupt nicht. Einer meiner Freunde, ein guter, stiller, junger Mensch, hatte eine Schwester, eine alte Jungfer von achtunddreißigundeinhalb Jahren, ein gutmütiges, aber verschrobenes, geziertes und exaltiertes Geschöpf. Der Bruder hatte ihr viel von seiner Nachbarin erzählt. Eines schönen Morgens ließ die alte Jungfer, ohne ein Wort zu sagen, ihr Pferd satteln und ritt zu Tatjana Borissowna. In ihrem langen Kleid, mit dem Hut auf dem Kopf, dem grünen Schleier und offenem Haar trat sie ins Vorzimmer, ging am erstaunten Waßja vorbei, der sie für eine Nixe hielt, und stürzte ins Gastzimmer. Tatjana Borissowna erschrak und wollte aufstehen, aber ihre Beine knickten ein. „Tatjana Borissowna“, begann die Dame mit flehender Stimme, „entschuldigen Sie meine Kühnheit; ich bin die Schwester Ihres

Freundes Alexej Nikolajewitsch K., ich habe von ihm so viel über Sie gehört, daß ich mich entschloß, Ihre Bekanntschaft zu machen."

„Zuviel der Ehre", murmelte die erstaunte Hausfrau. Der Gast legte den Hut ab, schüttelte die Locken, setzte sich neben Tatjana Borissowna und ergriff ihre Hand . . . „Das ist sie also", begann sie mit versonnener und gerührter Stimme. „Das ist dieses gute, heitere, edle, heilige Geschöpf! Das ist sie! Diese einfache und zugleich so tiefe Frau! Wie freue ich mich, wie freue ich mich! Wie werden wir einander lieben! Ich werde endlich Ruhe finden . . . Ich habe sie mir gerade so vorgestellt", fügte sie flüsternd hinzu. „Nicht wahr, Sie sind mir nicht böse, meine Gute, meine Liebe?"

„Bitte, bitte, ich freue mich sehr . . . Wollen Sie nicht Tee?"

Der Gast lächelte herablassend. „Wie wahr, wie unreflektiert", flüsterte sie auf deutsch wie vor sich hin. „Erlauben Sie, daß ich Sie umarme, meine Liebe!"

Die alte Jungfer blieb bei Tatjana Borissowna volle drei Stunden und schwieg keinen Augenblick. Sie bemühte sich, ihrer neuen Bekannten ihre eigene Bedeutung zu erklären. Als der unerwartete Besuch gegangen war, begab sich die arme Gutsbesitzerin sofort in die Badestube, trank Lindenblütentee und legte sich ins Bett. Aber gleich am folgenden Tag kam die alte Jungfer wieder, blieb vier Stunden da und entfernte sich mit dem Versprechen, Tatjana Borissowna täglich zu besuchen. Es war ihr, sehen Sie, eingefallen, diese, wie sie sich ausdrückte, reiche Natur zu entwickeln und zu erziehen; sie hätte ihr wohl sicher den Garaus gemacht, wenn sie nicht, erstens, glücklicherweise schon nach zwei Wochen durch die Freundin ihres Bruders „gänzlich" enttäuscht worden wäre; zweitens, wenn sie sich nicht in einen jungen durchreisenden Studenten verliebt hätte, mit dem sie sofort in einen lebhaften und energischen Briefwechsel trat; in ihren Episteln segnete sie ihn, wie es so üblich ist, zu einem heiligen und schönen Leben, brachte „ihr ganzes Selbst" zum Opfer, verlangte nur den Namen einer Schwester, erging sich in Naturschilderungen, erwähnte Goethe, Schiller, Bettina und die deutsche Philosophie und brachte damit schließlich den armen Jüngling in düsterste Verzweiflung. Aber die Jugend behielt die Oberhand: Eines schönen Morgens erwachte er mit einem so wütenden Haß gegen seine „Schwester und beste Freundin", daß er in seiner Erregung beinahe seinen Kammerdiener geprügelt hätte und noch lange Zeit nachher bei der bloßen Anspielung auf eine erhabene und uneigennützige Liebe die Leute beinahe biß . . . Tatjana Borissowna vermied aber seitdem noch mehr jede Annäherung an ihre Nachbarinnen.

Aber ach, nichts ist auf Erden von Dauer! Alles, was ich Ihnen vom Leben und Treiben der guten Gutsbesitzerin erzählt habe, gehört der Vergangenheit an; die Stille, die in ihrem Hause herrschte, ist für alle Ewigkeit gestört. Jetzt lebt bei ihr schon über ein Jahr ihr Neffe, ein Maler aus Petersburg. Das geschah folgendermaßen.

Vor etwa acht Jahren lebte bei Tatjana Borissowna ein zwölfjähriger Waisenknabe, Andrjuscha, der Sohn ihres verstorbenen Bruders. Andrjuscha hatte große, klare, feuchtglänzende Augen, einen kleinen Mund, eine regelmäßige Nase und eine herrliche gewölbte Stirne. Er sprach mit leiser, süßer Stimme, hielt sich reinlich und manierlich, war liebenswürdig und dienstfertig gegen die Gäste und küßte mit der Zärtlichkeit eines Waisenkindes seinem Tantchen die Hand. Man war noch nicht ganz ins Zimmer getreten, als er schon einen Sessel herbeitrug. Unarten kamen bei ihm nie vor: Er macht kein Geräusch, sitzt in seinem Winkel mit einem Buch so still und bescheiden und wagt kaum, sich an die Stuhllehne zurückzulehnen. Der Gast tritt ein – mein Andrjuscha erhebt sich sofort, lächelt artig und errötet; geht der Gast fort, so setzt er sich wieder hin, holt aus der Tasche ein Bürstchen mit einem Spiegel und bringt sein Haar in Ordnung. Von frühester Kindheit auf zeigte er Lust zum Zeichnen. Wenn ihm ein Blatt Papier in die Hände fiel, erbat er sich sogleich von der Haushälterin Agafja eine Schere, schnitt aus dem Papier ein regelmäßiges Viereck aus, zeichnete eine Einfassung rundherum und machte sich an die Arbeit: Er zeichnete ein Auge mit einer ungeheuren Pupille oder eine griechische Nase oder ein Haus mit einem Schornstein und schraubenförmig aufsteigendem Rauch, einen Hund en face, der einer Bank ähnlich sah, einen Baum mit zwei Täubchen und schrieb darunter: „Gezeichnet von Andrej Bjelowsorow an dem, und dem Datum, in dem und dem Jahr im Dorfe Malyja-Bryki.“ Mit besonderem Eifer mühte er sich zwei Wochen vor dem Namenstag Tatjana Borissownas ab; er erschien als erster Gratulant und überreichte ihr eine mit einem rosa Bändchen umbundene Rolle. Tatjana Borissowna küßte den Neffen auf die Stirn und löste das Bändchen; das Papier entrollte sich und bot dem neugierigen Blick des Beschauers einen runden, geschickt schattierten Tempel mit Säulen und einem Altar in der Mitte; auf dem Altar flammte ein Herz und lag ein Kranz; darüber stand auf einem verschlungenen Band mit deutlichen Buchstaben: „Meiner Tante und Wohltäterin Tatjana Borissowna Bogdanowa von ihrem respektvollen und liebenden Neffen als Zeichen der tiefsten Anhänglichkeit.“ Tatjana Borissowna küßte ihn wieder und schenkte ihm einen Silberrubel. Große Anhänglichkeit fühlte sie ihm gegenüber aber nicht: Die Unterwürfigkeit

Andrjuschas gefiel ihr nicht sehr. Andrjuscha wuchs indessen heran; Tatjana Borissowna machte sich schon Sorgen wegen seiner Zukunft. Ein unerwarteter Zufall enthob sie dieser Schwierigkeit . . .

Es kam so: Einmal, vor acht Jahren, kam zu ihr ein gewisser Pjotr Michailytsch Benewolenskij, Kollegienrat und Ritter verschiedener Orden. Herr Benewolenskij war einmal in der nächsten Kreisstadt Beamter gewesen und hatte damals Tatjana Borissowna fleißig besucht; später zog er nach Petersburg, kam ins Ministerium, erlangte einen ziemlich hohen Posten und erinnerte sich bei einer seiner häufigen Dienstreisen seiner alten Bekannten; so besuchte er sie mit der Absicht, einige Tage „im Schoß der ländlichen Stille" von seinen dienstlichen Sorgen auszuruhen. Tatjana Borissowna empfing ihn mit ihrer gewöhnlichen Herzlichkeit, und Herr Benewolenskij . . . Aber bevor wir in unserer Erzählung fortfahren, erlauben Sie mir, lieber Leser, Sie mit dieser neuen Person bekannt zu machen.

Herr Benewolenskij war ein ziemlich dicker Mann von mittlerem Wuchs, etwas schwammig, mit kurzen Beinchen und vollen Händchen; er trug einen weiten und außerordentlich sauberen Frack, eine hohe und breite Halsbinde, schneeweiße Wäsche, eine goldene Uhrkette auf der seidenen Weste, einen Ring mit einem Stein auf dem Zeigefinger und eine blonde Perücke; er sprach überzeugend und mild und trat leise auf, lächelte angenehm, blickte angenehm um sich und vergrub das Kinn angenehm in die Halsbinde; er war überhaupt ein angenehmer Mensch. Gott hatte ihn auch mit einem guten Herzen gesegnet: Er weinte und begeisterte sich leicht; er war von einer flammenden, uneigennützigen Leidenschaft für die Kunst beseelt, und diese Leidenschaft war wirklich uneigennützig, denn gerade von der Kunst verstand Herr Benewolenskij, um die Wahrheit zu sagen, gar nichts. Es ist sogar erstaunlich, woher und kraft welcher geheimnisvollen und unbegreiflichen Gesetze diese Leidenschaft in ihm entstanden war. Ich glaube, er war ein positiver und sogar tüchtiger Mann . . . Übrigens haben wir in Rußland genug Leute, von diesem Schlag.

Die Liebe zur Kunst und zu den Künstlern verleiht diesen Menschen eine unbeschreibliche Süßlichkeit; es ist eine Qual, mit ihnen zu verkehren und zu sprechen: sie sind mit Honig bestrichene Holzklötze. Sie nennen z. B. niemals Raffael Raffael und Correggio Correggio, sie sagen: „der göttliche Sanzio" (und betonen dabei unbedingt das o) und: „der unvergleichliche da Allegri". Jedes hausbackene, eingebildete, übertriebene und mittelmäßige Talent nennen sie ein Genie oder Chenie; der blaue Himmel Italiens, die südliche Limone, die duftenden Nebel der Ufer der Brenta sind immer in ihrem Munde. „Ach, Wanja, Wanja!" oder: „Ach, Sascha, Sascha", sagen sie zueinander mit Gefühl, „wir sollten doch nach dem Süden ... wir sind doch Griechen in der Seele, alte Griechen!" Man kann sie in den Ausstellungen vor manchen Erzeugnissen gewisser russischer Maler beobachten. (Es ist zu erwähnen, daß alle diese Herren zum großen Teil fürchterliche Patrioten sind.) Bald treten sie zwei Schritte zurück und werfen den Kopf in den Nacken, bald nähern sie sich wieder dem Bilde; ihre Äuglein werden ölig ... „Oh, Gott, Gott", sagen sie schließlich mit vor Aufregung zitternder Stimme. „Wieviel Seele ist darin! Wieviel Gemüt! Wieviel Seele hat er hineingelegt, einen Abgrund von Seele ...! Und wie das erfunden ist, meisterhaft erfunden!" – Und was für Bilder hängen in ihren eigenen Salons! Was für Maler trinken bei ihnen abends Tee und hören ihre Gespräche an! Was für perspektivische Ansichten ihrer eigenen Zimmer werden ihnen von diesen Malern verehrt: im Vordergrund eine Bürste mit einem Häufchen Kehricht auf dem gewichsten Fußboden, ein gelber Samowar auf dem Tisch neben dem Fenster, und der Hausherr selbst im Schlafrock und Käppchen, mit einem grellen Lichtreflex auf der Wange! Was für langhaarige Musensöhne mit verächtlichem und fieberhaftem Lächeln besuchen sie! Was für blaßgrüne junge Mädchen winseln bei ihnen am Klavier! Denn es ist bei uns in Rußland schon einmal so Sitte: Der Mensch kann sich nie mit einer einzigen Kunst begnügen, er muß alle Künste haben. Darum ist es durchaus nicht erstaunlich, daß diese Herren Liebhaber auch der russischen Literatur ihre Gunst erweisen, besonders der dramatischen ... Stücke wie *Jakob Sannazaros* sind für sie geschrieben, der schon tausendmal dargestellte Kampf des verkannten Genies mit den Menschen, mit der ganzen Welt erschüttert sie bis auf den Grund ihrer Seele ...

Gleich am Tag nach der Ankunft des Herrn Benewolenskij ließ Tatjana Borissowna beim Tee ihren Neffen die Zeichnungen bringen und dem Gast zeigen. „Er zeichnet?" fragte Herr Benewolenskij.

„Gewiß, er zeichnet", antwortete Tatjana Borissowna, „er zeichnet mit großer Lust, ganz allein, ohne Lehrer."

„Ach, zeigen Sie es mir!" fiel ihr Herr Benewolenskij ins Wort.

Andrjuscha reichte dem Gast errötend und lächelnd sein Heft.

Herr Benewolenskij fing an, mit Kennermiene darin zu blättern. „Gut, junger Mann", sagte er endlich, „gut, sehr gut." Und er streichelte Andrjuscha den Kopf.

Andrjuscha küßte ihm schnell die Hand.

„Sehen Sie nur, was für ein Talent ...! Ich gratuliere Ihnen, Tatjana Borissowna, ich gratuliere."

„Aber was soll man machen, Pjotr Michailytsch, hier kann ich für ihn keinen Lehrer finden. Einen aus der Stadt kommen zu lassen, kostet zuviel Geld; die Nachbarn Artamonows haben wohl einen Maler im Hause, man sagt sogar, einen vorzüglichen, aber seine Herrin verbietet ihm, fremden Leuten Stunden zu geben. Sie sagt, so werde er sich den Geschmack verderben."

„Hm", versetzte Herr Benewolenskij. Dann wurde er nachdenklich und sah Andrjuscha ernst an. „Nun, wir werden darüber noch reden", fügte er plötzlich hinzu und rieb sich die Hände. Am gleichen Tag bat er Tatjana Borissowna um Erlaubnis, mit ihr unter vier Augen sprechen zu dürfen. Sie schlossen sich ein. Nach einer halben Stunde riefen sie Andrjuscha. Andrjuscha trat ein. Herr Benewolenskij stand am Fenster mit leicht gerötetem Gesicht und strahlenden Augen. Tatjana Borissowna saß in der Ecke und wischte sich die Augen. „Nun, Andrjuscha", begann sie schließlich, „bedanke dich bei Pjotr Michailytsch, er will für dich sorgen und dich nach Petersburg mitnehmen."

Andrjuscha war starr.

„Sagen Sie mir aufrichtig", begann Herr Benewolenskij mit einer von Würde und Wohlwollen erfüllten Stimme, „wollen Sie Künstler werden, fühlen Sie in sich den heiligen Beruf zur Kunst?"

„Ich möchte Künstler werden, Pjotr Michailytsch", bestätigte Andrjuscha zitternd.

„In diesem Falle freue ich mich sehr. Es wird Ihnen", fuhr Herr Benewolenskij fort, „natürlich sehr schwer sein, sich von Ihrem verehrten Tantchen zu trennen; Sie müssen doch die wärmste Dankbarkeit gegen Sie empfinden."

„Ich verehre mein Tantchen", unterbrach ihn Andrjuscha und zwinkerte mit den Augen.

„Gewiß, gewiß, es ist sehr natürlich und gereicht Ihnen zur Ehre; aber denken Sie sich nur, welche Freude . . . Ihre Erfolge . . ."

„Umarme mich, Andrjuscha", murmelte die gute Gutsbesitzerin.

Andrjuscha fiel ihr um den Hals.

„Nun, und jetzt danke deinem Wohltäter . . ."

Andrjuscha umarmte den Bauch des Herrn Benewolenskij, stellte sich auf die Fußspitzen und erreichte schließlich dessen Hand, die der Wohltäter zwar zurückzog, aber doch nicht allzu eilig. Man muß doch dem Kind die Freude und die Genugtuung lassen und darf auch sich die Freude, das Vergnügen gönnen. Zwei Tage drauf reiste Herr Benewolenskij ab und nahm seinen neuen Zögling mit.

Während der ersten drei Jahre der Trennung schrieb Andrjuscha ziemlich oft und legte den Briefen manchmal Zeichnungen bei. Herr Benewolenskij schrieb manchmal auch seinerseits einige meistens lobende Zeilen; dann wurden die Briefe immer seltener und hörten schließlich ganz auf. Der Neffe schwieg ein ganzes Jahr; Tatjana Borissowna fing schon an, unruhig zu werden, als sie plötzlich ein Brieflein folgenden Inhaltes erhielt.

Liebstes Tantchen!

Vor vier Tagen ist mein Beschützer, Pjotr Michailowitsch, verschieden. Ein grausamer Schlaganfall beraubte mich dieser letzten Stütze. Ich stehe allerdings schon im zwanzigsten Lebensjahr; in diesen sieben Jahren habe ich bedeutende Fortschritte gemacht; ich baue sehr auf mein Talent und kann davon leben; ich verliere den Mut nicht, aber dennoch schicken Sie mir, wenn Sie können, fürs erste zweihundertfünfzig Rubel in Assignaten. Ich küsse Ihre Hände und verbleibe, und so weiter.

Tatjana Borissowna schickte dem Neffen die zweihundertfünfzig Rubel. Nach zwei Monaten verlangte er mehr; sie scharrte das Letzte zusammen und schickte es ihm. Es waren noch keine sechs Wochen nach der zweiten Sendung vergangen, als er zum drittenmal Geld verlangte, angeblich um sich Farben für das Porträt zu kaufen, das ihm die Fürstin Tertereschenjewa bestellt habe. Tatjana Borissowna schlug es ihm ab. „In diesem Falle“, schrieb er ihr, „habe ich die Absicht, zu Ihnen aufs Land zu kommen, um meine Gesundheit herzustellen.“ Und im Mai des gleichen Jahres kam Andrjuscha wirklich nach Malyja-Bryki.

Tatjana Borissowna erkannte ihn im ersten Augenblick nicht. Auf. Grund seines Briefes erwartete sie einen kränklichen und mageren Menschen, sah aber vor sich einen breitschultrigen, dicken Burschen mit einem breiten und roten Gesicht und fettigen, krausen Haaren. Der schmächtige, blasse Andrjuscha hatte sich in den kräftigen Andrej Iwanowitsch Bjelowsorow verwandelt. Nicht bloß sein Äußeres hatte sich verändert. An Stelle der ängstlichen Schüchternheit, Vorsicht und Sauberkeit der früheren Jahre war burschikose Nonchalance und unerträgliche Unsauberkeit getreten; er wiegte sich im Gehen nach rechts und nach links, warf sich in die Sessel, stürzte sich über den Tisch, rekelte sich, gähnte aus vollem Hals und benahm sich frech gegen die Tante und die Dienstboten. „Ich bin ein Künstler, ein freier Kosake! Man soll vor unsereinem Respekt haben!“ Manchmal nahm er tagelang keinen Pinsel in die Hand; wenn ihn die sogenannte Begeisterung überkam, so benahm er sich wie ein Komödiant, schwerfällig, lärmend, ungeschickt, als hätte er am Tag vorher viel getrunken; eine grobe Röte legte sich auf seine Wangen, seine Augen stierten; er redete von seinem Talent, von seinen Fortschritten, wie er sich entwickle und vorwärtskomme ... In Wirklichkeit stellte es sich aber heraus, daß seine Fähigkeiten gerade noch für halbwegs erträgliche kleine Porträts langten. Er war ein furchtbarer Ignorant und las nichts; was braucht auch ein Künstler zu lesen? Natur, Freiheit, Poesie – das sind seine Elemente. Schüttele nur ordentlich die Locken, sing wie eine Nachtigall und qualme Schukowschen Tabak! Schön ist die russische Schrankenlosigkeit, aber nicht allen steht sie zu Gesicht; talentlose Poleschajews zweiter Güte sind aber unerträglich. Andrej Iwanowitsch setzte sich bei seinem Tantchen dauerhaft fest, das Gratisbrot schmeckte ihm wohl gut. Den Gästen verursachte er tödliche Langeweile. Zuweilen setzte er sich ans Klavier (Tatjana Borissowna besaß sogar ein Klavier) und versuchte mit einem Finger die Melodie der *Troika* zu finden; er griff Akkorde und klopfte auf die Tasten; stundenlang heulte er zur Qual seiner Zuhörer die Lieder Warlamows: *Die einsame Fichte* oder: *Nein, Doktor, komm nicht mehr zu mir ...*; dabei schwammen ihm aber die Augen im Fett, und die Wangen glänzten wie ein Trommelfell ... Oder er brüllte plötzlich auf: „Schweig, meines Herzens Leidenschaft ..." Tatjana Borissowna fuhr zusammen.

„Es ist doch merkwürdig", sagte sie mir einmal, „was man heute für Lieder dichtet – so furchtbar wild sind sie! Zu meiner Zeit dichtete man anders, es waren auch traurige dabei und doch war es angenehm, sie zu hören ... Zum Beispiel:

O komm zu mir, Geliebter mein,
vergebens ist mein Sehnen;
O komm zu mir, Geliebter mein,
es fließen meine Tränen ...
Doch wenn du kommst, Geliebter mein,
dann wird es wohl zu späte sein!"

Tatjana Borissowna lächelte schelmisch.

„Ich la-aide, ich la-aide!" heulte im Nebenzimmer der Neffe.

„Hör doch schon auf, Andrjuscha!"

„Mein Herz verschmachtet vor Sehnsucht!" fuhr der unermüdliche Sänger fort.

Tatjana Borissowna schüttelte den Kopf.

„Ach, diese Künstler!"

Es ist seitdem ein Jahr vergangen. Bjelowsorow wohnt noch immer bei seinem Tantchen und redet immer von seiner Absicht, nach Petersburg zu gehen. Auf dem Lande ist er noch dicker geworden. Die Tante, wer sollte es glauben, vergöttert ihn, und die Mädchen in der Nachbarschaft verlieben sich in ihn ...

Viele von den früheren Bekannten haben aufgehört, Tatjana Borissowna zu besuchen.

Der Tod

Einer meiner Nachbarn ist junger Landwirt und junger Jäger. An einem schönen Julimorgen ritt ich zu ihm, um ihm vorzuschlagen, mit mir auf die Birkhuhnjagd zu gehen. Er willigte ein. „Aber wollen wir vorher", sagte er, „durch meinen jungen Wald zur Suscha reiten; ich will mir bei dieser Gelegenheit Tschaplygino ansehen; kennen Sie meinen Eichenwald? Er wird gerade abgeholzt." – „Gut, reiten wir hin." Er ließ sein Pferd satteln, zog ein grünes Röckchen mit Bronzeknöpfen, auf denen Eberköpfe dargestellt waren, an, hing eine gestickte Jagdtasche und eine silberne Feldflasche um, warf sich eine nagelneue französische Flinte über die Schulter, drehte sich nicht ohne Selbstgefälligkeit vor dem Spiegel und rief seinen Jagdhund Esperence, das Geschenk einer Kusine, einer alten Jungfer, die ein gutes Herz, aber keine Haare hatte. Wir machten uns auf den Weg. Mein Nachbar nahm seinen Zehentmann Archip mit, einen dicken, untersetzten Bauern mit viereckigem Gesicht und vorsintflutlich entwickelten Backenknochen, und den Gutsverwalter, den er vor kurzem aus den Ostseeprovinzen verschrieben hatte, einen etwa neunzehnjährigen, hageren, blonden, kurzsichtigen Jüngling mit abfallenden Schultern und langem Hals, Herrn Gottlieb von der Kock. Mein Nachbar war erst vor kurzem Besitzer des Gutes geworden. Es war ihm als Erbschaft von seiner Tante, der Staatsrätin Kardon-Katajewa, zugefallen, einer ungewöhnlich dicken Frau, die selbst im Bett liegend dauernd und jämmerlich ächzte. Wir kamen in den jungen Wald.

„Warten Sie hier auf dieser Waldwiese", sagte Ardalion Michailytsch (so hieß mein Nachbar), sich an seine Begleiter wendend. Der Deutsche verbeugte sich, stieg vom Pferd, zog ein Buch aus der Tasche, ich glaube einen Roman der Johanna Schopenhauer, und setzte sich unter einen Strauch; Archip blieb in der Sonne und stand während einer ganzen Stunde regungslos. Wir strichen durch das Gebüsch und stießen auf keine einzige Brut. Ardalion Michailytsch, erklärte, daß er die Absicht habe, sich in den Wald zu begeben. Auch ich selbst glaubte an jenem Tag nicht recht an das Jagdglück und schlenderte ihm nach. Wir kehrten zur Lichtung zurück. Der Deutsche merkte sich die Seite in seinem

Buch, stand auf, steckte es in die Tasche und bestieg nicht ohne Mühe seine ausrangierte Stute mit dem kurzen Schweif, die bei der geringsten Berührung wieherte und ausschlug; Archip fuhr zusammen, zupfte an beiden Zügeln zugleich, schlenkerte mit den Beinen und brachte endlich seinen bestürzten und niedergedrückten Klepper von der Stelle. Wir ritten weiter.

Der Wald Ardalion Michailytschs war mir seit meiner Kindheit bekannt Mit meinem französischen Hofmeister, M. Désiré Fleury, einem herzensguten Menschen (der übrigens meine Gesundheit beinahe für immer ruiniert hatte, indem er mir jeden Abend die Leroysche Medizin eingab), pflegte ich oft nach Tschaplygino zu kommen. Dieser ganze Wald bestand aus nur zwei- oder dreihundert mächtigen Eichen und Eschen. Ihre gewaltigen Stämme zeichneten sich wunderbar schwarz von dem goldig-durchsichtigen Grün der Haselbüsche und Ebereschen ab; sie stiegen in die Höhe, hoben sich schlank vom heiteren Blau ab und breiteten erst dort oben ihre knorrigen Äste zu einem Zelt aus; Habichte, Falken, Bussarde schwebten pfeifend über den unbeweglichen Baumwipfeln, bunte Spechte hämmerten laut auf ihre dicke Rinde; das helle Lied der Amsel erklang plötzlich im dichten Laub gleich nach dem trillernden Gesang des Pirol; unten im Gebüsch zwitscherten und sangen Grasmücken, Zeisige und Laubvögelchen; Finken liefen schnell über die Wege; der Hase schlich am Rande der Lichtung; das rotbraune Eichhörnchen sprang flink von Baum zu Baum und setzte sich plötzlich, den Schweif über den Kopf hebend. Im Grase, neben dem hohen Ameisenhaufen, unter dem leichten Schatten der schöngezackten Farnkrautblätter, blühten Veilchen und Maiglöckchen, wuchsen Täublinge, Hirschlinge, Pfefferschwämme, Eichpilze und rote Fliegenschwämme; in den Lichtungen zwischen den breiten Büschen leuchteten rote Erdbeeren . . . Und was für ein Schatten herrschte in diesem Wald! In der stärksten Mittagsglut war hier vollkommene Nacht: Stille, Duft, Frische . . . Lustig hatte ich damals die Zeit in Tschaplygino verbracht, und darum ritt ich jetzt, offen gestanden, nicht ohne ein trauriges Gefühl in diesen mir allzugut bekannten Wald hinein. Der verheerende, schneelose Winter des Jahres 1840 hatte meine alten Freunde, die Eichen und Eschen, nicht verschont; verdorrt, entblößt, nur hier und da mit schwindsüchtigem Grün bedeckt, erhoben sie sich traurig über das junge Gehölz, das „an ihre Stelle trat, ohne sie zu ersetzen". Einige Bäume, die unten noch mit Blättern bewachsen waren, hoben wie vorwurfsvoll und verzweifelt ihre leblosen, zerbrochenen Äste in die Höhe; bei den anderen ragten aus dem noch ziemlich dichten, aber nicht mehr üppig wuchernden Laub dicke, trockene tote Zweige hervor; einige verloren ihre Rinde; andere schließlich waren ganz umgefallen und faulten wie Leichen auf der Straße. Wer hätte das voraussehen können: In Tschaplygino konnte man nirgends Schatten finden! Was, dachte ich mir, auf die sterbenden Bäume sehend, es muß euch wohl schwer und bitter zumute sein . . .! Ich mußte an Kolzow denken:

Sprich, o Wald, wo blieb
dein gewaltig Wort?
Wo die stolze Kraft?
Wo der Königsmut?
Sprich, wo blieb der Schmuck
deines grünen Laubs . . .?

„Sagen Sie mir, Ardalion Michailytsch", fing ich an, „warum hat man diese Bäume nicht gleich im nächsten Jahr gefällt? Jetzt gibt man doch für sie auch nicht den zehnten Teil des Preises, den man früher bezahlt hätte."

Er zuckte nur die Achseln.

„Darüber müßten Sie mein Tantchen fragen. Es waren wohl Kaufleute gekommen, die Geld boten und ihr keine Ruhe ließen."

„Mein Gott! Mein Gott!" rief Herr von der Kock auf Schritt und Tritt. „Diese Schande! Diese Schande!"

„Was für eine Schande?" fragte mein Nachbar mit einem Lächeln.

„Das heißt, ich wollte sagen, daß es schade ist", sagte der Deutsche in seinem gebrochenen Russisch.

Besonders erregten sein Mitleid die auf der Erde liegenden Eichen; und in der Tat, mancher Müller hätte für sie viel bezahlt. Der Zehentmann Archip bewahrte dagegen eine unerschütterliche Ruhe und jammerte in keiner Weise; im Gegenteil, er sprang sogar nicht ohne Vergnügen über die Stämme hinweg und schlug mit seiner Peitsche auf sie ein.

Wir näherten uns der Stelle, wo das Holz gefällt wurde, als plötzlich, gleich nach dem Krachen eines gestürzten Baumes, ein Schreien und Stimmengewirr erklang, und einige Augenblicke später stürzte uns aus dem Dickicht ein Bauer, blaß und zerzaust, entgegen.

„Was ist los? Wohin läufst du?" fragte ihn Ardalion Michailytsch.

Jener blieb sofort stehen.

„Ach, Väterchen Ardalion Michailytsch, es ist ein Unglück geschehen!"

„Was ist los?"

„Ein Baum hat den Maxim erschlagen, Väterchen."

„Wieso . . .? Den Arbeitsunternehmer Maxim?“

„Ja, den Arbeitsunternehmer, Väterchen. Wir fällten eine Esche, er stand aber dabei und sah zu . . . Er stand da und ging plötzlich zum Brunnen, er wollte wohl Wasser trinken. Plötzlich kracht die Esche und stürzt gerade auf ihn nieder. Wir schreien ihm zu: „Lauf, lauf, lauf . . .!“ Er hätte auf die Seite laufen müssen, aber er lief geradeaus . . . vor Schreck wußte er wohl nicht, was er tat. Die Esche traf ihn mit den obersten Ästen. Warum sie so schnell gestürzt ist, weiß Gott allein . . . Wahrscheinlich war sie innen verfault.“

„Nun, hat sie Maxim erschlagen?“

„Ja, erschlagen, Väterchen.“

„Ist er tot?“

„Nein, Väterchen, er lebt noch, aber wie: Arme und Beine sind ihm zerschlagen. Ich laufe zu Seliwerstytsch, dem Feldscher.“

Ardalion Michailytsch befahl dem Zehentmann, im Galopp in das Dorf zu Seliwerstytsch zu reiten und ritt selbst im scharfen Trab zum Holzschlag . . . Ich folgte ihm.

Wir fanden den armen Maxim auf der Erde liegen. An die zehn Bauern standen um ihn herum. Wir saßen ab. Er stöhnte kaum, öffnete nur ab und zu die Augen, blickte wie erstaunt um sich und biß sich auf die blauangelaufenen Lippen . . . Sein Kinn zitterte, die Haare klebten an der Stirn, die Brust hob sich ungleichmäßig; er starb. Der leichte Schatten einer jungen Linde glitt leise über sein Gesicht.

Wir beugten uns über ihn. Er erkannte Ardalion Michailytsch.

„Väterchen“, begann er kaum hörbar, „nach dem Popen . . . lassen Sie schicken . . . Der Herr . . . hat mich gestraft . . . Arme und Beine und alles . . . ist zerschlagen . . . heute ist . . . Sonntag . . . aber ich . . . aber ich . . . habe . . . die Burschen nicht freigelassen.“

Er verstummte. Der Atem stockte ihm.

„Das Geld . . . geben Sie . . . meiner Frau . . . meiner Frau . . . mit Abzug . . . Onissim weiß es . . . wem ich . . . schulde.“

„Wir haben nach dem Feldscher geschickt, Maxim“, sprach mein Nachbar. „Vielleicht wirst du gar nicht sterben.“

Er versuchte die Augen zu öffnen und hob mit Mühe die Brauen und Lider.

„Nein, ich werde sterben. Da . . . da kommt er, da ist er, da . . . Verzeiht mir, Kinder, wenn ich etwas . . .“

„Gott wird dir verzeihen, Maxim Andrejitsch“, sagten alle Bauern zugleich mit dumpfer Stimme und nahmen ihre Mützen ab, „verzeihe du uns.“

Er schüttelte plötzlich verzweifelt den Kopf, reckte schmerzvoll die Brust und sank wieder zurück.

„Er darf aber doch nicht hier sterben", rief Ardalion Michailytsch. „Kinder, nehmt die Bastmatte aus dem Wagen, wir wollen ihn ins Krankenhaus tragen."

Zwei Mann stürzten zum Wagen hin.

„Ich habe von Jefim . . . aus Sytschowo . . .", lallte der Sterbende, „gestern ein Pferd gekauft . . . Handgeld gegeben . . . das Pferd ist also mein . . . gebt es auch . . . meiner Frau . . ."

Man begann ihn auf die Bastmatte zu legen . . . Er zuckte am ganzen Körper wie ein angeschossener Vogel und streckte sich aus . . .

„Er ist tot . . .", murmelten die Bauern.

Wir stiegen schweigend auf die Pferde und ritten davon.

Der Tod des armen Maxim stimmte mich nachdenklich. Merkwürdig stirbt der russische Bauer! Seinen Zustand vor dem Ende darf man weder Gleichgültigkeit noch Stumpfsinn nennen; er stirbt, als vollzöge er eine Zeremonie: kühl und einfach.

Vor einigen Jahren verbrannte bei einem anderen Nachbarn von mir ein Bauer in der Getreidedarre. (Er wäre in der Getreidedarre geblieben, wenn nicht ein vorbeifahrender Kleinbürger ihn herausgezogen hätte: Er hatte sich in einen Bottich mit Wasser getaucht und dann mit einem Satz die Tür unter dem brennenden Dachvorsprung eingeschlagen.) Ich komme zu ihm in die Stube. Es ist drinnen dunkel, schwül und rauchig. Ich frage, wo der Kranke sei. – „Da liegt er, Väterchen, auf der Ofenbank", antwortet mir in singendem Ton das traurige Weib. Ich komme näher, der Bauer liegt unter einem Schafspelz und atmet schwer. „Nun, wie fühlst du dich?" Der Kranke rührt sich auf dem Ofen, will sich aufrichten, ist aber dabei voller Wunden und dem Tode nahe. „Bleib nur liegen, bleib nur liegen . . . Nun? Wie geht es?"

„Versteht sich, schlecht", antwortet er.

„Hast du Schmerzen?"

Er schweigt.

„Brauchst du etwas?"

Er schweigt.

„Soll ich dir vielleicht Tee schicken?"

„Nein, nicht nötig."

Ich trat beiseite und setzte mich auf die Bank. Ich sitze eine Viertelstunde, eine halbe Stunde, in der Stube herrscht eine Grabesstille. In der Ecke am Tisch unter den Heiligenbildern verbirgt sich ein Mädchen von etwa fünf Jahren und kaut an einem Stück Brot. Die Mutter droht ihr von Zeit zu Zeit mit dem Finger. Im Flur geht jemand auf und ab, spricht und klopft – die Frau des Bruders hackt Kraut.

„Aksinja!“ sagte schließlich der Kranke . . .

„Was?“

„Gib mir Kwaß.“

Aksinja gab ihm Kwaß.

Wieder schwiegen alle. Ich fragte flüsternd, ob er die Sterbesakramente empfangen habe.

„Er hat sie empfangen.“

Nun, so ist alles in Ordnung, er wartet auf den Tod und sonst nichts. Ich konnte es nicht länger aushalten und ging darum hinaus . . .

Ein anderes Mal kam ich ins Krankenhaus des Dorfes Krasnogorje zu dem mir bekannten Feldscher Kapiton, der ein leidenschaftlicher Jäger war.

Das Krankenhaus befand sich im ehemaligen Seitenflügel des Herrenhauses; die Gutsbesitzerin selbst hatte es errichtet, d. h., sie ließ über der Tür ein blaues Brett anschlagen mit der weißen Inschrift: „Krankenhaus von Krasnogorje“ und händigte Kapiton ein hübsches Album aus, in das er die Namen der Kranken eintragen sollte. Auf dem ersten Blatt des Albums hatte einer der Tellerlecker und Schmeichler der tugendhaften Gutsbesitzerin folgenden Vers hingeschrieben:

„Dans ces beaux lieux, où règne l'alégresse,
ce temple fut ouvert par la Beauté;
de vos seigneurs admirez la tendresse,
bons habitants de Krasnogorié!“

Ein anderer Herr hatte darunter geschrieben:

„Et moi aussi j'aime la nature!

Jean Kobyliatnikoff.“

Der Feldscher kaufte für sein eigenes Geld sechs Betten, erflehte sich Gottes Segen und begann das Volk frisch drauflos zu kurieren. Außer ihm wirkten am Krankenhaus noch zwei Personen: der geisteskranke Stempelschneider Pawel und eine Frau namens Melikitrissa, die einen verdorrten Arm hatte und das Amt einer Köchin versah. Die beiden bereiteten die Arzneien, trockneten Kräuter, bereiteten aus ihnen Extrakt und bändigten die tobsüchtigen Patienten. Der verrückte Stempelschneider war düster von Aussehen und wortkarg; nachts sang er das Lied „von der schönen Venus“ und wandte sich an jeden Durchreisenden mit der Bitte, ihm die Heirat mit einer gewissen Malanja, die schon längst tot war, zu erlauben. Das Weib mit dem verdorrten Arm prügelte ihn und ließ ihn die Truthühner hüten. Eines Tages sitze ich beim Feldscher Kapiton. Wir sprachen gerade von unserer letzten Jagd, als in den Hof plötzlich ein Wagen hineinfuhr, mit einem ungewöhnlich dicken grauen Pferd bespannt, wie sie nur die Müller zu haben pflegen. Im Wagen saß ein Bauer in einem neuen Kittel und mit einem in verschiedenen Farben schillernden Bart. – „Ah, Wassilij Dmitritsch“, rief ihm Kapiton durchs Fenster zu, „seien Sie mir willkommen . . . Es ist der Müller aus Lybowschino“, flüsterte er mir zu.

Der Bauer stieg ächzend aus dem Wagen, trat in das Zimmer des Feldschers, suchte mit den Augen das Heiligenbild und bekreuzigte sich.

„Nun, Wassilij Dmitritsch, was gibt es Neues . . .? Sie sind sicher nicht wohl: Sie sehen nicht gut aus.“

„Ja, Kapiton Timofejitsch, es ist mir nicht ganz wohl.“

„Was haben Sie?“

„Sehen Sie, Kapiton Timofejitsch: Neulich kaufte ich in der Stadt Mühlsteine; ich fuhr sie nach Hause, und als ich sie aus dem Wagen ablud, habe ich mich überanstrengt, in meinem Bauch knackte es, als wäre etwas gerissen . . . und von der Zeit an kränkele ich immer. Heute geht es mir sogar sehr schlecht.“

„Hm“, versetzte Kapiton und nahm eine Prise. „Es wird wohl ein Bruch sein. Wann ist das Ihnen zugestoßen?“

„Heute ist der zehnte Tag.“

„Schon der zehnte?“ Der Feldscher zog durch die Zähne Luft ein und schüttelte den Kopf. „Laß dich mal betasten. – Nun, Wassilij Dmitritsch“, sagte er schließlich, „du tust mir leid, Liebster, deine Sache steht schlecht, du bist ernstlich krank; bleib mal hier bei mir; ich werde mein möglichstes tun, aber ich bürge für nichts.“

„Ist es wirklich so schlimm?“ murmelte der Müller erstaunt.

„Ja, Wassilij Dmitritsch, es steht schlimm; wären Sie zu mir zwei Tage früher gekommen, so hätte ich Sie vollständig kuriert; jetzt haben Sie aber eine Entzündung, und es kann leicht zu einem Brand kommen.“

„Es kann nicht sein, Kapiton Timofejitsch.“

„Aber wenn ich es Ihnen sage . . .!“

„Wie ist es nun?“

Der Feldscher zuckte die Achseln.

„Und soll ich wegen einer solchen Dummheit sterben?“

„Das sage ich nicht . . . aber bleiben Sie hier."

Der Mann überlegte, blickte auf den Boden, dann auf uns, kratzte sich den Nacken und griff nach der Mütze.

„Wo wollen Sie denn hin, Wassilij Dmitritsch?"

„Wo ich hin will? Natürlich nach Hause, wenn es so schlimm steht. Ich muß meine Anordnungen treffen, wenn es so ist."

„Sie richten Unheil an, Wassilij Dmitritsch, ich bitte Sie! Ich wundere mich schon so, wie Sie hergekommen sind. Bleiben Sie doch."

„Nein, Bruder Kapiton Timofejitsch, wenn ich schon sterben soll, so will ich zu Hause sterben; wenn ich hier sterbe, so kann bei mir zu Hause Gott weiß was alles passieren."

„Es ist noch unbekannt, Wassilij Dmitritsch, was aus der Sache wird . . . Natürlich ist es gefährlich, sehr gefährlich, ich leugne es nicht . . . aber gerade darum müssen Sie hierbleiben."

Der Bauer schüttelte den Kopf. „Nein, Kapiton Timofejitsch, ich bleibe nicht . . . nein, verschreiben Sie mir vielleicht eine Arznei."

„Die Arznei allein kann nicht helfen."

„Ich bleibe nicht, habe ich gesagt."

„Nun, wie du willst . . . aber daß du mir hinterher keine Vorwürfe machst!"

Der Feldscher riß aus dem Album ein Blatt heraus, schrieb ein Rezept und sagte ihm, was er sonst zu tun habe. Der Bauer nahm das Papier, gab Kapiton einen halben Rubel, ging hinaus und setzte sich in seinen Wagen.

„Leben Sie wohl, Kapiton Timofejitsch, nichts für ungut, vergessen Sie meine Waisen nicht, wenn was passiert . . ."

„Ach, bleib doch hier, Wassilij!"

Der Bauer schüttelte nur den Kopf, schlug das Pferd mit dem Zügel und fuhr fort. Ich trat auf die Straße und sah ihm nach. Der Weg war schmutzig und holprig; der Müller fuhr vorsichtig, ohne Übereilung, lenkte sein Pferd geschickt und grüßte die Vorbeigehenden . . . Auf den vierten Tag war er tot.

Überhaupt, merkwürdig sterben die Russen. Viele Verstorbene kommen mir in den Sinn. Ich erinnere mich deiner, du mein alter Freund, nicht ausstudierter Student, Awenir Sorokoumow, du prächtiger, edelster Mensch! Ich sehe wieder dein schwindsüchtiges, grünliches Gesicht vor mir, dein dünnes blondes Haar, dein sanftes Lächeln, deinen begeisterten Blick, deine langen Glieder; ich höre deine schwache, freundliche Stimme. Du lebtest beim großrussischen Gutsbesitzer Gur Krupjannikow, unterrichtetest seine Kinder Fofa und Sjosja in Russisch, Geographie und Geschichte, ertrugst mit Geduld die derben Späße

Gurs, die groben Liebenswürdigkeiten des Haushofmeisters, die dummen Streiche der bösen Jungen, und erfülltest nicht ohne ein bitteres Lächeln, aber auch ohne zu murren die Launen der sich langweilenden Gnädigen; wie ruhtest du dafür aus, wie selig warst du, wenn du abends nach dem Essen, nach Erledigung aller Verpflichtungen, dich an das Fenster setztest, nachdenklich die Pfeife anstecktest oder mit Gier die zerfetzte und schmierige Nummer der dickleibigen Zeitschrift durchblättertest, die der Feldmesser, ein ebenso heimatloser Unglücksrabe wie du, aus der Stadt mitgebracht hatte! Wie gefielen dir damals allerlei Verse und allerlei Erzählungen, wie leicht kamen dir die Tränen in die Augen, mit welchem Vergnügen lachtest du, von welcher aufrichtigen Liebe zu den Menschen, von welch edler Sympathie für alles Gute und Schöne wurde da deine kindlich reine Seele erfüllt! Man muß die Wahrheit sagen: Du zeichnetest dich nicht durch allzu großen Geist aus; die Natur hatte dich weder mit Gedächtnis noch mit Fleiß begabt; auf der Universität galtest du als einer der schlechtesten Studenten; in den Vorlesungen schliefst du, beim Examen bewahrtest du ein feierliches Schweigen; aber wer war es, dessen Augen vor Freude leuchteten und dem der Atem stockte, wenn ein Freund Erfolg hatte? – Das warst du, Awenir ... Wer glaubte blind an den hohen Beruf seiner Freunde, wer rühmte sie mit Stolz, wer trat mit Eifer für sie ein? Wer kannte weder Neid noch Eigenliebe, wer brachte sich selbst uneigennützig zum Opfer, wer ließ sich gern von Leuten beherrschen, die seine Stiefelsohle nicht wert waren ...? Das warst immer du, unser guter Awenir! Ich erinnere mich noch, wie du mit zerknirschtem Herzen dich von deinen Freunden verabschiedetest, als du deine „Kondition“ antratest; schlimme Ahnungen quälten dich ... Und in der Tat, du hattest es schlimm auf dem Lande; da gab es niemand, dem du andachtsvoll zuhören, den du bewundern oder lieben könntest ... Wie die in der Steppe verwilderten, so auch die gebildeten Gutsbesitzer behandelten dich nur wie einen Hauslehrer: die einen grob, die anderen nachlässig. Zudem warst du auch äußerlich wenig einnehmend; du warst schüchtern, du errötetest, schwitztest, stottertest ... Die Landluft besserte nicht einmal deine Gesundheit, du schmolzest wie eine Kerze, du Ärmster! Es ist wahr, dein Zimmerchen lag nach dem Garten; die Faulbäume, Apfelbäume und Linden schütteten ihre leichten Blüten dir auf den Tisch, auf das Tintenfaß, auf die Bücher; an der Wand hing ein kleines, blauseidenes Kissen für die Uhr, das dir in der Abschiedsstunde eine gutmütige, empfindsame deutsche Gouvernante mit blonden Locken und blauen Augen geschenkt hatte; ab und zu besuchte dich ein alter Freund aus Moskau und entzückte dich durch fremde oder sogar eigene Verse; aber die

Einsamkeit, aber die unerträgliche Sklaverei des Lehrerberufs, die Unmöglichkeit, frei zu werden, aber die endlosen Herbst- und Wintermonate, aber die unaufhörliche Krankheit . . . Armer, armer Awenir!

Ich besuchte Sorokoumow kurz vor seinem Tode. Er konnte fast nicht mehr gehen. Der Gutsbesitzer Gur Krupjannikow trieb ihn nicht aus dem Hause, hörte aber auf, ihm sein Gehalt zu zahlen, und nahm für Sjosja einen anderen Lehrer . . . Den Fofa gab man ins Kadettenkorps. Awenir saß am Fenster, in einem alten Großvaterstuhl. Das Wetter war herrlich. Der heitere Herbsthimmel blaute lustig über der dunkelbraunen Reihe entblätterter Linden; hier und da schwankten und lispelten an ihnen die letzten leuchtend goldenen Blätter. Die während der Nacht gefrorene Erde schwitzte und taute in der Sonne auf; die schrägen rötlichen Strahlen glitten über das bleiche Gras; in der Luft glaubte man ein leises Knistern zu hören; deutlich und vernehmbar tönten im Garten die Stimmen der Arbeiter. Awenir hatte einen alten bucharischen Schlafrock an; das grüne Halstuch verlieh seinem schrecklich abgemagerten Gesicht die Farbe des Todes. Er freute sich sehr, mich zu sehen, streckte mir die Hand entgegen, begann zu sprechen und bekam einen Hustenanfall. Ich ließ ihn zur Ruhe kommen und setzte mich zu ihm . . . Awenir hatte auf den Knien ein Heft mit sauber abgeschriebenen Gedichten Kolzows liegen; er klopfte lächelnd mit der Hand darauf. „Das ist ein Dichter“, sagte er, mit Mühe einen neuen Hustenanfall zurückhaltend, und versuchte mit kaum hörbarer Stimme zu deklamieren:

„Sind die Flügel, Falk,
denn gebunden dir?
Sind die Wege all
dir verwehret hier?“

Ich bat ihn, aufzuhören; der Arzt hatte ihm das Sprechen verboten. Ich wußte, womit ich ihm eine Freude machen konnte. Sorokoumow hatte niemals, wie man so sagt, die Erfolge der Wissenschaft „verfolgt“, interessierte sich aber doch sehr dafür, was die großen Geister schon alles erreicht hatten. Zuweilen hielt er einen Freund irgendwo in einem Winkel fest und fing ihn an auszufragen; er hörte ihm zu, staunte, glaubte ihm alles aufs Wort und erzählte dann alles wörtlich wieder. Besonderes Interesse hatte er für die deutsche Philosophie. – Ich fing an, von Hegel zu sprechen (wie man sieht, ist es eine alte Geschichte). Awenir nickte bejahend mit dem Kopf, hob die Brauen, lächelte, flüsterte: „Ich verstehe, ich verstehe . . .! Ach, wie schön, wie schön . . .!“ Die kindliche Neugier des sterbenden, heimatlosen und verlassenen armen Menschen rührte mich, offen gestanden, zu Tränen. Es ist zu bemerken, daß Awenir sich, im Gegensatz zu allen Schwindsüchtigen, über seine Krankheit durchaus nicht täuschte ... und was glaubt ihr ...? Er seufzte nicht, er klagte nicht, er spielte sogar kein einziges Mal auf seinen Zustand an ...

Er nahm seine Kräfte zusammen und begann von Moskau zu sprechen, von seinen Kameraden, von Puschkin, vom Theater, von der russischen Literatur; er gedachte unserer kleinen Festgelage, der hitzigen Debatten unseres Kreises und nannte mit Bedauern die Namen einiger verstorbener Freunde ...

„Erinnerst du dich noch an die Dascha?" fügte er zuletzt hinzu. „War das eine goldene Seele! War das ein Herz! Und wie sie mich liebte ...! Was ist mit ihr jetzt ...? Sie ist wohl vor Sehnsucht abgezehrt, die Arme?"

Ich wagte nicht, den Kranken zu enttäuschen – und in der Tat, was brauchte er zu wissen, daß seine Dascha jetzt so breit wie lang war, daß sie sich mit Kaufleuten, den Gebrüdern Konadakow, abgab, sich puderte und schminkte, keifte und zankte?

Wäre es denn nicht möglich, dachte ich mir beim Anblick seines ausgemergelten Gesichts, ihn von hier fortzubringen? Vielleicht gibt es noch eine Möglichkeit, ihn herzustellen ... Aber Awenir ließ mich meinen Gedanken nicht zu Ende sprechen.

„Nein, Bruder, danke", sagte er, „es ist ganz gleich, wo ich sterbe. Den Winter erlebe ich ja nicht mehr ... Warum umsonst die Leute belästigen? Ich bin an dieses Haus gewöhnt. Die hiesige Herrschaft ist zwar ..."

„Sind sie böse?" unterbrach ich ihn.

„Nein, nicht böse, aber wie Holzklötze sind die Leute. Übrigens darf ich mich über sie nicht beklagen. Es gibt auch Nachbarn hier: Der Gutsbesitzer Kaßtkin hat eine Tochter, ein gebildetes, freundliches, herzensgutes Mädchen ... gar nicht stolz ..."

Sorokoumow bekam wieder einen Hustenanfall.

„Das würde alles gar nichts machen", führ er fort, als der Anfall vorüber war, „wenn man mir nur erlaubte, ein Pfeifchen zu rauchen!" fügte er mit einem listigen Blick hinzu. „Ich habe, Gott sei Dank, genug gelebt und mit guten Menschen verkehrt ..."

„Du solltest doch deinen Verwandten schreiben", unterbrach ich ihn.

„Was soll ich ihnen schreiben? Helfen werden sie mir nicht, und wenn ich sterbe, so werden sie es erfahren. Aber was soll man davon sprechen? Erzähle mir lieber, was du im Ausland gesehen hast."

Ich begann ihm zu erzählen. Er bohrte seine Augen in mich. Am Abend fuhr ich fort, und nach etwa zehn Tagen erhielt ich folgenden Brief von Herrn Krupjannikow:

Hiermit habe ich die Ehre, Sie, sehr geehrter Herr, zu benachrichtigen, daß Ihr Freund, der in meinem Hause lebende Student Herr Awenir Sorokoumow vorvorgestern um zwei Uhr nachmittags verschieden ist und heute in meiner Gemeindekirche auf meine Kosten beerdigt wurde. Er bat mich, Ihnen die beifolgenden Bücher und Hefte zu übermitteln. An Geld hinterließ er zweiundzwanzigundeinhalb Rubel, die mit seinen übrigen Sachen seinen Verwandten zugestellt werden. Ihr Freund ist bei vollem Bewußtsein gestorben, und man kann wohl sagen, mit ebenso vollkommener Gleichgültigkeit, ohne irgendwelches Bedauern zu äußern, selbst als meine ganze Familie von ihm Abschied nahm. Meine Gattin, Kleopatra Alexandrowna, läßt Sie grüßen. Der Tod Ihres Freundes blieb nicht ohne Wirkung auf ihre Nerven; was aber mich betrifft, so bin ich, Gott sei Dank, gesund und habe die Ehre, zu verbleiben

Ihr ergebenster Diener
Gur Krupjannikow.

Es kommen mir noch viele andere Beispiele in den Sinn, aber ich kann sie nicht alle aufzählen. Ich will mich auf nur noch eines beschränken.

In meiner Gegenwart starb einmal eine alte Gutsbesitzerin. Der Priester las an ihrem Bett die Sterbegebete; als er plötzlich merkte, daß die Kranke wirklich in den letzten Zügen war, reichte er ihr schnell das Kreuz zum Kuß. Die Gutsbesitzerin rückte mißvergnügt von ihm weg. „Warum eilst du so sehr, Hochwürden“, sagte sie mit erstarrender Zunge, „du hast noch Zeit . . .“ Sie küßte das Kreuz, versuchte noch die Hand unter das Kopfkissen zu stecken und gab den Geist auf. Unter dem Kissen lag ein Silberrubel: Sie hatte den Priester für ihr eigenes Sterbegebet bezahlen wollen . . .

Ja, merkwürdig sterben die Russen!

Die Sänger

Das kleine Dorf Kolotowka, das einst einer Gutsbesitzerin gehört hatte, die man wegen ihres Mutes und ihrer Schlagfertigkeit in der ganzen Umgegend die Kratzbürste nannte (ihr wahrer Name blieb unbekannt), und das jetzt irgendeinem Petersburger Deutschen gehört, liegt am Abhang eines kahlen

Hügels, der von oben bis unten durch eine schauerliche Kluft gespalten ist, welche, wie ein Abgrund gähnend, aufgewühlt und ausgespült, sich mitten durch die Straße schlängelt und weit gründlicher als ein Fluß – über einen Fluß kann man wenigstens eine Brücke schlagen – die beiden Hälften des armen Dörfchens voneinander trennt. Einige magere Bachweiden lassen sich ängstlich an ihren sandigen Abhängen herab, und auf dem Grund, der trocken und gelb wie Messing ist, liegen ungeheure flache Platten lehmigen Gesteins. Ein unerfreuliches Bild, das muß man schon sagen, und doch ist der Weg nach Kolotowka allen Bewohnern der Umgegend bekannt: Sie fahren oft und gern hin.

Ganz am Kopf der Kluft, einige Schritt von dem Punkt, wo sie als schmaler Spalt beginnt, steht ein kleines, viereckiges Häuschen; es steht einsam, abseits von den andern. Es ist mit Stroh gedeckt und hat einen Schornstein; ein Fenster ist wie ein wachsames Auge der Kluft zugewandt; es ist an Winterabenden, von innen erleuchtet, im trüben Frostnebel weit sichtbar und leuchtet gar manchem vorbeifahrenden Bauern als Leitstern. Über der Tür des Häuschens ist ein blaues Brettchen angenagelt: Dieses Häuschen ist eine Schenke mit dem Namen Pritynnyj. In dieser Schenke wird der Schnaps wohl nicht billiger als zum vorgeschriebenen Preis verkauft, sie wird aber doch viel fleißiger besucht als alle ähnlichen Anstalten in der ganzen Umgegend. Der Grund dafür ist der Schenkwirt Nikolai Iwanytsch.

Nikolai Iwanytsch, einst ein schlanker, lockiger und rotbackiger Bursche, jetzt aber ein ungewöhnlich dicker, schon ergrauter Mann mit fettem, aufgedunsenem Gesicht, listig gutmütigen Äuglein und einer fleischigen Stirne, die von Runzeln wie von Fäden durchzogen ist, lebt schon länger als zwanzig Jahre in Kolotowka. Nikolai Iwanytsch ist, wie die meisten Schenkwirte, ein rühriger und kluger Mann. Ohne sich durch besondere Liebenswürdigkeit oder Gesprächigkeit auszuzeichnen, hat er die Gabe, die Gäste anzuziehen und festzuhalten, und diesen ist es irgendwie angenehm, vor seinem Schenktisch, unter dem ruhigen und freundlichen, wenn auch scharfen Blick des phlegmatischen Wirtes zu sitzen. Er hat viel gesunden Menschenverstand; er kennt gut die Lebensverhältnisse der Gutsbesitzer, auch der Bauern und der Kleinbürger; in schwierigen Fällen könnte er wohl einen gar nicht dummen Rat geben, aber als vorsichtiger Egoist zieht er es doch vor, sich in nichts einzumischen und nur durch entfernte, gleichsam ohne jede Absicht hingeworfene Andeutungen seine Gäste – und zwar nur die von ihm bevorzugten – auf den richtigen Weg zu leiten. Er versteht sich auf alles, was einem Russen wichtig oder interessant ist: auf Pferde und Vieh, auf Wald, Ziegelsteine und

Geschirr, auf Leder- und Schnittwaren, auf Gesang und Tanz. Wenn er keinen Besuch hat, sitzt er gewöhnlich wie ein Sack auf der Erde vor der Tür seines Hauses, die dünnen Beinchen untergeschlagen, und wechselt mit allen Vorübergehenden freundliche Worte. Vieles hat er in seinem Leben gesehen und manches Dutzend kleiner Edelleute überlebt, die sich von ihm „gereinigten" Branntwein holten; er weiß alles, was hundert Werst im Umkreis geschieht, verplaudert sich aber nie und zeigt nicht einmal die Miene, daß ihm manches bekannt ist, was selbst der scharfsichtigste Polizeibeamte nicht vermutet. Er schweigt nur, lächelt und hantiert mit seinen Schnapsgläsern. Die Nachbarn achten ihn: Der Zivilgeneral Schtscherepetenko, der im Range am höchsten stehende Gutsbesitzer des Kreises, grüßt ihn herablassend, sooft er an seinem Häuschen vorüberfährt. Nikolai Iwanytsch ist ein einflußreicher Mann; einmal zwang er einen bekannten Pferdedieb, ein Pferd zurückzugeben, das jener aus dem Hof eines seiner Bekannten gestohlen hatte; ein anderes Mal brachte er die Bauern eines Nachbargutes, die einen neuen Verwalter nicht aufnehmen wollten, zur Vernunft usw. Übrigens glaube man ja nicht, daß er es aus Liebe für die Gerechtigkeit, aus Eifer für seine Nächsten getan habe, nein! Er bemühte sich einfach, alles zu verhüten, was irgendwie seine Ruhe stören konnte. Nikolai Iwanytsch ist verheiratet und hat Kinder. Seine Frau, eine flinke Kleinbürgerin mit spitzer Nase und lebhaften Augen, ist in der letzten Zeit gleich ihrem Manne etwas zu dick geworden. Er verläßt sich auf sie in allen Dingen, und sie hat das Geld in Verwahrung. Die lärmenden Betrunkenen fürchten sie; sie mag sie nicht; sie bringen wenig ein, machen aber viel Geschrei; die Schweigsamen und Düsteren sind mehr nach ihrem Geschmack. Die Kinder Nikolai Iwanytschs sind noch klein; die ersten waren früh gestorben, die übriggebliebenen aber den Eltern nachgeartet, es ist ein Vergnügen, die klugen Gesichter dieser gesunden Kinder anzuschauen.

Es war ein unerträglich heißer Julitag, als ich, langsam die Beine bewegend, mit meinem Hund an der Kluft von Kolotowka entlang zu der Pritynnyj-Schenke hinaufging. Die Sonne brannte am Himmel wie wütend, es war drückend schwül, und die Luft war von glühendem Staub erfüllt. Die glänzenden Krähen und Dohlen blickten die Vorbeigehenden mit offenen Schnäbeln an, als flehten sie um Teilnahme; die Spatzen allein jammerten nicht und zwitscherten mit gesträubten Federn noch lauter als zuvor; sie kämpften an den Zäunen, flogen haufenweise von der staubigen Straße auf und schwebten als graue Wolken über den grünen Hanffeldern. Mich quälte der Durst. In der Nähe gab es kein Wasser; in Kolotowka, wie in den meisten Steppendörfern, trinken die Bauern in

Ermangelung von Quellen und Brunnen einen flüssigen Schmutz aus dem Teich ... Wer wird aber dieses ekelhafte Getränk Wasser nennen? Ich wollte mir von Nikolai Iwanytsch ein Glas Bier oder Kwaß geben lassen.

Aufrichtig gesagt, bietet Kolotowka zu gar keiner Jahreszeit einen erfreulichen Anblick; einen besonders traurigen Eindruck macht aber das Dorf, wenn die grelle Julisonne mit ihren erbarmungslosen Strahlen die braunen, halbzerfallenen Hausdächer übergießt, diese tiefe Kluft, die verbrannte, staubige Viehweide, auf der hoffnungslos einige magere, langbeinige Hühner herumirren, das graue Gehäuse aus Espenbalken mit Löchern statt Fenster – den von Brennesseln, Steppengras und Wermut überwucherten Überrest des einstigen Herrenhauses, den mit Gänseflaum bedeckten, schwarzen, gleichsam glühenden Teich mit seinem Saum aus halbeingetrocknetem Schmutz und seinem Damm, der sich auf die Seite geneigt hat und neben dem auf der feinzerstampften, aschgrauen Erde sich die Schafe, vor Hitze niesend und kaum atmend, traurig aneinanderdrängen und die Köpfe geduldig so tief wie möglich senken, als ob sie warteten, daß diese unerträgliche Hitze endlich aufhöre. Mit müden Schritten näherte ich mich der Behausung Nikolai Iwanytschs und erregte durch mein Erscheinen, wie gewöhnlich, bei den Kindern ein Erstaunen, das an gespanntes, sinnloses Starren grenzte, und bei den Hunden eine Entrüstung, die sich in einem dermaßen heiseren und bösen Gebell äußerte, daß man den Eindruck hatte, als rissen sie sich alle ihre Eingeweide heraus, und daß sie selbst dann husteten und um Atem rangen, als plötzlich auf der Schwelle der Schenke ein Mann von hohem Wuchs erschien, ohne Mütze, in einem Friesmantel, der tief unten von einem blauen Gürtel zusammengehalten war. Dem Aussehen nach mochte er dem leibeigenen Hofgesinde angehören; das dichte graue Haar erhob sich unordentlich über dem trockenen, runzligen Gesicht.

Er rief jemandem, indem er schnell mit den Armen winkte – wobei er augenscheinlich viel weiter ausholte, als er es selbst wollte. Es war ihm anzusehen, daß er schon etwas getrunken hatte.

„Komm doch, komm!“ lallte er, mit Mühe seine dichten Brauen hebend. „Komm; Morgatsch, komm! Wie schleppst du dich bloß, Bruder! Das ist nicht schön, Bruder. Man wartet hier auf dich, und du schleppst dich so ... Komm!“

„Nun, ich komme, ich komme“, erklang eine zitternde Stimme, und rechts hinter dem Haus erschien ein kleiner dicker und hinkender Mann. Er trug eine ziemlich saubere Tuchjoppe, die auf einem Ärmel angezogen war; die hohe, spitze Mütze, die ihm dicht über den Brauen saß, verlieh seinem runden und gedunsenen Gesicht einen listigen und spöttischen Ausdruck. Seine kleinen gelben Augen schweiften umher, die feinen Lippen umspielte ein gespanntes, gezwungenes Lächeln, und die spitze, lange Nase ragte frech wie ein Steuerruder aus seinem Gesicht. „Ich komme, Liebster", fuhr er fort, indem er auf die Schenke zuhumpelte. „Warum rufst du mich . . .? Wer wartet auf mich?"

„Warum ich dich rufe?" sagte vorwurfsvoll der Mann in dem Friesmantel. „Was bist du für ein merkwürdiger Mensch, Morgatsch; man ruft dich in die Schenke, und du fragst, wozu. Auf dich warten aber lauter gute Menschen: Jaschka, der Türke, der Wilde Herr, und der Bauführer aus Schisdra. Jaschka und der Bauführer haben miteinander gewettet um ein Achtel Bier: wer den anderen besiegt, das heißt, wer besser singt . . . verstehst du?"

„Wird Jaschka singen?" fragte der Mann, den man Morgatsch nannte, lebhaft. „Lügst du auch nicht, Obaldui?"

„Ich lüge nicht", antwortete Obaldui mit Würde. „Aber du fragst darum. Er wird wohl singen, wenn er gewettet hat, du Marienkäferchen, du Spitzbube, Morgatsch!"

„Also gehen wir, Narr", entgegnete Morgatsch.

„Küß mich wenigstens, meine liebe Seele", lallte Obaldui, seine Arme öffnend.

„Sieh mal an, du zärtlicher Äsop", antwortete Morgatsch verächtlich, indem er ihn mit dem Ellenbogen zurückstieß, und beide traten gebückt in die niedere Tür.

Das Gespräch, das ich hörte, erregte lebhaft meine Neugier. Schon mehr als einmal hatte ich von Jaschka dem Türken als dem besten Sänger im ganzen Kreis gehört, und plötzlich bot sich mir die Gelegenheit, ihn im Wettstreit mit einem anderen Meister zu hören. Ich verdoppelte meine Schritte und trat in die Schenke.

Es haben wohl nur wenige von meinen Lesern die Gelegenheit gehabt, einen Blick in eine Dorfschenke zu werfen; aber unsereins, der Jäger – wo kommt er nicht überall hin! Die Einrichtung so einer Schenke ist außerordentlich einfach. Sie besteht gewöhnlich aus einem dunklen Flur und einer besseren Stube, die durch einen Verschlag in zwei Teile geteilt ist; niemand von den Besuchern darf hinter diesen Verschlag treten. In diesen Verschlag ist über einem breiten, eichenen Tisch eine große breite Öffnung eingeschnitten. Auf diesem Tisch wird der Branntwein ausgeschenkt. Versiegelte Branntweinflaschen verschiedener Größe stehen nebeneinander auf Borden, der Öffnung gegenüber. In der vorderen Hälfte der Stube, die für die Gäste bestimmt ist, befinden sich Bänke, zwei oder drei leere Fässer und ein Ecktisch. Die Dorfschenken sind meistens ziemlich dunkel, und man wird an den aus Balken gezimmerten Wänden nie irgendwelche bunt ausgemalten Bilderbogen finden, die sonst kaum in einem Bauernhaus fehlen.

Als ich in die Pritynnyj-Schenke trat, befand sich da schon eine ziemlich große Gesellschaft.

Hinter dem Schenktisch stand, die ganze Breite der Öffnung einnehmend, Nikolai Iwanytsch in einem bunten Kattunhemd und schenkte mit einem trägen Lächeln auf den dicken Wangen mit seiner vollen, weißen Hand zwei Glas Branntwein, für die eintretenden Freunde Morgatsch und Obaldui ein; hinter ihm am Fenster in der Ecke sah man seine Frau mit ihren lebhaften Augen. In der Mitte der Stube stand Jaschka der Türke, ein hagerer, schlanker Mann von dreiundzwanzig Jahren, bekleidet mit einem Kaftan aus blauem Nanking. Er sah wie ein fixer Fabrikarbeiter aus und schien sich keiner hervorragenden Gesundheit rühmen zu können. Seine eingefallenen Wangen, seine großen, unruhigen grauen Augen, die gerade Nase mit den feinen, beweglichen Flügeln, die weiße, abschüssige Stirn mit den zurückgeworfenen hellblonden Locken, die dicken, aber schönen und ausdrucksvollen Lippen – sein ganzes Gesicht zeugte von einem leicht erregbaren und leidenschaftlichen Temperament. Er war in großer Aufregung: Er zwinkerte mit den Augen, atmete unregelmäßig, seine Hände zitterten wie im Fieber – und er hatte auch wirklich Fieber, jenes plötzliche Fieber der Unruhe, das allen Menschen, die vor einer Versammlung sprechen oder singen, so gut bekannt ist. Neben ihm stand ein etwa vierzigjähriger Mann mit breiten Schultern und breiten Backenknochen, einer niederen Stirn, tatarischen Schlitzaugen, einer kurzen, flachen Nase, einem viereckigen Kinn und schwarzen, glänzenden, borstenähnlichen Haaren. Den Ausdruck seines dunklen Gesichts mit dem bleigrauen Schimmer, besonders seiner bleichen Lippen, könnte man grausam nennen, wenn er dabei nicht so ruhig und versonnen wäre. Er bewegte sich fast nicht und blickte nur langsam um sich wie ein Stier unter dem Joch. Er trug irgendeinen alten Rock mit glatten Messingknöpfen; ein altes schwarzes Seidentuch umschlang seinen starken Hals. Man nannte ihn den Wilden Herrn. Ihm gerade gegenüber saß auf der Bank unter den Heiligenbildern Jaschkas Gegner, der Bauführer aus Schisdra; dieser war ein Mann von etwa dreißig Jahren, pockennarbig und kraushaarig, mit einer aufgeworfenen, stumpfen Nase, lebhaften braunen Augen und einem dünnen Bärtchen. Er blickte verwegen um sich, hatte die Hände unter sich gesteckt und baumelte und klopfte sorglos mit seinen Füßen, die in eleganten, mit Band besetzten Stiefeln staken. Er trug einen neuen Kittel aus feinem grauem Tuch mit einem Plüschkragen, von dem sich der Saum des roten Hemdes, das am

Halse fest zugeknöpft war, scharf abhob. In der Ecke gegenüber, rechts von der Tür, saß am Tisch ein Bäuerlein in einem engen, abgetragenen Kittel mit einem Riesenloch auf der Schulter; Das Sonnenlicht drang als ein flüssiger gelblicher Strom durch die verstaubten Scheiben der beiden kleinen Fenster und schien die gewohnte Dunkelheit des Zimmers nicht besiegen zu können: Alle Gegenstände waren spärlich, fleckenweise beleuchtet; dafür war es in der Stube fast kühl, und das Gefühl der Schwüle und Hitze fiel mir wie eine schwere Last von den Schultern, sobald ich über die Schwelle trat.

Mein Erscheinen – das konnte ich merken – brachte die Gäste Nikolai Iwanytschs anfangs in einige Verlegenheit; als sie aber sahen, daß er mich wie einen Bekannten begrüßte, beruhigten sie sich und schenkten mir keine weitere Aufmerksamkeit. Ich ließ mir Bier geben und setzte mich in die Ecke neben das Bäuerlein im zerrissenen Kittel. „Na“, schrie plötzlich Obaldui auf, nachdem er ein Glas Branntwein auf einen Zug geleert hatte, und begleitete diesen Ausruf mit jenem sonderbaren Fuchteln mit den Händen, ohne das er anscheinend kein einziges Wort zu sprechen pflegte, „was sollen wir noch warten? Wenn wir anfangen wollen, so müssen wir anfangen. Nun, Jaschka . . .?“

„Anfangen, anfangen“, fiel ihm Nikolai Iwanytsch zustimmend ins Wort.

„Gut, fangen wir meinetwegen an“, versetzte der Bauführer kaltblütig mit einem selbstbewußten Lächeln. „Ich bin fertig.“

„Auch ich bin fertig“, sagte Jakow aufgeregt.

„Nun, fangt doch an, Kinderchen, fangt an“, piepste Morgatsch.

Aber trotz des einstimmig geäußerten Wunsches fing niemand an; der Bauführer erhob sich nicht einmal von seiner Bank – alle schienen noch auf etwas zu warten.

„Fang an!“ sagte scharf und düster der Wilde Herr.

Jakow fuhr zusammen. Der Bauführer erhob sich, schob seinen Gürtel hinunter und räusperte sich.

„Wer soll aber anfangen?“ fragte er mit leicht veränderter Stimme den Wilden Herrn, der immer noch unbeweglich mitten in der Stube stand, die dicken Beine breit auseinandergespreizt und die mächtigen Hände fast bis an die Ellenbogen in die Hosentaschen vergraben.

„Du, du, Bauführer“, lallte Obaldui, „du, Bruder!“

Der Wilde Herr sah ihn finster an. Obaldui gab einen leisen, piepsenden Ton von sich, wurde verlegen, blickte auf einen Punkt an der Decke, zuckte die Achseln und verstummte.

„Man werfe ein Los“, sagte der Wilde Herr gedehnt, „und das Achtel Bier auf den Schenktisch!“

Nikolai Iwanytsch bückte sich, hob ächzend das Achtel vom Boden und stellte es auf den Tisch.

Der Wilde Herr sah Jakow an und sagte: „Nun!“

Jakow wühlte in seinen Taschen, holte einen Kupfergroschen hervor und machte mit dem Zahn ein Zeichen darauf. Der Bauführer holte unter dem Schoß seines Kaftans einen neuen Lederbeutel hervor, band ohne Übereilung die Schnur auf, schüttete einen Haufen Kleingeld auf die Hand und suchte einen neuen Groschen heraus. Obaldui hielt seine abgetragene Mütze mit dem gebrochenen und abstehenden Schirm hin; Jakow warf seinen Groschen hinein, und der Bauführer seinen.

„Du hast zu ziehen“, sagte der Wilde Herr zu Morgatsch.

Morgatsch lächelte selbstzufrieden, nahm die Mütze in die beiden Hände und begann sie zu schütteln.

Augenblicklich trat eine tiefe Stille ein: die Groschen klirrten, aneinanderschlagend, leise. Ich sah mich aufmerksam um: Alle Gesichter drückten eine gespannte Erwartung aus; der Wilde Herr selbst kniff die Augen zusammen; sogar mein Nachbar, der Bauer im zerrissenen Kittel, reckte neugierig den Hals. Morgatsch steckte die Hand in die Mütze und holte den Groschen des Bauführers hervor; alle atmeten auf. Jakow errötete, und der Bauführer strich sich mit der Hand das Haar.

„Ich hab' doch gesagt, daß du anfangen sollst“, rief Obaldui, „ich hab' es dir doch gesagt!“

„Nun, nun, krächze nicht!“ bemerkte verächtlich der Wilde Herr. „Fang an“, fuhr er fort, mit dem Kopf dem Bauführer zunickend.

„Was für ein Lied soll ich denn singen?“ fragte der Bauführer, in Erregung geratend.

„Welches du willst“, antwortete Morgatsch. „Was für ein Lied dir einfällt, das sing.“

„Natürlich, welches du willst“, fügte Nikolai Iwanytsch hinzu, die Hände langsam auf der Brust faltend. „Das kann dir niemand vorschreiben. Sing ein Lied, das du willst; sing aber gut; wir werden nachher nach unserem Gewissen entscheiden.“

„Natürlich, nach unserem Gewissen“, fiel Obaldui ein und leckte am Rande seines leeren Glases.

„Brüder, laßt mir noch etwas Zeit, daß ich mich räuspere“, sagte der Bauführer, mit den Händen am Kragen seines Kaftans nestelnd.

„Nun, nun, mach keine langen Geschichten, fang an!“ entschied der Wilde Herr und senkte den Kopf.

Der Bauführer dachte eine Weile nach, schüttelte die Haare und trat vor, Jakow heftete auf ihn seine Augen . . .

Bevor ich aber mit der Beschreibung des Wettstreites beginne, halte ich es nicht für überflüssig, einige Worte von jeder der handelnden Personen meiner Erzählung zu sagen. Das Leben einiger von ihnen war mir schon bekannt, als ich sie in der Pritynnyj-Schenke traf; über die anderen zog ich erst später Erkundigungen ein.

Wollen wir mit Obaldui anfangen. Dieser Mensch hieß eigentlich Jewgraf Iwanow, aber im ganzen Kreis nannte ihn niemand anders als Obaldui, und auch er selbst titulierte sich mit diesem Spitznamen, so gut paßte er zu ihm. Und in der Tat, er stand gut zu seinen nichtssagenden, immer aufgeregten Gesichtszügen. Er war ein verbummelter, unverheirateter Leibeigener aus dem Hausgesinde, den seine eigene Herrschaft schon längst aufgegeben hatte und der, ohne irgendein Amt zu versehen und ohne einen Groschen Gehalt zu beziehen, dennoch Mittel fand, jeden Tag auf fremde Rechnung zu bummeln. Er hatte eine Menge Bekannte, die ihn mit Branntwein und Tee traktierten, ohne selbst zu wissen, warum; denn er war in Gesellschaft nicht nur nicht unterhaltend, sondern langweilte alle mit seinem albernen Geschwätz, mit seiner unerträglichen Zudringlichkeit, seinen fieberhaften Gebärden und dem unaufhörlichen, unnatürlichen Lachen. Er verstand weder zu singen noch zu tanzen. Zeit seines Lebens hatte er kein einziges kluges, nicht einmal ein halbwegs vernünftiges Wort gesprochen, er faselte nur und log das Blaue vom Himmel herunter – ein wirklicher Obaldui. Und doch konnte vierzig Werst im Umkreis kein einziges Trinkgelage stattfinden, ohne daß sich seine lange, hagere Gestalt unter den Gästen bewegte – so sehr hatte man sich an ihn gewöhnt und ertrug seine Gegenwart wie ein unvermeidliches Übel. Allerdings behandelte man ihn mit Verachtung, aber seine sinnlosen Ausfälle zu bändigen verstand nur der Wilde Herr.

Morgatsch glich in keiner Weise dem Obaldui. Auch ihm stand sein Spitzname Morgatsch gut, obwohl er mit den Augen nicht mehr zwinkerte als alle anderen Menschen; das russische Volk ist bekanntlich ein Meister im Erfinden von Spitznamen. Trotz meiner Bemühungen, die Vergangenheit dieses Menschen genauer zu erforschen, blieben für mich – wahrscheinlich auch für viele andere – in seinem Leben viele dunkle Punkte, oder, wie sich die Büchermenschen ausdrücken, in undurchdringliche Finsternis gehüllte Stellen. Ich hatte nur erfahren, daß er früher einmal Kutscher bei einer alten, kinderlosen Dame gewesen und mit der ihm anvertrauten Troika durchgebrannt war; nachdem er ein ganzes Jahr verschollen war und sich wohl durch Erfahrung von den Schattenseiten und dem Elend des Vagabundenlebens überzeugt hatte, kehrte er von selbst, jedoch lahm zurück, warf sich seiner Herrin zu Füßen, machte durch sein musterhaftes Betragen während einiger Jahre sein Verbrechen wieder gut und erwarb ihre Gunst und ihr volles Vertrauen, so daß er Verwalter wurde und sich nach dem Tode seiner Herrin, man weiß nicht recht auf welche Weise, als Freigelassener auswies; er ließ sich als Kleinbürger einschreiben, fing an, von den Nachbarn Gurkenfelder zu pachten, wurde reich und lebte nun ohne Sorgen. Er war ein erfahrener, vorsichtiger Mann, weder gut noch böse, eher berechnend; ein geriebener Kerl, der die Menschen kennt und sie auszunützen versteht. Er ist vorsichtig und zugleich unternehmungslustig wie ein Fuchs, geschwätzig wie ein altes Weib, verplaudert sich aber nie, sondern läßt jeden andern sich verplaudern. Übrigens spielt er nicht den Dummen, wie es manche Schlauköpfe seiner Art tun; ich habe noch nie im Leben durchdringendere und klügere Augen gesehen als seine winzigen, listigen „Gucklöcher“. Sie blickten niemals einfach vor sich hin, sondern schauten immer aus und lauerten. Morgatsch überlegt sich manchmal wochenlang ein scheinbar ganz einfaches Unternehmen, läßt sich dann plötzlich auf eine verzweifelt riskante Sache ein, bei der er sich wohl den Hals brechen müßte . . . aber eh man sich's versieht, gelingt ihm alles, und alles geht wie geschmiert. Er ist glücklich und glaubt an sein Glück, er glaubt auch an allerlei Vorbedeutungen. Er ist überhaupt sehr abergläubisch. Man liebt ihn nicht, da er sich selbst um niemand kümmert, man hat aber vor ihm Respekt. Seine ganze Familie besteht aus einem einzigen Söhnchen, das er abgöttisch liebt und das, von einem solchen Vater erzogen, gewiß weit kommen wird. „Der kleine Morgatsch ist ganz seinem Vater nachgeraten“, sagen schon jetzt die alten Leute leise von ihm, wenn sie an Sommerabenden auf den Bänken sitzen und miteinander reden; alle verstehen, was das bedeutet und fügen kein Wort mehr hinzu.

Über Jakow den Türken und den Bauführer brauche ich mich nicht zu verbreiten. Jakow, der Türke genannt wird, weil er tatsächlich von einer gefangenen Türkin abstammt, ist innerlich ein Künstler in jedem Sinne, seinem Beruf nach aber ein Büttgesell in der Papierfabrik eines Kaufmanns; was den Bauführer angeht, dessen Schicksal mir, offen gestanden, unbekannt blieb, so erschien er mir als ein schlauer und rühriger städtischer Kleinbürger. Aber über den Wilden Herrn lohnt es sich wohl, etwas ausführlicher zu sprechen.

Der erste Eindruck, den der Anblick dieses Menschen macht, ist der einer rohen, schweren, aber unüberwindlichen Kraft. Er ist vierschrötig gebaut, atmet eine unerschütterliche Gesundheit, und seine Bärengestalt entbehrt seltsamerweise nicht einer eigenartigen Grazie, die vielleicht auf seinem vollkommen ruhigen Vertrauen auf die eigene Macht beruht. Es war schwer, auf den ersten Blick zu bestimmen, welchem Stand dieser Herkules angehörte; er glich weder einem Leibeigenen noch einem Kleinbürger, noch einem verarmten verabschiedeten Schreiber, noch einem ruinierten kleinen Edelmann, einem Hundenarren und Raufbold; er war etwas ganz für sich. Niemand wußte, woher er in unseren Landkreis hereingeschneit war; man erzählte sich, er stamme von Einhöfern ab und habe früher einmal irgendwo gedient; aber man wußte nichts Bestimmtes darüber; man konnte es ja auch von niemandem erfahren, jedenfalls nicht von ihm selbst; es gab keinen schweigsameren und düstereren Menschen auf der Welt. Ebenso konnte niemand etwas Bestimmtes darüber sagen, wovon er lebte; er trieb kein Handwerk, fuhr zu niemandem hin und verkehrte fast mit niemandem; und doch hatte er Geld, wenn auch nicht viel, aber immerhin etwas. Er benahm sich nicht gerade bescheiden – Bescheidenheit war ihm überhaupt fremd –, aber ruhig; er lebte, als wenn er niemanden um sich herum bemerkte und absolut keines Menschen bedurfte. Der Wilde Herr (das war sein Spitzname, eigentlich hieß er Perewljessow) hatte einen großen Einfluß im ganzen Landkreis; man gehorchte ihm sofort und gern, obwohl er nicht nur nicht das geringste Recht hatte, jemand zu befehlen, sondern auch gar keinen Anspruch auf den Gehorsam der Menschen erhob, mit denen er zufällig zusammentraf. Er sprach, und man gehorchte ihm – die Kraft behauptet sich immer. Er trank fast niemals Branntwein, gab sich nicht mit Weibern ab und liebte leidenschaftlich den Gesang. In diesem Menschen war viel Rätselhaftes; irgendwelche Riesenkräfte schienen in ihm düster zu schlummern, als wüßten sie, daß sie, wenn sie einmal befreit zum Ausbruch kämen, ihn selbst und alles, was sie berührten, zermalmen würden; ich müßte mich grausam irren, wenn im Leben dieses Menschen nicht schon ein solcher Ausbruch stattgefunden hat und er, durch Erfahrung belehrt und mit Mühe dem Untergang entronnen, sich jetzt nicht selbst unerbittlich in eisernem Zaum hielt. Besonders wunderte mich an ihm das Gemisch einer angeborenen natürlichen Grausamkeit und einer ebenso angeborenen Großherzigkeit – ein Gemisch, wie ich es noch bei keinem Menschen wahrgenommen habe.

Der Bauführer trat also vor, schloß halb die Augen und begann im allerhöchsten Falsett. Seine Stimme war recht angenehm und süß, wenn auch etwas heiser; er ließ diese Stimme wie einen Kreisel spielen, stieg unaufhörlich in die Höhe und in die Tiefe und kehrte unaufhörlich zu den höchsten Noten zurück, die er mit besonderer Sorgfalt anhielt und dehnte; dann verstummte er und ergriff plötzlich die frühere Melodie mit einer herausfordernden, zügellosen Bravour. Seine Passagen waren zuweilen ziemlich kühn, zuweilen recht amüsant; einem Kenner würden sie viel Vergnügen machen, ein Deutscher würde sich über sie entrüsten. Es war ein russischer Tenore di grazia, ténor léger. Er sang ein lustiges Tanzlied, dessen Worte, soviel ich durch die fortwährenden Ausschmückungen, durch die hinzugefügten Konsonanten und Ausrufe erkennen konnte, wie folgt, lauteten:

Werde pflügen, junge Dirne,
meinen Acker gut –
werde säen, junge Dirne,
Blumen rot wie Blut . . .

Er sang; alle hörten ihm mit großer Aufmerksamkeit zu. Er fühlte offenbar, daß er es mit Kennern zu tun hatte, und fuhr deshalb, wie man so sagt, aus der Haut. In unserer Gegend versteht man sich in der Tat auf den Gesang, und nicht umsonst ist das Kirchdorf Sergijewskoje an der großen Orjolschen Landstraße in ganz Rußland wegen seines angenehmen und harmonischen Gesanges berühmt. Lange sang der Bauführer, ohne jedoch in seinen Hörern ein besonders starkes Mitgefühl zu wecken. Ihm fehlte die Unterstützung eines Chores; aber bei einer besonders gelungenen Passage, die selbst den Wilden Herrn zum Lächeln brachte, konnte sich Obaldui nicht länger beherrschen und schrie vor Vergnügen auf. Alle wurden lebendig. Obaldui und Morgatsch fingen an, halblaut mitzusingen und zu schreien: „Gut . . . Höher, du Schelm! Noch höher, halte den Ton, du Schlange! Halte den Ton! Noch, noch, du Hund . . .! Möge Herodes deine Seele zugrunde richten!“ usw. Nikolai Iwanytsch wiegte hinter seinem Schenktisch den Kopf zustimmend nach rechts und nach links. Obaldui begann schließlich mit den Füßen zu stampfen und zu tänzeln und mit der Achsel zu zucken; Jakows Augen glühten aber wie die Kohlen, er zitterte am ganzen Leib wie ein Espenblatt und lächelte wie verstört. Nur der Wilde Herr allein veränderte seinen Gesichtsausdruck nicht und rührte sich nach wie vor nicht von der Stelle; aber sein auf den Bauführer gerichteter Blick wurde etwas milder, obwohl der Ausdruck der Lippen verächtlich blieb. Ermutigt durch die Zeichen allgemeiner Zufriedenheit, geriet der Bauführer in Ekstase und begann solche Kunststücke zu machen, so mit der Zunge zu schnalzen und zu trommeln, so wahnsinnig mit der Gurgel zu spielen, daß, als er schließlich müde, bleich und in heißen Schweiß gebadet sich mit dem ganzen Körper vorbeugte und den letzten ersterbenden Ton losließ, ein allgemeiner einstimmiger Schrei ihm zujubelte. Obaldui warf sich ihm an den Hals und begann ihn mit seinen langen, knochigen Armen zu würgen; auf dem fleischigen Gesicht Nikolai Iwanytschs zeigte sich eine Röte, und er schien auf einmal jünger; Jakow schrie wie verrückt: „Braver Kerl!" Sogar mein Nachbar, der Bauer im zerrissenen Kittel, hielt es nicht länger aus; er schlug mit der Faust auf den Tisch, rief: „Ah! Gut, hol' dich der Teufel, gut!" und spuckte entschieden auf die Seite.

„Na, Bruder, du hast uns erfreut!" schrie Obaldui, ohne den erschöpften Bauführer aus seinen Armen zu lassen. „Du hast uns erfreut, das muß man sagen! Du hast gewonnen, Bruder, du hast gewonnen! Ich gratuliere, das Achtel ist dein! Jaschka reicht an dich nicht heran ... Ich sage es dir, er reicht gar nicht heran ... Glaub es mir!" Und er drückte den Bauführer an seine Brust.

„Laß ihn doch los, laß ihn doch los, du Klette ...", sagte geärgert Morgatsch. „Laß ihn sich auf die Bank setzen, siehst, er ist müde ...! Was bist du für ein Schafskopf, Bruder! Was klebst du an ihm wie ein Birkenblatt vom Badebesen?"

„Nun, soll er sich nur setzen, ich trinke aber auf seine Gesundheit", sagte Obaldui und ging zum Schenktisch. „Auf deine Rechnung, Bruder", fügte er hinzu, zum Bauführer gewandt.

Jener nickte mit dem Kopf, setzte sich auf die Bank, holte aus der Mütze ein Handtuch und begann sich das Gesicht abzuwischen; Obaldui trank indessen mit hastiger Gier ein Glas aus, wobei er nach Art der Gewohnheitstrinker krächzte und traurig und besorgt um sich blickte.

„Du singst gut, Bruder, gut", bemerkte Nikolai Iwanytsch freundlich. „Jetzt bist du an der Reihe, Jascha, paß auf, daß dir nicht die Courage ausgeht. Wollen wir sehen, wer wen übertrifft ... Wollen wir sehen ... Aber der Bauführer singt gut, bei Gott, gut."

„Sehr gut", bemerkte die Frau Nikolai Iwanytschs, mit einem Lächeln auf Jakow blickend.

„Gut!" wiederholte halblaut mein Nachbar.

„Ach du, verdächtiger Poljeche!" brüllte plötzlich Obaldui; dann trat er zu dem Bauern mit dem Loch an der Schulter, deutete mit dem Finger auf ihn, begann zu hüpfen und brach in ein zittriges Lachen, aus. „Poljeche! Poljeche! Ga badje panjaj, du Verdächtiger! Warum bist du hergekommen?“ schrie er lachend.

Der arme Bauer wurde verlegen und wollte schon aufstehen und schnell fortgehen, als plötzlich die eherne Stimme des Wilden Herrn erklang. „Was ist das für ein unerträgliches Vieh!“ versetzte er, mit den Zähnen knirschend.

„Ich tue nichts“, murmelte Obaldui, „ich tue nichts . . . ich habe nur so . . .“

„Also gut, schweig!“ entgegnete der Wilde Herr. „Jakow, fang an!“

Jakow griff sich mit der Hand an die Gurgel.

„Ich weiß nicht, Bruder, es ist etwas . . . Hm . . . Ich weiß wirklich nicht . . .“

„Hör auf und verlier nicht die Courage. Schäme dich . . .! Was machst du für Geschichten . . .? Sing, wie Gott dir befiehlt.“

Und der Wilde Herr senkte erwartungsvoll das Gesicht.

Jakow schwieg eine Weile, sah sich um und bedeckte sich das Gesicht mit der Hand. Alle verschlangen ihn mit den Augen, besonders der Bauführer, dessen Gesicht neben der gewohnten Sicherheit und Siegesgewißheit auch eine unwillkürliche leichte Unruhe zeigte. Er lehnte sich an die Wand, steckte wieder beide Hände unter sich, baumelte aber nicht mehr mit den Füßen. Und als Jakow endlich sein Gesicht enthüllte, war es bleich wie das eines Toten, und die Augen leuchteten kaum durch die gesenkten Wimpern. Er holte tief Atem und begann zu singen . . . Der erste Ton seiner Stimme war schwach und ungleichmäßig und schien nicht aus seiner Brust zu kommen, sondern aus der Ferne, als hätte er sich zufällig in die Stube verirrt. Seltsam wirkte dieser zitternde, klingende Ton auf uns alle; wir sahen einander an, und die Frau Nikolai Iwanytschs richtete sich auf. Diesem ersten Ton folgte ein zweiter, sicherer und getragener, aber immer noch zitternd wie eine Saite, die unter einem starken Finger plötzlich erklingend, ihre letzten Schwingungen ersterben läßt; dem zweiten Ton folgte ein dritter, und das schwermütige Lied floß immer wärmer und breiter dahin. Er sang: „Nicht ein Weglein ist im Felde“, und uns allen wurde es süß und so bang ums Herz. Ich muß gestehen: Selten habe ich eine solche Stimme gehört. Sie klang wie gesprungen, anfangs sogar etwas krankhaft, aber es lag in ihr eine unverfälschte tiefe Leidenschaft, Jugend, Kraft, Süße und eine eigentümliche, hinreißend sorglose Sehnsucht und Trauer. Die wahre, heiße Russenseele klang und atmete darin und griff einen ans Herz, rührte an den russischen Saiten. Das Lied schwoll an und wuchs. Jakow geriet sichtlich in Begeisterung; er fürchtete sich nicht mehr, er gab sich ganz seinem Glücke hin; seine Stimme bebte nicht mehr, sie zitterte, aber nur von jener kaum merklichen inneren Leidenschaft, die sich wie ein Pfeil in die Seele des Hörers bohrt; sie erstarkte fortwährend, wurde sicherer und mächtiger. Ich erinnere mich, wie ich einmal abends während der Ebbe auf einem flachen, sandigen Ufer des Meeres, das drohend und schwer in der Ferne brauste, eine große weiße Möwe sah; sie saß unbeweglich, die seidige Brust dem blutroten Schein des Abendrotes zugewendet, und breitete nur ab und zu ihre langen Flügel langsam dem ihr vertrauten Meer, der tief stehenden dunkelroten Sonne entgegen; als ich Jakow zuhörte, kam sie mir in den Sinn. Er sang, ohne an seinen Gegner und an uns alle zu denken, aber sichtbar von unserer leidenschaftlichen, stummen Teilnahme wie ein rüstiger Schwimmer von den Wogen getragen. Er sang, und aus jedem Ton seiner Stimme wehte uns etwas Verwandtes und grenzenlos Weites an, als breitete sich vor uns die vertraute, in der unendlichen Ferne verschwindende Steppe. Aus meinem Herzen, ich fühlte es, stiegen mir in die Augen heiße Tränen auf; ein dumpfes, verhaltenes Schluchzen überraschte mich plötzlich ... ich sah mich um: Die Frau des Schenkwirts weinte, mit der Brust ans Fenster gelehnt. Jakow warf ihr einen schnellen Blick zu, und seine Stimme ergoß sieh noch klangvoller, noch süßer als vorher; Nikolai Iwanytsch senkte die Augen, Morgatsch hatte sich abgewandt; Obaldui stand, ganz matt vor Genuß, mit dumm geöffnetem Munde da; das graue Bäuerlein schluchzte leise im Winkel und schüttelte, traurig flüsternd, den Kopf; über das eiserne Gesicht des Wilden Herrn rollte aus seinen ganz zusammengezogenen Brauen langsam eine schwere Träne; der Bauführer drückte die geballte Faust an die Stirn und rührte sich nicht ... Ich weiß nicht, wie die allgemeine, qualvolle Spannung sich gelöst hätte, wenn nicht Jakow plötzlich mit einem hohen, ungewöhnlich feinen Ton geendigt hätte – es war, als wäre seine Stimme gerissen. Niemand schrie auf, niemand rührte sich; alle schienen zu warten, ob er nicht noch etwas sänge; aber er öffnete die Augen, wie über unser Schweigen erstaunt, sah sich fragend im Kreise um und merkte, daß der Sieg sein war ...

„Jascha ...“, sagte der Wilde Herr, indem er ihm die Hand auf die Schulter legte und verstummte.

Wir standen alle wie erstarrt da. Der Bauführer erhob sich leise und ging auf Jakow zu. „Du ... du ... du hast gesiegt“, brachte er endlich mit Mühe hervor und stürzte aus dem Zimmer.

Seine schnelle, entschlossene Bewegung löste gleichsam den Zauber: Alle begannen plötzlich laut und freudig zu sprechen. Obaldui sprang in die Höhe, stammelte etwas und fuchtelte mit den Händen wie eine Windmühle mit ihren Flügeln; Morgatsch ging humpelnd auf Jakow zu und begann ihn abzuküssen; Nikolai Iwanytsch erhob sich und erklärte feierlich, daß er seinerseits ein Achtel

Bier zulege; der Wilde Herr lachte ein so gutmütiges Lachen, wie ich es auf seinem Gesicht niemals erwartet hätte; das graue Bäuerlein redete fortwährend in seiner Ecke, indem es sich mit beiden Ärmeln Augen, Wangen, Nase und Bart abwischte: „Das war schön, bei Gott, schön, ich will ein Hundesohn sein, wenn es nicht schön war!“ Aber die Frau Nikolai Iwanytschs erhob sich, über und über rot, und ging schnell hinaus. Jakow freute sich über seinen Sieg wie ein Kind; sein ganzes Gesicht war verwandelt; besonders seine Augen strahlten vor Glück. Man schleppte ihn zum Schenktisch, er rief auch das weinende graue Bäuerlein heran, schickte den Sohn des Schenkwirts nach dem Bauführer, den jener aber nicht auffinden konnte, und die Zecherei ging los – „Du wirst uns noch etwas vorsingen, du wirst uns bis zum Abend singen!“ wiederholte Obaldui mit erhobenen Händen.

Ich sah mir noch einmal Jakow an und ging hinaus. Ich wollte nicht bleiben, denn ich fürchtete meinen Eindruck zu verderben. Die Hitze draußen war aber ebenso unerträglich wie zuvor. Sie hing gleichsam als eine dichte, schwere Schicht über der Erde; es war, als kreisten im dunkelblauen Himmel inmitten des feinsten, fast schwarzen Staubes kleine helle Feuerchen. Alles schwieg; in diesem tiefen Schweigen der ermatteten Natur lag etwas Hoffnungsloses, Erdrücktes. Ich erreichte den Heuschuppen und legte mich auf das eben gemähte, aber schon fast trockene Gras. Lange konnte ich nicht einschlafen; lange klang mir in den Ohren die sieghafte Stimme Jakows . . . endlich forderten die Hitze und die Müdigkeit ihr Recht, und ich versank in einen tiefen Schlaf. Als ich erwachte, war alles schon dunkel geworden; das Gras, das um mich herumlag, duftete stark und war ein wenig feucht geworden; durch die dünnen Latten des halboffenen Daches blinkten blasse Sterne. Ich trat hinaus. Das Abendrot war schon längst erloschen, und seine letzten Spuren schimmerten bleich und kaum noch sichtbar am Horizont; aber in der Luft, die ebenso glühend gewesen war, ließ sich durch die nächtliche Frische noch immer die Hitze fühlen, und die Brust sehnte sich noch immer nach einem kühlen Hauch. Es war windstill, keine Wolke war zu sehen; der Himmel breitete sich ringsum ganz rein, durchsichtig und dunkel aus, und zahllose, aber kaum sichtbare Sterne flimmerten darin. Im Dorf wurden kleine Feuer sichtbar; aus der nahen, hellerleuchteten Schenke drang ein wirrer, unordentlicher Lärm, in dem ich die Stimme Jakows zu unterscheiden glaubte. Ab und zu erhob sich dort ein wildes Gelächter. Ich trat ans Fenster und drückte mein Gesicht an die Scheibe. Ich erblickte ein unerfreuliches, wenn auch buntes und lebendiges Bild: Alles war betrunken, alles, und Jakow als erster. Er saß mit entblößter Brust auf der Bank, sang mit heiserer Stimme irgendein Straßentanzlied und zupfte träge an den Saiten einer Gitarre. Die nassen Haare hingen ihm in Strähnen über sein schrecklich bleiches Gesicht herab. In der Mitte der Schenke tanzte Obaldui, der ganz „aus dem Leime gegangen“ war, ohne Kaftan vor dem Bauern im grauen Kittel. Der Bauer seinerseits stampfte und scharrte mit seinen schwach gewordenen Füßen, lächelte sinnlos durch seinen zerzausten Bart und bewegte dann und wann eine Hand, als wollte er sagen: „Jetzt ist alles gleich!“ Nichts konnte komischer sein als sein Gesicht; wie sehr er sich auch bemühte, die Brauen in die Höhe zu ziehen, die Lider wollten sich nicht heben und lagen schwer auf seinen kaum sichtbaren, trunkenen, doch zuckersüßen Äuglein. Er befand sich in jenem lieblichen Zustand eines vollkommen betrunkenen Menschen, wo jeder Vorübergehende beim Anblick seines Gesichts unbedingt sagen wird: „Du bist gut, Bruder, sehr gut!“ Morgatsch, rot wie ein Krebs, mit weitgeöffneten Nasenlöchern, lächelte giftig aus seiner Ecke hervor; nur Nikolai Iwanytsch allein bewahrte, wie es einem echten Schenkwirt geziemt, seine unveränderliche Kaltblütigkeit. In der Stube hatten sich viele neue Personen angesammelt; den Wilden Herrn sah ich aber nicht mehr.

Ich wandte mich ab und begann mit raschen Schritten den Hügel hinabzusteigen, auf dem Kolotowka liegt. An der Sohle dieses Flügels breitet sich eine weite Ebene aus; von den Wellen des Abendnebels überschwemmt, schien sie noch weiter, als flösse sie mit dem dunkel gewordenen Himmel zusammen. Ich stieg mit großen Schritten die Straße längs der Kluft hinunter, als plötzlich irgendwo weit in der Ebene eine helle Knabenstimme ertönte, – „Antropka! Antropka-a-a . . .!“ schrie sie mit hartnäckiger, weinerlicher Verzweiflung, die letzte Silbe in die Länge dehnend.

Der Junge verstummte auf einige Augenblicke und begann dann wieder zu schreien. Seine Stimme klang laut durch die unbewegliche, leise-schlummernde Luft. Mindestens dreißigmal hatte er den Namen Antropka gerufen, als plötzlich vom anderen Ende des Tales wie aus einer anderen Welt die kaum hörbare Antwort ertönte: „Wa-a-a-as?“

Die Stimme des Jungen schrie mit freudiger Bosheit:

„Komm her, du Teufel, du Wa-a-a-ldmann!“

„Wozu-u-u-u?“ antwortete jener nach langer Zeit.

„Weil Vater dir Ruten geben wi-i-i-ill!“ antwortete schnell die erste Stimme.

Die zweite Stimme meldete sich nicht mehr, und der Junge fuhr fort, Andropka anzurufen. Seine Rufe schlugen immer seltener und leiser an mein Ohr, als es schon ganz dunkel geworden war und ich um den Rand des Waldes bog, der mein Gütchen umgibt und etwa vier Werst von Kolotowka liegt . . .

„Antropka-a-a!" glaubte ich noch immer in der von den nächtlichen Schatten erfüllten Luft zu hören.

Pjotr Petrowitsch Karatajew

Vor etwa fünf Jahren mußte ich einmal im Herbst auf der Reise von Moskau nach Tula fast einen ganzen Tag wegen Mangel an Pferden in einem Posthaus sitzen. Ich kehrte von einer Jagd zurück und hatte die Unvorsichtigkeit begangen, meine Troika vorauszuschicken. Der Stationsaufseher, ein schon bejahrter, mürrischer Mann mit Haaren, die ihm bis an die Nase herabhingen, und kleinen, verschlafenen Augen, antwortete mir auf alle meine Klagen und Bitten mit einem abgerissenen Brummen. Er schlug wütend die Tür zu, als verfluchte er selbst sein Amt, und schimpfte, vor die Tür hinausgehend, auf die Postkutscher, die langsam, mit zentnerschweren Krummhölzern in den Händen, durch den Schmutz wateten oder gähnend und sich kratzend auf der Bank saßen und den zornigen Ausrufen ihres Vorgesetzten keine besondere Beachtung schenkten. Ich hatte schon dreimal Tee getrunken, einige Male vergebens einzuschlafen versucht und alle Aufschriften an den Fenstern und den Wänden gelesen; mich plagte eine entsetzliche Langweile. Mit einer kalten und hoffnungslosen Verzweiflung blickte ich auf die emporgehobenen Deichseln meines Reisewagens, als plötzlich ein Glöckchen ertönte und ein nicht sehr großer, einfacher Wagen, mit drei abgematteten Pferden bespannt, vor dem Posthaus hielt. Der Reisende sprang aus dem Wagen und trat mit dem Ruf: „Pferde! Schnell!" ins Zimmer. Während er mit der üblichen großen Überraschung die Antwort des Aufsehers anhörte, daß keine Pferde da seien, hatte ich Zeit, mit der ganzen Neugier eines sich langweilenden Menschen meinen neuen Schicksalsgenossen vom Kopf bis zu den Füßen zu betrachten. Dem Aussehen nach mochte er an die dreißig Jahre alt sein. Die Blattern hatten auf seinem trockenen gelblichen Gesicht mit einem unangenehmen Schimmer von Messing unverwischbare Spuren hinterlassen; die blauschwarzen, langen Haare lagen hinten auf seinem Kragen in Locken und bildeten vorn an den Schläfen kühne Ringel, die kleinen, geschwollenen Augen blickten ausdruckslos; über der Oberlippe standen einige Härchen. Er war gekleidet wie ein lustiger Gutsbesitzer, der sich auf den Pferdejahrmärkten herumtreibt: Er trug einen bunten, ziemlich schmierigen Jagdrock, eine lilaseidene Halsbinde, eine Weste mit Messingknöpfen und graue, unten in breiten Trichtern auslaufende Hose, aus der die Spitzen der ungeputzten Stiefel kaum herausblickten. Er roch stark nach Tabak und Branntwein; auf seinen roten, dicken Fingern, die von den Ärmeln des Jagdrockes fast bedeckt waren, sah man silberne und Tulaer Ringe. Solche Gestalten trifft man in Rußland nicht zu Dutzenden, sondern zu Hunderten; die Bekanntschaft mit ihnen ist, offen gestanden, gar kein Vergnügen. Aber trotz des Vorurteils, mit dem ich den Reisenden betrachtete, konnte mir sein sorglos gutmütiger und leidenschaftlicher Gesichtsausdruck nicht entgehen.

„Auch dieser Herr da wartet schon länger als eine Stunde", sagte der Aufseher, auf mich zeigend.

„Länger als eine Stunde!" Der Verbrecher machte sich über mich noch lustig!

„Der Herr hat vielleicht nicht solche Eile", antwortete der Reisende.

„Das können wir nicht wissen", sagte der Aufseher mürrisch.

„Geht es denn wirklich nicht? Gibt es gar keine Pferde?"

„Es geht nicht. Es ist kein einziges Pferd da."

„Lassen Sie mir dann den Samowar bereiten. Wir wollen warten, nichts zu machen."

Der Reisende setzte sich auf die Bank, warf die Mütze auf den Tisch und fuhr sich mit der Hand durch das Haar.

„Haben Sie schon Tee getrunken?" fragte er mich.

„Ja."

„Trinken Sie vielleicht zur Gesellschaft noch einmal?"

Ich willigte ein. Der rote Samowar erschien zum viertenmal auf dem Tisch. Ich holte eine Flasche Rum hervor. Ich hatte mich nicht geirrt, als ich den Fremden für einen kleinbegüterten Edelmann hielt. Er hieß Pjotr Petrowitsch Karatajew.

Wir kamen ins Gespräch. Es war noch keine halbe Stunde seit seiner Ankunft vergangen, als er mir schon mit der gutmütigsten Aufrichtigkeit sein ganzes Leben erzählt hatte.

„Jetzt fahre ich nach Moskau", sagte er mir, indem er das vierte Glas leerte. „Auf dem Land habe ich jetzt nichts mehr zu tun."

„Warum denn nichts?"

„Absolut nichts. Die Wirtschaft ist in Unordnung, die Bauern habe ich, offen gestanden, ruiniert; dann kamen schlechte Jahre dazwischen: Mißernten, wissen Sie. Unglücksfälle . . . Übrigens", fügte er hinzu mit einem traurigen Blick auf die Seite, „was bin ich auch für ein Landwirt!"

„Warum denn?“

„Aber nein“, unterbrach er mich, „sieht denn ein Landwirt so aus! Sehen Sie“, fuhr er fort, indem er den Kopf auf die Seite neigte und eifrig an seiner Pfeife sog, „wenn Sie mich so ansehen, können Sie vielleicht denken, daß ich . . . aber ich muß Ihnen sagen, daß ich nur eine mittelmäßige Erziehung genossen habe; die Mittel fehlten. Entschuldigen Sie, ich bin ein aufrichtiger Mensch und schließlich . . .“

Er beendete seine Rede nicht und winkte abwehrend mit der Hand. Ich begann, ihm zu versichern, daß er sich irre, daß ich mich über unsere Begegnung sehr freue und so weiter. Dann bemerkte ich, daß die Verwaltung eines Gutes, wie ich glaube, keine besondere Bildung erfordere.

„Einverstanden“, antwortete er, „ich bin mit Ihnen einverstanden. Aber es ist doch eine besondere Anlage dazu nötig! Mancher stellt Gott weiß was an, und es schadet ihm nicht! Aber ich . . . Gestatten Sie die Frage, sind Sie aus Petersburg oder aus Moskau?“

„Aus Petersburg.“

Er paffte eine lange Rauchsäule durch die Nase.

„Ich fahre aber nach Moskau, um mir eine Stelle zu suchen.“

„Wo beabsichtigen Sie denn einzutreten?“

„Ich weiß es nicht, wie es sich trifft. Offen gestanden, habe ich Angst vor dem Dienst: So leicht kann man zur Verantwortung gezogen werden. Ich habe immer auf dem Land gelebt; ich bin es so gewöhnt, wissen Sie . . . aber es ist nichts zu machen . . . die Not! Ach, diese Not . . .“

„Dafür werden Sie in der Hauptstadt leben.“

„In der Hauptstadt . . . nun, ich weiß nicht, was an der Hauptstadt gut ist. Wir wollen sehen, vielleicht ist es wirklich gut . . . Aber ich glaube doch, daß es nichts Besseres gibt als das Landleben.“

„Können Sie denn nicht mehr auf dem Land leben?“

Er seufzte auf. „Ich kann nicht, das Gut gehört mir fast nicht mehr.“

„Wieso?“

„Es gibt dort so einen guten Menschen, einen Nachbarn . . . der hat einen Wechsel . . .“ Der arme Pjotr Petrowitsch fuhr sich mit der Hand übers Gesicht, dachte nach und schüttelte den Kopf.

„Was soll man noch reden . . .! Offen gestanden“, fügte er nach einem kurzen Schweigen hinzu, „darf ich mich über niemanden beklagen, ich bin selbst schuld. Ich habe gern großgetan . . .! Ich liebe es, hol's der Teufel, großzutun!“

„Haben Sie auf dem Land flott gelebt?“ fragte ich ihn.

„Mein Herr“, antwortete er langsam, mir gerade in die Augen blickend, „ich besaß zwölf Koppel Jagdhunde, solche Jagdhunde, sage ich Ihnen, wie es wenig gibt.“ Das letzte Wort sprach er in einem singenden Ton. „Einen Hasen erwischten sie im Nu und gegen Pelzwild waren sie wie Schlangen, wie Ottern. Auch auf meine Windhunde konnte ich stolz sein. Jetzt ist es vorbei, also brauche ich nicht zu lügen. Ich jagte auch mit dem Gewehr. Ich hatte eine Hündin, Komtesse; die stand wie eine Mauer, hatte eine vortreffliche Nase. Manchmal ging ich mit ihr ans Moor und sagte ihr: „Such!“ Wenn die dann nicht zu suchen anfing, so hätte man mit einem Dutzend Hunde hingehen können: nichts zu holen! Wenn sie aber zu suchen anfing, so konnte sie vor Eifer krepieren . . .! Im Zimmer war sie so höflich: Gab man ihr ein Stück Brot mit der linken Hand, und sagte dabei: „Ein Jude hat davon gegessen“, so nahm sie es nicht; gab man es ihr aber mit der rechten und sagte: „Ein Fräulein hat davon gegessen“, so nahm sie es gleich und fraß es auf. Ich hatte ein Junges von ihr, ein ausgezeichnetes Junges, ich wollte es nach Moskau mitnehmen, aber ein Freund hat es sich von mir mit dem Gewehr zusammen ausgebeten; er sagte: „In Moskau wirst du dafür keine Zeit haben; dort werden ganz andere Sachen kommen, Bruder.“ So gab ich ihm das Junge und auch das Gewehr; es ist, wissen Sie, schon alles dort geblieben.“

„In Moskau könnten Sie ja auch gar nicht auf die Jagd gehen.“

„Nein, wozu auch? Habe ich mich nicht zu beherrschen verstanden, so muß ich jetzt leiden. Gestatten Sie lieber die Frage: Ist das Leben in Moskau teuer?“

„Nein, nicht sehr.“

„Nicht sehr . . .? Sagen Sie, in Moskau gibt es doch Zigeuner?“

„Was für Zigeuner?“

„Die auf den Jahrmärkten herumreisen?“

„Ja, die leben in Moskau . . .“

„Nun, das ist gut. Ich liebe die Zigeuner, hol' mich der Teufel, ich liebe sie . . .“

Die Augen Pjotr Petrowitschs leuchteten vor verwegener Lust. Aber plötzlich rückte er auf seiner Bank unruhig hin und her, wurde dann nachdenklich, senkte den Kopf und hielt mir sein leeres Glas hin.

„Geben Sie mir mal von Ihrem Rum“, sagte er.

„Aber es ist kein Tee mehr da!“

„Macht nichts, ich trinke ihn ohne Tee . . . Ach!“

Karatajew legte den Kopf auf die Hände und stützte sich mit den Ellenbogen auf den Tisch. Ich sah ihn schweigend an und erwartete schon jene Gefühlsausbrüche, vielleicht sogar jene Tränen, mit denen ein angetrunkener

Mensch zu freigebig ist; als er aber den Kopf hob mußte ich über den tief traurigen Ausdruck seines Gesichts staunen.

„Was ist Ihnen?"

„Es ist nichts . . . ich dachte an die alten Zeiten. Es ist so eine Anekdote . . . Ich würde sie Ihnen erzählen, aber ich schäme mich, Sie zu belästigen . . ."

„Aber erlauben Sie!"

„Ja", fuhr er mit einem Seufzer fort, „es gibt solche Fälle . . . zum Beispiel auch mit mir. Wenn Sie wollen, erzähle ich es Ihnen. Übrigens weiß ich nicht . . ."

„Erzählen Sie doch, liebster Pjotr Petrowitsch."

„Meinetwegen, obwohl es auch . . . Sehen Sie", begann er, „aber ich weiß wirklich nicht . . ."

„Aber machen Sie doch keine Umstände, liebster Pjotr Petrowitsch!"

„Nun, meinetwegen. Mit mir ist also sozusagen folgendes passiert. Ich lebte auf dem Land . . . Plötzlich fiel mir ein Mädchen auf, ach, war das ein Mädchen . . . schön, klug und so gut! Sie hieß Matrjona. Sie war aber ein einfaches Mädel, das heißt, Sie verstehen, eine leibeigene Magd. Das Mädel gehörte auch nicht mir, sondern wem anders, das war das Unglück. Nun, ich verliebte mich in sie – wirklich solch eine Anekdote –, auch sie sich in mich. So fing mich Matrjona zu bitten an: Ich solle sie von ihrer Herrin loskaufen; ich hatte auch schon selbst daran gedacht . . . Ihre Herrin war aber eine reiche, schreckliche alte Schachtel; sie wohnte an die fünfzehn Werst von mir entfernt. Eines schönen Tages, wie man so sagt, ließ ich mir also meine Troika anspannen – zum Mittelpferd hatte ich einen Paßgänger, einen wilden Asiaten, dafür hieß er auch Lampurdos –, kleidete mich etwas besser an und fuhr zu Matrjonas Herrin . . . Ich komme an – ein großes Haus mit Nebenflügeln und einem Garten . . . Matrjona hatte mich an der Straßenbiegung erwartet, wollte mit mir sprechen, küßte mir aber nur die Hand und trat auf die Seite. Ich komme ins Vorzimmer und frage: „Zu Hause . . .?" Ein langer Lakai antwortet mir: „Wen darf ich anmelden?" Ich sage ihm: „Melde, mein Bester, der Gutsbesitzer Karatajew sei gekommen, um ein Geschäft zu besprechen." Der Lakai ging. Ich warte und denke mir: Was wird wohl werden? Die Bestie wird wohl ein Heidengeld verlangen und wenn sie auch noch so reich ist. Sie fordert vielleicht an die fünfhundert Rubel. Endlich kommt der Lakai zurück und sagt: „Bitte." Ich folge ihm ins Gastzimmer. In einem Lehnstuhl sitzt eine kleine gelbliche Alte und zwinkert mit den Augen. „Was wünschen Sie?" – Ich hielt es, wissen Sie, für nötig, ihr zuerst zu erklären, daß ich mich freue, ihre Bekanntschaft zu machen. – „Sie irren sich, ich bin nicht die Gutsbesitzerin, sondern nur eine Verwandte . . . Was wünschen Sie?" – Ich bemerkte ihr sogleich, daß ich die Dame selbst sprechen müsse. – „Marja Iljinitschna empfängt heute nicht, sie ist nicht wohl. . . . Was wünschen Sie?“ – Nichts zu machen, sagte ich mir, ich will ihr mein Anliegen sagen. Die Alte hörte mich an. – „Matrjona? Was für eine Matrjona?“ – „Matrjona Fjodorowna, die Tochter Kuliks.“ – „Fjodor Kuliks Tochter . . . Sie kennen sie also?“ – „Ganz zufällige – „Ist ihr Ihre Absicht bekannt?“ – „Ja.“ – Die Alte schwieg. – „Ich will die Niederträchtige . . .!“ – Ich war, offen gestanden, erstaunt. – „Warum denn, ich bitte Sie . . .! Ich bin bereit, für sie den Betrag zu erlegen, den Sie bestimmen.“ – Die alte Hexe zischte nur so. – „Damit glauben Sie, uns zu blenden? Was brauchen wir Ihr Geld . . .! Aber ihr werde ich es schon zeigen . . . ich will ihr den Unsinn aus dem Kopf schlagen.“ – Die Alte bekam vor Wut einen Hustenanfall. – „Hat sie es etwa schlecht bei uns . . .? Ach, diese Teufelsdirne, Gott verzeih' meine Sünde!“ – Ich fuhr, offen gestanden, auf. – „Warum drohen Sie so dem armen Mädel? Was hat sie verbrochen?“ – Die Alte bekreuzigte sich. – „Ach du lieber Gott, habe ich denn . . .“ – „Sie gehört ja gar nicht Ihnen!“ – „Das weiß Marja Iljinitschna am besten, es ist nicht Ihre Sache, Väterchen; der Matrjona werde ich aber schon zeigen, wessen Magd sie ist.“ – Offen gestanden hätte ich mich beinahe auf die verfluchte Alte gestürzt, aber ich dachte an Matrjona und ließ die Hände sinken. Mir wurde so bange, daß ich es gar nicht beschreiben kann. Ich fing an, die Alte zu bitten: „Verlangen Sie, was Sie wollen.“ – „Aber was brauchen Sie sie?“ – „Sie gefällt mir, Mütterchen, versetzen Sie sich nur in meine Lage . . . Gestatten Sie, daß ich Ihnen die Hand küsse.“ – Und ich küßte der Hexe wirklich die Hand! – „Nun“, sagte die Hexe, „ich will es der Marja Iljmitschna sagen; soll sie es entscheiden; kommen Sie so in zwei Tagen wieder.“ – Ich fuhr in großer Unruhe nach Hause. Ich begann zu ahnen, daß ich die Sache falsch angepackt hatte, daß ich ihr meine Neigung für das Mädchen nicht hätte zeigen sollen, aber das war mir zu spät eingefallen. Nach zwei Tagen begab ich mich zu der Dame. Man führte mich ins Kabinett. Eine Menge Blumen, eine prächtige Einrichtung, sie selbst sitzt in so einem merkwürdigen Lehnstuhl und hat den Kopf auf das Kissen zurückgeworfen; auch die Verwandte von neulich sitzt dabei und noch so ein flachsblondes Fräulein in grünem Kleid mit einem schiefen Mund, wahrscheinlich die Gesellschafterin. Die Alte näselte: „Nehmen Sie bitte Platz.“ – Ich setze mich. Sie fängt an, mich auszufragen, wie alt ich sei, wo ich gedient hätte und was ich vorhabe – und alles so hochmütig und von oben herab. Ich antwortete ihr auf alles ausführlich. Die Alte nimmt ein Tuch vom Tisch, fächelt sich damit und sagt: „Katerina Karpowna hat mir von Ihrer Absicht erzählt, ja, sie hat es mir erzählt. Aber“, sagt sie, „ich habe es mir zur Regel gemacht, niemanden von meinen Leuten in fremde Dienste zu geben. Es schickt sich nicht in einem anständigen Hause, und es ist auch keine Art. Ich habe", sagt sie, „schon meine Anordnungen getroffen, und Sie brauchen sich keine Sorgen mehr zu machen." – „Was für Sorgen, ich bitte sie . . .! Vielleicht brauchen Sie die Matrjona Fjodorowna?" – „Nein", sagt sie, „ich brauche sie nicht." – „Warum wollen Sie sie mir dann nicht abtreten?" – „Weil es mir nicht paßt, weil es mir nicht paßt und fertig. Ich habe", sagt sie, „schon meine Anordnungen getroffen: Sie wird auf ein Steppengut geschickt." – Ich war wie vom Blitz getroffen. Die Alte sagte ein paar Worte auf französisch zu dem grünen Fräulein, und jenes ging hinaus. – „Ich bin", sagte sie, „eine Frau von strengen Grundsätzen, und meine Gesundheit ist schwach, ich kann keine Aufregung ertragen. Sie sind noch ein junger Mann, ich aber bin eine alte Frau und habe das Recht, Ihnen Ratschläge zu geben. Wäre es nicht besser für Sie, eine gute Partie zu suchen und zu heiraten? Reiche Partien sind selten, aber ein armes, junges Mädchen von guten Sitten kann man wohl finden." – Wissen Sie, ich sehe die Alte an und verstehe nicht, was sie da schwatzt; ich höre, sie redet von einer Heirat, mir klingt aber das Steppendorf immer in den Ohren. Heiraten . . .! Den Teufel auch . . ." Der Erzähler hielt plötzlich inne und sah mich an.

„Sie sind doch nicht verheiratet?"

„Nein."

„Nun, man kennt es ja. Ich konnte mich nicht beherrschen: „Ich bitte Sie, Mütterchen, was reden Sie für einen Unsinn: Wer denkt ans Heiraten? Ich möchte von Ihnen einfach wissen, ob Sie mir Ihr leibeigenes Mädel Matrjona abtreten wollen oder nicht!" – Die Alte fing an zu stöhnen: – „Ach, er hat mich so aufgeregt! Ach, sagt ihm, er solle gehen! Ach . . .!" Die Verwandte sprang auf sie zu und fing an, auf mich zu schreien. Die Alte stöhnt aber immer: „Womit habe ich das verdient . . .? Ich bin wohl nicht mehr Herrin in meinem Hause? Ach, ach!" – Ich griff nach meinem Hut und rannte wie verrückt hinaus."

„Vielleicht", fuhr der Erzähler fort, „werden Sie mich dafür tadeln, daß ich mich so sehr an ein Mädel aus niederem Stande gehängt hatte; ich habe nicht die Absicht, mich zu rechtfertigen . . . es war eben so gekommen! Glauben Sie mir, ich fand weder bei Tag noch bei Nacht Ruhe . . . Ich quälte mich! Warum, dachte ich mir, habe ich das unglückliche Mädel zugrunde gerichtet! Wenn ich mir nur vorstellte, sie müsse in grober Kleidung die Gänse hüten, werde auf herrschaftlichen Befehl schlecht behandelt oder vom Schulzen, einem Bauern in geteerten Stiefeln, auf das gemeinste beschimpft, so kam mir der kalte Schweiß. Nun, ich hielt es nicht aus, ich erfuhr, in welches Dorf man sie verschickt hatte, stieg in den Sattel und ritt hin. Erst am nächsten Tag gegen Abend kam ich hin. Offenbar hatte man von mir einen solchen Streich nicht erwartet und keinerlei Anordnungen für einen solchen Fall getroffen. Ich komme direkt zum Schulzen, als wäre ich ein Nachbar; ich trete in den Hof und sehe: Matrjona sitzt auf der Treppe, den Kopf in die Hand gestützt. Sie schrie leise auf, aber ich drohte ihr mit dem Finger und zeigte auf das freie Feld hinter dem Hof. Dann trat ich in die Stube, plauderte mit dem Schulzen, log ihm das Blaue vom Himmel herunter, wartete einen günstigen Augenblick ab und ging zu Matrjona hinaus. Die Ärmste fiel mir um den Hals. Blaß und mager war mein Täubchen geworden. Wissen Sie, ich sage ihr: „Hör auf, Matrjona, hör auf, weine nicht . . .", mir laufen aber dabei die Tränen die Wangen herab . . . Endlich schämte ich mich doch und sagte zu ihr: „Matrjona, Tränen helfen nichts, man muß aber sozusagen entschlossen handeln, du mußt mit mir fliehen; ja, ja, so muß man handeln!" Matrjona war ganz starr. „Das geht doch nicht! Ich stürze mich ins Unglück, sie werden mich dann ganz auffressen!" – „Du Dumme, wer wird dich finden?" – „Man wird mich finden, man wird mich ganz gewiß finden! Ich danke Ihnen, Pjotr Petrowitsch, nie werde ich Ihnen Ihre Güte vergessen, aber jetzt verlassen Sie mich, so ist wohl einmal mein Schicksal." – „Ach, Matrjona, Matrjona, ich habe dich doch für ein Mädel von Charakter gehalten." – Sie hatte in der Tat viel Charakter . . . ein goldenes Herz hatte sie! – „Was sollst du hier bleiben? Es ist doch alles eins; schlimmer kann es gar nicht werden. Sag doch: Hast du nicht die Fäuste des Schulzen gekostet, was?" Matrjona flammte auf und ihre Lippen zitterten. – „Wenn ich es tue, wird man meiner Familie das Leben sauer machen." – „Geh mir mit deiner Familie . . . Wird man sie vielleicht verschicken?" – „Man wird sie verschicken; meinen Bruder wird man ganz sicher verschicken." – „Und den Vater?" – „Den Vater wird man nicht verschicken; er ist bei uns der einzige gute Schneider." – „Nun siehst du es; dein Bruder wird deshalb nicht zugrunde gehen." – Glauben Sie es mir, ich hatte viel Mühe, sie zu überreden; es fiel ihr sogar ein, man würde auch mich zur Verantwortung ziehen . . . „Das ist nicht deine Sache", sagte ich ihr . . . Endlich entführte ich sie doch . . . nicht dieses Mal, aber ein anderes: Ich kam nachts mit einem Wagen gefahren und entführte sie."

„Sie entführten sie?"

„Ja, ich entführte sie . . . So blieb sie bei mir wohnen. Mein Häuschen ist klein, viel Dienstboten habe ich nicht. Meine Leute, ich kann es offen sagen, achteten mich hoch; sie hätten mich um nichts in der Welt verraten. Mein Leben wurde schön. Matrjona erholte sich und kam zu Kräften; ich hing an ihr sehr . . . Ach, war das ein Mädel! Wo hatte sie das nur her? Sie verstand zu singen und zu tanzen und auch Gitarre zu spielen ... Den Nachbarn zeigte ich sie nicht: Wie leicht hätten sie es ausplaudern können! Ich hatte aber einen Herzensfreund, Pantelej Gornostajew – kennen Sie ihn nicht? Der war ganz vernarrt in sie; er küßte ihr wie einer Gnädigen die Hände, wirklich! Ich muß Ihnen auch sagen: Dieser Gornostajew ist ein ganz anderer Mensch als ich. Ein gebildeter Mensch, den ganzen Puschkin hatte er gelesen; wenn er zuweilen mit mir und mit Matrjona sprach, so rissen wir nur den Mund auf. Er lehrte sie sogar schreiben, der Kauz! Wie ich sie aber kleidete – viel besser als die Gouverneurin; ich ließ ihr einen Mantel machen aus himbeerrotem Samt mit Pelzbesatz ... Wie gut ihr dieser Mantel stand! Den Mantel hatte eine Moskauer Madame nach der neuesten Mode auf Taille genäht. So sonderbar ist diese Matrjona! Manchmal sitzt sie stundenlang nachdenklich da, blickt auf den Boden und zuckt mit keiner Braue; ich sitze auch dabei, sehe sie an und kann mich gar nicht satt sehen, als sähe ich sie zum erstenmal ... Sie lächelt, und das Herz bebt mir im Leibe, als kitzelte mich jemand. Oder sie fängt plötzlich an zu lachen, zu scherzen, zu tanzen; sie umarmt mich so fest, so heiß, daß mir der Kopf schwindelt. Von früh bis spät denke ich mir manchmal: Womit kann ich ihr eine Freude machen? Glauben Sie mir; ich beschenkte sie, nur um zu sehen, wie sie vor Freude rot wird, wie sie mein Geschenk anprobiert und mit dem neuen Putz auf mich zugeht und mich küßt. – Es ist unbekannt, auf welche Weise ihr Vater Kulik Wind von der Sache bekam; der Alte kam, um uns beide zu sehen; und fing bitter zu weinen an ... So lebten wir an die fünf Monate; wie gerne hätte ich mit ihr mein ganzes Leben verbracht, aber ich habe einmal so ein verfluchtes Schicksal!"

Pjotr Petrowitsch hielt inne.

„Was geschah dann?" fragte ich ihn mit Teilnahme.

Er winkte erregt mit der Hand.

„Alles ging zum Teufel. Ich richtete sie selbst zugrunde. Meine Matrjona liebte über alles das Schlittenfahren und pflegte selbst die Pferde zu lenken; sie zog ihren Pelz und gestickte Torschoksche Handschuhe an und schrie nur so vor Freude. Wir fuhren immer nur am Abend aus, wissen Sie, um niemand zu begegnen. Einmal war so ein schöner, frostiger, heiterer, windloser Tag ... wir fuhren aus. Matrjona nahm die Zügel. Ich sehe: Wo fährt sie denn hin? Doch nicht nach Kukujewka, ins Dorf ihrer Herrin? Sie fährt aber wirklich nach Kukujewka. Ich sage ihr: „Verrückte, wohin fährst du?" Sie sieht mich über die Schulter an und lächelt. „Wir wollen einmal kühn sein!" Nun, denke ich mir, es sei ...! Es ist doch schön, am Herrenhaus vorbeizufahren? Es ist doch schön, nicht wahr? So fahren wir hin. Mein Paßgänger schwimmt nur so, die

Seitenpferde wirbeln daher, da ist schon die Kirche von Kukujewka zu sehen; auf der Straße kommt aber eine alte grüne Kutsche gekrochen und hinten steht ein Lakai . . . Die Gnädige, die Gnädige kommt gefahren! Mir wurde bange. Matrjona aber schlug das Pferd mit einem Zügel und sauste gerade auf die Kutsche los! Der Kutscher sieht, verstehen Sie, es fliegt ihm so etwas wie ein Alchimeres entgegen, er will ausweichen, macht aber eine zu scharfe Wendung und schmeißt die Kutsche in einen Schneehaufen um. Das Glas zerbricht, die Gnädige schreit: „Ei, ei, ei! Ei, ei, ei!“ Die Gesellschafterin winselt: „Halt, halt!“ Wir aber sausen vorüber. So jagen wir dahin, und ich denke mir: Es wird schlimm enden, ich hätte ihr nicht erlauben sollen, nach Kukujewka zu fahren. Und was glauben Sie? Die Gnädige hatte die Matrjona erkannt, auch mich hatte die Alte erkannt und eine Klage eingereicht: „Mein flüchtiges leibeigenes Mädel wohnt beim Edelmann Karatajew“; der Klage fügte sie das übliche Geldgeschenk bei. Ich sehe, es kommt zu mir der Isprawnik gefahren; der Isprawnik ist aber mein Bekannter, Stepan Sergejitsch Kusowkin, ein guter Mensch; das heißt, eigentlich gar kein guter Mensch. So kommt er zu mir und sagt: „So und so, Pjotr Petrowitsch, was denken Sie sich eigentlich . . .? Die Verantwortung ist schwer und auch die Gesetze darüber sind sehr klar.“ Ich sage ihm: „Darüber werden wir natürlich noch reden, wollen Sie aber nicht erst etwas zu sich nehmen nach der Fahrt?“ Er weigerte sich nicht, sagte aber: „Die Gerechtigkeit verlangt es, Pjotr Petrowitsch, urteilen Sie doch selbst!“ – „Natürlich, die Gerechtigkeit“, sage ich ihm, „gewiß . . . ich habe aber gehört, daß Sie einen Rappen haben, wollen Sie diesen Rappen nicht gegen meinen Lampurdos umtauschen . . .? Das Mädel Matrjona Fjodorowna ist aber nicht bei mir.“ – „Nun“, sagt er, „Pjotr Petrowitsch, das Mädel ist doch bei Ihnen, wir leben ja nicht in der Schweiz . .. mein Pferdchen kann ich aber wohl gegen Ihren Lampurdos eintauschen, das läßt sich machen; ich kann ihn auch so nehmen.“ Dieses Mal fertigte ich ihn ab. Aber die Alte fuhr aus der Haut: „Zehntausend Rubel“, sagte sie, „will ich es mich kosten lassen.“ Sehen Sie, es war ihr, als sie mich gesehen hatte, eingefallen, mich mit ihrer grünen Gesellschafterin zu verheiraten – das erfuhr ich später; darum war sie so wütend geworden. Was solchen Damen nicht alles einfällt . . .! Es kommt wohl vor Langeweile. Nun hatte ich es schwer: Ich geizte nicht mit Geld und hielt Matrjona versteckt, es half aber alles nichts! Sie hetzten mich und machten mich ganz toll. Ich geriet in Schulden, wurde krank . . . So liege ich eines Nachts im Bett und denke mir: Du lieber Gott, wofür werde ich so gestraft? Was soll ich machen, wenn ich nicht von ihr lassen kann . . .? Ich kann es nicht, und fertig! – Da kommt zu mir ins Zimmer Matrjona. Um jene Zeit hielt ich sie auf einem

Vorwerk zwei Werst von meinem Haus versteckt. Ich erschrak. – „Was gibt's? Hat man dich dort entdeckt?" – „Nein, Pjotr Petrowitsch", sagt sie, „niemand hat mich in Bubnowo beunruhigt; wird es aber noch lange so gehen? Mein Herz", sagt sie, „bricht mir entzwei, Pjotr Petrowitsch; Sie tun mir leid, Liebster; niemals werde ich Ihre Güte vergessen, Pjotr Petrowitsch, jetzt komme ich aber, um mich von Ihnen zu verabschieden." – „Was hast du, was hast du, du Verrückte . . .? Verabschieden? Wieso, verabschieden . . .?" – „So . . . ich gehe jetzt hin und liefere mich aus." – „Ich werde dich auf dem Dachboden einsperren, du Verrückte . . . Oder willst du mich zugrunde richten? Mich töten?" – Das Mädel schweigt und blickt zu Boden. – „Nun, sprich doch, sprich!" – „Ich will Ihnen keine Sorgen mehr machen, Pjotr Petrowitsch." – Nun, geh einer hin und rede mit ihr . . . – „Weißt du, dumme Gans, du bist einfach ver . . . verrückt . . .",

Pjotr Petrowitsch fing an, bitter zu schluchzen.

„Was glauben Sie?" fuhr er fort, indem er mit der Faust auf den Tisch schlug und versuchte, die Brauen zusammenzuziehen, während ihm die Tränen über seine glühenden Wangen liefen: „Das Mädchen hat sich wirklich ausgeliefert, sie ging hin und lieferte sich aus . . ."

„Die Pferde sind bereit!" rief feierlich der Stationsaufseher, ins Zimmer tretend.

Wir standen beide auf.

„Was wurde denn aus Matrjona?" fragte ich.

Karatajew winkte abwehrend mit der Hand.

Ein Jahr nach meiner Begegnung mit Karatajew kam ich zufällig nach Moskau. Einmal ging ich vor dem Essen in ein Kaffeehaus, das sich hinter der Jägerzeile befand, ein originelles Moskauer Kaffeehaus. Im Billardzimmer sah man durch die Rauchwolken gerötete Gesichter, Schnurrbärte, Köpfe, altmodische Schnürjoppen und allermodernste Trachten. Magere Greise in bescheidenen Röcken lasen russische Zeitungen. Die Kellner rannten mit den Tabletts schnell über die grünen Läufer hin und her. Kaufleute tranken mit schmerzvoller Anstrengung Tee. Plötzlich trat aus dem Billardzimmer ein ziemlich zerzauster und nicht ganz nüchterner Mann. Er steckte die Hände in die Taschen, senkte den Kopf und sah sich gedankenlos um.

„Bah, bah, bah! Pjotr Petrowitsch . . .! Wie geht es Ihnen?"

Pjotr Petrowitsch fiel mir beinahe um den Hals und schleppte mich, leicht schwankend, in ein kleineres Nebenzimmer.

„So, hier", sagte er, mich sorgsam in einen Lehnstuhl setzend, „hier werden Sie es bequem haben. Kellner, Bier! Das heißt nein, Champagner! Ich muß gestehen, ich habe es nicht erwartet . . . Seit wie lange? Auf wie lange? So hat es Gott sozusagen gefügt . . ."

„Erinnern Sie sich noch . . ."

„Wie sollte ich mich nicht erinnern", unterbrach er mich hastig, „es sind alte Geschichten . . . alte Geschichten . . ."

„Nun, was treiben Sie hier, liebster Pjotr Petrowitsch?"

„Ich lebe, wie Sie sehen. Das Leben ist hier gut, die Leute sind freundlich. Hier habe ich Ruhe gefunden."

Er seufzte auf und hob die Augen zum Himmel.

„Dienen Sie?"

„Nein, ich diene nicht, will aber bald eine Stelle nehmen. Aber was ist so ein Dienst . . .? Das Wichtigste sind doch die Menschen. Was für Menschen habe ich hier kennengelernt . . .!"

Der Kellnerjunge brachte eine Flasche Champagner auf einem schwarzen Tablett.

„Auch dieser da ist ein guter Mensch . . . nicht wahr, Waßja, du bist ein guter Mensch? Auf dein Wohl!"

Der Junge blieb stehen, nickte höflich mit dem Kopf, lächelte und ging hinaus.

„Ja, hier sind gute Menschen", fuhr Pjotr Petrowitsch fort, „Menschen mit Gemüt und Herz . . . Wollen Sie? Ich will Sie mit ihnen bekannt machen. So prächtige Burschen . . . Sie werden sich alle freuen, Ihre Bekanntschaft zu machen. Ich will Ihnen sagen . . . Bobrow ist gestorben, dieser Jammer!"

„Was für ein Bobrow?"

„Sergej Bobrow. War ein prachtvoller Mensch; er hatte sich meiner, des ungebildeten Steppenmenschen, angenommen. Auch Pantelej Gornostajew ist tot. Alle sind tot, alle!"

„Haben Sie die ganze Zeit in Moskau gelebt? Waren Sie nie auf dem Land?"

„Auf dem Land . . .? Mein Landgut hat man verkauft."

„Verkauft?"

„Öffentlich versteigert . . . Schade, daß Sie es nicht gekauft haben!"

„Wovon werden Sie jetzt leben, Pjotr Petrowitsch?"

„Ich werde nicht verhungern, so Gott will! Wenn ich kein Geld, habe, so habe ich Freunde. Was ist Geld? – Staub! Gold ist Staub!"

Er schloß die Augen, wühlte in seiner Tasche und hielt mir zwei Fünfzehnkopekenstücke und ein Zehnkopekenstück auf der flachen Hand hin.

„Was ist das? Es ist doch Staub?" (Und das Geld flog auf die Erde.) „Sagen Sie mir lieber, haben Sie etwas von Poleschajew gelesen?"

„Ja."
„Haben Sie Motschalow im *Hamlet* gesehen?"
„Nein, ich habe ihn nicht gesehen."
„Sie haben ihn nicht gesehen, nicht gesehen . . ." Karatajews Gesicht erbleichte, seine Augen schweiften unruhig umher; er wandte sich ab; ein leichtes Zucken lief über seine Lippen. „Ach, Motschalow, Motschalow! „Sterben – schlafen"„, sagte er mit dumpfer Stimme.

„Nichts weiter! Und zu wissen, daß ein Schlaf
das Herzweh und die tausend Schläge endet,
die unseres Fleisches Erbteil; 's ist ein Ziel
aufs innigste zu wünschen . . . sterben . . . schlafen . . ."

„Schlafen, schlafen", murmelte er einige Male hintereinander.
„Sagen Sie, bitte . . .", begann ich – aber er fuhr mit Feuer fort:

„Denn wer ertrüg' der Zeiten Spott und Geißel
des Mächt'gen Druck, des Stolzen Mißhandlungen,
verschmähter Liebe Pein, des Rechtes Aufschub,
den Übermut der Ämter und die Schmach,
die Unwert schweigenden Verdienst erweist . . .
. . . . . . O Nymphe,
in dein Gebet schließ meine Sünden ein!"

Und er ließ den Kopf auf den Tisch sinken. Er fing an zu stottern und zu phantasieren.
„Ein kurzer Mond!" rief er mit neuer Kraft.

„Ein kurzer Mond, bevor die Schuh' verbraucht,
womit sie meines Vaters Leiche folgte . . .
O Himmel! Würd' ein Tier, das nicht Vernunft hat,
doch länger trauern . . ."

Er hob das Champagnerglas an die Lippen, trank aber nicht und fuhr fort:

„. . . Um Hekuba!
Was ist ihm Hekuba, was ist er ihr,

daß er um sie soll weinen . . .? . . . und ich,
ein blöder, schwachgemuter Schurke, schleiche
wie Hans der Träumer, meiner Sache fremd . . .
. . . bin ich 'ne Memme?
Wer nennt mich Schelm? Bricht mir den Kopf entzwei?
Zwickt an der Nase mich? Und straft mich Lügen
tief in den Hals hinein? Wer tut mir dies?
Ha! Nähm' ich's eben doch. – Es ist nichts anders:
Ich hege Taubenmut, mir fehlt's an Galle,
die bitter macht den Druck . . ."

Karatajew ließ das Glas fallen und griff sich an den Kopf. Ich glaubte ihn zu verstehen.

„Ja, so ist es", sagte er endlich: „Hin ist hin . . . Nicht wahr?" Er lachte. „Auf Ihr Wohl!"

„Bleiben Sie in Moskau?" fragte ich ihn.

„Ich werde in Moskau sterben!"

„Karatajew!" ertönte es aus dem Nebenzimmer. „Karatajew, wo steckst du? Komm her, lieber Mensch!"

„Man ruft mich", sagte er, indem er sich schwerfällig erhob. „Leben Sie wohl; besuchen Sie mich, wenn Sie können, ich wohne in ***."

Aber am nächsten Tag mußte ich infolge unvorhergesehener Umstände Moskau verlassen und sah Pjotr Petrowitsch Karatajew nie wieder.

Das Stelldichein

Im Herbst, um die Mitte September, saß ich einmal in einem Birkengehölz. Vom frühen Morgen an ging ein feiner Regen nieder, der zeitweise mit warmem Sonnenschein abwechselte: Das Wetter war unbeständig. Der Himmel war bald ganz von lockeren weißen Wolken bedeckt, klärte sich bald für eine Weile auf, und dann leuchtete zwischen den Wolken ein Blatt, so heiter und freundlich wie ein schönes Auge. Ich saß da, blickte um mich und lauschte. Das Laub rauschte leise über meinem Kopf; an diesem Geräusch allein konnte man schon die Jahreszeit erkennen. Es war nicht das lustige, lachende Beben des Frühlings, nicht das weiche Flüstern und anhaltende Gerede des Sommers, nicht das scheue und kalte Lallen des Spätherbstes, sondern ein kaum hörbares, verschlafenes

Geplauder. Ein schwacher Wind zog ganz leise durch die Wipfel. Das Innere des vom Regen durchnäßten Wäldchens änderte sich fortwährend, je nachdem, ob die Sonne schien oder von einer Wolke verdeckt wurde; bald stand es im hellen Licht, und dann lächelte plötzlich alles: Die feinen Stämme der nicht zu dicht beieinander stehenden Birken nahmen plötzlich einen zarten, seidigen Schimmer an, die auf der Erde liegenden kleinen Blätter wurden plötzlich bunt und brannten wie Dukatengold, und die schönen Stengel der hohen, lockigen Farnkräuter, die schon ihre herbstliche Farbe hatten, der Farbe von überreifen Weintrauben ähnlich, kreuzten sich miteinander und schienen durchsichtig; bald wurde alles ringsum wieder blau: Die grellen Farben erloschen augenblicklich, die Birken standen ganz weiß, ohne Glanz, so weiß wie frisch gefallener Schnee, den der kaltspielende Strahl der Wintersonne noch nicht berührt hat, und der allerfeinste Regen rieselte und flüsterte heimlich und listig durch den Wald. Das Laub der Birken war noch fast grün, wenn auch merklich verblaßt; nur hier und da sah man eine einzelne junge Birke ganz in Rot und Gold prangen, und man muß gesehen haben, wie grell sie aufleuchtete, wenn die Sonnenstrahlen plötzlich durch das engmaschige Netz der feinen, erst eben vom leuchtenden Regen reingewaschenen Zweige drangen. Kein einziger Vogel ließ sich vernehmen, alle hatten sich versteckt und waren verstummt; nur ab und zu klang wie ein stählernes Glöckchen die spöttische Stimme der Meise. Bevor ich in diesem Birkenwäldchen haltmachte, war ich mit meinem Hund durch ein hohes Espengehölz gekommen. Ich habe, offen gestanden, keine besondere Vorliebe für diesen Baum, für die Espe mit ihrem blaßlila Stamm und dem graugrünen, metallischen Laub, das sie so hoch wie möglich hebt und wie einen zitternden Fächer in der Luft ausbreitet; ich liebe nicht das ewige Schwanken ihrer runden, unsauberen Blätter, die so ungeschickt an den langen Stielen sitzen. Sie ist nur an manchen Sommerabenden schön, wenn sie, einsam mitten im niederen Gebüsch ragend, direkt gegen die brennenden rotleuchtenden Strahlen der untergehenden Sonne zu stehen kommt und glänzt und zittert, von den Wurzeln bis zum Wipfel vom gleichen gelblichen Purpur übergossen – oder wenn sie an einem klaren, windigen, Tag bebend und stammelnd sich vom blauen Himmel abhebt und jedes ihrer Blätter, wie von einem Strom ergriffen, sich gleichsam losreißen und in die Ferne wegfliegen will. Aber im allgemeinen liebe ich diesen Baum nicht; darum ging ich, ohne mich im Espengehölz aufzuhalten, in das Birkenwäldchen, richtete mich unter einem Bäumchen ein, dessen Äste dicht über der Erde anfingen und mich folglich vor dem Regen schützen konnten, und versank, nachdem ich die Aussicht ringsherum bewundert hatte, in jenen ruhigen, sanften Schlaf, der nur den Jägern allein bekannt ist.

Ich kann nicht sagen, wie lange ich geschlafen hatte; als ich aber die Augen aufschlug, war das ganze Waldinnere vom Sonnenlicht erfüllt, und durch das freudig rauschende Laub leuchtete und funkelte in allen Richtungen ein grellblauer Himmel: Die Wolken waren vom Wind vertrieben und verschwunden; das Wetter hatte sich aufgeheitert, und in der Luft ließ sich jene besondere trockene Frische fühlen, die das Herz mit einem eigentümlichen Gefühl von Rüstigkeit erfüllt und fast immer einen friedlichen und heiteren Abend nach dem regnerischen Tag verheißt. Ich wollte schon aufstehen und wieder mein Glück versuchen, als mein Blick plötzlich eine unbewegliche menschliche Gestalt traf. Ich sah genauer hin: Es war ein junges Bauernmädchen. Sie saß etwa zwanzig Schritt von mir entfernt, den Kopf nachdenklich gesenkt und beide Hände im Schoß; in einer Hand, die halb offen war, lag ein dicker Strauß von Feldblumen, der bei jedem ihrer Atemzüge auf den gewürfelten Rock hinabglitt. Das am Halse und an den Handgelenken zugeknöpfte reine weiße Hemd lag in kurzen weichen Falten um ihre Taille; große gelbe Glasperlen fielen in zwei Reihen vom Halse auf die Brust herab. Sie war sehr hübsch. Die dichten, schönen aschblonden Haare liefen in zwei sorgfältig gekämmten Halbkreisen unter der schmalen hellroten Binde hervor, die fast auf die elfenbeinweiße Stirn gerückt war; der übrige Teil des Gesichts zeigte jenen goldigen Ton, den der Sonnenbrand nur einer zarten Haut zu verleihen vermag. Ihre Augen konnte ich nicht sehen, sie hob sie nicht; aber ich sah ihre feinen, hochgeschwungenen Brauen und die langen Wimpern; sie waren feucht, und an einer ihrer Wangen glänzte in der Sonne die ausgetrocknete Spur einer Träne, die dicht an ihren leicht erbleichten Lippen stehengeblieben war. Ihr ganzes Köpfchen war reizend; selbst die etwas dicke, runde Nase verdarb es nicht. Besonders gut gefiel mir der Ausdruck ihres Gesichts, er war so einfach und sanft, so traurig und voll kindlichen Erstaunens über die eigene Trauer. Offenbar erwartete sie jemand; im Wald knisterte es leise. Sie hob sofort den Kopf und sah sich um; im durchsichtigen Schatten vor mir leuchteten ihre Augen auf, sie waren groß, hell und scheu wie die einer Hirschkuh. Sie lauschte einige Augenblicke, ohne ihre weitgeöffneten Augen von der Stelle zu wenden, wo das leise Knistern ertönte, seufzte dann, wandte langsam den Kopf, neigte sich noch tiefer und begann, die Blumen auseinanderzunehmen. Ihre Lider röteten sich, die Lippen zuckten bitter, und eine neue Träne rollte unter den dichten Wimpern hervor und funkelte auf ihrer Wange. So verging ziemlich lange Zeit; das arme Mädchen rührte sich nicht, es bewegte nur ab und zu traurig die Arme und lauschte, lauschte . . . Wieder raschelte etwas im Wald – sie fuhr zusammen. Das Rascheln hörte nicht auf, es wurde immer lauter, kam näher, und endlich ließen sich schnelle, entschlossene Schritte vernehmen. Sie richtete sich auf und schien zaghaft zu werden; ihr aufmerksamer Blick zitterte, wie es schien, vor Erwartung. Im Dickicht wurde eine männliche Gestalt sichtbar. Das Mädchen sah gespannt hin, errötete, lächelte freudig und glücklich, wollte schon aufstehen, sank aber gleich wieder zusammen, erbleichte, wurde verlegen und hob ihren bebenden, beinahe flehenden Blick auf den Mann erst, als er neben ihr stehenblieb.

Ich sah ihn von meinem Versteck aus neugierig an. Ich gestehe, er machte auf mich keinen angenehmen Eindruck. Allem Anschein nach war er der verhätschelte Kammerdiener eines jungen, reichen Herrn. Seine Kleidung verriet Ansprüche auf Geschmack und eine stutzerhafte Nachlässigkeit: Er trug einen kurzen, bronzefarbenen, bis oben zugeknöpften Paletot, wahrscheinlich ein abgelegtes Stück seines Herrn, eine rosa Halsbinde mit lila Enden und eine schwarzsamtene Mütze mit goldener Tresse, bis an die Brauen ins Gesicht gedrückt. Der runde Kragen seines weißen Hemdes schnitt sich ihm unbarmherzig in die Wangen und stützte seine Ohren, und die gestärkten Manschetten bedeckten seine Hände bis an die roten krummen Finger, an denen er silberne und goldene Ringe mit Vergißmeinnicht aus Türkisen trug. Sein rosiges, frisches, freches Gesicht gehörte zu den Gesichtern, die, soweit ich bemerkt habe, die Männer fast immer empören, den Frauen aber leider sehr oft gefallen. Offenbar bemühte er sich, seinen ziemlich groben Zügen einen verächtlichen und gelangweilten Ausdruck zu verleihen; er, kniff seine auch ohnehin winzigen milchgrauen Augen zusammen, verzog das Gesicht, ließ die Mundwinkel herab, gähnte gezwungen und strich sich bald mit einer etwas ungeschickten Ungezwungenheit seine rötlichen, kühn geschwungenen Schläfenlocken und zupfte bald an den gelben Härchen, die auf seiner dicken Oberlippe wuchsen – mit einem Wort, er spielte eine ekelhafte Komödie. Er begann sie zu spielen, sobald er das junge Bauernmädchen erblickt hatte, das auf ihn wartete; er ging langsam, nachlässig auf sie zu, blieb eine Weile stehen, zuckte die Achseln, steckte beide Hände in die Taschen seines Paletots und ließ sich, nachdem er das arme Mädchen kaum eines flüchtigen und gleichgültigen Blickes gewürdigt hatte, auf die Erde nieder.

„Nun“, fing er an, immer auf die Seite blickend, mit dem Fuße wippend und gähnend, „bist du schon lange hier?“

Das Mädchen konnte ihm nicht sogleich antworten.

„Schon lange, Viktor Alexandrytsch“, sagte sie endlich mit kaum hörbarer Stimme.

„Ah!“ Er nahm die Mütze ab, fuhr sich majestätisch durch sein gekräuseltes Haar, das fast dicht über den Augenbrauen begann, sah sich mit Würde um und bedeckte dann sorgfältig sein kostbares Haupt. „Ich hatte es ganz vergessen. Außerdem regnete es, siehst du!“ Er gähnte wieder. „Furchtbar viel zu tun: Ich muß an eine Menge Sachen denken, und der Herr schimpft noch. Wir reisen morgen . . .“

„Morgen?“ rief das Mädchen und richtete auf ihn ihren erschrockenen Blick.

„Morgen . . . Nun, nun, nun, ich bitte dich“, begann er hastig und ärgerlich, als er sah, daß sie am ganzen Körper erbebte und still den Kopf senkte, „ich bitte dich, Akulina, weine nicht. Du weißt, ich kann das nicht leiden.“ Er rümpfte seine stumpfe Nase. „Sonst geh' ich gleich wieder weg . . . Was für Dummheiten – weinen!“

„Ich werde nicht, ich werde nicht weinen“, erwiderte Akulina hastig, mit Anstrengung die Tränen schluckend. „Sie reisen also morgen?“ fügte sie nach kurzem Schweigen hinzu. „Wann werden wir uns wiedersehen, Viktor Alexandrytsch?“

„Wir werden uns schon wiedersehen. Wenn nicht im nächsten Jahr, so später einmal. Der Herr scheint in Petersburg in den Dienst treten zu wollen“, fuhr er fort, die Worte nachlässig und etwas durch die Nase aussprechend, „vielleicht gehen wir auch ins Ausland.“

„Sie werden mich vergessen, Viktor Alexandrytsch“, sagte Akulina traurig.

„Nein, warum denn? Ich werde dich nicht vergessen. Sei aber vernünftig, mach keine Dummheiten und höre auf den Vater . . . Ich werde dich aber nicht vergessen, nein.“ Er rekelte sich ruhig und gähnte wieder.

„Vergessen Sie mich nicht, Viktor Alexandrytsch“, fuhr sie mit flehender Stimme fort. „Ich habe Sie doch so geliebt, alles tat ich für Sie . . . Sie sagen, ich solle auf den Vater hören, Viktor Alexandrytsch . . . Wie soll ich aber auf ihn hören . . .“

„Warum denn nicht?“ Er sprach diese Worte, als kämen sie aus dem Magen; dabei lag er auf dem Rücken, die Hände im Nacken.

„Aber Viktor Alexandrytsch, Sie wissen es doch selbst.“

Sie verstummte. Viktor spielte mit seiner stählernen Uhrkette.

„Akulina, du bist doch ein gescheites Mädel“, begann er endlich, „rede daher keinen Unsinn. Ich will ja dein Bestes, verstehst du mich? Gewiß, du bist nicht dumm, bist nicht ganz Bäuerin sozusagen; auch deine Mutter ist nicht immer

Bäuerin gewesen. Aber du bist immerhin ungebildet und mußt darum folgen, wenn man dir etwas sagt."

„Es ist so schrecklich, Viktor Alexandrytsch."

."Unsinn, meine Liebe, was soll da schrecklich sein? Was hast du da", fügte er hinzu, sich zu ihr umwendend. „Blumen?"

„Ja, Blumen", antwortete Akulina traurig. „Ich habe Färbergarben gepflückt", fuhr sie etwas lebhafter fort, „die sind gut für die Kälber. Und das ist Wasserdost, gegen die Skrofeln. Schauen Sie nur, was für eine herrliche Blume, eine so herrliche Blume habe ich noch nie gesehen. Das sind Vergißmeinnicht und das Veilchen . . . Diese aber habe ich für Sie gepflückt", fügte sie hinzu, unter den gelben Färbergarben ein kleines, mit einem Grashalm zusammengebundenes Sträußchen Kornblumen hervorziehend, „wollen Sie sie haben?"

Viktor streckte träge die Hand aus, nahm das Sträußchen, roch nachlässig daran und fing an, es zwischen den Fingern zu drehen, nachdenklich und wichtig zum Himmel aufblickend. Akulina sah ihn an . . . In ihrem traurigen Blick war soviel zarte Hingebung, andächtige Demut und Liebe. Sie fürchtete ihn und wagte nicht zu weinen, sie nahm von ihm Abschied und betrachtete ihn entzückt zum letztenmal; er aber rekelte sich wie ein Sultan und ertrug mit großmütiger Geduld und Herablassung ihre Anbetung. Ich muß gestehen, daß ich mit Empörung sein rotes Gesicht betrachtete, in dem neben der geheuchelten, verächtlichen Gleichgültigkeit auch eine befriedigte und übersättigte Eigenliebe zu sehen war. Akulina war in diesem Augenblick so schön: Ihre ganze Seele öffnete sich ihm so vertrauensvoll und leidenschaftlich entgegen, sie strebte zu ihm, schmiegte sich an ihn, er aber . . . er ließ die Kornblumen auf die Erde fallen, zog aus der Seitentasche seines Paletots ein rundes, in Bronze gefaßtes Glas und begann, es sich ins Auge zu drücken; wie sehr er sich auch mühte, es mit der gerunzelten Braue, der erhobenen Wange und sogar mit der Nase festzuhalten, das Glas fiel immer wieder heraus und glitt ihm auf die Hand.

„Was ist das?" fragte endlich Akulina erstaunt.

„Ein Lorgnon", antwortete er wichtig.

„Wozu?"

„Um besser zu sehen."

„Zeigen Sie es mir."

Viktor verzog das Gesicht, reichte ihr aber das Glas.

„Paß auf, zerbrich es nicht."

„Keine Angst, ich zerbreche es nicht." Sie führte das Glas vorsichtig ans Auge. „Ich sehe nichts", sagte sie harmlos.

„Kneif doch das Auge zu", entgegnete er mit der Stimme eines unzufriedenen Schulmeisters. Sie kniff das Auge zu, vor dem sie das Glas hielt. „Nein, nicht dieses, nicht dieses, du Dumme! Das andere", rief Viktor und nahm ihr das Lorgnon weg, ohne ihr Zeit zu lassen, ihren Fehler wieder gutzumachen.

Akulina errötete, lachte leise und wandte sich weg.

„Es taugt wohl nicht für uns", sagte sie,

„Das will ich meinen!"

Die Arme schwieg eine Weile und seufzte tief. „Ach, Viktor Alexandrytsch, wie werde ich ohne Sie leben!" sagte sie plötzlich.

Viktor wischte das Lorgnon mit dem Mantelschoß ab und steckte es wieder in die Tasche.

„Ja, ja", sagte er endlich, „es wird dir anfangs wirklich schwer fallen." Er klopfte sie herablassend auf die Schulter; sie nahm leise seine Hand von ihrer Schulter und küßte sie schüchtern. „Nun, gewiß, du bist ein gutes Mädel", fuhr er mit einem selbstgefälligen Lächeln fort, „aber was soll man machen? Urteile doch selbst! Mein Herr und ich können doch nicht hier bleiben; bald beginnt der Winter, und im Winter auf dem Land, du weißt es selbst, ist es einfach gemein. Wie anders ist es in Petersburg! Dort gibt es solche Wunder, wie du Dumme sie dir nicht vorstellen kannst. Was für Häuser, was für Straßen, und erst die Gesellschaft, die Bildung – wunderbar . . ." Akulina hörte ihm mit verzehrender Neugierde zu, den Mund wie ein Kind halb geöffnet. „Übrigens", fügte er hinzu, sich auf der Erde rekelnd, „wozu erzähle ich dir das alles? Du kannst es ja doch nicht verstehen!"

„Warum denn nicht, Viktor Alexandrytsch? Ich habe es verstanden, ich habe alles verstanden."

„Schau, schau!"

Akulina senkte den Kopf.

„Früher haben Sie mit mir nicht so gesprochen, Viktor Alexandrytsch", sagte sie, ohne die Augen zu heben.

„Früher . . .? Früher! Sieh mal an . . .! Früher!" bemerkte er unzufrieden.

Beide schwiegen.

„Ich muß aber gehen", sagte Viktor und stützte sich schon auf einen Ellenbogen . . .

„Warten Sie noch ein Weilchen", versetzte Akulina mit flehender Stimme.

„Worauf soll ich warten . . .? Ich hab' mich ja von dir schon verabschiedet."

„Warten Sie“, wiederholte Akulina.

Viktor legte sich wieder hin und fing zu pfeifen an. Akulina sah ihn unverwandt an. Ich konnte sehen, wie sie allmählich in Aufregung geriet; ihre Lippen zuckten, ihre Wangen röteten sich . . .

„Viktor Alexandrytsch“, begann sie endlich mit stockender Stimme, „es ist Sünde . . . es ist Sünde, Viktor Alexandrytsch, bei Gott!“

„Was ist Sünde?“ fragte er mit gerunzelten Brauen, indem er sich leicht erhob und den Kopf zu ihr wandte.

„Es ist Sünde, Viktor Alexandrytsch. Hätten Sie mir doch nur ein einziges gutes Wörtchen zum Abschied gesagt; ein einziges gutes – Wörtchen mir, der Armen, Verlassenen . . .“

„Was soll ich dir sagen?“

„Ich weiß es nicht; das müssen Sie besser wissen, Viktor Alexandrytsch. Sie reisen doch fort, und kein einziges Wörtchen . . . Womit habe ich das verdient?“

„Wie merkwürdig du bist! Was kann ich denn sagen?“

„Wenn nur ein einziges Wörtchen . . .“

„Immer dasselbe“, sagte er ärgerlich und stand auf.

„Seien Sie nicht böse, Viktor Alexandrytsch“, fügte sie schnell hinzu, mit Mühe die Tränen zurückhaltend.

„Ich bin nicht böse, aber du bist dumm . . . Was willst du? Ich kann dich doch nicht heiraten? Ich kann es doch nicht? Also was willst du dann? Was?“ Er streckte das Gesicht vor, als erwarte er eine Antwort, und spreizte die Finger.

„Ich will nichts . . . gar nichts“, antwortete sie stotternd und kaum wagend, ihm ihre bebenden Hände entgegenzustrecken, „aber nur ein einziges Wörtchen zum Abschied . . .“

Aus ihren Augen stürzten Tränen.

„Das habe ich mir auch gedacht, jetzt weint sie“, versetzte Viktor kaltblütig, indem er sich die Mütze von hinten über die Augen stülpte.

„Ich will nichts“, fuhr sie fort, schluchzend und das Gesicht mit beiden Händen bedeckend, „aber wie wird es mir jetzt in meiner Familie sein, wie? Und was soll aus mir Unglücklichen werden? Mit einem verhaßten Mann wird man mich Verwaiste verheiraten . . . Mein armer Kopf!“

„Weine nur, weine“, murmelte Viktor halblaut, von einem Fuß auf den anderen tretend.

„Hätten Sie mir doch nur ein einziges Wörtchen gesagt, nur ein einziges . . .“ Und nach einer langen Pause: „Hätten Sie mir doch gesagt: „Akulina, ich . . .“„

Ein plötzliches, herzzerreißendes Schluchzen ließ sie nicht zu Ende sprechen, sie warf sich mit dem Gesicht ins Gras und fing bitter zu weinen an . . . Ihr ganzer Körper zitterte wie im Krampf, ihr Nacken hob sich ... Der lange zurückgehaltene Schmerz brach endlich als unaufhaltsamer Strom hervor. Viktor stand eine Weile neben ihr, zuckte die Achseln, drehte sich um und entfernte sich mit großen Schritten.

Es vergingen einige Augenblicke . . . Sie wurde stiller, hob den Kopf, sprang auf, sah sich um und schlug die Hände zusammen; sie wollte ihm nachlaufen, aber ihre Füße knickten ein, sie fiel in die Knie . . . Ich hielt es nicht länger aus und stürzte mich zu ihr; aber kaum hatte sie mich gesehen, als sie, Gott weiß woher, wieder zu Kräften kam; sie erhob sich mit einem leisen Schrei und verschwand zwischen den Bäumen, die auf der Erde zerstreuten Blumen zurücklassend.

Ich blieb eine Weile stehen, hob das Kornblumensträußchen auf und ging aus dem Wäldchen auf das freie Feld. Die Sonne stand tief auf dem blassen, heiteren Himmel, ihre Strahlen schienen welk und kälter geworden zu sein, sie glänzten nicht mehr und ergossen sich als ein gleichmäßiges, wässeriges Licht. Bis zum Abend blieb höchstens eine halbe Stunde, aber das Abendrot fing erst eben zu glühen an. Ein Wind kam mir stoßweise über das gelbe, trockene Stoppelfeld entgegen; vor ihm wirbelten hastig über die Straße am Waldessaum hin kleine, dürre Blätter; die dem Feld zugekehrte Seite des Gehölzes zitterte und flimmerte klar, doch nicht grell; auf dem rötlichen Gras, auf den Strohhalmen, überall glänzten und wogten zahllose Herbstfäden. Ich blieb stehen . . . Es wurde mir traurig ums Herz; durch das freudige, wenn auch noch frische Lächeln der welkenden Natur glaubte ich die bedrückende Angst vor dem nahenden Winter zu spüren. Hoch über mir flog ein vorsichtiger Rabe, die Luft schwer und scharf mit seinen Flügeln schneidend; er wandte den Kopf, sah mich von der Seite an, schwang sich auf und verschwand mit abgerissenem Gekrächze hinter dem Wald; ein großer Schwarm Tauben stieg schnell von der Tenne auf, wirbelte plötzlich in einer Säule auf, zerstreute sich geschäftig über das Feld – ein Zeichen des Herbstes! Jemand fuhr über die entblößten Hügel, und sein leerer Wagen rasselte laut . . .

Ich kehrte nach Hause zurück; aber das Bild der armen Akulina kam mir lange nicht aus dem Sinn, und ihre schon längst verwelkten Kornblumen bewahre ich auch heute noch auf . . .

Der Hamlet des Schtschigrowschen Kreises

Auf einer meiner Fahrten wurde ich vom reichen Gutsbesitzer und Jagdliebhaber Alexander Michailytsch G*** zum Essen geladen. Sein Gut lag etwa fünf Werst von dem kleinen Dörfchen, in dem ich damals wohnte. Ich zog meinen Frack an, ohne den ich niemand rate, sogar zur Jagd auszufahren, und begab mich zu Alexander Michailytsch. Das Mittagessen war für sechs Uhr angesetzt; ich kam um fünf und traf bereits eine große Anzahl von Edelleuten in Uniform, in Zivilkleidern und in anderen, weniger charakteristischen Anzügen vor. Der Hausherr empfing mich freundlich, lief aber gleich in das Dienstbotenzimmer. Er erwartete irgendeinen hohen Würdenträger und befand sich daher in einer gewissen Aufregung, die zu seiner unabhängigen Stellung in der Gesellschaft und seinem Reichtum gar nicht paßte. Alexander Michailytsch war nie verheiratet gewesen und liebte keine Frauen; bei ihm versammelten sich lauter Herren. Er lebte auf großem Fuß, vergrößerte seinen Ahnensitz und stattete ihn mit großem Pomp aus, verschrieb sich alljährlich für etwa fünfzehntausend Rubel Wein aus Moskau und genoß überhaupt das größte Ansehen. Alexander Michailytsch hatte schon längst den Dienst quittiert und strebte nach keinen Ehren . . . Was veranlaßte ihn dann, sich den Besuch des hochgestellten Gastes zu erbetteln und sich am Tag des feierlichen Mittagessens vom Morgen an so aufzuregen? Das bleibt vom Dunkel der Ungewißheit verhüllt, wie mein Bekannter, ein Gerichtsbeamter, zu antworten pflegte, wenn man ihn fragte, ob er von freiwilligen Gebern Geldgeschenke annehme.

Als mich der Hausherr verlassen hatte, begann ich durch die Zimmer herumzuirren. Fast alle Gäste waren mir unbekannt; an die zwanzig Mann saßen schon beim Kartenspiel. Unter diesen Liebhabern von Préférence befanden sich zwei Militärs mit adligen, aber etwas abgelebten Gesichtern, einige Zivilisten in hohen, engen Halsbinden mit herabhängenden, gefärbten Schnurrbärten, wie man sie nur bei entschlossenen, aber wohlgesinnten Herren sieht (diese wohlgesinnten Herren lasen mit Wichtigkeit die Karten vom Tisch auf und warfen, ohne den Kopf zu wenden, Seitenblicke auf die Vorbeigehenden); fünf oder sechs Kreisbeamte mit runden Bäuchlein, vollen, schweißigen Händchen und bescheiden unbeweglichen Beinchen (diese Herren sprachen mit sanfter Stimme, lächelten mild nach allen Seiten, hielten ihre Karten dicht vor den Vorhemdchen und schlugen, wenn sie einen Trumpf ausspielten, nicht auf den Tisch, sondern ließen vielmehr ihre Karten wellenförmig auf das grüne Tuch fallen und erzeugten, wenn sie die Stiche zusammenlegten, ein leichtes, wohlanständiges und höfliches Knistern). Die übrigen Edelleute saßen auf den Sofas und drängten sich gruppenweise an den Türen und Fenstern; ein nicht mehr junger Gutsbesitzer von frauenhaftem Aussehen stand in einer Ecke, zuckte zuweilen zusammen, errötete und spielte verlegen mit dem Petschaft der Uhrkette auf seinem Magen, obwohl ihn niemand beachtete; einige Herren in runden Fräcken und karierten Pantalons, einem Erzeugnis des Moskauer Schneiders Firs Kljuschin, unterhielten sich äußerst ungezwungen und lebhaft, wobei sie ihre kahlen und fetten Nacken frei bewegten; ein junger Mann von etwa zwanzig Jahren, kurzsichtig und blond, vom Kopf bis zu den Füßen schwarz gekleidet, zeigte große Schüchternheit, lächelte aber giftig . . .

Ich fing schon an, mich zu langweilen, als sich zu mir plötzlich ein gewisser Woinizyn gesellte, ein junger Mann, der seine Studien nicht beendet hatte und im Hause Alexander Michailytschs in Eigenschaft eines . . . es ist schwer zu sagen, in welcher Eigenschaft er da lebte. Er schoß vorzüglich und verstand sich auf die Dressur von Hunden. Ich hatte ihn schon in Moskau gekannt. Er gehörte zu jenen jungen Leuten, die bei jedem Examen von einem Starrkrampf befallen wurden, das heißt, kein Wort auf die Fragen des Professors zu sagen wußten. Diese Herren nannte man des schönen Stiles wegen auch „Backenbartisten". (Es ist schon lange her, wie Sie zu sehen belieben.) Das spielte sich auf folgende Weise ab: Es wurde z. B. Woinizyn aufgerufen. Woinizyn, der bis dahin unbeweglich und gerade, vom Kopf bis zu den Füßen in Schweiß gebadet auf seiner Bank gesessen und langsam, aber gedankenlos seine Augen hatte herumschweifen lassen; erhob sich, knöpfte hastig seinen Uniformrock bis oben zu und näherte sich seitwärts dem Tisch der Examinatoren. – „Wollen Sie sich ein Billett nehmen", sagte der Professor freundlich zu ihm. Woinizyn streckte die Hand aus und berührte zitternd den Haufen der Billette mit seinen Fingern. – „Suchen Sie sich bitte eines heraus", bemerkte mit zitternder Stimme irgendein unbeteiligter, aber reizbarer Greis, ein Professor von einer anderen Fakultät, von einem plötzlichen Haß gegen den unglücklichen Backenbartisten erfüllt. Woinizyn ergab sich in sein Schicksal, nahm ein Billett, zeigte die Nummer vor und setzte sich ans Fenster, während sein Vorgänger examiniert wurde. Am Fenster blickte Woinizyn unverwandt auf sein Billett, ließ nur ab und zu langsam seinen Blick umherschweifen und rührte im übrigen kein Glied. Sein Vorgänger ist nun fertig geworden, und man sagt zu ihm: „Gut, Sie können gehen" oder sogar: „Gut, sehr gut", je nach seinen Fähigkeiten. Nun wird Woinizyn aufgerufen; Woinizyn steht auf und nähert sich mit festen Schritten dem Tisch. – „Lesen Sie Ihr Billett vor", sagt man zu ihm. Woinizyn hebt das Billett mit beiden Händen dicht vor die Nase, liest es langsam vor und senkt langsam die Augen. – „Nun, jetzt wollen Sie antworten", sagt träge derselbe Professor, den Oberkörper zurückwerfend und die Arme auf der Brust kreuzend. Es tritt eine Grabesstille ein. – „Nun?" – Woinizyn schweigt. Der unbeteiligte Greis beginnt zu zucken. – „Sagen Sie doch etwas!" – Mein Woinizyn schweigt wie erstarrt. Sein kurzgeschorener Nacken ragt unbeweglich gegen die neugierigen Blicke aller Kollegen. Dem unbeteiligten Greis wollen die Augen aus dem Kopf springen, nun ist er ganz vom Haß gegen Woinizyn erfüllt. – „Es ist immerhin sonderbar", bemerkt ein anderer Examinator: „Warum stehen Sie wie stumm da? Sie wissen nichts? Sagen Sie es doch geradeheraus." – „Gestatten Sie, daß ich mir ein anderes Billett nehme", sagt der Unglückliche mit dumpfer Stimme. Die Professoren wechseln Blicke. – „Nun, nehmen Sie nur", antwortet der Hauptexaminator mit einer resignierten Handbewegung. Woinizyn nimmt wieder ein Billett, geht wieder zum Fenster, kehrt zum Tisch zurück und schweigt wieder wie ein Toter. Der unbeteiligte Greis ist imstande, ihn beim lebendigen Leibe aufzufressen. Schließlich läßt man ihn gehen und setzt ihm eine Null. Glaubt ihr etwa, daß er wenigstens jetzt fortgehen wird? Keine Spur! Er kehrt auf seinen Platz zurück und schweigt wieder wie ein Toter, sitzt unbeweglich bis zum Schluß des Examens und ruft beim Weggehen: „Diese Plage! Diese Schinderei!" – Dann geht er den ganzen Tag durch die Straßen von Moskau, greift sich ab und zu an den Kopf und verwünscht sein unglückseliges Schicksal. Natürlich nimmt er aber kein Buch in die Hand, und am nächsten Tag wiederholt sich genau die gleiche Geschichte.

Dieser selbe Woinizyn gesellte sich also zu mir. Wir sprachen von Moskau und von der Jagd.

„Wollen Sie", flüsterte er mir plötzlich zu, „daß ich Sie mit dem ersten Witzling dieser Gegend bekannt mache?"

„Ich bitte sehr."

Woinizyn führte mich zu einem kleinen Mann mit hohem Schopf und Schnurrbart, in einem braunen Frack und bunter Halsbinde. Seine galligen, beweglichen Züge atmeten wirklich Geist und Bosheit. Ein flüchtiges, giftiges Lächeln verzerrte fortwährend seine Lippen; die schwarzen, zusammengekniffenen Äuglein blickten frech unter den ungleichen Wimpern hervor. Neben ihm stand ein breitschultriger, gedunsener, einäugiger Gutsbesitzer, süßlich wie ein Stück Zucker. Er lachte schon im voraus über die Witze des kleinen Mannes und schmolz gleichsam vor Vergnügen. Woinizyn stellte mich dem Witzling vor, welcher Pjotr Petrowitsch Lupichin hieß. Wir machten Bekanntschaft und tauschten die ersten höflichen Worte.

„Gestatten Sie, daß ich Ihnen meinen besten Freund vorstelle", begann plötzlich Lupichin, indem er den süßen Gutsbesitzer bei der Hand faßte. „Sträuben Sie sich nicht, Kirilla Selifanytsch", fügte er hinzu, „man wird Sie nicht beißen. Hier", fuhr er fort, während der verlegene Kirilla Selifanytsch sich so ungeschickt verbeugte, als wollte ihm der Bauch abfallen, „ich empfehle Ihnen einen vorzüglichen Edelmann. Bis zu seinem fünfzigsten Lebensjahr erfreute er sich einer vortrefflichen Gesundheit, da fiel es ihm plötzlich ein, sich seine Augen behandeln zu lassen. Infolgedessen wurde er auf einem Auge blind. Seitdem behandelt er seine Bauern mit dem gleichen Erfolg. Diese sind natürlich mit der gleichen Anhänglichkeit ..."

„Ach, dieser ..." murmelte Kirilla Selifanytsch und lachte.

„Sprechen Sie nur aus, mein Freund, sprechen Sie nur aus", fiel ihm Lupichin ins Wort. „Man wird Sie vielleicht noch zum Richter wählen, man wird Sie ganz sicher wählen, Sie werden es sehen. Für Sie werden natürlich die Beisitzer denken; aber man muß ja gegebenenfalls auch einen fremden Gedanken auszusprechen verstehen. Es kann ja der Gouverneur kommen und fragen: „Warum stottert der Richter?" Nun, nehmen wir an, daß man ihm antworte: „Er hat einen Schlaganfall gehabt", dann wird der Gouverneur aber sagen: „Nun, dann lasse man ihn zur Ader." Gestehen Sie selbst, daß das in Ihrer Stellung unpassend wäre."

Der süße Gutsbesitzer wälzte sich vor Lachen.

„Er lacht", fuhr Lupichin fort mit einem boshaften Blick auf den zitternden Bauch Kirilla Selifanytschs. „Warum soll er auch nicht lachen?" fügte er, an mich gewandt, hinzu: „Er ist satt und gesund, hat keine Kinder, seine Bauern sind nicht verpfändet, er kuriert sie selbst, seine Frau ist nicht ganz gescheit ..." Kirilla Selifanytsch wandte sich etwas auf die Seite, als hätte er nichts gehört, und fuhr fort zu lachen. „Ich lache doch auch ... mir ist aber meine Frau mit einem Feldmesser durchgegangen." Er grinste. „Haben Sie es denn nicht gewußt? Gewiß! Jawohl, sie ist durchgebrannt und hat mir einen Brief hinterlassen: „Lieber Pjotr Petrowitsch, verzeihe mir; von Leidenschaft überwältigt, entferne ich mich mit dem Freund meines Herzens ..." Der Feldmesser hatte sie aber nur dadurch erobert, daß er sich nie die Nägel schnitt und enganliegende Hosen trug. Sie wundern sich? Sie denken sich wohl: Ist das ein offenherziger Mensch ... Mein Gott! So ein Steppenmensch wie ich sagt immer die Wahrheit. Wollen wir jedoch auf die Seite gehen ... Was sollen wir neben dem zukünftigen Richter stehen?"

Er nahm mich unter den Arm, und wir traten ans Fenster.

„Ich gelte hier als Witzling", sagte er mir im Verlauf des Gesprächs, „glauben Sie es nicht. Ich bin einfach ein erbitterter Mensch und schimpfe laut: Dann bin ich auch so ungeniert. Und warum sollte ich mich auch genieren? Ich gebe nichts auf die Meinung der anderen und strebe nach nichts; ich bin boshaft, was ist dabei! Ein boshafter Mensch braucht wenigstens keinen Verstand zu haben. Das ist aber so erfrischend, Sie werden es gar nicht glauben ... Schauen Sie sich zum Beispiel unseren Gastgeber an! Warum rennt er so herum, ich bitte Sie! Jeden Augenblick schaut er auf die Uhr, er lächelt, schwitzt, setzt sich eine wichtige Miene auf und läßt uns verhungern! Als ob man einen solchen Würdenträger noch nie gesehen hätte! Da rennt er wieder vorbei, er humpelt sogar, sehen Sie nur!"

Lupichin lachte mit hoher Stimme.

„Eines ist schade", fuhr er mit einem tiefen Seufzer fort, „es ist ein Junggesellendiner ohne Damen – aber das wäre für unsereinen ein Fressen. Schauen Sie nur, schauen Sie nur", rief er plötzlich, „da kommt der Fürst Koseljskij – dieser große Mann mit dem Bart, mit den gelben Handschuhen. Man sieht gleich, daß er im Ausland gewesen ist ... immer kommt er so spät. Ich sage Ihnen, er ist allein so dumm wie ein Paar Kaufmannspferde; Sie hätten aber sehen sollen, wie herablassend er mit unsereinem spricht, wie großmütig er über die Liebenswürdigkeiten unserer hungrigen Mütterchen und Töchter zu lächeln geruht ...! Auch er selbst macht zuweilen Witze, obwohl er sich hier nur auf der Durchreise befindet; die Witze sind aber auch danach! Es ist, wie wenn man mit einem stumpfen Messer einen Bindfaden entzweisägte. Mich kann er nicht ausstehen ... Ich will mal hingehen und ihn begrüßen."

Lupichin lief dem Fürsten entgegen.

„Dort geht aber mein persönlicher Feind", sagte er, als er plötzlich wieder neben mir stand. „Sehen Sie jenen dicken Mann mit dem dunklen Gesicht und den Borsten auf dem Kopf – der seine Mütze in der Hand hält, an der Wand entlangschleicht und wie ein Wolf nach allen Seiten blickt? Ich habe ihm für vierhundert Rubel ein Pferd verkauft, welches tausend Rubel wert war, und dieses dumme Geschöpf hat das volle Recht, mich zu verachten; dabei ist er aber so vollkommen hirnlos, besonders morgens, nach dem Tee, oder gleich nach dem Mittagessen, daß er, wenn man ihm guten Tag sagt, antwortet: „Was?" – Da kommt aber ein General", fuhr Lupichin fort, „ein Zivilgeneral a. D., ein General, der sein Vermögen verloren hat. Er hat eine Tochter aus Rübenzucker und eine skrofulöse Fabrik ... Entschuldigen Sie, ich habe mich versprochen, aber Sie verstehen mich schon. Ah! Auch der Architekt ist hier! Ist ein Deutscher, trägt aber einen Schnurrbart und versteht seine Sache nicht – ein blaues Wunder ...! Was soll er übrigens seine Sache verstehen, wenn er nur versteht, Bestechungsgelder zu nehmen und recht viele Säulen und Pfeiler für unsere Edelleute, die Pfeiler der Gesellschaft, aufzustellen!"

Lupichin lachte wieder ... Plötzlich verbreitete sich eine Unruhe durch das ganze Haus. Der Würdenträger war angekommen. Der Hausherr stürzte ins Vorzimmer. Einige ergebene Hausfreunde und eifrige Gäste folgten ihm nach ... Das geräuschvolle Gespräch verwandelte sich in ein leises, angenehmes Raunen, so summen die Bienen zur Frühlingszeit in ihren heimatlichen Stöcken. Nur eine rastlose Wespe, Lupichin, und eine prächtige Hummel, Koseljskij, dämpften ihre Stimmen nicht ... Endlich trat die Bienenkönigin, der Würdenträger, herein. Alle Herzen flogen ihm entgegen, die sitzenden Oberkörper hoben sich; selbst der Gutsbesitzer, der von Lupichin so billig das Pferd gekauft hatte, selbst dieser Gutsbesitzer – drückte sein Kinn gegen die Brust. Der Würdenträger bewahrte seine Würde vortrefflich; den Kopf in den Nacken werfend, als ob er grüßte, sprach er einige lobende Worte, von denen ein jedes mit dem Laut A begann, den er gedehnt und durch die Nase sprach; mit einer Empörung, die an Hunger grenzte, blickte er auf den Bart des Fürsten Koseljskij und reichte dem ruinierten Zivilgeneral mit der Fabrik und der Tochter den Zeigefinger der linken Hand. Nach einigen Minuten, innerhalb deren der Würdenträger zweimal die Bemerkung gemacht hatte, er sei sehr froh, daß er zum Mittagessen nicht zu spät gekommen sei, begab sich die ganze Gesellschaft unter Vorantritt der großen Tiere in den Speisesaal.

Brauche ich denn noch dem Leser zu erzählen, wie man den Würdenträger auf den Ehrenplatz zwischen den Zivilgeneral und den Adelsmarschall des Gouvernements, einen Menschen mit einem unabhängigen und würdigen Ausdruck des Gesichts, das vollkommen seiner gestärkten Hemdbrust, seiner unermeßlichen Weste und der runden Tabaksdose mit französischem Schnupftabak entsprach, plazierte – wie der Hausherr geschäftig herumlief, aus der Haut fuhr, die Gäste nötigte, im Vorbeigehen den Rücken des Würdenträgers anlächelte und, wie ein Schuljunge im Winkel stehend, hastig einen Teller Suppe oder ein Stückchen Fleisch hinunterschlang – wie der Haushofmeister einen Fisch von anderthalb Arschin Länge mit einem Bukett im Maul auftrug; wie die livrierten Diener mit strengen Mienen jedem Edelmann mürrisch bald

Drymadeira, bald Malaga aufdrängten, und wie fast alle Edelleute, besonders die älteren, als müßten sie sich unwillig einer Pflicht unterziehen, ein Glas nach dem anderen leerten; wie schließlich die Champagnerpropfen knallten und die Toaste begannen: Dies alles ist dem Leser wohl allzu bekannt. Besonders bemerkenswert erschien mir aber die Anekdote, die der Würdenträger selbst inmitten eines allgemeinen, freudigen Schweigens zum besten gab. Jemand, ich glaube ein General, der sein Vermögen verloren hatte, ein mit der neuesten Literatur vertrauter Mann, erwähnte den Einfluß der Frauen im allgemeinen und auf die jungen Leute im besonderen. „Ja, ja", fiel ihm der Würdenträger ins Wort, „das ist wahr, aber man muß die jungen Leute in strenger Zucht halten, sonst werden sie von jedem Weiberrock verrückt." Ein kindlich-heiteres Lächeln glitt über die Gesichter aller Gäste; die Augen eines Gutsbesitzers drückten sogar Dankbarkeit aus. „Denn die jungen Leute sind dumm." Der Würdenträger betonte zuweilen, wohl der Wichtigkeit wegen, gewisse Worte anders, als es sonst üblich ist. „Da habe ich zum Beispiel einen Sohn Iwan", fuhr er fort, „der Dummkopf ist kaum zwanzig Jahre alt, aber plötzlich sagt er mir: „Papachen, erlauben Sie mir zu heiraten." Ich sage ihm: „Dummkopf, diene erst dem Staat ..." Natürlich Verzweiflung und Tränen ... aber ich bin in solchen Fällen ..." Das Wort „Fällen" sprach der Würdenträger mehr mit dem Bauch als mit den Lippen; dann machte er eine Pause und blickte majestätisch seinen Nachbarn, den General an, wobei er seine Brauen viel höher hob, als man es erwartet hätte. Der Zivilgeneral neigte den Kopf freundlich auf die Seite und zwinkerte außerordentlich schnell mit dem Auge, das dem Würdenträger zugewandt war. „Und was glauben Sie?" begann der Würdenträger von neuem: „Jetzt schreibt er mir selbst: „Ich danke Ihnen, Papachen, daß Sie mich Dummkopf belehrt haben ..." Ja, so muß man handeln." – Alle Gäste stimmten natürlich dem Erzähler zu und schienen von dem empfangenen Vergnügen und der Belehrung neu belebt ... Nach dem Essen stand die ganze Gesellschaft auf und begab sich ins Gastzimmer mit einem etwas lauteren, aber immer noch anständigen und in einem solchen Falle gleichsam erlaubten Geräusch ... Man setzte sich an die Kartentische.

Ich schlug irgendwie die Zeit bis zum Abend tot, befahl meinem Kutscher, den Wagen am anderen Morgen um fünf Uhr anzuspannen, und begab mich zur Ruhe.

Aber es war mir beschieden, noch am gleichen Tag einen sehr merkwürdigen Menschen kennenzulernen.

Infolge der großen Zahl der Gäste schlief niemand allein. In dem kleinen, grünlichen, etwas feuchten Zimmer, in das mich der Haushofmeister Alexander Michailytschs geleitet hatte, befand sich schon ein anderer Gast, der schon völlig entkleidet war. Als er mich sah, tauchte er schnell unter seine Bettdecke, zog sie sich bis über die Nase, rückte noch eine Weile auf dem weichen Pfühle hin und her und beruhigte sich dann, blickte aber aufmerksam unter dem runden Saum seiner baumwollenen Nachtmütze hervor. Ich trat an das andere Bett (es waren nur zwei Betten im Zimmer), zog mich aus und legte mich auf das feuchte Laken. Mein Nachbar bewegte sich in seinem Bett . . . Ich wünschte ihm gute Nacht.

So verging eine halbe Stunde. Trotz meiner Bemühungen konnte ich unmöglich einschlafen: In einem endlosen Reigen zogen sich unnütze und verworrene Gedanken hin, hartnäckig und einförmig wie die Eimer einer Schöpfmaschine.

„Mir scheint, Sie schlafen nicht?“ fragte mein Nachbar.

„Wie Sie sehen“, antwortete ich. „Aber auch Sie sind noch nicht schläfrig?“

„Ich bin niemals schläfrig.“

„Wieso?“

„So. Ich weiß selbst nicht, wie ich einschlafe; ich liege, liege und schlafe plötzlich ein.“

„Warum legen Sie sich dann zu Bett, ehe Sie schläfrig sind?“

„Was soll ich denn machen?“

Ich beantwortete diese Frage meines Nachbars nicht.

„Ich wundere mich“, fuhr er nach kurzem Schweigen fort, „warum es hier keine Flöhe gibt. Man sollte glauben, daß gerade hier welche sein müßten.“

„Sie scheinen sie sehr zu vermissen“, bemerkte ich.

„Nein, ich vermisse sie nicht; aber ich liebe in allen Dingen die Konsequenz.“

So, so, dachte ich mir, solche Worte gebraucht er also!

Der Nachbar schwieg wieder.

„Wollen Sie mit mir wetten?“ begann er von neuem ziemlich laut.

„Worüber?“

Mein Nachbar fing an, mich zu amüsieren.

„Hm . . . worüber? Nun, ich bin überzeugt, daß Sie mich für einen Dummkopf halten.“

„Ich bitte Sie!“ murmelte ich erstaunt.

„Für einen Steppenmenschen, für einen ungebildeten Kerl . . . Gestehen Sie es nur . . .“

„Ich habe nicht das Vergnügen, Sie zu kennen“, entgegnete ich. „Woraus konnten Sie denn schließen . . .“

„Woraus! Schon aus dem Ton Ihrer Stimme; Sie antworten mir so nachlässig . . . Ich bin aber etwas ganz anderes als das, für was Sie mich halten . . .“

„Erlauben Sie . . .“

„Nein, erlauben Sie. Erstens spreche ich Französisch nicht schlimmer als Sie, Deutsch sogar besser als Sie; zweitens habe ich drei Jahre im Ausland verbracht, in Berlin allein habe ich acht Monate verlebt. Ich habe Hegel studiert, sehr verehrter Herr, und kann Goethe auswendig; außerdem war ich lange in die Tochter eines deutschen Professors verliebt und habe hier zu Hause ein schwindsüchtiges Mädchen geheiratet, eine kahlköpfige, aber sehr bemerkenswerte Person. Folglich bin ich aus dem gleichen Holz wie Sie; ich bin kein Steppenmensch, wie Sie es wohl annehmen . . . Auch ich bin von der Reflexion vergiftet, und es ist nichts Ursprüngliches in mir.“

Ich hob den Kopf und sah den merkwürdigen Menschen mit doppelter Aufmerksamkeit an. Beim trüben Schein des Nachtlichtes konnte ich seine Züge kaum unterscheiden.

„Jetzt sehen Sie mich an“, fuhr er fort, indem er seine Nachtmütze zurechtrückte, „und fragen sich wohl: Wie habe ich ihn heute am Tag nicht bemerkt? Ich will Ihnen sagen, warum Sie mich nicht bemerkt haben: Weil ich meine Stimme nicht erhebe; weil ich mich hinter den anderen verstecke, hinter der Tür stehe und mit niemandem spreche; weil der Haushofmeister, wenn er mit dem Tablett an mir vorüberkommt, im voraus schon seinen Ellenbogen in die Höhe meiner Brust hebt . . . Woher kommt aber das alles? Aus zwei Ursachen: Erstens bin ich arm, und zweitens habe ich mich gedemütigt . . . Sagen Sie doch die Wahrheit: Sie haben mich nicht bemerkt?“

„Ich hatte wirklich nicht das Vergnügen . . .“

„Nun ja, nun ja“, unterbrach er mich, „ich habe es gewußt.“

Er setzte sich auf und kreuzte die Arme; der lange Schatten seiner Nachtmütze bog sich von der Wand weg auf die Decke hinüber.

„Gestehen Sie doch“, fügte er hinzu, mich plötzlich von der Seite anblickend, „Sie müssen mich für einen großen Sonderling, was man ein Original nennt, halten, vielleicht sogar für etwas Schlimmeres; vielleicht glauben Sie gar, daß ich den Sonderling bloß spiele?“

„Ich muß Ihnen noch einmal sagen, daß ich Sie nicht kenne . . .“

Er senkte auf einen Augenblick das Gesicht.

„Warum ich mit Ihnen, einem mir völlig unbekannten Menschen, so unerwartet ins Gespräch gekommen bin – das weiß der liebe Gott allein!“ Er seufzte. „Doch nicht infolge der Verwandtschaft unserer Seelen! Sie und ich, wir sind beide anständige Menschen, das heißt Egoisten: Ich kümmere mich nicht um Sie, und Sie kümmern sich nicht um mich, nicht wahr? Aber wir können beide nicht einschlafen . . . Warum soll man dann nicht ein wenig plaudern? Ich bin in Stimmung, und das kommt bei mir selten vor. Ich bin, sehen Sie, schüchtern, schüchtern nicht aus dem Grunde, daß ich ein armer, titelloser Provinzler bin, sondern weil ich schrecklich selbstsüchtig bin. Aber zuweilen, unter dem Einfluß günstiger Umstände und Zufälligkeiten, die ich übrigens selbst weder zu bestimmen noch vorauszusehen vermag, verschwindet meine Schüchternheit, wie zum Beispiel jetzt, vollkommen. Sie können mich jetzt dem Dalai-Lama selbst gegenüberstellen, und ich werde ihn um eine Prise bitten. Aber vielleicht wollen Sie schon schlafen?“

„Im Gegenteil“, beeilte ich mich zu erwidern, „es ist mir sehr angenehm, mich mit Ihnen zu unterhalten.“

„Das heißt; ich amüsiere Sie, wollten Sie wohl sagen . . . Um so besser. Ich will Ihnen also sagen, daß man mich hier ein Original nennt, das heißt, so nennen mich diejenigen, denen unter anderm Unsinn auch mein Name auf die Zunge kommt. Um mein Schicksal ist niemand allzusehr besorgt . . . Sie glauben mich damit zu kränken . . . Mein Gott, wenn sie wüßten . . . ja, ich gehe eben darum zugrunde, weil in mir gerade nichts Originelles ist, nichts außer solchen Ausfällen wie zum Beispiel mein jetziges Gespräch mit Ihnen; aber diese Ausfälle sind keinen roten Heller wert, das ist die billigste und gemeinste Art der Originalität.“

Er wandte mir sein Gesicht zu und schwang die Hände.

„Verehrter Herr“, rief er aus, „ich bin der Ansicht, daß nur die Originale allein ein gutes Leben und ein Recht zu leben haben. Mon verre n'est pas grand, mais je bois dans mon verre, hat jemand gesagt. – Hören Sie“, fügte er halblaut hinzu, „wie rein ich das Französische ausspreche. Was habe ich davon, daß dein Kopf groß und geräumig ist, daß du alles verstehst, viel weißt, mit deiner Zeit Schritt hältst, wenn du nichts Originelles, Besonderes hast? Es ist wohl ein Abladeplatz für die Gemeinplätze in der Welt mehr, wer hat aber etwas davon? Nein, sei meinetwegen dumm, sei es aber auf deine eigene Weise! Habe deinen Geruch, deinen eigenen Geruch, das ist es! – Glauben Sie nur nicht, daß ich in bezug auf diesen Geruch allzu große Forderungen stelle . . . Gott behüte! Solche

Originale gibt es eine Menge, wo man auch hinsieht, ist ein Original; jeder lebendige Mensch ist ein Original, ich bin aber nicht darunter!"

„Und doch habe ich", fuhr er nach kurzem Schweigen fort, „in meiner Jugend gewisse Hoffnungen geweckt! Was für eine hohe Meinung habe ich selbst von meiner Person vor meiner Abreise nach dem Ausland gehabt und auch in der ersten Zeit nach meiner Rückkehr! Nun, im Ausland war ich auf der Hut, suchte mir meinen Weg selbst, wie es auch unsereinem ziemt, der alles zu begreifen sucht und zuletzt, wie es sich herausstellt, doch nichts begriffen hat!"

„Ein Original, ein Original!" fuhr er fort, vorwurfsvoll den Kopf schüttelnd. „Alle nennen mich ein Original, aber in Wirklichkeit zeigt es sich, daß es in der Welt keinen weniger originellen Menschen gibt als Ihren ergebensten Diener. Wahrscheinlich bin ich auch nur als eine Kopie eines anderen geboren . . . Bei Gott! Ich lebe auch gleichsam als Nachahmung verschiedener Schriftsteller, die ich studiert habe, ich lebe im Schweiß meines Angesichts; ich habe studiert, habe mich verliebt und schließlich auch geheiratet, gleichsam nicht nach eigenem Willen, sondern als wenn ich damit eine Pflicht oder eine Aufgabe zu erfüllen hätte – wer kann daraus klug werden!" Er riß sich die Nachtmütze vom Kopf.

„Wollen Sie, daß ich Ihnen mein Leben erzähle", fragte er mich kurz, „oder, noch besser, einige Züge aus meinem Leben?"

„Tun Sie mir den Gefallen!"

„Oder nein, ich will Ihnen lieber erzählen, wie ich geheiratet habe. Die Heirat ist doch eine wichtige Sache, ein Prüfstein des ganzen Menschen; in ihr spiegelt sich wie in einem Spiegelglas . . . aber dieser Vergleich ist zu abgegriffen . . . Gestatten Sie, daß ich mir eine Prise nehme."

Er holte unter dem Kissen seine Tabaksdose hervor, öffnete sie und begann wieder zu sprechen, die geöffnete Tabaksdose in der Hand schwingend.

„Versetzen Sie sich doch in meine Lage, sehr geehrter Herr . . . Urteilen Sie selbst, sagen Sie mir doch, was für einen Nutzen konnte ich aus Hegels Enzyklopädie ziehen? Was hat diese Enzyklopädie mit dem russischen Leben gemein? Wie wollen Sie sie auf unser Leben anwenden, und nicht nur diese Enzyklopädie allein, sondern die deutsche Philosophie überhaupt . . . ich sage noch mehr: die Wissenschaft?"

Er sprang in seinem Bett auf und begann halblaut, die Zähne boshaft zusammengebissen, zu murmeln: „Ja, so ist es, so ist es . . .! Warum hast du dich denn im Ausland herumgetrieben? Warum hast du nicht zu Hause gesessen und das dich umgebende Leben an Ort und Stelle studiert? Dann hättest du alle seine Einzelheiten, auch seine Zukunft kennengelernt und wärest dir auch über deine sogenannte Bestimmung klargeworden ... Erlauben Sie doch", fuhr er fort, mit wieder veränderter Stimme, als rechtfertige er sich und verzage, „wo soll unsereins das studieren, was noch kein einziger kluger Mensch in ein Buch geschrieben hat? Ich hätte mich ja sehr gerne vom russischen Leben belehren lassen, aber dieses liebe Leben schweigt. Es sagt: „Erfasse mich von selber!" Ich habe aber nicht die Kraft dazu; man gebe mir die Deduktionen, ziehe mir die Schlüsse ... Die Schlüsse? Da hast du, sagt man mir, die Schlüsse: Höre doch mal unsere Moskauer an, sind sie vielleicht keine Nachtigallen? – Das ist aber das Unglück, daß sie wie die Kursker Nachtigallen schmettern, aber nicht wie Menschen reden ... So überlegte ich und sagte mir, die Wissenschaft sei doch überall die gleiche, auch die Wahrheit sei die gleiche, und begab mich in Gottes Namen in die Fremde zu den Ungläubigen ... Was wollen Sie! Die Jugend, der Stolz war mir zu Kopf gestiegen. Wissen Sie, ich wollte nicht vor der Zeit Fett ansetzen, obwohl man sagt, es sei gesund. Übrigens: Wem die Natur kein Fleisch gegeben hat, der wird niemals Fett an seinem Leib sehen!"

„Aber ich glaube", fuhr er nach einigem Nachdenken fort, „ich versprach, Ihnen zu erzählen, auf welche Weise ich geheiratet habe. Hören Sie zu. Erstens muß ich Ihnen sagen, daß meine Frau nicht mehr unter den Lebenden weilt; zweitens ... zweitens sehe ich, daß ich Ihnen von meiner Jugend erzählen muß, sonst werden Sie nichts verstehen ... Sie wollen doch noch nicht schlafen?"

„Nein."

„Schön. Hören Sie mal ... da schnarcht im Nebenzimmer Herr Kantagrjuchin, wie ordinär! Ich wurde von armen Eltern geboren, ich sage Eltern, weil ich laut Überlieferung außer der Mutter auch einen Vater gehabt habe. Ich kann mich seiner nicht erinnern; man sagt, er sei ein beschränkter Mensch mit einer großen Nase und Sommersprossen im Gesicht gewesen, rotes Haar hätte er gehabt und den Tabak nur mit einem Nasenloch geschnupft; im Schlafzimmer meiner Mutter hing sein Bildnis, in roter Uniform mit einem schwarzen Kragen bis an die Ohren, ein ungewöhnlich häßlicher Mensch. Ich wurde an diesem Bildnis vorbeigeführt, sooft ich die Rute bekommen sollte, und meine Mutter zeigte in solchen Fällen immer auf ihn und sagte: „Er hätte dich noch ganz anders bestraft." Sie können sich vorstellen, wie mich das ermutigte. Ich hatte weder Bruder noch Schwester, das heißt, eigentlich hatte ich einen Bruder, der nicht viel taugte, mit der englischen Krankheit im Nacken, aber der starb sehr bald ... Wie kommt auch die englische Krankheit in den Schtschigrowschen Kreis des Kursker Gouvernements? Aber nicht davon will ich sprechen. Meine Mutter leitete selbst meine Erziehung mit dem ganzen Eifer einer

Steppengutsbesitzerin: Sie befaßte sich damit von dem herrlichen Tag meiner Geburt bis zu meinem sechzehnten Lebensjahr ... Folgen Sie dem Gang meiner Erzählung?"

„Gewiß, fahren Sie nur fort."

„Nun gut. Sobald ich sechzehn Jahre alt geworden war, jagte meine Mutter meinen französischen Hofmeister, den Deutschen Philippowitsch, der eigentlich ein Njeschiner Grieche war, aus dem Hause; sie brachte mich nach Moskau, ließ mich bei der Universität einschreiben und befahl ihre Seele dem Allmächtigen, nachdem sie mich meinem Onkel, dem Advokaten Koltun-Babura, einem nicht nur im Schtschigrowschen Kreise bekannten Vogel, überlassen hatte. Mein leiblicher Onkel, der Advokat Koltun-Babura, plünderte mich, wie es so geht, bis aufs Hemd aus ... Aber ich will nicht davon sprechen. Auf die Universität kam ich – das muß ich meiner Mutter lassen – recht gut vorbereitet; aber schon damals machte sich bei mir ein Mangel an Originalität bemerkbar. Meine Kindheit unterschied sich durch nichts von der Kindheit anderer Jünglinge: Ich wuchs ebenso dumm und matt wie unter einem Federbett heran, fing ebenso früh an, Gedichte auswendig zu lernen und zu versauern, unter der Vorspiegelung einer träumerischen Hinneigung ... wozu doch? – ja, zum Schönen ... und so weiter. In der Universität schlug ich keinen andern Weg ein: Ich geriet sogleich in einen „Zirkel". Damals waren andere Zeiten ... Sie wissen aber vielleicht nicht, was so ein Zirkel ist? – Ich glaube, Schiller hat irgendwo gesagt:

> Gefährlich ist's, den Leu zu wecken,
> Verderblich ist des Tigers Zahn,
> Jedoch der schrecklichste der Schrecken,
> Das ist der Mensch in seinem Wahn!

Ich versichere Ihnen, er hat gar nicht *das* sagen wollen; er hat sagen wollen: Das ist ein „Zirkel" in der Stadt Moskau!"

„Was finden Sie so Schreckliches an einem Zirkel?" fragte ich.

Mein Nachbar ergriff seine Schlafmütze und zog sie sich über die Nase.

„Was ich daran Schreckliches finde?" rief er. „Nun, hören Sie also: So ein Zirkel ist der Ruin einer jeden selbständigen Entwicklung; ein Zirkel ist ein häßlicher Ersatz für die Gesellschaft, für die Frau, für das Leben; der Zirkel ... warten Sie, ich will Ihnen sagen, was so ein Zirkel ist! Ein Zirkel ist ein träges und mattes Leben miteinander und nebeneinander, dem man das Aussehen und die

Bedeutung einer vernünftigen Sache gibt; ein Zirkel ersetzt Gespräche durch Räsonnements, er gewöhnt an fruchtloses Geschwätz, lenkt einen von der einsamen, segensreichen Arbeit ab, impft einem die literarische Krätze ein, nimmt einem schließlich die Frische und die jungfräuliche Kraft der Seele. Ein Zirkel ist Banalität and Langweile unter dem Namen von Verbrüderung und Freundschaft, eine Verkettung von Mißverständnissen und Anmaßungen unter dem Vorwand von Aufrichtigkeit und Teilnahme; in einem Zirkel hat jeder Freund das Recht, zu jeder Zeit und zu jeder Stunde seine ungewaschenen Finger in das Innerste eines Freundes zu stecken, und darum hat niemand eine reine, unberührte Stelle in seiner Seele; in einem Zirkel betet man jeden hohlen Schönredner, jeden eingebildeten Witzling, jeden frühreifen Greis an, man trägt jeden talentlosen Dichter, der aber „geheime" Ideen hat, auf den Händen; in einem Zirkel reden siebzehnjährige Burschen unverständlich und geschraubt von den Frauen und von der Liebe, wenn sie aber mit Frauen zusammenkommen, so reden sie oder reden mit ihnen wie mit einem Buch – und worüber sprechen sie! In einem Zirkel blüht eine geschraubte Beredsamkeit; in einem Zirkel beobachtet einer den andern, wie ein Polizeibeamter ... Oh, Zirkel! Du bist kein Zirkel, du bist ein Zauberkreis, in dem schon mehr als ein anständiger Mensch zugrunde gegangen ist!"

„Gestatten Sie die Bemerkung: Sie übertreiben", unterbrach ich ihn.

Mein Nachbar sah mich schweigend an.

„Vielleicht, Gott mag es wissen, vielleicht. Unsereinem ist doch nur die eine Freude geblieben – zu übertreiben. So lebte ich die vier Jahre in Moskau. Ich kann Ihnen gar nicht sagen, verehrter Herr, wie schnell für mich diese Zeit verging; es ist mir sogar schmerzvoll und verdrießlich, daran zu denken. Wenn ich am Morgen aufstand, so glitten die folgenden Tagesstunden wie ein Schlitten einen Eisberg hinunter ... Eh ich mich dessen versah, war der Tag schon zu Ende; schon ist der Abend da, der verschlafene Diener hilft dir in den Rock, du ziehst ihn an und schleppst dich zu einem Freund, um bei ihm ein Pfeifchen zu rauchen, ein Glas dünnen Tee nach dem anderen zu trinken und von der deutschen Philosophie zu sprechen, von der Liebe, von der ewigen Sonne des Geistes und von ähnlichen fernliegenden Gegenständen. Hier traf ich aber auch originelle, selbständige Menschen; mancher tat sich noch so sehr Gewalt an, um sich nach der Schablone zu biegen, aber die Natur forderte doch ihr Recht; nur ich allein knetete an mir herum wie an weichem Wachs, und meine elende Natur leistete nicht den geringsten Widerstand! Indessen wurde ich einundzwanzig Jahre alt. Ich trat in den Besitz meiner Erbschaft ein oder, richtiger gesagt, des

Teiles meiner Erbschaft, den mein Vormund für gut befunden hatte, mir zu lassen, gab meinem freigelassenen Leibeigenen Wassilij Kudrjaschew Vollmacht zur Verwaltung meiner Güter und fuhr ins Ausland, nach Berlin. Im Ausland blieb ich, wie ich schon das Vergnügen hatte, Ihnen zu melden, drei Jahre. Und was glauben Sie? Auch dort im Ausland blieb ich das gleiche unoriginelle Geschöpf. Erstens brauche ich wohl gar nicht zu sagen, daß ich das eigentliche Europa, das europäische Leben in keiner Weise kennenlernte; ich hörte die Vorlesungen deutscher Professoren und las die deutschen Bücher an ihrem Entstehungsort . . . das war der ganze Unterschied. Ich lebte zurückgezogen wie ein Mönch; ich verkehrte nur mit verabschiedeten russischen Leutnants, die gleich mir von Wissensdurst gequält, im übrigen schwer von Begriff waren und keine Gabe der Rede besaßen; ich gab mich mit stumpfsinnigen Familien aus Pensa und anderen broterzeugenden Gouvernements ab; ich trieb mich in Kaffeehäusern herum, las Zeitschriften und besuchte abends das Theater. Mit den Einheimischen verkehrte ich wenig, sprach mit ihnen gezwungen und empfing bei mir niemand von ihnen, mit Ausnahme von zwei oder drei aufdringlichen Jünglingen jüdischer Abstammung, die jeden Augenblick bei mir erschienen, um Geld von mir zu pumpen, denn der Russe pumpt. Ein seltsames Spiel des Zufalls führte mich endlich in das Haus eines meiner Professoren; das kam so: Ich ging zu ihm, um bei ihm das Kolleg zu belegen, er aber lud mich zu einer Abendgesellschaft ein. Dieser Professor hatte zwei Töchter von etwa siebenundzwanzig Jahren, kräftige Mädels – Gott mit ihnen –, großartige Nasen, gekräuselte Haare und blaßblaue Augen, die Hände aber rot mit weißen Nägeln. Die eine hieß Linchen, die andere Minchen. Ich fing an, bei diesem Professor zu verkehren. Ich muß Ihnen sagen, dieser Professor war nicht dumm, aber irgendwie vernagelt; vom Katheder herab sprach er recht zusammenhängend, zu Hause aber hatte er eine unverständliche Aussprache und trug die Brille immer auf der Stirn; dabei war er ein sehr gelehrter Mann . . . Und was glauben Sie? Plötzlich schien es mir, ich hätte mich in Linchen verliebt – ganze sechs Monate schien es mir. Ich unterhielt mich mit ihr freilich wenig –, sah sie meistens nur an, aber ich las ihr verschiedene rührende Werke vor, drückte ihr heimlich die Hände und saß an Abenden schwärmend neben ihr, unverwandt auf den Mond oder auch einfach auf den Himmel blickend. Außerdem kochte sie ausgezeichnet Kaffee . . .! Was brauchte ich noch mehr? Eines nur machte mir Bedenken: In den Augenblicken der, was man so nennt, unaussprechlichen Seligkeit fühlte ich ein Unbehagen in der Herzgrube, und ein kaltes, banges Zittern lief mir über den Magen. Zuletzt hielt ich dieses Glück nicht aus und floh.

Ganze zwei Jahre verbrachte ich darauf im Ausland; ich war in Italien, stand in Rom vor der Verklärung Christi und in Florenz vor der Venus; zuweilen verfiel ich in ein übertriebenes Entzücken, das wie Wut über mich kam; an Abenden schrieb ich Verse und fing ein Tagebuch an; mit einem Wort, ich benahm mich wie alle. Sehen Sie, wie leicht es ist, originell zu sein. Ich verstehe zum Beispiel nichts von Malerei und Skulptur ... Das hätte ich doch laut sagen können ... aber das kann man doch nicht! Nimm dir einen Cicerone und lauf hin, um die Fresken anzusehen ..."

Er senkte wieder den Kopf und warf die Schlafmütze wieder ab.

„So kehrte ich schließlich in die Heimat zurück", fuhr er mit müder Stimme fort, „und kam nach Moskau. In Moskau geschah mit mir eine merkwürdige Veränderung. Im Ausland hatte ich meistens geschwiegen, hier wurde ich aber plötzlich redselig und bildete mir zugleich Gott weiß was alles ein. Es fanden sich nachsichtige Menschen, die mich fast für ein Genie hielten; Damen hörten mit Teilnahme meinen Reden zu; ich verstand es aber nicht, mich auf der Höhe meines Ruhmes zu halten. Eines schönen Morgens kam eine Klatscherei über mich zur Welt – ich weiß nicht, wer sie gezeugt hatte; wahrscheinlich irgendeine alte Jungfer männlichen Geschlechts, solche alte Jungfern gibt es in Moskau massenhaft; die Klatscherei kam auf und begann wie eine Erdbeerpflanze Schößlinge und Sprossen zu treiben. Ich verwickelte mich darin – wollte mich befreien und die zähen Fäden zerreißen, das gelang mir aber nicht ... Ich reiste ab. Hier erwies ich mich als ein alberner, untauglicher Mensch; ich hätte ruhig den Verlauf dieser Plage abwarten sollen, wie man das Ende des Nesselfiebers abwartet, und die gleichen nachsichtigen Menschen hätten mir wieder ihre Arme geöffnet, die gleichen Damen hätten wieder meinen Reden zugelächelt ... Aber das ist eben das Unglück, daß ich ein unorigineller Mensch bin. Mein Gewissen, sehen Sie, war plötzlich erwacht: Ich schämte mich, unaufhörlich zu schwatzen, gestern auf dem Arbat, heute auf der Truba, morgen auf dem Siwzew-Wraschek, und immer über dieselben Dinge ... Wenn das aber verlangt wird? Schauen Sie nur die echten Helden auf diesem Gebiet an – das macht ihnen nichts; im Gegenteil, das ist es, was sie brauchen; mancher arbeitet zwanzig Jahre mit der Zunge und immer in der gleichen Richtung! Was machen doch Selbstvertrauen und Ehrgeiz aus! Auch in mir war Ehrgeiz, und er ist auch heute noch nicht zur Ruhe gekommen ... Schlimm aber ist, daß ich, ich sage es wieder, ein unorigineller Mensch bin und auf halbem Wege stehenblieb – die Natur hätte mir viel mehr Ehrgeiz verleihen oder mir gar keinen Ehrgeiz geben sollen. Aber in der ersten Zeit fiel es mir wirklich schwer; außerdem hatte die Reise ins

Ausland endgültig meine Mittel erschöpft, und eine Kaufmannstochter mit einem jungen, aber wie Gelee schwammigen Körper wollte ich doch nicht heiraten. – Ich zog mich also auf mein Gut zurück. Ich glaube", fügte mein Nachbar hinzu, mich wieder von der Seite anblickend, „ich darf wohl die ersten Eindrücke des Landlebens übergehen, die Hinweise auf die Schönheit der Natur, auf den stillen Reiz der Einsamkeit und so weiter . . ."

„Sie dürfen es", sagte ich.

„Um so mehr", fuhr der Erzähler fort, „als es alles Unsinn ist, wenigstens soweit es mich betrifft. Auf dem Land langweilte ich mich wie ein eingesperrter junger Hund, obwohl ich gestehen muß, daß mir, als ich auf dem Rückweg zum erstenmal im Frühling durch das mir bekannte Birkengehölz fuhr, der Kopf schwindelte und das Herz vor süßer unbestimmter Erwartung klopfte. Aber diese unbestimmten Erwartungen gehen, wie Sie wissen, niemals in Erfüllung, dagegen erfüllen sich andere Dinge, die man gar nicht erwartet hat: wie Viehseuchen, Steuerrückstände, öffentliche Subhastationen und so weiter. Indem ich mich mit Hilfe des Burmistrs Jakow, der an Stelle des früheren Verwalters getreten war und sich mit der Zeit als der gleiche, wenn nicht noch größere Spitzbube als dieser erwies und der obendrein mein Leben durch den Geruch seiner geteerten Stiefel vergiftete, von einem Tag zum anderen durchschlug, erinnerte ich mich eines Tages einer mir bekannten Nachbarfamilie, die aus einer Oberstin a. D. und deren zwei Töchtern bestand; ich ließ meine Droschke anspannen und fuhr zu den Nachbarn. Dieser Tag soll mir ewig im Gedächtnis bleiben: Nach sechs Monaten heiratete ich die zweite Tochter der Oberstin . . .!"

Der Erzähler senkte den Kopf und hob die Arme zum Himmel.

„Indessen", fuhr er erregt fort, „ich möchte Ihnen keine schlechte Meinung von der Verstorbenen einflößen. Gott behüte! Sie war das edelste, gütigste Geschöpf, ein liebendes Wesen, zu allen Opfern fähig, obwohl ich, unter uns gesagt, gestehen muß, daß ich, wenn ich nicht das Unglück gehabt hätte, sie zu verlieren, wohl nicht imstande gewesen wäre, mich heute mit Ihnen zu unterhalten, denn in meinem Schuppen ist auch heute noch der Balken ganz, an dem ich mich mehr als einmal habe aufhängen wollen!"

„Gewisse Birnen", fuhr er nach kurzem Schweigen fort, „müssen einige Zeit im Keller lagern, bis sie ihren rechten Geschmack bekommen; auch meine Selige gehörte offenbar zu ähnlichen Naturprodukten. Jetzt erst lasse ich ihr volle Gerechtigkeit widerfahren. Jetzt erst wecken zum Beispiel die Erinnerungen an manche Abende, die ich mit ihr vor der Hochzeit verbrachte, nicht nur nicht die geringste Bitterkeit in mir, sondern rühren mich im Gegenteil fast bis zu Tränen. Die Leute waren nicht reich; ihr sehr altes, hölzernes, aber bequemes Haus stand auf einer Anhöhe zwischen einem verwilderten Garten und einem mit Unkraut bewachsenen Hof. Unten lief ein Fluß, der durch das Laub kaum zu sehen war. Eine große Terrasse führte aus dem Hause in den Garten, vor der Terrasse prangte ein längliches, mit Rosen bepflanztes Beet; an beiden Enden des Beetes wuchsen zwei Akazien, die der verstorbene Besitzer noch in ihrer Jugend in Schraubenform gezogen hatte. Etwas weiter, im Dickicht einer verwahrlosten und verwilderten Himbeerpflanzung stand eine innen kunstvoll ausgemalte, von außen aber dermaßen baufällige und morsche Gartenlaube, daß es unheimlich war, sie anzusehen. Eine Glastür führte von der Terrasse in das Gastzimmer; im Gastzimmer bot sich aber dem neugierigen Blick des Beschauers folgendes dar: In den Ecken Kachelöfen, rechts ein verstimmtes, mit handschriftlichen Noten beladenes Piano, ein mit verblichenem, blauem, weißgemustertem Stoff überzogenes Sofa, ein runder Tisch, zwei Etageren mit Nippsachen aus Porzellan und Glasperlen aus den Zeiten der Kaiserin Katharina; an der Wand das bekannte Bildnis eines blonden Mädchens mit einem Täubchen an der Brust und verdrehten Augen, auf dem Tisch eine Vase mit frischen Rosen . . . Sehen Sie, wie ausführlich ich es beschreibe. In diesem Gastzimmer, auf dieser Terrasse spielte sich die ganze Tragikomödie meiner Liebe ab. Die Nachbarin selbst war ein böses Frauenzimmer, das vor lauter Bosheit immer heiser war, ein lästiges und zänkisches Geschöpf; die eine Tochter, Wjera, unterschied sich durch nichts von den gewöhnlichen Provinzfräulein; die andere hieß Sofja, und in diese Sofja verliebte ich mich. Die beiden Schwestern hatten ein gemeinsames Schlafzimmer mit zwei keuschen hölzernen Bettchen, vergilbten Poesiealben, Reseden, ziemlich schlechten Bleistiftbildnissen ihrer Freunde und Freundinnen – unter diesen fiel ein Herr mit einem ungewöhnlich energischen Gesichtsausdruck und einer noch energischeren Unterschrift auf, der in seiner Jugend außerordentliche Erwartungen geweckt hatte und es, wie wir alle, zu nichts brachte – mit Büsten von Goethe und Schiller, deutschen Büchern, trockenen Kränzen und anderen Gegenständen, die zur Erinnerung aufbewahrt wurden. In dieses Zimmer kam ich jedoch selten und ungern; ich konnte darin, ich weiß selbst nicht warum, kaum atmen. Außerdem – eine seltsame Sache! Sofja gefiel mir am meisten, wenn ich mit dem Rücken zu ihr saß, und vielleicht auch noch, wenn ich an sie dachte oder vielmehr von ihr träumte, besonders an Abenden auf der Terrasse. Ich blickte damals auf das Abendrot, auf die Bäume, auf die grünen, kleinen Blätter, die schon dunkel geworden waren, sich aber noch immer scharf vom rosa Himmel abhoben; im Gastzimmer am Klavier saß Sofja und spielte fortwährend irgendeinen Lieblingssatz von Beethoven, leidenschaftlich und nachdenklich zugleich; die böse Alte schnarchte friedlich auf dem Sofa sitzend; in dem von rotem Licht durchfluteten Eßzimmer wirtschaftete Wjera am Teetisch; der Samowar sang kunstvoll, als freute er sich über etwas; mit lustigem Knistern brachen die Brezeln, die Löffel schlugen melodisch an die Tassen; der Kanarienvogel, der den ganzen Tag über unbarmherzig geschmettert hatte, wurde plötzlich still und zwitscherte nur ab und zu, als fragte er etwas; aus einem durchsichtigen, leichten Wölkchen fielen im Vorüberziehen einige Tröpfchen herab ... Ich aber saß und lauschte und sah zu, mein Herz wurde mir weit, und es schien mir wieder, daß ich liebe. Unter dem Eindruck eines solchen Abends hielt ich einmal bei der Alten um die Hand ihrer Tochter an und war nach zwei Monaten schon verheiratet. Mir schien, daß ich sie liebte ... Jetzt wäre es wirklich Zeit, daß ich es wisse, aber ich weiß bei Gott auch jetzt nicht, ob ich Sofja geliebt habe. Sie war ein gütiges, kluges, schweigsames Geschöpf mit einem warmen Herzen; aber Gott weiß warum, ob infolge des langen Lebens auf dem Land oder aus irgendeiner anderen Ursache, barg sich auf dem Grund ihrer Seele – wenn die Seele überhaupt einen Grund hat – eine Wunde, oder es blutete, genauer gesagt, eine Wunde, die man durch nichts heilen konnte, die weder sie selbst noch ich zu nennen vermochte. Von der Existenz dieser Wunde erfuhr ich natürlich erst nach der Hochzeit. Wie sehr ich mich mit ihr auch abmühte, nichts wollte helfen! In meiner Kindheit hatte ich einmal einen Zeisig, den einmal eine Katze in ihren Pfoten gehalten hatte; man hatte ihn gerettet und geheilt, aber der arme Zeisig erholte sich nie wieder. Er saß traurig da, kränkelte und sang nicht mehr ... Es endete damit, daß eines Nachts in den offenen Käfig eine Ratte eindrang und ihm den Schnabel abbiß, was ihn endlich zu sterben bewog. Ich weiß nicht, was für eine Katze meine Frau in den Pfoten gehabt hatte, aber auch sie war immer traurig und siechte dahin wie mein unglücklicher Zeisig. Manchmal hatte sie sichtlich Lust, sich aufzuraffen, sich in der frischen Luft, in der Sonne und Freiheit zu vergnügen; sie versuchte es und schrumpfte gleich wieder zu einem Knäuel zusammen. Sie hatte mich dennoch lieb: Wie oft hatte sie mir versichert, daß ihr nichts mehr zu wünschen übrigbliebe – hol's der Teufel –, dabei erloschen aber ihre Blicke. Ich fragte mich, ob sie nicht etwas in ihrer Vergangenheit hätte? Ich zog Erkundigungen ein – nein, es war nichts da. Nun urteilen Sie selbst: Ein origineller Mensch hätte wohl die Achsel gezuckt, vielleicht zweimal aufgeseufzt und dann angefangen, sein eigenes Leben zu leben, ich aber bin ein unoriginelles

Geschöpf und fing darum an, nach dem Balken zu schielen. In meiner Frau wurzelten alle die Angewohnheiten einer alten Jungfer – Beethoven, nächtliche Spaziergänge, Reseden, Briefwechsel mit Freunden, Poesiealben usw. – so tief, daß sie sich an eine andere Lebensweise, besonders an die einer Hausfrau, unmöglich gewöhnen konnte; dabei ist es doch lächerlich, wenn eine verheiratete Frau sich in namenloser Sehnsucht verzehrt und an Abenden das Lied singt: *O weck sie nicht beim Morgenstrahl!*

Auf diese Weise schwelgten wir drei Jahre in Seligkeit; im vierten Jahr starb Sofja in ihrem ersten Wochenbett, und es ist seltsam: Ich hatte gleichsam schon früher vermutet, daß sie nicht imstande sein würde, mir einen Sohn oder eine Tochter und der Erde einen neuen Bewohner zu schenken. Ich erinnere mich an ihr Begräbnis. Es war im Frühjahr. Unsere Pfarrkirche ist nicht groß, alt, der Ikonostas ist vor Alter schwarz, die Wände nackt, der Fußboden aus Ziegelsteinen schadhaft; rechts und links im Chor hängt je ein altes Heiligenbild. Man trug den Sarg herein, stellte ihn in die Mitte vor die Zarenpforte, bedeckte ihn mit einer verblichenen Decke und stellte drei Leuchter um ihn herum. Der Gottesdienst begann. Der altersschwache Diakon mit kleinem Zopf hinten, den Leib tief unten mit einem grünen Gürtel umschlungen, lallte traurig vor dem Betpult; der gleichfalls greise Geistliche mit gutmütigem Gesicht und halbblinden Augen, in einem lilagelb gemusterten Ornat, sang die Gebete für sich selbst und für den Diakon. In der ganzen Breite der geöffneten Fenster bewegten sich und flüsterten die jungen, frischen Blätter der Trauerbirken, von draußen zog der Duft des Grases herein; die roten Flammen der Wachskerzen erblaßten im lustigen Licht des Frühlingstages; die Spatzen zwitscherten, daß man es in der ganzen Kirche hörte, und ab und zu erklang unter der Kuppel der helle Schrei einer Schwalbe, die hereingeflogen war. Im goldenen Staub des Sonnenstrahles senkten und hoben sich schnell die blonden Köpfe der wenigen Bauern, die inbrünstig für die Verstorbene beteten; in dünnen bläulichen Fäden zog der Rauch aus den Öffnungen des Räucherfasses empor. Ich blickte auf das tote Antlitz meiner Frau . . . Mein Gott! Auch der Tod, der Tod selbst hatte sie nicht erlöst, hatte ihre Wunde nicht geheilt: der gleiche schmerzvolle, scheue, stumme Ausdruck – als fühle sie sich selbst im Sarge unbehaglich . . . Ein bitteres Gefühl regte sich in mir. Sie war ein so herzensgutes Geschöpf, und doch war es auch für sie selbst gut, daß sie gestorben war!“

Die Wangen des Erzählers röteten sich, und seine Augen wurden trüb.

„Als ich mich endlich vom schweren Druck, der auf mir nach dem Tode meiner Frau lastete, befreit hatte“, begann er wieder, „entschloß ich mich, wie man so sagt, etwas Vernünftiges anzufangen. Ich trat in der Gouvernementsstadt in den Staatsdienst; in den großen Zimmern des Amtsgebäudes bekam ich Kopfschmerzen, meine Augen waren auch nicht in Ordnung; es kamen auch noch andere Gründe hinzu ... ich nahm meinen Abschied. Ich wollte schon nach Moskau hinüberfahren, aber erstens fehlte es mir an Geld, und zweitens ... ich habe Ihnen schon gesagt, daß ich mich gedemütigt hatte. Die Demut kam über mich plötzlich und zugleich auch nicht plötzlich. Geistig hatte ich mich schon längst gedemütigt, aber mein Kopf wollte sich noch immer nicht beugen. Ich schreibe die demütige Stimmung meiner Gefühle und Gedanken dem Einfluß des Landlebens und meines Unglücks zu ... Andererseits hatte ich schon längst bemerkt, daß fast alle meine Nachbarn, wie die alten so die jungen, am Anfang von meiner Gelehrsamkeit, von meinem Aufenthalt im Ausland und den übrigen Vorzügen meiner Erziehung eingeschüchtert, sich an mich nicht nur nicht gewöhnt hatten, sondern mich entweder grob oder von oben herab behandelten, meine Betrachtungen nicht zu Ende anhörten und in ihren Gesprächen mit mir gewisse Höflichkeitsformen vernachlässigten. Ich vergaß, Ihnen noch zu sagen, daß ich im ersten Jahr meiner Ehe aus Langweile versucht hatte, mich auf die Literatur zu verlegen, und sogar einen Beitrag an eine Zeitschrift schickte, eine Novelle, wenn ich nicht irre; aber nach einiger Zeit erhielt ich vom Redakteur einen höflichen Brief, in dem es unter anderm hieß, man könne mir Geist wohl nicht absprechen, wohl aber das Talent; in der Literatur brauche man aber gerade das Talent. Außerdem kam es mir zu Ohren, daß ein durchreisender Moskauer, ein im übrigen seelenguter junger Mann, sich über mich in einer Abendgesellschaft beim Gouverneur als über einen abgeschmackten und hohlen Menschen geäußert hatte. Aber meine halb freiwillige Verblendung hielt noch immer an: Ich wollte, wissen Sie, mich nicht selbst „ohrfeigen"; schließlich gingen mir eines schönen Morgens die Augen auf. Dies geschah auf folgende Weise: Mich besuchte der Isprawnik, um meine Aufmerksamkeit auf eine eingefallene Brücke auf meinen Besitzungen zu lenken, zu deren Instandsetzung mir aber völlig die Mittel fehlten. Während der nachsichtige Hüter der öffentlichen Ordnung nach einem Schnaps ein Stück gedörrten Störrückens verzehrte, warf er mir väterlich meine Unachtsamkeit vor, ging übrigens auf meine Lage ein und riet mir nur, meinen Bauern zu befehlen, etwas Mist auf die Stelle zu werfen; dann steckte er sich ein Pfeifchen an und begann von den bevorstehenden Wahlen zu sprechen. Um den Ehrentitel eines Gouvernements-Adelsmarschalls bewarb sich damals ein gewisser Orbassanow, ein leerer Schreier und bestechlicher Mensch obendrein. Dabei zeichnete er sich weder durch Reichtum noch durch vornehme Abstammung aus. Ich äußerte meine Meinung über ihn ziemlich abfällig; offen gestanden, sah ich auf Herrn Orbassanow hochmütig herab. Der Isprawnik sah mich an, klopfte mir leutselig auf die Schulter und bemerkte gutmütig: „Ach, Wassilij Wassiljewitch, uns beiden steht es nicht an, über solche Leute zu urteilen; wie kommen wir dazu – Schuster, bleib bei deinem Leisten." – „Ich bitte Sie", entgegnete ich ärgerlich, „welch ein Unterschied ist zwischen mir und Herrn Orbassanow?" – Der Isprawnik nahm die Pfeife aus dem Mund, riß die Augen weit auf und lachte. – „So ein Spaßvogel", sagte er endlich unter Tränen, „so ein Witz . . . köstlich!" Bis zu seiner Abreise hörte er nicht mehr auf, sich über mich lustig zu machen; er stieß mich ab und zu mit den Ellenbogen in die Seite, und duzte mich zuletzt. Endlich fuhr er davon. Dieser eine Tropfen hatte nur noch gefehlt, die Schale war voll. Ich ging einigemal durchs Zimmer, blieb vor dem Spiegel stehen, betrachtete lange mein verlegenes Gesicht, streckte bedächtig die Zunge heraus und schüttelte mit bitterem Hohn den Kopf. Die Binde war mir von den Augen gefallen; ich sah ganz klar, klarer als mein Gesicht im Spiegel, welch ein leerer, nichtiger, überflüssiger und unorigineller Mensch ich war!" Der Erzähler schwieg eine Weile.

„In einer Tragödie Voltaires", fuhr er traurig fort, „freut sich jemand darüber, daß er die äußerste Grenze des Unglücks erreicht habe. Obwohl in meinem Schicksal nichts Tragisches ist, habe ich doch, offen gestanden, etwas Ähnliches empfunden. Ich lernte die giftigen Wonnen der kalten Verzweiflung kennen; ich erfuhr, wie süß es ist, während eines ganzen Morgens, in seinem Bett liegend, ohne Übereilung den Tag und die Stunde seiner Geburt zu verfluchen; ich konnte mich nicht mit einem Male demütigen. Urteilen Sie doch selbst: Der Geldmangel fesselte mich an das mir verhaßte Gut; weder die Landwirtschaft noch der Staatsdienst, noch die Literatur standen mir an; den Gutsbesitzern ging ich aus dem Wege, die Bücher widerten mich an; für die wässerig-gedunsenen und krankhaft-empfindsamen Fräulein, die ihre Locken schütteln und fieberhaft das Wort „Leben" wiederholen, stellte ich nichts Interessantes mehr dar, seitdem ich aufgehört hatte zu schwatzen und in Verzückung zu geraten; um mich ganz in die Einsamkeit zurückzuziehen, fehlten mir Verständnis und Kraft . . . Ich fing an – was glauben Sie wohl? –, mich bei den Nachbarn herumzutreiben. Von der Verachtung gegen sich selbst gleichsam berauscht, ließ ich wie absichtlich allerlei kleinliche Erniedrigungen über mich ergehen. Ich wurde bei Tisch mit manchem Gericht übergangen, man empfing mich kalt und hochmütig, übersah mich endlich ganz; man erlaubte mir nicht, mich in ein allgemeines Gespräch einzumischen, und es kam vor, daß ich selbst aus meinem Winkel irgendeinem dummen Schwätzer zustimmte, der früher in Moskau mit Entzücken den Staub meiner Füße, den Saum meines Mantels geküßt hätte . . . Ich erlaubte mir sogar selbst nicht den Gedanken, daß ich mich dem bitteren Genuß der Ironie hingebe . . . Ich bitte Sie, was ist es für eine Ironie, wenn man ganz allein ist! So habe ich einige Jahre hintereinander gehandelt und handle auch jetzt noch . . ."

„Das ist aber schon gar zu bunt", brummte im Nebenzimmer die verschlafene Stimme des Herrn Kantagrjuchin, „was für ein Dummkopf erlaubt sich, bei Nacht zu reden?"

Der Erzähler tauchte schnell unter die Bettdecke und drohte mir, schüchtern hervorlugend, mit dem Finger.

„Pst . . ., pst . . .", flüsterte er und sagte dann respektvoll, sich nach der Richtung der Stimme Kantagrjuchins bückend und entschuldigend: „Ich höre, ich höre, entschuldigen Sie . . . Er darf schlafen, er muß schlafen", fuhr er wieder flüsternd fort, „er muß neue Kräfte sammeln, wenn auch nur, um morgen mit demselben Genuß essen zu können. Wir haben nicht das Recht, ihn zu stören. Außerdem habe ich Ihnen, glaube ich, schon alles erzählt, was ich erzählen wollte; wahrscheinlich wollen Sie auch schon schlafen. Ich wünsche Ihnen eine gute Nacht!"

Der Erzähler wandte sich mit fieberhafter Schnelligkeit weg und vergrub seinen Kopf in die Kissen.

„Darf ich wenigstens wissen", fragte ich, „mit wem ich das Vergnügen habe . . .?"

Er hob rasch den Köpf.

„Nein, um Gottes willen", unterbrach er mich, „fragen Sie weder mich noch sonst jemanden nach meinem Namen. Mag ich für Sie ein unbekanntes Geschöpf bleiben, ein vom Schicksal geschlagener Wassilij Wassiljewitsch. Außerdem verdiene ich, als unorigineller Mensch, keinen eigenen Namen . . . Wenn Sie mir aber unbedingt irgendeinen Namen geben wollen, so nennen Sie mich . . . nennen Sie mich den Hamlet des Schtschigrowschen Kreises. Solche Hamlets gibt es in jedem Kreis viel, vielleicht sind Sie aber noch nie einem begegnet . . . Und nun leben Sie wohl."

Er vergrub sich wieder in sein Pfühl. Als man mich am anderen Morgen weckte, war er nicht mehr im Zimmer. Er war vor Sonnenaufgang weggefahren.

Tschertopchanow und Nedopjuskin

An einem heißen Sommertag kehrte ich einmal in einem einfachen Bauernwagen von der Jagd heim; Jermolai duselte neben mir sitzend und nickte fortwährend mit dem Kopf. Die schlafenden Hunde wurden unter unseren Füßen wie Leichen herumgerüttelt. Der Kutscher verscheuchte fortwährend mit seiner Peitsche die Bremsen von den Pferden. Der weiße Staub folgte als leichte Wolke dem Wagen. Wir kamen in ein Gebüsch. Der Weg wurde holpriger, die Räder fingen an, die Äste zu streifen. Jermolai fuhr auf und sah sich um . . . „Eh!" sagte er, „hier muß es ja Birkhühner geben. Wollen wir absteigen." Wir hielten und traten ins Gebüsch. Mein Hund stieß auf eine Birkhuhnbrut. Ich schoß und wollte schon das Gewehr von neuem laden, als plötzlich hinter mir ein lautes Krachen ertönte und sich mir, die Büsche mit den Händen auseinanderschiebend, ein Reiter näherte. „Erlauben Sie die Frage", begann er in hochmütigem Ton, „mit welchem Recht Sie hier jagen, verehrter Herr?" Der Unbekannte sprach ungewöhnlich rasch, abgerissen und durch die Nase. Ich sah ihm ins Gesicht: Mein Lebtag hatte ich nie etwas Ähnliches gesehen. Liebe Leser, stellen Sie sich einen kleinen blonden Menschen vor mit einem roten Stutznäschen und ungewöhnlich langem rotem Schnurrbart. Eine spitze, persische Mütze, mit himbeerfarbenem Tuch besetzt, bedeckte ihm die Stirn bis zu den Augenbrauen. Er trug einen gelben, abgetragenen Tscherkessenrock mit schwarzen plüschenen Patronenhülsen auf der Brust und verschossenen silbernen Tressen an allen Nähten; über die Schulter hing ihm ein Horn, im Gürtel steckte ein Dolch. Der magere Rotfuchs mit gebogener Nase taumelte unter ihm wie betrunken; zwei magere Windhunde mit krummen Beinen sprangen zwischen seinen Hufen. Das Gesicht, der Blick, die Stimme, jede Bewegung und das ganze Wesen des Unbekannten atmeten eine wahnwitzige Kühnheit und einen maßlosen, unerhörten Hochmut; seine blaßblauen, gläsernen Augen schweiften umher und schielten wie bei einem Betrunkenen; er warf den Kopf in den Nacken, blähte die Backen, schnaubte und zuckte mit dem ganzen Körper gleichsam im Überfluß seiner Würde – genau wie ein Truthahn. Er wiederholte seine Frage.

„Ich wußte nicht, daß das Schießen hier verboten ist", antwortete ich.

„Verehrter Herr", fuhr er fort, „Sie sind hier auf meinem Grund und Boden."

„Wenn Sie wollen, entferne ich mich."

„Gestatten Sie die Frage", entgegnete er, „habe ich die Ehre, mit einem Edelmann zu sprechen?"

Ich nannte meinen Namen.

„In diesem Falle wollen Sie nur weiterjagen. Ich bin selbst Edelmann und freue mich, einem Edelmann dienen zu können ... Ich heiße übrigens Pantelej Tschertopchanow."

Er beugte sich vor, stieß einen Schrei aus und schlug sein Pferd auf den Hals; das Pferd schüttelte den Kopf, bäumte sich, schwenkte auf die Seite ab und trat einem der Hunde auf die Pfote. Der Hund begann durchdringend zu winseln. Tschertopchanow brauste und zischte auf, schlug das Pferd auf den Kopf, zwischen die Ohren, sprang schneller als der Blitz vom Sattel, untersuchte die Pfote des Hundes, spuckte auf die Wunde, stieß den Hund mit dem Fuß in die Seite, damit er nicht mehr winsele, ergriff das Pferd an der Mähne und setzte den Fuß in den Steigbügel. Das Pferd warf den Kopf empor, hob den Schweif und stürzte sich seitwärts in die Büsche; er folgte ihm auf einem Fuß hüpfend. Schließlich sprang er doch in den Sattel, schwang wie rasend die Reitpeitsche, stieß ins Horn und sprengte davon. Ich hatte mich von meinem Erstaunen über das unerwartete Erscheinen Tschertopchanows noch nicht erholt, als plötzlich aus dem Gebüsch fast geräuschlos ein dicker Mann von etwa vierzig Jahren auf einem schwarzen Pferdchen erschien. Er hielt an, zog eine grünlederne Mütze vom Kopf und fragte mich mit einer feinen, weichen Stimme, ob ich nicht einen Reiter auf einem Rotfuchs begegnet sei. Ich antwortete, den hätte ich wohl gesehen.

„Nach welcher Seite beliebte es dem Herrn zu reiten?" fuhr er in demselben Ton fort, ohne die Mütze aufzusetzen.

„Dorthin."

„Ich danke Ihnen ergebenst."

Er schnalzte mit den Lippen, schlug das Pferdchen mit den Beinen in die Flanken und trabte langsam in die von mir angegebene Richtung. Ich blickte ihm nach, bis seine gehörnte Mütze hinter den Zweigen verschwand. Dieser neue Unbekannte glich seinem Vorgänger in keiner Beziehung. Sein aufgedunsenes und kugelrundes Gesicht drückte Schüchternheit, Gutmütigkeit und sanfte Demut aus; die ebenfalls gedunsene und runde, von blauen Adern durchzogene Nase verriet einen Wollüstling. Auf seinem Kopf war vorn kein einziges Härchen übriggeblieben, hinten hingen aber noch einige dünne blonde Strähnen; die wie mit einem scharfen Schilfblatt geschlitzten Äuglein zwinkerten freundlich; süß lächelten seine roten und saftigen Lippen. Er trug einen Überrock mit einem Stehkragen und Messingknöpfen, ziemlich abgetragen, aber reinlich; seine tuchene Hose war in die Höhe gerutscht; über dem gelben Besatz der Stiefel waren seine vollen Waden zu sehen.

„Wer ist das?“ fragte ich Jermolai.

„Der da? Tichon Iwanytsch Nedopjuskin. Er wohnt bei Tschertopchanow.“

„Ist er arm?“

„Gar nicht reich, aber auch Tschertopchanow hat keinen roten Heller.“

„Warum wohnt er dann bei ihm?“

„Ja, sie sind Freunde. Der eine macht ohne den andern keinen Schritt . . . Wie es im Sprichwort heißt: Wohin das Pferd mit seinem Huf, dorthin auch der Krebs mit seiner Schere . . .“

Wir kamen aus dem Gebüsch heraus; plötzlich schlugen neben uns zwei Jagdhunde an, und ein großer, dicker Hase schoß über den schon ziemlich hohen Hafer dahin, und hinter den Hunden sauste auch Tschertopchanow einher. Er schrie nicht, er hetzte nicht, er rief den Hunden nichts zu; er keuchte und rang um Atem; aus seinem offenen Mund kamen zuweilen abgerissene, sinnlose Laute; er sprengte mit aufgerissenen Augen daher und schlug das unglückliche Pferd grausam mit der Reitpeitsche. Die Windhunde kamen heran . . . der Hase duckte sich, wandte sich scharf um und rannte an Jermolai vorbei in die Büsche . . . Die Windhunde liefen weiter. „Gib acht, gib acht“, stammelte mühevoll wie ein Stotterer der vor Aufregung ersterbende Jäger, „Liebster, gib acht!“ Jermolai schoß . . . der verwundete Hase purzelte wie ein Kreisel über das glatte, trockene Gras, sprang empor und schrie jämmerlich unter den Zähnen des herbeigeeilten Hundes. Die anderen Hunde kamen sofort herbei.

Tschertopchanow flog wie ein Raubvogel vom Sattel, zog seinen Dolch, lief breitbeinig zu den Hunden, entriß ihnen unter wütenden Flüchen den zerfetzten Hasen und stieß ihm mit verzerrtem Gesicht den Dolch bis ans Heft in den Hals . . . stieß ihn hinein und fing zu jodeln an. Am Waldsaum erschien Tichon Iwanytsch. „Ho-ho-ho-ho-ho-ho-ho!“ schrie Tschertopchanow zum zweitenmal . . . „Ho-ho-ho-ho!“ wiederholte ruhig sein Freund.

„Eigentlich sollte man im Sommer nicht jagen“, bemerkte ich zu Tschertopchanow, auf den zerstampften Hafer zeigend.

„Es ist mein Feld“, antwortete Tschertopchanow, kaum atmend.

Er weidete den Hasen aus, band ihn an den Sattel und verteilte die Pfoten unter die Hunde.

„Ich schulde dir eine Ladung“, sagte er nach der Jägerregel zu Jermolai. „Ihnen aber, mein Herr“, fügte er mit der gleichen abgerissenen, scharfen Stimme hinzu, „danke ich.“

Er stieg in den Sattel.

„Gestatten Sie die Frage . . . ich vergaß . . . Ihren Namen und Familiennamen."

Ich nannte noch einmal meinen Namen.

„Freut mich sehr, Ihre Bekanntschaft zu machen. Sollten Sie Gelegenheit haben, so kehren bitte bei mir ein . . . Wo ist aber dieser Fomka, Tichon Iwanytsch?" fuhr er erregt fort. „Wir haben ohne ihn den Hasen erlegt."

„Sein Pferd ist unter ihm gestürzt", antwortete Tichon Iwanytsch mit einem Lächeln.

„Wie, gestürzt? Orbassan gestürzt? Pfu, pfüt . . .! Wo ist er?"

„Dort, hinter dem Wald."

Tschertopchanow gab seinem Pferd mit der Reitpeitsche eins auf die Schnauze und sprengte wie der Wind davon. Tichon Iwanytsch verbeugte sich vor mir zweimal – für sich und für seinen Freund – und trabte ihm ins Gebüsch nach.

Diese beiden Herren hatten meine Neugierde stark erregt. Was mochte wohl die beiden so verschiedenen Naturen mit Banden unzertrennlicher Freundschaft aneinanderfesseln? Ich zog Erkundigungen ein und erfuhr folgendes:

Pantelej Jeremejitsch Tschertopchanow galt in der ganzen Umgegend als ein gefährlicher, verrückter und hochmütiger Mensch und als Raufbold der schlimmsten Sorte. Er hatte ganz kurze Zeit in der Armee gedient und „Unannehmlichkeiten halber" seinen Abschied mit dem Rang bekommen, der Anlaß zu dem Ausspruch gibt, das Huhn sei kein Vogel. Er stammte aus einer alten, einst reichen Familie; seine Vorfahren hatten prächtig, nach Steppenart gelebt, das heißt, sie nahmen Geladene und Ungeladene bei sich auf, fütterten sie zum Zerspringen, verabfolgten den fremden Kutschern je eine Tschetwert Hafer für jede Troika, hielten sich Musikanten, Säuger, Possenreißer und Hunde, bewirteten das Volk an Feiertagen mit Branntwein und Bier, reisten im Winter mit eigenen Pferden in schwerfälligen Kutschen nach Moskau, saßen aber oft auch monatelang ohne einen Groschen Geld und lebten von Hausgeflügel, Der Vater Pantelej Jeremejitschs hatte das Gut schon in einem arg ruinierten Zustand geerbt; auch er genoß seinerseits sein Leben und hinterließ seinem einzigen Erben Pantelej das verpfändete Dörfchen Bessonowo mit fünfunddreißig männlichen und sechsundsiebzig weiblichen leibeigenen Seelen und vierzehn und ein Achtel Desjatinen schlechten Landes in der Wildnis Kolobrodowo, über deren Besitz sich jedoch in den Papieren des Verstorbenen keinerlei Urkunden vorfanden. Der Verstorbene hatte sich, man muß es zugeben, auf eine höchst seltsame Weise ruiniert, „die wirtschaftliche Berechnung" hatte ihn zugrunde gerichtet. Nach seiner Ansicht ziemte es einem Edelmann nicht, von Kaufleuten,

Bürgern und ähnlichen „Räubern“, wie er sie nannte, abzuhängen; darum führte er bei sich allerlei Werkstätten und Handwerke ein. „So ist es anständiger und auch vorteilhafter“, pflegte er zu sagen, „das ist die wirtschaftliche Berechnung!“ An diesem verderblichen Gedanken hielt er bis an sein Ende fest; er richtete ihn auch zugrunde. Dafür war ihm das Leben eine Freude. Keine einzige Laune versagte er sich. Unter anderen Einfallen kam er einmal auf die Idee, sich nach eigenen Berechnungen eine so große Familienkutsche zu bauen, daß sie trotz der vereinten Bemühungen der zusammengetriebenen Bauernpferde des ganzen Dorfes und deren Besitzer gleich beim ersten Abhang stürzte und zerfiel. Jeremej Lukitsch (Pantelejs Vater hieß Jeremej Lukitsch) ließ auf jenem Abhang einen Gedenkstein errichten, machte sich aber darüber weiter keine Gedanken. Es fiel ihm auch ein, eine Kirche zu bauen, natürlich ohne Hilfe eines Architekten. Er verbrannte einen ganzen Wald zum Ziegelbrennen, legte ein mächtiges Fundament, das für eine Gouvernementskathedrale paßte, führte die Mauern auf und begann die Kuppel zu wölben; die Kuppel stürzte ein. Er baute sie von neuem, sie stürzte wieder ein; er baute sie zum drittenmal, die Kuppel fiel zum drittenmal auseinander. Da wurde Jeremej Lukitsch nachdenklich: Es geht hier nicht mit rechten Dingen zu, es ist wohl verfluchte Hexerei im Spiel . . . und er gab plötzlich den Befehl, alle alten Weiber im Dorf durchzupeitschen. Man peitschte die alten Weiber durch, konnte aber die Kuppel doch nicht aufführen. Er begann, die Bauernhäuser nach einem neuen Plan umzubauen, alles aus wirtschaftlicher Berechnung: Er stellte je drei Höfe zu einem Dreieck zusammen und errichtete in der Mitte eine Stange mit einem angemalten Starenhäuschen und einer Flagge. Jeden Tag erfand er etwas Neues, bald kochte er aus Pestwurzblättern Suppen, bald schnitt er den Pferden die Schweife ab, um daraus Mützen für seine Leibeigenen zu machen, bald wollte er statt Flachs Brennesseln anbauen, bald Schweine mit Pilzen füttern . . . Einmal las er in den *Moskauer Nachrichten* einen Artikel des Charkower Gutsbesitzers Chrjak-Chrupjorskij über den Nutzen der Sittlichkeit im Bauernleben und befahl gleich am nächsten Tag allen Bauern, den Artikel des Charkower Gutsbesitzers auswendig zu lernen. Die Bauern lernten den Artikel auswendig; der Herr fragte sie, ob sie verstünden, was da geschrieben wäre. Der Verwalter antwortete, wie sollten sie das nicht verstehen? Um die gleiche Zeit ordnete er an, alle seine Untertanen der Ordnung und der wirtschaftlichen Berechnung wegen zu numerieren und jedem die Nummer an den Kragen zu nähen. Bei der Begegnung mit dem Herrn pflegte jeder Bauer schon aus der Ferne zu rufen: „Die Nummer so und so kommt!“ Worauf der Herr freundlich antwortete: „Geh mit Gott!“

Aber trotz der Ordnung und der wirtschaftlichen Berechnung geriet Jeremej Lukitsch allmählich in eine äußerst schwierige Lage, er begann seine Dörfer erst zu verpfänden und dann auch zu verkaufen; den letzten Urahnensitz, das Dorf mit der unvollendeten Kirche, verkaufte schon der Staat, zum Glück nicht mehr bei Lebzeiten Jeremej Lukitschs – er hätte diesen Schlag nicht überstanden –, sondern zwei Wochen nach seinem Ableben. So war es ihm beschieden, in seinem eigenen Haus, in seinem Bett, umgeben von seinen Leuten und unter Aufsicht seines Arztes zu sterben; dem armen Pantelej blieb aber nur das kleine Gut Bessonowo.

Pantelej erfuhr von der Krankheit des Vaters beim Militär, mitten in der schon erwähnten „Unannehmlichkeit“. Er war eben ins neunzehnte Lebensjahr getreten. Von Kind an hatte er das Elternhaus nicht verlassen und war unter der Leitung seiner Mutter Wassilissa Wassiljewna, einer herzensguten, aber vollkommen stumpfsinnigen Frau, als verzogenes Muttersöhnchen aufgewachsen. Sie allein hatte sich mit seiner Erziehung beschäftigt; Jeremej Lukitsch war ganz von seinen wirtschaftlichen Sorgen in Anspruch genommen und hatte keine Zeit dafür. Allerdings bestrafte er einmal seinen Sohn eigenhändig dafür, weil er den Buchstaben „rzy“ wie „arzy“ aussprach, aber an jenem Tag hatte Jeremej Lukitsch einen tiefen, heimlichen Kummer; sein bester Hund war an einen Baum angerannt und den Verletzungen erlegen. Die Bemühungen Wassilissa Wassiljewnas um die Erziehung Pantelejs beschränkten sich übrigens auf eine schmerzvolle Anstrengung: Im Schweiße ihres Angesichts hatte sie für ihn einen verabschiedeten Soldaten aus dem Elsaß, einen gewissen Bierkopf, als Hofmeister engagiert, vor dem sie bis zu ihrem Tode wie ein Espenblatt zitterte: Nun, dachte sie sich, wenn er mir kündigt, bin ich verloren! Was soll ich dann anfangen? Wo soll ich einen andern Lehrer finden? Diesen schon habe ich mit vieler Mühe der Nachbarin weggeschnappt! – Bierkopf machte sich als kluger Mann seine Sonderstellung sofort zunutze: Er trank in einem fort und schlief vom Morgen bis zum Abend. Nach Beendigung der „wissenschaftlichen Ausbildung“ trat Pantelej in den Dienst. Wassilissa Wassiljewna war nicht mehr am Leben. Sie war ein halbes Jahr vor diesem wichtigen Ereignis vor Schreck gestorben; sie sah im Traum einen weißen Menschen auf einem Bären reiten. Jeremej Lukitsch folgte bald seiner besseren Hälfte nach.

Pantelej eilte bei der ersten Kunde von der Krankheit des Vaters Hals über Kopf zu ihm. Wie groß war aber das Erstaunen des ehrerbietigen Sohnes, als er sich plötzlich aus einem reichen Erben in einen Bettler verwandelt sah! Nur wenige Menschen sind imstande, eine so plötzliche Wendung zu ertragen. Pantelej wurde hart und wild. Aus einem ehrlichen und guten, wenn auch unberechenbaren und hitzigen Menschen verwandelte er sich in einen hochmütigen Raufbold, gab jeden Verkehr mit seinen Nachbarn auf – vor den Reichen schämte er sich, die Armen verschmähte er – und behandelte alle, selbst die vorgesetzten Behörden, mit unerhörter Frechheit: Ich bin eben ein Edelmann! Einmal hätte er den Kreispolizisten beinahe niedergeschossen, weil der mit der Mütze auf dem Kopf zu ihm ins Zimmer getreten war. Die Behörden sahen ihm ihrerseits natürlich auch nichts nach und gaben es ihm bei jeder Gelegenheit zu fühlen; aber sie hatten vor ihm doch einige Angst, denn er war ein schrecklicher Hitzkopf und forderte einen gleich nach dem zweiten Wort zu einem Zweikampf auf Messer. Bei der geringsten Widerrede begannen Tschertopchanows Augen unruhig umherzuschweifen und seine Stimme versagte . . . „Ah, wa-wa-wa-wa“, stammelte er, „und wenn es mich auch den Kopf kostet!“ Dann war er imstande, die Wände hinaufzuklettern! Aber abgesehen davon war er ein makelloser Mensch und in keine anrüchige Sache verwickelt. Selbstverständlich besuchte ihn niemand . . . Dabei war er gutmütig und in seiner Weise auch hochherzig: Er konnte keine Ungerechtigkeit oder Unterdrückung selbst gegen Fremde ertragen. Für seine Bauern trat er mit Leib und Seele ein. „Wie?“ pflegte er zu sagen, indem er sich wütend auf den Kopf schlug. „Meine Leute anrühren? Ich will nicht Tschertopchanow heißen, wenn . . .“

Tichon Iwanytsch Nedopjuskin konnte nicht auf seine Herkunft so stolz sein wie Pantelej Jeremejitsch. Sein Vater stammte von den Einhöfern ab und erlangte erst nach vierzigjährigen Diensten den Adel. Herr Nedopjuskin-Vater gehörte zu den Menschen, die das Unglück mit seiner Erbitterung verfolgt, die wie persönlicher Haß aussieht. Ganze sechzig Jahre lang, von der Geburt bis zum Tode, kämpfte der arme Mensch mit allen möglichen Nöten, Krankheiten und Schicksalsschlägen, die den kleinen Leuten eigentümlich sind; er plagte sich furchtbar ab, aß sich nicht satt, gönnte sich keinen Schlaf, bückte sich vor jedermann, verzagte und quälte sich, zitterte um jede Kopeke, wurde wirklich „unschuldig“ aus dem Dienst gejagt und starb schließlich auf einem Dachboden oder in einem Keller, ohne für sich und seine Kinder ein Stück Brot erarbeitet zu haben – das Schicksal hatte ihn wie einen Hasen auf der Treibjagd totgehetzt. Er war ein guter und ehrlicher Mensch, nahm aber doch Bestechungsgelder an – von zehn Kopeken bis zu zwei Silberrubel einschließlich. Nedopjuskin hatte eine magere und schwindsüchtige Frau gehabt und auch Kinder; zum Glück waren diese alle jung gestorben mit Ausnahme Tichons und einer Tochter Mitrodora, mit dem Zunamen „Kaufmannsparade", die nach vielen traurigen und komischen Abenteuern einen verabschiedeten Gerichtsschreiber heiratete. Herr Nedopjuskin-Vater hatte noch bei Lebzeiten seinen Sohn Tichon als einen nichtetatmäßigen Schreiber in einer Kanzlei untergebracht, aber Tichon nahm gleich nach dem Ableben des Vaters seinen Abschied. Die ewige Unruhe, der qualvolle Kampf gegen Kälte und Hunger, das Jammern der Mutter, die Anstrengungen und die Verzweiflung des Vaters, die rohen Verfolgungen seitens des Hauswirtes und des Krämers, dieser ganze tägliche, ununterbrochene Kummer erzeugte in Tichon eine unbeschreibliche Schüchternheit; bei dem bloßen Anblick eines Vorgesetzten zitterte und erstarb er wie ein gefangenes Vögelchen. Er gab den Dienst auf. Die gleichgültige, vielleicht auch spöttische Natur gibt den Menschen verschiedene Fähigkeiten und Neigungen ein, ohne sich nach ihrer Stellung in der Gesellschaft und nach ihren Verhältnissen zu richten; mit der ihr eigenen Sorge und Liebe formte sie aus Tichon, dem Sohn eines armen Beamten, ein empfindsames, faules, sanftes, empfindliches Geschöpf, das ausschließlich für den Genuß geboren schien und mit einem außerordentlich feinen Geruchsinn und Geschmack begabt war . . . sie formte ihn, vollendete ihn aufs sorgfältigste und stellte es ihrer Schöpfung anheim, mit Sauerkraut und faulen Fischen heranzuwachsen. Diese Schöpfung wuchs heran und begann, was man so nennt, zu „leben". Nun ging der Spaß los. Das Schicksal, das den Nedopjuskin-Vater ununterbrochen gepeinigt hatte, machte sich auch an den Sohn, es hatte wohl Geschmack daran gefunden. Aber gegen Tichon ging es anders vor: Es peinigte ihn nicht, sondern spielte mit ihm. Es brachte ihn kein einziges Mal zur Verzweiflung, zwang ihn nicht, die beschämenden Qualen des Hungers zu kosten, aber es trieb ihn durch ganz Rußland, aus Welikij-Ustjug nach Zarewo-Kokschaisk, aus der einen erniedrigenden und lächerlichen Stellung in die andere; bald beförderte es ihn zum „Majordomus" bei einer zänkischen und gallsüchtigen Wohltäterin, bald machte es ihn zum Kostgänger bei einem reichen, geizigen Kaufmann, bald ernannte es ihn zum Vorstand der Hauskanzlei eines glotzäugigen, nach englischer Art zugestutzten Gutsbesitzers, bald erhob es ihn zu einem halben Haushofmeister und halben Spaßmacher bei einem Liebhaber der Hetzjagd . . . Mit einem Wort, das Schicksal ließ den armen Tichon den ganzen bitteren und giftigen Trank einer untergeordneten Existenz Tropfen auf Tropfen trinken. In seinem Leben hatte er genug den schweren Launen, der verschlafenen und boshaften Langweile der müßigen Gutsbesitzer gedient . . . Wie oft hatte er in seinem Zimmer, nachdem er einem Rudel von

Gästen als Spielball gedient und von ihnen „mit Gott“ entlassen war, vor Scham verbrennend, mit kalten Tränen der Verzweiflung in den Augen, geschworen, sich gleich am nächsten Morgen heimlich aus dem Staub zu machen, sein Glück in der Stadt zu versuchen und wenigstens eine Schreiberstelle zu finden oder aber auf der Straße Hungers zu sterben. Aber erstens gab ihm Gott keine Kraft, zweitens war er zu schüchtern und drittens: Wie findet man eine Stelle, wen bittet man darum? „Man wird mir keine geben“, flüsterte zuweilen der Unglückliche, sich in seinem Bett von der einen Seite auf die andere wälzend: „Man wird mir keine geben!“ Und am andern Tag trug er wieder sein Joch. Seine Stellung war um so qualvoller, als selbst die fürsorgliche Natur sich nicht die Mühe gegeben hatte, ihn auch nur mit einem winzigen Anteil jener Fähigkeiten und Anlagen zu begaben, ohne die das Amt eines Spaßmachers fast unmöglich ist. Er verstand z. B. nicht, bis zum Umfallen in einem mit dem Futter nach außen umgewendeten Bärenpelz zu tanzen oder in unmittelbarer Nähe geschwungener Hundepeitschen Witze und Komplimente zu machen; wenn man ihn nackt einem Frost von zwanzig Grad aussetzte, erkältete er sich zuweilen; sein Magen verdaute weder mit Tinte und sonstigem Zeug vermischten Wein noch gehackte Fliegenschwämme und Täublinge mit Essig. Gott allein weiß, was aus Tichon geworden wäre, wenn der letzte seiner Wohltäter, ein reich gewordener Branntweinpächter, in einer lustigen Stunde nicht den Einfall gehabt hätte, in seinem Testament folgenden Zusatz zu machen: „Dem Sjosja (alias Tichon) Nedopjuskin vermache ich aber zum ewigen und erblichen Besitz das von mir wohlerworbene Dorf Besselendejewka mit allen Appertinenzien.“ Einige Tage später wurde der Wohltäter beim Verzehren einer Sterlettsuppe vom Schlag gerührt. Es entstand ein Lärm, das Gericht trat ein und versiegelte, wie es sich gehört, die Hinterlassenschaft. Die Verwandten kamen zusammen, öffneten das Testament, lasen es und schickten nach Nedopjuskin. Nedopjuskin erschien. Der größte Teil der Versammelten wußte, welches Amt Tichon Iwanytsch bei seinem Wohltäter bekleidet hatte; man empfing ihn mit lauten Ausrufen und spöttischen Glückwünschen: „Der Gutsbesitzer, da ist er, der neue Gutsbesitzer!“ schrien die übrigen Erben. – „Da kann man wirklich sagen“, fiel ein bekannter Spaßvogel und Witzbold ein, „da kann man wirklich sagen . . . das ist wirklich . . . was man so nennt . . . ein Erbe!“ Und alle platzten vor Lachen. Nedopjuskin wollte an sein Glück lange nicht glauben. Man zeigte ihm das Testament, er errötete, kniff die Augen zusammen, fuchtelte abwehrend mit den Händen und begann zu schluchzen. Das Lachen der Versammlung wurde zu einem lauten, eintönigen Gebrüll. Das Dorf Besselendejewka zählte nur zweiundzwanzig leibeigene Seelen; niemand neidete es ihm, warum sollte man also nicht seinen Spaß haben? Nur ein Erbe aus Petersburg, ein würdiger Herr mit griechischer Nase und höchst vornehmem Gesichtsausdruck, Rostislaw Adamytsch Stoppel, konnte sich nicht beherrschen: Er rückte seitwärts zu Nedopjuskin heran und sah ihn hochmütig über die Schulter hinweg an. „Soviel ich sehen kann, mein Herr", sagte er verächtlich und wegwerfend, „haben Sie beim verehrten Fjodor Fjodorowitsch das Amt eines Spaßmachers, sozusagen eines Dieners bekleidet?" Der Herr aus Petersburg bediente sich einer unerträglich deutlichen, scharfen und genauen Sprache. Der fassungslose und aufgeregte Nedopjuskin verstand die Worte des ihm unbekannten Herrn nicht, aber alle andern verstummten sofort; der Witzling lächelte herablassend. Herr Stoppel rieb sich beide Hände und wiederholte seine Frage. Nedopjuskin hob erstaunt die Augen und riß den Mund auf. Rostislaw Adamytsch blinzelte verächtlich mit den Augen.

„Ich gratuliere Ihnen, mein Herr, ich gratuliere", fuhr er fort. „Freilich darf man wohl sagen, daß nicht jedermann geneigt wäre, sich sein Brot auf diese Weise zu verdienen; aber de gustibus non est disputandum, das heißt, ein jeder nach seinem Geschmack . . . Nicht wahr?"

In der hinteren Reihe winselte jemand ganz unanständig vor Erstaunen und Entzücken.

„Sagen Sie", fiel Herr Stoppel ein, „welchem Talent insbesondere haben Sie Ihr Glück zu verdanken? Nein, schämen Sie sich nicht, sagen Sie es; wir sind ja hier alle unter uns, sozusagen en famille! Nicht wahr, meine Herren, wir sind doch en famille?"

Der Erbe, an den sich Herr Stoppel zufällig mit seiner Frage gewandt hatte, verstand leider kein Französisch und beschränkte sich daher auf ein leichtes, beifälliges Räuspern. Ein anderer Erbe, ein junger Mann mit gelblichen Flecken auf der Stirn, bestätigte dagegen hastig: „Wui, wui, selbstverständlich."

„Sie könnten vielleicht", begann Herr Stoppel von neuem, „auf den Händen, die Füße sozusagen nach oben gerichtet, gehen?"

Nedopjuskin blickte trübsinnig um sich – alle Gesichter lächelten gehässig, alle Augen glänzten vor Vergnügen.

„Oder verstanden Sie vielleicht wie ein Hahn zu krähen?"

Schallendes Gelächter erhob sich ringsum und verstummte sofort, von der Erwartung des Kommenden erstickt.

„Oder konnten Sie vielleicht mit der Nase . . ."

„Hören Sie auf!“ unterbrach plötzlich den Rostislaw Adamytsch eine laute und scharfe Stimme. „Wie schämen Sie sich nicht, den armen Menschen zu quälen!“

Alle sahen sich um. In der Tür stand Tschertopchanow. Als Neffe vierten Ranges des seligen Branntweinpächters hatte auch er eine Einladung zum Familienkongreß bekommen. Während der Verlesung des Testaments hatte er sich – wie immer – hochmütig abseits von den andern gehalten.

„Hören Sie auf!“ wiederholte er und warf den Kopf stolz in den Nacken.

Herr Stoppel wandte sich rasch um. Als er einen ärmlich gekleideten, unansehnlichen Menschen sah, fragte er halblaut seinen Nachbar (denn Vorsicht kann nie schaden): „Wer ist das?“

„Tschertopchanow, kein großes Tier“, antwortete ihm jener ins Ohr.

Rostislaw Adamytsch setzte eine hochmütige Miene auf.

„Was haben Sie zu kommandieren?“ sagte er durch die Nase, mit den Augen blinzelnd. „Was sind Sie für ein Tier, wenn ich fragen darf?“

Tschertopchanow flammte auf wie Pulver von einem Funken. Die Wut benahm ihm den Atem.

„Ds-ds-ds-ds“, zischte er, wie wenn man ihn würgte, und donnerte plötzlich: „Wer ich bin? Wer ich bin? Ich bin der Edelmann Pantelej Tschertopchanow, mein Ururgroßvater hat dem Zaren gedient, und wer bist du?“

Rostislaw Adamytsch erbleichte und trat einen Schritt zurück. Eine solche Abfuhr hatte er nicht erwartet.

„Ich ein Tier! Ich ein Tier . . . Oh, oh, oh!“

Tschertopchanow ging auf ihn los; Stoppel sprang in großer Erregung zurück, die Gäste stürzten dem aufgebrachten Gutsbesitzer entgegen.

„Wir schießen uns, wir schießen uns, gleich hier auf der Stelle, über ein Schnupftuch!“ schrie der rasende Pantelej. „Oder bitte mich um Verzeihung und auch ihn . . .“

„Bitten Sie doch um Verzeihung“, stammelten die aufgeregten Erben rings um Stoppel. „Er ist ja verrückt und kann einen erdolchen!“

„Verzeihen Sie, verzeihen“ Sie, ich habe nicht gewußt“, lallte Stoppel, „ich habe nicht gewußt . . .“

„Bitte auch ihn um Verzeihung!“ brüllte der unerbittliche Pantelej.

„Entschuldigen auch Sie“, fügte Rostislaw Adamytsch hinzu, sich an Nedopjuskin wendend, welcher selbst wie im Fieber zitterte.

Tschertopchanow beruhigte sich, ging auf Tichon Iwanytsch zu, nahm ihn bei der Hand, blickte frei um sich und verließ, als er keinem Blick begegnete, inmitten tiefsten Schweigens zugleich mit dem neuen Besitzer des wohlerworbenen Dorfes Besselendejewka das Zimmer.

Von diesem Tag an trennten sie sich nicht mehr. (Das Dorf Besselendejewka lag nur acht Werst von Bessonowo entfernt.) Die grenzenlose Dankbarkeit Nedopjuskins ging bald in eine andachtsvolle Unterwürfigkeit über. Der schwache, sanfte, in Geldsachen nicht ganz saubere Tichon beugte sich in den Staub vor dem furchtlosen und uneigennützigen Pantelej. Eine Kleinigkeit! dachte er manchmal bei sich. Er spricht mit dem Gouverneur und blickt ihm dabei gerade in die Augen . . . bei Gott, gerade in die Augen . . .!

Er bewunderte ihn ganz sinnlos, bis zur Erschöpfung aller Seelenkräfte, und hielt ihn für einen ungewöhnlichen, klugen und gelehrten Menschen. Man muß wohl sagen: Wie schlecht auch Tschertopchanows Erziehung war, im Vergleich mit der Erziehung Tichons konnte sie immer noch eine glänzende genannt werden. Tschertopchanow las allerdings nur wenig Russisch und verstand schlecht Französisch – so schlecht, daß er einmal auf die Frage eines Schweizer Hofmeisters „Vous parlez français, monsieur?“ antwortete: „Sche verstehe nicht“, und nach einiger Überlegung hinzusetzte: „pas“; aber er wußte immer noch, daß es auf der Welt einmal einen Voltaire, einen höchst beißenden Schriftsteller, gegeben und daß Friedrich der Große, König von Preußen, sich auf militärischem Gebiet ausgezeichnet habe. Von russischen Schriftstellern achtete er Derschawin und liebte Marlinskij; seinen besten Hund nannte er nach einem der Helden Marlinskijs Amalat Beck . . .

Einige Tage nach meiner ersten Begegnung mit den beiden Freunden begab ich mich nach Bessonowo zu Pantelej Jeremejitsch. In der Ferne war sein kleines Häuschen sichtbar; es ragte auf einer kahlen Stelle, eine halbe Werst vom Dorf entfernt, ganz einsam wie ein Habicht auf einem Acker. Das ganze Gut Tschertopchanows bestand aus vier altersschwachen, aus Balken gezimmerten Gebäuden verschiedener Größe, und zwar aus dem Wohnhaus, einem Pferdestall, einem Schuppen und einem Dampfbad. Jeder Bau stand für sich; von einem Zaun oder Tor war nichts zu sehen. Mein Kutscher hielt ratlos vor einem halbverfaulten und verschütteten Brunnen. Neben dem Schuppen zerrten einige magere und struppige junge Windhunde an einem Pferdekadaver herum – wahrscheinlich war es Orbassan; einer von ihnen hob seine blutige Schnauze, bellte in großer Eile und fing wieder an, an den entblößten Rippen zu nagen. Neben dem Pferd stand ein Bursche von etwa siebzehn Jahren, mit gedunsenem gelbem Gesicht, barfuß und als Lakai gekleidet; er sah wichtig auf die seiner

Aufsicht anvertrauten Hunde und schlug die allergierigsten ab und zu mit der Hetzpeitsche.

„Ist der Herr zu Hause?“ fragte ich.

„Das weiß Gott allein!“ antwortete der Bursche. „Klopfen Sie einmal an.“

Ich sprang aus dem Wagen und trat auf die Treppe des Wohnhauses.

Die Behausung des Herrn Tschertopchanow bot einen sehr traurigen Anblick: Die Balken waren geschwärzt und hatten sich geworfen, der Schornstein war eingestürzt, die Ecken waren verfault und eingesunken, die kleinen Fenster mit den dunkelgrauen Fensterscheiben blickten unsagbar trübsinnig unter dem zottigen, herabhängenden Dach hervor – manche alten Bettlerinnen haben solche Augen. Ich klopfte an; niemand antwortete mir. Aber hinter der Tür hörte ich die scharf gesprochenen Worte: „As, buki, wedi; paß auf, du Narr!“ sprach eine heisere Stimme. „As, buki, wedi, glagolj . . . aber nein! Glagolj, dobro, jestj! jestj . . .! Nun, Dummkopf!“

Ich klopfte zum zweitenmal.

Die gleiche Stimme rief: „Tritt ein! Wer ist da?“

Ich trat in ein kleines, leeres Vorzimmer und erblickte durch die offene Tür Tschertopchanow selbst. Er saß in einem bucharischen Schlafrock voller Fettflecke, einer furchtbar weiten Pluderhose und einem roten Käppchen auf einem Stuhl, drückte mit der einen Hand einem jungen Pudel die Schnauze zusammen und hielt mit der andern ein Stück Brot dicht über dessen Nase.

„Ah!“ sagte er mit Würde und ohne sich vom Platz zu rühren: „Freue mich sehr über Ihren Besuch. Bitte sehr, Platz zu nehmen. Ich mühe mich gerade mit dem Vensor ab . . . Tichon Iwanytsch“, fügte er hinzu, die Stimme erhebend, „komm bitte her! Es ist Besuch da.“

„Sofort, sofort“, antwortete aus dem Nebenzimmer Tichon Iwanytsch. „Mascha, gib mir die Halsbinde her.“

Tschertopchanow wandte sich wieder dem Vensor zu und legte ihm das Stück Brot auf die Nase. Ich sah mich um: Das Zimmer enthielt außer einem Ausziehtisch voller Buckel mit dreizehn Beinen verschiedener Länge und den vier durchgesessenen Rohrstühlen keinerlei Möbel; die vor sehr langer Zeit geweißten Wände mit blauen, sternförmigen Flecken waren an vielen Stellen abgebröckelt; zwischen den Fenstern hing ein zerschlagener trüber Spiegel in einem riesengroßen, mahagonifarbenen Rahmen. In den Ecken standen Pfeifenrohre und Gewehre; von der Decke hingen dicke schwarze Spinngewebe herab.

„As, buki, wedi, glagolj, dobro“, sprach langsam Tschertopchanow und schrie plötzlich wie rasend auf: „Jestj! Jestj! Jestj . . .! So ein dummes Vieh . . .! Jestj!“

Der unglückliche Pudel zitterte aber nur und wagte nicht, das Maul zu öffnen; er fuhr fort, mit schmerzhaft eingezogenem Schweif zu sitzen, verzog die Schnauze und zwinkerte und blinzelte traurig mit den Augen, als wollte er sagen: Gewiß, ganz wie Sie wünschen!

„Friß doch! Hier!“ wiederholte der unerbittliche Gutsbesitzer.

„Sie haben ihn eingeschüchtert“, bemerkte ich.

„Dann fort mit ihm!“

Er gab ihm einen Fußtritt. Der Ärmste erhob sich still, ließ das Stück Brot von der Nase fallen und zog sich, wie auf den Zehen, tiefgekränkt ins Vorzimmer zurück. Und in der Tat: Ein fremder Mensch macht zum erstenmal seinen Besuch, er aber wird so behandelt. Die Tür des Nebenzimmers knarrte leise, und Herr Nedopjuskin trat freundlich grüßend und lächelnd herein.

Ich stand auf und verbeugte mich.

„Lassen Sie sich nicht stören – lassen Sie sich nicht stören“, stammelte er.

Wir setzten uns, Tschertopchanow ging ins Nebenzimmer.

„Sind Sie schon lange hier in unserer gesegneten Gegend?“ begann Nedopjuskin mit weicher Stimme. Er hüstelte in die vorgehaltene Hand und hielt die Finger des Anstandes halber vor die Lippen.

„Seit zwei Monaten schon.“

„So, so.“

Wir schwiegen eine Weile.

„Ein angenehmes Wetter heute“, fuhr Nedopjuskin fort und sah mich so dankbar an, als hinge das schöne Wetter von mir ab. „Das Getreide, kann man wohl sagen, steht vortrefflich.“

Ich neigte bejahend den Kopf. Wir schwiegen wieder.

„Pantelej Jeremejitsch hat gestern zwei Hasen gehetzt“, sagte nicht ohne Anstrengung Nedopjuskin, der offenbar das Gespräch beleben wollte. „Ja, zwei sehr große Hasen.“

„Hat Herr Tschertopchanow gute Hunde?“

„Ja, wunderbare Hunde!“ entgegnete Nedopjuskin freudig: „Man kann wohl sagen, es sind die besten Hunde im Gouvernement.“ Er rückte näher zu mir heran. „Aber was! Pantelej Jeremejitsch ist solch ein Mensch: Was er sich nur wünscht, was ihm nur einfällt, eh man sich's versieht, ist es schon fertig und brühwarm da. Pantelej Jeremejitsch ist, ich sage Ihnen . . .“

Tschertopchanow trat ins Zimmer. Nedopjuskin lächelte, verstummte und wies auf ihn mit den Augen, als wollte er sagen: Hier, überzeugen Sie sich selbst.

Wir begannen ein Gespräch über die Jagd.

„Wollen Sie, daß ich Ihnen meine Meute zeige?" fragte mich Tschertopchanow und rief, ohne meine Antwort abzuwarten, nach Karp.

Ein kräftiger Bursche in einem grünen Nankingkaftan mit blauem Kragen und Livreeknöpfen trat herein.

„Befiehl Fomka", sagte Tschertopchanow kurz, „Ammalat und Saiga hereinzubringen, aber in Ordnung, verstehst du?"

Karp lachte mit dem ganzen Gesicht, gab einen unartikulierten Laut von sich und ging hinaus. Fomka kam schön gekämmt und zugeknöpft und in Stiefeln mit den Hunden. Des Anstandes halber bewunderte ich die dummen Tiere (alle Windhunde sind außerordentlich dumm). Tschertopchanow spuckte dem Ammalat direkt in die Nasenlöcher, was übrigens dem Hund nicht das geringste Vergnügen zu bereiten schien. Auch Nedopjuskin streichelte Ammalat rückwärts. Wir fingen wieder zu plaudern an. Tschertopchanow wurde allmählich ganz sanft und hörte auf, sich zu brüsten und zu schnauben; sein Gesichtsausdruck veränderte sich. Er blickte mich und Nedopjuskin an . . .

„Eh!" rief er plötzlich aus. „Was soll sie dort allein sitzen? Mascha! Du, Mascha! Komm mal her!"

Im Nebenzimmer rührte sich jemand, aber eine Antwort kam nicht.

„Ma-a-scha", wiederholte Tschertopchanow freundlich, „komm doch her. Fürchte dich nicht."

Die Tür ging leise auf, und ich erblickte eine Frau von etwa zwanzig Jahren, groß und schlank, mit einem dunklen Zigeunergesicht, gelbbraunen Augen und einem pechschwarzen Zopf; die großen weißen Zähne leuchteten zwischen den vollen und roten Lippen. Sie trug ein weißes Kleid; ein blauer Schal, am Halse mit einer goldenen Nadel festgesteckt, bedeckte zur Hälfte ihre feinen, rassigen Arme. Sie machte zwei Schritte mit der scheuen Unbeholfenheit einer Wilden, blieb stehen und senkte das Gesicht.

„Hier, ich stelle Ihnen vor", sagte Pantelej Jeremejitsch, „meine richtige Frau ist sie eigentlich nicht, aber so gut wie eine Frau."

Mascha errötete leicht und lächelte verlegen. Ich verneigte mich vor ihr besonders tief. Sie gefiel mir sehr. Die feine Adlernase mit den offenen, halb durchsichtigen Flügeln, der kühne Schwung der hohen Augenbrauen, die blassen, ein wenig eingefallenen Wangen, alle ihre Gesichtszüge drückten launische Leidenschaftlichkeit und sorglose Ausgelassenheit aus. Unter dem geflochtenen Zopf liefen zwei glänzende Haarsträhnen den breiten Hals herab – ein Zeichen von Rasse und Kraft.

Sie trat ans Fenster und setzte sich. Ich wollte ihre Verlegenheit nicht noch vergrößern und begann ein Gespräch mit Tschertopchanow. Mascha wandte etwas den Kopf und musterte mich mit verstohlenen, wilden und schnellen Blicken. Ihre Blicke waren so schnell wie ein Schlangenstachel. Nedopjuskin setzte sich zu ihr und flüsterte ihr etwas ins Ohr. Sie lächelte wieder. Beim Lächeln runzelte sie die Nase und hob die Oberlippe, was ihrem Gesicht etwas von einer Katze und vielleicht auch von einer Löwin verlieh . . .

Oha, du bist ein Rührmichnichtan, dachte ich mir, indem ich meinerseits verstohlen ihre biegsame Taille, die eingefallene Brust und die eckigen, raschen Bewegungen beobachtete.

„Was glaubst du, Mascha“, fragte Tschertopchanow, „man sollte doch dem Gast etwas vorsetzen, wie?“

„Wir haben Eingemachtes“, antwortete sie.

„Nun, gib das Eingemachte her, bei dieser Gelegenheit auch den Schnaps. Hör, Mascha“, rief er ihr nach, „bring auch die Gitarre!“

„Wozu die Gitarre? Ich werde nicht singen.“

„Warum nicht?“

„Ich will nicht.“

„Unsinn, du wirst schon wollen, wenn . . .“

„Was?“ fragte Mascha, schnell die Brauen runzelnd.

„Wenn man dich darum bittet“, sprach Tschertopchanow den Satz nicht ohne Verlegenheit zu Ende.

„Ach so!“

Sie ging hinaus, kehrte bald mit dem Eingemachten und mit dem Schnaps zurück und setzte sich wieder ans Fenster. Auf ihrer Stirn war noch eine Runzel zu sehen; die beiden Augenbrauen hoben und senkten sich wie die Fühler einer Wespe . . . Haben Sie schon einmal bemerkt, Leser, was für ein böses Gesicht so eine Wespe hat? Nun, dachte ich mir, es wird ein Gewitter geben. Das Gespräch wollte nicht ordentlich in Fluß kommen; Nedopjuskin war gänzlich verstummt und lächelte gespannt; Tschertopchanow keuchte, errötete und glotzte; ich hatte schon die Absicht, mich zu empfehlen . . . Mascha erhob sich plötzlich, öffnete das Fenster, steckte den Kopf hinaus und rief wütend einem vorübergehenden Bauernweibe zu: „Aksinja!“ Das Weib fuhr zusammen, wollte sich umdrehen, glitt aber aus und fiel schwer zu Boden. Mascha warf sich zurück und begann laut zu lachen; auch Tschertopchanow lachte; Nedopjuskin piepste vor

Vergnügen. Wir wurden alle lebendig. Das Gewitter hatte sich durch einen einzigen Blitz entladen . . . die Luft war nun rein.

Eine halbe Stunde später hätte uns niemand wiedererkannt; wir plauderten und tollten wie die Kinder. Mascha war ausgelassener als alle. Ihr Gesicht war blaß geworden, die Nasenlöcher hatten sich gebläht, der Blick war leuchtender und zugleich dunkler geworden. Die Wilde war entfesselt. Nedopjuskin humpelte auf seinen dicken und kurzen Beinchen hinter ihr her wie ein Enterich hinter einer Ente. Selbst Vensor kam unter der Bank im Vorzimmer hervorgekrochen, blieb eine Weile auf der Schwelle stehen, sah uns an und begann plötzlich zu springen und zu bellen, Mascha flog flink wie ein Vögelchen ins andere Zimmer hinüber, brachte die Gitarre, warf sich den Schal von den Schultern, setzte sich rasch und stimmte ein Zigeunerlied an. Ihre Stimme klang und zitterte wie ein gesprungenes Glasglöckchen, sie schwoll an und erstarb . . . Es wurde einem dabei so süß und so bange ums Herz. – „Ai, brenne, glüh und sprich . . .!" Tschertopchanow fing an zu tanzen. Nedopjuskin stampfte und strampelte mit den Füßen. Mascha war ganz Bewegung und bog sich wie Birkenrinde im Feuer, die feinen Finger liefen hurtig über die Saiten, der braune Hals hob sich langsam unter der doppelten Bernsteinkette. Bald verstummte sie, sank erschöpft hin und zupfte lustlos an den Saiten; Tschertopchanow blieb stehen, zuckte nur mit einer Achsel und tänzelte auf einem Fleck, während Nedopjuskin wie ein Porzellanchinese mit dem Kopf wackelte; bald sang sie wieder aus voller Kehle wie eine Wahnsinnige, richtete sich auf und reckte die Brust, Tschertopchanow hockte sich wieder bis zur Erde nieder, sprang bis an die Decke, drehte sich wie ein Kreisel und schrie: „Schneller . . .!"

„Schneller, schneller, schneller, schneller!" wiederholte Nedopjuskin.

Spät am Abend verließ ich Bessonowo.

Das Ende Tschertopchanows

Etwa zwei Jahre nach meinem Besuch bei Pantelej Jeremejitsch trafen ihn harte Schicksalsschläge, Schicksalsschläge im buchstäblichen Sinne des Wortes. Unannehmlichkeiten, Mißerfolge und Unglücksfälle hatte er auch schon früher erlebt; aber er hatte ihnen keine Beachtung geschenkt und nach wie vor wie ein Fürst gelebt. Der erste Schlag, der ihn traf, war für ihn am empfindlichsten: Mascha verließ ihn.

Was sie bewogen hatte, aus seinem Haus zu gehen, an das sie sich so gut gewöhnt zu haben schien, ist schwer zu sagen. Tschertopchanow hielt bis ans Ende seiner Tage an der Ansicht fest, daß die Schuld an Maschas Verrat ein junger Nachbar gewesen sei, ein Ulanenrittmeister a. D. namens Jaff, der nach den Worten Pantelej Jeremejitschs nur dadurch einnahm, daß er ununterbrochen seinen Schnurrbart drehte, sehr viel Pomade gebrauchte und mit wichtiger Miene „Hm" zu sagen pflegte; es ist aber eher anzunehmen, daß hier das unstete Zigeunerblut, das in Maschas Adern floß, im Spiele war. Wie dem auch sei, an einem schönen Sommerabend band Mascha einige Kleidungsstücke zu einem kleinen Bündel zusammen und verließ Tschertopchanows Haus.

Vorher hatte sie drei Tage in einem Winkel gesessen, zusammengekauert und an die Wand gedrückt, wie eine verwundete Füchsin; sie hatte kein Wort gesprochen, sondern nur immer die Augen herumschweifen lassen, nachgedacht, mit den Brauen gezuckt, die Zähne gefletscht und die Arme bewegt, als wenn sie sich in etwas einhüllte. Solche Launen hatte sie auch schon früher gehabt, aber so lange hatte der Zustand noch nie gedauert; Tschertopchanow wußte es, beunruhigte daher weder sich selbst noch sie. Als er aber auf dem Heimweg vom Hundezwinger, wo, nach den Worten seines Jagdgehilfen, die beiden letzten Windhunde „verreckt" waren, die Dienstmagd traf, die ihm mit bebender Stimme meldete, Maria Akinfijewna lasse ihn grüßen und ihm sagen, daß sie ihm alles Gute wünsche, zu ihm aber nicht mehr zurückkehren werde – da drehte sich Tschertopchanow ein paarmal auf einem Fleck, gab ein dumpfes Gebrüll von sich und stürzte der Flüchtigen nach; für jeden Fall nahm er seine Pistole mit.

Er holte sie zwei Werst von seinem Hause ein, neben dem Birkenwäldchen an der Landstraße, die nach der Kreisstadt führte. Die Sonne stand tief am Horizont, und alles ringsum war plötzlich rot geworden: die Bäume, das Gras und die Erde.

„Zu Jaff! Zu Jaff!" stöhnte Tschertopchanow, sobald er Mascha erblickte. „Zu Jaff!" sagte er wieder, auf sie zulaufend und bei jedem Schritt fast stolpernd.

Mascha blieb stehen und wandte ihm ihr Gesicht zu. Sie stand mit dem Rücken zum Licht und erschien ganz schwarz, wie aus dunklem Holz geschnitzt. Nur das Weiße ihrer Augen leuchtete wie silberne Mandeln, die Pupillen selbst schienen aber noch dunkler. Sie warf ihr Bündel auf die Seite und kreuzte die Arme.

„Zu Jaff gehst du, Nichtswürdige!“ wiederholte Tschertopchanow. Er wollte sie an der Schulter packen, bekam aber, von ihrem Blick getroffen, Angst und hielt verlegen inne.

„Ich gehe gar nicht zu Herrn Jaff, Pantelej Jeremejitsch“, antwortete Mascha ruhig und leise, „aber ich kann mit Ihnen nicht mehr leben.“

„Wieso kannst du nicht mehr leben? Warum? Habe ich dich denn irgendwie gekränkt?“

Mascha schüttelte den Kopf.

„Sie haben mich durch nichts gekränkt, Pantelej Jeremejitsch, aber mir ist bei Ihnen zu öde ... Für das Vergangene danke ich Ihnen, aber bleiben kann ich nicht, nein!“

Tschertopchanow war erstaunt; er schlug sich sogar auf die Schenkel und sprang in die Höhe.

„Was ist denn das? Hast bei mir so lange gelebt, hast nichts als Freude und Ruhe gehabt, und plötzlich langweilst du dich bei mir! „Ich will ihn verlassen“, sagst du auf einmal. Nimmst ein Tuch über den Kopf und gehst fort. Alle Achtung wurde dir bei mir erwiesen, ganz wie einer Gnädigen ...“

„Das brauchte ich gar nicht“, unterbrach ihn Mascha.

„Das brauchtest du nicht? Bist aus einer Zigeunerin und Herumtreiberin eine Gnädige geworden, und das brauchtest du nicht? Wieso brauchtest du das nicht, du Hams Brut? Kann man es denn glauben? Verrat steckt dahinter, Verrat!“ Er zischte wieder.

„Ich habe gar keinen Verrat im Sinn und auch niemals im Sinne gehabt“, sagte Mascha mit ihrer singenden, deutlichen Stimme, „aber ich habe es Ihnen schon gesagt: Die Sehnsucht hat mich gepackt.“

„Mascha!“ rief Tschertopchanow und schlug sich mit der Faust vor die Brust, „Hör doch auf, genug, hast mich genug gequält, jetzt laß es sein! Bei Gott! Bedenke nur, was Tichon sagen wird, habe doch wenigstens mit ihm Mitleid!“

„Grüßen Sie Tichon Iwanytsch von mir und sagen Sie ihm ...“

Tschertopchanow hob die Arme: „Nein, du irrst, du entkommst mir nicht! Dein Jaff wird es niemals erleben!“

„Herr Jaff ...“, begann Mascha.

„Was ist er für ein Herr Jaff?“ äffte Tschertopchanow nach. „Er ist ein Schuft, ein Gauner und hat eine Fratze wie ein Affe!“

Eine halbe Stunde schlug sich Tschertopchanow mit Mascha herum. Bald trat er ganz dicht an sie heran, bald sprang er zurück, holte zu einem Schlag aus, verneigte sich wieder vor ihr, weinte und fluchte ... „Ich kann nicht“, wiederholte Mascha, „es ist mir so traurig . . . Die Langweile wird mich töten.“ Ihr Gesicht nahm allmählich einen so gleichgültigen, fast schläfrigen Ausdruck an, daß Tschertopchanow fragte, ob man sie nicht mit irgendeinem Trank behext hätte.

„Die Langweile“, sagte sie zum zehntenmal.

„Und wenn ich dich töte?“ rief er plötzlich und holte aus der Tasche die Pistole.

Mascha lächelte, ihr Gesicht belebte sich. „Nun, töten Sie mich, Pantelej Jeremejitsch, das ist in Ihrer Gewalt, aber zurückkehren werde ich nicht.“

„Du wirst nicht zurückkehren . . .?“ Tschertopchanow spannte den Hahn.

„Ich werde nicht zurückkehren, Liebster. Nie im Leben kehre ich zurück. Ich halte mein Wort.“

Tschertopchanow steckte ihr plötzlich die Pistole in die Hand und setzte sich auf die Erde. „Nun, dann töte du mich! Ohne dich will ich nicht leben. Du magst mich nicht mehr, und auch ich mag nichts mehr im Leben.“

Mascha bückte sich, hob ihr Bündelchen auf, legte die Pistole ins Gras, den Lauf von Tschertopchanow abgewandt, und rückte näher zu ihm heran.

„Ach, Liebster, was grämst du dich? Oder kennst du uns Zigeunerinnen nicht? So ist einmal unsere Art, unsere Sitte. Wenn die Sehnsucht kommt und das Herz in ein fremdes, fernes Land lockt – wie kann man dann bleiben? Denke an deine Mascha – eine solche Freundin findest du nie wieder; auch ich vergesse dich nicht, mein Falke. Unser Miteinanderleben ist aber aus!“

„Ich habe dich geliebt, Mascha“, murmelte Tschertopchanow durch die Finger, die er sich aufs Gesicht preßte.

„Auch ich habe Sie geliebt, Freund Pantelej Jeremejitsch!“

„Ich habe dich geliebt, ich liebe dich wahnsinnig, bis zur Bewußtlosigkeit – und wenn ich bedenke, daß du mich so ohne jeden Grund, so mir nichts, dir nichts, verläßt und dich in der Welt herumtreiben willst, so stelle ich mir vor, daß, wenn ich nicht so ein armer Teufel wäre, du mich niemals verlassen hättest!“

Auf diese Worte hatte Mascha nur ein Lächeln. „Und du hast mich doch immer uneigennützig genannt!“ sagte sie und schlug ihn kräftig auf die Schulter.

Er sprang auf die Füße. „Nun, dann nimm wenigstens Geld von mir – was willst du denn ohne Geld anfangen? Aber noch besser: Töte mich! Ich sage es dir klar und deutlich: Töte mich auf einen Schlag!“

Mascha schüttelte wieder den Kopf. „Dich töten? Und wofür wird man nach Sibirien verschickt, mein Lieber?“

Tschertopchanow fuhr zusammen. „Also nur darum nicht, aus Furcht vor Sibirien . . ."

Er warf sich wieder ins Gras.

Mascha stand eine Weile schweigend über ihm. „Du tust mir leid, Pantelej Jeremejitsch", sagte sie mit einem Seufzer, „du bist ein guter Mensch . . . aber es ist nichts zu machen – leb wohl!"

Sie wandte sich weg und machte zwei Schritte. Die Nacht war schon angebrochen, von allen Seiten schwebten dunkle Schatten heran. Tschertopchanow sprang schnell auf und packte Mascha von rückwärts an den beiden Ellenbogen.

„Du gehst also, Schlange? Zu Jaff!"

„Leb wohl!" sagte Mascha ausdrucksvoll und scharf. Sie riß sich los und ging.

Tschertopchanow sah ihr nach, lief zu der Stelle, wo die Pistole lag, ergriff sie, zielte und schoß . . . Aber bevor er losdrückte, wandte er die Waffe nach oben; die Kugel pfiff über Maschas Kopf hinweg. Sie sah ihn im Gehen über die Schulter an und ging, sich wiegend, weiter, als neckte sie ihn.

Er bedeckte sich das Gesicht und rannte davon . . . Aber er war noch nicht fünfzig Schritte gelaufen, als er plötzlich wie angewurzelt stehenblieb. Eine bekannte, allzu bekannte Stimme schlug an sein Ohr. Mascha sang. „O schöne Zeit, o Jugendzeit!" sang sie; jeder Ton schwebte durch die Abendluft, klagend und sehnsuchtsvoll. Tschertopchanow lauschte. Die Stimme entfernte sich immer mehr; bald erstarb sie ganz, bald tönte sie wieder, kaum hörbar, doch voller Glut . . .

Das tut sie mir zum Trotz, dachte sich Tschertopchanow; aber er stöhnte gleich darauf: „Ach, nein! Sie nimmt von mir Abschied für immer", und brach in Tränen aus.

Am nächsten Tag erschien er in der Wohnung des Herrn Jaff, der als echter Weltmann die Einsamkeit des Landlebens nicht liebte und sich darum in der Kreisstadt niedergelassen hatte, „näher bei den jungen Damen", wie er sich ausdrückte. Tschertopchanow traf Jaff nicht an; nach den Worten seines Kammerdieners war er einen Tag vorher nach Moskau abgereist.

„Ja, es stimmt!" rief Tschertopchanow voller Wut. „Es ist eine abgekartete Sache, sie ist mit ihm geflohen . . . aber warte!"

Er stürzte sich trotz des Widerstandes des Kammerdieners ins Kabinett des jungen Rittmeisters. Im Kabinett hing über dem Sofa ein in Öl gemaltes Bild des Hausherrn.

„Ah, da bist du, du schwanzloser Affe!" donnerte Tschertopchanow; er sprang aufs Sofa, schlug mit der Faust auf die gespannte Leinwand und machte ein großes Loch.

„Sag deinem nichtsnutzigen Herrn", wandte er sich an den Kammerdiener, „daß der Edelmann Tschertopchanow in Abwesenheit der wirklichen Fratze deines Herrn die gemalte verstümmelt hat; wenn er aber von mir Genugtuung haben will, so weiß er selbst, wo er den Edelmann Tschertopchanow finden kann! Andernfalls aber werde ich ihn finden, auf dem Meeresgrund werde ich ihn finden, den gemeinen Affen!"

Nachdem er diese Worte gesprochen hatte, sprang Tschertopchanow vom Sofa und entfernte sich feierlich.

Aber der Rittmeister Jaff verlangte von ihm keinerlei Genugtuung – er begegnete ihm sogar niemals mehr; auch Tschertopchanow dachte gar nicht daran, seinen Feind zu suchen, und es kam zu gar keinem Auftritt zwischen ihnen. Mascha selbst war aber bald darauf spurlos verschwunden. Tschertopchanow fing an zu saufen, kam aber wieder zur Vernunft. Doch da traf ihn der zweite Schlag.

Und zwar: Sein Herzensfreund Tichon Iwanytsch Nedopjuskin war gestorben. Schon zwei Jahre vor seinem Tode war es mit seiner Gesundheit nicht am besten bestellt – er litt an Atemnot, schlief fortwährend ein und konnte, wenn er erwachte, lange nicht zu sich kommen; der Kreisarzt behauptete, es seien kleine Schlaganfälle. Während der drei Tage, die Maschas Flucht vorangingen, der drei Tage, an denen sie von der „Sehnsucht gepackt" war, lag Nedopjuskin zu Hause in Besselendejewka, er hatte sich stark erkältet. Um so mehr überraschte ihn Maschas Schritt, er traf ihn vielleicht noch härter als Tschertopchanow selbst. Infolge seines sanften und scheuen Charakters äußerte er nichts außer der zärtlichen Teilnahme und eines schmerzhaften Erstaunens . . . aber alles in ihm war gerissen. „Sie hat aus mir meine Seele genommen", flüsterte er zu sich selbst, auf seinem mit Wachstuch bezogenen Lieblingssofa sitzend und mit den Fingern spielend. Selbst als Tschertopchanow sich schon beruhigt hatte, hatte sich Nedopjuskin noch immer nicht erholt – er fühlte noch immer, daß alles in seinem Innern leer sei. – „Hier", pflegte er zu sagen, indem er auf die Mitte der Brust über dem Magen zeigte.

So zog er bis zum Winter hin. Als die ersten Fröste kamen, wurde es mit seiner Atemnot etwas besser, dafür traf ihn ein wirklicher Schlag, und kein „kleiner" mehr. Er verlor nicht gleich die Besinnung; er konnte noch Tschertopchanow erkennen und antwortete sogar auf den verzweifelten Aufschrei seines Freundes: „Was ist mit dir, Ticha?"

„Pa-a-jej Je-e-jejitsch, zu Ih-en Die-sten."

Das hinderte ihn aber nicht, am selben Tag zu sterben, noch vor der Ankunft des Kreisarztes, dem angesichts der kaum erstarrten Leiche nichts mehr übrigblieb, als mit dem traurigen Bewußtsein der Vergänglichkeit alles Irdischen um ein Schnäpschen mit gedörrtem Störrücken zu bitten.

Sein Gut hatte Tichon Iwanowitsch, wie es auch zu erwarten war, seinem „verehrtesten Wohltäter und großmütigsten Gönner" Pantelej Jeremejitsch Tschertopchanow vermacht; aber der verehrteste Wohltäter hatte davon keinen großen Nutzen, da es bald darauf öffentlich versteigert wurde – zum Teil, um die Kosten des Grabmonuments zu decken, das Tschertopchanow (es war offenbar eine väterliche Ader in ihm!) über der Asche seines Freundes zu errichten beschloß.

Dieses Monument, eine Statue, die einen betenden Engel darstellen sollte, verschrieb er sich aus Moskau; aber der ihm empfohlene Kommissionär sagte sich, daß in der Provinz die Kenner der Skulptur dünn gesät seien, und schickte ihm statt des *Engels* eine *Flora*, die viele Jahre einen verwilderten Park aus der Zeit Katharinas der Großen bei Moskau geschmückt hatte – um so mehr, als diese im übrigen recht hübsche Rokokostatue mit runden Händchen, üppigen Locken, einer Rosengirlande auf dem entblößten Busen und geschwungenem Oberkörper ihn, den Kommissionär, keine Kopeke gekostet hatte. So steht die mythologische Göttin mit graziös erhobenem Füßchen auch heute noch auf dem Grab Tichon Iwanowitschs und schaut mit der echten Grimasse einer Pompadour auf die um sie herumspazierenden Kälber und Schafe, diese unvermeidlichen Besucher unserer ländlichen Friedhöfe.

Nach dem Verlust seines treuen Freundes ergab sich Tschertopchanow wieder dem Trunke, diesmal in einer viel besorgniserregenderen Weise. Seine Geschäfte gingen immer schlechter. Er konnte nicht mehr jagen, sein letztes Geld ging ihm aus, die letzten Leibeigenen liefen ihm davon. Die Vereinsamung Pantelej Jeremejitschs war nun vollständig, er hatte niemanden, mit dem er ein Wort hätte sprechen können, geschweige denn, vor dem er sein Herz ausschütten konnte. Nur sein Stolz allein hatte nicht abgenommen. Im Gegenteil – je schlimmer seine Verhältnisse waren, desto stolzer, hochmütiger und unzugänglicher wurde er selbst. Zuletzt war er ganz verwildert. Nur ein Trost, eine Freude war ihm geblieben: ein wunderbares graues Reitpferd von Donscher Rasse, das er Malek-Adel nannte, ein wirklich wunderbares Tier.

Zu diesem Pferd war er auf folgende Weise gekommen.

Als Tschertopchanow einmal durch ein Nachbardorf ritt, hörte er neben der Schenke einen Haufen Bauern schreien und lärmen. In der Mitte der Menge hoben und senkten sich fortwährend kräftige Fäuste.

„Was ist da los?" fragte er mit dem ihm eigenen befehlenden Ton ein altes Weib, das vor der Schwelle ihres Hauses stand.

An den Türbalken gelehnt und wie schlafend, blickte das Weib in der Richtung nach der Schenke. Ein strohblonder Junge im bloßen Kattunhemd mit einem Kreuzchen aus Zypressenholz auf der nackten Brust saß mit gespreizten Beinchen und geballten Fäustchen zwischen ihren Bastschuhen; gleich daneben pickte ein Küken an einer versteinerten Schwarzbrotrinde.

„Gott weiß es, Väterchen", antwortete die Alte, indem sie sich vorbeugte und ihre runzelige dunkle Hand auf den Kopf des Jungen legte. „Man sagt, die Unsrigen schlagen einen Juden."

„Was, einen Juden? Was für einen Juden?"

„Das weiß Gott, Väterchen. Bei uns ist so ein Jude aufgetaucht; woher er kommt, wer kann es wissen? Waßja, Liebster, geh zu der Mutter. – Ksch, ksch, du Mistvieh!" Die Alte verscheuchte das Küken, und Waßja ergriff ihren Rocksaum. „Also schlägt man ihn, Herr."

„Man schlägt ihn? Warum?"

„Ich weiß es nicht, Väterchen. Er wird es wohl verdient haben. Wie soll man ihn nicht schlagen! Er hat doch Christus ans Kreuz geschlagen!"

Tschertopchanow schrie auf, schlug das Pferd mit der Peitsche auf den Hals und sprengte mitten in die Menge hinein; dann fing er an, auf die Bauern wahllos nach rechts und nach links mit der Peitsche zu schlagen und dabei aufgeregt zu schreien: „Will-kür! Will-kür! Das Gesetz straft und nicht Pri-vat-per-so-nen! Das Gesetz! Das Ge-setz!! Das Ge-setz!!"

Es waren noch keine zwei Minuten vergangen, als die Menge sich nach allen Seiten zerstreut hatte. Auf der Erde, vor der Tür der Schenke, lag aber ein kleines, hageres schwärzliches Geschöpf in einem Kaftan aus Nanking, zerzaust und zerschlagen . . . Ein bleiches Gesicht, leblose Augen, ein offener Mund . . . Was war das? Die Erstarrung des Schreckens oder schon der Tod selbst?

„Warum habt ihr den Juden erschlagen?" rief Tschertopchanow mit Donnerstimme und schwang die Reitpeitsche.

Ihm antwortete ein schwaches Murren in der Menge. Der eine Bauer griff sich an die Schulter, der andere an die Hüfte, der dritte an die Nase. „Der kann hauen!" ertönte es in den hinteren Reihen.

„Mit der Reitpeitsche! So kann es ein jeder!" versetzte eine andere Stimme.

„Warum habt ihr den Juden erschlagen? Euch frage ich, ihr verdammten Asiaten!" wiederholte Tschertopchanow.

Hier sprang aber das auf der Erde liegende Geschöpf flink auf die Beine, lief hinter Tschertopchanow und griff krampfhaft nach dem Rand seines Sattels.

„Der ist zäh!" ertönte es wieder in den hinteren Reihen. „Wie eine Katze!"

„Euer Hochwohlgeboren, nehmen Sie sich meiner an, retten Sie mich!" stammelte indessen der unglückliche Jude, sich mit der ganzen Brust an das Bein Tschertopchanows drückend. „Sonst erschlagen sie mich, sie erschlagen mich, Euer Hochwohlgeboren!"

„Warum schlagen sie dich?" fragte Tschertopchanow.

„Bei Gott, ich weiß es nicht! Das Vieh fing an bei ihnen zu fallen, und sie glauben . . . ich aber . . ."

„Nun, das werden wir später untersuchen!" unterbrach ihn Tschertopchanow. „Halte dich jetzt an meinem Sattel fest und folge mir. – Ihr aber", fügte er hinzu, indem er sich an die Menge wandte, „kennt ihr mich? Ich bin der Gutsbesitzer Pantelej Tschertopchanow und wohne auf dem Gut Bessonowo – wenn ihr wollt, könnt ihr euch über mich beschweren, auch über den Juden zugleich!"

„Warum sollen wir uns beschweren?" sagte mit einer tiefen Verbeugung ein gesetzter Bauer mit grauem Bart, der ganz wie ein alter Patriarch aussah. (Den Juden hatte er übrigens genauso wie die anderen mißhandelt.) „Wir kennen dich, Väterchen Pantelej Jeremejitsch, gut; wir sind deiner Gnaden dankbar, daß du uns eine Lehre erteilt hast!"

„Warum sollen wir uns beschweren!" fielen ihm die andern ins Wort. „Mit dem Ungetauften werden wir aber schon abrechnen! Er entkommt uns nicht! Wir werden ihn wie einen Hasen im Felde . . ."

Tschertopchanow bewegte seinen Schnurrbart, schnaubte und ritt im Schritt auf sein Gut, begleitet vom Juden, den er auf die gleiche Weise von seinen Bedrängern befreit hatte wie einst den Tichon Nedopjuskin.

Einige Tage später meldete ihm der einzige Diener, der Tschertopchanow noch geblieben war, es sei ein Reiter gekommen und wünsche ihn zu sprechen. Tschertopchanow trat vors Haus und sah den ihm bekannten Juden mitten auf dem Hof unbeweglich und stolz auf einem herrlichen Donschen Pferde sitzen.

Der Jude hatte keine Mütze auf, er hielt sie unter dem Arm; seine Füße hatte er nicht in die Steigbügel selbst gesteckt, sondern in die Riemen der Steigbügel; die zerrissenen Schöße seines Kaftans hingen zu beiden Seiten des Sattels herab. Als er Tschertopchanow erblickte, schmatzte er mit den Lippen, zuckte mit den Ellenbogen und mit den Beinen.

Aber Tschertopchanow erwiderte nicht nur nicht seinen Gruß, sondern flammte plötzlich auf – so ein räudiger Jud' wagt es, auf so einem herrlichen Pferd zu sitzen . . .! „He, du äthiopische Fratze!" schrie er. „Steig sogleich ab, wenn du nicht willst, daß man dich in den Schmutz hinunterwirft!"

Der Jude gehorchte sofort. Er fiel wie ein Sack vom Sattel und ging, die Zügel in der einen Hand, lächelnd und sich bückend auf Tschertopchanow zu.

„Was willst du?" fragte ihn Pantelej Jeremejitsch mit Würde.

„Euer Wohlgeboren, belieben zu sehen, was das für ein Pferdchen ist!" sagte der Jude, sich immer noch verbeugend.

„Hm . . . ja . . . ein gutes Pferd. Wo hast du es her? Hast es wohl gestohlen?"

„Was denken Sie, Euer Wohlgeboren! Ich bin ein ehrlicher Jud', ich habe es nicht gestohlen, ich habe es für Euer Wohlgeboren aufgetrieben! Solche Mühe habe ich mir gegeben, solche Mühe! Dafür ist es auch ein Pferd! So ein Pferd kann man am ganzen Don nicht mehr finden. Schauen Sie nur, Euer Wohlgeboren, was es für ein Pferd ist! Bemühen Sie sich her! – Tpru. . . tpru . . . dreh dich um, stell dich seitwärts! Wir wollen aber den Sattel abnehmen. Nun, was sagen Sie, Euer Wohlgeboren?"

„Das Pferd ist gut", wiederholte Tschertopchanow mit geheuchelter Gleichgültigkeit, sein Herz klopfte aber in der Brust. Er war ein gar zu leidenschaftlicher Liebhaber von „Pferdefleisch" und verstand sich darauf.

„Sehen Sie ihn sich nur an, Euer Wohlgeboren! Streicheln Sie ihn am Halse, hi-hi-hi! Ja, so!"

Tschertopchanow legte die Hand wie widerwillig dem Pferde auf den Hals, klopfte zweimal, fuhr dann mit den Fingern von der Mähne den Rücken entlang, und als er eine gewisse Stelle über den Nieren erreichte, drückte er auf Kennerart leicht darauf. Das Pferd bog sofort das Rückgrat, schielte mit seinem stolzen schwarzen Auge nach Tschertopchanow, schnaubte und wechselte die Stellung der Vorderbeine.

Der Jude lachte und klatschte leicht in die Hände. „Es erkennt seinen Herrn, Euer Wohlgeboren, seinen Herrn!"

„Nun, fasele nicht“, unterbrach ihn Tschertopchanow ärgerlich. „Um dir das Pferd abzukaufen, habe ich kein Geld, und Geschenke nehme ich nicht nur von dir, du Jud“, sondern auch vom lieben Gott selbst nicht an!“

„Wie wage ich auch, Ihnen etwas zu schenken, ich bitte Sie!“ rief der Jude, „Kaufen Sie es, Euer Wohlgeboren ... auf das Geld will ich aber warten.“

Tschertopchanow wurde nachdenklich. „Was verlangst du dafür?“ fragte er endlich durch die Zähne. Der Jude zuckte die Achseln. „Was ich selbst bezahlt habe. Zweihundert Rubel.“

Das Pferd war zwei- oder sogar vielleicht dreimal mehr wert.

Tschertopchanow wandte sich zur Seite und gähnte nervös. „Und wann ist ... die Zahlung?“ fragte er, gewaltsam die Brauen runzelnd, ohne den Juden anzusehen.

„Wann es Euer Wohlgeboren beliebt.“

Tschertopchanow warf den Kopf zurück, hob aber die Augen nicht. „Das ist keine Antwort. Sprich vernünftig, du Herodesbrut! Soll ich von dir vielleicht eine Gefälligkeit annehmen?“

„Nun, sagen wir einmal so“, versetzte der Jude schnell, „nach sechs Monaten ... sind Sie einverstanden?“

Tschertopchanow antwortete nichts.

Der Jude versuchte ihm in die Augen zu blicken. „Sind Sie einverstanden? Befehlen Sie, das Pferd in den Stall zu führen?“

„Den Sattel brauche ich nicht“, sagte Tschertopchanow kurz. „Nimm den Sattel mit, hörst du?“

„Gewiß, gewiß, ich werde ihn mitnehmen“, stammelte der Jude erfreut und lud sich den Sattel auf die Schulter.

„Das Geld aber“, fuhr Tschertopchanow fort, „in sechs Monaten. Und nicht zweihundert, sondern zweihundertfünfzig. Schweig! Zweihundertfünfzig sage ich dir! Die hast du bei mir gut.“

Tschertopchanow konnte sich noch immer nicht entschließen, die Augen zu heben. Noch niemals war sein Stolz so sehr verletzt. – Es ist doch klar, daß es ein Geschenk ist, dachte er sich, aus Dankbarkeit hat es mir der Teufel gebracht! – Er wäre imstande, den Juden zu umarmen oder auch zu verprügeln ...

„Euer Gnaden Wohlgeboren“, begann der Jude ermutigt und lächelnd, „man müßte es nach russischer Sitte machen: aus einem Rockschoß in den andern ...“

„Was dir nicht einfällt! Ein Jud' ... und denkt an russische Sitten! – He, wer ist dort? Nimm das Pferd und führ es in den Stall. Und schütte ihm Hafer vor. Ich komme gleich selbst hin und schaue nach. Und merk dir: Das Pferd heißt Malek-Adel!“

Tschertopchanow war schon die Treppe hinaufgegangen, drehte sich aber scharf auf dem Absatz um, lief auf den Juden zu und drückte ihm fest die Hand. Dieser bückte sich und spitzte schon die Lippen, aber Tschertopchanow sprang zurück, sagte leise: „Erzähl es niemand“, und verschwand hinter der Tür.

Von diesem Tage an wurde Malek-Adel zur Hauptbeschäftigung, zur wichtigsten Sorge und zur größten Freude im Leben Tschertopchanows. Er liebte ihn so, wie er nicht einmal Mascha geliebt hatte, und hing an ihm stärker als an Nedopjuskin. Das war aber auch ein Pferd! Feuer, wirkliches Feuer, Schießpulver, dabei aber eine Würde wie bei einem Bojaren! Unermüdlich, ausdauernd, läßt sich überall hin wenden, leistet keinen Widerstand. – Sein Futter kostet aber so gut wie nichts: Wenn es nichts anderes gibt, so frißt er die Erde unter sich. Geht er im Schritt, so trägt er einen wie auf den Armen; läuft er Trab, so wiegt er einen wie in einer Wiege; saust er aber im Galopp, so kann ihn auch der Wind nicht einholen. Niemals geht ihm der Atem aus, so kräftig ist seine Lunge. Die Beine sind wie aus Stahl; es kommt nie vor, daß er stolpert. Über einen Graben oder einen Zaun zu springen ist für ihn eine Kleinigkeit, und dabei so klug! Auf einen Ruf kommt er gleich mit erhobenem Kopf gelaufen; befiehlt man ihm stillzustehen und geht selbst weg, so rührt er sich nicht von der Stelle; kommt man aber zurück, so wiehert er leise, als wollte er sagen: Ich bin da. – Nichts fürchtet er, im Finstern, im Schneesturm findet er den Weg. Aber einen Fremden läßt er zu sich nicht heran – er beißt ihn mit den Zähnen tot! Auch ein Hund darf ihm nicht nahe kommen – sogleich trifft er ihn mit dem Vorderhuf auf die Stirn, und der Hund ist hin. Ein Pferd mit Ehrgefühl – man darf die Reitpeitsche nur zur Parade über ihm schwingen, aber Gott behüte, ihn anzurühren! Doch was soll man lange reden: ein Schatz und kein Pferd!

Wenn Tschertopchanow über seinen Malek-Adel zu sprechen anfing, so staunte man bloß, wo er die Worte hernahm! Und wie er ihn pflegte und hätschelte! Sein Haar glänzte wie Silber, aber nicht wie altes, sondern wie neues, das noch einen dunkeln Schimmer hat; fährt man mit der Hand darüber, so ist es wie Samt! Der Sattel, die Schabracke, der Zaum, das ganze Geschirr – alles paßte ausgezeichnet, war in Ordnung und schön geputzt, man hätte einen Bleistift nehmen können und zeichnen; Tschertopchanow selbst – was will man noch mehr? – pflegte seinem Liebling eigenhändig die Mähne und den Schopf zu Zöpfen zu flechten und den Schweif mit Bier zu waschen; er schmierte ihm sogar öfters die Hufe mit einer Salbe . . .

Manchmal setzte er sich auf den Malek-Adel und ritt aus, nicht etwa, um die Nachbarn zu besuchen – mit diesen verkehrte er nach wie vor nicht –, aber über ihre Felder, an ihren Gutshäusern vorbei . . . „Bewundert doch das Pferd aus der Ferne, ihr Narren!“ Und wenn er hörte, daß irgendwo eine Jagd stattfand, daß ein reicher Gutsherr auf die Hetzjagd ausritt, so begab er sich sofort dahin; er tummelte sich mit seinem Pferd in der Ferne, am Horizont, setzte alle Zuschauer durch dessen Schönheit und Schnelligkeit in Erstaunen, ließ aber niemand nahe zu sich heran. Einmal sprengte irgendein Liebhaber mit einem ganzen Gefolge ihm nach; er sah, daß er Tschertopchanow nicht einholen konnte, und schrie ihm, so laut er konnte, im vollen Lauf zu: „He, du! Hör! Verlange, was du willst, für dein Pferd! Tausend Rubel sind mir nicht zu schade! Meine Frau, meine Kinder will ich hergeben . . .! Nimm mein Letztes!“

Tschertopchanow hielt Malek-Adel plötzlich an. Der Liebhaber sprengte zu ihm heran. „Väterchen!“ schrie er: „Sag, was du verlangst! Liebster!“

„Wenn du ein Zar bist“, sagte Tschertopchanow mit Nachdruck (er hatte aber nie etwas von Shakespeare gehört), „und mir dein ganzes Zarenreich für mein Pferd gibst – ich gebe es nicht her!“ Das sagte er, lachte auf, ließ den Malek-Adel sich bäumen, wandte ihn in der Luft wie einen Kreisel auf den Hinterbeinen allein um und sprengte im Galopp davon. Er flog nur so über das Stoppelfeld. Aber der Liebhaber (man sagt, es sei ein steinreicher Fürst gewesen) warf seine Mütze zu Boden und stürzte sich mit dem Gesicht auf die Mütze! Eine halbe Stunde lag er so.

Wie hätte Tschertopchanow sein Pferd nicht teuer halten sollen? Hatte er doch ihm zu verdanken, daß er wieder einen zweifellosen Vorzug, einen letzten Vorzug vor allen seinen Nachbarn besaß!

Indessen verging die Zeit, und der Zahlungstermin rückte heran, aber Tschertopchanow hatte nicht nur keine zweihundert Rubel, sondern auch keine fünfzig. Was war da zu tun, wie war da zu helfen? – „Nun“, sagte er sich schließlich, „wenn der Jude kein Einsehen hat und nicht länger warten will, so gebe ich ihm mein Haus und mein Land, setze mich selbst aufs Pferd und reite davon, wohin meine Augen schauen! Ich werde Hungers sterben, meinen Malek-Adel aber nicht hergeben!“ – Er war sehr aufgeregt und sogar nachdenklich; aber hier erbarmte sich seiner das Schicksal zum ersten und letzten Male: Irgendeine weitläufige Tante, die Tschertopchanow nicht einmal dem Namen nach kannte, vermachte ihm testamentarisch eine für seine Begriffe außerordentliche Summe – ganze zweitausend Rubel! – Das Geld kam just zur richtigen Zeit, einen Tag vor Erscheinen des Juden. Tschertopchanow wurde vor Freude beinahe verrückt, dachte aber nicht einmal an Schnaps; seit dem Tag, an dem er den Malek-Adel bekommen hatte, nahm er keinen Tropfen in den Mund. Er lief in den Stall und küßte seinen Freund zu beiden Seiten der Schnauze über den Nüstern, wo die Pferde die zarteste Haut haben. „Jetzt trennen wir uns nicht mehr!" rief er, indem er das Pferd auf den Hals unter der gekämmten Mähne klopfte. Nach Hause zurückgekehrt, zählte er zweihundertfünfzig Rubel ab und versiegelte das Paket. Dann überlegte er sich, auf dem Rücken liegend und ein Pfeifchen rauchend, wie er das übrige Geld verwenden wollte: Er gedachte sich Hunde anzuschaffen, von der Kostromaschen Rasse, und zwar unbedingt rotbraune! Er unterhielt sich sogar mit Perfischka, versprach ihm eine neue Livree mit gelben Tressen an allen Nähten und legte sich in der seligsten Gemütsverfassung schlafen.

Er hatte einen unangenehmen Traum – ihm war, als sei er auf die Jagd geritten, aber nicht auf dem Malek-Adel, sondern auf einem seltsamen Tier von der Art eines Kamels; ein schneeweißer Fuchs lief ihm entgegen ... Er will seine Reitpeitsche schwingen, will die Hunde auf den Fuchs hetzen, aber er hat in den Händen statt der Peitsche einen Bastwisch. Und der Fuchs läuft vor ihm her und reckt ihm die Zunge. Er springt von seinem Kamel, stolpert und fällt ... fällt gerade einem Gendarmen in die Hände, der ihn zum Generalgouverneur ruft, und in diesem erkennt er Jaff ...

Tschertopchanow erwachte. Im Zimmer war es dunkel. Der Hahn hatte erst zum zweitenmal gekräht ... Irgendwo in weiter Ferne wieherte ein Pferd. Tschertopchanow hob den Kopf ... Wieder hörte er ein feines, leises Wiehern.

„Das ist Malek-Adel!" sagte er sich. „Das ist sein Wiehern! Warum aber so weit? Du lieber Gott ... Es kann nicht sein ..."

Es überlief ihn plötzlich ganz kalt. Er sprang im Nu aus dem Bett, tastete nach seinen Stiefeln und Kleidern, zog sich an, holte unter dem Kopfkissen den Stallschlüssel und rannte in den Hof.

Der Stall befand sich am äußersten Ende des Hofes; mit der einen Wand grenzte er an das freie Feld. Tschertopchanow konnte den Schlüssel nicht sogleich ins Schloß stecken – seine Hände zitterten – und er drehte den Schlüssel auch nicht sogleich um ... Eine Weile stand er unbeweglich, mit angehaltenem Atem – wenn sich hinter der Tür auch nur etwas regte! „Malek! Malek!" rief er halblaut – ein Grabesstille! Tschertopchanow riß unwillkürlich an dem Schlüssel, die Tür knarrte und ging auf . . . Sie war also nicht verschlossen gewesen. Er trat über die Schwelle und rief sein Pferd, diesmal mit dem vollen Namen: „Malek-Adel“. Der treue Freund gab aber keine Antwort, nur eine Maus raschelte durch das Stroh. Nun stürzte sich Tschertopchanow in jenen der drei Stände des Stalles, in welchem sonst Malek-Adel stand. Er traf gerade diesen Stand, obwohl es im Stall stockfinster war . . . Leer! Tschertopchanow schwindelte der Kopf; es war ihm, als dröhnte eine Glocke unter seiner Schädeldecke. Er wollte etwas sagen, zischte aber nur und kam, mit den Händen oben, unten und an den Seiten tastend, keuchend, mit schlotternden Knien aus dem einen Stand in den andern . . . Im dritten, der bis oben mit Heu gefüllt war, stieß er an die eine Wand, an die andere, fiel hin, rollte kopfüber, stand auf und rannte plötzlich durch die halbgeöffnete Tür in den Hof . . . „Gestohlen! Perfischka! Perfischka! gestohlen!“ schrie er mit wilder Stimme.

Der kleine Diener Perfischka rollte wie ein Kreisel im bloßen Hemd aus der Kammer, in der er schlief . . .

Wie zwei Betrunkene stießen die beiden, der Herr und sein einziger Diener, mitten im Hof zusammen; wie betäubt drehten sie sich voreinander im Kreise. Der Herr konnte nicht erklären, was los war, und der Diener konnte nicht begreifen, was von ihm verlangt wurde. – „Ein Unglück! Ein Unglück!“ lallte Tschertopchanow. „Ein Unglück! Ein Unglück!“ wiederholte der Diener.

„Die Laterne! Gib die Laterne her, zünde sie an! Licht! Licht!“ entrang es sich endlich Tschertopchanows beklemmter Brust. Perfischka stürzte ins Haus.

Es war aber nicht leicht, Licht zu machen: Schwefelhölzer waren damals in Rußland noch eine Seltenheit; die letzte Kohlenglut in der Küche war schon längst ausgegangen; Feuerstein und Stahl ließen sich nicht sogleich finden und wollten keinen Funken geben. Zähneknirschend entriß sie Tschertopchanow den Händen des bestürzten Perfischka und fing selbst an, Feuer zu schlagen; die Funken sprühten reichlich, noch reichlicher kamen die Flüche und sogar Seufzer, aber der Zunder wollte entweder nicht brennen oder löschte wieder aus, trotz der vereinten Bemühungen von vier angestrengten Backen und Lippen. Endlich, nach fünf Minuten, nicht früher, brannte der Talglichtstummel auf dem Boden der zerschlagenen Laterne, und Tschertopchanow stürzte, von Perfischka begleitet, in den Stall. Er hob die Laterne über seinen Kopf und sah sich um . . . Alles leer!

Er sprang in den Hof, durchrannte ihn in allen Richtungen – das Pferd war nirgends zu sehen! Der Zaun, der Pantelej Jeremejitschs Besitz umgab, war längst baufällig und hatte sich an vielen Stellen zur Erde gesenkt . . . Neben dem Stall lag er auf einer Strecke von einem Arschin ganz auf dem Boden. Perfischka zeigte diese Stelle Tschertopchanow. „Herr! Schauen Sie nur her, das war heute noch nicht. Da ragen auch die Pfähle aus dem Boden, jemand hat sie wohl herausgedreht."

Tschertopchanow sprang mit der Laterne hinzu und bewegte sie über dem Boden . . . „Hufe, Hufe, Spuren von Hufeisen, Spuren, frische Spuren!" murmelte er hastig. „Hier hat man ihn hinausgeführt, hier, hier!" Er sprang augenblicklich über den Zaun und lief mit dem Schrei: „Malek-Adel! Malek-Adel! Malek-Adel!" ins Feld.

Perfischka blieb bestürzt am Zaun stehen. Der helle Lichtkreis der Laterne verschwand ihm bald aus den Augen, verschlungen von der dichten Finsternis der sternenlosen und mondlosen Nacht.

Immer schwächer und schwächer klangen die verzweifelten Schreie Tschertopchanows.

Der Osten rötete sich schon, als er nach Hause zurückkehrte. Er sah kaum einem Menschen ähnlich, seine ganze Kleidung war von Schmutz bedeckt, das Gesicht zeigte einen wilden und schrecklichen Ausdruck, düster und stumpf blickten seine Augen. Er jagte mit einem heiseren Flüstern Perfischka fort und schloß sich in sein Zimmer ein. Vor Müdigkeit konnte er sich kaum auf den Beinen halten, aber er legte sich nicht ins Bett, sondern setzte sich auf einen Stuhl neben der Tür und griff sich an den Kopf. „Gestohlen . . .! Gestohlen!"

Wie hatte es aber der Dieb fertiggebracht, Malek-Adel nachts aus dem verschlossenen Stall zu stehlen? Malek-Adel, der auch bei Tag keinen fremden Menschen zu sich heranließ – ihn ohne Lärm und Klopfen zu stehlen? Und wie konnte man erklären, daß kein einziger Hofhund gebellt hatte? Es waren ihrer allerdings nur zwei da, zwei ganz junge Hunde, und diese vergruben sich vor Hunger und Kälte in die Erde, aber immerhin!

Was fange ich jetzt ohne Malek-Adel an? dachte sich Tschertopchanow. „Meine letzte Freude habe ich verloren, nun ist es Zeit, daß ich sterbe. Soll ich vielleicht ein anderes Pferd kaufen, da ich gerade Geld habe? Aber wo finde ich ein Pferd wie dieses?"

„Pantelej Jeremejitsch! Pantelej Jeremejitsch!" rief eine scheue Stimme hinter der Tür.

Tschertopchanow sprang auf die Füße. „Wer ist da?" rief er mit veränderter Stimme.

„Das bin ich, Ihr Diener Perfischka."

„Was willst du? Hat er sich vielleicht gefunden, ist nach Hause zurückgelaufen?“

„Nein. Pantelej Jeremejitsch; der Jud', der ihn verkauft hat . . .“

„Nun?“

„Er ist angekommen.“

„Ho-ho-ho-ho!“ rief Tschertopchanow und warf die Tür auf. „Schlepp ihn her, schlepp ihn her!“

Beim Anblick der plötzlich auftauchenden zerzausten und verwilderten Gestalt seines „Wohltäters“ wollte der Jude, der hinter Perfischkas Rücken stand, sich schon aus dem Staube machen; aber Tschertopchanow erreichte ihn mit zwei Sprüngen und packte ihn wie ein Tier an der Gurgel „Ah! Du kommst um das Geld! Um das Geld!“ röchelte er, als ob nicht *er* würgte, sondern als ob man *ihn* würgte. „Bei Nacht hast du ihn gestohlen und kommst bei Tag um das Geld? Wie? Wie?“

„Ich bitte, Eu-er Wohl-geboren“, stöhnte der Jude.

„Sag, wo ist mein Pferd? Wo hast du es hingebracht? Wem hast du es verkauft? Sag, sag, sag!“

Der Jude konnte nicht mehr stöhnen; aus seinem blauangelaufenen Gesicht war sogar der Ausdruck des Schreckens verschwunden. Seine Arme hingen herab; sein ganzer Körper, den Tschertopchanow wütend schüttelte, schwankte wie ein Schilfrohr.

„Das Geld werde ich dir bezahlen, ich werde es dir bis auf die letzte Kopeke bezahlen“, schrie Tschertopchanow, „aber ich werde dich wie ein Küken erwürgen, wenn du mir nicht gleich sagst . . .“

„Sie haben ihn schon erwürgt, Herr“, bemerkte Perfischka.

Jetzt erst kam Tschertopchanow zu sich. Er ließ die Gurgel des Juden los, und dieser fiel wie leblos zu Boden. Tschertopchanow fing ihn auf, setzte ihn auf die Bank, goß ihm ein Glas Schnaps in den Mund und brachte ihn zur Besinnung. Und sobald er ihn zur Besinnung gebracht hatte, begann er ein Gespräch mit ihm.

Es stellte sich heraus, daß der Jude keine blasse Ahnung davon hatte, daß Malek-Adel gestohlen worden war. Warum hätte er auch das Pferd stehlen sollen, das er selbst für „den verehrtesten Pantelej Jeremejitsch“ beschafft hatte?

Nun führte ihn Tschertopchanow in den Stall. Sie untersuchten gemeinsam die Stände, die Krippen, das Türschloß, durchwühlten das Stroh und das Heu und gingen dann auf den Hof; Tschertopchanow zeigte dem Juden die

Hufspuren am Zaun und schlug sich plötzlich auf die Schenkel. „Halt!“ rief er. „Wo hast du das Pferd gekauft?“

„Im Maloarchangelsker Kreis, auf dem Werchossensker Jahrmarkt“, antwortete der Jude.

„Von wem?“

„Von einem Kosaken.“

„Halt! War der Kosak jung oder alt?“

„Von mittleren Jahren, ein gesetzter Mann.“

„Wie sah er aus? Wohl wie ein Gauner?“

„Wahrscheinlich war er ein Gauner, Euer Wohlgeboren.“

„Und was hat er dir gesagt, dieser Gauner – daß das Pferd ihm schon lange gehöre?“

„Ich glaube, er sagte, es gehöre ihm schon lange.“

„Nun, dann kann es niemand anders gestohlen haben als er allein! Urteile doch selbst, hör, stell dich mal her . . . wie heißt du?“

Der Jude fuhr zusammen und richtete seine schwarzen Augen auf Tschertopchanow. „Wie *ich* heiße?“

„Nun ja, wie ist dein Name?“

„Moschel-Lejba.“

„Nun, urteile doch selbst, mein Freund Lejba, du bist ein kluger Mann; von wem würde sich Malek-Adel wegführen lassen, wenn nicht von seinem alten Herrn? Er hat ihn doch aufgezäumt und gesattelt, hat ihm die Decke abgenommen – da liegt sie auf dem Heu . . .! Er hat sich einfach wie im eigenen Hause benommen! Jeden andern hätte ja Malek-Adel niedergetrampelt! Er hätte Lärm gemacht und das ganze Dorf geweckt! Bist du mit mir einverstanden?“

„Einverstanden, einverstanden, Euer Wohlgeboren . . .“

„Also muß man vor allen Dingen jenen Kosaken finden!“

„Wie findet man ihn aber, Euer Wohlgeboren? Ich habe ihn ja nur ein einziges Mal gesehen – wo ist er jetzt, und wie heißt er? Auwei, auwei!“ fügte der Jude hinzu und schüttelte bekümmert seine Schläfenlocken.

„Lejba!“ rief plötzlich Tschertopchanow, „Lejba, sieh mich an! Ich bin ja um meinen Verstand gekommen, ich bin wie verrückt . . .! Ich lege Hand an mich, wenn du mir nicht hilfst!“

„Wie kann ich aber . . .“

„Fahre mit mir, und wir wollen den Dieb suchen!“

„Wohin wollen wir denn fahren?“

„Auf die Jahrmärkte, auf die großen und kleinen Landstraßen, zu den Pferdedieben, in die Städte, in die Dörfer, in die Gehöfte – überallhin! Was aber das Geld betrifft, so mache dir keine Sorgen, ich habe eine Erbschaft gemacht, Bruder! Meine letzte Kopeke gebe ich her, aber ich finde meinen Freund. Der Kosak, unser Feind, soll und wird uns nicht entkommen! Wo er sich hinwendet, da gehen auch wir hin! Versinkt er in die Erde, so folgen wir ihm in die Erde! Geht er zum Teufel, so gehen wir zum Satan selbst!"

„Warum denn zum Satan", bemerkte der Jude, „man kann auch ohne ihn –"

„Lejba!" rief Tschertopchanow. „Lejba, du bist zwar ein Hebräer und hast einen gemeinen Glauben, aber deine Seele ist besser als manche Christenseele! Erbarme dich meiner! Allein fahren kann ich nicht, allein bringe ich nichts zustande. Ich bin ein hitziger Mensch, du aber hast einen goldenen Kopf! Euer Volk ist schon einmal so: Ohne etwas zu lernen, habt ihr alles erfaßt! Du zweifelst vielleicht und fragst dich, woher ich Geld nehme? Komm auf mein Zimmer, ich werde dir das ganze Geld zeigen. Nimm das Geld, nimm mir das Kreuz von der Brust, gib mir nur den Malek-Adel wieder, gib ihn mir wieder!"

Tschertopchanow zitterte wie im Fieber; der Schweiß lief ihm von der Stirne herab, vermengte sich mit seinen Tränen und verlor sich in seinem Schnurrbart. Er drückte Lejba die Hände, er flehte ihn an, er küßte ihn fast . . . Er war ganz wie besessen. Der Jude versuchte ihm zu widersprechen, zu versichern, daß er unmöglich abkommen könne, daß er Geschäfte habe . . . Nichts nutzte! Tschertopchanow wollte auf nichts hören. Es war nichts zu machen, der arme Lejba mußte einwilligen.

Am andern Tag verließ Tschertopchanow mit Lejba in einem Bauernwagen Bessonowo. Der Jude sah etwas verlegen aus, hielt sich mit der einen Hand am Bock fest und hüpfte mit seinem ganzen schwachen Körper auf dem harten Sitz; die andere Hand drückte er an die Brust, wo er das in Zeitungspapier eingewickelte Paket Banknoten verwahrt hatte; Tschertopchanow saß reglos wie ein Klotz, bewegte nur die Augen und atmete aus voller Brust; in seinem Gürtel steckte ein Dolch.

„Nun, du Schurke, der du mich von meinem Freund getrennt hast, nimm dich jetzt in acht!" murmelte er, als sie auf die große Landstraße kamen.

Sein Haus überließ er der Obhut seines kleinen Dieners Perfischka und der Köchin, eines tauben und alten Weibes, das er aus Barmherzigkeit bei sich aufgenommen hatte.

„Ich komme zu euch auf dem Malek-Adel zurück!" rief er ihnen beim Abschied zu. „Oder ich komme überhaupt nicht wieder!"

„Wenn du mich wenigstens heiraten wolltest!" scherzte Perfischka, indem er die Köchin mit dem Ellenbogen in die Seite stieß. „Den Herrn erwarten wir doch nicht mehr, so kommen wir aber um vor Langeweile!"

Es verging ein Jahr . . . ein ganzes Jahr; von Pantelej Jeremejitsch kam keine Nachricht. Die Köchin war inzwischen gestorben; Perfischka hatte schon die Absicht, das Haus im Stich zu lassen und in die Stadt zu ziehen, wohin ihn sein Vetter lockte, der als Gehilfe bei einem Barbier lebte, als sich plötzlich das Gerücht verbreitete, daß der Herr zurückkehre! Der Diakon des Pfarrbezirks hatte von Pantelej Jeremejitsch selbst einen Brief erhalten, in dem er ihm mitteilte, daß er auf dem Heimweg nach Bessonowo sei, und ihn ersuchte, seine Dienstboten zu benachrichtigen, damit sie ihm einen gebührenden Empfang bereiten. Perfischka fühlte sich auf diese Nachricht hin immerhin veranlaßt, wenigstens etwas Staub abzuwischen, schenkte ihr aber im übrigen nicht allzuviel Glauben. Er mußte sich jedoch überzeugen, daß der Diakon die Wahrheit gesagt hatte – einige Tage später erschien Pantelej Jeremejitsch in eigener Person auf dem Malek-Adel auf dem Hof seines Gutes.

Perfischka eilte zu seinem Herrn, griff nach dem Steigbügel und wollte ihm helfen, vom Pferd zu steigen, jener sprang aber selbst herunter, sah sich triumphierend um und rief laut: „Ich habe doch gesagt, daß ich den Malek-Adel wiederfinde, und ich habe ihn gefunden, den Feinden und dem Schicksal selbst zum Trotz!" Perfischka küßte ihm die Hand, Tschertopchanow schenkte aber dem Eifer seines Dieners nicht die geringste Beachtung. Er ging mit großen Schritten auf den Stall zu, Malek-Adel an den Zügeln hinter sich führend. Perfischka sah sich seinen Herrn genauer an und erschrak. Ach, wie mager und wie alt war er in diesem Jahr geworden, wie streng und düster war sein Gesicht! – Man hätte doch glauben sollen; Pantelej Jeremejitsch würde sich freuen, daß er das Seinige erreicht hatte; er freute sich wohl . . . aber Perfischka empfand doch eine unheimliche Angst. Tschertopchanow stellte das Pferd in den früheren Stand, gab ihm einen leichten Klaps auf die Kruppe und sagte: „Nun, jetzt bis du wieder zu Hause! Paß jetzt auf . . .!" Am gleichen Tag mietete er einen zuverlässigen Wächter, einen Junggesellen, richtete sich wieder in seinen Zimmern ein und setzte sein früheres Leben fort . . . Das Leben war aber doch nicht ganz das frühere . . . Aber davon später.

Am Tag nach seiner Rückkehr rief Pantelej Jeremejitsch Perfischka zu sich und begann ihm, aus Ermangelung eines anderen Zuhörers, natürlich ohne dabei seine Würde zu verlieren, im Baß zu erzählen, auf welche Weise er den Malek-

Adel gefunden hatte. Während seines Berichtes saß Tschertopchanow mit dem Gesicht zum Fenster und rauchte eine lange Pfeife; Perfischka stand aber an der Türschwelle, die Hände im Rücken, blickte ehrfurchtsvoll auf den Nacken seines Herrn und hörte den Bericht, wie Pantelej Jeremejitsch nach vielen vergeblichen Versuchen und Fahrten schließlich auf den Jahrmarkt von Romny gekommen war, aber schon allein, ohne den Juden Lejba, der infolge seiner Charakterschwäche es nicht lange ausgehalten hatte und durchgebrannt war; wie er am fünften Tag, als er schon weiterreisen wollte, zum letztenmal die Wagenreihe entlang ging und plötzlich zwischen drei anderen Pferden, die an einen Wagen angebunden waren, den Malek-Adel erblickte! Wie dieser ihn sofort erkannte, zu wiehern anfing, sich loszureißen versuchte und mit den Hufen die Erde wühlte. „Er war aber gar nicht bei dem Kosaken", erzählte Tschertopchanow, immer noch ohne den Kopf zu wenden und mit der gleichen Baßstimme, „sondern bei einem Zigeuner, einem Pferdehändler; ich klammerte mich natürlich sofort an mein Pferd und wollte es mit Gewalt zurückhaben; aber die Bestie von einem Zigeuner schrie wie verbrüht und schwor, daß man es auf dem ganzen Platz hörte, er hätte das Pferd von einem anderen Zigeuner gekauft, und wollte auch Zeugen stellen . . . Ich spuckte aus und zahlte ihm das Geld; soll ihn nur der Teufel holen! Die Hauptsache war doch für mich, daß ich meinen Freund gefunden und meine Seelenruhe wiedererlangt hatte. Im Karatschowschen Kreise hatte ich aber nach Angaben des Juden Lejba einen Kosaken gepackt, den ich für den Dieb hielt, und ihm die ganze Fratze blutig geschlagen; der Kosak stellte sich aber als ein Popensohn heraus, und ich mußte ihm für den Schimpf hundertzwanzig Rubel bezahlen. Nun, Geld ist eine Sache, die man wieder verdienen kann, die Hauptsache aber ist, ich habe den Malek-Adel wieder! Jetzt bin ich glücklich und werde meine Ruhe genießen. Dir aber, Porfirij, gebe ich die Instruktion: Wenn du, Gott behüte, irgendwo in der Umgegend einen Kosaken siehst, so laufe auf der Stelle, ohne ein Wort zu sagen, zu mir und bring mir mein Gewehr, ich aber werde schon wissen, was ich zu tun habe!"

So sprach Pantelej Jeremejitsch zu Perfischka; diese Worte kamen von seinen Lippen; aber in seinem Herzen war es doch nicht so ruhig, wie er tat. Ach, in der Tiefe seiner Seele war er doch nicht ganz davon überzeugt, daß das Pferd, das er heimgebracht hatte, wirklich Malek-Adel war.

Für Pantelej Jeremejitsch kam nun eine schwere Zeit. Gerade die Ruhe genoß er am allerwenigsten. Freilich hatte er auch gute Tage: Die Zweifel, die ihn beschlichen, kamen ihm unsinnig vor, er trieb den dummen Gedanken wie eine zudringliche Fliege von sich und lachte sogar selbst über sich; es gab aber auch schlimme Tage: Der zudringliche Gedanke fing von neuem an, in seinem Herzen zu bohren und zu kratzen wie eine Maus, und er quälte sich heimlich und schmerzhaft. An jenem denkwürdigen Tag, an dem er den Malek-Adel gefunden hatte, empfand er nichts als Seligkeit und Freude ... aber schon am andern Morgen, als er unter dem niedern Dach der Herberge seinen Freund zu satteln anfing, in dessen Nähe er die ganze Nacht zugebracht hatte, fühlte er zum erstenmal einen Stich im Herzen ... Er schüttelte nur den Kopf, aber, das Samenkorn des Verdachts keimte schon. Während der Rückfahrt (sie dauerte etwa acht Tage) kamen ihm die Zweifel selten; sie wurden stärker und deutlicher, sobald er nach Bessonowo zurückgekehrt, sobald er an die Stätte gekommen war, wo der frühere, unzweifelhafte Malek-Adel gelebt hatte ... Auf dem Rückweg ritt er meist im Schritt, sich im Sattel wiegend, rauchte ein kurzes Pfeifchen und dachte an nichts, er dachte sich höchstens: Die Tschertopchanows setzen alles durch, was sie wollen! Basta! und grinste dabei; als er aber wieder zu Hause war, begann ein anderes Kapitel. Er behielt natürlich alles für sich; schon sein Ehrgeiz allein verbot ihm, seine innere Unruhe zu zeigen. Er hätte einen jeden „in zwei Stücke gerissen", der ihm bloß angedeutet hätte, daß der neue Malek-Adel doch wohl nicht der alte sei; er nahm die Gratulationen zu seinem „glücklichen Fund" von den wenigen Personen entgegen, mit denen er noch zusammenkam; er suchte aber diese Glückwünsche nicht und mied noch mehr als früher Begegnungen mit Menschen – ein schlimmes Zeichen! Er examinierte, wenn man so sagen darf, den Malek-Adel fortwährend; er ritt mit ihm irgendwohin weit ins Feld hinaus und stellte ihn auf die Probe; oder er ging heimlich in den Stall, schloß hinter sich die Tür, stellte sich dicht vor das Pferd hin, blickte ihm in die Augen und fragte flüsternd: „Bist du es? Bist du es? Bist du es ...?" Oder er betrachtete ihn stundenlang aufmerksam, bald erfreut murmelnd: „Ja! Er ist es! Gewiß ist er es!", bald zweifelnd und sogar verlegen.

Tschertopchanow beunruhigten weniger die körperlichen Unähnlichkeiten zwischen *diesem* Malek-Adel und *jenem* – ihrer gab es übrigens nicht viele; jener hatte vielleicht einen dünneren Schweif und eine dünnere Mähne, spitzere Ohren, kürzere Knöchel und hellere Augen gehabt, aber das schien ihm vielleicht nur so –, ihn beunruhigten andere Unähnlichkeiten, sozusagen moralische. Jener hatte andere Gewohnheiten und ein anderes Benehmen. Zum Beispiel: Jener sah sich um und wieherte leise, sooft Tschertopchanow in den Stall trat, dieser aber kaute ruhig sein Heu oder duselte mit gesenktem Kopf. Beide rührten sich nicht vom Fleck, wenn der Herr aus dem Sattel sprang, aber jener kam sofort gelaufen, wenn man ihn rief, während dieser stehenblieb wie ein Klotz. Jener galoppierte ebenso schnell, machte aber höhere und weitere Sprünge – dieser ging besser im Schritt, schüttelte aber im Trab und schlürfte zuweilen mit den Hufeisen, das heißt klopfte mit den vorderen an das hintere, bei jenem kam diese Schande niemals vor – Gott behüte! Dieser, so schien es Tschertopchanow, spielte immer ganz dumm mit den Ohren, jener aber pflegte ein Ohr zurückzuschlagen und ruhig den Herrn zu beobachten. Wenn jener Schmutz in seiner Nähe sah, so klopfte er gleich mit dem Huf an die Wand des Standes – diesem machte es aber gar nichts aus, und wenn man ihm den Mist bis an den Bauch aufschüttete. Wenn jener gegen den Wind gestellt wurde, so atmete er gleich mit der ganzen Lunge und schüttelte sich, dieser aber schnaubte nur; jenen belästigte die Feuchtigkeit, diesem machte sie gar nichts . . . Gröber war dieser, gröber! Er hatte nicht die Anmut des anderen und war schwer zu lenken – was ist noch viel zu reden. Jener war ein lieber Gaul, und dieser . . .

Das dachte sich manchmal Tschertopchanow, und diese Gedanken waren ihm bitter. Zu andern Zeiten aber ließ er das Pferd über ein neugepflügtes Feld galoppieren oder zwang es, auf den Grund einer ausgespülten Schlucht zu setzen und am steilsten Abhang wieder herauszuspringen – sein Herz erstarb dann vor Entzücken, laute Schreie entrangen sich seinem Mund, und er wußte ganz sicher, daß unter ihm der echte, unzweifelhafte Malek-Adel war, denn welches andere Pferd hätte das vollbringen können, was dieses vollbrachte?

Aber auch hier verfolgte ihn das Schicksal. Die lange Suche nach Malek-Adel hatte Tschertopchanow viel Geld gekostet; an die Kosteromanschen Hunde dachte er nicht mehr und ritt nach wie vor ganz allein in der Gegend umher. Eines Morgens stieß Tschertopchanow in fünf Werst von Bessonowo auf die gleiche fürstliche Jagdgesellschaft, vor der er vor anderthalb Jahren mit seinem Pferd paradiert hatte. Nun mußte es sich so treffen, daß auch an diesem Tag vor den Hunden aus dem Feldrain am Abhang ein Hase heraussprang! Hetz ihn, hetz ihn! Die ganze Gesellschaft sprengte dahin, und auch Tschertopchanow sprengte dahin, doch nicht mit den andern, sondern zweihundert Schritte seitwärts, genau wie er es damals getan hatte. Ein großer, vom Wasser ausgespülter Graben durchschnitt den Abhang in schräger Richtung, stieg immer höher, verengte sich und versperrte Tschertopchanow den Weg. Dort, wo er über ihn hinüberspringen sollte und wo er vor anderthalb Jahren wirklich hinübergesprungen war, war er immer noch an die acht Schritt breit und an die zwei Klafter tief. Im Vorgefühl des Triumphes, der sich auf eine so wunderbare Weise wiederholen sollte, stieß Tschertopchanow ein Siegesgeschrei aus, schwang die Peitsche – die Jäger galoppierten, ohne den kühnen Reiter aus den Augen zu lassen – sein Pferd flog wie ein Pfeil, da ist schon der Graben, nun, nun, mit einem Satz wie damals . . .! Malek-Adel wurde aber plötzlich bockig, wandte sich nach links und galoppierte längs des Grabens, wie sehr auch Tschertopchanow ihm den Kopf auf die Seite, zum Graben hin zerrte . . . Also hatte das Pferd Angst bekommen und kein Selbstvertrauen gehabt!

Vor Scham und Zorn glühend, beinahe weinend, ließ nun Tschertopchanow die Zügel locker und lenkte das Pferd gerade vor sich hin, den Hügel hinauf, von den andern Jägern hinweg, um nicht zu hören, wie sie sich über ihn lustig machten, um nur möglichst schnell aus ihren verfluchten Augen zu verschwinden!

Mit wundgepeitschten Flanken, ganz mit Schaum bedeckt, kam Malek-Adel nach Hause gesprengt, und Tschertopchanow schloß sich sofort in seinem Zimmer ein.

„Nein, er ist es nicht, das ist nicht mein Freund! Der hätte sich den Hals gebrochen, mich aber nicht verraten!“

Folgender Fall gab Tschertopchanow sozusagen den Rest. Einmal ritt er auf dem Malek-Adel durch die Hinterhöfe des Popengutes, das die Kirche umgab, zu deren Pfarrbezirk das Dorf Bessonowo gehörte. Die Mütze tief in die Stirn gestülpt, gebückt und die beiden Hände auf dem Sattelknopf, bewegte er sich langsam vorwärts; es war ihm traurig und trübe zumute. Plötzlich rief ihn jemand.

Er hielt sein Pferd an, hob den Kopf und erkannte seinen Korrespondenten, den Diakon. Mit einem braunen, dreieckigen Hut auf den braunen, zu einem Zopf eben geflochtenen Haaren, mit einem gelblichen Nankingkaftan bekleidet, tief unter der Taille mit einem blauen Fetzen umgürtet, war der Diener des Altars aus dem Haus getreten, um seinen Getreideschober nachzusehen; als er Pantelej Jeremejitsch erblickte, hielt er es für seine Pflicht, ihm seine Hochachtung zu bezeigen und bei dieser Gelegenheit sich etwas auszubitten. Ohne diesen Nebengedanken sprechen bekanntlich Personen geistlichen Standes niemals einen Laien an.

Tschertopchanow hatte aber andere Dinge im Kopf als den Diakon; er erwiderte kaum seine Verbeugung, brummte etwas durch die Zähne und schwang schon die Peitsche . . .

„Was haben Sie aber für ein prächtiges Roß!“ fuhr der Diakon schnell fort. „So ein Roß bringt einem wirklich Ehre ein. Wahrlich, Sie sind ein Mann von trefflichem Verstand, einem Löwen zu vergleichen!" Der Diakon war wegen seiner Beredsamkeit berühmt, was den Popen, dem die Gabe des Wortes fehlte, nicht wenig ärgerte – dem letzteren löste nicht einmal der Schnaps die Zunge. „Ein Tier haben Sie auf das Anstiften böser Menschen verloren", fuhr der Diakon fort, „haben sich aber, ohne den Mut sinken zu lassen, vielmehr auf die göttliche Vorsehung bauend, ein neues angeschafft, das nicht nur in keiner Weise schlechter ist als das erste, sondern vielleicht sogar besser . . . denn . . ."

„Was faselst du da?" unterbrach ihn Tschertopchanow finster. „Wo siehst du ein anderes Pferd? Es ist dasselbe, es ist Malek-Adel . . . Ich habe ihn gefunden. Du schwatzest ins Blaue . . ."

„Eh! eh! eh! eh!" sagte gedehnt, gleichsam zögernd der Diakon, indes er mit den Fingern im Bart spielte und Tschertopchanow mit seinen hellen, gierigen Augen betrachtete. „Wie ist es nun, Herr? Ihren Gaul hat man, wenn ich mich recht besinne, im vorigen Jahr so an die zwei Wochen nach dem Feste Mariä Schutz und Fürbitte gestohlen, und jetzt haben wir Ende November."

„Na ja, was ist denn dabei?"

Der Diakon fuhr fort, mit den Fingern im Bart zu spielen. „Es ist also mehr als ein Jahr seitdem vergangen, und Ihr Pferd, das damals ein Apfelschimmel war, ist auch ein Apfelschimmel geblieben, scheint sogar etwas dunkler geworden zu sein. Was ist das? Die grauen Pferde werden ja in einem Jahr viel weißer."

Tschertopchanow fuhr zusammen . . . es war ihm, als hätte ihn jemand mit einem Jagdspieß mitten ins Herz gestoßen. Und in der Tat: Graue Pferde verändern sich doch. Wie war ihm dieser einfache Gedanke bisher nicht in den Sinn gekommen?

„Verdammter Zopf, laß mich in Ruhe!" brüllte er mit einemmal. Dann funkelte er wie rasend mit den Augen und verschwand in einem Augenblick dem erstaunten Diakon aus dem Gesicht.

Nun, jetzt ist alles zu Ende!

Alles ist zu Ende, alles ist zusammengestürzt, die letzte Karte ist geschlagen! Alles ist durch das eine Wort „weißer" zusammengefallen! Die grauen Pferde werden weißer!

Galoppiere nur, Verdammter! Du wirst diesem Wort nicht entrinnen! Tschertopchanow sprengte nach Hause und schloß sich wieder in seinem Zimmer ein.

Daß dieser elende Klepper nicht der Malek-Adel war, daß zwischen ihm und Malek-Adel nicht die geringste Ähnlichkeit bestand, daß jeder einigermaßen vernünftige Mensch auf den ersten Blick hätte sehen müssen, daß er, Tschertopchanow, sich auf die gemeinste Weise getäuscht, nein, daß er sich selbst absichtlich und mit Vorbedacht betrogen und angeschwindelt hatte – über dies alles konnte jetzt nicht mehr der geringste Zweifel bestehen! Tschertopchanow ging auf und ab, indem er sich bei jeder Wand auf die gleiche Weise auf dem Absatz umdrehte, wie ein Tier in einem Käfig. Sein Ehrgeiz litt unerträglich; es war aber nicht nur der verletzte Ehrgeiz allein, was ihn so quälte – seiner bemächtigte sich die Verzweiflung, die Wut würgte ihn, Rachedurst brannte in ihm. Aber gegen wen? An wem sollte er Rache nehmen? Am Juden, an Jaff, an Mascha, am Diakon, am Kosaken, der das Pferd gestohlen hatte, an allen Nachbarn, an der ganzen Welt oder schließlich an sich selbst? Sein Verstand geriet durcheinander. Die letzte Karte geschlagen! (Dieser Vergleich gefiel ihm gut.) Nun ist er wieder der nichtigste, verächtlichste von allen Menschen, ein Gegenstand des Spottes für alle, ein Hanswurst, ein elender Narr, ein Gespött für den Diakon . . .! Er stellte sich deutlich vor, wie dieser niederträchtige Zopf den Leuten vom grauen Pferd und vom dummen Herrn erzählen wird . . . Verflucht . . .! Vergeblich bemühte sich Tschertopchanow, seine Galle zurückzuhalten; vergeblich versuchte er sich einzureden, daß dieses . . . Pferd zwar nicht der Malek-Adel, aber immerhin ein . . . gutes Pferd sei und ihm noch viele Jahre dienen könne – er stieß diesen Gedanken mit Wut von sich, als ob darin eine neue Beleidigung für *jenen* Malek-Adel enthalten wäre, vor dem er sich auch ohnehin schon schuldig fühlte . . . Gewiß! Diesen Klepper, diese Schindmähre hatte er wie ein Blinder, wie ein Dummkopf dem Malek-Adel gleichgestellt! Und was die Dienste betrifft, die dieser Klepper ihm noch leisten könnte . . . wird er ihn denn je wieder der Ehre würdigen, sich auf ihn zu setzen? Um nichts in der Welt! Niemals . . .! Er wird ihn einem tatarischen Schinder geben, er wird ihn den Hunden zum Fraß vorwerfen – er verdient nichts anderes . . . Ja! Das wäre das beste!

Über zwei Stunden ging Tschertopchanow in seinem Zimmer auf und ab. „Perfischka!“ kommandierte er plötzlich. „Geh augenblicklich in die Schenke und bring mir einen halben Eimer Schnaps! Hörst du! Einen halben Eimer, augenblicklich! Daß der Schnaps sofort hier bei mir auf dem Tisch steht . . .!“

Der Schnaps erschien unverzüglich auf dem Tisch Pantelej Jeremejitschs, und er fing an zu trinken!

Hätte damals jemand Tschertopchanow beobachtet, wäre jemand Zeuge jener finsteren Wut gewesen, mit der er ein Glas nach dem andern leerte, so hätte er unwillkürlich Angst bekommen. Die Nacht war angebrochen; ein Talglicht brannte trübe auf dem Tisch. Tschertopchanow hörte auf, aus der einen Ecke in die andere zu wandern; er saß da, ganz rot, mit trüben Augen, die er bald zu Boden senkte, bald auf das dunkle Fenster richtete; dann stand er auf, schenkte sich Schnaps ein, trank aus, setzte sich wieder, richtete den Blick wieder auf einen Punkt und rührte sich nicht, nur sein Atem ging schneller, und sein Gesicht wurde immer röter. In ihm schien irgendein Entschluß zu keimen, der ihn selbst erschreckte, an den er sich aber allmählich gewöhnte; der gleiche Gedanke rückte unaufhaltsam und unaufhörlich immer näher, das gleiche Bild trat immer deutlicher hervor, und in seinem Herzen war unter dem versengenden Einfluß des schweren Rausches an Stelle der Wut ein Gefühl tierischer Grausamkeit getreten, und ein unheilkündendes Lächeln zeigte sich auf seinen Lippen.

„Nun ist es Zeit!" sagte er in einem geschäftigen, beinahe gelangweilten Ton. „Genug geruht!"

Er trank das letzte Glas Schnaps aus, nahm die Pistole über seinem Bett – dieselbe Pistole, aus der er auf Mascha geschossen hatte –, lud sie, steckte sich „für jeden Fall" einige Zündhütchen in die Tasche und ging in den Stall.

Als er die Stalltür zu öffnen anfing, kam der Wächter hergelaufen, aber er schrie ihn an: „Das bin ich! Siehst du es denn nicht? Geh!" Der Wächter trat etwas auf die Seite. „Geh schlafen!" schrie ihm Tschertopchanow wieder zu. „Du hast hier nichts zu bewachen! So einen Schatz, so eine Kostbarkeit!" Dann trat er in den Stall. Malek-Adel ... der falsche Malek-Adel lag auf der Streu. Tschertopchanow gab ihm einen Fußtritt. „Steh auf, du Krähe!" Dann band er den Zaum von der Krippe los, nahm dem Pferd die Decke ab und warf sie auf den Boden, drehte das gehorsame Tier roh in seinem Stand um, führte es in den Hof und aus dem Hof ins Feld, zum größten Erstaunen des Wächters, der unmöglich begreifen konnte, wohin sich der Herr nachts mit dem ungezäumten Pferd an der Leine begebe. Ihn zu fragen, traute er sich natürlich nicht, er begleitete ihn nur mit den Augen, bis er an der Wendung des Weges verschwand, der in den nahen Wald führte.

Tschertopchanow ging mit großen Schritten, ohne stehenzubleiben und ohne sich umzusehen; Malek-Adel – wir wollen ihn bis ans Ende so nennen – folgte ihm gehorsam. Die Nacht war ziemlich hell; Tschertopchanow konnte die gezackten Umrisse des Waldes unterscheiden, der als schwarzer Fleck vor ihm lag. In der nächtlichen Kälte wäre ihm wohl jetzt der Schnaps in den Kopf gestiegen, wenn ihn nicht ein anderer, viel stärkerer Rausch umfangen hätte. Sein Kopf war schwer geworden, das Blut klopfte laut im Halse und an den Ohren, er aber ging mit sicheren Schritten, und er wußte, wohin er ging.

Er hatte den Entschluß gefaßt, Malek-Adel zu töten; den ganzen Tag hatte er nur daran gedacht . . . Nun war er fest entschlossen!

Er ging an diesen Schritt, nicht gerade ruhig, aber seiner selbst sicher und so fest entschlossen wie ein Mensch, der dem Gefühl der Pflicht gehorcht. Dieser „Spaß" erschien ihm sehr einfach: Wenn er den Falschen vernichtet, macht er „allem" ein Ende. Dann bestraft er sich selbst für seine Dummheit, rechtfertigt sich vor seinem echten Freund und zeigt der ganzen Welt (Tschertopchanow war sehr um die „ganze Welt" besorgt), daß er mit sich nicht spaßen lasse . . . Die Hauptsache aber ist, daß er zugleich mit dem falschen Malek-Adel auch sich selbst vernichtet, denn was braucht er noch zu leben?

Wie er sich das alles in seinem Kopf zurechtlegte und warum ihm dies so einfach erschien, ist nicht so leicht, wenn auch nicht ganz unmöglich zu erklären: Gekränkt, einsam, ohne eine einzige vertraute Menschenseele, ohne einen roten Heller, dabei mit vom Schnaps entzündetem Blut, befand er sich in einem an Wahnsinn grenzenden Zustand; es besteht aber kein Zweifel darüber, daß selbst in den sinnlosesten Streichen von Wahnsinnigen, von ihrem Standpunkt aus, eine Art Logik und sogar ein Recht liegt. Von seinem Recht war Tschertopchanow jedenfalls fest überzeugt; er schwankte nicht, er beeilte sich, das Urteil an dem Schuldigen zu vollstrecken, ohne sich übrigens Rechenschaft darüber zu geben, wen er eigentlich für den Schuldigen hielt . . . Die Wahrheit zu sagen – er dachte sehr wenig über sein Vorhaben nach. „Ich muß, ich muß ein Ende machen", sagte er zu sich selbst streng und stumpf. „Ich muß ein Ende machen!"

Der schuldlose Schuldige trabte gehorsam hinter seinem Rücken . . . Aber in Tschertopchanows Herzen war kein Mitleid.

Nicht weit vom Waldsaum, zu dem er sein Pferd geführt hatte, zog sich ein kleiner, bis zur Hälfte mit Eichengesträuch bewachsener Graben hin. Tschertopchanow stieg hinunter . . . Malek-Adel stolperte und fiel beinahe über ihn.

„Du willst mich wohl erdrücken, Verdammter!" rief Tschertopchanow und holte, als müßte er sich verteidigen, die Pistole aus der Tasche. Er spürte keine Erbitterung mehr, sondern jenes eigentümliche starre Gefühl, das sich des Menschen bemächtigt, ehe er ein Verbrechen verübt. Aber seine eigene Stimme erschreckte ihn, so wild klang sie unter den herabhängenden dunklen Ästen, in der faulen und dumpfen Feuchtigkeit des Waldgrabens! Außerdem begann als Antwort auf diesen Ruf irgendein großer Vogel auf dem Baumgipfel über seinem Kopfe mit den Flügeln zu schlagen ... Tschertopchanow fuhr zusammen. Es war ihm, als habe er einen Zeugen für seine Tat geweckt – hier, an dieser öden Stelle, wo er doch keinem lebenden Wesen begegnen sollte ...

„Teufel, geh in alle vier Winde!" sagte er durch die Zähne, dann ließ er die Zügel Malek-Adels los und schlug ihn, weit ausholend, mit dem Griff der Pistole auf die Schulter. Malek-Adel wandte sich sofort um, kletterte aus dem Graben ... und lief davon. Das Klopfen seiner Hufe war aber nicht lange zu hören.

Der Wind, der sich erhoben hatte, vermischte und verdeckte alle Töne.

Tschertopchanow kletterte auch selbst langsam aus dem Graben, erreichte den Waldsaum und schleppte sich nach Hause. Er war mit sich unzufrieden – die Last, die er in seinem Kopf und in seinem Herzen empfunden hatte, verbreitete sich durch alle seine Glieder; er ging böse, finster, unbefriedigt, hungrig, als habe ihn jemand beleidigt, ihm seine Beute, seine Nahrung weggenommen ...

Einem Selbstmörder, den man an der Ausführung seines Vorhabens verhindert hat, sind diese Gefühle bekannt.

Plötzlich stieß ihn etwas von rückwärts zwischen die Schultern. Er sah sich um ... Malek-Adel stand mitten auf der Straße. Er war der Spur seines Herrn gefolgt und berührte ihn mit der Schnauze ... er meldete, daß er zur Stelle sei ...

„Ah!" schrie Tschertopchanow. „Du selbst, du selbst kommst, um dir den Tod zu holen! Hier hast du ihn!"

In einem Augenblick zog er die Pistole, spannte den Hahn, setzte die Mündung an Malek-Adels Stirn und drückte ab. Das arme Pferd taumelte zur Seite, bäumte sich, sprang zehn Schritt zurück, stürzte plötzlich zu Boden, röchelte und wälzte sich wie im Krampfe ...

Tschertopchanow hielt sich die Ohren mit beiden Händen zu und lief davon. Die Knie knickten ihm ein. Der Rausch, die Wut, das stumpfe Selbstvertrauen – alles war im Nu verflogen. Es blieb ihm nur das Gefühl der Schande und des Abscheus und das Bewußtsein, das unumstößliche Bewußtsein, daß er nun auch mit sich selbst ein Ende gemacht hatte.

*

Sechs Wochen später hielt es der Diener Perfischka für seine Pflicht, den am Gut Bessonowo vorbeifahrenden Kreispristaw anzuhalten.

„Was willst du?" fragte der Hüter der Ordnung.

„Bemühen Sie sich doch, Euer Wohlgeboren, zu uns ins Haus", antwortete der Diener mit einer tiefen Verbeugung. „Pantelej Jeremejitsch scheint sterben zu wollen; also fürchte ich mich."

„Wie? Sterben?" fragte der Pristaw.

„Zu Befehl, ja. Anfangs hatte der Herr jeden Tag Schnaps getrunken, jetzt hat er sich aber ins Bett gelegt und ist sehr schwach. Ich glaube, daß er jetzt nichts mehr versteht. Hat ganz die Sprache verloren." Der Pristaw stieg aus dem Wagen.

„Nun, hast du wenigstens den Geistlichen gerufen? Hat dein Herr gebeichtet? Hat er das Abendmahl empfangen?"

„Zu Befehl, nein."

Der Pristaw runzelte die Stirne: „Was ist das, Bruder? Geht denn das? Oder weißt du nicht, daß man dich dafür zur Verantwortung ziehen kann?"

„Ich habe ihn ja vorgestern und gestern gefragt", sagte Perfischka, der Angst bekam. „„Befehlen Sie nicht, Pantelej Jeremejitsch, daß ich den Geistlichen hole?" – „Schweig, Dummkopf!" sagte er drauf. „Misch dich nicht in fremde Sachen." Als ich es ihm heute wieder sagte, sah er mich nur an und bewegte den Schnurrbart."

„Hat er viel Schnaps getrunken?" fragte der Pristaw.

„Furchtbar viel! Aber seien Sie so gut, Euer Wohlgeboren, bemühen Sie sich zu ihm ins Zimmer."

„Nun, führe mich!" brummte der Pristaw und folgte Perfischka.

Ein ungewöhnlicher Anblick erwartete ihn.

In einem feuchten und dunkeln Hinterzimmer des Hauses lag auf einem ärmlichen, mit einer Pferdedecke bedeckten Bett, mit einem zottigen Filzmantel statt eines Kissens, Tschertopchanow, nicht mehr blaß, sondern gelblichgrün, wie Tote aussehen, mit eingefallenen Augen unter den glänzenden Lidern, mit einer zugespitzten, aber immer noch rötlichen Nase über dem zerzausten Schnurrbart. Er war bekleidet mit seinem ständigen Jagdrock (mit den Patronen auf der Brust) und einer blauen, tscherkessischen Pluderhose. Die Fellmütze mit himbeerrotem Boden verdeckte seine Stirn bis zu den Augenbrauen. In der einen Hand hielt Tschertopchanow seine Hetzpeitsche und in der andern einen gestickten Tabaksbeutel, Maschas letztes Geschenk. Auf dem Tisch neben dem Bett stand eine leere Schnapsflasche; zu seinen Häupten sah man zwei mit Stecknadeln an die Wand befestigte Aquarelle; das eine stellte, soweit man erkennen konnte, einen dicken Mann mit einer Gitarre in den Händen dar – wahrscheinlich Nedopjuskin, das andere einen Reiter im vollen Lauf . . . Das

Pferd glich jenen Märchentieren, die die Kinder an Mauern und Zäunen zeichnen, aber die sorgfältig schattierte Musterung eines Apfelschimmels, die Patronen auf der Brust des Reiters, die spitz zulaufenden Stiefel und der Riesenschnurrbart ließen keinen Zweifel übrig – diese Zeichnung sollte Pantelej Jeremejitsch auf dem Malek-Adel darstellen.

Der Pristaw war erstaunt und wußte nicht, was er unternehmen sollte. Im Zimmer herrschte eine Grabesstille. – Er ist ja schon tot, dachte er sich; dann erhob er die Stimme und rief: „Pantelej Jeremejitsch! Pantelej Jeremejitsch!"

Nun geschah etwas Ungewöhnliches. Tschertopchanows Augen öffneten sich langsam, die erloschenen Pupillen bewegten sich erst von rechts und nach links, dann von links nach rechts, blieben an dem Gast haften und erkannten ihn ... In ihrem trüben Weiß leuchtete etwas auf, etwas wie ein Blick zeigte sich in ihnen; die blauen Lippen gingen allmählich auf, und es erklang eine heisere Stimme, die aus dem Grab zu kommen schien: „Der Edelmann Pantelej Tschertopchanow stirbt, wer kann ihn daran hindern? Er schuldet niemand etwas und fordert nichts ... Verlaßt ihn, ihr Menschen! Geht!" Die Hand mit der Hetzpeitsche versuchte sich zu heben ... Vergebens!

Die Lippen klebten wieder aneinander, die Augen schlossen sich, und Tschertopchanow lag wie früher auf seinem harten Bett ausgestreckt, die Füße aneinandergedrückt.

„Melde mir, wenn er tot ist", flüsterte der Pristaw im Hinausgehen Perfischka zu. „Einen Popen kannst du aber, glaube ich, auch jetzt noch holen. Man muß doch die Ordnung wahren und ihm die letzte Ölung geben."

Perfischka holte noch am gleichen Tag den Popen; am andern Morgen mußte er aber dem Pristaw melden, daß Pantelej Jeremejitsch in der gleichen Nacht verschieden war.

Als man ihn beerdigte, folgten zwei Menschen seinem Sarg: der Diener Perfischka und Moschel-Lejba. Die Nachricht vom Tode Tschertopchanows hatte ihn auf unbekannte Weise erreicht, und er unterließ es nicht, seinem Wohltäter die letzte Ehre zu erweisen.

Die lebendige Reliquie

Land der Dulder und der Demut,
meine Heimat, Russenerde!
F. Tjutschew

Ein französisches Sprichwort lautet: „Der trockene Fischer und der nasse Jäger bieten einen traurigen Anblick." Da ich für die Fischerei niemals etwas übrig gehabt habe, vermag ich nicht darüber zu urteilen, was ein Fischer bei gutem, heiterem Wetter empfindet und inwiefern das Vergnügen, das ihm eine reiche Beute bei Regenwetter verschafft, die Unannehmlichkeit, naß zu sein, aufwiegt. Für den Jäger ist aber das Regenwetter ein wahres Unglück. Und von eben diesem Unglück wurden wir, ich und Jermolai, betroffen, als wir einmal wieder in den Bjelewschen Kreis auf die Birkhahnjagd kamen. – Vom frühen Morgen an wollte der Regen nicht aufhören. Was hatten wir nicht alles versucht, um uns vor ihm zu retten! Wir zogen unsere Gummimäntel fast über den Kopf und stellten uns unter Bäume, damit es auf uns weniger gieße . . . Die wasserdichten Mäntel ließen aber, ganz abgesehen davon, daß sie uns beim Schießen hinderlich waren, das Wasser auf die schamloseste Weise durch; und wenn wir uns unter einen Baum stellten, so schien der Regen anfangs wirklich nicht durchzudringen, mit der Zeit aber hielt das Laub der sich ansammelnden Nässe nicht mehr stand, jeder Zweig überschüttete uns mit Wasser wie aus einer Regentraufe, und die kalten Ströme drangen uns hinter den Kragen und liefen die Wirbelsäule hinab . . . Das war aber schon zu gemein! wie sich Jermolai ausdrückte.

„Nein, Pjotr Petrowitsch", rief er schließlich aus. „So geht es nicht . . .! Heute kann man nicht jagen. Das Wasser läuft den Hunden in die Nasen; die Gewehre versagen . . . Pfui! So ein Pech!"

„Was ist zu machen?" fragte ich.

„Das will ich Ihnen sagen. – Wir fahren nach Alexejewka. Vielleicht kennen Sie es – es ist so ein Vorwerk, es gehört Ihrer Frau Mutter; es sind an die acht Werst von hier. Wir übernachten dort, und morgen . . ."

„Kehren wir wieder hierher zurück?"

„Nein, nicht hierher . . . Die Gegend hinter Alexejewka ist mir bekannt . . . die Birkhahnjagd ist dort viel besser als hier . . ."

Ich unterließ es, meinen treuen Gefährten zu fragen, warum er mich nicht gleich dorthin gebracht hatte, und am gleichen Tag erreichten wir das Vorwerk meiner Mutter, von dessen Existenz ich, offen gestanden, bisher keine Ahnung hatte. Auf diesem Vorwerk fand sich ein baufälliges, aber unbewohntes und darum reinliches Häuschen, in dem ich eine recht ruhige Nacht verbrachte.

Am nächsten Morgen erwachte ich sehr früh. Die Sonne war erst eben aufgegangen; am Himmel war kein Wölkchen zu sehen; alles ringsum strahlte im starken, doppelten Glanz, im Glanz der jungen Morgenstrahlen und in dem des gestrigen Gusses. – Während man mir das Wägelchen anspannte, irrte ich durch den nicht sehr großen Garten, der einst ein Obstgarten gewesen war und jetzt verwildert das Häuschen von allen Seiten mit seinem duftenden, saftigen Dickicht umgab. Ach, wie schön war es da in der freien Luft, unter dem heiteren Himmel, in dem die Lerchen schwirrten, deren heller Gesang wie silberne Perlen niederregnete! Auf ihren Flügeln trugen sie gewiß die Tautropfen fort, und ihre Lieder schienen von Tau benetzt. Ich nahm mir sogar die Mütze ab und atmete freudig, aus voller Brust ... Am Rande einer nicht sehr tiefen Schlucht, dicht neben dem Zaun, erblickte ich einen Bienengarten; ein schmaler Pfad führte hin, sich zwischen zwei dichten Mauern von Steppengras und Brennesseln schlängelnd, über denen die spitzen Stengel des dunkelgrünen Hanfes ragten, der Gott weiß wie dahingeraten war.

Ich schlug diesen Pfad ein und erreichte den Bienengarten. Neben diesem befand sich ein kleiner Schuppen aus Flechtwerk, wie er zum Einstellen der Bienenkörbe für den Winter dient. Ich blickte in die halbgeöffnete Tür hinein: Es war darin dunkel, still, trocken; es roch nach Minze und Melissen. In einer Ecke war eine Pritsche angebracht und auf dieser lag unter einer Bettdecke eine kleine Gestalt ... Ich wollte schon weitergehen ...

„Herr, Sie, Herr! Pjotr Petrowitsch!“ rief eine Stimme, schwach, langsam und tonlos wie das Rascheln von Riedgras im Sumpf.

Ich blieb stehen.

„Pjotr Petrowitsch! Kommen Sie bitte her!“ wiederholte die Stimme. Sie kam aus der Ecke, von der Pritsche, die ich bemerkt hatte.

Ich kam näher – und erstarrte vor Verwunderung. Vor mir lag ein lebendiges menschliches Wesen; aber was war denn das?

Der Kopf war vollkommen ausgetrocknet, einfarbig, bronzen, genau wie auf einer alten Ikone; die Nase schmal wie die Schneide eines Messers; die Lippen fast unsichtbar; ich konnte nur die weißschimmernden Zähne erkennen, die Augen und einige dünne Strähnen gelblicher Haare, die unter dem Kopftuch auf die Stirn fielen. Auf einer Falte der Bettdecke neben dem Kinn bewegten sich langsam zwei winzige, gleichfalls bronzene Hände mit spindeldürren Fingern.

Ich sehe genauer hin: Das Gesicht ist nicht nur nicht abstoßend, es ist sogar schön, doch schrecklich und ungewöhnlich. Und dieses Gesicht erscheint mir um so schrecklicher, als ich sehe, daß sich ein Lächeln vergebens bemüht, sich auf den metallenen Wangen auszubreiten.

„Sie erkennen mich nicht, Herr?" flüsterte wieder die Stimme; sie verdampfte gleichsam auf den sich kaum bewegenden Lippen. „Wie sollten Sie mich auch erkennen! – Ich bin Lukerja ... Erinnern Sie sich noch, dieselbe, die bei Ihrer Frau Mutter zu Spaßkoje den Reigen anzuführen pflegte ... erinnern Sie sich noch? Ich war immer die Vorsängerin im Chor."

„Lukerja!" rief ich aus. „Bist du es? Ist es möglich?"

„Ja, ich bin es, Herr. Ich bin Lukerja."

Ich wußte nicht, was ich darauf sagen sollte, und sah bestürzt auf dieses dunkle, unbewegliche Gesicht mit den auf mich gerichteten hellen und leblosen Augen. Ist es denn möglich? Diese Mumie ist Lukerja, das schönste Mädchen in unserem Hausgesinde, die große, volle, weiße, rotwangige Lukerja, die immer lachende Tänzerin und Sängerin? Lukerja, die kluge Lukerja, der alle jungen Dorfburschen den Hof machten und die ich als sechzehnjähriger Junge auch selbst heimlich anschmachtete!

„Lukerja, sag, was ist denn mit dir geschehen?" fragte ich sie endlich.

„So ein Unglück ist über mich gekommen! Verschmähen Sie mich nicht, Herr, verachten Sie mich nicht in meinem Unglück – setzen Sie sich hier auf das Fäßchen, näher zu mir, sonst werden Sie mich nicht verstehen können ... Sie hören doch, was ich jetzt für eine helle Stimme habe ...! Wie froh bin ich, daß ich Sie wiedersehe! Wie sind Sie aber nach Alexejewka geraten?"

Lukerja sprach sehr leise und schwach, aber ohne Unterbrechungen.

„Der Jäger Jermolai hat mich hergeführt. Erzähl mir aber ..."

„Ich soll Ihnen von meinem Unglück erzählen? Gerne, Herr. – Es geschah vor langer Zeit, vor sechs oder sieben Jahren. Ich war damals soeben mit Wassilij Poljakow verlobt – Sie wissen doch, es war ein so schöner Bursche mit einem Lockenkopf, diente bei Ihrer Frau Mutter als Büfettaufseher ... Sie waren aber damals gar nicht auf dem Gut, Sie studierten in Moskau. – Wir waren beide sehr verliebt; er wollte mir nicht aus dem Kopf; es war aber im Frühling. Eines Nachts – es war schon beim Morgengrauen – lag ich schlaflos da; so süß sang eine Nachtigall im Garten ...! Ich hielt es nicht länger aus, stand auf und ging auf die Treppe hinaus, um zu horchen. Die Nachtigall schmettert und trillert ... und plötzlich ist es mir, als ob mich jemand mit Waßjas Stimme ganz leise rief: „Luscha ...!" Ich schau hin, gleite wohl in meiner Verschlafenheit auf einer Stufe aus, stürze in die Tiefe – und falle auf die Erde! Ich hatte mich wohl nicht allzusehr angeschlagen, denn ich stand bald auf und ging in meine Kammer. Aber in meinem Innern, in den Eingeweiden ist gleichsam etwas gerissen ... Erlauben Sie, daß ich Atem hole ... nur ein Weilchen ... Herr."

Lukerja verstummte, und ich sah sie erstaunt an. Ich war hauptsächlich darüber erstaunt, daß sie fast lustig erzählte, ohne zu jammern und zu stöhnen, ohne sich zu beklagen und ohne um Mitleid zu betteln.

„Von diesem Tag an", fuhr Lukerja fort, „begann ich zu schwinden und auszutrocknen; ganz schwach war ich geworden; es fiel mir schwer zu gehen, später auch nur die Beine zu bewegen; ich kann weder stehen noch sitzen, möchte immer liegen. Ich will weder essen noch trinken, es geht mir immer schlimmer. Ihre Frau Mutter hat mich in ihrer Güte den Ärzten gezeigt, hat mich auch ins Spital bringen lassen. Ich erfuhr aber keine Erleichterung. Und kein Arzt konnte mir sagen, was ich für eine Krankheit habe. Was sie mit mir nicht schon alles angestellt haben – sie haben mir den Rücken mit glühenden Eisen gebrannt, haben mich in gestoßenes Eis gesetzt, es half alles nichts. Zuletzt war ich ganz verknöchert ... Nun beschlossen die Herren, daß es keinen Zweck mehr hat, mich noch weiter zu kurieren, einen Krüppel kann man aber nicht gut im Herrenhaus behalten ... also schickte man mich her, denn ich habe hier Verwandte. So lebe ich, wie Sie mich hier sehen."

Lukerja verstummte von neuem und versuchte wieder zu lächeln.

„Deine Lage ist aber entsetzlich!" rief ich aus ... Da ich nicht wußte, was ich ihr noch sagen sollte, fragte ich: „Und was macht Wassilij Poljakow?"

Diese Frage war sehr dumm.

Lukerja blickte etwas zur Seite.

„Was Poljakow macht? – Er grämte sich eine Zeitlang und heiratete schließlich eine andere, ein Mädchen aus Glinnoje. Kennen Sie Glinnoje? Es ist nicht weit von hier. Agrafena hat sie geheißen. Er hat mich sehr geliebt, aber er war doch ein junger Mann und konnte nicht um meinetwillen ledig bleiben. Was wäre ich ihm für eine Lebensgefährtin? Er bekam eine schöne und gute Frau, hat auch Kinderchen. Er ist hier auf dem Nachbargut Verwalter. Ihre Frau Mutter hat ihm einen Paß gegeben, und es geht ihm, Gott sei Dank, gut."

„Und du liegst immer so?" fragte ich wieder.

„Ja, so liege ich, Herr, schon das siebente Jahr. Im Sommer liege ich hier, in diesem Schuppen, und wenn es kalt wird, trägt man mich in die Badestube hinüber. Dann liege ich dort."

„Wer pflegt dich denn? Wer schaut nach dir?"

„Es gibt auch hier gute Menschen. Man verläßt mich nicht. Man braucht mich auch fast gar nicht zu pflegen. Ich esse ja fast gar nicht, und Wasser habe ich hier im Kruge, es steht immer ein Vorrat davon, reines Quellwasser. Nach dem Krug kann ich selbst langen, den einen Arm kann ich ja noch bewegen. Dann gibt es hier auch ein kleines Mädel, ein Waisenkind, das kommt zuweilen her, so dankbar bin ich ihr. Sie ist auch eben hier gewesen . . . Sind Sie ihr nicht begegnet? So ein hübsches Kind mit weißem Gesichtchen. Sie bringt mir Blumen her; ich liebe sie so sehr, die Blumen. Gartenblumen haben wir nicht – es waren wohl welche da, sind aber eingegangen. Aber auch die Wiesenblumen sind schön; sie duften noch schöner als die Gartenblumen. Zum Beispiel die Maiglöckchen . . . Was gibt es Schöneres?“

„Ist es dir nicht langweilig, nicht unheimlich, meine arme Lukerja?“

„Was soll ich machen? Ich will nicht lügen – anfangs war es mir sehr traurig ums Herz; dann gewöhnte ich mich daran, schickte mich darein – es ist nicht so schlimm; andere haben es noch viel schlimmer.“

„Wieso?“

„Mancher hat kein Obdach! Ein anderer ist blind oder taub! Ich aber kann, Gott sei Dank, gut sehen und alles hören, alles. Ein Maulwurf wühlt in der Erde – auch das höre ich. Ich spüre auch jeden Geruch, selbst den leisesten! Wenn der Buchweizen im Feld oder die Linde im Garten blüht, braucht man mir das gar nicht zu sagen, ich rieche es gleich, wenn nur ein Windhauch herüberkommt. Nein, was soll ich gegen Gott murren? – Viele haben es schlimmer als ich. Wenn ich bloß nur dieses bedenke: Mancher gesunde Mensch kann leicht sündigen; mich hat aber die Sünde selbst verlassen. Neulich reichte mir der Priester P. Alexej das Abendmahl und sagte: „Deine Beichte brauche ich gar nicht zu hören, kann man denn in deiner Lage sündigen?“ Aber ich antwortete ihm: „Und die Sünden, die man in Gedanken begeht, Hochwürden?“ – „Diese Sünden sind nicht groß“, sagte er mir darauf und lachte.“

„Von solchen Sünden habe ich wohl wirklich nicht viel auf dem Gewissen“, fuhr Lukerja fort, „denn ich habe mich gewöhnt, nicht zu denken, und vor allem nicht an das Vergangene zu denken. So vergeht die Zeit schneller.“

Ich war, offen gestanden, erstaunt.

„Du bist aber immer allein, Lukerja; wie kannst du es verhindern, daß dir die Gedanken in den Sinn kommen? Oder schläfst du immer?“

„Oh! Nein, Herr! Schlafen kann ich nicht immer. Große Schmerzen habe ich zwar nicht, aber in meinem Innern, auch in den Knochen, ist immer ein Ziehen; es läßt mich nicht ordentlich schlafen. Nein, ich liege einfach so und denke an nichts; ich fühle, daß ich lebe, daß ich atme – das ist alles. Ich schaue und horche. Die Bienen im Garten summen; eine Taube setzt sich aufs Dach und girrt; eine Henne kommt mal mit ihren Küchlein her, um die Krümel aufzupicken; manchmal fliegt auch ein Spatz oder ein Schmetterling herein – das tut mir wohl. Vor zwei Jahren haben hier in der Ecke sogar Schwalben genistet und Junge ausgebrütet. Das war so lustig! Eine Schwalbe kommt zum Nest geflogen, setzt sich drauf, füttert die Jungen, und weg ist sie. Gleich ist aber schon eine andere da. Manchmal kommt sie gar nicht herein, sondern fliegt nur an der offenen Tür vorüber – die Jungen fangen aber gleich zu piepsen an und reißen die Schnäbel auf . . . Ich erwartete sie auch im folgenden Jahr, aber man sagte mir, ein hiesiger Jäger hätte sie erschossen. Was für einen Gewinn hatte er davon? Die ganze Schwalbe ist doch nicht größer als ein Käfer . . . Was seid ihr doch für böse Menschen, ihr Herren Jäger!"

„Ich schieße keine Schwalben", beeilte ich mich einzuwenden.

„Ein anderes Mal", fuhr Lukerja fort, „mußte ich so lachen! Ein Hase kam hereingelaufen, wirklich! Ich weiß nicht, vielleicht verfolgten ihn die Hunde, aber er rannte geradewegs durch die Tür herein . . .! Er setzte sich ganz nahe vor mich hin und saß lange so da, schnupperte mit der Nase, bewegte den Schnurrbart, ganz wie ein Offizier! Auch mich sah er an. Er begriff also, daß ich ihm nicht gefährlich bin. Schließlich stand er auf, sprang zur Tür, sah sich an der Schwelle noch einmal um, und weg war er! So spaßig war es!"

Lukerja sah mich an, ob es nicht spaßig sei? Ich tat ihr den Gefallen und lachte.

Sie biß sich in die ausgetrockneten Lippen.

„Nun, im Winter habe ich es natürlich nicht so gut, denn es ist dunkel, ein Licht anzuzünden, ist zu schade, wozu auch? Ich verstehe zwar zu lesen und habe immer gerne gelesen, aber was soll ich lesen? Es gibt hier keine Bücher, und wenn es auch welche gäbe, wie soll ich so ein Buch halten? P. Alexej brachte mir mal zur Zerstreuung einen Kalender, als er aber sah, daß das Buch mir nichts nützte, holte er wieder ab. Und wenn es auch dunkel ist, so gibt es doch immer etwas zu hören – ein Heimchen zirpt, eine Maus knabbert. – Dann ist es mir so wohl! Nur nicht denken!"

„Manchmal bete ich auch", fuhr Lukerja nach einer Ruhepause fort. „Aber ich kenne nur wenige Gebete. Was soll ich auch den lieben Gott belästigen? Was soll ich von ihm bitten? Er weiß besser als ich, was mir not tut. Er hat mir mein Kreuz gesandt, also liebt er mich. Uns ist befohlen, es so zu verstehen. Ich spreche manchmal das Vaterunser, das Gebet zur heiligen Mutter Gottes, den Psalm zur schmerzhaften Maria – und dann liege ich wieder ganz ohne Gedanken. Und das ist nicht so schlecht!“

Es vergingen an die zwei Minuten. Ich unterbrach nicht das Schweigen und rührte mich nicht auf dem schmalen Fäßchen, das mir als Sitz diente. Die grausame, steinerne Unbeweglichkeit des vor mir liegenden lebendigen, unglücklichen Wesens hatte sich auch mir mitgeteilt; auch ich war wie erstarrt.

„Hör mal, Lukerja“, begann ich endlich. „Hör, was ich dir vorschlagen möchte. Wenn du willst, lasse ich dich ins Krankenhaus bringen, in das gute städtische Krankenhaus. Wer weiß, vielleicht wird man dich gesund machen. Jedenfalls wirst du nicht mehr allein sein . . .“

Lukerja bewegte kaum merklich die Brauen.

„Ach, nein, Herr“, flüsterte sie besorgt. „Bringen Sie mich nicht ins Krankenhaus, lassen Sie mir meine Ruhe. Dort werde ich mich bloß mehr quälen. – Wie kann man mich gesund machen . . .! Einmal kam ein Arzt her und wollte mich untersuchen. Ich bat ihn: „Quälen Sie mich nicht, um Christi willen!“ Aber es nützte nichts, er fing an, mich hin und her zu wenden, mir die Arme und die Beine zu biegen und zu kneten; er sagte: „Ich mache es der Wissenschaft wegen, ich bin ja ein angestellter, gelehrter Mensch, und du darfst mir nicht widerstreben, denn ich habe für meine Mühe einen Orden um den Hals gekriegt und plage mich für euch Dummen ab.“ Er zerrte mich hin und her, nannte mir meine Krankheit – es war ein so schwieriger Name – und fuhr davon. Mir taten aber dann eine ganze Woche alle Knochen weh. Sie sagen, ich sei allein, immer allein. Nein, das bin ich nicht immer. Man besucht mich hier. Ich bin so still und störe niemanden. Die Mädchen aus dem Dorf kommen mal her und plaudern, oder eine Wallfahrerin verirrt sich zu mir und erzählt mir von Jerusalem, von Kiew und von anderen heiligen Städten. Ich fürchte mich aber nicht vor dem Alleinsein. Es ist mir sogar angenehmer, bei Gott . . .! Herr, lassen Sie mir meine Ruhe, bringen Sie mich nicht ins Krankenhaus . . . Ich danke Ihnen, Sie sind so gütig, aber lassen Sie mir meine Ruhe, liebster Herr.“

„Nun, wie du willst, wie du willst, Lukerja. Ich wollte ja nur dein Bestes . . .“

„Ich weiß es, Herr, daß Sie mein Bestes wollen. Aber, liebster Herr, wer kann einem anderen helfen? Wer kann einem anderen in die Seele eindringen? Der Mensch muß sich selbst helfen! Sie werden es mir nicht glauben, manchmal liege ich so allein da, und es ist mir, als gäbe es in der Welt keinen Menschen außer mir. Nur ich allein bin lebendig! Und es ist mir, als schwebe etwas auf mich herab . . . Und es kommen mir so seltsame Gedanken!“

„Was für Gedanken, Lukerja?“

„Das kann ich Ihnen unmöglich sagen, Herr, man kann es gar nicht erklären. Auch vergesse ich es nachher. Es kommt über mich wie eine Regenwolke, die sich über mich ergießt, so frisch, so angenehm; was es aber ist, kann ich nachher nicht begreifen! Ich denke mir bloß, wenn ich Menschen um mich hätte, so wäre dies alles nicht, und ich würde wohl nichts außer meinem Unglück fühlen."

Lukerja holte mühevoll Atem. Ihre Brust wollte ihr nicht gehorchen, genau wie die anderen Glieder.

„Wenn ich Sie so anschaue, Herr", fing sie von neuem an, „so sehe ich, daß Sie mit mir großes Mitleid haben. Bemitleiden Sie mich aber nicht zu sehr, wirklich! Ich will Ihnen zum Beispiel sagen, daß ich auch jetzt manchmal . . . Sie erinnern sich doch, wie lustig ich einst war? Ein fixes Mädel . . .! Also wissen Sie was? Ich pflege auch jetzt noch meine Lieder zu singen."

„Lieder . . .? Du?"

„Ja, Lieder, alte Lieder, Reigenlieder, Weihnachtslieder, Dreikönigslieder, allerlei Lieder! Ich habe doch viele Lieder gekannt und weiß sie noch alle. Nur die Tanzlieder singe ich nicht mehr. Zu meinem jetzigen Beruf passen sie nicht."

„Wie singst du sie denn . . . stumm, in dich hinein?"

„Stumm und auch laut. Sehr laut kann ich nicht, aber man kann mich doch hören. Ich erzählte Ihnen, daß mich ein Mädel besucht. Ein so verständiges Waisenkind. Ich habe sie es also gelehrt; vier Lieder hat sie mir schon abgelauscht. Oder Sie glauben mir nicht? Warten Sie, ich will Ihnen gleich . . ."

Lukerja holte tief Atem . . . Der Gedanke, daß dieses halbtote Wesen sich zu singen anschickte, weckte in mir ein Grauen. Doch ehe ich etwas sagen konnte, erklang in meinen Ohren ein gedehnter, kaum hörbarer, doch reiner und richtiger Ton . . . ihm folgte ein zweiter, ein dritter. Lukerja sang das Lied *Auf den Wiesen*. Sie sang mit dem gleichen Ausdruck ihres versteinerten Gesichts und mit starren Augen. So rührend klang diese armselige, angestrengte, wie eine dünne Rauchsäule bebende Stimme, so sehr wollte sie ihre ganze Seele ergießen. Ich empfand kein Grauen mehr, ein unsagbares Mitleid preßte mir das Herz zusammen.

„Ach, ich kann nicht mehr!" sagte sie plötzlich. „Meine Kräfte reichen nicht . . . Ich freue mich zu sehr über Ihren Besuch."

Sie schloß die Augen.

Ich legte meine Hand auf ihre kleinen, kalten Finger . . . Sie blickte mich an und senkte wieder ihre dunklen Augenlider mit den goldenen Wimpern, die mich an die Augenlider alter Statuen erinnerten. Einen Augenblick später leuchteten sie wieder im Halbdunkel . . . Tränen hatten sie benetzt.

Ich saß noch immer regungslos.

„Was bin ich für eine!“ sagte plötzlich Lukerja mit unerwarteter Kraft. Sie öffnete weit die Augen und versuchte durch Zwinkern die Tränen von den Wimpern abzuschütteln. „Schäme ich mich denn gar nicht? Was fällt mir bloß ein? Schon lange ist mir so was nicht passiert . . . seitdem mich Waßja Poljakow einmal im vorigen Frühjahr besucht hat. Solange er bei mir saß und mit mir sprach, ging es noch; als er aber gegangen und ich wieder allein geblieben war, da weinte ich! Wo nahm ich nur die Tränen her . . .! Wir Weiber brauchen sie ja nicht zu kaufen. – Herr“, fügte Lukerja hinzu, „Sie haben wohl ein Tüchlein . . . Ekeln Sie sich nicht vor mir, wischen Sie mir die Augen ab.“

Ich beeilte mich, ihren Wunsch zu erfüllen, und ließ ihr auch das Taschentuch. Anfangs wollte sie es nicht annehmen. „Was brauche ich so ein Geschenk?“ Das Tuch war sehr einfach, aber weiß und sauber. Dann ergriff sie es mit ihren schwachen Fingern und ließ es nicht mehr los. Da ich mich an die Dunkelheit, in der wir uns beide befanden, schon gewöhnt hatte, konnte ich ihre Züge deutlich unterscheiden, konnte sogar die leichte Röte bemerken, die ihr bronzenes Gesicht überhauchte, konnte in diesem Gesicht – so schien es mir wenigstens – die Spuren einstiger Schönheit entdecken.

„Sie fragten mich vorhin, Herr“, begann Lukerja von neuem, „ob ich schlafe. Ich schlafe wirklich selten, habe aber dafür jedesmal Träume, so schöne Träume! Niemals sehe ich mich im Traum krank – im Traum bin ich immer so stark und jung . . . Eines ist nur schlimm: Wenn ich erwache und mich ordentlich strecken möchte, so bin ich wie gefesselt. Einmal hatte ich einen wunderbaren Traum! Soll ich ihn erzählen? Nun, hören Sie zu. – Ich stehe im Feld, und rings um mich her ist Korn, hohes, reifes, wie Gold schimmerndes Korn . . .! Ich habe ein rotbraunes Hündchen bei mir, es ist böse und will mich immer beißen. Und in der Hand halte ich eine Sichel, es ist aber keine gewöhnliche Sichel, sondern der Mond, der einer Sichel gleicht. Mit dieser Mondsichel soll ich das ganze Korn abmähen. Ich bin aber matt vor Hitze, der Mond blendet mich, und ich bin so faul; ringsherum wachsen ungewöhnlich große Kornblumen! Sie wenden alle ihre Köpfe nach mir um. Ich sage mir: „Ich will mir diese Kornblumen pflücken; Waßja versprach herzukommen, darum will ich mir zuerst einen Kranz aus Kornblumen flechten; zum Mähen ist noch immer Zeit.“ – Ich beginne die Kornblumen zu pflücken, aber sie zerschmelzen mir zwischen den Fingern. Ich kann mir also keinen Kranz flechten. Ich höre aber, wie sich mir jemand nähert; er ist schon ganz nahe und ruft: „Luscha! Luscha!“ Und ich sage mir: „So ein Pech, ich bin doch nicht fertig geworden! Nun ist alles gleich, ich will mir diesen Mond statt der Kornblumen auf den Kopf legen.“ Ich setze mir die Mondsichel wie ein Diadem auf die Stirn, und sie erstrahlt gleich so hell, daß es im Feld ganz licht wird. Und ich sehe, über die Kornähren schwebt zu mir jemand heran – es ist aber nicht Waßja, sondern Christus! Woran ich erkannt habe, daß es Christus war, kann ich nicht sagen; auf den Heiligenbildern wird er ganz anders dargestellt; ich wußte aber bestimmt, daß Er es war. Bartlos, groß gewachsen, jung, weiß gekleidet mit goldenem Gürtel, reicht Er mir die Hand. Und Er sagt zu mir: „Fürchte dich nicht, meine geliebte Braut, folge mir; du wirst bei mir im Himmelreich den himmlischen Reigen führen und paradiesische Lieder singen.“ Ich küsse Seine Hand, und mein Hündchen beißt mich gleich in die Füße ... Doch wir schweben beide empor. Er fliegt voraus ... Seine Flügel, so lang und weiß wie die einer Möwe, füllen den ganzen Himmel; und ich fliege Ihm nach. Das Hündchen muß aber zurückbleiben. Da begriff ich erst, daß das Hündchen meine Krankheit bedeutete und daß es mir ins Himmelreich nicht nachfolgen wird.“

Lukerja schwieg eine Weile.

„Dann sah ich noch einen anderen Traum“, fing sie von neuem an. „Vielleicht war es auch ein vom Himmel gesandtes Gesicht, ich weiß es nicht. Es träumte mir, daß ich hier in diesem selben Schuppen liege und meine seligen Eltern, Väterchen und Mütterchen, zu mir kommen; sie verbeugen sich tief vor mir, sagen aber nichts. Und ich frage sie: „Was verbeugt ihr euch vor mir, Väterchen und Mütterchen?“ Und sie antworten: „Weil du dich in dieser Welt so sehr quälst, daß du nicht nur deine eigene Seele erleichterst, sondern auch von uns eine schwere Last genommen hast. Darum haben wir es in der anderen Welt viel besser. Mit deinen eigenen Sünden bist du schon fertig geworden, jetzt überwindest du unsere Sünden.“ Nach diesen Worten verbeugten sich meine Eltern wieder und verschwanden, und ich sah nichts als die Wände. Später grübelte ich lange, was es wohl gewesen sei. Ich erzählte es sogar dem Pfarrer in der Beichte. Er meinte aber, es sei kein Gesicht vom Himmel gewesen, denn solche Gesichte haben nur Personen geistlichen Standes.“

„Dann hatte ich auch noch diesen Traum“, fuhr Lukerja fort. „Ich sitze unter einer Weide an der Landstraße, habe ein geschältes Stöckchen in Händen, einen Sack auf dem Rücken, und mein Kopf ist mit einem Tuch umbunden – ich sehe ganz wie eine Pilgerin aus! Und ich muß irgendwo weithin wallfahren. Lauter Pilger kommen an mir vorbei; sie gehen langsam, wie widerwillig, alle in die gleiche Richtung; sie haben alle traurige Gesichter und sehen sich alle ähnlich. Und ich sehe: Eine Frau, die um einen ganzen Kopf größer ist als alle und so merkwürdig, gar nicht russisch gekleidet, wirft sich zwischen ihnen hin und her. Auch ihr Gesicht ist so merkwürdig – vom Fasten ausgemergelt und streng. Alle anderen weichen ihr aus; sie aber geht plötzlich auf mich zu. Sie bleibt stehen und sieht mich an; ihre Augen sind aber so gelb wie die eines Falken, groß und seltsam hell. Ich frage sie: „Wer bist du?“ Und sie antwortet mir: „Ich bin dein Tod.“ Statt zu erschrecken, bin ich so furchtbar froh und bekreuzige mich. Und jene Frau, das ist mein Tod, spricht zu mir: „Du tust mir leid, Lukerja, aber ich kann dich nicht mitnehmen. Leb wohl!“ Mein Gott, wie traurig wurde es mir da ums Herz . . .! „Nimm mich mit“, sage ich ihr, „Mütterchen, liebes Täubchen, nimm mich mit!“ – Und die Frau wandte sich zu mir um und redete mir zu . . . Ich verstand nur, daß sie mir meine Stunde bestimmte, aber sie sprach so undeutlich . . . „Nach den Petrifasten“, sagte sie mir . . . Da erwachte ich . . . So sonderbare Träume habe ich immer!“

Lukerja hob die Augen zur Decke . . . wurde nachdenklich . . .

„Aber mein Unglück ist, daß ich oft eine ganze Woche nicht einschlafen kann. Im vorigen Jahr kam hier eine Dame vorbeigefahren; sie sah mich und gab mir ein Fläschchen mit einer Arznei gegen die Schlaflosigkeit; sie sagte, ich soll jedesmal zehn Tropfen nehmen. Die Tropfen halfen mir gut, und ich konnte schlafen; jetzt ist aber das Fläschchen leer . . . Wissen Sie nicht, was es für eine Arznei war, und wie ich sie mir verschaffen kann?“

Die durchreisende Dame hatte Lukerja offenbar Opium gegeben. Ich versprach, ihr so ein Fläschchen zu verschaffen, und mußte wieder laut meinem Erstaunen über ihre Geduld Ausdruck geben.

„Ach, Herr!“ entgegnete sie. „Was fällt Ihnen ein? Was ist das für eine Geduld? Symeon, der Stylite, der hatte wirklich Geduld – dreißig Jahre lang stand er auf einer Säule! Ein anderer Heiliger ließ sich bis an die Brust in die Erde eingraben und die Ameisen fraßen ihm das Gesicht . . . Ein Schriftkundiger erzählte mir aber einmal diese Geschichte: Es war einmal ein Land, und die Heiden hatten dieses Land erobert und alle Einwohner gepeinigt und erschlagen; was die Einwohner auch alles anfingen, sie konnten sich unmöglich von den Heiden befreien. Da erschien zwischen jenen Einwohnern eine heilige Jungfrau; sie nahm ein großes Schwert in die Hand, legte sich eine zwei Zentner schwere Rüstung an, zog gegen die Heiden und vertrieb sie alle hinters Meer. Und als sie sie vertrieben hatte, sagte sie ihnen: „Verbrennt mich jetzt, denn es war mein Gelübde, daß ich für mein Volk den Feuertod erleide.“ Und die Heiden nahmen sie und verbrannten sie, aber das Volk war von nun an erlöst. Es war eine Tat! Was bin ich dagegen?“

Ich wunderte mich still darüber, daß die Legende von der Jeanne d'Arc hierher und in solcher Gestalt gedrungen war. Nach kurzem Schweigen fragte ich Lukerja, wie alt sie sei.

„Achtundzwanzig . . . oder neunundzwanzig . . . Dreißig bin ich noch nicht. Aber was soll ich die Jahre zählen! Ich will Ihnen noch eines sagen . . ." Lukerja hustete plötzlich dumpf und stöhnte auf . . .

„Du sprichst zuviel", sagte ich ihr. „Das kann dir schaden."

„Es ist wahr", flüsterte sie kaum hörbar. „Unser Gespräch ist zu Ende; jetzt ist alles gleich! Wenn Sie wegfahren, werde ich wieder nach Herzenslust schweigen können. Nun habe ich mir wenigstens das Herz erleichtert."

Ich verabschiedete mich von ihr, wiederholte mein Versprechen, ihr die Arznei zu schicken, und bat sie, es sich noch einmal zu überlegen und mir zu sagen, ob sie nicht etwas wolle.

„Ich brauche nichts; ich bin, Gott sei Dank, mit allem zufrieden", sagte sie mit großer Mühe, doch gerührt. „Gott gebe allen Gesundheit! Herr, wenn Sie Ihre Frau Mutter bitten wollten – die Bauern sind hier so arm –, daß sie ihnen den Erbzins herabsetzt! Sie haben zuwenig Land . . . Die Bauern würden für Sie zu Gott beten . . . Ich aber brauche nichts, ich bin mit allem zufrieden."

Ich gab Lukerja das Wort, ihre Bitte zu erfüllen. Als ich schon an der Tür war, rief sie mich wieder zu sich heran.

„Erinnern Sie sich noch, Herr", sagte sie, und etwas Wunderbares huschte über ihre Augen und Lippen, „was ich einst für einen Zopf gehabt habe? Erinnern Sie sich noch, er reichte mir bis an die Knie! Ich konnte mich lange nicht entschließen . . . Solche Haare . . .! Aber wie sollte ich sie in meiner Lage kämmen . . .! Also schnitt ich sie mir ab . . . Ja . . . Nun, leben Sie wohl, Herr! Ich kann nicht mehr . . ."

Am gleichen Tag sprach ich vor dem Aufbruch zur Jagd mit dem Schulzen des Vorwerkes über Lukerja. Ich erfuhr von ihm, daß man sie im Dorf die Lebendige Reliquie nenne und daß sie im übrigen keinen Menschen störe; man höre sie niemals murren oder sich beklagen. „Sie selbst verlangt nichts, ist sogar im Gegenteil für alles dankbar; so still ist sie und sanft, das muß man sagen. Gott hat sie geschlagen", schloß der Schulze, „wahrscheinlich für ihre Sünden; aber wir fragen nicht danach. Bereden tun wir sie nicht. Soll sie ihren Frieden haben!"

Einige Wochen später erfuhr ich, daß Lukerja gestorben war. Der Tod hatte sie also doch geholt . . . und sogar „nach den Petrifasten". Man erzählte, sie habe an ihrem Sterbetag immer Glockenläuten gehört, obwohl die Kirche mehr als fünf

Werst weit von Alexejewka lag und es ein Wochentag war. Lukerja hatte übrigens gesagt, das Läuten sei nicht von der Kirche gekommen, sondern „von oben“. Wahrscheinlich wagte sie nicht zu sagen: vom Himmel.

Es klopft!

„Was ich Ihnen sagen wollte“, sagte Jermolai, zu mir in die Stube tretend – ich hatte eben zu Mittag gegessen und mich auf mein Feldbett gelegt, um nach einer recht erfolgreichen, aber ermüdenden Birkhuhnjagd auszuruhen –, es war gegen Mitte Juli, und die Hitze war fürchterlich . . . „Was ich Ihnen sagen wollte – das Schrot ist uns ausgegangen.“

Ich sprang vom Bett auf.

„Das Schrot ist ausgegangen? Wieso? Wir hatten doch an die dreißig Pfund von zu Hause mitgenommen! Einen ganzen Sack voll!“

„Das stimmt. Der Sack war groß und hätte wohl für zwei Wochen gereicht. Wer kann wissen! Vielleicht ist ein Loch darin, aber wir haben kein Schrot mehr . . . für höchstens zehn Schuß ist uns noch geblieben.“

„Was sollen wir jetzt anfangen? Die besten Stellen haben wir noch vor uns, für morgen hat man uns sechs Ketten Birkhühner versprochen.“

„Schicken Sie mich doch nach Tula. Es ist nicht weit, nur fünfundvierzig Werst. Ich fahre im Nu hinüber und bringe Schrot, wenn Sie befehlen, ein ganzes Pud.“

„Wann willst du denn fahren?“

„Meinetwegen gleich. Was soll ich säumen? Nur eines – wir werden Pferde mieten müssen.“

„Warum Pferde mieten? Wozu haben wir unsere eigenen?“

„Mit unsern kann ich nicht fahren. Das Mittelpferd hinkt, ein wahres Unglück!“

„Seit wann denn?“

„Neulich führte es der Kutscher zum Beschlagen, und der Schmied hat es vernagelt. Es war wohl ein schlechter Schmied. Jetzt kann es mit dem Fuß gar nicht auftreten. Es ist der Vorderfuß. Es schleppt ihn nach wie ein Hund.“

„Hat man ihm wenigstens das Eisen abgenommen?“

„Nein, man hat es nicht abgenommen, aber man müßte das unbedingt tun. Er hat ihm den Nagel wohl ins Fleisch getrieben.“

Ich ließ den Kutscher kommen. Jermolai hatte die Wahrheit gesagt, das Mittelpferd konnte wirklich mit einem Fuß nicht auftreten. Ich befahl sofort, daß man ihm das Eisen abnehme und das Pferd auf feuchten Lehm stelle.

„Nun, befehlen Sie Pferde für die Fahrt nach Tula zu mieten?" setzte mir Jermolai zu.

„Kann man denn in diesem gottverlassenen Nest Pferde finden?" rief ich unwillkürlich verärgert aus.

Das Dorf, in dem wir uns befanden, war ärmlich und von der Welt abgeschnitten; alle seine Bewohner schienen Bettler zu sein; wir hatten mit großer Mühe eine, wenn auch nicht saubere, aber einigermaßen geräumige Bauernstube gefunden.

„Es geht", antwortete Jermolai mit seiner gewöhnlichen Ruhe. „Sie haben über dieses Dorf die Wahrheit gesagt, aber in dieser selben Gegend lebte ein Bauer, ein gescheiter, reicher Mensch, der hatte neun Pferde. Er selbst ist tot, und sein ältester Sohn hat nun die ganze Wirtschaft. Ist ein furchtbar dummer Mensch, hat aber noch nicht Zeit gehabt, das Erbe des Vaters durchzubringen. – Wir werden bei ihm Pferde kriegen. – Wenn Sie befehlen, bringe ich ihn her. – Seine Brüder sollen fixe Jungen sein . . . und doch ist er ihr Oberhaupt."

„Warum denn das?"

„Weil er der Älteste ist! Also müssen ihm die Jüngeren gehorchen." Jermolai äußerte hier seine Meinung über die jüngeren Brüder im allgemeinen mit einem kräftigen, nicht wiederzugebenden Wort. „Ich will ihn herbringen. Er ist ein einfältiger Mensch. Mit dem kann man leicht einig werden!"

Bis Jermolai zu dem „einfältigen" Menschen ging, kam mir der Gedanke, ob es nicht besser wäre, wenn ich selbst nach Tula führe. Erstens setzte ich, durch Erfahrung belehrt, keine zu großen Hoffnungen auf Jermolai – einmal hatte ich ihn in die Stadt geschickt, um verschiedenes einzukaufen; er versprach, alle meine Aufträge an einem Tag auszuführen, blieb aber eine ganze Woche aus, vertrank das ganze Geld und kam zu Fuß zurück, wahrend er mit einem Jagdwagen hingefahren war. Zweitens kannte ich in Tula einen Roßhändler, bei dem ich an Stelle des lahmen Mittelpferdes ein anderes kaufen konnte.

Abgemacht! dachte ich mir. Ich will selbst hinüberfahren; schlafen kann ich auch unterwegs, mein Reisewagen ist ja bequem genug!

„Ich habe ihn hergebracht!" rief eine Viertelstunde später Jermolai, in die Tür meiner Stube stürzend. Ihm folgte ein großgewachsener Bauer im weißen Hemd, blauen Hosen und Bastschuhen, hellblond, kurzsichtig, mit einem roten, keilförmigen Bart, einer langen, geschwollenen Nase und offenem Mund. Er sah tatsächlich einfältig aus.

„Hier, bitte“, sagte Jermolai, „er hat Pferde und ist einverstanden.“

„Das heißt, also, ich . . .“, begann der Bauer stotternd mit heiserer Stimme, seine dünnen Haare schüttelnd und mit den Fingern am Rand der Mütze nestelnd, die er in der Hand hielt. „Das heißt, ich . . .“

„Wie heißt du?“ fragte ich.

Der Bauer schlug die Augen nieder, als überlege er sich meine Frage.

„Wie ich heiße?“

„Ja, wie ist dein Name?“

„Mein Name ist Filofej.“

„Nun, Bruder Filofej, ich habe gehört, daß du Pferde hast. Bring mal ein Dreigespann her, wir wollen es an meinen Reisewagen spannen – der Wagen ist leicht – und fahre mich nach Tula. Jetzt ist Vollmond, die Nächte sind hell und schön kühl. Wie ist hier der Weg?“

„Der Weg? Der Weg ist nicht schlecht. Bis zur großen Landstraße sind es im ganzen an die zwanzig Werst. Eine Stelle ist . . . nicht gut, sonst ist aber der Weg nicht schlecht.“

„Was für eine Stelle ist da nicht gut?“

„Wo man durch die Furt fahren muß.“

„Wollen Sie denn selbst nach Tula fahren?“ erkundigte sich Jermolai.

„Ja, ich selbst.“

„Nun!“ versetzte mein treuer Diener und schüttelte den Kopf. „N-n-nun!“ wiederholte er, spie aus und ging aus der Stube.

Die Fahrt nach Tula hatte offenbar jeden Reiz für ihn verloren; sie war für ihn zu einem uninteressanten Unternehmen geworden.

„Kennst du den Weg gut?“ wandte ich mich an Filofej.

„Wie sollte ich den Weg nicht kennen! – Aber ich kann nicht, das heißt, ganz wie Sie befehlen . . . denn, so plötzlich, auf einmal . . .“

Es stellte sich heraus, daß Jermolai, als er Filofej mietete, ihm nur erklärt hatte, er solle keine Bedenken haben, man werde ihn, den Dummkopf, schon bezahlen. Filofej war zwar nach Jermolais Behauptung ein Dummkopf, gab sich aber mit dieser Erklärung allein nicht zufrieden. Er forderte von mir fünfzig Rubel in Assignaten, einen ungeheuren Preis; ich bot ihm dagegen nur zehn Rubel, und das war viel zuwenig. Wir fingen an zu handeln; Filofej bestand erst auf seiner Forderung, fing dann aber an nachzugeben, doch langsam. Jermolai, der auf einen Augenblick zurückgekommen war, beteuerte: „Dieser Dummkopf!“

„Wie gut dem das Wort gefällt!“ bemerkte Filofej halblaut.

„Dieser Dummkopf weiß gar nicht, was Geld ist!“ Bei dieser Gelegenheit erinnerte er mich, wie vor etwa zwanzig Jahren das von meiner Mutter an einer guten Stelle, an der Kreuzung zweier Landstraßen errichtete Wirtshaus vollständig in Verfall geriet, nur weil der alte Leibeigene, den man zum Verwalter gemacht hatte, tatsächlich keine Ahnung vom Geld hatte und es nur nach der Menge zählte, d. h., er gab zum Beispiel einen silbernen Viertelrubel für sechs kupferne Fünfkopekenstücke her, wobei er jedoch fürchterlich fluchte.

„Ach du, Filofej, bist ein richtiger Filofej!“ rief endlich Jermolai und warf beim Hinausgehen die Tür wütend ins Schloß.

Filofej entgegnete ihm nichts, als gäbe er zu, daß es wirklich nicht sehr geschickt sei, Filofej zu heißen, und daß man einem Menschen diesen Namen vorwerfen dürfe, obwohl eigentlich nur der Pope allein daran schuld sei, den man bei der Taufe nicht gut genug bezahlt hatte.

Schließlich einigten wir uns auf zwanzig Rubel. Er ging die Pferde holen und brachte nach einer Stunde ganze fünf zur Auswahl. Die Pferde stellten sich als recht anständig heraus, obwohl ihre Mähnen und Schweife ungepflegt und die Bäuche groß und aufgetrieben wie Trommeln waren. Mit Filofej kamen zwei seiner Brüder, die ihm gar nicht ähnlich sahen. Sie waren klein, hatten schwarze Augen und spitze Nasen und machten in der Tat den Eindruck von „fixen“ Jungens; sie sprachen oder „schwatzten“, wie es Jermolai nannte, viel und schnell, gehorchten aber dem Ältesten.

Sie rollten meinen Reisewagen aus dem Schuppen und mühten sich an die anderthalb Stunden mit ihm und mit den Pferden ab; bald machten sie die aus Stricken bestehenden Stränge lose, bald spannten sie sie ganz stramm. Beide Brüder wollten durchaus den Falben in die Mitte spannen, weil „er beim Bergabfahren gut sei“; Filofej entschied sich aber für den Zottigen. So spannte man den Zottigen in die Mitte.

Man stopfte den Wagen mit Heu voll und steckte unter den Sitz das Kumt des lahmen Pferdes, für den Fall, daß man es in Tula einem neugekauften Pferd anpassen müßte . . . Filofej, der inzwischen nach Hause gelaufen und in einem langen, weißen, von seinem Vater geerbten Leinenkittel, einem hohen Hut und geschmierten Stiefeln zurückgekehrt war, schwang sich feierlich: auf den Bock. – Ich setzte mich und sah nach der Uhr, es war ein Viertel elf. – Jermolai verabschiedete sich nicht mal von mir und fing an, seinen Waletka zu schlagen; Filofej zog die Zügel an, schrie mit feiner Stimme: „Ach, ihr meine Kleinen!“ – Seine Brüder sprangen von beiden Seiten heran und peitschten die Seitenpferde auf die Bäuche, der Reisewagen kam in Bewegung, rollte aus dem Tor auf die Straße. – Der Zottige wollte schon auf seinen Hof zurückkehren, aber Filofej brachte ihn mit einigen Peitschenhieben zur Vernunft – und schon verließen wir das Dorf und rollten auf einer ziemlich ebenen Straße zwischen dichtem Haselgebüsch dahin.

Die Nacht war still, schön und außerordentlich geeignet zum Fahren. Der Wind rauschte bald im Gebüsch und bewegte die Zweige und legte sich bald ganz; aber am Himmel waren hier und da unbewegliche silberne Wölkchen zu sehen; der Mond stand hoch und beleuchtete hell die ganze Umgebung. – Ich streckte mich auf dem Heu aus und war schon beinahe eingeschlafen ... da erinnerte ich mich der „schlechten Stelle“ und fuhr auf.

„Du, Filofej, ist es noch weit bis zur Furt?“

„Bis zur Furt? Es werden an die acht Werst sein.“

Acht Werst, dachte ich mir. – Vor einer Stunde kommen wir nicht hin. Ich kann inzwischen schlafen. – „Du, Filofej, kennst du den Weg gut?“ fragte ich wieder.

„Wie sollte ich ihn nicht kennen, den Weg? Ich fahre doch nicht zum erstenmal.“

Er fügte noch etwas hinzu, aber ich verstand ihn nicht ... Ich schlief.

Mich weckte nicht meine eigene Absicht, genau nach einer Stunde zu erwachen, wie es so oft vorkommt – sondern ein seltsames, wenn auch schwaches Plätschern und Klatschen dicht an meinem Ohr. Ich hob den Kopf ...

Was für ein Wunder! Ich liege wie vorher im Wagen, aber um den Wagen herum, eine halbe Elle unter seinem Rand, breitet sich eine von Mond beschienene, zitternde und funkelnde Wasserfläche. Ich blickte nach vorwärts: Auf dem Bock sitzt mit gesenktem Kopf und gekrümmtem Rücken, unbeweglich wie eine Bildsäule, Filofej – und noch weiter, über dem rieselnden Wasser sehe ich die geschwungene Linie des Krummholzes und die Köpfe und Rücken der Pferde. – Alles ist so unbeweglich und so lautlos, wie verzaubert, wie im Traum, wie in einem Märchentraum ... Was ist denn das? Ich blicke zurück, hinter den Wagen ... Wir befinden uns mitten im Fluß ... das Ufer ist an die dreißig Schritt von uns entfernt.

„Filofej!“ rief ich.

„Was?“ fragte er.

„Was? Ich bitte dich! Wo sind wir?“

„Im Fluß.“

„Ich sehe, daß wir im Fluß sind. Aber so werden wir gleich ertrinken. So fährst du durch die Furt? Wie? Du schläfst doch, Filofej? Antworte!"

„Ich habe mich ein wenig versehen", antwortete mein Kutscher. „Ich bin wohl, ich sündiger Mensch, zu sehr auf die Seite gekommen, jetzt müssen wir aber warten."

„Was heißt warten? Worauf werden wir warten?"

„Soll sich der Zottige umsehen – wohin er sich wendet, dorthin müssen wir fahren."

Ich setzte mich im Heu auf. Der Kopf des Zottigen ragte unbeweglich aus dem Wasser. Im hellen Mondlicht konnte man nur sehen, wie er das eine Ohr hin und her bewegte.

„Er schläft ja, dein Zottiger!"

„Nein", antwortete Filofej, „er beschnüffelt jetzt das Wasser."

Alles verstummte wieder, nur das Wasser plätscherte leise wie früher. Auch ich erstarrte. Mondlicht, Nacht, der Fluß, und wir im Fluß . . .

„Was schnarcht dort?" fragte ich Filofej.

„Das da? Das sind die Enten im Schilf . . . oder Schlangen . . ."

Das Mittelpferd schüttelte plötzlich den Kopf, spitzte die Ohren, schnaubte und rührte sich.

„Hü! Hü!" brüllte plötzlich aus vollem Hals Filofej; er erhob sich und schwang die Peitsche. Der Wagen kam sofort mit einem Ruck von der Stelle, durchschnitt die Strömung und bewegte sich schwankend und rüttelnd weiter . . . Anfangs schien es mir, daß wir in die Tiefe fahren und untertauchen, aber nach zwei oder drei Stößen und Sprüngen schien die Wasserfläche sich etwas zu senken . . . Sie senkte sich immer tiefer und tiefer, der Wagen wuchs aus ihr hervor, schon wurden die Räder und die Pferdeschweife sichtbar – und nun zogen uns die Pferde, große, schwere Spritzer um sich werfend, die im matten Mondlicht wie diamantene, nein, nicht wie diamantene, sondern wie saphirene Garben in die Höhe flogen, munter und mit vereinten Kräften auf das sandige Ufer und stiegen die Landstraße bergauf, ihre glänzenden, nassen Hufe ohne jeden Takt auf die Erde setzend.

Was wird jetzt wohl Filofej sagen, ging es mir durch den Kopf, wahrscheinlich, daß er recht gehabt habe oder irgend etwas in dieser Art! – Aber er sagte nichts. Darum hielt ich es nicht für nötig, ihm seine Unvorsichtigkeit vorzuhalten. Ich streckte mich wieder auf dem Heu aus und versuchte von neuem einzuschlafen.

Aber ich konnte nicht einschlafen, nicht etwa weil ich von der Jagd nicht müde genug gewesen wäre, auch nicht weil die Aufregung von vorhin meinen Schlaf verscheucht hätte, sondern weil wir durch eine gar zu schöne Gegend fuhren. Es waren ausgedehnte, weite, im Frühjahr überschwemmte Wiesen, mit einer Menge kleiner Pfützen, kleiner Seen, Bäche, am Rande mit Weidengebüsch bewachsene Buchten – eine typisch russische, vom russischen Volk so sehr geliebte Landschaft, die an die Gegenden erinnert, in die die Recken der alten Bylinen ritten, um weiße Schwäne und graue Enten zu jagen. Als gelbliches Band wand sich die eingefahrene Straße, die Pferde liefen leicht, und ich konnte die Augen vor Entzücken nicht schließen! Und das alles schwebte weich und harmonisch unter dem freundlichen Mond vorüber. Sogar auf Filofej machte das Eindruck.

„Diese Wiesen heißen bei uns Sankt-Georgs-Wiesen", wandte er sich an mich. „Nach diesen kommen die Großfürsten-Wiesen; solche Wiesen findet man in ganz Rußland nicht wieder ... So schön!" Das Mittelpferd schnaubte und schüttelte sich ... „Gott sei mit dir ...!" versetzte Filofej ernst und halblaut. „So schön!" wiederholte er und seufzte; dann räusperte er sich. „Bald beginnt die Heuernte, wieviel Heu werden sie hier ernten, eine Menge! In den Buchten gibt es viel Fische – was für Brachsen!" fügte er in singendem Ton hinzu. „Mit einem Wort – hier braucht man nicht zu sterben."

Plötzlich hob er die Hand.

„Ach, sieh mal an! Über dem See ... steht da ein Reiher? Fängt er denn auch nachts Fische? Ach, es ist ein Ast und kein Reiher. Wie ich mich bloß so täuschen konnte! Das macht der Mond."

So fuhren wir und fuhren wir ... Da nahmen aber die Wiesen ein Ende, es zeigten sich kleine Wälder, gepflügte Felder; auf der Seite blickte uns ein Dörfchen mit zwei oder drei Lichtern an – bis zur Landstraße blieben nur noch fünf Werst. Ich schlief ein.

Wieder erwachte ich nicht von selbst. Diesmal weckte mich die Stimme Filofejs.

„Herr ... Herr!"

Ich erhob mich. Der Wagen stand auf einer ebenen Stelle in der Mitte der Landstraße; vom Bock mit dem Gesicht zu mir gewandt, die Augen weit aufgerissen (ich war sogar erstaunt, denn ich hatte bei ihm so große Augen gar nicht vermutet), flüsterte Filofej vielsagend und geheimnisvoll: „Es klopft ...! Es klopft!"

„Was sagst du?"

„Ich sage – es klopft! Bücken Sie sich mal und horchen Sie. Hören Sie es?"

Ich steckte meinen Kopf aus dem Wagen, hielt den Atem an und hörte tatsächlich irgendwo weit, weit hinter uns ein schwaches Klopfen, wie das Poltern rollender Räder.

„Hören Sie es?" wiederholte Filofej.

„Nun ja", antwortete ich. „Es fährt irgendeine Equipage."

„Hören Sie nicht . . . Es sind . . . Schellen . . . auch ein Pfeifen . . . Hören Sie es? Nehmen Sie doch die Mütze ab . . . dann werden Sie es besser hören."

Ich nahm die Mütze nicht ab, spitzte aber die Ohren.

„Nun ja . . . kann sein. Was ist denn dabei?"

Filofej wandte das Gesicht den Pferden zu.

„Ein Bauernwagen fährt . . . leer, mit eisenbeschlagenen Rädern", sagte er, die Zügel anziehend. „Herr, das sind keine guten Leute; hier in der Gegend von Tula kommen üble Sachen vor . . . oft . . ."

„Welch ein Unsinn! Warum glaubst du, daß es unbedingt keine guten Leute sein müssen?"

„Ich sage die Wahrheit. Mit Schellen . . . in einem leeren Wagen, wer denn soll so fahren?"

„Ist es noch weit bis Tula?"

„An die fünfzehn Werst werden es sein, und es ist keine Menschenwohnung in der Nähe."

„Dann fahr schneller zu, wir wollen uns nicht aufhalten."

Filofej schwang die Peitsche, und der Wagen rollte weiter.

Ich schenkte Filofej zwar keinen Glauben, konnte aber nicht einschlafen. – Was, wenn er recht hat? – Ein unangenehmes Gefühl regte sich in mir. – Ich setzte mich im Wagen auf – bis dahin hatte ich gelegen – und fing an, nach allen Seiten zu schauen. Während ich geschlafen hatte, war ein dünner Nebel aufgezogen – nicht auf der Erde, sondern am Himmel; er stand hoch, und der Mond hing in ihm als weißlicher Fleck wie in einer Rauchwolke. Alles schien dunkler und verschwommener, obwohl unten alles sichtbarer geworden war. Ringsum eine flache, öde Gegend: Felder, nichts als Felder, hier und da Sträucher, Gräben und dann wieder Felder, zum größten Teil brachliegend, mit dünnem Unkraut bewachsen. Leer, tot! Wenn doch wenigstens eine Wachtel aufschreien wollte . . .!

Wir fuhren etwa eine halbe Stunde. Filofej schwang fortwährend die Peitsche und schnalzte mit den Lippen, aber weder er noch ich versetzten ein Wort. Nun waren wir auf eine kleine Anhöhe hinaufgefahren ... Filofej hielt die Troika an und sagte sogleich: „Es klopft ... Herr, es klopft!"

Ich beugte mich wieder aus dem Wagen hinaus; ich hätte aber auch unter dem Verdeck bleiben können, so deutlich hörte ich jetzt, wenn auch noch in der Ferne, das Klopfen von Wagenrädern, ein Pfeifen, Schellengebimmel und sogar Pferdegetrabe; ich glaubte sogar Singen und Lachen zu hören. Der Wind kam allerdings aus der Richtung, aber es bestand kein Zweifel, daß die Unbekannten auf eine ganze Werst, vielleicht sogar auf zwei Werst näher gekommen waren. Ich wechselte mit Filofej Blicke – er rückte nur seinen Hut aus dem Nacken in die Stirne, beugte sich dann sofort vor und begann auf die Pferde einzuschlagen. Sie liefen Galopp, konnten aber nicht lange so laufen und verfielen wieder in Trab. Filofej schlug wieder auf sie ein. Wir mußten doch entrinnen!

Ich konnte mir nicht Rechenschaft darüber geben, warum ich, der ich die Befürchtungen Filofejs anfangs nicht geteilt hatte, diesmal plötzlich die Überzeugung gewann, daß hinter uns wirklich keine guten Leute fuhren ... Dabei hatte ich doch nichts Neues vernommen: das gleiche Schellengeläute, das gleiche Klopfen eines unbeladenen Wagens, das gleiche Pfeifen, der gleiche verworrene Lärm ... Jetzt zweifelte ich aber nicht mehr. Filofej konnte sich nicht geirrt haben!

Es vergingen wieder an die zwanzig Minuten ... Im Laufe der letzten von diesen zwanzig Minuten hörten wir durch das Poltern und Klopfen unseres eigenen Wagens auch schon das andere Poltern und Klopfen.

„Filofej, halt an", sagte ich, „jetzt ist es gleich, wir entkommen nicht mehr!" Filofej schrie den Pferden ängstlich zu. Die Pferde hielten augenblicklich, als freuten sie sich über die Möglichkeit, auszuruhen!

Gott! Die Schellen dröhnen dicht hinter unserem Rücken, der Bauernwagen klirrt und poltert, die Menschen pfeifen, schreien und singen, die Pferde schnauben und schlagen mit den Hufen die Erde ...

Sie haben uns eingeholt!

„Ein Unglück", versetzte Filofej gedehnt und halblaut. Dann schnalzte er unentschlossen mit den Lippen und trieb die Pferde an. Aber in diesem selben Augenblick war es, als risse sich etwas los, etwas brüllte und dröhnte, und ein riesengroßer, breiter Bauernwagen, mit einer Troika magerer Pferde bespannt, überholte uns wie der Wind, eilte voraus und fuhr dann im Schritt und versperrte uns so den Weg.

„So machen es immer die Räuber", flüsterte Filofej.

Ich gestehe, mir stand das Herz still ... Ich fing an, gespannt in das Halbdunkel des vom Nebel verhüllten Mondlichtes zu schauen. Im Wagen vor uns saßen oder lagen an die sechs Mann in Hemden und offenen Mänteln; zwei von ihnen hatten keine Mützen auf; die großen Füße in Stiefeln baumelten vom Wagen herab, die Arme hoben sich und fielen sinnlos herab ... die Körper schwankten ...

Es war klar: betrunkene Leute. Einige von ihnen brüllten, was ihnen gerade einfiel; einer pfiff durchdringend und außerordentlich hell, ein anderer fluchte. Auf dem Bock saß irgendein Riese in einem Halbpelz und lenkte die Pferde. Sie fuhren im Schritt und schienen uns keine Beachtung zu schenken.

Was war da zu machen? Wir fuhren auch im Schritt hinter ihnen her ... wie wider unseren Willen.

Etwa eine Viertelstunde fuhren wir auf diese Weise. Die Erwartung war qualvoll ... Entrinnen, uns verteidigen ... daran durften wir gar nicht denken! Sie waren ihrer sechs, ich hatte aber nicht mal einen Stock bei mir! Umkehren? Sie werden uns aber gleich einholen. Mir fiel der Vers Schukowskijs ein (wo er von der Ermordung des Feldmarschalls Kamenskij spricht): Des feigen Mörders abscheuliches Beil ...

Oder sie schnüren einem mit einem schmutzigen Strick den Hals zu ... und werfen einen in den Graben ... röchele dort und zappele wie ein Hase in der Falle ...

Ach, es ist schlimm!

Sie aber fahren immer im Schritt und schenken uns keine Beachtung.

„Filofej!" flüsterte ich, „versuch einmal nach rechts zu fahren und sie zu überholen."

Filofej versuchte es und fuhr nach rechts ... aber auch sie fuhren sofort nach rechts ... wir konnten unmöglich vorfahren.

Filofej machte noch einen Versuch und lenkte nach links ... Aber sie ließen uns wieder nicht vorfahren. Sie lachten sogar. Sie wollten uns also nicht vorbeilassen.

„Es sind wirklich Räuber", flüsterte mir Filofej über die Schulter zu.

„Worauf warten sie denn noch?" fragte ich gleichfalls im Flüsterton.

„Sehen Sie, dort vor uns, im Hohlweg, über dem Bach das Brückchen ... Sie wollen uns dort ... Sie machen es immer so ... bei einer Brücke. Wir sind fertig, Herr!" fügte er mit einem Seufzer hinzu. „Sie werden uns kaum am Leben lassen; denn für sie ist die Hauptsache, daß alle Spuren verschwinden. Eines tut mir leid, Herr, hin ist mein Dreigespann, meine Brüder werden es nicht kriegen!"

Ich hätte mich vielleicht gewundert, daß Filofej in einem solchen Augenblick noch an seine Pferde denken konnte, aber ich muß gestehen, ich hatte andere Dinge im Sinn ... Werden sie uns wirklich umbringen? fragte ich mich in Gedanken. Warum? Ich will ihnen ja alles geben, was ich habe.

Das Brückchen kam aber immer näher und wurde immer sichtbarer.

Plötzlich erklang ein durchdringendes Geschrei, die Troika vor uns bäumte sich, sauste und blieb, sobald sie das Brückchen erreicht hatte, mit einem Mal wie angewurzelt etwas abseits vom Weg stehen. Mir stand das Herz still.

„Ach, Bruder Filofej", sagte ich, „wir beide fahren in den Tod. Verzeihe mir, wenn ich dich ins Verderben gezogen habe."

„Du hast keine Schuld daran, Herr! Seinem Schicksal entrinnt man nicht! Nun, du Zottiger, mein treues Pferdchen", wandte sich Filofej an das Mittelpferd, „lauf voraus, Bruder! Tu mir diesen letzten Dienst! Jetzt ist alles eins! Gott sei uns gnädig!",

Und er ließ seine Troika im Trab laufen.

Wir näherten uns dem Brückchen und jenem unbeweglichen, unheildrohenden Wagen ... In diesem war plötzlich alles, wie mit Absicht, still geworden. Kein Laut! So wird auch der Hecht, der Habicht und jedes Raubtier still, wenn die Beute sich nähert. Da sind wir schon neben dem Bauernwagen ... der Riese im Halbpelz springt plötzlich heraus und geht gerade auf uns zu!

Ich sagte nichts zu Filofej, aber er zog sofort selbst die Zügel an. Mein Reisewagen blieb stehen.

Der Riese legte beide Hände auf den Wagenschlag, beugte seinen zottigen Kopf vor, grinste und sagte mit einer stillen, ruhigen Stimme, im Tonfall eines Fabrikarbeiters, folgendes: „Geehrter Herr, wir kommen von einem ehrlichen Mahle, von einer Hochzeit; wir haben einen Kameraden, einen forschen Burschen verheiratet, wir haben ihn zur Ruhe gebracht; wir sind lauter junge Burschen, verwegene Köpfe, haben viel getrunken, haben aber nichts, um uns nach dem Rausch zu stärken; wollen nicht Euer Gnaden uns ein wenig Geld spenden, damit sich ein jeder von uns ein Gläschen Schnaps kaufen kann? Wir würden für Ihr Wohl trinken und Euer Gnaden dabei gedenken; und wenn Sie nicht so gnädig sein wollen, so bitten wir, uns nicht zu zürnen!"

Was ist denn das? dachte ich mir. Spott? Verhöhnung?

Der Riese stand mit gesenktem Kopf. In diesem Augenblick kam der Mond aus dem Nebel heraus und beleuchtete sein Gesicht. Er lächelte mit den Augen und mit den Lippen. Von einer Drohung war nichts zu sehen ... das ganze Gesicht drückte nur Erwartung aus ... und seine Zähne waren so weiß und so groß ...

„Mit Vergnügen . . . hier, nehmt . . .“, sagte ich schnell. Ich holte meinen Beutel aus der Tasche, nahm zwei Silberrubel heraus – damals gab es noch Silbergeld in Rußland. „Hier, wenn es genug ist.“

„Wir danken sehr!“ rief der Riese auf Soldatenart, und seine dicken Finger entrissen mir im Nu nicht etwa den ganzen Beutel, sondern nur jene zwei Rubel. „Wir danken sehr!“ Er schüttelte sein Haar und lief zu seinem Wagen.

„Kinder!“ rief er. „Der Herr Reisende schenkt uns zwei Silberrubel!“ Jene fingen zu schreien an . . . Der Riese schwang sich auf den Bock.

„Leben Sie wohl!“

Und schon zogen die Pferde an . . . der Wagen rasselte bergauf. Noch einmal wurde er auf dem dunklen Streifen, der die Erde vom Himmel trennt, sichtbar und verschwand . . .

Schon war vom Klopfen, vom Schreien und vom Schellengeläute nichts mehr zu hören . . .

Es wurde still wie im Grab.

Filofej und ich kamen nicht sogleich zur Besinnung.

„Ach, dieser Hanswurst!“ sagte er plötzlich; er nahm den Hut ab und begann sich zu bekreuzigen. „Wirklich ein Hanswurst“, wiederholte er, sich mit freudiger Miene zu mir umwendend. „Er muß doch wirklich ein guter Mensch sein! – Hü, hü, meine Kleinen! Rührt euch! Ihr kommt heil davon! Wir bleiben alle heil! – Er war es doch, der uns nicht vorbeilassen wollte, er hat die Pferde gelenkt. So ein Hanswurst! – Hü, hü, hü! Mit Gott!“

Ich schwieg, aber auch mir wurde es leicht ums Herz.

„Wir bleiben heil!“ wiederholte ich für mich selbst und streckte mich auf dem Heu aus. „Wir sind billig davongekommen!“

Ich schämte mich sogar etwas darüber, daß ich mich an den Vers Schukowskijs erinnert hatte.

Plötzlich kam mir ein Gedanke. „Filofej!“

„Was?“

„Bist du verheiratet?“

„Ja.“

„Hast auch Kinder?“

„Ja; ich habe auch Kinder.“

„Warum hast du nicht ihrer gedacht? Die Pferde taten dir leid, aber Frau und Kinder?“

„Warum sollten mir die leid tun? Sie wären doch nicht den Räubern in die Hände gefallen. Aber ich dachte die ganze Zeit an sie, und denke auch jetzt noch an sie . . ." Filofej schwieg eine Weile. „Vielleicht . . . vielleicht hat sich Gott um ihretwillen unser erbarmt."

„Wenn es aber gar keine Räuber waren?"

„Wer kann das wissen? Kann man denn in eine fremde Seele hineinblicken? Eine fremde Seele ist dunkel. Mit Gott ist es immer besser. Nein . . . an meine Familie denke ich immer . . . Hü, hü, hü! Ihr meine Kleinen, mit Gott!"

Es war schon fast ganz hell, als wir uns Tula näherten. Ich lag im Halbschlummer.

„Herr", sagte mir plötzlich Filofej, „schauen Sie, da halten sie vor der Schenke . . . es ist ihr Wagen."

Ich hob den Kopf . . . sie waren es wirklich, ihr Wagen und ihre Pferde. Auf der Schwelle der Schenke erschien plötzlich der uns bekannte Riese im Halbpelz.

„Herr!" rief er, seine Mütze schwingend. „Wir vertrinken Ihr Geld! Du, Kutscher", fügte er hinzu, mit dem Kopf auf Filofej weisend, „hast wohl Angst gekriegt, was?"

„Ein lustiger Kerl!" bemerkte Filofej, als wir zwanzig Klafter von der Schenke weg waren.

Endlich kamen wir nach Tula; ich kaufte mir Schrot, auch Tee; und Wein, schaffte mir sogar ein Pferd an. Um die Mittagsstunde fuhren wir zurück. Als wir an die Stelle kamen, wo wir hinter uns zum erstenmal das Klopfen des Wagens gehört hatten, fing Filofej, der, nachdem er in Tula ein wenig getrunken hatte, sich als sehr redselig herausstellte – er fing sogar an, mir Märchen zu erzählen – , fing Filofej plötzlich zu lachen an.

„Erinnerst du dich noch, Herr, wie ich dir sagte „es klopft, es klopft, es klopft"?"

Er schwang einigemal die Hand . . . Das Wort kam ihm wohl sehr amüsant vor.

Am gleichen Abend kehrten wir in sein Dorf zurück.

Ich erzählte unser Erlebnis Jermolai. Da er nüchtern war, zeigte er gar keine Teilnahme, er grinste nur, ob billigend oder tadelnd, das wußte er wohl selbst nicht. Aber zwei Tage später teilte er mir mit Freude mit, daß man in der gleichen Nacht, als ich mit Filofej nach Tula fuhr, auf derselben Straße einen Kaufmann ermordet und beraubt hatte. Ich wollte diese Nachricht anfangs nicht glauben; aber später mußte ich es doch – die Richtigkeit wurde mir von dem Pristaw bestätigt, der hinfuhr, um an der Untersuchung teilzunehmen. – War das vielleicht die „Hochzeit", von der unsere Leute zurückkehrten, und hatten sie vielleicht diesen „Burschen zur Ruhe gebracht“, wie sich der lustige Riese ausdrückte?

Im Dorf Filofejs blieb ich noch an die fünf Tage. Sooft ich ihn traf, fragte ich ihn: „Nun, klopft es?“

„Ein lustiger Kerl!“ antwortete er mir jedesmal und begann selbst zu lachen.